Knaur.

Knaur.

Im Knaur Taschenbuch Verlag ist bereits folgendes Buch der Autorin erschienen:
Das Haus des Kapitäns

Über die Autorin:
Maiken Nielsen wurde 1965 in Hamburg geboren. Ihre Vorfahren lebten mehrere Jahrhunderte lang als Lotsen und Kapitäne im Elbvorort Övelgönne. Sie verbrachte einen Teil ihrer Kindheit und Jugend auf Frachtschiffen und wurde dort von ihren Eltern unterrichtet. Nach dem Abitur in Hamburg studierte sie in Aix-en-Provence/Frankreich. Seit 1996 ist Maiken Nielsen beim NDR als Autorin und Reporterin tätig und produzierte unter anderem zahlreiche Beiträge für das NDR-Fernsehen über das historische Hamburg.

MAIKEN NIELSEN

Die Tochter des Kapitäns

Roman

Knaur Taschenbuch Verlag

Besuchen Sie uns im Internet:
www.knaur.de

Vollständige Taschenbuchausgabe März 2007

Ein Unternehmen der Droemerschen Verlagsanstalt
Th. Knaur Nachf. GmbH & Co. KG, München.

Umschlaggestaltung: ZERO Werbeagentur, München
Umschlagabbildung: Superbild
Satz: Pinkuin Satz und Datentechnik, Berlin
Druck und Bindung: Clausen & Bosse, Leck
Printed in Germany
ISBN 978-3-426-63457-8

2 4 5 3 1

1. Kapitel

Am 30. Januar 1933 war Aline Sandsteins Praxis ungewöhnlich leer. Die einzigen Patientinnen waren Judith und Jesabel, die über große Schmerzen im rechten Knie klagten. Aline, die sich von ihren Zwillingstöchtern nicht für dumm verkaufen ließ, stellte die entscheidende Frage: »Wer von euch beiden ist denn hingefallen?«

Jesabel sprang von ihrem Stuhl auf und reckte zwei spucketropfende Finger in die Höhe. »Keine von beiden, Mama, ich schwör's! Wir sind zusammengestoßen!«

»Muss gut ausgesehen haben.« Aline zog erst Judith, dann Jesabel die langen Strümpfe herunter. »Und was habt ihr währenddessen mit dem anderen Bein gemacht? In Ordnung, Judith, du hast einen blauen Fleck. Jesabel, du kannst dich wieder anziehen.«

»Aber warum?« Jesabel stampfte wütend auf, wobei sie sich in dem heruntergezogenen Strumpf verhedderte.

»Hoppla, meine Süße.« Aline hielt ihre zwei Minuten Ältere am Arm gepackt. »Weil es deinem rechten Bein so gut geht, dass du damit auf dem Boden herumtrampeln kannst. Außerdem sieht dein Knie sehr hübsch aus und sehr gesund.«

Jesabel funkelte ihre Mutter zornig an. »Ich hasse es, wenn du Judith verarztest und nicht mich!«

Die Tür, die die Praxis im Erdgeschoss des Kapitänshauses

mit dem Anbau verband, flog auf. Es war Bertha, die jenseits der dünnen Mauer jedes Wort mit anhören musste, das im Ordinationszimmer gesprochen wurde. Auf diese Weise war sie schon Zeugin zahlreicher intimer Geheimnisse geworden, die die Bewohner von Övelgönne und Umgebung ihrer Ärztin beichteten. Diese Bekenntnisse machten Bertha zu schaffen, und je mehr sie sich mühte, sie zu vergessen, desto hartnäckiger blieben sie ihr im Gedächtnis haften. So konnte es beispielsweise vorkommen, dass sie beim Kochen der täglichen Mahlzeiten für die Sandsteins plötzlich an den Durchfall von Johnny Hück dachte und beim Tischdecken an den Fußpilz von Lotse Lassen. Die mit gedämpfter Stimme vorgetragenen Klagen schienen ein Teil ihres Lebens im Anbau zu sein; Geschrei aber beschloss sie nicht hinzunehmen. »Ihr macht einen Lärm, da fallen einem die Ohren von ab«, erklärte sie mit anklagendem Blick auf die Zwillinge.

Aline seufzte. »Große Ereignisse werfen ihre Schatten voraus. Die beiden drehen durch, weil sie Ostern eingeschult werden.« Aus dem Hängeschrank über der kleinen Spüle holte sie eine Dose hervor und begann, deren Inhalt in Judiths Knie einzureiben.

»Was ist das für eine Creme, Mama?«, wollte Judith wissen.

»Placebo«, erklärte Aline.

Bertha kniff die Augen zusammen, um die Aufschrift auf der Dose zu entziffern. »Komisch«, bemerkte sie. »Steht doch Vaseline drauf.« Als Köchin war Bertha stets auf die richtige Auswahl der Zutaten bedacht.

»Vaseline *ist* Placebo.« Aline ließ sich in medizinischen Angelegenheiten nicht dreinreden, auch nicht von der Frau, die vor 33 Jahren geholfen hatte, sie auf die Welt zu bringen.

»Genau«, ließ Judith sich mit triumphierendem Blick auf Jesabel vernehmen. »Das ist die allerbeste Medizin von der Welt, nicht, Mama?«

Ein lautes Klatschen war die Antwort. Judith heulte auf. »Mama, Jesabel hat mich geohrfeigt!«

»So geht es nicht weiter!« Aline knallte die Dose in den Schrank zurück. »Wir müssen die beiden trennen, Bertha! Gehst du mit Jesabel in den Garten? Dann spiele ich mit Judith im Haus. Judith, meine Süße, nun zieh nicht so ein Gesicht, morgen machen wir es umgekehrt, versprochen!«

»Ich darf man im Garten spielen! Ich darf man im Garten spielen!« Jesabels Begeisterungsschreie waren noch zu hören, als sie längst die schmale Straße zum Garten überquert hatte. »Und du, Judith, du darfst das nicht!«

»Mach dir nichts draus«, murmelte Aline, während sie mit Judith, die den Daumen in den Mund geschoben hatte, die Treppe ins Kinderzimmer erklomm. Sie war sich dabei nicht ganz sicher, ob sie ihre Tochter meinte oder sich selbst.

Käthe hatte 33 Jahre gebraucht, um festzustellen, dass ein einfacher Zungenkuss sie in ein anderes Sonnensystem befördern konnte. Wenn sie die Augen schloss, sah sie weiße Punkte vorüberschießen, rot glühende Feuerbälle auflodern, Sterne flirren. Sie hatte hunderte von Männern geküsst, und doch war der Funke erst jetzt übergesprungen. Sein Name war Jackson, und er besaß die wunderbare Gabe, ihrem Körper Töne zu entlocken, die sie einem Geiger vielleicht, nicht aber einem Saxophonisten zugetraut hätte. Wann immer sie konnte, folgte sie ihm zu seinen Auftritten, um ihn spielen zu hören. Das waren die guten Abende. Die schlechten waren die, an denen sie selbst auftrat. Sie hatte zunehmend Mühe, sich auf ihren Text zu konzentrieren. Sie hatte auch immer weniger Zeit, die Sätze auswendig zu lernen, die sie auf der Bühne deklamieren musste. Diese Schauspielsache war nett, sicherlich, aber im Herzen war Käthe doch Tänzerin, das wusste sie. All ihre Sehnsucht richtete sie darauf, mit Jackson zusammenzuspielen, den Melodien seines Saxophons einen Rhythmus zu schenken, der in ihren Gliedern zuckte. Wenn er sie besuchte, in ihrem kleinen Zimmer in Ottensen, spielten sie jedoch mit Instrumenten, die nur in ihren Köpfen existierten, schrieben mit Küssen Hymnen auf ihre vollkommene Verschmelzung. In den Stunden, die Käthe allein zu Hause verbrachte, lauschte sie ihrem Grammophon, um sich bei dessen Klängen noch mehr in ihre Liebe zu versenken. Sie besaß mittlerweile fünf Schellackplatten, die schönste davon ein Geschenk Jacksons, ein Live-Mitschnitt seiner Band bei einem Auftritt im New Yorker Harlem. Harlem. Allein das Wort ließ in Käthe tausend Töne und Bilder aufblitzen, im Takt klackernde Sohlen, Gläserklirren, rauchgeschwängerte Luft. Jacksons Saxophon, glänzend im Schein der Barbeleuchtung. Und verliebte Paare. Von denen aber, ganz ohne Zweifel, keines so verliebt war wie Jackson und sie.

Aline beobachtete ihre beste Freundin und deren neuen Freund von ihrem Schlafzimmerfenster im ersten Stock. Seit über einem Monat, seit Januar, gingen die beiden nun schon miteinander aus, einem für Käthe untypisch langen Zeitraum. Sie waren ein auffallendes Paar: Käthe mit ihrer albinoweißen Haut und den hellblonden Haaren, Jackson dagegen schwarz wie die Nacht. Alle Passanten in Övelgönne drehten sich nach ihnen um. Die Höflicheren warteten ein paar Schritte, um ihrer Neugier versteckt zu frönen, andere wiederum starrten das Paar schon im Vorübergehen an. Käthe schien von dem Leben auf der Straße nichts wahrzunehmen. Sie war mit der heiklen Aufgabe beschäftigt, geschlossenen Auges zu küssen und dabei geradeaus zu gehen.

»Du lächelst, Liebling.« Nathan war neben Aline getreten, ohne dass sie es bemerkt hatte.

»Ich sehe dem jungen Glück dort unten entgegen«, erklärte Aline. Sie spürte, wie Nathan ihr mit dem Finger sanft über die Wange strich. »Obschon ich das alte bevorzuge.«

»Eine sechsjährige Ehe nennst du alt?«, lächelte Nathan. »Was sollen wir denn erst sagen, wenn wir Großeltern sind?«

Aline seufzte. »Ich wünschte manchmal, es wäre schon so weit. Etwaige Betreuungspflichten von Enkelkindern würde ich dann aber delegieren. Der Mensch ist nur bedingt leidensfähig.«

Vom Hausflur unten erklangen Stimmen. Käthes dunkle, rauchige Stimme, Jacksons voller Bass, dann Bertha, laut und brüsk wie stets. Aline wollte sich eben in Richtung Treppe bewegen, als Käthe schon heraufgestürmt war und neben ihr stand. Mit einem dramatischen Augenrollen warf sie die Arme um Aline. »O Gott, ich bin so verliebt, ich könnte sterben!«

»Wenn du mein Mitgefühl brauchst – ich kann es gern vortäuschen.« Aline war nicht im Mindesten beeindruckt. Käthe verliebt zu sehen war wie zum hundertsten Mal Gewitter gucken.

»Hör auf – es ist ernst!« Wie die Katholiken beim Rosenkranz betete Käthe diesen Satz daher. »Es ist eine übersinnliche Erfahrung! Da sind unsichtbare Kräfte am Werk!«

»Unsichtbar, soso!« Aline bemühte sich, Käthes dunkle Stimme zu imitieren: »Ich glaube nur an das, was ich sehen kann!«

»Ha!«, brüllte Käthe. »Und was machst du, wenn es duster ist?«

»Och, Mensch, Käthe, ich zitiere nur dein früheres Selbst. Jetzt sag nicht, du bist humorlos geworden!«

»Hallo – du willst doch wohl nicht, dass ich das mit einer Antwort würdige?«

Aline lachte. »Ich will, dass du es mit einem Nein würdigst!«

Ein Räuspern ließ sie zusammenfahren. »Hallo, Käthe.

Schön, dich mal wieder bei uns zu sehen!« Madeleine wusste, dass ihre Tochter und deren Freundin es liebten, sich gegenseitig Sätze an den Kopf zu knallen, die sie für witzig hielten, und natürlich freute sie sich auch, Aline lachen zu sehen, aber sie kam nicht umhin, sich dabei auch immer ein bisschen ausgeschlossen zu fühlen.

Käthe erwiderte Madeleines herzliches Lächeln. »Ich freue mich auch immer, zu Ihnen zu kommen. Hallo, Nathan, habe ich dir eigentlich schon Jackson vorgestellt? Du musst aber Englisch mit ihm sprechen, was anderes kann er nicht, er ist Amerikaner.«

Nathan schüttelte Jackson die Hand. »Hallo«, sagte er.

»Hallo«, erwiderte Jackson.

»Wollen wir ein bisschen am Strand spazieren gehen?« Käthe rieb sich energisch die Hände. »Falls uns kalt wird, legen wir einfach einen Schritt zu.«

Aline blickte über das Treppengeländer hinunter in das Wartezimmer ihrer Praxis. Nathan, der als Mathematiklehrer und Maler nicht nur ein Faible für Zahlen, sondern auch für Farben und Formen besaß, hatte es im hochmodernen Bauhaus-Stil eingerichtet, mit blauen Stühlen, rotem Teppich und gelben Tischen. Vom Flur im ersten Stock aus betrachtet, erinnerte der Raum Aline an eine Geometrie-Aufgabe. »Wir können ja erst mal runtergehen, und dann sehen wir weiter«, entgegnete sie lahm.

»Wie sagt man auf Englisch: Alines Vorstellung von körperlicher Ertüchtigung besteht aus einem kräftigen Fußmarsch ihre fünf Stufen zählende Treppe hinunter?« Käthes Lächeln war diabolisch.

Aline überlegte kurz. »Aline is pretty and smart and I love her.« Sie bemerkte Jacksons erstaunten Blick. »Käthe, bitte sag ihm, dass du mich nur gebeten hast, zu übersetzen. Außerdem zählt diese Treppe nicht fünf, sondern fünf*zehn* Stufen.«

Käthe tippte sich hinter Alines Rücken vielsagend an die Stirn. »She is crazy«, flüsterte sie in Jacksons Richtung. Jackson nickte verwirrt.

In diesem Moment erscholl ein ohrenbetäubendes Geschrei von der Treppe vor dem Haus, gefolgt von Sturmklingeln. Aline verdrehte die Augen. »Ich wusste, dass dieses Experiment fehlschlägt«, erklärte sie.

»Was ist passiert?« Käthe runzelte die Stirn, als Nathan zur Tür hinunterstürzte.

»Wir müssen die Zwillinge zur Zeit dauernd getrennt halten«, brüllte Aline, um das lauter werdende Geschrei zu übertönen. »Wenn sie zusammen sind, gehen sie sich gegenseitig an die Gurgel. Heute haben wir zum ersten Mal seit einem Monat versucht, die beiden zusammen im Garten spielen zu lassen. Wartet mal kurz.« So schnell sie konnte, stieg sie ebenfalls die Treppe hinab.

»Ich will gar nicht erst wissen, was passiert ist«, rief sie. »Bertha, sei so lieb und kümmere dich um Jesabel. Heute ist Judith dran, mit uns rauszugehen.«

»Ich darf man schon wieder in den Garten!«, jubelte Jesabel, die sich blitzschnell Judiths Mütze aufgesetzt hatte. Diesmal war es Nathan, der sich ihren Arm schnappte. »Das habe ich gesehen, junges Fräulein. Wenn du glaubst, mich täuschen zu können, hast du dich geschnitten. Ich kann euch immer noch *sehr* gut voneinander unterscheiden. Und jetzt gibst du Judith ihre Mütze wieder.«

Käthe wandte sich zu Jackson um, der das Geschehen ungläubig verfolgt hatte. »Vielleicht verstehst du jetzt«, sagte sie auf Englisch, »warum wir diese Leute bislang nicht besucht haben.«

Jacksons Antwort war ein langer, leidenschaftlicher Kuss, den Käthe begeistert erwiderte.

Käthe, Jackson, Aline, Nathan und die kleine Judith waren nicht die Einzigen, die an diesem Nachmittag den Strand von Övelgönne aufgesucht hatten. Doch im Unterschied zu anderen Winternachmittagen stapften die Leute nicht durch den vereisten Sand, sondern standen in kleinen aufgeregten Grüppchen beieinander. An den Buden der Glühweinverkäufer war das Gedränge besonders groß. Aline, die an diesem Tag noch nicht ihren Radioapparat eingeschaltet hatte, wurde neugierig. »Worüber reden die Leute bloß?«, fragte sie Nathan, der Judith an den Händen gefasst hatte, um mit ihr Zeppelin zu spielen. »Bssssss«, versuchte er das Motorengeräusch nachzumachen, während er sich mit mordsmäßiger Geschwindigkeit im Kreise drehte. »Was?«, fragte er. Obwohl er versuchte, still zu stehen, drehte sich um ihn herum alles weiter: die Eisschollen, die sich auf der Elbe türmten, das dämmerblaue Himmelslicht, die Häuser von Övelgönne und die Spaziergänger. Wurde er langsam alt? Im vergangenen Jahr war ihm vom Zeppelinspielen noch nicht schwindelig geworden.

»Weitermachen, Papa!«, befahl Judith.

Aline deutete auf eine aufgeregt diskutierende Gruppe am Wasser. »Weißt du, worüber die Leute reden?«

»Keine Ahnung. Nein, Judith, ich kann nicht mehr. Gönn deinem Vater doch mal wenigstens eine kurze Atempause.«

»Wie kurz?«, wollte Judith wissen.

Nathan deutete die Länge seines kleines Fingers an. »So kurz, mein Schatz.«

»Käthe, weißt du …«, Aline brach ab, als sie bemerkte, dass Käthe und Jackson gerade nicht ansprechbar waren.

»Komm«, sagte sie zu Nathan gewandt. »Du spendierst uns allen jetzt einen schönen Grog, und dabei hören wir uns um.«

»Papa, dein kleiner Finger ist zu Ende!« Judith hüpfte ungeduldig auf und ab.

»Mein was?« Nathan sah seiner Frau hinterher, die durch den Sand zum Glühweinstand hinüberstakste.

»Zeppelin!«, kreischte Judith und streckte die Hände aus.

»In Berlin hat der Reichstag gebrannt. Wie viele Glühweine sollen es werden, Deern?« Fiete, der Aline kannte, seit sie ein kleines Mädchen war, brachte ein Sie oder gar ein »Frau Doktor« nicht über die Lippen.

»Vier, bitte. Und? Hat man das Gebäude retten können?«

Fiete schwenkte nachdenklich den Kopf hin und her. »Das schon. Aber die da oben sind mächtig sauer auf die, die das angezettelt haben. Sollen Kommunisten gewesen sein. Jedenfalls werden jetzt alle verhaftet.«

»Na, Fiete, erzählst du wieder deine Schauermärchen?« Käthe stürmte mit flammend roten Wangen an den Stand, Jackson im Schlepptau. »Ich will auch einen Glühwein! Hast du schon bestellt, Aline?«

»Fiete sagt die Wahrheit«, mischte sich jetzt eine Stimme von links ein. Es war der junge Meyerdink-Sohn, der im vergangenen Jahr eine erstaunliche Wandlung vollzogen hatte. Erwachsen wirkte er nun und sehr selbstbewusst. Obwohl Aline ihn eigentlich mochte, war sie vorsichtig. Ihren Erfahrungen nach konnte man dem Meyerdink-Clan nicht genug misstrauen.

Fiete knallte stumm die Becher auf den Tresen.

»Die Grundrechte sind außer Kraft gesetzt worden«, erklärte Marcus Meyerdink.

»Welche Grundrechte?« Käthe zog eine Zigarette aus ihrem Etui und zündete sie sich an. »Meinst du Meinungsfreiheit und so?«

»Meinungsfreiheit, Unverletzbarkeit der Wohnung, Postgeheimnis, Freiheit der Person, alles eben.«

»Aber das gibt es doch gar nicht!« Aline starrte den Jungen an.

»Doch. Für mich auch einen Wein, Fiete.«

»Mit welcher Begründung denn bitte?«

»Es ist eine Verordnung zum Schutz von Volk und Staat.« Marcus Meyerdink salutierte ironisch. »Damit diejenigen, die den Reichstag in Brand gesteckt haben, nicht noch mehr Unheil anrichten.«

»What's up?« Jackson fühlte sich irgendwie außen vor.

»Ach, Germany«, Käthe wedelte mit der Hand durch die Luft. »Aline, wie sagt man: In Deutschland ist die Kacke am Dampfen?«

»Germania excrementis in vaporis«, murmelte Aline, wobei sie die Worte in möglichst breitem Amerikanisch aussprach.

Jackson und Käthe starrten sie ungläubig an, dann begannen sie zu lachen. »Du hast sie ja nicht mehr alle!«, sagte Käthe.

»Ich bin Lateinerin, verdammt! Das heißt nicht automatisch, dass ich dann *alle* Sprachen kann!« Aline fühlte sich in ihrer Ehre als Sprachexpertin ehrlich gekränkt.

Nathan schüttelte den Kopf. »Komm, wir spielen Zeppelin«, sagte er zu Judith.

Die stieß einen tiefen Seufzer der Erleichterung aus. »Na endlich, Papa«, lächelte sie.

Am nächsten Morgen türmte sich das Eis immer noch auf der Elbe. Madeleine reckte den Briefumschlag in die Höhe, als handelte es sich um eine schwer erkämpfte Trophäe. »Ich habe es doch immer gesagt!«, stieß sie hervor.

»Was hast du immer gesagt?« Aline war dabei, am Küchentisch Butterbrote zu schmieren. Judith und Jesabel standen verschlafen daneben und beobachteten jede Handbewegung ihrer Mutter.

»Du hast Judith mehr Butter raufgetan als mir!«, brüllte Jesabel plötzlich.

»Aber nein, Schatz«, lächelte Aline. »Guck mal, ich war mit deinem Butterbrot noch gar nicht fertig!«

»Ich habe immer gesagt, dass wir noch Verwandte in Marseille haben. Und dass sie sich eines Tages bei uns melden werden!«

»Hast du das? Jesabel, hör bitte auf, Judith die Butter auf den Po zu schmieren! Meinst du, ich krieg das nicht mit?«

»Ja, und nun haben sie es getan!« Madeleine ließ sich auf dem Stuhl an der Spüle nieder, wobei sie ihren seidenen Morgenmantel raffte. Nach dem Tod ihres Mannes, als sie und Aline das Haus an die Meyerdinks hatten vermieten müssen, um sich dann mit Bertha einen Raum im Anbau zu teilen, waren ihre Haare weiß geworden, aber ihre vornehme Art hatte sie behalten. »Hör dir an, was dieser Notar mir schreibt: Chère Madame«, sie las den Brief auf Französisch vor, der Sprache, die sie mit Aline als Kind immer gesprochen hatte, »ich habe das Vergnügen, Ihnen mitzuteilen, dass mein Klient Monsieur Charles d'Arlon Sie und Ihren Bruder Jean-Baptiste Darlon … verflixt, er weiß also über den verloren gegangenen Apostroph Bescheid, bestimmt hält er uns für heruntergekommene Angehörige der bürgerlichen Mittelschicht …«

»Maman, ich bin nicht sicher, ob das so wichtig ist, lies doch einfach weiter! Und nein, Judith, du kannst jetzt mit Jesabel *nicht* dasselbe machen!«

»Also, dass mein Klient etc. Sie als seine einzigen lebenden Angehörigen zu seinen Erben bestimmt hat. Ich möchte Sie von daher bitten, zur Testamentsvollstreckung am 20. März 1933 in Marseille anwesend zu sein. Hochachtungsvoll etc. Was sagst du nun?«

Aline ließ das Brotmesser sinken. »Du reist nach Frankreich?«

»Ist das der Satz, mit dem du deine Freude über unsere Erbschaft ausdrückst?«

Aline blickte sie an. »Ich bin nur verwirrt, Maman, das ist alles. Woher willst du überhaupt wissen, dass es sich um eine große Erbschaft handelt, ich meine, um eine, die eine solch lange und teure Reise rechtfertigt?«

Madeleine schlug mit dem Briefumschlag auf die Armlehne des Stuhls. Judith schrak zusammen. Sie hatte ihre Großmutter nie anders als beherrscht erlebt. »Also wirklich, ich hätte in dieser Sache ein bisschen mehr Unterstützung von meiner Tochter erwartet. Freust du dich denn überhaupt nicht für mich? Mon Dieu, Frankreich! Für mich geht ein Kindertraum in Erfüllung! Wie du weißt, haben mich meine Eltern im besten französischen Sinne aufgezogen, ohne dass wir die Heimat jemals bereist hätten! Ich brenne darauf, die Stadt meiner Vorfahren endlich kennen zu lernen! Aber dir kann das ja ganz gleich sein!« Mit einem Schwung, den Aline ihrer Mutter überhaupt nicht mehr zugetraut hätte, sprang diese auf und eilte aus der Küche.

»Was hat Grand-Mère?« Jesabel war zu erschrocken, um ihrer Schwester weiter Krümel in den Kragen ihres Matrosenkleidchens zu stopfen.

»Ich weiß es nicht, aber ich werde mal eben nach ihr sehen. Seid lieb, ihr zwei, versprochen?«

»Versprochen!«, krähten Judith und Jesabel im Chor.

Aline fand ihre Mutter im Salon auf dem Klavierhocker. »Entschuldige, Maman, ich meinte es nicht so. Natürlich freue ich mich für dich.«

Madeleine starrte auf das Blatt mit den Noten. Es war eine der Ungarischen Rhapsodien von Franz Liszt, an die sie sich im Gegensatz zu Aline nie herangetraut hatte. »Warum hast du dann eben so reagiert?«

Aline zog sich den zweiten Schemel heran, den sie benutzte, wenn sie mit ihrer Mutter vierhändig spielte. »Es ist so schwierig mit den Zwillingen im Moment. Wenn sie zusammen sind, geht immer etwas schief. Ohne deine Hilfe schaffen wir es also nicht. Nathan ist den halben Tag am Gymnasium, und wenn er hier ist, muss er seinen Unterricht vorbereiten. Ich habe die Praxis. Und Bertha – wir können Bertha auch nicht immer für alles einspannen. Sie ist ja nun auch nicht mehr die Jüngste.« Aline fuhr mit dem Finger über die Tasten, ohne einen Ton anzuschlagen. »Egal. Du musst diese Reise natürlich antreten. Ich sehe ja ein, dass es wichtig für dich ist. Entschuldige mich jetzt, ich muss mich fertig machen, meine erste Patientin kommt gleich.«

»Ich könnte Judith mitnehmen«, sinnierte Madeleine, den Blick immer noch auf die Noten gerichtet.

»Was hast du gesagt?« Aline, schon zum Gehen gewandt, erstarrte.

»Ich sagte, dass ich Judith ja mit nach Frankreich nehmen könnte.«

»Aber Maman, sie wird im April eingeschult!« Es erstaunte Aline nicht, dass Madeleine ganz selbstverständlich nur Judith für die Reise in Betracht zog. Judith, die Stillere und Verträumtere der beiden, war von Anfang an Madeleines Lieblingsenkelkind gewesen.

»Bis dahin sind wir doch wieder da.« Endlich hob Madeleine den Blick.

Aline zögerte. »Ich weiß nicht. Es wäre schon eine enorme Entlastung. Aber ich muss mit Nathan darüber sprechen.«

Für Judith und Jesabel war die Küche im Anbau ein geheimnisvolles Großreich, über das Bertha mit eiserner Faust regierte. Alles in diesem Raum war anders, sogar das Wetter. So konnte es geschehen, dass draußen die Sonne schien, während in der Küche dichter, feuchter Nebel herrschte. Bertha mit ihrem riesigen Kochlöffel – den die Mädchen in schweigender Übereinkunft für ein Königszepter hielten – schien über die Gegenstände in der Küche auf eine Weise zu gebieten, die keinen Widerspruch zuließ. An diesem Vormittag versuchte sie, die Zwillinge in das Mysterium der Küchenzettel einzuweihen, ein Gesetzeswerk von undurchschaubarer Logik.

»Man muss jeden Monat neue Küchenzettel aufsetzen«, erklärte Bertha, während sie mit kleinen, schnellen Bewegungen eine Schalotte zerhackte. »Denn es kommt dadrauf an, dass man die Speisezutaten auf dem Markt möglichst günstig kriegt. Das Angebot wechselt nämlich jeden Monat – der Jahreszeit entsprechend. Habt ihr das so weit verstanden, Deerns?«

Judith und Jesabel nickten eifrig. Die Sache machte ihnen so viel Spaß, dass sie sogar vergaßen, sich zu streiten. Ohne es recht zu bemerken, griff die eine nach der Hand der anderen. So saßen sie nebeneinander auf der Anrichte.

»Wer erfindungsreich ist und kochen kann, muss da nich um bange sein«, fuhr Bertha fort, während sie ein wenig Wasser in den gusseisernen Topf auf dem Herd goss. »Heute zum Beispiel gibt das Forelle, und damit die Herrschaften nich sagen: ogottogott, immer Forelle, macht Bertha ihnen jetz ne feine Matelot-Sauce dazu.« Sie streute eine Hand voll Salbei, Thymian, Petersilie, ein paar Pfefferkörner und die zerschnittenen Schalotten in das Wasser ein, um sich dann mit einer triumphierenden Geste zu den Zwillingen umzudrehen.

»Der Clou an dieser Sauce ist der.« Sie streckte die Hand aus. Auf der Innenfläche ihrer Hand lag ein zerkrümeltes schwarzes Etwas. »Jetz ma schnuppern«, befahl Bertha.

Die Zwillinge beugten sich gehorsam vor. Ein erdiger, überaus köstlicher Duft fuhr ihnen in die Nase. »Lecker«, erklärten sie im Chor.

»Das sind Trüffel.« Bertha warf die Klümpchen mit einer schwungvollen Geste in das Wasser, das eben seinen Siedepunkt erreichte. »Ganz was Feines. Und man muss ein Schwein sein, um die zu finden.«

Diese Aussage begriffen die Mädchen nicht so recht. Aber sie waren viel zu fasziniert von Berthas königlichen Küchenkünsten, um die Prozedur mit etwas so Profanem wie Fragen zu unterbrechen.

»Ach, jetz hab ich die Zitronenschale vergessen«, schimpfte Bertha mit sich selbst.

Judith und Jesabel saßen wie erstarrt vor Spannung. Vor ihren Augen nahm Bertha einen zweiten Topf zur Hand, warf ihn wie ein Trickkünstler einmal in die Luft, und zwar so, dass er mit dem Stiel wieder genau in ihrer Hand landete, und stellte ihn auf die Platte daneben. Sie drehte sich einmal um sich selbst, tat, als hole sie ein Stück Butter aus ihrem Ärmel, und warf es mit hohem Schwung in den Topf. Nur einen Augenblick später maß sie mit einem Löffel Mehl ab, von dem sie behauptete, es sei Sternenstaub, und warf es über die Butter. Sodann begann sie mit raschen Bewegungen zu rühren. Dazwischen schöpfte sie einen Löffel Flüssigkeit aus dem Topf mit der Kräuter-Trüffel-Bouillon und rührte weiter. Als alles sämig und glatt war, goss sie die Bouillon ab, vermengte sie mit der Sternenstaubschwitze, fügte noch ein paar Kapern und Eidotter hinzu und erklärte: »Fertig!«

Jesabel flüsterte ihrer Schwester zu: »Wenn ich groß bin, möchte ich genauso sein wie Bertha!«

»Ich auch!«, flüsterte Judith.

Streit gab es an diesem Tag keinen mehr.

Für Valeska Sandstein war der *Adar* der schönste Monat im Jahr. Dass der Winter sich in dieser Zeit dem Ende zuneigte, wurde in Hamburg zwar weniger deutlich, als es Valeska eigentlich lieb war, doch auch der unverbesserlichste Pessimist musste anerkennen, dass die Tage jetzt länger wurden. Aber der Monat war noch in anderer Hinsicht feiernswert, denn die Fische, die ihn symbolisierten, zeigten, dass er voller Segen war. Der jüdischen Überlieferung zufolge war Mosche in dieser Zeit geboren. Auch Nathan hatte im *Adar* das Licht der Welt erblickt. Manchmal spürte Valeska die Liebe zu ihrem zweiten Sohn so sehr, dass es ihr im Herzen schmerzte. Sie liebte seine stille, empfindsame Art, sie liebte die Bilder, die er malte, sie liebte ihn für die Gefühle, die er seinen Töchtern entgegenbrachte, und sie liebte ihn sogar für die bewundernden Blicke, die er Aline schenkte, auch jetzt noch, nach sechs Jahren Ehe. Es gab Tage, an denen hatte sie gegenüber ihrer Schwiegertochter Eifersucht empfunden, und es würde auch in Zukunft solche Tage geben, das wusste sie, da machte sie sich nichts vor. Nathan hatte so lange um Aline kämpfen müssen, dass er sie, auch jetzt noch, förmlich anbetete. Aber Valeska wusste auch, dass Nathans Dankbarkeit von seiner religiösen Erziehung herrührte, und dieser Umstand erfüllte sie mit tiefster Zufriedenheit. Denn der Ursprung dieser Erziehung, der war sie selbst.

Sie spürte, wie Max an ihre Seite trat. Er legte den Arm um sie. »Wie fröhlich du aussiehst, Mama. Hast du gute Laune?«

»Schon«, lächelte Valeska. »Heute ist ja *Purim*. Aber ich wünschte, Nathan wäre da. Seitdem er in Övelgönne lebt, macht er sich überhaupt nichts mehr aus unseren Festen.«

»Er hat sich auch schon vorher nichts daraus gemacht.« Max streifte den weißen Arztkittel ab und wusch sich die Hände über dem Spülstein. »Wann kommen Henny und David?«

»Um drei, haben sie gesagt. Ich hoffe, dass Henny heute früher gehen kann. Für die Christen ist es ja ein ganz normaler Arbeitstag.«

Max verrieb das Desinfektionsmittel zwischen den Händen. »Ich bin da ganz zuversichtlich. Meister Ehrhardt ist immer tolerant gewesen, was unsere jüdischen Feiertage anbelangt.«

Es war bereits dunkel, als David endlich an der Tür klingelte. Doch er war allein. »Henny muss noch zwei Stunden weiterarbeiten«, keuchte er, denn er war die drei Stockwerke zur Wohnung der Sandsteins in einem Zug hinaufgelaufen. »Guten Abend, Schwiegermama.« Er drückte Valeska einen Kuss auf die Wange.

»Komm, setz dich hierher.« Valeska klopfte auf das weich gepolsterte Sofa. Es war der Lieblingsplatz der Familie, weil es dem Fenster gegenüberstand, von dem aus man das Treiben unten am Grindelberg gut beobachten konnte. »Möchtest du schon mal einen Wein?«

David dachte daran, dass man laut dem Talmud an *Purim* dazu verpflichtet war, so viel Wein zu trinken, dass man keinen Unterschied mehr zwischen den Worten »Verflucht sei Haman« – Haman war der Mann, der das jüdische Volk vor über 2000 Jahren ausrotten wollte – und »Gesegnet sei Mordechaj« – er war der Retter – machen konnte. Aber David hatte keine Lust, sich dem Rausch hinzugeben. Ganz im Gegenteil. An diesem Abend hatte er Lust, klar zu denken. Er *musste* klar denken. Einen anderen Weg gab es nicht. »Schwiegermama, ich habe eben mit Henny gesprochen.«

»Was hat sie gesagt?« Valeska ließ sich neben David auf dem Sofa nieder.

David holte tief Luft. »Meister Ehrhardt erlaubt Henny nicht mehr, unsere Festtage zu feiern. Er hat Henny sogar mit Entlassung gedroht. Er hat auch gesagt, dass er nicht verpflichtet wäre, eine Jüdin zu beschäftigen, und dass für Henny nun andere Zeiten beginnen würden.«

Valeska schwieg. Sie wusste nichts darauf zu sagen. Ob David übertrieb? Der Junge hatte schon immer eine blühende Phantasie gehabt. Sie beschloss, Henny danach zu fragen, wenn sie später kam. Aber es sollte noch drei weitere Stunden dauern, bis sie endlich die Schritte ihrer Jüngsten im Treppenhaus hörte. Für das Nachmittagsmahl war es nun auf jeden Fall zu spät. Dennoch zündete Valeska die Kerzen an und begann, die Platten mit den Delikatessen hereinzutragen. Als sie gerade das Tablett mit dem Fisch in der Hand balancierte, stieß sie um ein Haar mit Henny und David zusammen, die im Halbdunkel mitten im Raum standen und einander umarmt hielten. Sie wusste nicht, warum, aber aus irgendeinem Grund machte ihr diese stumme Umarmung Angst. Henny drehte sich um, und als das Licht der Kerzen ihr Gesicht erhellte, bemerkte Valeska, dass ihre Augen voller Tränen standen. »Wir müssen reden, Mutter«, sagte sie.

2. Kapitel

Käthe fand, dass Alines Taillenumfang einer dringenden Intervention bedurfte. Die Mutterschaft und ein Beruf, bei dem extreme Bewegungsunlust sozusagen Einstellungsvoraussetzung war, hatten Aline einen Tribut auferlegt, und Aline hatte ihn gezollt. Käthe beobachtete ihre beste Freundin, wie sie an ihrem Schreibtisch im Ordinationszimmer Rechnungen schrieb und dabei einen Teller dick bestrichener Butterbrote vertilgte, den Bertha ihr hingestellt hatte. Sie räusperte sich. »Aline, hast du heute noch kein Mittagessen gehabt?«

»Was?« Aline fuhr hoch. »Mittagessen? Was gibt es denn? Ich rieche überhaupt nichts! Und wie spät ist es überhaupt?«

»Es ist vier Uhr nachmittags, und du hast mir schon vor einer Stunde versprochen, mit mir Knöpfe und Volants zu kaufen, damit ich meine Kleider für die Tournee aufbessern kann!«

»Vier Uhr nachmittags?« Aline runzelte die Stirn. »Dann habe ich mit Sicherheit zu Mittag gegessen. Ach, jetzt erinnere ich mich. Bertha hat Königsberger Klopse gemacht. Absolut köstlich. Ich habe drei Teller davon gegessen.«

Käthe trommelte ungeduldig mit den Fingerspitzen auf die Schreibtischplatte. »Strebst du die deutsche Meisterschaft im Sumo-Ringen an? Nun ja, es wäre bestimmt leichter als Boxen. Davon müsste ich dir nämlich abraten – in deiner Gewichtsklasse sind die Kämpfe nicht ohne.«

»Käthe, es dreht sich nicht *alles* um Tanzen oder Sport da draußen!« Aline machte eine ungeduldige Handbewegung in Richtung Elbe.

»Aber, *darling*, sieh dich doch mal an!« Käthe war nicht gewillt, ihre Mission schon im Anfangsstadium aufzugeben. »Wir wollen doch am Wochenende tanzen gehen, wir vier. Wie soll das gehen, wenn wir nicht in den Wagen passen, weil du ihn schon allein ausfüllst?«

Aline schlug mit der Faust auf den Tisch. »Jetzt reicht es mir aber, Käthe Lassen! Lass mich einmal diese verfluchten Rechnungen zu Ende schreiben! Wenn du dich langweilst, dann geh zu Judith und Jesabel, spiel mit Puppen, reite eine Runde Schaukelpferd oder tu irgendetwas anderes, was euch Fünfjährige amüsiert!«

»Guck mal, da!« Käthe deutete zum Hinterhof hinaus, in dem Bertha sich gerade laut fluchend abmühte, ein widerspenstiges Huhn einzufangen. Als Aline ihrem Blick folgte, griff Käthe nach dem verbliebenen Butterbrot, um es sich blitzschnell in den Mund zu schieben. Sie drehte sich um, damit Aline ihre Kaubewegungen nicht sehen konnte.

»Was soll da sein?« Aline blinzelte angestrengt. »Ich sehe Bertha und ein Huhn. Hallo – das war *mein* Butterbrot!«

»Oh.« Käthe sprach mit vollem Mund. »Das habe ich nicht gewusst.«

Aline blickte Hilfe suchend zur Decke. »Herr, du weißt, dass ich kein gewalttätiger Mensch bin! Aber meine Sanftmut hat auch Grenzen … um Himmels willen, was ist das?« Ihr Blick fiel auf ein ungeöffnetes Kuvert, das auf dem Regal mit den Reagenzgläsern lag. Sie stöhnte, als sie den Absender las. »Das hat mir gerade noch gefehlt! Meine fleißigsten Brieffreunde: die Männer von der Finanzbehörde. Treu bis in den Tod.« Eilig schlitzte sie den Umschlag auf.

Käthe faltete die Hände im Schoß. »Ich vollbringe jetzt

übrigens jeden Tag eine gute Tat!«, erklärte sie nach einer Weile.

»Tust du das, ja?« Aline las mit zusammengekniffenen Augen ihren Steuerbescheid. Strick oder Pistole, das war hier die Frage.

»Ja. Ich helfe alten Menschen über die Straße, bewahre beste Freundinnen vor dem Tod durch Fettleibigkeit … Nun ja, meine heutige Aufgabe wäre erledigt. Und jetzt komm, bevor die Geschäfte zumachen!«

Es war dunkel, als sie endlich das Altonaer Rathaus erreichten. Die Gaslaternen auf dem Vorplatz tauchten das Gebäude in ein festliches Licht. Aber irgendetwas war anders als sonst.

»Du bist so ruhig«, bemerkte Käthe schließlich. »Was ist mit dir los? Woran denkst du? Immer noch an das Gespräch mit deiner Mutter? Oder an deinen Steuerbescheid? Was hat deine Mutter eigentlich gesagt, wann sie nun losfährt? Und warum hast du deinen Mantel falsch zugeknöpft?«

»Gut, dass du immer nur eine Frage zurzeit stellst«, murrte Aline. »Auf diese Weise weiß man ganz genau, was man antworten soll.« Sie blieb unvermittelt stehen. »Aber das ist doch nicht zu fassen! Sieh dir das an! Da! Hinter dir!«

Käthe reckte lächelnd einen Finger in die Luft. »Darauf falle ich jetzt aber nicht herein, meine Liebe! Das war *mein* Ablenkungstrick. Du willst mir ja nur … oh.« Jetzt bemerkte auch sie die riesige Hakenkreuzfahne, die sich über dem Hauptportal des Rathauses in der Abendbrise blähte.

»Kannst du mir mal erklären, wieso die Kommunalregierung noch *vor* den Kommunalwahlen gewechselt hat?«, fragte Aline. »Die Nazis sitzen in Berlin, na schön, aber seit wann sitzen die auch bei uns?«

»*Darling*, du weißt, dass ich von diesen Dingen keine Ahnung habe«, erklärte Käthe. »Aber wenn wir hier noch länger stehen und reden, dann machen die Geschäfte zu, und ich hab wieder nichts, womit ich meine Kleider garnieren kann!«

Der Schnee in der Bahrenfelder Straße hatte sich in eine matschige braune Masse verwandelt. Menschen hasteten mit gesenktem Blick vorüber, den Mantelkragen aufgestellt, Körbe mit Lebensmitteln am Arm. Eine zweispännige Kutsche hielt vom Bahnhof her auf sie zu. Plötzlich verfielen die Pferde in Trab. Als sie an Aline und Käthe vorüberzogen, bespritzten sie sie von oben bis unten mit schmelzendem Eis.

»Als ob ich nicht schon genug leiden müsste, weil meine Schuhe Löcher haben«, stöhnte Käthe. »Ich glaube, ich bin der einzige Mensch auf Erden, dessen Schuhe alle vier Wochen zum Schuster müssen. Sag mal ehrlich, ist meine Gangart irgendwie abnorm?«

»Alles an dir ist abnorm.« Aline zog die Handschuhe aus, um Käthe den Matsch aus dem Gesicht zu wischen.

»O nein!« Käthe warf die Hände über dem Kopf zusammen, wobei sie Aline einen Handschuh aus der Hand schlug. »Ich habe es gewusst! Finkel hat zu!«

»Ach Mensch, Käthe, könntest du einmal in deinem Leben nicht der Volltrottel sein, für den du dich so ausdauernd ausgibst? Jetzt ist mein Handschuh klitschnass!«

»Ich hatte dir ja gesagt, dass wir uns beeilen müssen!« Käthes Versuch, von ihrer Ungeschicklichkeit abzulenken, war mehr als durchsichtig.

Eine Frau, die Aline im vergangenen Jahr von Hämorrhoiden befreit hatte, trat zu ihnen. »Guten Tag, Dr. Sandstein«, grüßte sie. »Wissen Sie, warum Finkel schon geschlossen hat?«

Aline, die verzweifelt bemüht war, sich an den Namen ihrer ehemaligen Patientin zu erinnern, schüttelte den Kopf. »Nein. Aber da ist ein Schild. Was steht denn da?«

In diesem Moment trat ein Mann in brauner Uniform auf

sie zu. »Dieses Geschäft wird in Kürze von einem deutschen Eigentümer übernommen«, erklärte er.

»Verstehe ich nicht.« Aline schüttelte den Kopf. »Was macht das für einen Unterschied? Finkel war doch auch Deutscher.«

»Finkel war Jude«, erklärte der Uniformierte, bevor er weiterschritt.

»Ja, die Juden«, kommentierte die Frau. »Höchste Zeit, dass endlich mal einer da ist, der sie in ihre Schranken weist. Ich sage Ihnen etwas, Dr. Sandstein, die in Berlin machen das schon ganz richtig. Höchste Zeit, dass es mit Deutschland endlich wieder aufwärts geht. Ach, glauben Sie, dass es auch bei Hartmann Petroleum gibt?«

Ohne ein Wort zu sagen, drehte Aline sich um und ging davon. Käthe blickte verblüfft zwischen Aline und der Frau hin und her und beeilte sich sodann, ihre Freundin wieder einzuholen.

»Hey«, keuchte sie, »das ist das absolut erste Mal in der Geschichte unserer 28-jährigen Freundschaft, dass du schneller bist als ich. Was rennst du denn so? Ist das nicht extrem unhöflich? Die Frau wohnt doch in Neumühlen und könnte eine Patientin von dir werden!«

»Die Frau *ist* mal Patientin von mir *gewesen*. Abgeschlossene Handlung in der Vergangenheit, grammatikalisch wie real.« Aline war hochrot im Gesicht. »Auf solche Leute kann ich verzichten!«

Käthe kannte Aline gut genug, um zu wissen, wann sie den Mund zu halten hatte. Gemeinsam traten sie den Heimweg an. In der Fischers Allee, in der Käthe ihr Zimmer hatte, trennten sich die beiden. »Bis morgen«, lächelte Käthe und drückte ihrer Freundin einen Kuss auf die Wange.

Aline versuchte ihr Lächeln zu erwidern. Aber es wollte ihr nicht so recht gelingen.

In dieser Nacht hielten Aline und Nathan einander fest umschlungen. Sie lagen einfach nur im Bett, ohne sich zu bewegen. Von der Elbe draußen drang das Tuten eines Schiffes, sonst war alles still.

»Henny und David werden auswandern«, flüsterte Nathan in das Schweigen hinein.

»So schlimm?« Aline schluckte. Wenn sie jetzt doch einfach schlafen könnte! Sie fühlte sich todmüde.

»Aline?« Nathans Stimme war rau.

»Ja?« Ihre Arme verkrampften sich. Ohne es zu bemerken, klammerte sie sich an Nathan wie eine Ertrinkende.

»Ich denke auch manchmal darüber nach, ob wir gehen sollten.«

Da war er. Der Moment, den sie den ganzen Abend über befürchtet hatte, seitdem sie Nathan von dem Vorfall in Ottensen erzählt hatte. »Gehen?«, wisperte sie. »Wohin?«

»Egal. Weg aus Deutschland. Vielleicht sollten wir mit Madeleine mitreisen. Auch nach Frankreich.«

»Nein!« Aline fühlte, wie es sich in ihrer Kehle zusammenzog. »Das können wir nicht machen! Was sollen wir im Ausland? Wir haben kein Kapital! Wir können uns nicht so ohne weiteres eine neue Existenz aufbauen.«

»Ich könnte Mathematik unterrichten. Oder Deutsch. Du kannst als Ärztin in einem Krankenhaus arbeiten. Dafür brauchen wir kein Kapital.«

»Du hast es dir schon genau zurechtgelegt, oder?« Aline wusste, dass ihre Stimme bitter klang.

»Ich habe darüber nachgedacht, ja.«

»Ich kann nicht«, erwiderte Aline nach einer kleinen Ewigkeit. »Ich hänge zu sehr an unserem Haus. Es ist die einzige Erinnerung, die ich an meinen Vater habe. Hier bin ich zur Welt gekommen, hier ist meine Kindheit, hier habe ich Judith und Jesabel geboren. Hier ist meine Praxis. Hier in unserem

Garten haben wir beide uns zum ersten Mal geküsst. Weißt du noch?« Sie konnte Nathans Gesicht in der Dunkelheit nicht sehen, aber an seiner Stimme hörte sie, dass er lächelte.

»Nicht im Garten. In der Elbe.«

Aline lächelte ebenfalls. »Es war ein Unterwasserkuss.«

»Daran werde ich mein Leben lang denken.« Nathans Stimme war so leise, dass sie seine Worte nur erraten konnte.

»Ich auch, mein Schatz.« Endlich fühlte sie, wie der Schlaf sie übermannte. »Nathan?«

»Ja?«

»Wir sollten uns nicht immer so viele Sorgen machen. Wir haben schon viel zu viele Jahre damit verbracht, uns Sorgen zu machen.«

»Dafür gab es Gründe.«

Aline rutschte ein bisschen tiefer, um ihren Kopf auf Nathans Schulter zu legen. »Es wird schon alles gut werden. Schlaf schön, Liebling.«

Nathan drehte sich so, dass er seine Frau mit beiden Armen halten konnte. »Du auch.«

Die Abreise rückte näher. Jesabel saß mit überkreuzten Armen auf dem Fußboden ihres Kinderzimmers und sah zu, wie ihre Großmutter Judiths Kleider aus dem Schrank nahm und sie in einem riesigen Koffer verstaute. Jesabel presste die Finger so fest in das Fleisch ihrer Arme, dass beim Loslassen kleine weiße Druckstellen entstanden. Eine Weile lang vergaß sie darüber fast ihren Ärger. Aber nur fast. Als ihr wieder bewusst wurde, dass Grand-Mère mit Judith allein verreiste, ohne sie, fühlte sie, wie ihr Herz vor Wut schneller klopfte. »Frankreich ist ein total blödes Land«, presste sie hervor, als Judith ins Zimmer hüpfte, ihre Puppe Bonsche im Arm.

»Gar nicht wahr«, antwortete Judith. »Nicht wahr, Grand-Mère, in Frankreich ist es schön, oder?«

»*Wunderschön*«, bestätigte Madeleine.

In diesem Moment betrat Bertha das Zimmer, den Arm voller gestärkter weißer Blusen. »Wenn Madame meine Meinung hören will ...«, begann sie.

»Ich will deine Meinung nicht hören, Bertha«, entgegnete Madeleine.

»... dann würd ich in Gegenwart von Jesabel nich so schwärmen von der Reise. Das macht die Sache nur noch schlimmer.« Bertha sah keinen Sinn darin, ihre Meinung vor anderen zu verbergen. Jahrzehntelangen Erfahrungen zufolge führte ein solches Verhalten bloß zu Missverständnissen. »Außerdem«, fuhr sie fort, wobei sie Madeleines warnendem Blick auswich, »halt ich auch nix davon, die beiden Krähen hier voneinander zu trennen. Gut Ding will Weile haben. Am Ende werden die sich schon noch vertragen.« Und damit verschwand sie wieder.

»Ich will sowieso nicht mit in das blöde Frankreich.« Jesabel verschränkte wieder die Arme. »Ich will lieber hier alleine mit Mami und Papi bleiben.« Sie streckte Judith die Zunge raus. »Die hab ich dann nämlich ganz für mich.«

Judith starrte ihre Schwester an, während sich ihre großen dunklen Augen mit Tränen füllten. Plötzlich konnte sie das Weinen nicht länger unterdrücken. Mit einem Aufschluchzen rannte sie zu ihrer Großmutter, um den Kopf in ihrem Rock zu versenken. »Ich will auch bei Mami und Papi bleiben«, weinte sie. »Grand-Mère, ich will auch hier bleiben!«

»Da siehst du, was du wieder angerichtet hast!« Madeleine funkelte Jesabel zornig an. »Musst du deine Schwester denn immer so ärgern?«

»Was ist denn hier los?« Aline atmete schwer vom Treppensteigen. »Nein, nein, ich will es lieber gar nicht wissen! Maman, du musst ein Telefongespräch annehmen, Henny will etwas wegen der Fahrscheine wissen.« Henny und David hatten beschlossen, nicht nach Paris zu reisen, wie zunächst geplant, sondern gemeinsam mit Madeleine und Judith die Reise nach Marseille anzutreten. Da Madeleine fließend Französisch sprach, erhofften sie sich von ihr Hilfe für die schwierige Anfangszeit. Madeleine streckte sich. Mit der neuen Verantwortung für Teile der Sandstein-Familie schien sie um Zentimeter gewachsen zu sein, in Wahrheit aber hatte sie lediglich ihren gebückten Gang abgelegt. Aline staunte immer wieder über die Verwandlung ihrer Mutter in den vergangenen zwei Wochen.

»Ich gehe ja schon. Wenn du in der Zwischenzeit ein paar lange Strümpfe für Judith heraussuchen könntest. Mir ist nicht ganz klar, welche wem gehören.«

»Den Zwillingen gehört alles gemeinsam«, rief Aline ihrer Mutter hinterher. »Ich dachte, das wüsstest du!« Und damit zerrte sie einen weißen Strumpf hervor, der sich in einer unglücklichen Umarmung mit einem Seidenschal und einem lang vermissten Hüftgürtel befand.

»O nein, nicht diese kratzigen Strümpfe!«, protestierte Judith in einem flüchtigen Anfall von Autorität. »Die gehören Jesabel, Mama!«

»Gar nicht wahr!« In ihrer Wut riss Jesabel die Puppe Bonsche an sich.

»Mama!« Judiths Stimme überschlug sich vor Aufregung. »Jesabel hat mir Bonsche geklaut!«

»Ganz ruhig.« Aline setzte sich auf den Fußboden und klopfte sich dabei auf die Schenkel. »Und jetzt alle mal herkommen!« Judith und Jesabel beeilten sich, auf dem Schoß der Mutter Platz zu nehmen. Mit einer sanften Bewegung entwand Aline dem einen Mädchen die Puppe, um sie dem anderen Mädchen wiederzugeben. »Jesabel, du sollst Judith nicht die Puppe wegnehmen. Und du, Judith, darfst deine Schwester nicht mit diesen Strümpfen ärgern. Sie kratzen also, ja?«

Judith und Jesabel nickten.

»Dann würde ich vorschlagen, wir werfen sie weg.« Die Mädchen starrten einander misstrauisch an. Wo war der Trick? Diese Lösung klang zu einfach. Aline konnte ein Lächeln nicht unterdrücken. »Und jetzt vertragt euch mal, ihr zwei. Ihr werdet euch nämlich ein paar Wochen lang nicht sehen. Ich werde die Zeit mit dir genießen, Jesabel. Und du, Judith, wirst mir furchtbar fehlen. Ich hab euch nämlich beide sehr lieb.«

»Aber wen hast du lieber, Mami?«, wollte Jesabel wissen. »Eine von uns beiden musst du doch lieber haben! Grand-Mère mag Judith lieber, das weiß ich!«

»Davon weiß ich nichts«, wich Aline aus. »Ich weiß nur, dass ich euch beide gleich lieb habe. Und euer Papa auch.«

»Magst du Papi oder uns lieber?«, fragte Judith vorsichtig nach.

Aline strich ihren Töchtern über die langen braunen Zöpfe. »Wer hat euch eigentlich in den Kopf gesetzt, dass es in der Liebe so was Komisches wie Spitzenplätze gibt? Gefühle sind doch kein Sport!«

Das begriffen Judith und Jesabel nicht ganz. Aber sie nickten verständig. Manchmal, das wussten sie beide, musste man Worte nicht verstehen, um zu wissen, was einer meinte.

Am Tag der Abfahrt war es klirrend kalt. Die Wintersonne knallte von einem eisblauen Himmel direkt auf die Fensterscheiben des alten Tourers herab, sodass Nathan beim Fahren die Augen zusammenkneifen musste. »Warum nur habe ich meine Sonnenbrille zu Hause gelassen?«, fluchte er, während er einem entgegenkommenden Fahrzeug auswich.

»Weil du nicht damit gerechnet hast, dass das Wetter für Madeleine und Judith schon heute ins Mediterrane umschlägt?«, witzelte Aline in dem schwachen Versuch, die gedrückte Stimmung im Automobil aufzuhellen. Zum Glück war niemandem von ihnen kalt, so gequetscht wie sie saßen. Im letzten Moment hatte sich nämlich auch Bertha entschieden, mitzukommen. Sie hatte kürzlich im Lichtspielhaus einen Film gesehen, in dem es eine herrliche Bahnhofsszene gegeben hatte. Eine solche Geschichte wollte sie gern einmal in Wirklichkeit erleben – auch wenn die Protagonisten des heutigen Schauspiels in optischer Hinsicht nicht mit Marlene Dietrich und Willi Forst konkurrieren konnten.

Judith und Jesabel waren ungewöhnlich still auf ihrem Rücksitz. Madeleine hatte Jesabel auf den Schoß genommen. Nathan bemerkte, dass sie der Kleinen über die Haare strich, wieder und immer wieder. Während er im ersten Gang die Kaistraße hinauftuckerte, blickte er seine Schwiegermutter im Rückspiegel an. Ihren Gesichtsausdruck konnte er nicht deuten, aber er fühlte, dass etwas Entscheidendes in ihr vorging in diesem Augenblick – nicht umsonst lebte er seit sechs Jahren unter einem Dach mit ihr. Entdeckte sie soeben ihre Liebe zum anderen Enkelkind? Fühlte sie sich schuldig, weil sie sich nicht früher für Jesabel interessiert hatte? Nun, sie würde es in einigen Wochen nachholen können, wenn sie rechtzeitig zur Einschulung der Zwillinge wieder zurückkäme.

Henny blickte ungefähr zum hunderttausendsten Mal auf ihre Taschenuhr, ein Erbstück des Vaters, das Valeska ihr im letzten Augenblick in die Hand gedrückt hatte. Ebenso häufig überprüfte sie, ob ihre und Davids Reisepässe noch da waren, wo sie sie zuletzt gefühlt hatte: im Innenfach ihrer ledernen Reisehandtasche. David strich ihr beruhigend über den Arm. »Sie werden jeden Moment aufkreuzen«, versicherte er. »Bleib ganz ruhig. Wir erregen nur Aufsehen, wenn wir uns so nervös gebärden.«

Henny holte tief Luft, als eine Gruppe von SA-Männern an

ihnen vorübermarschierte. Um sich von ihrer Angst abzulenken, versenkte sie sich in den Anblick der riesigen Empfangshalle des Altonaer Bahnhofs, der von außen wie eine spätmittelalterliche Festung wirkte mit seinem doppeltürmigen Hauptportal. Wie oft hatte sie sich gewünscht, eine Fernreisende zu sein, wenn sie aus dem Grindelviertel hier eingetroffen war, um ihren Bruder und Aline zu besuchen! Und jetzt war es so weit. Sie war im Besitz einer Fernfahrkarte, und in weniger als einer halben Stunde würde sie einen der dampfenden, schnaufenden Züge in Richtung Süden besteigen. Gesetzt den Fall, dass ihre Schwiegermutter und ihre Nichte Judith noch rechtzeitig auftauchten. Aber auch dann würde sie sich nicht wirklich freuen können. Freude, das wusste Henny, würde sie erst dann empfinden, wenn sie glücklich die deutsch-französische Grenze überquert hätten.

Eine seltsame Karawane näherte sich jetzt vom Hauptportal des Bahnhofs. Vorneweg schritt eine altmodisch wirkende Frau mit einem Hut, dessen Krempe so breit war, dass er ihr Gesicht verbarg, einem knöchellangen Kleid und einem ebenso langen Pelzmantel darüber. Ihr Schritt war schnell und bestimmt, und sie drehte sich alle paar Sekunden zu dem Tross um, der ihr folgte, offenbar um Anweisungen zu erteilen. Henny brauchte etliche Sekunden, um Madeleine in ihrer neuen Aufmachung zu erkennen. Ihr dicht auf den Fersen folgte ein völlig überlasteter Kofferträger, der mit schwachen Gesten die Zwillinge abzuschütteln versuchte, die unter lauten Jauchzern versuchten, auf die Gepäckstücke in seinen Händen aufzuspringen, als seien diese Ponys. Hinter den beiden folgte eine mit ausladenden Formen gesegnete Frau – meine Güte, war das etwa Bertha in ihrem Ausgehmantel? –, die den Zwillingen so energisch wie erfolglos Befehle zubrüllte. Obwohl Henny in diesem Augenblick alles andere als fröhlich zumute war, musste sie lachen.

Madeleine und Bertha kämpften beide auf ihre Weise um die Vorherrschaft des Sandstein-Jacoby-Stammes, und sie hatten offenbar nicht vor, sich diesen Streit durch Lappalien wie Abschied und Exil vermiesen zu lassen.

»Wo denn nur Aline und Nathan bleiben?«, hörte sie David neben sich sagen. »Ob sie auch Abschiede in der Öffentlichkeit hassen, so wie deine Mutter?« Henny fragte sich, wie es ihr Mann immer nur schaffte, so besonnen zu bleiben. Seine sanfte Stimme und das freundliche Gesicht waren in den vergangenen Wochen ihre einzige Beständigkeit gewesen.

»Wir müssen uns beeilen«, rief ihnen Madeleine zu. »Der Zug fährt in zehn Minuten ab. Auf welches Gleis müssen wir?«

»Gleis 2«, antwortete David. »Der Schnellzug nach Offenburg.«

Keine Entschuldigung für die Verspätung, dachte Henny, nur die Feststellung, dass sie sich beeilen sollten. Das konnte heiter werden. Zumal sie ihrer angeheirateten Schwiegermutter in Frankreich komplett ausgeliefert sein würden.

»Wo ist Valeska?«, fragte Madeleine, während sie dem Kofferträger hinter sich Zeichen machte, schneller voranzuschreiten. Jetzt erst erkannte Henny ihren Bruder unter der schweren Last. Der Schweiß rann ihm vom Gesicht.

»Mir ist nicht ganz klar, wozu man für zwei Wochen freundlichen Südklimas so viel Zeug benötigt«, ächzte Nathan. »Meiner Ansicht nach hätten es 300 Pfund Ladung weniger auch getan.«

»Nun übertreib nicht!« Madeleines Stimme klang ungewöhnlich missvergnügt. »Das ganze Gepäck umfasst nicht mehr als 120 Pfund. Wir haben es auf Berthas Küchenwaage gewogen. Stimmt's, Bertha?«

Die Köchin murmelte etwas Unverständliches und kratzte sich die Stirn unter ihrem Hut. Dieser Abschied unterbot noch ihre geringsten Erwartungen. Mit der Liebesszene aus »Gefahren der Brautzeit« hatte das Ganze hier nun wirklich nichts zu tun.

»Meine Mutter ist zu Hause geblieben.« Henny antwortete auf Madeleines Frage, obwohl sich offenbar schon niemand mehr für die Antwort interessierte. »Entschuldigen Sie meine Ungeduld, Madame, aber …«

In diesem Moment tauchte Aline neben ihnen auf, atemlos, mit wehendem Mantel. »Gott sei Dank, ich dachte schon, ich erwische euch nicht mehr!«

»Wo bist du denn die ganze Zeit gewesen?«, zischte Nathan, der zunehmend Mühe hatte, mit Madeleine, Henny und David Schritt zu halten.

»Mami!«, jubelte Jesabel. »Bertha hat Läuse!«

»Was hab ich?« Bertha wirbelte auf dem Absatz herum, mit einer Schnelligkeit, die Henny ihr nicht zugetraut hätte.

»Ja – du kratzt dich da immer, genauso wie der Mann, den du neulich behandelt hast, Mami, weißt du, der so gestunken hat!«

»Keine Zeit für Streit!«, brüllte Madeleine nach hinten.

»Na warte, du Kröte, bis wir wieder zu Hause sind!« Berthas Gesichtsfarbe oszillierte irgendwo zwischen Rot und Blau.

»Ich will auch wieder nach Hause«, jammerte Judith. »Grand-Mère, ich will auch wieder nach Hause!«

»Als ich den Wagen geparkt habe, wurde ich von einem Polizisten aufgehalten«, erklärte Aline. »Er hat sich meine Papiere angesehen, und dann wollte er wissen, warum der Tourer ein Hamburger Kennzeichen trägt.« Sie hatten den Wagen unter Valeskas Adresse im Grindelviertel angemeldet, weil er dort einen geschützten Platz in Nathans ehemaligem Pferdeschuppen hatte. »Und dann gab es ein ganzes Trara.«

»So genau wollte ich es nun auch wieder nicht wissen«, schnappte Nathan.

Aline schwieg verblüfft. Sie hatte ihren Mann noch nie dermaßen gereizt erlebt. »Aber ich …«

Ein schriller Pfiff ließ sie alle zusammenzucken. Der Bahnhofsvorsteher schwenkte seine Kelle. »Der Fernzug nach Offenburg auf Gleis 2 ist zur Abfahrt bereit.«

Henny fühlte, wie ihr Herz raste. Jetzt, dachte sie. Tränen schossen ihr in die Augen. Jetzt verlasse ich alles, was mir lieb ist. Meine Stadt. Meine Familie. Alles, was 29 Jahre lang um mich war. Sie fuhr zu David herum, der ihr ruhig zunickte. Sie wollte ihren Bruder umarmen, aber Nathan hievte in diesem Augenblick die Koffer in den Zug. Dann bemerkte sie Aline. Ihre Schwägerin kniete vor der kleinen Judith und redete leise auf sie ein. Judith weinte. Jetzt trat Jesabel auf ihre Schwester zu. Sie kniete sich ebenfalls hin. Und dann geschah etwas Unglaubliches. Die Schwestern umarmten sich.

Plötzlich wurde es hektisch. Der Bahnhofsvorsteher blies abermals in seine Trillerpfeife. Nathan kam aus dem Zug gestürzt. Aline versuchte, die beiden Mädchen voneinander zu trennen. Hinter ihnen fauchte jemand, dass sie den Weg versperrten. Und dann stieg Henny selbst die Stufen zum Waggon hinauf, nein, gezogen wurde sie, von David, der schon drinnen war. Sie hörte noch, wie Nathan ihr etwas zurief, und Aline auch, und dann sah sie, dass Madeleine mit Judith an der Hand den Tritt in den Waggon erklomm, und die Türen fielen hinter ihr zu, und der Zug setzte sich in Bewegung, hinaus aus der Halle, und dann konnte Henny nichts mehr sehen, weil David sie in all dem Geratter und Geschüttel umarmte und ihr Gesicht an seine Schulter presste.

»Brüll mich meinetwegen an, wenn es sein muss, aber sag mir endlich, was mit dir los ist!« Aline hatte die Tür zu Nathans Arbeitszimmer aufgerissen. »Dieses Schweigen ist mehr, als ich heute ertragen kann!«

Nathan hob träge den Kopf von seinen Notizen. Zum ersten Mal bemerkte Aline die feinen Linien auf seiner Stirn und um seinem Mund. »Judith fehlt mir schon jetzt«, sagte er schlicht.

Aline ließ sich auf den Stuhl neben seinem Schreibtisch fallen. Sie nahm seine Hand. »Ach Nathan, mir doch auch. Aber es dauert nur ein paar Wochen, dann ist sie wieder da!«

»Ich glaube, es war falsch, sie mit Madeleine die Reise machen zu lassen.« Nathan blickte zum Fenster hinaus auf die Elbe hinunter. Es war, als hätte er ihre Worte gar nicht gehört.

»Aber hör mal, wir haben doch so oft darüber gesprochen. Und du hast selbst gesagt, es wäre das Beste für die beiden, wenn sie mal für eine Weile voneinander getrennt wären. Für uns, aber auch für die beiden.«

»Schön, wie du das alles auf mich schiebst.« Auf einmal war Nathan in die Gegenwart zurückgekehrt. »Du selbst bist natürlich völlig unschuldig an dieser Entscheidung.«

Aline spürte Ärger in sich aufsteigen. »Was soll das eigentlich? Hast du dir vorgenommen, mich zu provozieren? Ist das jetzt vielleicht deine neue Methode, um mit den Dingen klarzukommen?«

»Dingen.« Nathan schnaufte höhnisch. »Dass unsere fünfjährige Tochter ohne uns ins Ausland reist, das ist ja wohl kein *Ding.*«

»Ich verstehe dich nicht!« Aline schlug mit der Faust auf den Tisch. Das hatte sie in ihrer Ehe noch nie getan. Mit ihrem Vater war ihr früher oft die Geduld gerissen, als es noch darum ging, ob sie studieren dürfe – aber Wut auf Nathan? Dieses Gefühl, ungerecht behandelt zu werden – durch Nathan? Das war neu, und diese Erkenntnis machte sie rasend. »Du tust geradewegs so, als hätte ich die Entscheidung allein getroffen! Und das ist nicht wahr! Das habe ich nicht!«

»Habe ich jemals das Gegenteil behauptet?« Nathan rieb sich die Augen.

Der Zorn verrauchte, so plötzlich wie er gekommen war. »Ich weiß nicht mehr, was du behauptet hast.« Von unten hörte sie Kinderweinen, dazwischen Berthas beruhigende Stimme. Aline versuchte aufzustehen. Ihre Beine waren bleischwer. »Ich gehe jetzt mit Jesabel an den Strand. Kommst du mit?«

Nathan schüttelte den Kopf, dann besann er sich anders. Er stand auf und legte die Arme um Aline. »Ja«, sagte er. »Und zwar gern. Ich kann mich jetzt sowieso nicht konzentrieren.«

»Küss mich«, sagte Aline. »Und lass uns so etwas nie wieder tun.«

»Was nicht tun?«

Aline machte eine Handbewegung, die das ganze Zimmer mit einschloss. Das Aquarell der Zwillinge, das Nathan gemalt hatte, die gerahmte Fotografie von ihnen beiden vor dem Haus, mit je einem kleinen J auf dem Arm – die Mädchen mochten wohl erst ein Jahr alt sein –, die selbst gebastelten Kindergeschenke, kleine Figuren aus Kastanien, Streichhölzern und Federn, ihr Hochzeitsbild. »Das hier kaputtmachen. Nathan?«

»Ja?«

»Wir werden diesen Fehler nicht noch einmal machen. Die Zwillinge gehören zusammen, egal, wie sehr sie sich streiten. Und – Nathan?«

Nathan lächelte. »Wieder ja?«

»Wir beide bleiben doch immer zusammen – was auch immer geschieht, oder? Wir werden uns niemals trennen, nicht?«

»Nein, Liebling, das werden wir nicht.«

»Versprichst du es mir?«

Nathan streichelte Aline über ihre dunklen Locken. Ihre Haare waren wieder so lang geworden, er liebte es, wenn sie sie so trug, offen und voller Bewegung.

»Ja«, lächelte er. »Das tue ich.«

3. Kapitel

Hier!« Käthe rauschte wie eine Furie in den Anbau, wobei sie einen Blumenstrauß aus gelben Rosen schwenkte.

Aline lächelte. »Danke schön. Welchem Anlass habe ich diese freundliche Geste zu verdanken? Geburtstag habe ich doch erst wieder in einem Dreivierteljahr. Entschuldige, ich kann mir den Strauß nicht so genau angucken, ich muss mich um dieses Salzbad kümmern. Hans Niemeyer kommt in einer Stunde, er hat schon seit Wochen Bronchitis, und ich will sehen, ob ich das mit dem Salzbad endlich wegbekomme. Vorsicht, du trittst auf den Schlauch, Käthe!«

»Das ist Jacksons Abschiedsgeschenk an mich!«, brüllte Käthe. »Gelbe Rosen! *Gelbe!* Ich meine, was sagst *du* dazu?« Mit einem wütenden Ruck schleuderte sie den Strauß in das halb volle Gesundheitsbecken.

Aline blickte verblüfft zwischen Käthe und dem auf dem Wasser treibenden Strauß hin und her. »Ich sage: als Vase vielleicht ein bisschen groß.« Sie bemerkte Käthes Gesichtsausdruck und stellte augenblicklich den Wasserhahn ab. »Entschuldige, Käthe, ich meinte das nicht so.« Zu ihrem Entsetzen weinte Käthe laut auf. »Ist ja gut«, machte Aline und nahm die Freundin in die Arme. »Er hat dir wirklich etwas bedeutet, der Mann, ja?«

»Ja!«, schluchzte Käthe. »Und ich wusste schon, dass er

eines Tages nach Amerika zurückwollte, aber ich hätte nicht damit gerechnet, dass das so schnell geschehen würde! Seine Tournee wurde abgesagt, genau wie meine, wir treffen offensichtlich den Zeitgeist nicht mehr, und ich, oh …« Sie presste sich die Hand vor den Mund und würgte.

»Nein!«, schrie Aline. »Nicht ins Salzbad übergeben! Bitte, Käthe!«

Mit einem Ruck wandte Käthe sich um und stürzte hinaus in den Hof. Sie erbrach sich direkt vor der Tür zum Anbau. Aline hielt sie fest, während sie darauf wartete, dass Käthes Magen sich leerte. Als es zu Ende war, führte sie sie zur Liege im Sprechzimmer und rief Bertha, sie möge einen schwarzen Tee aufsetzen, einen kräftigen.

»Du musst mich untersuchen«, krächzte Käthe. »Jetzt hab ich mir auch noch so eine blöde Krankheit eingefangen!«

»Das kann der Schock sein«, erwiderte Aline. »Manche Menschen reagieren so. Am besten, du bleibst jetzt eine Weile liegen. Wenn Hans Niemeyer kommt, musst du aber nach oben gehen. Du kannst dich in Mamans Bett legen. Lass dir von Bertha einen Eimer geben, falls dir noch einmal übel werden sollte. Wie oft hast du dich schon übergeben?«

Käthe schüttelte den Kopf. »Eben gerade zum ersten Mal.«

»Wir bekommen das schon wieder hin«, lächelte Aline. »Ganz sicher. Und jetzt gehe ich mal rasch die Steine im Hof abspülen.« Sie war schon halb zur Tür hinaus, da drehte sie sich wieder um. »Was soll ich mit dem Blumenstrauß machen?«

»Mir bringen«, sagte Käthe leise. Und dann so, dass Aline sie kaum verstehen konnte. »Ich danke dir.«

Madeleine brauchte nur einen Tag, um zu entdecken, dass es in der Stadt ihrer Vorfahren einen Boulevard de la Madeleine gab. Sie schritt ihn wie eine Eigentümerin hinab, ihre kleine

Handtasche in der rechten, der stärkeren Hand – man hatte sie vor den Dieben in Marseille gewarnt –, den Sonnenschirm in der linken. Noch schien die Sonne zwar nur zögerlich vom Märzhimmel herunter, aber außer in den engen Gassen des Panier und des Gängeviertels am Alten Hafen spendete die Stadt nur wenig Schatten; sie war kahl wie nach einem Brand. Madeleine dachte an Alines frühere Gouvernante, Chantal, die ihr von den palmengeschmückten Plätzen der Metropole vorgeschwärmt hatte, offenbar nur eine von vielen Märchengeschichten, die ihr diese schöne Lügnerin aufgetischt hatte. Sie erreichte die schmucklose protestantische Kirche auf dem Boulevard und schwankte, nicht zum ersten Mal an diesem Tag, zwischen Enttäuschung und Bewunderung. Marseille war so völlig anders, als sie es sich vorgestellt hatte. Sicher, das babylonische Sprachgewirr in den Straßen erinnerte sie an die Erzählungen ihres Vaters und an ihre eigenen Träume von diesem Ort, einem Ort, in dem die Luft nur so schwirrte von Hitze und Farbe und Geschrei. Aber sie hätte nicht damit gerechnet, dass Marseille und Hamburg sich so ähneln würden. Beide Städte hatten in Hafennähe ein übel beleumundetes, schlecht riechendes Gängeviertel, und beide hatten eine berühmte Straße, in deren Nähe die Schiffstaue hergestellt wurden: in Hamburg die Reeperbahn mit ihren angrenzenden Reepschlägereien, in Marseille die Canebière, auf der noch im vergangenen Jahrhundert der Hanf für die Seile angebaut worden war. Und als sie an diesem Morgen über die Canebière gegangen war, nein, gelaufen, denn sie fühlte sich jung auf einmal, mit großer Eile in den Beinen, hinunter zum Alten Hafen, da hatte sie die Rahen der Schifferboote entdeckt, das geschäftige Treiben der Fischverkäufer an den Kais, ihre Rufe hatte sie gehört – »Rotbarben, billige Rotbarben, Drachenköpfe, Meeraale« –, und da hatte sie geglaubt, am Fischmarkt zu sein. Müde war sie für einen Augenblick geworden, hatte sich hingesetzt in dem Treiben und Reißen der Menge, auf eine Bank an der Promenade, und sich gefragt, wozu sie diese Reise angetreten hatte, wenn sie doch nur wieder da anlangte, von wo sie hergekommen war. Aber vielleicht war das, überlegte Madeleine, der Sinn allen Reisens, sich selbst zu finden, immer wieder neu, egal, an welchem Ort der Welt, sich selbst und seine Heimstatt.

Sie beschloss, hier auf dem Boulevard, der ihren Namen trug, einen Kaffee zu trinken. Sie dachte an Judith, die bei Henny und David im Hotel geblieben war, an die bevorstehende Testamentsverlesung, und dann spürte sie nur noch die köstliche Stärke von Mokka in ihrem Mund, sie spürte die Sonne auf ihrer pergamentenen Haut, und eine große Ruhe erfüllte sie. Zum ersten Mal in ihrem Leben überlegte sie, wie es wäre, an einem anderen Ort als in Övelgönne zu leben. Es war ja nicht zu spät, um noch einmal neu anzufangen.

Madeleine Jacoby, geborene Darlon, war zweiundfünfzig Jahre alt, als sie beschloss, Marseille eine Chance zu geben.

»So kann es nicht weitergehen! Steh auf!« Aline war in das Zimmer ihrer Mutter getreten, in dem Käthe nun schon seit fünf Tagen lag. Ihren verdorbenen Magen hatte sie vergeblich zu kurieren versucht. Die Freundin wurde zusehends dünner und blasser – wenn es denn bei einer Albina eine Steigerung von Blässe gab.

Käthe seufzte und drehte Aline den Rücken zu.

»Du musst wieder unter Menschen, Käthe, du kannst dich nicht so gehen lassen! Hab mal ein bisschen Achtung vor dir selbst!«

»Was willst du von mir?« Käthes Stimme klang dumpf.

»Nimm doch mal das Kissen aus dem Gesicht, ich kann dich ja kaum verstehen!«

»Ich kann den Imperativ nicht ausstehen«, murmelte Käthe, ohne sich zu rühren. »Konnte ich noch nie.«

»Hä?« Aline riss das Fenster auf. Ein Schwall frischer Luft wehte herein. »Werd deutlich! Sprich nicht in Rätseln!«

»Ich meine«, Käthe wickelte die Decke fester um sich, »was genau versprichst du dir davon, mir Befehle zu erteilen? Ich steh im Bett nicht auf solche Sachen.«

»Oho!« Aline musste lächeln. »Du wirst anzüglich! Das ist doch mal ein gutes Zeichen. Lass uns heute Abend ausgehen. Emilie hat angerufen …«

»Emilie ruft immer an. Diese Frau kann ohne Telefon nicht leben. Ich frage mich, was sie vor fünfzig Jahren getan hätte. Vermutlich hätte sie Brieftauben geschickt. Der Himmel wäre schwarz gewesen von Emilies Tauben.« Emilie war Alines Kommilitonin an der Hamburger Universität gewesen. Den Arztberuf hatte sie allerdings nie ausgeübt. Ihre drei Kinder füllten sie zur Genüge aus. Früher hatte Käthe nie einen Grund gesehen, auf Emilie eifersüchtig zu sein. Emilie war ihr wie der Prototyp der langweiligen, verheirateten Frau erschienen – ohne Sinn für Mädchenspaß. Aber in letzter Zeit schien sich bei Emilie die Langeweile so sehr verdichtet zu haben, dass sie ständig ausgehen wollte – am liebsten mit Aline.

»Nun sei nicht albern!« Aline fühlte Käthe die Stirn. Sie war kühl. »Emilie ist meine fünftbeste Freundin. Erst kommst du, dann kommt drei Plätze lang gar nichts, und erst dann kommt Emilie.«

»Komisch eigentlich, dass man sich noch als Dreiunddreißigjährige Gedanken um solche Fragen macht«, sinnierte Käthe und richtete sich langsam auf. »Na gut, wenn Emilie nur Fünftbeste ist, komme ich mit.«

»Ist das wahr?« Aline legte der Freundin einen Arm um den Hals. »Wir werden Spaß haben, du wirst es nicht bereuen!«

»Schon wieder komisch.« Käthe erwiderte die Umarmung. »Früher war ich diejenige, die diese Dinge gesagt hat!«

Das Café Heinze am Millerntorplatz in St. Pauli sah aus wie von Zeitreisenden aus der Zukunft gebaut: ein gleißender Turm, auf dem in schwarzen Lettern vertikal der Name seines Besitzers prangte. Das lang gestreckte Gebäude war kurvenförmig in die Ecke des Platzes gebaut, in Höhe der ersten Etage lief ein Leuchtstreifen quer über die Front. Käthe hatte den Amüsierbetrieb durch Jackson entdeckt, denn Jacksons Orchester war hier ein paar Wochen lang aufgetreten.

»Ich weiß nicht, ob es für dich schon richtig ist, an diesen Ort zurückzukehren«, meinte Aline, als sie sich dem Gebäude näherten. Sie gingen eingehakt: Aline in der Mitte, Käthe links und Emilie rechts.

»Aber ich weiß es«, erwiderte Käthe. »Es ist NICHT richtig. Es zerreißt mir das Herz, das alles hier wiederzusehen.«

»Warum tust du es dann?« Emilie sah an diesem Abend richtig gut aus. Sie trug eine eng anliegende schwarze Kappe und einen dazu passenden Mantel mit Fellkragen.

»Schon mal was von den Expeditionsreisen der Polarforscher gehört?« Käthes Ton war nur eine Spur schnippisch. »Die müssen sich vor ihrem Aufbruch auch abhärten. Sonst steht man die Qualen ja nicht durch.«

Sie betraten das Foyer. Augenblicklich umgab sie dichter Qualm, aus dem Saal wehten die Töne einer Jazzkapelle herüber. Zu dritt traten sie an die Garderobe, um ihre Mäntel abzugeben.

»Vielleicht finden wir für dich heute Abend ja einen schmucken Kerl«, sinnierte Aline, während sie die Garderobenmarke in ihre Handtasche gleiten ließ. »Guck mal, der Dunkle da hinten! Du magst doch Dunkle, oder?«

Käthe hob nur müde eine Augenbraue. »Ich mag alle, die

nicht gerade dann nach Amerika gehen, wenn ich total verliebt bin in sie. Haarfarbe zweitrangig.«

»Du darfst den Kopf nicht so hängen lassen.« Aline richtete sich vor dem Spiegel schnell die Frisur. »Es gibt sie, die attraktiven, witzigen, intelligenten Männer, die sich darauf freuen, deine Bekanntschaft zu machen.«

»Schon wieder so ein falsches Versprechen von Seligkeit. Das ist doch wie mit Gott, dem Herrn. Alle Welt redet von Ihm, aber keiner hat Ihn je gesehen.« Käthe schnaubte verächtlich. »Ihr Christen seid einfach viel zu leichtgläubig.«

Zu dritt ließen sie sich an einem kleinen Tisch in der Nähe der Tanzfläche nieder. Eine Weile lauschten sie nur der Kapelle und betrachteten die Paare, die auf der gläsernen Fläche in der Mitte des Raumes tanzten. Ihre Gesichter wirkten strahlend, aber auch ein bisschen unheimlich, denn die Tanzfläche war von unten beleuchtet. Aline beobachtete sie. »Träume ich, oder sind die alle zehn Jahre jünger als wir?«, fragte sie schließlich. Emilie winkte einem Kellner, der nun schon zum vierten Mal an ihnen vorüberschwebte. Sie saßen genau in seiner Blickrichtung, aber der Bursche schien sie einfach zu ignorieren.

»Hallo!«, rief Aline, nun ebenfalls winkend. Der Kellner begab sich an den Nebentisch, an dem sich in diesem Augenblick zwei junge Paare niederließen.

»Nicht alle sind zehn Jahre jünger«, bemerkte Käthe. »Einige sind auch fünfzehn Jahre jünger.« Sie packte den Kellner am Ärmel. »Hey, wem muss ich hier eins überbraten, damit ich einen anständigen Martini serviert bekomme?«

Emilie schüttelte den Kopf. »Ich fasse es nicht, wie sie immer den Mut aufbringt, solche Sachen zu sagen!«

»Und ich«, bemerkte Aline, »fasse es nicht, wie sie den Mut aufbringt, einen Martini zu bestellen, wenn ich neben ihr sitze. Käthe, du bist immer noch nicht wiederhergestellt – ich verbiete dir, Alkohol zu trinken!«

Käthe starrte sie aus ihren hellen Augen belustigt an. Dann steckte sie sich den Finger ins Ohr und wackelte daran. »Ulkig, ich hab gerade was ganz Abnormes verstanden! Muss an dem Geräuschpegel hier drin liegen!«

»Du hast schon richtig verstanden.« Und zu dem Kellner gewandt, der stirnrunzelnd von einer zur anderen blickte: »Für die Dame hier ein Glas Pfefferminztee, und für uns«, sie lächelte Emilie zu, »zwei Martini, bitte!«

Käthe brach in nervöses Gelächter aus. »Meine Freundin hat heute ihren lustigen Tag. Drei Martini, und keine Widerrede!«

»Sehr wohl, die Damen!« Der Kellner machte auf dem Absatz kehrt.

»Willst du mir jetzt den letzten Rest Lebensfreude rauben?«, zischte Käthe.

In dem Moment, in dem der Kellner mit den Getränken kam, wurden Stimmen hinter ihnen laut. Eine Gruppe SA-Leute war in das Café eingedrungen, was eine andere Gruppe dazu verleitete, sich ihnen entgegenzustellen. Es dauerte nicht lange, da schubsten sich die Ersten hin und her.

»Männer«, kommentierte Käthe, während sie genüsslich ihren Drink schlürfte. »Müssen sich immer irgendwie auffällig verhalten.«

»Verfluchte Reichsbannermeute«, brüllte einer der SA-Männer. »Hier rottet ihr euch also wieder zusammen, ja? Bei Negermusik, ja? Auf die Schnauze wollt ihr wieder, ja?«

Der Stoß kam so unvermutet, dass der angesprochene Reichsbannermann sein Gleichgewicht nicht halten konnte. Er stürzte nach hinten, direkt auf Käthes Stuhl. Käthe kippte nach vorn, der Mann fiel rücklings auf sie drauf.

»Jetzt hab ich es aber satt!« Käthe wand sich frei und sprang auf die Beine. Mit einem Satz war sie bei dem SA-Mann, der immer noch die Fäuste geballt hatte.

»Kannst du mit deinen Freunden nicht draußen spielen? Wir sind hier doch nicht im Kinderzimmer! Dies hier ist ein … oh!« Sie presste die Hand vor den Mund.

»Nein!«, schrie Aline. »Käthe, tu's nicht!«

Aber Käthe konnte nichts gegen den Würgreiz unternehmen, der plötzlich in ihr hochwallte. Halt suchend griff sie nach der Schulter des SA-Mannes. Als der versuchte, sie abzuschütteln, brach es aus ihr heraus. Eine Woge von Erbrochenem klatschte auf sein Hemd.

»Um Gottes willen!«, keuchte Emilie.

»Weg hier, schnell!« Aline wirbelte herum, stürzte zu Käthe und riss sie mit sich fort. Käthe konnte noch so eben eine Entschuldigung murmeln. Zehn Sekunden später standen sie draußen auf dem Millerntorplatz. Die eiskalte Abendluft schnitt ihnen in die Haut.

»Unsere Mäntel«, jammerte Emilie.

»Die holen wir später! Hier, hak Käthe unter, und dann lasst uns laufen!« Sie wandten sich nach links auf die Reeperbahn und rannten, was das Zeug hielt. Bis Altona liefen sie so. Nur zweimal hielten sie in Hauseingängen an. Einmal, weil sie glaubten, dass ihnen die Männer auf den Fersen waren. Und einmal, weil Käthe sich wieder übergeben musste.

»Mit der Welt geht es bergab«, bemerkte sie, als sie sich voneinander verabschiedeten, »jetzt muss ich schon von Martini kotzen.«

»War mal wieder sehr nett mit euch, Mädels«, strahlte Emilie, ohne sich groß um Käthes Worte zu bekümmern. »Ich schwör's, diesen Abend werd ich nicht so schnell vergessen! Also, dann bis nächste Woche, nicht?«

Aline hielt Käthe zurück, als diese auch gehen wollte. »Du kommst noch mit mir mit!«

Käthe lachte. Sie sah immer noch blass aus, aber hatte sich schon wieder in der Gewalt. »Soll das eine Festnahme sein?«

»So was Ähnliches, ja. Ich werde dich jetzt untersuchen.«

»Jetzt?« Käthe blickte auf die Turmuhr an der Trinitatiskirche. »Es ist kurz nach Mitternacht. Außerdem hast du meinen Magen schon untersucht.«

»Deinen Magen, ja.« Aline tat, als sähe sie die Dreifaltigkeitskirche zum ersten Mal, die gotischen Bögen im Mauerwerk des Glockenturms, die ganze überkommene Architektur, dieses steinerne Wunder aus dem 17. Jahrhundert, Hitze, Kälte und Krisen trotzend, unverwüstlich. Sie lächelte. »Aber nicht deinen Unterleib.«

»Warte mal.« Käthe taumelte einen Schritt zur Seite. »Du willst doch wohl nicht etwa sagen, dass ich … nein, das ist überhaupt nicht möglich.«

»Wann war deine letzte Monatsblutung?«

Käthe klappte zusammen. Sie sank, ohne ein Wort zu sagen, auf dem Kantstein zusammen. Sie vergrub das Gesicht in den Händen. Aline setzte sich neben sie, streichelte über das Bein ihrer Freundin. Langsam und unbeholfen und ein bisschen ratlos war das Streicheln. Eine Pferdekutsche klapperte über das Kopfsteinpflaster in der Kleinen Mühlenstraße. Aline kniff die Augen zusammen. Schließlich räusperte sie sich. »Du kannst noch mal bei mir schlafen, heute Nacht, wenn du willst. Die Untersuchung machen wir dann morgen früh.«

»Nein.« Käthe schüttelte den Kopf. »Ich will es jetzt wissen. Jetzt sofort.«

Nathan betrachtete stirnrunzelnd das Formular für die Schulanmeldung. Unter Rassenzugehörigkeit der Zwillinge hatte er »deutsch« geschrieben. Die Schulsekretärin hatte das Wort durchgestrichen und ein Fragezeichen dahinter gemalt.

»Aber meine Töchter *sind* deutsch«, beteuerte er.

»Es geht nicht um die Staatsangehörigkeit, es geht um die Rasse«, erklärte die Sekretärin. Sie klang, als spräche sie mit einem Kind, dessen offensichtliche Lernbehinderung ein außerordentliches Maß an Geduld beanspruchte. »Arisch oder jüdisch?«

»Meine Töchter sind christlich getauft und deutscher Abstammung, also arisch.«

»Gut.« Die Frau seufzte schwer. »Das hätten wir also geschafft. Rasse der Eltern?«

»Mutter arisch, Vater jüdisch«, gab Nathan widerwillig zu Protokoll.

Die Sekretärin verdrehte die Augen gen Himmel. Sie schwieg einen Augenblick, holte tief Luft und zerknüllte das Formular. »Dann fangen wir also wieder von vorne an. Judith und Jesabel Sandstein: jüdisch.«

»Aber ich sagte Ihnen doch – meine Töchter sind christlich getauft! Also sind sie Christen und schwerlich Juden, oder? Sind Sie getauft, Fräulein …?«

»Ja. Aber das tut wohl kaum etwas zur Sache.« Die Stimme der Sekretärin war trocken wie zehn Tage altes Brot.

»Wie würden Sie es finden, wenn ich nun aufschriebe: Rasse der Sekretärin – christlich getauft, also Hindu?«

Die Sekretärin griff nach einer Glocke auf ihrem Schreibtisch. »Ich glaube«, sagte sie, »dies ist ein Fall für den Herrn Rektor.«

Der Rektor war ein Mann unschätzbaren Alters mit weißem, fedrigem Haar. Er blickte verwirrt nach links und rechts, als er Nathan Sandstein gewahrte, und strich sich über das leichte Haar, wie um es am Abflug zu hindern.

»Herr Meyerdink!«, stieß Nathan hervor. »Ich wusste nicht …«

Otto Meyerdink hüstelte verlegen. »Herr Sandstein. Wenn Sie mir in mein Büro folgen würden.«

Nathan war seinem ehemaligen Mathematikprofessor seit der Studienzeit nicht mehr allein begegnet. Bei ihren unfreiwilligen Zusammentreffen in Övelgönne war stets Meyerdinks feldwebelige Gattin zugegen gewesen, Gertrude, der die Natur rätselhafterweise ein Doppel-X-Chromosom verpasst hatte – und das, obwohl Gertrudes Testosteronspiegel nur knapp unter dem von Max Schmeling liegen konnte, wie Aline unter Berufung auf ihre medizinischen Kenntnisse felsenfest behauptete.

»Wenn ich meine Sekretärin richtig verstanden habe, gibt es Probleme bei der Ausfüllung Ihres Formulars.«

»Nicht, dass ich wüsste.« Nathan, obschon von Natur aus eher schüchtern, war sich in Meyerdinks Gegenwart seiner eigenen Überlegenheit bewusst. Er fühlte sich jung, elegant und eloquent. Bei Meyerdink hingegen war es verwunderlich, dass dieser ohne seine Gattin überhaupt einen zusammenhängenden Satz herausbrachte. Nathan fragte sich im Stillen, wie der Alte an den Rektorenposten geraten war. Jahrzehntelang hatten die Altonaer und Hamburger Behörden den Mann erfolglos hin und her geschoben, bis er dann vor zwei Jahren in einen erzwungenen Vorruhestand entlassen worden war.

Meyerdink lächelte nervös. »Ähm – meine Sekretärin hat mir eben etwas anderes signalisiert.«

»Ich bin gespannt.« Nathan setzte sich zurecht, ohne den Rektor aus den Augen zu lassen.

»Sie sind doch Jude, oder?«

»Wenn man gewissen Papieren Glauben schenken möchte, ja.« Nathan ließ seinen Blick über die Ehrfurcht gebietende Bücherwand hinter Meyerdink schweifen. Ob der gute Otto wohl jemals eines dieser Bücher gelesen hatte? »Aber ich bin schon vor Jahren aus der jüdischen Gemeinschaft ausgetreten. Mein Vater war Christ. Ich selbst bin in keiner Weise religiös aktiv. Im Übrigen weiß ich nicht, was diese Angelegenheit mit der Einschulung meiner Töchter zu tun haben soll.«

Meyerdink räusperte sich. »Es hat gar nichts damit zu tun. Wir müssen es nur vermerken.«

»Bitte schön.« Nathan trommelte mit den Fingern auf die Armlehne. »Vermerken Sie es. Ich darf aber doch davon ausgehen, dass meinen Töchtern durch diesen Vermerk kein Nachteil erwächst.«

»Aber nein, Herr Sandstein! Wie kommen Sie darauf?«

Nathan zuckte mit den Schultern. »Man hört so manches in letzter Zeit. Juden scheinen unter der neuen Regierung nicht sehr beliebt zu sein, aus was für Gründen auch immer.«

Meyerdink stand auf, wobei seine Haare wieder in die Höhe wehten. »Wir sind doch Nachbarn«, lächelte er. »Sie können mir vertrauen.« Er reichte Nathan die Hand.

Nathan schlug zögernd ein.

»Jetzt rate mal, wer der Rektor an der Schule unserer Töchter ist!« Nathan stürmte in den Garten, in dem Aline, mit einer Heckenschere bewaffnet, die Winterschäden an den Pflanzen prüfte. Jesabel hockte am unteren Ende des Gartens, zum Strand hin, um aus den abgeschnittenen Dörrzweigen ein Haus für ihre Puppe zu bauen, ein ehemals namenloses Wesen, das seit Judiths Abfahrt genauso hieß, wie Judith ihre Puppe genannt hatte – Bonsche. Käthe war zu Nathans Erleichterung nirgendwo zu sehen. Seitdem Aline bei ihrer besten Freundin eine Schwangerschaft festgestellt hatte, war sie Tag und Nacht zugegen gewesen. Nathan hatte nichts gegen Käthe, aber ihre laute, ungestüme Art war manchmal schwer zu ertragen, zumal jetzt, wo ein Nichts sie zum Weinen brachte. Wenn Käthe weinte, war es nicht so, wie wenn Aline weinte. Es war mehr eine Art Sturmtief, das sich über die Elbe senkte, düster, drohend und von einer Heftigkeit, die einem in Erinnerung rief, wie fragil das Dach wirkte und dass das Haus nur bedingt gegen Flut geschützt war. Er drückte seiner Frau einen Kuss in den Nacken. »Du darfst dreimal raten. Wenn du alle Male falsch rätst, bekommst du einen Kuss auf den Mund.«

Aline schnippelte an einem hoffnungslos aussehenden Rosenstock. »Eins: unser alter Tanzlehrer. Zwei: Reichspräsident Hindenburg. Drei: der Weihnachtsmann. Wo bleibt mein Kuss?«

Nathan lachte. »Otto Meyerdink! Seit wann ist der eigentlich wieder im Schuldienst?«

Aline schloss die Augen und spitzte den Mund. »Mmmm, na endlich. Vermutlich, seitdem er in die NSDAP eingetreten ist. Es stimmt, was alle sagen. Diese Partei bewirkt tatsächlich Wunder.«

Nathan stutzte. »Unser alter Otto ist Parteimitglied? Woher weißt du das?«

»Ganz Övelgönne weiß das. Seine Frau hat ihm dazu geraten. Schon im vorigen Jahr.«

Nathan blickte auf den Strom hinaus. Ein Dreimaster segelte da draußen, ganz offensichtlich gegen eine plötzliche Bö ankämpfend. »Ich bin nicht sicher, ob wir Judith und Jesabel auf eine Schule schicken sollten, die von einem NSDAP-Mann geleitet wird.«

»Papi!«, brüllte Jesabel. »Guck mal das Puppenhaus, das ich hier baue!«

»Gleich, Schatz, ich rede gerade mit deiner Mutter!« Aus den Augenwinkeln bemerkte Nathan, dass Jesabel mit ihrer Kinderschaufel in der Gartenerde grub. Dann stellte er seinen Blick wieder auf Alines Gesicht scharf. Er versenkte sich in ihre dunklen Augen, in das volle, wellige Haar, ihren Mund mit den schön geschwungenen Lippen. Sekundenlang spürte er nichts als Liebe. Staunen überkam ihn – dass diese Frau ihn tatsächlich erhört und erwählt hatte, dass sie ihn wiederliebte. Gleichzeitig spürte er zum ersten Mal seit der Hochzeit auch

Angst, als sei etwas brüchig in ihrem Glück. Der Augenblick verflog, die Angst mit ihm.

»Was sollen wir denn tun?« Aline legte die Arme um Nathan. Jetzt war ihr Gesicht so dicht vor seinem, dass es vor seinen Augen verschwamm. »Es ist doch egal, ob das Lehrpersonal in der Partei ist oder nicht, der Lehrplan wird ohnehin von oben diktiert. Von Berlin aus. Wenn uns das nicht passt, müssen wir eben …« Sie brach ab, weil sie sah, dass Nathan sich auf die Lippen biss. »Ja, ich weiß, was du sagen willst. Dass wir dann eben Deutschland verlassen müssen. Aber ich kann nicht, Liebling.« Sie strich ihm über die Wange. »Vielleicht malen wir uns das im Moment auch alles viel schlimmer aus, als es wirklich ist.«

»Papi, jetzt komm endlich!« Jesabel war neben ihn getreten und zerrte an seinem Jackett. Nathan ließ sich mitziehen.

»Oh«, staunte er. »Das sieht kolossal gut aus, dein Haus. Aber was soll der Graben drum herum?«

»Jesabel«, jammerte Aline. »Wie oft habe ich dir schon gesagt, du sollst den Garten nicht umgraben?«

»Ich habe ihn nicht umgegraben, Mami!« Jesabel war von der Anschuldigung ehrlich empört. »Ich habe nur einen Wassergraben um das Haus gezogen. Damit die Ritter nicht reinkönnen!«

»Ach, Liebling.« Aline streichelte ihrer Tochter zärtlich über den Kopf. »Ist Bonsche jetzt etwa eine Prinzessin geworden?«

Die Puppe thronte im Innern des Zweighauses. »Ja«, erklärte Jesabel. »Das sieht doch ein Dummer!«

Nathan schüttelte den Kopf. »Seit Judith weg ist, lebt sie komplett in ihrer Märchenwelt. Höchste Zeit, dass sich das ändert.«

Aline seufzte. »Das denke ich auch.«

Eine Woche später traf der Brief ein. Er war im französischen Marseille abgestempelt, sein Datum lautete auf den 5. April 1933, und er las sich wie folgt:

»Aline, meine geliebte Tochter!

Judith und ich sind wohlauf und erfreuen uns bester Gesundheit. Wie ich dir in meinem Brief vom 20. März mitteilte, haben wir uns in der Stadt gut zurechtgefunden. Nachdem ich erfahren habe, dass dein Onkel Jean-Baptiste und ich diese sagenhafte Summe bekommen werden, habe ich uns alle in eine bessere Pension eingebucht, was auch Henny und David zugute gekommen ist. Henny beteuert stets, dass sie nicht wüsste, was sie ohne mich anfangen sollte, und zeigt sich überhaupt sehr dankbar und lieb.

Leider sind die Nachrichten, die wir hier aus Deutschland bekommen, alles andere als erfreulich. Durch eine Bekanntschaft, deren Zustandekommen zu beschreiben mich zu weit von dem eigentlichen Anliegen meines Briefes abbrächte, bin ich in einen Kreis geraten, in dem auch verschiedene europäische Diplomaten verkehren. Von ihnen erfuhr ich, dass es vor vier Tagen in mehreren deutschen Städten einen Boykott gegen jüdische Geschäfte gegeben habe. Habt ihr das mitbekommen? Kunden, die einen Laden betreten wollten, wurden aufgefordert, woanders einzukaufen. Außerdem seien in den vergangenen Monaten tausende von Menschen verhaftet worden – darunter eben auch viele Juden, die sich nichts haben zuschulden kommen lassen, außer vielleicht, dass sie nicht derselben Religion angehören wie der Bürstenschnurrbärtige.«

Hier hielt Aline im Lesen inne. »Typisch Maman. Sie hat Staatsmänner schon immer über ihre Bartmode definiert.«

»Ich hatte ja keine Ahnung, dass sie überhaupt jemals einen Gedanken an Staatsmänner verschwendet hat.« Nathan klang ehrlich erstaunt.

»Oh, sie war 1919 eine glühende Verfechterin des Frauenwahlrechts und der Sozialdemokratie. Obwohl ich nie sagen konnte, inwieweit dabei der Wille, meinen Vater zu ärgern, eine Rolle gespielt hat.«

»Lies weiter«, sagte Nathan düster. »Ich bin sicher, das dicke Ende kommt noch.«

Aline trank einen Schluck Tee und nahm den Brief wieder auf.

»Ich bin mittlerweile mehr als froh für Henny und ihren Mann, dass sie das Exil gewagt haben, und ich kann euch nur raten, es ihnen gleichzutun. Auch mache ich mir große Sorgen um deine Schwiegermutter – bitte such Valeska auf und sprich mit ihr. Zur Stunde sitzt Henny in ihrem Zimmer und schreibt ihrer Mutter, sie möge alsbald nachkommen in diese wunderbare Stadt, bestimmt fruchtet es aber mehr, wenn auch du mit ihr reden würdest. In Anbetracht dieser beunruhigenden Umstände werde ich meine Rückreise noch weiter hinauszögern, als schon in meinem letzten Schreiben angekündigt. Ich bin mir bewusst, dass Judith damit ihre Einschulung verpasst, aber ich werde mich hier um einen Privatlehrer für sie kümmern, der ihr beim Lesen- und Schreibenlernen helfen kann, sodass sie den Stoff dann mühelos wieder aufholt, wenn sie in Deutschland ist und sich dort alles zum Besseren gewendet hat. Ihr müsstet lesen, was die französischen Zeitungen über Hitler und Hindenburg schreiben. Ein Gespann des Irrsinns, das sich unmöglich lange halten kann.

Es umarmt dich herzlich

Deine Maman

Grüße auch an mein anderes geliebtes Enkelkind und an Nathan.«

Alines Stimme war beim Lesen immer leiser geworden. Als sie geendet hatte, blieb ihr Blick auf dem Papier haften, so als übe es eine geheimnisvolle Anziehungskraft auf ihre Augen aus, als dürfe sie nie wieder etwas anderes ansehen als diese Worte. Sie fühlte Nathans Hand auf ihren Händen, die noch den Brief hielten.

»Tu es nicht«, sagte Nathan.

»Was soll ich nicht tun?« Zu ihrem eigenen Erstaunen bemerkte sie, dass ihre Stimme zitterte. Auch ihre Hände zitterten nun, das Blatt zwischen ihren Händen, es war ein einziges Beben, das durch ihren Körper wogte.

»Dich zerfleischen. Lass die Selbstvorwürfe. Ich hätte es genauso voraussehen müssen.«

Aline fühlte, wie sich ihre Augen mit Tränen füllten. »Was machen wir denn jetzt?«

Noch immer hielt Nathan ihre Hände. »Wir müssen deiner Mutter schreiben. Ihr klar machen, dass sie ja ein neues Leben beginnen kann, bitte schön, aber ohne Judith. Dass sie Judith erst einmal wieder heimbringen muss.«

Aline fühlte, wie ihre Panik schwand. Jetzt konnte sie sogar wieder aufatmen. »Genau so machen wir es, Liebling.«

4. Kapitel

Die Arnoldstraße in Ottensen war mit Fahnen geschmückt. Jesabel mochte das schwarze Zeichen auf den Fahnen, sie mochte es, wie die Enden seiner vier Striche einander zu folgen schienen und dabei genau im Gleichgewicht blieben. Sie drückte die Hand ihrer Freundin Luise, die neben ihr stand und vor Aufregung knallrote Wangen hatte. Luise saß in der Klasse neben ihr statt Judith, aber wenn Judith demnächst wiederkam, durfte sie auch Luises Freundin sein, das hatten Jesabel und Luise schon ausgemacht. In den letzten Wochen hatte Jesabel so ein komisches Gefühl, wenn sie an ihre Zwillingsschwester dachte, so ein Ziehen in der Brust und eine Enge im Hals, vor allem nachts, wenn sie aufwachte und das Bett neben sich leer fand. Dass sie das hier nicht mitbekam! Den Besuch des Königs! Ein großer, mächtiger Mann, dessen Bild im Klassenzimmer hing und der fast täglich aus dem kleinen Kasten sprach, der bei Mama im Ordinationszimmer stand. Und wie sich die Menschen auf ihn freuten! Die Straße war an diesem 1. Mai ganz leer geräumt worden, nur um seinem Wagen Platz zu machen, der hier in wenigen Minuten vorbeirollen sollte. Zuerst hatte Jesabel nichts als Beine und Hintern gesehen, aber dann hatte Frau Marquardt, die Klassenlehrerin, durchgesetzt, dass die Kinder der Klasse 1a ganz vorne am Straßenrand stehen durften, gleich hinter den Männern in den braunen Hosen. Wenn Jesabel sich ein bisschen kleiner machte, konnte sie zwischen den Beinen der Männer hindurch auf die Straße sehen, aber – würde sie aus diesem Blickwinkel den König auch erkennen können? Plötzlich wurde das Geschrei noch lauter, und Jesabel erhielt von hinten einen Schubs. Eine Welle ging durch die Menge, und plötzlich kam vom Ende der Straße auch noch Musik, eine Kapelle spielte auf. Es war ein Marsch, der einem flott in die Füße fuhr, dass man gleich losgehen wollte und Abenteuer erleben. Luise neben ihr begann zu kreischen, doch da wurde Frau Marquardt sehr böse und fuhr sie an, sie solle ihre Gefühle im Zaum halten. Und in diesem Moment konnte Jesabel das Auto sehen. Es hatte kein Dach, vermutlich, damit der König darin stehen konnte, und da stand er auch, aufrecht neben seinem Fahrer, den rechten Arm ausgestreckt zum Gruß erhoben, mit unbewegtem Gesicht. Jesabel fühlte ein Kribbeln in ihrem Körper. Sie hätte den König berühren können, so dicht war er an ihr vorbeigefahren. Sie drehte sich um zu Luise, die sich den Hals verrenkte, um dem König nachzusehen. Ihr Herz klopfte, die Musik wirbelte einen Rhythmus, und alles schien auf einmal so stark zu leuchten, so laut zu klingen. Nie, niemals, das wusste Jesabel, würde sie diesen Augenblick vergessen, den Augenblick, da sie den König gesehen hatte.

Als sie nach Hause kam, war die Mutter noch mit einem Patienten beschäftigt. Dem Patienten schien die Behandlung aber nicht besonders zu gefallen, denn er schrie aus Leibeskräften. Ein vergessenes Wasserglas klirrte auf dem Abstelltisch im Warteraum, so laut waren seine Schreie.

»Bertha!«, versuchte Jesabel das Klirren und Schreien zu übertönen. »Ich hab den König gesehen! Er hat aber an was anderes gedacht, als er an uns vorbeigefahren ist, denn er hat niemanden von uns angesehen! Warum muss der König an so viel anderes denken? Und warum haben heute alle die schöne Fahne aus dem Fenster gehängt und wir nicht?«

Bertha steckte ihren Kopf aus der Küchentür. Sie sah aus wie jemand, der unter qualvollen Schmerzen leidet. »Könnt ihr euch in diesem Haus mal angewöhnen, wie normale Menschen zu reden? Der Hitler ist kein König, sondern Kanzler. O Gott, nu komm rein und mach die Tür zu, das Geschrei da ist ja nich zum Aushalten!«

»Weil er keine Krone trägt? Ist er deswegen kein König? Kann man nur König werden, wenn man eine Krone trägt?« Jesabel versuchte, die geheimnisvoll aussehende dunkelrote Kugel zu berühren, die auf einem Teller thronte.

»Nich anfassen, Deern! Das is Rote Beete. Da mach ich Labskaus draus.«

»O Bertha, darf ich dir bitte, *bitte* dabei helfen?«

Bertha nickte. »Aber vorher die Hände waschen.«

Jesabel machte einen Luftsprung. Sie liebte es, Essen anzufassen und zu vermengen und zu gucken, was dabei herauskam und wie es dann roch! Heute war wirklich ein besonders schöner Tag. Wirklich schade, dass Judith das nicht wusste.

In den Bouches-du-Rhône flimmerte die Sommerhitze. Die Luft hatte sich wie eine schwere Wolldecke um die Menschen gewickelt, und nichts, aber auch gar nichts konnte man tun, um diese Decke loszuwerden. Sie war überall, um Judiths Arme und Hände und Beine, um ihren Kopf, ja sogar in ihren Ohren, sodass die fremden Laute nur schwer zu ihr vordringen konnten. Gebannt starrte sie auf die Lippen und Hände der Kinder, verzweifelt um Verständnis bemüht. Wenn es ihr endlich gelang, die Laute durch dieses Netz aus Fremdheit und Hitze hindurch zu begreifen, fühlte sie sich noch matter. In diesem Moment setzte die Gassenspülung ein, mit dem der Unrat die steile Straße hinabgespült werden sollte, und

Claudine, das kohlenäugige Mädchen aus dem Zimmer über ihnen, bedeutete Judith, ihr zu folgen. Judith verstand und schüttelte den Kopf. Grand-Mère würde einen Anfall bekommen, wenn sie wüsste, dass ihre Enkelin in der Gassenspülung badete. Claudine zuckte mit den Schultern und trottete davon. Antonio und Lorenzo folgten ihr. Die beiden Brüder folgten Claudine überallhin. Sie sprachen auch schon viel besser Französisch als Judith, auch schien ihnen die Hitze weniger auszumachen.

»Ben, je rentre à la maison alors!«, rief Judith den dreien hinterher – ich geh dann nach Hause. Sie stockte. War das eben ihre eigene Stimme gewesen? Hatte sie selbst diesen langen Satz herausgebracht? Claudine schien daran nichts Besonderes zu finden, sie drehte sich nur kurz um und erwiderte etwas, das Judith dann wiederum nicht verstand. Vertrackte Sache! Sie hüpfte zur Seite, weil in diesem Moment das Wasser an ihr vorüberrauschte. Eine Sardinenbüchse segelte in dem Rinnsal, ein Stück Papier und gleich darauf Claudine mit den beiden Jungs. Claudine versuchte sie zu bespritzen, als sie an ihr vorüberrutschte, aber Judith gelang es gerade noch rechtzeitig auszuweichen. Wenn doch nur Jesabel bei ihr wäre! Jesabel wusste meistens, was man tun musste, wenn jemand einem dumm kam. Aber sie würde sie ja bald wiedersehen. Und Mama und Papa! Grand-Mère hatte es versprochen. In der Zwischenzeit würden sie mit Tante Henny und Onkel David zusammen mit dem Boot hinausfahren, auf das blaue, frische Meer. Vielleicht schon heute.

»Wer diese Schrift erfunden hat, muss von Wahnvorstellungen gequält worden sein.« Käthe hatte ihr Stenografiebuch an der einzigen Stelle platziert, die Aline nicht mit ihren Krankenakten und Abrechnungen besetzt hielt. Es war später Nachmittag, die letzten Patienten waren gegangen, und Käthe wurde endlich wach. Seitdem sie schwanger war, hatte sich die Tag- mit der Nachtdauer vertauscht, ein Tag dauerte jetzt acht Stunden und eine Nacht sechzehn. »Ich meine, wie kann ein Mensch darauf kommen, das Wort *indem* wie eine Schlange zu schreiben, der man den Schwanz abknickt!« Sie kratzte sich geräuschvoll am Kopf. »Oder das hier! Das *w* sieht wie ein *c* aus, aber das *b* sieht irgendwie auch wie ein *c* aus! Was soll das werden, wenn es fertig ist? Eine mathematische Gleichung? Wenn w=c und b=c, dann ist w+b=c hoch 2?«

Aline klappte ungeduldig ihre Akte zusammen. »Gut, dass du mich mit deinen Lernfortschritten so gründlich auf dem Laufenden hältst. Ich hatte schon Angst, ich könnte mal eine Minute lang *nicht* wissen, was dich gerade beschäftigt. Warst du in der Schule eigentlich auch schon so schlimm?«

Käthe drehte ihren Füller so schnell, dass er wie ein dunkler Schatten zwischen ihren Fingern wirbelte. »Keine Ahnung. *Du* warst doch diejenige, die immer neben mir gesessen hat!«

»Ich erinnere mich nicht mehr.« Aline starrte auf Käthes Hand. »Was machst du da eigentlich?«

Käthe lächelte. »Büro-Akrobatik. Damit sich mein zukünftiger Chef nicht langweilt mit mir. Zu irgendwas müssen die Jahre als Schauspielerin doch gut gewesen sein.«

Aline biss genüsslich von dem Butterbrot ab, das Bertha ihr hingestellt hatte. »Ich dachte, du hättest in solchen Fällen ganz andere Tricks auf Lager.«

Käthe zielte nur den Bruchteil einer Sekunde, dann warf sie. Aline beugte sich zur Seite. Der Füller prallte an der Wand hinter ihr auf, eine tintenblaue Spur der Verwüstung ziehend. Aline schrie auf. »*Du* bist wahnsinnig, Käthe, nicht der Stenografiemann! Was, wenn du mich jetzt getroffen hättest, du Schaf? Und wie sieht die Wand jetzt bitte schön aus? Und wie soll ich das wieder wegkriegen?«

Käthe neigte den Kopf zur Seite. »Immer hübsch eine Frage nach der anderen. Also zum Aussehen der Wand zunächst: Das kannst du deinen Patienten als Kunst verkaufen.«

»Dass jemand Farbe an die Wand spritzt, soll ich meinen Patienten als Kunst verkaufen, ja?« Aline kniff die Augen zusammen. »Was soll ich noch tun? Auf einem Bein nackt durchs Sprechzimmer hüpfen? Meine Ordonnanzen im Kopfstand schreiben? Du hast manchmal eine etwas kuriose Vorstellung von meinem Beruf.«

»Brrr«, machte Käthe. »Zieh mal am Zügel. Deine Phantasie ist gerade dabei, davonzugaloppieren. Von *striptease* war ja noch nicht die Rede.« Sie bückte sich, um ihren Füller zu begutachten. Schwer ächzend kämpfte sie sich wieder empor. »Es ist schon etwas befremdlich, mit seinem eigenen Bauch zusammenzustoßen. O Mist, der Füller ist hinüber! Ich brauche ganz schnell einen neuen – wir schreiben doch morgen eine Prüfung! Oder kannst du mir deinen borgen?«

»Tut mir ja so Leid.« Aline grinste schadenfroh. »Aber den brauch ich selbst.«

»So eine Egoistin!« Käthe kramte hektisch in ihrem Portemonnaie. »Hallo, ich hatte hier doch *fünf* Reichsmarkscheine drin!«

Aline schluckte den Rest ihres Butterbrots hinunter. »Ja und nun? Wie viele hast du nun?«

»Jetzt habe ich nur noch drei!«, schnaubte Käthe. »Das sind zwei weniger als fünf!«

»Ich weiß, ich war auch auf der Volksschule.« Aline trommelte mit den Fingern auf die Tischplatte. »Was hast du denn mit den Scheinen gemacht? Sie in deine Sammlung seltener Drucke gelegt?«

»Seitdem ich diese Hilfe für werdende Mütter bekomme, sind die Dinger gar nicht mehr *so* selten bei mir.« Käthe hielt sich das Portemonnaie so dicht vor die Augen, dass ihr Gesicht beinahe darin verschwand.

»Wenn so viele Reichsmärker deine Nähe suchen, dürftest du diese zwei Abtrünnigen wohl verschmerzen. Brauchst du vielleicht eine Brille, Käthe? Soll ich deine Augen mal untersuchen?«

»Dickbäuchig *und* Brillenträgerin?« Käthe funkelte sie an. »Es gibt für alles eine Schmerzgrenze. Nein, ich lasse mich nicht weiter verschandeln, danke für das Angebot. Und hey, du hättest mir ruhig eine Scheibe übrig lassen können. Dies sind die einzigen neun Monate meines Lebens, in denen ich essen kann, ohne gleich alles mit Gymnastik ausgleichen zu müssen, und was tust du? Alles für dich behalten! Egoistin! Ja, ich sag's noch mal!«

Aline kicherte. »Du schimpfst wie ein Rohrspatz, Käthchen!«

»O weh.« Schwerfällig stapfte Käthe zur Tür, die Hand in den Rücken gepresst. »*Und* ich weiß endlich, wie sich Dicke fühlen. Mein allerherzlichstes Beileid! Bei mir ist es in spätestens zwei Monaten wieder weg! Aber bei dir hält es ein Leben lang!« Und damit warf sie die Tür hinter sich zu.

»Träum man schön weiter!«, rief Aline der Freundin hinterher. »Aber freu dich nicht zu früh! Die Schwangerschaft ist in der Regel nur der Anfang – der Anfang eines langen, gemütlichen Lebens als Dicke!« Zufrieden lehnte sie sich in ihrem Sessel zurück. Aus dem Regal hinter ihr, zwischen den Gläsern mit dem Lysoform und dem Physostigmin, zog sie den Brief ihrer Mutter hervor, den sie heute wohl schon zum zwanzigsten Mal gelesen hatte. Madeleine brach ihre Zelte ab. Schon nächste Woche würde Aline ihre geliebte kleine Judith wieder in die Arme schließen können. Sie lachte leise in sich hinein und stand auf, um sich noch ein Brot zu schmieren.

Valeska entschied, dass die eigenen Gedanken kein hinreichender Ersatz für menschliche Gesellschaft waren – auf Dauer gesehen. Seitdem Henny fort war, fühlte sie sich mitunter so einsam, dass sie hätte schreien können. Zwar hatte Max, ihr Ältester, immer noch seine Praxis im Haus, und er kam auch abends zu den Mahlzeiten, aber es war nicht so, dass er sich dabei als Unterhaltungstalent erwies. Seine ruhige Art hatte sich schon in Kinderzeiten abgehoben von Hennys stürmischem Charakter oder Nathans freundlichem Wesen. Aber auch Nathan war in letzter Zeit nicht sonderlich zu Scherzen aufgelegt gewesen – sicher, seine kleine Judith fehlte ihm entsetzlich, und das konnte Valeska gut nachvollziehen. Judith fehlte ihr auch. Alle fehlten ihr irgendwie. Die rituellen Familienzusammenkünfte, die sie gemeinsam mit ihrer exzentrischen Schwägerin Madeleine organisiert hatte, waren nach und nach weniger geworden und im Laufe des Sommers komplett eingeschlafen. Mit einem Mal fiel ihr die Decke auf den Kopf. Mit einer Energie, die sie schon seit Monaten nicht mehr gespürt hatte, warf sie das Strickzeug in eine Ecke der Wohnstube und erhob sich, um ihre Knöpfstiefel aus der Abstellkammer zu holen.

Eine halbe Stunde später stand sie an der Straßenbahnhaltestelle am Grindelberg und genoss den leichten Wind, der ihr ins Gesicht blies. Von diesem Punkt der Straße aus konnte sie die Schächterei erkennen, in der sie über zwanzig Jahre ihres Lebens eingekauft hatte. Jetzt blinkten sie nur noch die leeren Schaufensterscheiben an. Seitdem im *Adar* das Schächten von Tieren verboten worden war, hatte Isaacs Geschäft nur noch Pech gehabt. Erst hatte der Mann versucht, auf Grünhökerei umzusteigen, aber die Leute hatten ja schon längst ihren gewohnten Grünhöker, Valeska auch, und so hatte Isaac irgendwann ganz dichtmachen müssen. Es hieß, er sei mit seiner Frau und den Kindern mittlerweile nach Paris ausgereist, ganz genau wusste das aber niemand im Grindelviertel. Valeska seufzte. Diese plötzliche Frankreich-Begeisterung! Gab es nicht auch andere Länder? Manchmal fühlte Valeska einen kleinen Stich, wenn sie an Frankreich dachte. Als ob sie eifersüchtig wäre. Aber das war natürlich Unsinn.

Was Hanna wohl sagen würde, wenn sie so plötzlich vor ihr stünde? Früher war ihr ihre Zwillingsschwester so nahe gewesen, doch nach Wilhelms Tod, als alle in Altona dachten, er hätte sich umgebracht, da hatte Hanna nicht sonderlich zu ihr gestanden. Egal, vielleicht war es an der Zeit, die Vergangenheit endlich einmal ruhen zu lassen.

Einem plötzlichen Impuls folgend, verließ Valeska die Straßenbahn schon am Altonaer Bahnhof. Sie schlug die baumbestandene Allee in Richtung Judenfriedhof ein. Die Sehnsucht nach Wilhelm überrollte sie mit einer Heftigkeit, die sie selbst überraschte. Die Knie wurden ihr schwach. Sie machte einen Schritt zur Seite, um sich an einem der dünnen Bäumchen festzuhalten. Versuchte durchzuatmen. Zählte bis drei. In diesem Moment sah sie Esther. »Esther!«, rief sie.

Ihre Nichte wirbelte auf dem Absatz herum. Sie hatte immer noch diese impulsive Art, aber als sie sich ihr jetzt näherte, war mehr als bloß das Temperament in ihrem Schritt. Es war die nackte, unverhüllte Wut.

»Sie schließen unseren Friedhof!«, brüllte sie, während sie ihrer Tante entgegenlief. Jetzt erst bemerkte Valeska, dass Hanna am anderen Ende der Allee stand, genau wie sie selbst an einen Baum gestützt. Valeska versuchte sich zu beherrschen, aber das Lachen war stärker. Die Situation war einfach zu absurd. Aber Hanna lachte nicht mit. Sie stützte sich immer noch an ihren Baum und bekam offenbar nur schwer Luft. »Lass uns zu deiner Mutter gehen, schnell«, sagte Valeska, der das Lachen schon wieder vergangen war. Esther drehte sich um und stürzte wieder zurück. »Mutti, was hast du?«

Hanna begann zu husten. »Ich könnt mich so aufregen«, erklärte sie, als auch Valeska bei ihr angelangt war. »Esther und ich wollten Paul Blumen aufs Grab legen. Hast du das Schild gesehen?«

Valeska schüttelte den Kopf. »So weit bin ich noch nicht gekommen.«

»Die wollen den Friedhof schließen. Ich sag dir, die machen alles zu, was uns gehört. Und dann? Was machen wir dann?«

Valeska wusste nicht, was sie darauf antworten sollte.

»Was treibst du eigentlich in dieser Gegend? Wolltest du Nathan besuchen?«

»Dich wollte ich besuchen.« Valeska wollte ihre Schwester unterhaken, so wie sie es früher immer getan hatte, fand die Geste aber plötzlich zu vertraulich. Es passte einfach nicht mehr.

»Wollen wir nicht einfach alle zusammen einen Kaffee trinken gehen?« Esthers fröhliche Stimme durchbrach die peinliche Stille.

»Sehr gern«, sagte Valeska, bevor Hanna etwas anderes erwidern konnte.

»Dann ist es abgemacht!«, lachte Esther. »Wir gehen ins Café Wiedenthal. Ihr beide habt euch doch bestimmt viel zu erzählen!« Dann holte sie tief Luft. »Aber das mit dem Friedhof! Ich fasse es einfach nicht! Die letzte Beerdigung soll nächste Woche stattfinden! Und dann – aus!«

»Die können den Friedhof aber doch nicht räumen, oder?« Hannas Stimme klang ängstlich. »Schließlich müssen die Toten dort bis zum Jüngsten Tag liegen!«

Valeska konnte sich des Eindrucks nicht erwehren, dass ihre Schwester ein bisschen abgebaut hatte. Früher war sie die Tonangebende gewesen. Was war passiert? »Geht es dir gut, Hannachen?«, fragte sie und nahm schließlich doch ihren Arm.

»Nein«, erwiderte Hanna mit einem anklagenden Blick auf ihre Tochter. »Esther will mich verlassen!«

Valeska musste ein Lächeln unterdrücken, als sie ihre Nichte beobachtete. Esther hatte diesen trotzigen Ausdruck im Gesicht, wie früher, als sie mit Henny um Puppen gestritten hatte. »Aber Schwesterherz! Das ist der natürliche Lauf der Dinge! Töchter verlassen einen nun mal irgendwann!«

»Aber nicht, um nach Palästina zu gehen!« Hanna sprach das Wort fast verächtlich aus.

Valeska zuckte zusammen. Unwillkürlich ließ sie Hannas Arm wieder los. Das Café betraten sie in einigem Abstand voneinander.

Es war dunkel hier drin. Die holzgetäfelten Wände atmeten den Rauch längst vergangener Zigarren, aber die Tische waren blank gescheuert, mit weißen Spitzendecken, und das Geschirr war mit Hamburger Stadtansichten bemalt, was Valeska besonders gut gefiel. Sie setzten sich in eine Ecke am Fenster. Valeska nahm ihre Nichte näher in Augenschein. Sie war groß gewachsen, größer als sie und Hanna, und sie saß so aufrecht und stolz wie eine Prinzessin. Oder wie sich Valeska eine Prinzessin vorstellte. »Aber noch wohnst du doch zu Hause, oder?«, fragte sie. Ein bisschen peinlich war es schon, dass sie so wenig über die Familie ihrer Schwester wusste. Nun, sie würde es ja jetzt nachholen können.

Esther schüttelte den Kopf. »Ich wohne jetzt in einem Heim.«

Hanna bedachte Valeska mit einem Blick, der zu sagen schien: Na bitte. Ich hab es dir doch gesagt! Sie ist verrückt!

»In was für einem Heim?«, fragte Valeska erstaunt.

»Im Landhaus Hasenhorst in Rissen.« Esthers Augen funkelten. »Ich lerne Tischlern, Landwirtschaft und Hebräisch, und ich studiere sogar den Talmud!«

Jetzt erst bemerkten sie die Kellnerin, die an den Tisch getreten war. Sie lächelte liebenswürdig. »Wissen die Damen denn schon, was sie bestellen möchten?«

»Ein Kännchen Kaffee für jede von uns«, erklärte Valeska in einem plötzlichen Anfall von Übermut.

»Ich hätte lieber ein Glas Milch«, erklärte Esther. »Das ist gut für meine Muskeln.«

Als die Kellnerin fort war, machte Valeska ihrem Erstaunen Luft. »Aber Esther! Muskeln! Tischlern! Talmud lernen! Was machst du mit so Männersachen?«

Hanna rollte mit den Augen. »Endlich mal jemand, der Tacheles redet!«

Esther bekam wieder ihren trotzigen Ausdruck. »Die Zeiten haben sich geändert. Wir wollen eine neue Gesellschaft in Palästina aufbauen. Wir werden dort eine neue Ordnung schaffen, eine Arbeitskultur ohne Ausbeuter und Ausgebeutete.«

Valeska sah, wie es ihre Schwester schauderte. »Siehst du, und so redet sie den ganzen Tag! Kannst du jetzt verstehen, warum ich manchmal keine Luft kriege? Und jetzt machen sie auch noch den Friedhof dicht!«

Valeska schwankte zwischen Anteilnahme für Hanna und Bewunderung für ihre Nichte. Was für ein Temperament! Jung müsste man sein und alles noch mal von vorn anfangen. Valeska wüsste so einige Dinge, die sie anders machen würde. Aber nach Palästina auswandern und dort eine neue Gesellschaft aufbauen? Das war vielleicht doch ein bisschen viel der Unternehmungsfreude.

Zwei braun gekleidete Männer traten an ihren Tisch. Sie trugen das Hakenkreuzzeichen auf dem Kragen und auf der Armbinde. »Sind Sie Jüdinnen?«, fragte der eine.

Esther machte den Rücken gerade. »Ja«, sagte sie. »Das sind wir.«

»Dann müssen wir Sie bitten, das Lokal zu verlassen. Wie Sie vielleicht wissen, ist es Ariern aus hygienischen Gründen nicht gestattet, in demselben Lokal wie Juden zu sitzen. Es gibt hier etliche Arier, die ihren Kaffee gern in einer sauberen Umgebung trinken möchten.«

Valeska sah, wie Esther bleich wurde vor Wut, aber sie brachte sie durch eine Handbewegung zum Schweigen. Als sie sich, flankiert von den SA-Männern, erhoben, kam die Kellnerin mit einem voll beladenen Tablett an den Tisch. Ihr Lächeln war immer noch liebenswert. »Die Damen wollen schon gehen? Dann macht das drei Mark und fünfzig!«

Jetzt brach es aus Esther heraus. »Ach, und wo sollen wir ihn trinken, Ihren Kaffee? Draußen vor der Tür? Nein, wenn wir hier nichts verzehren dürfen, bezahlen wir auch nicht!«

Einer der SA-Männer packte Esther am Arm. »Mäßigen Sie sich! Sie sprechen mit einer Arierin!«

»Freut mich«, blaffte Esther. »Dann spricht sie ja dieselbe Sprache wie ich!«

Die Kellnerin hielt ungerührt die Hand auf. »Drei Mark fünfzig!«

Wie benommen wühlte Valeska in ihrer Handtasche. »Stimmt so«, sagte sie und packte das Geld auf den Tresen. Dann griff sie nach der Hand des SA-Mannes, um seinen Griff zu lockern. Der Mann war zu verblüfft, um zu reagieren.

»Lasst uns gehen«, sagte Valeska.

»Wie oft habe ich dir schon gesagt, du sollst nicht mit diesen italienischen Flüchtlingskindern aus dem Panier spielen?« Madeleine war verärgert. Dass Judith mit schmerzverzerrtem Gesicht vor ihr auf dem Bett lag, besänftigte sie nicht im Geringsten. Natürlich tat ihre Enkelin ihr Leid. Aber wie konnte man auch so unvorsichtig sein?

Henny rang ihre Hände. »Sie sollten nicht so über die reden, Schwiegermama. Wir sind schließlich auch Flüchtlinge.«

»Unsinn!« Madeleine stampfte auf. »Es gibt da große Unterschiede! Ihr seid vor einem Diktator geflohen! Und die Nudelesser vor der Armut in ihrem Heimatland.« Wenn Madeleine sich für ein Thema erwärmte, gestikulierte sie so wild, dass der Silberschmuck an ihren Handgelenken mit der Perlenkette um ihren Hals im Takt klimperte – eine Technik, die sie erst hier in Marseille so richtig verfeinert hatte. »Und nun sind die Nudelesser hier, um zu arbeiten. Was auch immer sie darunter verstehen. Meist besteht ihr Tag ja doch darin, sich gegenseitig zu durchlöchern und zu erpressen. Ich jedenfalls weiß genau, was ich von dieser Mafia zu halten habe!«

»Wenn ich das richtig verstanden habe, waren die Eltern von Antonio und Lorenzo in Italien recht wohlhabend«, erklärte Henny vorsichtig.

»Sagt man, sagt man.« Madeleine wedelte ungeduldig mit der Hand durch die Luft. »Aber keiner sagt, wie sie ihren *Wohlstand*«, Madeleine sprach das Wort in Anführungszeichen, »in Italien erworben haben.«

»Aua, Grand-Mère, es tut wirklich weh!«, jammerte Judith.

Madeleine setzte sich zu ihrer Enkelin auf das Bett und nahm ihre Hand. »Mein armer Schatz! Aber der Onkel Doktor ist ja schon auf dem Weg! Er macht den Schmerz gleich weg!«

Judith tastete im Bett nach ihrer Puppe Bonsche. »Ich will, dass Mama kommt! Nur Mama kann Schmerzen wegmachen! Sag Mama, dass sie ganz schnell kommen soll!«

»O nein, nicht weinen, kleine *chérie!* Zeig dem Onkel Doktor, wie tapfer du bist!« Ein Klopfen unterbrach ihre Worte. »Siehst du, ich glaub, da ist er schon. *Entrez, s'il vous plaît!*«

Ein Mann betrat den Raum. Er war groß und blauäugig, und er trug ein strahlendes Lächeln im Gesicht, das ihn durch seine vorstehenden Eckzähne ein bisschen wie ein Löwe wirken ließ. Madeleine fuhr zusammen. Für den Bruchteil einer Sekunde glaubte sie, Christian vor sich stehen zu sehen. Einen Christian, dem es nächsten Monat vergönnt gewesen wäre, 56 Jahre alt zu werden. Der in diesem verfluchten Weltkrieg nicht seinen Arm verloren hätte. Der immer noch an ihrer Seite leben würde. Madeleine verspürte auf einmal Wut auf diesen strahlenden alten Arzt. Mit welchem Recht war dieser Mann verschont worden und Christian nicht? »Was stehen Sie da so herum?«, fauchte sie auf Französisch. »Helfen Sie lieber meiner Enkelin!«

Das Lächeln wich nicht aus seinem Gesicht. War das eine Art Tick? War der Mann Opfer einer Gesichtsoperation, die ihn keine andere Gefühlsregung zeigen ließ? Oder, entsetzliche Vorstellung, *amüsierte* er sich über sie?

»Was ist denn passiert?« Seine Stimme vibrierte durch den Raum.

»Ich habe mit meinen Freunden gespielt.« Judiths Französisch hatte inzwischen jede Spur von Akzent verloren. »Wir sind auf einer Mauer am Hafen balanciert. Wer zuletzt herunterfällt. Und ich hab gewonnen!«

Das Lächeln des Arztes wurde noch eine Spur breiter. »Aber du bist trotzdem gefallen, ja?«

»Ja.« Judith biss die Zähne zusammen. »Auf mein Bein hier. Aber erst ganz zum Schluss.«

»Na, dann wollen wir doch mal sehen.«

Madeleine sah zu, wie er sich einen Stuhl heranzog – ohne zu fragen! – und die Decke zurückschlug, die sie über ihre Enkelin gebreitet hatte. Jetzt erst bemerkte sie die riesige Schwellung in der Wade. Vorsichtig tastete der Arzt darüber. Madeleine bemerkte seine schmalen, langgliedrigen Finger. Als er sich zu ihr umdrehte, war sein Lächeln verschwunden. »Das Bein ist gebrochen«, erklärte er. »Ich werde die Knochen jetzt richten. Bitte setzen Sie sich zu … wie heißt du, meine Kleine?«

»Judith«, antwortete sie. Sogar ihren Vornamen sprach sie jetzt französisch aus.

»Bitte setzen Sie sich zu Judith auf das Bett und halten Sie Ihre Hand.«

Madeleine tat wie geheißen.

»Ich zähle jetzt bis drei«, erklärte der Arzt. »Und dann mache ich dein Bein wieder heil. Das tut weh, aber nur kurz. Bist du ein tapferes Mädchen, Judith?«

Judith nickte eifrig.

»Also dann … eins, zwei und – drei!«

Judith schrie auf und grub ihre Nägel so tief in den Arm ihrer Großmutter, dass die Stelle zu bluten begann. Madeleine biss die Zähne zusammen.

»So – schon fertig.« Jetzt lächelte der Mann wieder. »Ich werde dir das Bein jetzt schienen. Du wirst zwei Wochen still liegen müssen, und anschließend musst du an Krücken gehen. In spätestens zwei Monaten kannst du wieder auf Mauern herumspazieren. Aber dann besser aufpassen, ja?«

»Zwei Monate!«, keuchte Madeleine. »Das ist völlig unmöglich! Wir reisen übermorgen nach Deutschland zurück!«

»Sie müssen die Reise verschieben.« Der Mann öffnete seinen Koffer und fuhr mit seinen schmalen Fingern über die verschiedenen Tinkturen und Salben. Schließlich entschied er sich für eine. Vorsichtig trug er sie auf. »Ich würde die zwei Wochen abwarten«, erklärte er schließlich. »Und selbst dann müsste Judith getragen werden. Vielleicht kann Ihr Mann …?«

»Mein Mann ist tot«, entfuhr es Madeleine. Es klang so unfreundlich, dass sie es augenblicklich bereute. Sie fühlte den Blick des Arztes auf ihr ruhen. Der Blick dauerte ein paar Sekunden zu lang. Innerhalb von Sekunden nahm Madeleine wahr, dass seine blauen Augen grün gesprenkelt waren und dass seine Lachfalten sich strahlenkranzartig über die Schläfen zogen.

Der Arzt setzte sich auf Judiths Bettrand, vorsichtig, um jede Erschütterung zu vermeiden. Madeleine spürte die Wärme, die von seinem Körper ausging. »Sind Sie Jüdin?«, fragte er unumwunden.

Madeleine holte tief Luft. Doch während sie noch überlegte, wie sie diesen Mann am effektvollsten zurechtweisen konnte, hob er eine Hand. »Entschuldigen Sie, Madame. Das alles geht mich nichts an. Aber Judith ist ein jüdischer Name – und Deutschland ist kein Land, in dem sich Juden zur Zeit aufhalten sollten.«

»Wir sind keine Juden«, erklärte Madeleine.

Hennys Aufspringen erschreckte sie so heftig, dass sie zurückfuhr. Sie hatte ihre Anwesenheit im Zimmer vollkommen vergessen. Mit einem Satz war Henny bei der Tür, riss sie auf und schlug sie hinter sich zu. Judith zuckte zusammen. *»Qu'est-ce qu'elle a, tante Henriette, Grand-Mère?«*

»Henny ist wütend, weil ich gesagt habe, dass wir keine Juden sind.« Madeleine antwortete absichtlich auf Deutsch. Sie wollte nicht, dass der Arzt sie verstand.

»Und in Wirklichkeit sind wir Juden?« Es war nicht das erste Mal, dass Judith sich mit dieser Frage beschäftigte. »Aber wir sind doch auch Franzosen, oder, Grand-Mère?«

»Ein Mädchen, das so gut Französisch spricht, ist auf jeden Fall Französin«, erklärte der Arzt in einem ungelenk wirkenden, stark akzentuierten Deutsch, prüfte noch einmal, ob der Verband gut saß, und schloss seine Tasche.

Madeleine blickte überrascht auf. Der Arzt lachte. »Entschuldigen Sie bitte, aber ich verstehe Deutsch. Mein Vater stammt aus Hamburg.«

»Wir auch!«, entfuhr es Judith.

»Wie auch immer, es war mir eine Ehre und ein großes Vergnügen, Sie kennen zu lernen.« Der Arzt erhob sich und deutete eine Verbeugung an. »Wenn Madame Hilfe benötigen – hier ist meine Karte.«

Noch Minuten, nachdem die Tür hinter ihm zugefallen war, blieb Madeleine sitzen. Docteur Jean MEYER, las sie. 79, Boulevard Madeleine.

5. Kapitel

Käthe hatte immer gewusst, dass die Wehen zum verkehrten Zeitpunkt einsetzen würden. Aber dass sie dieses Schicksal auf einer Bühne ereilte, hätte sie sich in ihren schlimmsten Albträumen nicht ausgemalt. Mit der Stenografie hatte sie sich am Ende so sehr gelangweilt, dass sie sich – ohne Alines Wissen wohlgemerkt – für eine Rolle an einem jungen, aufstrebenden Theater in der Hamburger Innenstadt bewarb, und zwar mit Erfolg. Da sie sich in ihren letzten Schwangerschaftsmonaten nur noch in weite Kleider hüllte und sich bei den Kostümproben unter Vorgabe von Prüderie stets allein umkleidete, war niemandem der missliche Umstand aufgefallen, der ihr am Abend des 20. November 1933 zum Verhängnis werden sollte. Der Saal unter ihr war zum Brechen voll. Erwartungsvolle Gesichter starrten zu ihr empor. Käthe fühlte, wie sie unter dem Scheinwerferlicht zu schwitzen begann. Just als sie zu einer wohleinstudierten Tirade gegen das ewige Gejammer des eingebildeten Kranken ansetzen wollte, durchfuhr sie ein Schmerz, der so ungewohnt war, dass sie zunächst einmal nur überrascht war. Sekunden später krümmte sie sich vor Pein. Es erforderte ein gigantisches Schauspieltalent, so zu tun, als ob alles normal wäre in ihrem Körper, ein Talent, das Käthe eigentlich nicht besaß, aber sie war wild entschlossen, ihr Äußerstes zu geben. »Ha!«, brüllte sie, als die Schmerzwelle verebbte. »Hast du's gesehen? Genau so machst du immer!« Sie krümmte sich von Neuem. »*So!* Den ganzen Tag! Langsam gehst du mir damit auf die Nerven!«

Sie erhaschte den überaus erstaunten Blick ihres Gegenübers auf der Bühne. »Aber … ich …«, stotterte er, vorübergehend aus der Textfassung gebracht.

Käthe vernahm das aufgeregte Zischeln der Souffleuse. In diesem Moment fühlte sie, wie etwas in ihr platzte. Zu ihrem Entsetzen bemerkte sie, dass ihre Beine nass wurden. Geistesgegenwärtig griff sie nach der Pappvase auf dem Kulissentisch und schwenkte sie umher. »Wenn du mich weiter so ärgerst, werde ich diesen Blumen hier ihr Wasser fortnehmen.« Sie tat, als leerte sie die Vase über ihren Beinen aus. »Siehst du!«, brüllte sie, während sie die nächste Wehe in sich beben fühlte. »Das mache ich mit den Blumen, die du mir geschenkt hast! Aaaaah!« Sie krümmte sich dramatisch.

»Aber das ist doch nicht ›Der eingebildete Kranke‹!«, hörte sie einen Herrn in der ersten Reihe sagen. »Die haben ja das Stück komplett umgewandelt! Was ist das für ein avantgardistischer Quatsch!«

»Dada!«, rief eine andere Stimme aus dem Publikum. »Eine dadaistische Adaptation des Bühnenstoffes! Formidabel!«

Den Rest vernahm Käthe nur noch aus weiter Ferne, ein Meeresrauschen, das betäubend und stark auf sie eindröhnte. Wie im Traum bemerkte sie zwei Bühnenkollegen in Polizeikostümen, die sie hinter die Kulissen schleiften. Der Direktor erklärte später vor der Presse, die Figur der Belinde sei schon von Molière als hysterisches Weib angelegt worden, die Polizisten hingegen seien der Versuch gewesen, das Stück zu aktualisieren und derlei Palaver, aber das Ergebnis dieser Erklärungen war lediglich, dass das Stück als »entartet« eingestuft und das Theater geschlossen wurde – von Männern in echten Uniformen.

Da das Theater keinen eigenen Telefonanschluss hatte, wurde Käthe zum nahe liegenden Hotel Atlantic geschafft – auf einer Karre, die sonst dem Transport von Bühnenbildteilen diente. Während ein bordüreverzierter Portier am Eingang Weisung erhielt, auf die Kranke zu achten, lief der falsche Polizist zum Telefonisten, der in diesem Moment seine Tagesschicht beendete und es für seine dringendste Aufgabe hielt, den Nachtkollegen über den Unterschied zwischen roten und grünen Stöpseln im Allgemeinen und eine Eigenheit der roten Stöpsel im Besonderen aufzuklären. Bis der Kollege von der Nachtschicht dann endlich so weit war, einen Anruf in die Krankenhauszentrale zu stöpseln, kippte Käthe aus ihrer Karre auf den roten Teppich. »Es tut so weh!«, brüllte sie. »Verdammt, warum hat mir denn keiner gesagt, dass es so wehtut?« Sie brach in lautes Weinen aus. »Rufen Sie Doktor Aline Sandstein an!«, schluchzte sie. »Ich krieg ein Kind!«

Plötzlich bemerkte sie das Gesicht des Bordüreverzierten über sich. Seinen Gesichtsausdruck konnte sie nicht deuten, denn auf einmal war nichts als Nebel um sie herum, wattierte Schwaden, die alle Schmerzen schluckten. Käthe ließ sich dankbar hineingleiten. Nicht einmal ihren eigenen Schrei hörte sie.

Mitte Februar hätte niemand in Marseille noch mit einer solchen Kälte gerechnet, Henny nicht, David nicht und nicht einmal Madeleine, die doch sonst alles wusste, was mit Frankreich zusammenhing. Der Wind pfiff durch die Ritzen in der kleinen Pension. Und zum ersten Mal empfand Madeleine das fehlende Tageslicht in den Räumen schlichtweg als deprimierend. Bei einer genaueren Untersuchung des Mauerwerks entdeckte sie, dass es in ihrem Zimmer früher einmal zwei Fenster mehr gegeben hatte.

»Ach ja, die Fenstersteuer«, sinnierte sie. »Docteur Meyer

hat mir davon erzählt. Früher einmal richtete sich die Höhe der Steuern, die ein Provenzale entrichten musste, nach der Anzahl seiner Fenster.«

Der Docteur war zu einer festen Instanz für alle Fragen des täglichen Marseiller Lebens geworden. Sein Allgemeinwissen war grenzenlos. Mit seiner Hilfe hatte Madeleine das Geschäft unten am Hafen gemietet, in dem sie in Kürze ihren eigenen kleinen Schönheitssalon zu eröffnen gedachte – eine Maßnahme, von der sie sich nicht nur die Schaffung eines Arbeitsplatzes für Henny erhoffte, sondern auch die Vermehrung ihres Erbschaftsvermögens.

»Eigentlich«, bemerkte sie zu Henny gewandt, die sich an dem Kohleofen im Zimmer die Hände wärmte, »könnten wir genauso gut hinausgehen. Wo ist Judith?«

»Nebenan im Hotel bei den Köchen, wie immer.« Henny hob nicht einmal den Blick beim Sprechen. Die Wintertraurigkeit hing ihr schwer in den Knochen. Sie fühlte sich müde und heimwehtrunken.

Madeleine schüttelte den Kopf. »Ich gehe die Kleine holen. Kommst du mit runter ins Geschäft? Ich will wissen, wie sie mit den Arbeiten dort vorankommen.«

»Danke, Schwiegermama. Ich bleibe lieber hier.«

Madeleine hörte kaum hin. Die Gedanken schwirrten ihr durch den Kopf, kreuzten sich wie Degen im Fechtkampf. Eines von vielen Schuldgefühlen traf sie mitten ins Gewissen. *Touché.* Sie wusste ja, dass sie kein Recht hatte, das geliebte Enkelkind bei sich zu behalten, hier in ihrem neuen Leben. Einem Leben, das ihr selbst in jeder Hinsicht einen Neuanfang bot. Sie wusste mit Herz und Verstand, dass sie Judith nicht länger von ihrem Zwilling trennen durfte. Und sie wusste, dass die Konfrontation mit Aline unmittelbar bevorstand. *En garde!* Aber vielleicht würde ja noch ein Wunder geschehen.

Sie fand Judith auf einem Schemel vor dem riesigen Herd

in der Hotelküche, wie sie mit einem Schürhaken die inneren Ringe der Kochstelle entfernte, um das Feuer zu vergrößern. »Schau mal, Grand-Mère!«, rief sie mit rot leuchtenden Wangen. »Monsieur Roux zeigt mir, wie man Bouillabaisse macht!«

Der Hotelkoch schmunzelte. Er hatte die kleine Deutsche in seines großes gourmandeskes Herz geschlossen. »Macht sich gut, die Kleine«, murmelte er. »Weiß sogar schon, wie die Fische heißen.«

Madeleine fühlte Stolz in sich aufwallen, Stolz auf dieses prächtig geratene Mädchen, das so hübsch aussah mit den langen dunklen Locken, die sie jetzt unter einer viel zu großen weißen Haube versteckt hielt, und den blauen Augen, die sie so sehr an Aline als Kind erinnerten.

»Wirklich?«, fragte Madeleine. »Dann sag mir, wie dieser Fisch hier heißt!« Sie deutete auf ein lebloses weißes Etwas, das auf der marmornen Anrichte in der Mitte der Küche lag.

Judith überlegte nur kurz. »Das ist ein Petermännchen, Grand-Mère«, sagte sie.

Monsieur Roux nickte anerkennend. »Ich sag's ja«, bestätigte er.

»Liebling, kommst du mit deiner Grand-Mère spazieren? Wir gehen an den Hafen, nachgucken, ob es da noch mehr Petermännchen gibt.«

Judith rührte eifrig in dem Topf, den Monsieur Roux auf die Flamme gehievt hatte. »Lieber nicht, Grand-Mère. Ich habe heute schon so viele Petermännchen gesehen. Wenn du noch nicht genug davon gesehen hast, in dem Eiskübel da hinten liegen noch Massen. Auch Langusten, aber die sind ein bisschen unheimlich. Du kannst dich hier hinsetzen und sie alle ansehen, nicht wahr, Monsieur Roux, das kann meine Grand-Mère doch?«

Der Koch schmunzelte. »Ich glaube, dass deine Grand-

Mère einfach nur gern mit dir spazieren gehen möchte. Hab ich Recht, Madame?«

Madeleine räusperte sich. »In der Tat, das war mein ursprüngliches Ziel. Nun gut, dann mache ich mich jetzt ganz allein auf den Weg.« Sie wartete, ob Judith protestieren würde, aber die Kleine hatte sie schon vergessen, denn jetzt begann es in dem Topf zu brodeln und verführerisch zu duften. Judith hob eine Hand. *»Au revoir, Grand-Mère!«*

Minuten später schritt Madeleine durch den Triumphbogen auf der Rue de Rome, um von dort ihren Weg auf der Canebière fortzusetzen. Das Lichtspielhaus – oder Kino, wie die jungen Leute sagten – warb in riesigen schwarzen Lettern mit einem Film, der von Soldaten handelte, die in den Krieg zogen. Warum nur waren die Leute in letzter Zeit immer so versessen darauf, zuzuschauen, wie sich andere Leute gegenseitig Kugeln in den Körper jagten? Auch in Deutschland war ihr diese schauerliche Mode aufgefallen. Krieg, vor allen Dingen! Besser, man dachte gar nicht mehr daran. Madeleine musste plötzlich doch daran denken. Christian fiel ihr ein, wie er mit nur einem Arm aus dem Krieg heimgekehrt war. Sie sah ihn genau vor sich, wie er auf dem Kanapee im Salon saß und ihrem Klavierspiel lauschte, vornübergebeugt und so abgewandt, dass der fehlende Arm nicht weiter auffiel. Nur sein Gesicht konnte sie sich nicht mehr vorstellen. Stattdessen sah sie das Gesicht des Docteur Meyer. Sie schüttelte den Kopf. In letzter Zeit war sie ein wenig durcheinander. Sie schob es auf den Wetterwechsel.

Als sie endlich vor dem Geschäft angekommen war, das sie nun so stolz ihr Eigen nennen konnte, fühlte sie sich erfrischt von dem Gang in der Kälte. Sie holte ihr Schlüsselbund hervor und bückte sich, um das schmiedeeiserne Gitter aufzuschließen, das die Glasfront vor Einbrechern schützte. Sie musste alle Kraft zusammennehmen, als sie das Gitter hochzog. Sein ratternder Klang hallte ihr wohltuend in den Ohren. Ja, so musste sich das anhören, wenn sie und Henny morgens ihren Arbeitstag begannen.

Madeleine trat ein und schnupperte. Gut roch es hier, nach Farbe und Mörtel. Und so hübsch sah es aus, das Lindgrün an den Wänden. Es passte so schön zu den goldenen Spiegeln, die der Docteur Meyer ihr bei den Chinesen im Gängeviertel besorgt hatte. Madeleine hoffte, dass die Nähe zu dem verruchten Viertel ihre Kundinnen nicht davon abhalten würde, ihr Geschäft aufzusuchen. Immerhin, die Etablissements mit den leicht bekleideten Mädchen und die Afrikanerclubs waren nur ein paar Straßen entfernt. Aber hier war nun mal die Miete so besonders günstig gewesen.

Der Fechtkampf in ihrem Kopf hatte ein Ende. Madeleine atmete durch. Ja, es war richtig, noch eine Weile hier in Marseille zu bleiben. Und sie konnte ja auch nicht ewig im süßen Nichtstun ihre Erbschaft verschleudern. Es war in den Monaten während Judiths Genesung ohnehin schon zu viel ausgegeben worden. Nein, das mit dem Geschäft war eine gute Idee. Henny könnte endlich ihr eigenes Geld verdienen. Und Spaß machen würde es auch, da war Madeleine sich sicher.

»Ich hätte gut Lust, über euch beide einen medizinischen Aufsatz zu schreiben.« Aline stützte ihren Kopf auf und beobachtete Käthe mit ihrem Sohn. Dabei griff sie in die vor ihr liegende Schale mit den Pralinen, die Jesabel unter Berthas Anleitung selbst hergestellt hatte. Der Flieder duftete, und alles war friedlich in dem kleinen Garten an der Elbe.

»Kannst du mal einen Tag lang über etwas anderes reden?« Käthe hielt den kleinen Sixten an sich gepresst, als könnte ihn das am Aufwachen hindern. »Und kannst du es vor allem leise tun? Ich möchte, dass er wenigstens zwei Stunden am Tag mal schläft!«

Aline betrachtete die geschlossenen milchweißen Fäustchen und das bleiche Gesicht mit der breiten Nase und den gekräuselten blonden Haaren.

»Er ist so *hell*«, flüsterte Aline. »Ich meine, man erkennt an seinen Gesichtszügen, dass sein Vater ein Schwarzer war …«

»Ist«, korrigierte Käthe. »Ich hoffe doch, dass er es immer noch *ist!* Wann wirst du fertig sein mit Wundern? Wenn er erwachsen ist? Ich hoffe, du wirst in der Zwischenzeit auch ein bisschen Zeit für deine anderen *Hobbys* finden.« Käthe vermischte ihr Deutsch immer noch gern mit englischen Ausdrücken. Daran konnte auch ihre Enttäuschung mit Jackson nichts ändern.

Aline schüttelte den Kopf. »Wenn ich es nicht besser wüsste, dann würde ich sagen, dieses Kind ist so norddeutsch wie Küstennebel.«

»Ich schätze mal, das ist meine Blutsverwandtschaft mit ihm. Weißt du, es gibt sie, die Kinder, die ihren Müttern ähnlich sehen. O Jesabel, Mäuschen, was hast du denn da wieder Famoses hergestellt?«

Jesabel balancierte eine Kanne mit einer grünlichen Flüssigkeit vor sich her. So sachte sie konnte, stellte sie sie auf den kleinen Tisch unter die Linde. »Waldmeisterbowle«, erklärte sie.

Aline musterte ihre Große. Jesabel war im Laufe des vergangenen Jahres so still geworden, ganz anders als früher. Es versetzte ihr einen Stich, wenn sie an die Zänkereien zwischen den Zwillingen dachte, ihre trampelige, laute Lebensfreude und das Gelächter. Die Sehnsucht nach Judith senkte sich wie ein Klumpen Blei in ihr Herz. Wie immer in den letzten Monaten schob sie den Gedanken von sich fort. Sie musste eine Lösung finden, sie *musste* einfach – nur wie? Welche? Da war es schon einfacher, über Genetik nachzudenken. »Komm her«, sagte sie und öffnete ihre Arme. Jesabel ließ sich hineinfallen, stumm und so schwer, dass Aline erschrak. Einen Moment lang vergaß sie alles um sich herum, die köstlichen Pralinen, den Flussgartenduft von Salz und Teer und Flieder. Sie legte ihre Wange auf die dunkellockigen Haare ihrer Tochter und sog die Wärme ein. Jesabel, sann sie. Judith. Jesabel. Als sie wieder aufblickte, bemerkte sie, dass auch Käthe ihre Augen geschlossen hielt. Ihre Freundin war todmüde. Plötzlich fühlte Aline sich von einer so großen Zärtlichkeit erfüllt, dass Tränen in ihr aufstiegen. Ich liebe sie, dachte sie. Ich liebe Jesabel und Judith, ich liebe Käthe, ich liebe sogar den kleinen Sixten hier. Käthe hatte ihren Sohn nach dem Portier des Hotel Atlantic benannt, der ihr geholfen hatte, das Kind zur Welt zu bringen, bevor Aline eingetroffen war. Aline musste lächeln, wenn sie an jenen Abend im letzten Jahr dachte. Sie riss sich zusammen.

»Was guckst du so streng?«, murmelte Käthe, die langsam wieder die Augen öffnete. »Habe ich geschnarcht?«

»Nein.« Aline fuhr fort, Jesabel über den Kopf zu streicheln. »Ich habe nur gerade darüber nachgedacht, dass der Albinismus universalis, wie du ihn hast, immer autosomal-rezessiv ist. Dem Gesetz der Vererbungslehre zufolge hätte Sixten also überhaupt nicht weiß sein dürfen.«

»Geht das schon wieder los?« Käthe griff gähnend nach einem Stückchen Praline. »Jesabel, mein Schatz, diese Süßigkeiten sind ein Gedicht!«

»Ich verstehe es nur einfach nicht.« Aline versuchte immer noch, ihre Rührung unter einem ärztlichen Deckmantel zu verbergen.

»Da kann ich dir nur einen guten Rat geben.« Käthe verfiel wieder in einen Flüsterton und beugte sich vor. »Wenn du keinen Schimmer hast, dann *schweig!*«

Aline schloss die Augen. »Ich werde es schon noch herausfinden.«

Dämmerung senkte sich über den Fluss und das Haus. Käthe nahm vorsichtig den Tonarm ihres Grammophons, um ihn auf seiner Halterung zur Ruhe zu betten. Das war der Moment des Tages, vor dem sie sich fürchtete. Die Stunden der erzwungenen Stille breiteten sich vor ihr aus, nun nahm die Nacht ihren Anfang. Sie lauschte auf Sixtens regelmäßige Atemzüge und seufzte. So, wie die Dunkelheit aus Menschen in der Sage Werwölfe machte, so verwandelte sich auch Käthe in ein Wesen, das sie niemandem zeigen mochte, sie fühlte sich weich und verletzlich werden, voller Angst um ihr Baby und immer ein bisschen den Tränen nah. Niemand sollte sie so sehen, nicht einmal Aline, niemand sollte wissen, wie es in ihr aussah, seit sie Mutter war. So leise sie konnte, legte sie sich zu ihrem kleinen Sohn auf das Bett und betrachtete ihn. Dabei fielen ihr die Lider zu. Der Duft des Kleinen übte einen narkotischen Effekt auf sie aus, jeden Abend aufs Neue. Während sie versank, spürte sie ihr Herz klopfen. Es war manchmal mehr, als sie ertragen konnte, die Liebe, die sie zu diesem kleinen Menschlein empfand. Wer bin ich, dachte sie, schon halb im Schlaf, wer bin ich denn jetzt nur geworden?

Ein leises Klopfen an der Tür riss sie aus ihren Halbträumen. Hastig wischte sie sich über die Augen und sprang auf.

»Hast du schon geschlafen?«, flüsterte Aline durch die halb geöffnete Tür.

»Ja, ich gestehe.« Käthe brauchte nur Sekundenbruchteile, um in den gewohnten Ton zurückzufinden. »Die menschliche Natur schlägt auch bei mir hin und wieder durch. Aber vielleicht können wir im Flur weiterzischeln?«

Sie ließen sich auf dem Teppich vor der Treppe nieder. Käthe huschte noch einmal ins Zimmer zurück, um sich das Zigarettenetui zu angeln. »Rauchst du mit?«, fragte sie.

Aline nickte stumm. Käthe reichte ihr das Etui und gab der Freundin Feuer. Dabei bemerkte sie, dass Alines Augen feucht glänzten. Sie öffnete den Mund, aber Aline schnitt ihr das Wort ab. »Mir ist Rauch in die Augen gekommen.«

»Solltest mehr üben.« Käthe sprach mit ihrer Kippe im Mundwinkel. »So wie ich.«

Eine Minute verstrich in vollkommener Stille. Der Rauch füllte die Luft mit bläulich weißen Schwaden. Als Aline plötzlich sprach, zuckte Käthe zusammen. »Der Flur müsste dringend neu gemacht werden. Die Tapete ist ganz vergilbt.«

Vielleicht war das der Moment, in dem Käthe begriff. Sie spürte Alines Liebe zu diesem Haus fast körperlich. Es war ja mehr als nur ihr Zuhause. Es war ihre Geschichte, ihr Leben. Der Ursprung ihres Lebens. Ihre Familie. Doch die Familie war entzweit. Egal, wo Aline in Zukunft sein würde, egal, wofür sie sich entschied, sie würde immer das eine oder andere leiden, Sehnsucht oder Heimweh.

Die Zigarette war zu Ende geraucht. Käthe drückte sie aus. Sie fühlte mehr, als dass sie es hörte, dass Aline neben ihr weinte. Sie traute sich nicht, sie anzusehen. Vorsichtig tastete sie nach ihrer Hand und begann, sie zu streicheln.

»Ich weiß, was du denkst«, hörte sie die Freundin flüstern. »Es ist ja ein Wahnsinn, hier bleiben zu wollen. Ich kann es Nathan nicht mehr zumuten, ich weiß das. Aber ich …«

»Schsch.« Käthe streichelte weiter, mechanisch, immer weiter. »Ich denk das gar nicht.«

Aline drehte sich zu ihr um. »Ich kann nicht mehr schlafen, Käthe.«

Käthe erwiderte ihren Blick.

»Ich weiß einfach nicht mehr, was richtig ist und was falsch. Aber ich denke an unser Leben hier im Haus, bevor …«

Käthe nickte. Sie wusste ja, was Aline meinte.

»Ich will, dass es wieder so ist wie früher. Ich will nicht von hier fort, Käthe. Ich gehör hierher. Wir gehören alle hierher.«

Die beiden Frauen sahen sich an. Die Zigarettenschwaden waren verweht.

Nach einer Weile holte Aline tief Luft. »Sprich mich niemals auf das hier an.« Ihr Blick war fest, fast hypnotisch. »Mein Geheule hat nicht stattgefunden, in Ordnung?«

Käthe nickte. Das Nachtgefühl schnürte ihr die Kehle zusammen. »In Ordnung«, wisperte sie und stand auf, so, dass Aline ihr Gesicht nicht sehen konnte. Mit einer schnellen Bewegung löschte sie das Licht im Flur. Sie drückten einander kurz in der Dunkelheit. Aline schlich wieder die Treppe hinab. So leise, wie sie gekommen war.

Nathan tat etwas, was er sonst selten tat. Er beobachtete die Menschen auf der Straße, an denen er vorüberging. Seitdem er beschlossen hatte, Madeleine mit seinen Telefonanrufen madig zu machen, fühlte er sich mit neuer Energie geladen. Die Anrufe hatten bis dato nichts gefruchtet, doch Nathan hatte nicht vor, so schnell aufzugeben. Es hatte ja keinen Sinn, sich nur in seine Traumwelt zurückzuziehen. Er entschied, dem Treiben auf der Straße mit offenen Augen standzuhalten, egal, ob es ihm nun gefiel oder nicht. Zunächst einmal war er überrascht, wie viele Uniformierte auf der Straße waren. Er blinzelte. Es war, als seien die Wege der Stadt von Regimentern übersät. Sogar die Kinder trugen Uniform. Die Mädchen vom BDM trugen ihre weißen Blusen mit den Tüchern und den blauen Faltenröcken, die Jungen von der Hitlerjugend ihre kurzen Hosen mit dem Tuch über dem Hemd. Abzeichen und Anstecknadeln, wohin sein Auge fiel. Dazwischen: schwarz gekleidete SS-Leute, die Männer vom Freiwilligen Arbeitsdienst und Reichswehrsoldaten. Nathan sog alles in sich auf, das ganze Bild. Malen müsste man das, dachte er, diese Figuren auf einer militärischen Landkarte einzeichnen, wie Stoßtrupps von Einheiten, die ihre Gegner umkreisen.

»Heil Hitler!« Gertrude Meyerdink war vor ihre Tür getreten, den rechten Arm emporgereckt.

Nathan drehte sich um und sah sie an. Sie zuckte nicht einmal mit der Wimper unter seinem Röntgenblick, hielt den Arm starr gestreckt und reckte sogar das Kinn ein Stück nach vorn. Es war ein Kräftemessen, das noch vor kurzer Zeit jedem hier unten in Övelgönne aufgefallen wäre. Eine Kampfprobe, über die noch wochenlang geredet worden wäre. Doch die Zeit war knapp geworden, viel zu knapp, um stehen zu bleiben und zwei Menschen dabei zu beobachten, wie sie einander einfach nur ansahen. Vereine, Bünde, Wachen – jede Stunde war verplant, das kannte Nathan von seinen Schülern und Kollegen. Seinen ehemaligen Schülern und Kollegen.

Gertrude Meyerdink nahm den Arm herunter. »Ich sagte: Heil Hitler«, erklärte sie.

Nathan nickte bedächtig. »Ich bin nicht taub, Frau Meyerdink.«

Die Meyerdink schnaubte. »Glauben Sie wirklich, dass sich ein Mann wie Sie Frechheiten gegenüber einer arischen Frau erlauben kann?«

»Ich glaube gar nichts; der Grund, warum ich Atheist bin. Und vielleicht sollten Sie, Frau Meyerdink, sich ein Beispiel an meiner Geisteshaltung nehmen, denn die neue Regierung hat es mit dem Glauben auch nicht so arg.«

»Das werden Sie noch bereuen!«, stieß die Meyerdink hervor. »Oh, und wie Sie Ihre Frechheit noch bereuen werden!«

Nathan fühlte einen solchen Abscheu gegen diese Frau, die Aline und Madeleine jahrelang das Leben schwer gemacht hatte, dass ihm regelrecht übel davon wurde. Ohne ein weiteres Wort rückte er den Einkaufskorb über seinem Arm zurecht und setzte seinen Weg zwischen den Häusern und Flussgärten fort.

Im Kapitänshaus angekommen, öffnete er die Tür zum Ordinationszimmer. Aline saß an ihrem Schreibtisch und schrieb Rechnungen. Bei ihr saß Käthe mit dem Baby. Nathan betrachtete die Szene, bevor er eintrat. Keine der beiden bemerkte ihn. Er fühlte, wie eine üble Laune in ihm aufstieg. Aline und Käthe waren in ein reges Gespräch vertieft, und wie stets kam er sich ein bisschen ausgeschlossen vor, aber nicht das war es, was seinen Zorn reizte. Was ihn von einer Sekunde auf die andere schier um den Verstand brachte, war der Umstand, dass die Stimme von Magda Goebbels aus dem Radioapparat auf Alines Schreibtisch schallte. Er hörte noch, wie Käthe sagte: »Halblange, taillierte Röcke – kann jemand diese Frau bitte auf eine Modeschule schicken, damit sie lernt, was gut aussieht? Demnächst müssen wir dann Krinolinen und Korsetts tragen, wie?«

»Was hört ihr euch diesen Quatsch überhaupt an?«, brüllte er.

Aline, die ihren Mann noch nie so außer sich gesehen hatte, sprang auf. »Nathan, Liebling, was ist denn in dich gefahren?«

Nathan knallte den Einkaufskorb auf den Boden. »Stell sofort diesen Lügenkasten ab! Sofort, sage ich!«

Aline stellte sich zwischen Nathan und den Radioapparat, die Hände schützend erhoben. »Bitte lass es, Nathan! Lass mich diese Rede zu Ende hören! Jede meiner Patientinnen, und ich schwöre dir, *jede,* wird in diesem Moment zuhören! Wenn ich morgen zugeben muss, dass ich sie *nicht* gehört habe, wird es hinter meinem Rücken wieder heißen, ach die Frau Doktor, die ist wohl gegen die Regierung …«

»Ja, und!« Nathan hielt Aline immer noch so, als wollte er sie beiseite stoßen. Er fühlte es in seinen Händen vibrieren und lockerte den Druck. Mit zusammengebissenen Zähnen fragte er: »*Bist* du es denn nicht auch? *Bist* du denn nicht gegen diese Regierung? Oder bin ich jetzt mit einer Mitläuferin verheiratet?«

Aline schüttelte seine Hände ab. »Du weißt ganz genau, dass wir es uns nicht leisten können, als Oppositionelle dazustehen! Nicht, seitdem du …« Sie brach ab und biss sich auf die Lippen.

»Nicht seitdem ich aufgrund meiner Abstammung aus dem Schuldienst entlassen worden bin, nein.« Nathan hörte selbst, wie bitter er klang. »Darum bin ich auch daran schuld, dass du dir das Goebbels-Gewäsch anhören musst. Die Juden sind an allem schuld, das ist ja jetzt bekannt. Aber ich hätte nicht gedacht, dass meine eigene Frau diese Meinung mal vertreten würde.«

In diesem Moment hörte er Jesabels Rufe draußen. Käthe hievte sich schweigend den kleinen Sixten auf die Hüfte und stand auf.

Jesabel sah ihre Tante Käthe wie einen Racheengel auf die Gruppe von Mädchen zumarschieren.

»Was geht hier vor?«, hörte sie sie brüllen. Die Mädchen stoben auseinander. Die blond bezopfte Hildegard, die ihre Kleinwüchsigkeit durch ein riesenhaftes Selbstbewusstsein zu kompensieren pflegte, stellte sich Käthe in den Weg. »Da kommt ja schon die Mama«, hänselte sie. »Jetzt muss die Heulsuse nicht mehr flennen!«

Jesabel bemerkte, wie Käthe einen Moment lang die Luft wegblieb. Zum Glück dauerte der Moment nicht lange. »Nun lass dir aber mal flott eine zweite Gehirnzelle wachsen, und halt solange den Schnabel, du Wicht«, schnauzte sie. »Oder seh ich dem Mädchen da irgendwie ähnlich?« Sie deutete auf Jesabel. »Junge, Junge, und ich dachte immer, ihr hättet es so mit den Rassemerkmalen.«

»Nicht in diesem Ton!« Hildegard stützte die Hände in die Hüften. »Immerhin bin ich nächstes Jahr schon bei den Jungmädeln!«

»Ja, genau«, fiel jetzt Luise mit ein. »Da verstehen wir keinen Spaß!«

»Die Humorlosigkeit scheint bei euch aber auch ein bisschen Veranlagung zu sein.« Tante Käthe funkelte die Mädchen der Reihe nach an. »Wenn ich euch das nächste Mal dabei erwische, wie ihr Jesabel ärgert, brate ich euch einzeln eins über, Jungmädel hin oder her.«

Hildegard presste die Lider zusammen in dem Versuch, zurückzufunkeln. »Sie werden dann schon sehen, was Sie davon haben!«

Käthe drehte sich um. »Ihr scheint mich mit jemandem zu verwechseln, dem das nicht komplett egal ist. Komm, Kleine, wir gehen.«

»Danke, Tante Käthe«, flüsterte Jesabel, als sie sicher im Haus angekommen waren.

Aus dem oberen Stockwerk drangen erregte Stimmen. »Was machen Mami und Papi?« Jesabel riss die Augen auf.

»Streiten«, erklärte Käthe. »Was sich neckt, das liebt sich. So, und nun komm in die Küche, wir wollen der alten Bertha einen Besuch abstatten. Hallo, Bertha, was ist das für ein köstlicher Duft?«

»Kann ick di seggen«, murrte Bertha. »Das ist der Geruch von faulen Leuten. Sechs Esser täglich, und nur eine, die sich darum zu kümmern gedenkt, und nu rat mal, wie die heißt?«

»Bertha!«, krähte Jesabel verzückt.

Bertha stemmte die Hände in die Hüften. »Was ist denn mit dir passiert?«

»So ein paar Mädchen in der Schule haben mich gekratzt.«

Sie bemerkte, wie Tante Käthe und Bertha erschrockene Blicke tauschten. »Und warum?« Tante Käthes Stimme klang ungewohnt einfühlsam.

»Weil ich eine Vierteljüdin bin. Bitte, Tante Käthe, kannst du nicht mit Mami und Papi reden, damit ich später auch in den Jungmädelbund darf? Ich hab sie schon so oft gefragt, und sie sagen immer Nein!« Jesabel fühlte, wie ihr schon wieder die Tränen kamen. Aber sie zwang sich, hart zu bleiben. Hildegard, Luise und die anderen Mädels weinten auch nicht. Ein deutsches Mädchen ist hart im Nehmen, sagten sie immer. Jesabel fühlte, dass sie so gar nicht hart im Nehmen war. Immer musste sie weinen in letzter Zeit. Wenn die Mädchen in der Schule sie wieder ärgerten, wenn Mami und Papi stritten, wenn sie an Judith dachte. Manchmal kamen ihr schon bei ganz unwichtigen Sachen die Tränen, wenn jemand etwas zu laut sprach, zum Beispiel, oder wenn sie nicht gleich einschlafen konnte. Aber sie hatte einen Trick gefunden, um das Weinen zu verhindern. Sie klemmte die Innenseiten ihrer Wangen zwischen die Zähne und blinzelte. Das klappte auch diesmal. »Ehrlich, Tante Käthe, jede in meiner Klasse geht später zu den Jungmädeln, nur ich nicht! Ich finde das so ungerecht!«

In diesem Moment riss das Baby, das auf Tante Käthes Hüfte saß, den Mund zum Schreien auf, und dabei sprangen ihm die Tränen aus den Augen wie kleine Springbrunnen. Sofort fühlte Jesabel, wie ihr Trick nicht mehr funktionierte. Sie wandte sich dem toten Geflügel zu, das auf der Anrichte lag. Nachdem sie sich einige Male auf die Innenseite ihrer Wangen gebissen hatte, fragte sie: »Das ist aber nicht Wilhelmine, oder?« Sie musste ihre Frage wiederholen, um gegen Sixtens Gebrüll anzukommen.

Sie fühlte, wie Bertha ihr über den Kopf strich. »Was glaubst du denn, Deern? Wir schlachten doch nich unser Haushuhn! Nee, das is vom Markt. Käthe, tu mir einen Gefallen und entfern dieses schreiende Kind von hier. Meine Nerven sind auch so schon schwach.«

»Ist es gerade erst geschlachtet worden?«, wollte Jesabel wissen. Das Huhn tat ihr so Leid, wie es dalag mit abgeknicktem Kopf.

Bertha, die Jesabels Interesse an dem Huhn für ein rein kulinarisches hielt, versuchte sie zu beruhigen. »Ja, natürlich, es ist taufrisch. Hat vor einer Stunde noch gegackert, das gute Ding. Wirst schon sehen, wie zart das schmeckt. Hier, das Blut am Hals ist noch ganz frisch, und die Augen sind noch kein bisschen eingefallen, daran erkennt eine Köchin immer, wie es mit der Frische steht. Willst du mir beim Rupfen helfen?«

Jesabel schluckte. Ein deutsches Mädel ist hart im Nehmen. »Gerne, Bertha.«

Bertha warf einen prüfenden Blick in den Kessel auf dem Herd. »Fein. Das Wasser siedet gleich. Denn wüllt wi ma loslegen. Um ein Huhn richtig zu rupfen, muss man es erst in kaltes Wasser legen.« Aus dem Regal unter der Anrichte wuchtete sie eine riesige Kasserolle hervor, füllte sie mit Wasser und knallte sie auf den Tisch. »Ducker das Huhn mal schön unter«, befahl sie. Jesabel tat, wie geheißen. Es war schauerlich.

»Nu guck nich wie drei Tage Regenwetter, sondern denk an das leckere Essen!« Bertha war praktisch wie immer. »Und jetzt heb das Huhn wieder raus – so ist es fein –, dass ich das kalte Wasser durch das heiße ersetzen kann.«

Jesabel hielt das tropfnasse Huhn in der Hand und streichelte es unwillkürlich. Plötzlich konnte sie die Tränen nicht länger in sich halten. »Bertha«, schluchzte sie.

Bertha schoss herum. »O nein, nich weinen, Kleines.«

»Ich weiß«, schluchzte Jesabel. »Aber ich schaff es einfach nicht.« Sie hielt den Blick immer noch auf das Huhn gesenkt. Auf einmal schien es wieder lebendig zu sein. Es zitterte und wackelte, bis Jesabel bemerkte, dass sie selbst es war, die sich so schüttelte. Bertha nahm ihr das Huhn aus der Hand. »Komm ma her zu Bertha«, hörte sie die Köchin sagen. »Komm, wir beide setzen uns da ma hin, und dann wollen wir ma in Ruhe weinen. Deine Mutter is früher auch immer zu mir gekommen, wenn sie weinen musste.«

»Mami hat früher auch geweint?« Jesabel war so überrascht, dass sie sich von Bertha willenlos auf den Schoß nehmen und über den Kopf streicheln ließ, als ob sie ein Baby wie Sixten wäre und nicht etwa ein Schulmädchen.

»Deine Mami weint heute noch manchmal«, erklärte Bertha. Jesabel fühlte Berthas mächtigen Busen in ihrem Rücken. Hauptsache, mich sieht jetzt niemand, dachte sie.

»Warum weint Mami?«

»Weil sie sich nach deiner Schwester sehnt. So wie wir alle. Du doch auch, oder nich?«

Jesabel nickte heftig. »Und wie! Aber zuerst war ich froh, dass sie weg war«, gestand sie. »Ich hab mir sogar gewünscht, dass sie nie mehr wiederkommt. Bertha, glaubst du, dass sie nicht mehr wiederkommt, weil ich es mir so sehr gewünscht habe?« Sie fühlte, wie sie schrecklich zu zittern begann. Endlich war es heraus. Die Frage, die sie sich seit Monaten stellte. Sie wartete. In der Küche war nichts als das Blubbern vom Wasserkessel zu hören. Jesabel spürte, dass ihr Rock nass war von dem tropfenden Huhn.

»Das glaub ich ganz bestimmt nich«, hörte sie Berthas sanfte Stimme. Sie hatte nicht gewusst, dass Bertha so sanft sprechen konnte. »Der einzige Grund, warum deine Schwester noch nicht zurückgekommen ist, ist der, dass deine Oma sie in Marseille behalten möchte.«

»Grand-Mère?«, fragte Jesabel erschrocken. »Warum will Grand-Mère sie in Marseille behalten?«

Offenbar zuckte Bertha die Achseln, denn ihr Busen bewegte sich an Jesabels linkem Schulterblatt. »Wahrscheinlich, weil sie nich allein sein will. Keiner will allein sein.«

»Aber warum kommt Grand-Mère nicht ganz einfach zurück zu uns?«

Wieder dieser Busen am Schulterblatt. »Weil es ihr in Deutschland nicht mehr gefällt.«

»So wie Tante Henny und Onkel David?«

»Genau. Wenn du also traurig bist, kannst du ruhig weinen, Deern. Jeder Mensch muss ma weinen. Sonst wär er kein Mensch.«

Da fühlte Jesabel, wie es aus ihr herausbrach, und sie schluchzte und weinte, bis sie ganz leer geweint war. Bertha hielt sie fest dabei, mit ihren kräftigen Händen, die nach Zwiebeln rochen und so vertraut waren und so gut.

»Wollen wir jetzt zusammen kochen, Deern?« Berthas Stimme war immer noch sanft.

Jesabel nickte. Sie hüpfte von Berthas Schoß, und Bertha stand auf, leerte die Kasserolle, goss das siedende Wasser vom Herd hinein und tauchte nun ihrerseits das Huhn unter. Nachdem sie ein paar Minuten einträchtig schweigend gewartet hatten, begannen sie das Huhn zu rupfen, vorsichtig, weil es noch ein junges Huhn war, bei dem die Haut leicht einreißen konnte, und Jesabel dachte an das bevorstehende Abendessen mit Mami und Papi und Tante Käthe und dem kleinen Sixten und Bertha, und sie fühlte ein leichtes Brennen in den Wangen, dort, wo sie sich immer hineingebissen hatte, und sie wusste: Das zumindest war nun erst mal vorbei.

6. Kapitel

Die Salatköpfe versprachen gut zu werden in diesem Jahr. Aline entfernte ein paar vorwitzige Schnecken, die sich in dem Beet schon wieder gütlich taten. Draußen auf der Elbe hörte sie jemanden rufen. Sie blickte auf und erkannte die Hansen-Kinder, die sich auf ihrer Jolle vergnügten. Hinter ihnen, inmitten von hellen, tanzenden Flecken, segelte eine Viermastbark vorüber. Aline legte die Hand über die Stirn, um sich gegen das Licht der untergehenden Sonne zu schützen. Ihre Strahlen malten funkelnde Pünktchen auf den Strand. Sachte, wie im Traum, wandte Aline sich der Bank unter den Linden zu. Als sie die Augen schloss, flutete es orange durch ihre Lider, und sie konnte ihren Vater auf der Bank vor sich sehen. Es war sein Lieblingsplatz im Garten gewesen. Ob er sie wohl wahrnahm, von dort, wo er jetzt war? Und ob ihm der Garten gefallen würde, so wie sie und Nathan ihn jetzt bewirtschafteten? Die Blumenbeete hatten sie zugunsten von Salatköpfen, Radieschen und Kartoffeln geopfert. Wie damals, zu Zeiten der Inflation. Damals hatten sie auch den kleinen Kirschbaum gepflanzt, der mittlerweile Früchte trug. Der Garten, dachte Aline, ist das Wohlstandsbarometer unserer Familie. Je mehr Geld wir haben, desto weniger Gemüse bauen wir an. Dann dachte sie eine Weile gar nichts mehr, lauschte nur den Geräuschen, dieser Mischung aus Wellenschlagen, Kinderrufen und den Jazzfetzen, die aus Käthes geöffnetem Fenster wehten. Wie Käthe den kleinen Sixten bei einer solchen Lautstärke zum Schlafen bringen wollte, war ihr ein Rätsel, aber vermutlich tanzte sie ihn in den Schlaf. Als sie die Augen wieder öffnete, war das goldene Strahlen verschwunden und der Himmel königsblau.

Langsam wanderte sie durch die Gartenpforte über die schmale Straße zum Haus zurück. Sie wollte eben die Treppe nach oben ins Schlafzimmer steigen, da hörte sie, wie Jesabel in ihrem Zimmer sprach. Sie presste ihr Ohr an die Tür.

»Deutschland, erwache!«, hörte sie die Stimme ihrer kleinen Tochter wispern. »Sturm, Sturm, Sturm! Läuten die Glocken von Turm zu Turm! Läuten, dass die Funken zu sprühen beginnen! Judas erscheint, das Reich zu gewinnen …«

Entschlossen öffnete sie die Tür. »Du solltest jetzt schlafen, mein Schatz!«, erklärte sie bestimmt. »Wieso sagst du dieses Gedicht auf?«

»Wir müssen es morgen auswendig können.«

Aline wünschte, sie könnte Jesabels Gesicht im Dunkeln erkennen. »Du sagst es doch schon recht flüssig daher«, bemerkte sie. Sollte sie ihrer Tochter sagen, dass das Reimschema dilettantisch war? Sein Inhalt hetzerisch und judenfeindlich? Dass sie es eine Schande fand, dass Kinder so etwas lernen mussten? Sie entschied sich dagegen. Jesabel hatte genug Schwierigkeiten mit der Schule.

»Es kann sein, dass ich es vergesse, wenn Frau Marquardt mich drannimmt.«

»Hast du Angst vor ihr?« Alines Hände tasteten sich nach vorn und fanden Jesabels Schopf. Vorsichtig streichelte sie ihr über die Haare.

»Manchmal.«

»Wenn du Angst vor ihr hast, musst du sie dir einfach nackt vorstellen.«

»Aber Mami!«

»Nein, ehrlich. Sie ist ein hilfloses, nacktes Wesen, genau wie alle anderen. Sie kann Schnupfen kriegen, hässlichen Ausschlag, Lungenentzündung, alles. Sie ist kein Übermensch, weißt du.«

Jesabel kicherte. »So etwas sagst du nur, weil du Ärztin bist, Mami.«

»Sicher. Deswegen weiß ich ja auch Bescheid.«

Mit einem Mal verstummte die Musik über ihnen. Entweder war Sixten müde geworden und endlich eingeschlafen, oder Käthe hatte ausnahmsweise einmal beschlossen, die Nachtruhe im Kapitänshaus zu respektieren. Seitdem sie in Madeleines Zimmer lebte, war die Stimmung viel weniger bedrückend – aber eben auch ein bisschen lauter.

»Du, Mami?« Jesabel riss sie wieder in die Gegenwart zurück. Aline bemerkte, dass sie den Kopf ihrer Tochter immer noch streichelte.

»Was ist, mein Liebling?«

»War Papi eigentlich im Krieg?«

»Wie kommst du denn darauf?«

»Frau Marquardt hat gesagt, wir sollen zur nächsten Woche Andenken aus dem Krieg mitbringen. Feldbriefe und Geschossteile und so etwas, aber wir sollen aufpassen bei Granatzündern, weil die immer noch losgehen können. Haben wir Granatzünder im Haus?«

Aline lächelte in die Dunkelheit. »Nein, Liebling, wir haben keine Granatzünder im Haus. Und Papi war auch nicht im Krieg. Dein Onkel Max, Papis großer Bruder, der war im Krieg, er hat sogar das Eiserne Kreuz bekommen, weil er so tapfer war. Vielleicht darfst du ja das Kreuz in die Schule mitnehmen, wenn du ihn sehr lieb darum bittest.«

»Warum war Papi nicht im Krieg?« Jesabel klang jetzt immer weniger schläfrig.

»Weil dein Papi damals in der Ausbildung zum Rabbiner war. Da musste er nicht in den Krieg.«

»Warum ist Papi dann doch kein Rabbiner geworden?«

»Weil er aufgehört hat, an Gott zu glauben.«

»Ach so. Und meinst du, Mami, Onkel Max kann mir mal vom Krieg erzählen? Geschichten vom Krieg sind immer so spannend!«

»Geschichten vom Krieg sind meistens traurig.« Aline hörte auf, Jesabels Haare zu streicheln. »Dein Großvater – mein Papi – hat im Krieg seinen rechten Arm verloren.« Draußen tutete ein Dampfschiff seinen Weg über den Strom. »Liebling, du musst jetzt einschlafen.«

»Ich kann aber nicht ohne Bonsche.«

»Ja, hast du sie denn nicht im Bett?«

»Nein, sie steht da drüben am Fenster. Bringst du sie mir, Mami?«

Aline stand auf und machte einen Schritt ins Zimmer hinein. Unter ihrem rechten Fuß knirschte es. »Wie oft habe ich dir schon gesagt, du sollst deine Spielsachen nicht auf dem Teppich herumliegen lassen? Da tritt doch jeder drauf!«

»Jeder«, kicherte Jesabel. »*Jeder* kommt ja überhaupt nicht in mein Zimmer rein!«

Aline schaltete den Glasleuchter ein, der von der Decke hing. Die Puppe stand am Fenster, wie Jesabel gesagt hatte, mit dem Rücken zum Raum, als ob sie die vorüberziehenden Schiffe grüßen wollte. Und doch erkannte Aline, dass sie die Uniform eines BDM-Mädchens trug: blauer Faltenrock, helle Bluse mit Halstuch und – untypisch, aber eindrucksvoll – um den linken Oberarm eine Binde mit aufgenähtem Hakenkreuz.

»Es führt kein Weg mehr dran vorbei, ich fahre nach Marseille und hole sie einfach!« Nathan saß aufrecht im Bett und krempelte sich die Ärmel seines Nachthemds hoch.

»Nein, das tust du nicht.« Aline legte ihr Buch beiseite. »Du würdest Schwierigkeiten an der Grenze bekommen. Du weißt, wie sie Juden jetzt kontrollieren.«

Nathan schwieg. Das ganze Haus war auf einmal voller Schweigen, die Stille senkte sich über sie wie ein großes weiches Tuch, das jedes Geräusch erstickte, ihnen selbst die Luft zum Atmen raubte. Die Kinder mochten jetzt schlafen, Bertha bestimmt auch, während Käthe oben Stenografie lernte. Die Schauspielerei hatte sie vorerst an den Nagel gehängt. Die Angebote waren einfach zu miserabel. Sobald Sixten groß genug war, würde sie als Sekretärin arbeiten gehen, das stand nun fest.

Immer noch Schweigen. Aline tastete nach ihrem Buch, ließ es dann aber doch liegen. Das hier war schlimmer als alles, was sie in ihrer siebenjährigen Ehe durchlebt hatten. Das hier war kein Streit mehr, keine Krise, es war schlicht und einfach Leere.

Aline stand auf, um frische Luft hereinzulassen. Die Nacht war dunkel, nicht einmal der Mond war zu sehen. Wie flüssiger Teer goss sich die Elbe dahin, schwer und schwarz. Ein rotes Licht tanzte darauf, das zu einem Schiff gehören musste und sich langsam flussaufwärts bewegte. Die Puppe Bonsche fiel ihr ein, wie sie am Fenster gestanden hatte, die Hakenkreuzbinde am Arm. »*Ich* fahre«, hörte sie sich sagen.

Wieder Schweigen. Aline fröstelte am geöffneten Fenster. Als Nathan endlich sprach, war das rote Licht aus ihrem Blickfeld verschwunden. »Hast du dir schon mal überlegt, Aline, ob wir Judith einen Gefallen damit tun, sie in Deutschland aufzuziehen? Sieh dir doch Jesabel an, wie sie hier behandelt wird. Ich finde es beruhigend zu wissen, dass zumindest eines unserer Kinder in Sicherheit ist. Und ich finde, wir sollten …«

Aber da hielt sich Aline die Ohren zu. »Nein, Nathan, zum

allerletzten Mal. Ich gehe nicht von hier fort. Niemals.« Und wenn tausend BDM-Puppen in den Fenstern stehen.

Nathan glitt zu ihr ans Fenster. Ihre Blicke kreuzten sich, sekundenlang, hielten einander fest. »Nenn mir einen vernünftigen Grund, Aline, warum du hier bleiben willst.«

Aline umschloss seine Hände, streichelte sie. »Weil sie dann ihr Ziel erreicht haben. Alle Unliebsamen außer Landes zu schaffen. Lass uns bleiben. Ein Zeichen setzen. Es wird schon wieder werden. Wir werden noch mal reden mit Maman. Hab Vertrauen, Nathan.«

Noch immer saugten Nathans Augen sich an ihren fest. »Ich weiß nicht, ob ich Grund dazu habe«, sagte er. »Aber ich versuche es.«

In Madeleines »Salon de Beauté« war die Hölle los. Madame Gérard war zu spät gekommen, Mademoiselle Yvonne zu früh, und mittendrin saß Madame Bataillard, die eigentlich nur einen Haarschnitt mit Wasserwelle wollte, aber beim Aufdrehen ihre ersten grauen Haare entdeckt hatte. Daraufhin musste Henny die Wickler wieder herausnehmen und eine Coloration anrühren. Leider war Madame Bataillard gänzlich unentschlossener Natur. Während sie noch überlegte, ob sie die einmalige Gelegenheit beim Schopf ergreifen und ihre Haarfarbe gleich ganz ändern sollte, wippte Mademoiselle Yvonne ungeduldig mit dem Fuß.

»In anderthalb Stunden steht mein Verlobter am Bahnhof!«, fuhr sie Henny an. »Wie soll ich ihm die Wickler im Haar erklären, die Sie mir bis dahin wohl kaum abgenommen haben werden, da es eine physikalische Tatsache ist, dass feuchte Haare in Wicklern nicht so *allez-allez* trocknen.« Mademoiselle Yvonne hatte die Schule für Höhere Töchter besucht und ließ nichts unversucht, um mit ihren Kenntnissen zu brillieren.

»Aber Madame Bataillard, ich bin mir nicht sicher, ob Platinblond Ihnen wirklich stehen würde. Sie sind ja ein eher mediterraner Typ. – Ich bin sofort bei Ihnen, Mademoiselle Yvonne!«

»Wir sind alle eher mediterrane Typen.« Mademoiselle Yvonnes Kenntnisse gingen über das Gebiet der modernen Physik hinaus.

»Ich bin vielleicht zu spät gekommen«, klagte Madame Gérard von ihrem Frisiersessel aus, müde in einer Zeitschrift blätternd. »Aber heißt das jetzt, dass ich meinen Termin ganz absagen muss?«

»Aber nein«, versicherte Henny mit einem Lächeln. »Madame Madeleine wird in einer Minute hier sein.«

»Ah – die Chefin persönlich!« Mademoiselle Yvonne stieß einen Seufzer der Erleichterung hervor.

»Aber blond sieht so schön aus!« Madame Bataillard starrte Hennys Spiegelbild an. »Wenn ich mir Ihre Haare so ansehe … Man könnt direkt neidisch werden! Aber vermutlich haben Sie Recht. Es würde mir nicht stehen. Na, dann nehme ich eben Kastanienbraun.«

»In Ordnung.« Henny kramte eine Schüssel hervor. »Mademoiselle Yvonne, ich rühre nur eben das Kastanienbraun an, dann wasche ich Ihnen die Haare.« Sie quetschte eine Tube in die Schüssel, mischte ein wenig Flüssigkeit dazu und begann, den Brei zu vermengen. Sie war stolz darauf, das Friseurhandwerk so schnell gelernt zu haben. Den Blick für Farben und Stil hatte sie während ihrer Schneiderlehre in Hamburg bekommen. Der Rest war einfach nur Übung. Und Geschick.

»Ah mince!« Madame Bataillard schlug sich eine Hand vor den Mund.

»Was ist?«, fragte Henny erschrocken.

»Ich habe vergessen, dass ich doch immer Rosa trage!

Mein Lippenstift ist rosa, meine Fingernägel auch – wie sieht das denn bitte schön zu Kastanie aus?«

Mademoiselle Yvonne rollte mit den Augen. »Chère Madame, kein Mensch zwingt Sie, weiterhin Rosa zu tragen. Wechseln Sie einfach zu Rostrot, und die Sache ist gut.«

»Meinen Sie?« Madame Bataillards Gesicht war ein einziges zweifelndes Fragezeichen.

In diesem Moment klingelte die kleine Glocke über der Ladentür, und Madeleine betrat den Raum. *»Excusez-moi, Mesdames!«,* strahlte sie. »Kleine Verspätung. Meine Enkelin hat doch morgen Geburtstag. Und da musste ich eben noch einkaufen gehen.«

»Wie alt wird denn das Goldkind?« Mademoiselle Yvonnes Versuch, sich durch geheucheltes Interesse an Madeleines Familienleben einen Vorteil in der Behandlung zu ergattern, hatte sich in der Vergangenheit erfolgreich ausgezahlt. »Und was für einen Kuchen haben Sie für die Feier ausgesucht, Madame? Vielleicht den Kuchen mit der *fève*?«

Madeleine setzte den Einkaufskorb im Nebenraum hinter dem Vorhang ab. »Meine Enkelin wird sieben. Verzeihen Sie, Mademoiselle Yvonne, aber von Kuchen mit Bohnen drin habe ich noch nie gehört. So, Madame Gérard. Erst einmal Haare waschen, sehe ich das richtig?«

»Das tun Sie.« Madame Gérard schnurrte geradezu vor Vergnügen. Es war eine Freude, sich von Madeleine bedienen zu lassen. Beim Waschen massierte sie einem die Kopfhaut so gründlich, dass man sich hinterher ganz weich und entspannt fühlte.

»Könnten Sie mir dann auch gleich die Haare waschen?« Mademoiselle Yvonne wurde langsam direkt. »Mein Verlobter kommt gleich an.« Sie betrachtete Madame Madeleine, wie sie nahezu andachtsvoll den Kopf von Madame Gérard bearbeitete. Selten hatte sie eine Coiffeuse erlebt, die sich so majestätisch bewegte. Nun ja, es hieß, dass Madame aus altem südfranzösischem Adelsgeschlecht stammte und mit Mädchennamen d'Arlon hieß. Yvonne beschloss, ihr die Sache mit dem Bohnenkuchen genau auseinander zu setzen. Es ging doch wirklich nichts über die Gelegenheit, mit Kenntnissen angeben zu können. »Der Kuchen ist kein Bohnenkuchen im eigentlichen Sinne. Es steckt nur eine einzige Bohne darin, und die ist aus Metall«, erklärte sie, während sie sich im Spiegel betrachtete. Sollte sie sich die Haare vielleicht einmal stärker locken lassen? Es wäre mal etwas anderes. »Dasjenige Kind, das die Bohne findet, wird König oder Königin. Manche *patisseries* verkaufen auch goldene Krönchen dazu. Die kann man dem kleinen Gewinner dann aufsetzen.«

»Das klingt sehr gut, in der Tat«, schmunzelte Madeleine, während sie das lauwarme Wasser über Madame Gérards Haare laufen ließ.

»Ich glaube«, ließ sich Madame Bataillards Stimme in diesem Augenblick vernehmen, »ich bleibe doch lieber bei meinem Braun. Mischen Sie mir bitte Braun an, Mademoiselle Henriette, ja, das ist es, jetzt habe ich mich entschieden!«

Nachdem der Ansturm des Tages einigermaßen bewältigt war, verabschiedete sich Madeleine ein zweites Mal, um eine Patisserie aufzusuchen, die in der Nähe der Canebière lag und von der Madeleine wusste, dass sie hervorragende *brioches* und *tartes* herstellte. Sie war in Hochstimmung. Das Geschäft lief phantastisch, und niemand außer Henny ahnte, dass Madeleine bis zur Eröffnung des Salons in ihrem ganzen Leben noch keine Haare frisiert hatte. Sie tat denn auch so, als hielte sie das Haareschneiden für unter ihrer Würde, und fungierte stattdessen wahlweise als Ehe- und Stilberaterin mit gelegentlichen Abstechern auf das Gebiet der Nagelpflege und Ondulierkunst.

Während sie nach rechts von der Hauptstraße in eine Gasse abbog, stieg ihr ein Geruch in die Nase, der sie an verfaulten Fisch mit Maden erinnerte. Es war August, und Marseille litt nun schon seit Wochen unter einer Hitzewelle, die für die Fliegen aller Mittelmeerländer das Signal zum Angriff bildete. In Myriaden schwärmten sie aus, besetzten alles, was sich essen ließ, was lebte oder einmal zu den Lebenden gehört hatte. Aus der Kanalisation stiegen überraschende und bis dato unbekannte Düfte auf. Madeleine bewegte sich, so langsam sie konnte. Jeder Schritt kostete sie übermenschliche Anstrengung. Sie fühlte, wie ihr Haar feucht wurde vor Schweiß, und sie dachte flüchtig an Mademoiselle Yvonne, die sich in diesem Augenblick vermutlich von ihrem Verlobten ausführen ließ. Im Moment trug die junge Dame ihr Haar so kurz, dass ihre Wasserwelle wohl bis zum Abend halten würde. Dann dachte sie daran, dass sie der Concierge noch bestellen wollte, bis auf weiteres keine Anrufe mehr zu ihr durchzustöpseln. Die Gespräche mit Nathan waren alles andere als angenehm, und sie fühlte, dass sie bei dieser Hitze nicht auch noch mit Schuldzuweisungen und Rechtfertigungen konfrontiert werden wollte.

Als sie die Patisserie erreichte, seufzte sie vor Erleichterung. Und vor Entzücken. Denn der Herr, der ihr seinen breiten Rücken zuwandte und in diesem Augenblick einen Kuchen mit einer *fève* orderte, war niemand anderes als Jean Meyer.

»Zum Geburtstag viel Glück, zum Geburtstag viel Glück, zum Geburtstag, liebe Jesabel, zum Geburtstag viel Glück!« Aline am Klavier improvisierte eine reichlich verjazzte Zwischenmelodie, die Käthe dazu verleitete, über den nächstbesten Stuhl Rad zu schlagen, dann schmetterten die beiden Frauen von vorne los, bis Aline das Ständchen endlich mit einem donnernden Schlussakkord beendete. Nathan und Bertha, die den kleinen Sixten auf dem Arm trug, applaudierten, während

Jesabel über das ganze Gesicht strahlte. »Danke, Mami, danke, Tante Käthe, mit der Nummer könntet ihr ja im Zirkus auftreten!«

»Man mag sagen, was man will über diese freche Maus.« Käthe beugte sich vor, um Jesabel einen Kuss auf die Nase zu drücken. »Aber sie erkennt ein Talent, wenn sie eines sieht.«

»Jetzt wartet aber die Geburtstagstorte!«, verfügte Bertha. »Alle Mann rüber in den Engelsraum!«

Engelsraum – so hatte Aline das Zimmer mit der Seidentapete und dem marmornen Kamin getauft, als sie klein war. Weil der Raum nur selten benutzt wurde und sie glaubte, er werde von gesellschaftsscheuen Engeln bewohnt.

»Hast du denn gar keine Patienten heute, Mami?«, fragte Jesabel, die sich ein bisschen über die Aufmerksamkeit wunderte, die ihr so unvermittelt zuteil wurde.

»Aber doch nicht, wenn meine kleinen Töchter Geburtstag haben.«

Ein unbehagliches Schweigen machte sich breit, während die Gesellschaft über den Flur in den Engelsraum hinüberwanderte. Keiner der Erwachsenen wagte es, Judiths Namen zu nennen. Jesabel nahm die Sache schließlich selbst in die Hand. »Wie Judith jetzt wohl Geburtstag feiert«, überlegte sie. Aber dann sagte sie gar nichts mehr, denn in diesem Augenblick öffnete Bertha die Tür, und Jesabel verschlug es die Sprache. Die schweren Samtvorhänge im Salon waren zugezogen, und aus dem Halbdunkel flackerten Jesabel sieben Kerzen entgegen, aufgesteckt auf eine riesige Geburtstagstorte, und drum herum lagen Geschenke mit wunderschönen Schleifen, und jetzt bewegte sich einer der Vorhänge, und heraus trat Valeska! »Oma!«, schrie Jesabel. »Du bist auch hier, Oma! Das ist aber eine Überraschung!«

Nathan, der seine Mutter nach dem Mittagessen abgeholt hatte, drückte ihr einen Kuss auf die Wange, und gemeinsam nahmen sie nun Platz. Bertha hatte die Tafel unter Aufbietung all ihrer haushälterischen Kräfte gedeckt. Unter das Tischtuch hatte sie eine Friesdecke gelegt, um das Klappern des Geschirrs zu dämpfen. Für jede Person bei Tisch hatte sie exakt drei fünftel Meter Raum berechnet, auf dass keiner sich über fehlende Ellbogenfreiheit beklage. Den Ehrenplatz in der Mitte hatte sie selbstverständlich Jesabel zugedacht. Nathan und Aline sollten sich an Scheitel und Ende der Tafel setzen.

»Wo sind denn die anderen Gäste, die kleinen Freunde von meiner Judith?«, fragte Valeska. Sie hatte reichlich Gewicht verloren in letzter Zeit, stellte Nathan fest, und ihr Gesicht wirkte eingefallen, aber ihre Kleidung war wie immer makellos.

»Sie haben alle abgesagt«, flüsterte Nathan seiner Mutter zu. Er blickte zu Jesabel hinüber, um sicherzugehen, dass sie ihn nicht hören konnte. Seine Tochter besah sich ihre Geschenke, ein glückliches Lächeln auf den Lippen. »Eine Freundin von Aline kommt mit ihrem ältesten Sohn später vorbei.«

Valeska runzelte die Stirn. »Ich verstehe auch nicht, warum Judith immer noch nicht wieder in Deutschland ist! Der Beinbruch muss doch mittlerweile längst verheilt sein! Max hat gemeint …«

Nathan bedeutete ihr zu schweigen. »Nicht jetzt, Mutter, nicht vor Jesabel. Wir sprechen später drüber.«

»Oma, hast du gesehen, dass ich ein neues Kleid bekommen habe?« Jesabel schwenkte das Blau-Weiß-Gestreifte wie eine Trophäe.

»Komm mal her zu Oma«, forderte Valeska sie auf. »Oma kann nicht mehr so gut gucken.«

»Ist das wahr, Mama?«, fragte Nathan besorgt.

Valeska winkte ab. »Nur so'n büschen Probleme, wenn was weiter weg ist. Nun zeig mal, Kind – oh, ist das hübsch!«

»So, und hier kommt das Erdbeereis!« Bertha wuchtete eine Zinnschale auf den Tisch.

Jesabel sprang in die Höhe. »Du hast es hinbekommen, Bertha! Wie denn nur, wie hast du es geschafft?« Und zu Valeska gewandt: »Weißt du, Oma, wir haben wochenlang versucht, Eis herzustellen, Bertha und ich. Das war vielleicht schwer!«

Bertha kniff listig ein Auge zu. »Der Eimer mit dem Spundloch, in dem wir die Blechdose mit der Eismasse drinhatten, da darf nich nur Eis allein rein. Sonst entstehen ja so Zwischenräume. Ich hab die Eisbrocken mit Salz vermischt, damit die Masse gleichmäßig gekühlt wird.«

»Meine Güte, wo nehmen Sie denn um diese Jahreszeit Eisbrocken her?« Valeska war ehrlich beeindruckt.

»Johnny Hück von Nr. 17. Bunkert die Eisschollen von der Elbe im Winter in seinem Keller, um sie dann im Sommer wieder zu verkaufen.« Aline schob sich einen Löffel Erdbeereis in den Mund. »Absolut köstlich, Bertha. Du hast dich wieder selbst übertroffen.«

Valeska schüttelte den Kopf. »Was für eine Verschwendung, Eis im Sommer! Wo wir doch von der Regierung dazu angehalten werden, nur Ersatzfette zu verwenden und möglichst viel Eintopf zu essen. Warum eigentlich, frage ich mich immer. Die Wirtschaftskrise ist doch überwunden!«

»Wir sollen den Ernstfall proben, hat Frau Marquardt erklärt.« Auch Jesabel schleckte verzückt ihren Löffel ab.

»Welchen Ernstfall? Nein, Sixten, du sollst das Eis essen und nicht aussabbern.« Käthe kratzte die rosa Soße auf Sixtens Kinn zusammen und schob sie ihm wieder in den Mund.

»Na, wenn uns der Feind angreift!«

Aline und Nathan tauschten besorgte Blicke. »Ist es das, was du in der Schule lernst, Jesabel? Dass wir uns für den Krieg rüsten müssen?« Nathan ließ sein Eis unangetastet.

»Sicher. Das ist unsere wichtigste Aufgabe. Sagt Frau Marquardt, sagen alle.«

Valeska stand die Missbilligung ins Gesicht geschrieben.

»Frau Marquardt«, sagte sie. »Das ist doch das Rischissponem, oder?«

Judith blickte verständnislos drein.

»Rischissponem, das ist das jiddische Wort für jemanden, der böse zu Juden ist«, erklärte Nathan. »Der keine Juden mag. Du darfst das Wort auf keinen Fall in der Schule sagen, Judith, ist das klar?«

»Ich mag auch keine Juden«, murmelte Judith. »Ich meine echte Juden. Die, die sich nicht waschen.«

Nathan warf einen raschen Blick auf seine Mutter. Sie hatte sich zu Käthe und dem kleinen Sixten gebeugt und lachte. Die Bemerkung ihrer Enkelin hatte sie offenbar nicht gehört.

»Frau Marquardt«, beeilte sich Aline zu sagen, »ist die Schwiegertochter von Eduard Marquardt und somit die angeheiratete Nichte von Gertrude Meyerdink. Otto, der Mann von der Hexe, leitet die Schule. Ehrlich, Leute, die Regierung spricht nur deshalb noch von einer Weltverschwörung der Bolschewisten, weil sie den Meyerdink-Clan nicht kennt.«

»Nu wüllt wi aber nich mehr so'n Tünkram snacken, sondern das Erdbeereis genießen! Hoch die Löffel!«

Aline lächelte. »Bertha, du untergräbst zunehmend meine Autorität als Herrin des Hauses. Prost! Auf meine Lieblingsköchin!« Sie legte der überraschten Bertha einen Arm um den Hals. »Danke, dass wir dich haben!«, flüsterte sie.

Nach dem Kaffeetisch wanderten Aline, Nathan und Jesabel gemeinsam auf das Postamt oben nach Ottensen, um ein Glückwunschtelegramm an Judith aufzugeben. Madeleines Telefonleitung schien aus irgendeinem Grund nicht mehr zu funktionieren. Die Sonne schien, eine leichte Brise wehte, und von den Häusern flatterten die Hakenkreuzfahnen. Jesabel, die ihr neues Kleidchen und einen Strohhut trug, hüpfte fröhlich zwischen ihren Eltern auf und ab. »Und nach jedem Satz schreibt man Stop?«, fragte sie.

Nathan lächelte. »Das Stop kommt ganz von alleine«, erklärte er. »Man kann gar nichts dagegen tun.«

»Heil Hitler«, grüßte der Mann auf dem Postamt die kleine Familie. »Was kann ich für Sie tun?«

»Heil Hitler. Wir möchten gern ein Telegramm nach Marseille aufgeben«, antwortete Aline. Nathan übernahm die Formulierung. »Herzlichen Glückwunsch zum Geburtstag, liebe Judith. Mami, Papi und Jesabel.« Er wandte sich an Aline. »Grüße an deine Mutter?«

Aline schüttelte den Kopf. »Keine Grüße an meine Mutter.«

»Dann war es das.«

»Verstehe«, sagte der Mann. »Herzlichen Glückwunsch zum Geburtstag, liebe Judith Stop Mami, Papi und Jesabel.«

Nathan drehte sich grinsend zu seiner Tochter um. »Was habe ich dir gesagt?«

Auf dem Nachhauseweg dachte Jesabel nach. Wie konnte es sein, dass man jemandem einen Satz diktierte, und er dichtete ein Wort dazu? Das Erlebnis auf dem Postamt erschien ihr auf einmal symbolhaft für alles, was ihr in letzter Zeit widerfahren war. Nichts schien sie steuern zu können, und je mehr sie sich eine Sache wünschte, umso geringer war die Chance, sie zu bekommen. In der Schule wünschte sie sich nichts sehnlicher, als zu der Gruppe von Mädchen zu gehören, die in der Klasse den Ton angab. Stattdessen war sie eine Außenseiterin. Dann wünschte sie sich ihre Schwester herbei. Die war nun in Frankreich, und es sah nicht so aus, als würde sich das irgendwann einmal ändern. Schließlich wünschte sie sich, dass die Eltern nicht so viel streiten würden. Je länger sie so die Kaistraße hinabwanderten in der Gluthitze, desto kleiner und schwächer fühlte sie sich. Wie konnte es angehen, dass kein einziger ihrer Wünsche etwas veränderte? Ob Judith das genauso empfand? War Judith ihr nur im Äußeren gleich oder auch in den Gedanken? Auf einmal fühlte sie, wie ihr schlecht wurde. Ob von der Eiscreme oder der Sonne oder dem vielen Nachdenken, konnte sie nicht sagen, aber als sie endlich vor dem schmiedeeisernen Tor zu Hause in Övelgönne angekommen waren, bat sie die Mutter, sich kurz hinlegen zu dürfen.

Nachdem Aline ihr blasses Töchterchen versorgt hatte, stellte sie fest, dass Emilie mit ihrem fünfjährigen Sohn Johannes eingetroffen war. Käthe und Bertha waren damit beschäftigt, Gebäck, Geschirr und eine Kanne frisch gebrühten Kaffee in den Garten zu tragen. »Nathan, mein Lieber!«, rief Emilie zur Begrüßung aus. »Wie lange haben wir zwei uns nicht mehr gesehen?«

»Nett, wie dich deine Freundin immer zuerst begrüßt«, raunte Käthe. »Was sagtest du noch mal über sie? Unglücklich verheiratet?«

Aline knirschte mit den Zähnen. »Ich mag dich, Käthe, weil du immer das Gute im Menschen siehst.«

»Entspann dich, es gibt ja wohl Schlimmeres als eine Freundin, die sich für deinen Ehemann interessiert. Du könntest all dein Geld verlieren, unheilbar krank sein oder dir ein Schlafzimmer mit Gertrude Meyerdink teilen müssen.«

»Die letzte der genannten Möglichkeiten stellt den Schrecken der ersten beiden weit in den Schatten.« Aline beobachtete, wie ein Windstoß von der Elbe her Sand in Richtung Kuchentisch wirbelte. »Hast du die alte Ziege eigentlich mal wieder gesprochen?«

»Nur gesehen. Da kommt man ja nicht umhin hier unten. Weißt du, ich hab mir so eine Art Orakel aus der Meyerdink gemacht. Wenn ich sie morgens sehe, wird es ein schlechter Tag. Wenn ich sie nicht sehe, ein guter. Nächste Woche habe ich ein Vorstellungsgespräch. Wann steht sie noch mal auf, dass ich es vielleicht schaffe, vor ihr durch Övelgönne zu gehen?«

»Oh, die steht immer schon im Morgengrauen auf, energiegeladen wie sie ist.« Aline holte aus ihrer Rocktasche eine Pinzette hervor, um den Sand von den Törtchen zu picken.

»Hallo, Aline, dich habe ich ja noch gar nicht begrüßt!« Emilie streckte fröhlich eine Hand aus. »Huch, was machst du denn da?«

»Sie geht an ihr Essen mit operativer Strenge heran. Böse Zungen behaupten allerdings auch, dass man das kulinarische Angebot hier mit dem Mikroskop suchen müsse.« Käthe griff nach einem winzig kleinen Törtchen und leckte daran.

Alines Hand war schnell wie der Blitz. »Die böse Zunge bist du. Noch ist die Tafel nicht eröffnet!«

»Ach was«, feixte Käthe. »Das seh ich aber anders!« Und sie setzte mit einem Sprung über die Bank unter der Linde und rannte ans andere Ende des Gartens.

»Na warte!« Aline setzte sich ebenfalls in Bewegung.

»Fang mich doch!«, brüllte Käthe. Aline bog sich vor Lachen, während sie der Haken schlagenden Käthe zu folgen versuchte.

»Wieso komme ich mir bei euch beiden eigentlich immer irgendwie ausgeschlossen vor?«, rief Emilie ihnen hinterher. Als sie sich umdrehte, bemerkte sie, wie Nathans Blick auf ihr ruhte. Sie lächelte, woraufhin er seinen Blick abwandte. »Ich gehe ins Haus«, erklärte er ruhig. »Nach meiner Tochter sehen.«

»Guck mal, Judith, du hast ein Telegramm bekommen!« Madeleine zog das Papier hervor, das ihr die Concierge unten ausgehändigt hatte.

»Ist es von meiner Schwester?«, rief Judith. Sie drehte sich vor dem Spiegel, um ihr neues Kleid zu bewundern, das ihr

Henny geschneidert hatte. Es war weiß mit roten Rosen und warf hübsche Falten, wenn man sich darin drehte.

Madeleine las es ihr vor.

»Oh, Grand-Mère, ich will Jesabel gleich zurückschreiben. Sie hat doch heute auch Geburtstag!«

»Jetzt geht es aber nicht, Schatz. Deine Gäste kommen gleich.«

Judith schwankte kurz. An diesem Tag hatte sie nicht nur heftige Sehnsucht nach ihren Eltern verspürt, sie wünschte sich auch mit aller Macht, die Schwester wiederzusehen. Sie konnte an kaum etwas anderes denken als daran, dass sie einen Zwilling hatte, mit dem sie bis vor anderthalb Jahren untrennbar verbunden gewesen war. Auch wenn die Erinnerung an Jesabel nur noch fern und nebelhaft war, so genügte doch ein Blick in den Spiegel, um zu wissen, wie sie aussah. Der Gedanke, irgendwo da draußen, in einem Land namens Deutschland, einen Menschen zu wissen, der ihr in allem glich, war beruhigend – als sei die doppelte Präsenz ihrer selbst eine doppelte Absicherung gegen Gefahren aller Art. Natürlich hätte die siebenjährige Judith ihre Empfindungen in andere Worte verpackt – der Inhalt aber blieb der gleiche. Wieder drehte sie eine Pirouette vor dem Spiegel, dass der Rock sich bauschte. Ob Jesabel in diesem Augenblick dasselbe tat? Judith schwindelte ein bisschen von diesen Gedanken. Sie ließ sich mit geschlossenen Augen auf das weiche Bett im Zimmer fallen.

»Steh sofort auf«, hörte sie die Großmutter schimpfen, »du machst ja dein Kleid ganz kraus! Henny hat so lange daran gebügelt!«

»Ich kann nicht, Grand-Mère, mir schwindelt.«

»Das kommt davon, wenn man sich immer dreht!« Ein Klopfen an der Tür unterbrach die drohende Moralpredigt. »Oh, das werden schon die ersten Kinder sein! Steh rasch auf und öffne ihnen!«

Judith gehorchte. Antonio und Lorenzo standen vor der Tür, mit frisch gestriegelten Haaren und etwas zu kurz geratenen, wenn auch sauberen Anzügen. Madeleine hatte im letzten Augenblick zugestimmt, die beiden Italiener einzuladen. Als Judith sich vorbeugen wollte, um sie zweimal auf die Wange zu küssen – so wie sie es in Marseille gelernt hatte –, rissen die Jungs unisono ihre Münder auf und schmetterten: *»Joyeux anniversaire, joyeux anniversaire, joyeux anniver-sair-e, Judith, joyeux anniversaire!«*

Judith knickste, eine Geste, die ihr Aline von Kleinkindesbeinen an eingebläut hatte und die sie automatisch machte, wenn sie sich für etwas bedankte.

»Dann kommt mal rein«, lächelte sie.

Nach und nach füllte sich das Zimmer. Suzanne, Hélène, Yvette und Chantal aus ihrer Klasse hatten alle kleine Geschenke mitgebracht. Irmtraud, das jüdische Mädchen, das jetzt anstelle der kohlenäugigen Claudine mit ihren Eltern über ihnen wohnte, war auch gekommen. »Grüß Gott«, sagte sie immer zur Begrüßung. Obwohl Irmtraud auch Deutsche war, benutzte sie Wörter, die Judith insgeheim für erfunden hielt, obwohl Irmtraud eigentlich nicht der Typ für Geheimsprachen war. Schließlich kam auch noch der Arzt, Dr. Meyer. Er balancierte einen großen, eckigen Pappkarton in seiner Rechten.

»Ich glaube, jetzt sind wir vollzählig«, lächelte Grand-Mère.

»Und was machen wir nun?«, fragte Judith aufgeregt. Sie wusste nur, dass sie an diesem Nachmittag eine Überraschung erwartete. Was es wohl sein würde?

»Jetzt verbinden wir dir die Augen und entführen dich«, erklärte Grand-Mère.

Judith fühlte, wie ihr Herz schneller schlug. Wie aufregend das war! Ob Jesabel es wohl auch so aufregend hatte?

»Grand-Mère«, sagte sie, »ich wünschte, Jesabel wäre jetzt auch hier!«

»Ja, mein Schatz, das wäre schön.« Grand-Mère wirkte plötzlich etwas geistesabwesend. »So, und nun komm her.« Sie wickelte Judith ein baumwollenes Tuch um die Augen und drehte sie sodann im Kreis. Judith fühlte, wie ihr schon wieder schwindelig wurde. Sie hörte Yvette und Chantal kichern. Dann fühlte sie Grand-Mères sehnige Hand nach ihrer greifen. Von der anderen Seite wurde sie von der großen Männerhand gehalten, die Dr. Meyer gehören musste. »Und jetzt die Treppe hinunter. Schaffst du das, Judith?«

»Ja«, antwortete sie. Draußen im Treppenhaus nahm sie zum ersten Mal den Geruch des Hauses wahr, in dem sie nun schon so lange wohnte. Es war ein Geruch, den sie von allen anderen Gerüchen unterscheiden konnte, so eine Mischung aus Essig und feuchtem Holz. »Ich möchte die Treppe allein hinuntergehen«, bemerkte Judith und blickte trotzig in die Richtung auf, in der sie ihre Großmutter vermutete. »Ich halte mich am Geländer fest.«

»Wenn du das gerne möchtest.« Madeleines Stimme klang ungewöhnlich sanft. »Dr. Meyer geht vor dir her und fängt dich auf, falls du fällst.«

»Ich kann das alleine«, wiederholte Judith. Sobald sie das Treppengeländer ertastet hatte, wurde sie ruhig. Sie konnte diese Treppe lesen wie ein Buch, so oft war sie hier hinuntergegangen. Einleitung: geschwungener Geländeknauf – jetzt geht es los. Mittelteil, oder wie auch immer man das nannte: Stufe für Stufe. Schluss der Geschichte: endlich angekommen, Geländerende. Unter ihren forschenden Händen konnte sie die gefrästen Spuren der Holzwürmer spüren, kleine Zeichen, die sie entzifferte wie Wörter einer fremden Schrift.

Auf der Straße umfing sie das Hupen der Automobile, das Geräusch von Straßenbahnrädern auf ihren Schienen, Stimmengewirr und der sommerliche Geruch von nahender Fäulnis. Immer neue Hände schoben sich in ihre, große und kleine, um sie das Kopfsteinpflaster einer Straße hinunterzugeleiten. Endlich spürte sie unter ihren Sohlen eine ebene Steinfläche. Die Stimme ihrer Großmutter gebot ihr zu warten. Dann fühlte sie sich plötzlich in die Luft gehoben. Als sie wieder abgesetzt wurde, schwankte der Boden unter ihren Füßen. Jemand riss ihr das Tuch von den Augen. Judith konnte es nicht fassen: Sie stand auf einem Segelboot. Aller Augen hatten sich auf sie gerichtet, als erwarteten sie eine Bemerkung von ihr. Judith fiel aber nichts ein vor Staunen. Als sie sich wieder gefasst hatte, fragte sie: »Wohin fahren wir?«

»Segeln, Krötchen.« Docteur Meyer trug ein verschmitztes Lächeln im Gesicht. »Wir segeln nach Sanary-Sur-Mer. Da hat ein Freund von mir ein Haus. Und dort werden wir die Nacht verbringen.«

»Wir alle?« Judith konnte es schlichtweg nicht fassen.

Docteur Meyer nickte, und Antonio und Lorenzo brachen in ein Indianergeheul aus, in das alle mit einstimmten, sogar Grand-Mère. »Aber jetzt gibt es erst mal den Geburtstagskuchen«, erklärte sie, als sie fertig war.

Sie saßen im Schneidersitz auf den Holzplanken. Judith beobachtete den Docteur, wie er ruhig am Steuer seiner Yacht stand, neben ihm Grand-Mère mit wehenden Haaren. Judith kaute langsam und bedächtig, um ja nicht auf die *fève* zu beißen. Aber die *fève* war nicht in ihrem Stück, sondern in Irmtrauds. »I woaß gor net, was dös is, a *fève*«, erklärte Irmtraud und verschluckte sie, worüber sich Grand-Mère sehr aufregte, aber zum Glück konnte der Docteur sie beruhigen, das Stück Metall würde schon wieder herauskommen, wenn auch durch einen anderen Ausgang. Irmtraud wurde trotzdem Königin. Judith setzte ihr die Krone auf.

Von hier draußen auf dem Meer sah Marseille wie eine

Spielzeugstadt aus. Auf dem Hügel erkannte sie Notre-Dame-de-la-Garde. Die vergoldete Marie auf dem Kuppeldach schien ihnen zuzuwinken. Als Judith sich die Lippen leckte, bemerkte sie, wie salzig sie waren. Der Wind zottelte in ihren Zöpfen. Auf einmal fühlte Judith eine Glückswelle ihr Herz durchfluten. Wie schön das alles war! Wie sich alle Mühe gaben, ihr diesen Tag zu schmücken! Wie blau das Meer und der Himmel waren und wie funkelnd das Licht, das sich in den spitzen Wellen brach.

Es geschah in Sanary. Nachdem sie festgemacht hatten und über den Quai Victor Hugo geschritten waren, der direkt am Hafen lag und auf dem bärtige Männer mit langen Haaren und Frauen in Matrosenhosen flanierten, erreichten sie ein Café, auf dessen Terrasse ein elegant aussehender Herr mit einem Zeichenblock saß. Und noch ehe jemand Judith davon abhalten konnte, war sie losgerannt. »Papi!«, schrie sie auf Deutsch, während sie lief. »Papi, ist das aber eine Überraschung, Papi, Papi!« Sie fiel dem Mann um den Hals, und erst als sie seine Stimme hörte, bemerkte sie ihr Versehen. Schon war Grand-Mère hinter ihr aufgetaucht. »Entschuldigen Sie«, hörte sie sie sagen. »Meine Enkelin hat Sie mit jemandem verwechselt.«

Das Weinen brach mit einer Gewalt aus Judith heraus, die sie selbst erstaunte. Sie schluchzte so laut, dass Suzanne augenblicklich zu ihr lief und sie in die Arme schloss. Die anderen Mädchen folgten. Irmtraud hielt beim Laufen ihre Krone fest. Nur Antonio und Lorenzo blieben in einigem Abstand stehen und sahen ratlos aus. Judith weinte und weinte.

Es war der Docteur Meyer, der sie endlich zum Verstummen brachte. Er wuchtete sie sich auf die Schultern und trabte wiehernd mit ihr davon. Es brachte Judith nicht wirklich zum Lachen, sie konnte sich kaum halten auf diesen schwankenden Schultern, so hoch oben, vom Boden entwurzelt. Doch mit dem Gespür einer frisch gebackenen Siebenjährigen wusste sie, dass sie im Begriff stand, ihrer kleinen Gesellschaft die Laune zu verderben, wenn sie weiterheulte. Nach und nach vergaß sie den Vorfall. Als es dämmerte, zogen sie in eine Villa, die ein bisschen oberhalb von Sanary lag, entzündeten ein Feuer und grillten winzige Sardellen, die sie mit Baguette aßen. Dann wurde es Zeit zum Schlafen. Docteur Meyer breitete Felle und Decken auf dem Boden aus, und Madeleine setzte sich an den Flügel, der auf einem Podest in dem Zimmer thronte, und spielte die Kinder mit Brahms in den Schlaf. Das Letzte, was Judith sah, bevor ihr die Augen zufielen, war Docteur Meyer, der sich über Grand-Mère beugte und sie in den Nacken küsste. Aber vielleicht träumte sie da schon.

7. Kapitel

Als Wilhelmine am 15. Juni 1936 das Zeitliche segnete, hatte sie ein langes und erfülltes Hühnerleben geführt. Von einem unnatürlichen Tod durch Schlachtung und anderen geflügeltypischen Heimsuchungen war sie verschont geblieben, und selbst ihr Sterbeabend wurde ihr versüßt durch ein von Käthe und Jesabel gemeinsam dargebotenes Gesangskonzert, bei dem Lilian Harveys »Ich wollt, ich wär ein Huhn« den musikalischen Höhepunkt bildete. Aline, die die Aufmunterungsversuche des Haushuhns durch Tochter und Freundin von ihrem Ordinationszimmer aus verfolgte, hatte allergrößte Mühe, sich auf den Abszess von Lotse Lassen zu konzentrieren.

»Sie wird nie erwachsen, meine Tochter.« Der Lotse blickte auf Käthe draußen, die mit angedeuteten Flugbewegungen über den Hof hüpfte, und schüttelte den Kopf. Lassen hatte die Angewohnheit, beim Kopfschütteln seinen gesamten Körper mitzubewegen.

»Nicht bewegen, ich bitte Sie!« Aline zog gerade noch rechtzeitig ihr Skalpell zurück.

»Was ist das für eine Lebensweise, möchte ich wissen. Lässt sich von so einem dahergelaufenen Musiker verführen, und statt sich dann einen anständigen Versorger zu suchen, zieht sie zu ihrer Freundin.«

»Ich bin überzeugt, dass Käthe ihr Leben so gefällt.« Aline

betrachtete den Fuß des Lotsen aus allernächster Nähe. »Und ich bin froh, dass sie bei uns lebt. Sind Sie sicher, dass Sie keine Betäubung möchten? Ich könnte Ihnen ein bisschen Morphium spritzen.«

Der Lotse schüttelte den Kopf.

»In Ordnung, ich werde Ihnen jetzt keine Fragen mehr stellen, und Sie sehen davon ab, mir etwas mitteilen zu wollen, ist das klar?« Sie umklammerte den Fuß in einer Art Schraubstockgriff, bevor der Lotse erneut seinen Kopf bewegte. Lassen gehörte mehr zu der gestischen Sorte, was ihn aber nicht daran hinderte, seinen Protest gegen Hafenbestimmungen und weibliche Unmoral verbal zu äußern.

In diesem Moment brach Jesabel draußen in lautes Schluchzen aus. »Sie ist tot«, brüllte sie so laut, dass Lassen zusammenzuckte. Aline sah, wie er kreidebleich wurde.

»Ganz ruhig«, sagte sie. »Es ist nur das Haushuhn.«

Als ob sich alle zum Sterben verabredet hätten, ging es nun reihum. Als Nächstes war Pastor Weidemann dran, der Aline getauft, konfirmiert und zweimal verheiratet hatte – wenn man denn die erste Trauung mit Friedrich von Alvesloh, bei der sie davongelaufen war, mitzählen wollte. Auch Pastor Weidemann konnte zur Stunde seines Todes mit seinen 91 Jahren auf ein zufriedenes Leben zurückblicken. Einen Tag später ereilte es Alines und Käthes alten Volksschullehrer und den Krämer von Neumühlen gleichzeitig. Eine Leiche, die in der Elbe trieb, wurde als die Frau identifiziert, die Aline zeit ihres Lebens Asta Nielsen genannt hatte, weil sie sich exakt wie die große dänische Schauspielerin frisierte und kleidete, und die in Wahrheit Ilse von Alvesloh hieß und eine Schwägerin Friedrichs war. Die Polizei ging von Selbstmord aus.

Pastor Weidemanns Nachfolger, ein junger, verträumter Nordfriese namens Kröger, fühlte sich von den vielen Toden gleich zu Beginn seiner Amtszeit derart verunsichert, dass er beim Begräbnis des Krämers versehentlich die Rede verlas, die er für Ilse von Alvesloh vorgesehen hatte. So wurde der alte Schümann vor den erstaunten Ohren seiner Angetrauten denn als zarte Rose bezeichnet, die in der Blüte ihres Lebens beschlossen hatte, ihrem irdischen Dasein ein vorzeitiges Ende zu setzen, um in den paradiesischen Gärten des Herrn einen wohlmeinenderen Züchter zu finden.

Mitten in die nacheinander eintreffenden Todesnachrichten mischte sich die Aufregung um die bevorstehenden Olympischen Spiele in Berlin. Emilie, die in letzter Zeit mit immer neuen geheimnisvollen kleinen Leiden zu Aline in die Praxis kam, war voll der Informationen über die verschiedenen Disziplinen und teilnehmenden Sportler. Alines Diagnose schwankte zwischen Hypochondrie und chronischer Langeweile, aber das sagte sie Emilie natürlich nicht. Sie schenkte ihr das notwendige Mitgefühl und hörte sich die Olympia-Berichte klaglos an. Als Emilie zum dritten Mal innerhalb einer Woche untersucht zu werden wünschte, platzte es schließlich doch aus Aline heraus.

»Ich verstehe dich nicht, Emilie, wir haben zusammen studiert, du könntest Selbstdiagnosen stellen!« Die Erkenntnis überkam Aline innerhalb eines Sekundenbruchteils. »Du hast doch nicht etwa Liebeskummer?«

Die Freundin wandte den Kopf ab. »Ich bin eine verheiratete Frau«, entgegnete sie.

»Aber eine unglücklich verheiratete«, wandte Aline ein. »Das hast du mir oft genug gesagt!«

Nach diesem Gespräch hörte Emilie auf, sie zu konsultieren. Dafür häuften sich ihre Nachmittagsbesuche.

»Etwas an diesem Haus scheint sie ungemein zu faszinieren«, stellte Käthe fest. »Oder aber sie hat immer noch nicht begriffen, dass *ich* deine beste Freundin bin.«

Aline winkte bloß ab. »Aus diesem Alter sollten wir aber wirklich langsam mal raus sein«, befand sie.

Nach den Todesfällen versprach der Sommer ruhig und ereignislos zu werden. Aline ertränkte sich in Arbeit, um sich abzulenken. Doch ihre Unruhe und die Sehnsucht nach Judith, die nunmehr seit über drei Jahren bei Madeleine in Frankreich lebte, blieb. Es verging kein Tag, ohne dass Aline sich fragte, wie es weitergehen sollte. War es am Ende besser, Judith in Frankreich zu lassen? Sollten sie sogar alle auswandern? Sosehr sie auch grübelte, sie fand keine Antwort.

Hinzu kam etwas, das sie für sich behielt, und das war eine zunehmende Abneigung gegen ihre Berufskollegen. Früher hatte sie sich nie groß mit anderen Ärzten ausgetauscht, aber seitdem sie regelmäßig vom Gauamtsleiter für Volksgesundheit zu den Sitzungen des Erbgesundheitsgerichts eingeladen wurde, traf sie häufiger mit ihnen zusammen. Nicht der Umstand, dass sie die einzige Frau bei diesen Sitzungen war, verunsicherte sie, sondern die Haltung der anderen Doktoren gegenüber Geisteskrankheiten, einem Phänomen, das ihrer Ansicht nach mehr in den Bereich der Psychiatrie fiel, weshalb sie zunächst einmal überhaupt nicht verstand, was sie als Tropenmedizinerin und praktizierende Allgemeine auf den Sitzungen sollte. Als sie schließlich einen Vortrag mit dem Titel »Dauerhafte Heilung völkischer Krankheits- und Verfallserscheinungen in der Großstadt« besuchte, wurde ihr der Grund für die ständigen Einladungen jedoch klar: Es ging darum, den Ärzten Mut zu machen, öfter mal zum Skalpell zu greifen. Und in der Tat, kaum einer der anwesenden Heilkundigen sprach sich gegen den Plan des Hamburger Senats aus, der da beinhaltete, alle vierzigtausend schwachsinnigen Hansestädter – oder »Erbmindere«, wie der Gauamtsleiter sie nannte – innerhalb der nächsten fünf Jahre unfruchtbar zu machen, zur Not auch in Privatpraxen, wenn die Chirurgie und die Gynäkologie in den städtischen Krankenhäusern mit dem Sterilisieren nicht hinterherkommen sollten. Natürlich wusste Aline, dass es auffallen musste, wenn die einzige Frau in der Versammlung bei diesen Sitzungen nicht mehr auftauchte, und sie wusste auch, dass sie als Frau eines Halbjuden eigentlich doppelt so pflichteifrig wie die arischen Ärzte sein musste, aber irgendwann kam der Zeitpunkt, da sie die Vorträge und die katzbucklerische Haltung der Zuhörenden einfach nicht mehr ertrug. Sie verbrachte die Abende viel lieber zu Hause im Salon. Nathan hatte seine staatlich verordnete Entlassung immer noch nicht verwunden, aber er versuchte, das Beste daraus zu machen, und arbeitete täglich an der Staffelei. Seine Gemälde waren von einer Leuchtkraft und Farbigkeit, die Aline nicht mehr für möglich gehalten hätte. Es gab Abende, an denen sie sich fast völlig ohne Worte verständigten. Dann setzte Aline sich ans Klavier und spielte drauflos, während Nathan vom Sofa aus seine Skizzen zeichnete. Später legten sie sich eng umschlungen ins Bett und küssten sich, und es war, als ob es gut wäre draußen.

Die Einzige, deren Welt zum Herbst hin ins Chaos stürzte, war Bertha, denn in den Geschäften wurde die Ware nun in Kilogramm berechnet statt in Pfund – eine Verordnung, die Bertha nach den zahlreichen Währungsreformen ihres Lebens und der damit verbundenen Umrechnerei zutiefst missbilligte.

Es war fast friedlich, das Leben im Kapitänshaus, und darum erschrak Aline, als eines Abends ein Mann in langem schwarzem Ledermantel an der Tür klingelte. Der Mantel wirkte modisch, aktueller jedenfalls als alles, was Aline in den letzten Jahren getragen hatte. Frauenzeitschriften, Schnittmuster, Schwarzweißfotografien zuckten Aline durch den Kopf, wie um die Angst zu dämpfen, die in diesem Moment in ihr aufstieg und sie lähmte, denn dass es jetzt so weit war, das, wovor sie sich trotz malerei- und musikgeschwängerter Liebesabende fürchtete, das war nun klar.

»Frau Dr. Sandstein?«, fragte der Mann. Eine Falte dieses ungeheuer gut geschnittenen Mantels reflektierte das Licht über der Haustür.

Aline nickte stumm.

»Ich muss Sie bitten, mir auf das Polizeirevier zu folgen.«

»Warum?«, fragte Aline. Die Angst brach mit einer Wucht über sie herein, die sie selbst überraschte. Der Mantel, dachte sie. Nur den Mantel ansehen.

»Wenn Sie mir einfach folgen würden.« Der Mann wirkte wie einer, der es gewohnt war, Befehle zu erteilen. Er sog während des Sprechens an einer Zigarette.

Aline nahm all ihren Mut zusammen. »Und wenn Sie nun gar kein Polizist sind? Woher weiß ich, dass Sie mich nicht entführen?«

Der Mann nickte bedächtig. »Guter Einwand. Und ein berechtigter dazu. Ich bin kein einfacher Polizist. Ich bin von der Geheimen Staatspolizei.«

Jetzt schlug Aline das Herz bis zum Hals. Die Gestapo kam zu politischen Gegnern und Schwerverbrechern. »Da muss ein Versehen vorliegen«, brachte sie hervor. »Ich habe nichts Unrechtes getan.«

»Darum geht es auch gar nicht, Dr. Sandstein«, erklärte der Mann. »Aber wenn Sie jetzt nicht mitkommen, werte ich das als Widerstand gegen die Staatsgewalt. Und dann«, er stippte die Asche seiner Zigarette neben die Fußmatte, »*haben* Sie etwas Unrechtes getan.«

Aline schluckte. »Ich sage nur rasch meinem Mann Bescheid.«

Der Ledermantel hob eine Hand. Es war eine Geste, die Aline unwillkürlich erstarren ließ. »War ich vielleicht nicht deutlich genug? Ich habe gesagt, dass Sie mir jetzt folgen werden.«

Aline nickte. Während sie in ihren eigenen, abgetragenen Mantel schlüpfte, versuchte sie, tief durchzuatmen. Aber sosehr sie sich auch anstrengte, ihre Lungen schienen sich nicht zu füllen. Bevor sie in den Mantel schlüpfte, presste sie sich eine Hand auf den Solarplexus. Die Luft blieb immer noch auf halbem Weg stehen. Panik, dachte sie, nichts Organisches.

Övelgönne war um diese Stunde menschenleer. Die Häuser waren gemütlich erleuchtet. Es war die Zeit nach dem Abendbrot, in dem sich die Familien zurückzogen, lasen oder spielten. Aline kämpfte gegen die Nervosität an, die in ihr aufstieg. Ihre Schritte hallten neben denen des Mannes. Er hatte sich eine neue Zigarette angezündet und blies beim Gehen Ringe aus. Sie erreichten die steile Himmelsleiter. »Mein Wagen steht oben an der Flottbeker Chaussee«, erklärte er.

Das Polizeirevier sah nicht nur aus, als bestünde es seit Jahrhunderten, es roch auch so. In der Amtsstube, in die sie geführt wurde, blähten sich die vergilbten Tapeten. An der Wand hinter dem Schreibtisch hing ein Porträt des Führers. Ein Mann mit Schäferhundschnauze durchmaß den Raum in ungeduldigen Schritten. Die Hände hielt er auf dem Rücken zusammen. Bei ihrem Eintreten schlug er mit der Faust auf den Tisch. »Heil Hitler! Warum hat das so lange gedauert?«, bellte er. »Setzen Sie sich auf den Stuhl da, Frau Sandstein!«

»Heil Hitler.« Aline deutete den deutschen Gruß nur mit der Hand an. »Und ich heiße Frau *Doktor* Sandstein.« Der Schäferhund jagte ihr weniger Angst ein als der beunruhigend höfliche Kettenraucher, der seinen schönen Mantel nun an einen Garderobenständer hängte. In dem Anzug, den er darunter trug, sah er jedoch auf einmal viel kleiner aus.

»Ich darf Sie darauf hinweisen, dass Sie mit Ihrem Dünkel die Sache nur verschlimmern.«

Aline schluckte. »Könnten Sie mich bitte über den Grund meines Hierseins aufklären?«, fragte sie.

Der Schäferhund machte eine Kopfbewegung in Richtung Kettenraucher. »Hol Dierksen rein. Er soll die Vernehmung protokollieren.«

Der Raucher in seinem unscheinbaren kleinen Anzug gehorchte.

»Ist es wahr, dass Sie die Sitzungen des Erbgesundheitsgerichts nicht mehr besuchen?« Der Mann mit der Schäferhundschnauze schritt kräftig aus.

»Ja, es ist vorgekommen, dass ich ein paar Sitzungen auslassen musste.« Aline versuchte, ihre Stimme tief und fest zu machen. »Immerhin habe ich Mann und Kind zu Hause. Ich kann nicht einfach abends immer fortbleiben. Zumal ich schon tagsüber arbeite.« Das war die Sprache, die diese Männer verstehen mussten. Frauen, Heim und Herd und so. Aline versuchte, ruhig zu atmen. Sie fand, dass sie sich gar nicht so schlecht schlug.

»Womit wir beim Thema wären. Ist es wahr, dass Sie in der Vergangenheit beträchtliche Eheprobleme hatten?« Der Schäferhund hörte nicht auf zu marschieren. Aline musste von ihrem Stuhl aus den Kopf wenden, um ihn nicht aus den Augen zu verlieren.

»Nein. Und selbst wenn: Ich wusste nicht, dass man sich damit strafbar macht. Ich gelobe hiermit Besserung. Kann ich jetzt gehen?« Ja, das war es. Sich stark zeigen, auch wenn man gar nicht stark war.

»Dierksen, halten Sie bitte fest, dass die zu vernehmende Person mit grober Unverschämtheit reagiert.«

Die Schreibmaschine klapperte ergeben.

»Sie wissen doch, dass der Staat Mischehen missbilligt.« Die Stimme des Rauchers klang angenehm ruhig, fast besänftigend. Aline nickte. Der Schäferhund blieb vor ihr stehen. Sie war gezwungen, die Augen zu ihm zu erheben.

»Wenn es Probleme in der Ehe gibt, sollten Sie als gesunde

arische Frau die Konsequenz daraus ziehen und sich scheiden lassen!«

»Ich sehe keine Veranlassung dafür«, entgegnete Aline, so ruhig sie konnte. »Ich liebe meinen Mann.« Der Gedanke an Nathan trieb ihr fast die Tränen in die Augen. Sicher hatte er ihr Fehlen im Haus schon entdeckt und suchte sie. Was würde er am Ende tun? Die Polizei rufen?

»Aber liebe Frau Doktor, Sie kennen doch sicher die Nürnberger Gesetze?« Der Raucher starrte versonnen seinem Kringel nach.

»Natürlich«, bestätigte Aline. »Aber unsere Ehe wurde geschlossen, lange bevor es diese Gesetze überhaupt gab.«

»Sie antworten mir jetzt nur noch mit Ja oder Nein. Haben Sie damals nicht darüber nachgedacht, dass Sie die deutsche Volksgemeinschaft schädigen, indem Sie Ihr arisches Blut mit dem eines Juden mischen? Dass Ihre Kinder zu Mischlingen werden?« Der Schäferhund hatte seine Wanderung wieder aufgenommen.

»Mein Mann ist ...«

»Mit Ja oder Nein antworten! Ist das denn so schwer? Ich denke, Sie sind eine intelligente Frau!« Er beugte sich jetzt so weit zu ihr herunter, dass sie seinen Atem riechen konnte. »Oder wie sind Sie zu Ihrem Doktortitel gekommen?«

»Das ist keine geschlossene Frage.« Aline nahm all ihren Mut zusammen.

»Wie bitte?«, kläffte der Schäferhund.

»Ich sagte, das ist keine Frage, die man mit Ja oder Nein beantworten kann. Ich habe für meine Dissertation gearbeitet, so wie alle anderen Studenten auch.«

Der Schäferhund holte aus und schlug ihr ins Gesicht. »Dierksen, nehmen Sie zu Protokoll, dass die Frau *Doktor*«, er betonte das Wort ironisch, »die Unflätigkeiten nicht unterlassen kann.«

Aline fühlte, wie sich ein eisenähnlicher Geschmack in ihrem Mund ausbreitete. Sie fühlte einen Schnitt in der Innenseite ihrer Wange.

»Haben Sie denn nun damals darüber nachgedacht oder nicht?« Die Stimme des Rauchers war fast wohltuend.

»Nein«, antwortete Aline.

»Aha«, machte der Schäferhund. »Nehmen Sie zu Protokoll, Dierksen, dass die Frau Doktor bei ihrer Eheschließung nicht nachgedacht hat.«

Der Raucher lächelte freundlich. »Ich denke jetzt nur an Sie und daran, was das Beste für Sie wäre. Sie sollten sich von Ihrem Mann scheiden lassen.«

Aline nickte bedächtig. Sie versuchte, die richtigen Worte zu finden. »Was passiert, wenn ich das nicht tue?«

»Klär sie ruhig auf, Mangold«, schaltete der Schäferhund sich ein. »Ich geh die Sachen holen.«

Aline fühlte, wie die nackte Angst in ihr hochkroch. Sie versuchte, einen Punkt im Raum zu finden, an dem sie sich festhalten konnte, der ihr Trost gab. Sie fand nichts.

Mangold setzte sich mit einem Bein auf das Schreibpult vor ihr. »Frau Doktor Sandstein, wenn Sie sich weigern, in die Scheidung einzuwilligen, könnten wir Sie ebenfalls zur Jüdin erklären. Dann dürften Sie keine arischen Patienten mehr behandeln. Und Sie müssten Ihre Hausangestellte entlassen.«

Aline versuchte dem Blick von Mangold standzuhalten. Sie sind wie Hunde, dachte sie. Man darf ihnen die Angst nicht zeigen. »Im Gesetz zum Schutze des deutschen Blutes und der deutschen Ehre, Paragraph 3, dürfen Juden keine weiblichen Hausangestellten unter 45 Jahren beschäftigen. Meine Angestellte, Bertha Homann, ist aber schon 62 Jahre alt.«

Mangold schnalzte mit der Zunge. »Sie haben Ihr Reichsbürgergesetz offenbar gelernt. Würden Sie sich als eine gute Staatsangehörige bezeichnen?«

Aline nickte. »Auf jeden Fall. Ich zahle pünktlich meine Steuern. Ich mache Menschen gesund. Ich habe mir noch nie etwas zuschulden kommen lassen.«

Der Mann vor ihr nickte begütigend. »Alles Faktoren, die für Sie sprechen, Frau Doktor. Wäre es denn in Anbetracht dieser Tatsache nicht ratsam, Sie überlegten sich die Sache mit der Scheidung noch einmal? Wenn Sie doch wirklich eine gute deutsche Frau sein wollen?«

Aline schüttelte den Kopf. »Egal, was Sie jetzt mit mir vorhaben. Ich habe mich bereits entschieden. Ich liebe meinen Mann. Ich will mit ihm zusammenbleiben.« Sie blickte ihn flehentlich an. »Verstehen Sie das denn nicht?«

Mangold schüttelte traurig den Kopf. »Nein.«

In diesem Augenblick riss der Schäferhund die Tür auf. In der Rechten trug er einen Revolver. Aline schloss die Augen. Jetzt, dachte sie. Das war es. Als der Schuss ertönte, zuckte sie so heftig zusammen, dass sie sich das Schienbein am Schreibtisch stieß. Der Schweiß brach ihr aus allen Poren. Sie zitterte.

»Aber, aber, Chef«, hörte sie Mangold sagen. »In der Amtsstube wird doch nicht geschossen.«

Aline blickte nach oben. Erst jetzt bemerkte sie, dass die Decke voller Einschusslöcher war.

»Spaß muss sein«, grinste der Schäferhund.

Für den Nachhauseweg brauchte Aline zwei Stunden. Sie hörte, wie die Uhr von der Trinitatiskirche schlug. Die Beine waren ihr so schwach, dass sie immer wieder anhalten musste. Sie hatte einen mörderischen Durst. Als sie die Kaistraße hinunterging, glaubte sie Schritte hinter sich zu hören. Sie drehte sich um, aber da war niemand.

Im Schlafzimmer brannte noch Licht. Sie wusste, dass Nathan auf sie wartete. Aber sie wusste auch, dass er sie auf keinen Fall so sehen durfte. Sie ging ins Ordinationszimmer und verriegelte die Tür hinter sich. Aber Nathan hatte sie gehört.

»Aline, bist du das?«, hörte sie ihn im Wartezimmer fragen. »Öffne mir bitte.«

Aline machte ihre Stimme fest. »Bevor ich das tue, bitte nicht erschrecken. Ich bin gestürzt eben und habe einen blauen Fleck im Gesicht.« Sie öffnete lächelnd. Sie hätte wissen müssen, dass sie Nathan nichts vormachen konnte.

»Diese Schweine«, keuchte er, als er sie in die Arme schloss. »Das werden sie uns büßen.« Er zitterte mindestens genauso wie sie. Aber während er sie so festhielt, fühlte Aline, wie ihr eigenes Beben schwand. Sie klammerte sich an ihn. »Ich hasse sie«, hörte sie ihn flüstern. »Aber ich hasse mich selbst fast noch mehr. Ich hätte es wissen müssen. Ich bringe dir nur Unglück. Ich hab dir von Anfang an nur Unglück gebracht.«

Aline rückte von ihm ab und sah ihm in die Augen. »So etwas darfst du nicht einmal denken, Nathan. Du bist mein größtes Glück. Du bist der Mann, der an meine Seite gehört.«

»Was genau haben sie mit dir gemacht?« Nathan schien ihre Worte nicht zu hören.

»Sie wollen, dass ich mich von dir scheiden lasse. Ich habe mich über den einen Kerl mokiert, da hat er mich geohrfeigt. Dann haben sie mich wieder freigelassen. Am besten, wir vergessen die ganze Sache wieder. Das waren reine Drohgebärden. Die können uns gar nichts.«

Nathan streichelte ihr behutsam über die Wange. Er hatte nicht vor, irgendetwas zu vergessen. Aber das sagte er nicht.

Nach dem Morgenappell trieb Frau Marquardt ihre kleinen Drittklässlerinnen in Richtung Klassenzimmer. Jesabel marschierte, so stramm sie konnte. In der ersten Stunde hatten sie Rassenkunde, und sie mochte dieses Fach. Es war so beruhigend zu sehen, wie sich innerhalb der Vielfalt von menschlichen Typen bestimmte Gruppen herausgebildet hatten und wie sich auf diese Weise das Chaos der Erscheinungen lichtete. Zwar gab es Mischformen wie sie selbst, aber auch deren Herkunft ließ sich immer wieder nachvollziehen. Natürlich war Jesabel oft unglücklich darüber, dass sie eine Vierteljüdin war, aber andererseits hätte es sie auch schlimmer treffen können. Nun würde sie einfach einen arischen Mann heiraten, und ihre Kinder wären aufgenordet. In diesem Punkt war Jesabel mit sich zufrieden.

Jesabel wünschte, sie könnte dem Bild des Führers zublinzeln. Leider verstellte Frau Marquardt an diesem Morgen den Blick auf das Porträt. Der Blick auf den Führer war Jesabels geheimes Morgenritual, um sicherzustellen, dass Luise und die anderen in der Klasse sie nicht ärgerten, dass sie alle Antworten wusste und dass der Tag auch sonst gefahrlos verlief. Jesabel kniff die Lippen zusammen. Wenn Frau Marquardt jetzt den Unterricht begann, war das ein böses Omen. Bitte rücken Sie zur Seite, Fräulein, betete sie insgeheim.

»Wenn Jesabel Sandstein ihre Selbstgespräche beendet hat, können wir vielleicht mit dem Unterricht beginnen«, erklärte Frau Marquardt. Sofort brach ein Sturm des Gelächters über die Klasse. Frau Marquardt war dafür bekannt, die witzigste Lehrerin der Schule zu sein.

Jesabel spürte, wie sie rot wurde. »Ich habe nur …«, stammelte sie.

»Ich wüsste nicht, dass ich dich drangenommen hätte.« Frau Marquardt zwinkerte der Klasse zu. »Oder, Luise? Hast du gehört, wie ich Jesabel Sandstein drangenommen habe?«

Luise schüttelte energisch den Kopf. »Nein, Frau Marquardt. Das haben Sie nicht.«

Endlich trat die Lehrerin beiseite. Jesabel versuchte, dem Hitler zuzublinzeln. Aber es war zu spät, das spürte sie. Der

Tag war im Eimer. Sie blickte aus dem Fenster und versuchte, an etwas Schönes zu denken. Bertha hatte versprochen, ihr zu zeigen, wie man Pasteten macht. Und Mama wollte mit ihr singen. Jesabel liebte es, wenn die Mutter am Klavier saß und ihre Lieder begleitete. Die Stimme der Lehrerin holte sie in die Gegenwart zurück.

»Wir wollen uns heute mit dem jüdischen Gesicht am lebenden Beispiel beschäftigen. Rachel, komm bitte nach vorn an die Tafel.«

Die ganze Klasse drehte sich um nach Rachel, der einzigen Jüdin in der Klasse. Auch Jesabel. Rachel war blass geworden, aber sie nickte ihr zu. Jesabel tat, als würde sie das Nicken nicht bemerken. Immer tat Rachel so, als wäre sie ihre Freundin, nur weil sie wusste, dass Jesabel eine Vierteljüdin war. Jesabel konnte Rachels Getue langsam nicht mehr ertragen. Rachels Verhalten machte Jesabels Stand in der Klasse noch schwerer, als er ohnehin war.

»Jetzt stell dich mit dem Gesicht zur Klasse«, forderte Fräulein Marquardt sie auf. Rachel tat, wie ihr geheißen. Sie war jetzt nicht mehr blass, sondern knallrot.

Frau Marquardt deutete mit dem Rohrstock auf Rachels Nase. »Diese Nase, liebe Mädchen, ist eine typische Judennase. Noch hat sie ihre volle Größe nicht erreicht, aber Rachel ist ja auch erst neun Jahre alt. Wir erkennen jedoch schon eindeutig den Knochen in der Mitte der Nase, der sich über den Nasenrücken erhebt. Weiterhin nehmen wir die dunklen Augen und das minderwertig krause Haar zur Kenntnis. Was erkennen wir noch? Ja bitte, Luise?«

Luise stand auf. »Negerlippen, Fräulein Marquardt.«

»Sehr gut, Luise. Setzen. Wir erkennen die vollen Lippen, wie sie auch bei Halbaffen und Negern vorkommen. Was seht ihr noch?«

Eine dicke Träne rollte über Rachels Wange. Die Klasse

schwieg. Jesabel fühlte, wie ihr heiß wurde. Was, wenn sie als nächstes Studienobjekt an die Tafel gerufen würde?

»Nun?« Frau Marquardt klopfte ungeduldig mit dem Stock auf das Pult. »Weiß keine mehr etwas zu sagen?«

Im Klassenzimmer war es nun so still geworden, dass Jesabel von draußen das Rauschen der Baumwipfel hören konnte.

»Ich will euch die Antwort selbst sagen.« Frau Marquardts Stimme hörte sich wieder versöhnlich an. »Ihr seht überdies den feigen und ängstlichen Ausdruck, wie er für die Menschen typisch ist, die uns den Schandvertrag von Versailles eingebrockt haben. Rachel, du kannst dich wieder auf deinen Platz begeben.«

Der Rest der Stunde verlief gefahrlos. Und im Rechnen trug Jesabel sogar einen kleinen Sieg davon. Sie hatte nicht nur all ihre Aufgaben richtig gemacht, sondern konnte auch noch die Fragen im Unterricht beantworten. Dafür erhielt sie vom Rechenlehrer ein großes Lob.

Obwohl Nathan nun schon seit etwas über neun Jahren in Övelgönne wohnte, fühlte er sich immer noch im Grindelviertel beheimatet. Da es Dienstag war, der Tag, an dem die jüdischen Familien im Grindelviertel immer Fisch aßen, beschloss er, bei Otto Levy einzukaufen. Er hatte seiner Mutter versprochen, sich selbst um das Mittagessen zu kümmern. Seitdem sein Bruder Max nur noch jüdische Patienten behandeln durfte und Valeska weniger Witwenrente bezog, war es vorbei mit den opulenten Mahlzeiten im elterlichen Haus am Grindelberg. Nathan parkte den alten Tourer und blieb einen Augenblick stehen, um das Treiben um sich herum aufzunehmen. Ein Junge steuerte eine Schott'sche Karre an ihm vorüber. Er hatte offensichtlich Mühe, die Gabeldeichsel zu halten, denn die schwer beladene Karre schwankte wild hin und her. Ein Bierwagen mit zwei riesigen Brauereipferden kam vor der Gastwirtschaft zum Stehen. Nathan beobachtete eine Weile die beiden Kutscher, wie sie die Fässer vom Wagen hievten und in die Wirtschaft schleppten. Er fühlte ein leises wehmütiges Gefühl in sich aufsteigen. Diese Arbeit hatte er selbst verrichtet, früher einmal, um sich das Studium zu finanzieren. Er erinnerte sich, wie er Aline nach ihrer verpatzten Hochzeit mit Friedrich von Alvesloh von der Kirche abgeholt und in die Bierkutsche gehoben hatte. Er seufzte. Wie lang das alles schon her war. Und wie leicht sie sich damals gefühlt hatten, Aline und er.

Er betrat das Fischgeschäft und stellte sich geduldig an. Es war viel leerer als früher, und die wenigen Kunden flüsterten fast. Nathan überlegte noch, ob er Makrele oder Scholle wählen sollte, da bimmelte die Ladenglocke, und die beiden Bierwagenkutscher traten ein. »Levy, giff mi mol een ut de Tünn!«, brüllte einer der beiden dem Fischhändler zu.

Levy griff gutmütig lächelnd in die Tonne mit den Salzheringen, wofür er zwanzig Pfennige kassierte, und legte den beiden ihren Fisch auf die ausgestreckte Hand. Nathan war von ihrem Anblick wie hypnotisiert. Mit welcher Lust sie aßen! Sie verschlangen den Hering mitsamt Kopf und Flosse und Gräten, und an ihren Händen rann die Salzlake herunter. Als sie fertig waren, wischten sie sich den Mund am Ärmel ab. »Tüüs, Levy!«, riefen sie und trampelten wieder hinaus.

Der Vorfall hatte ein bisschen Leben in den Laden gebracht. Die Frau, die in der Schlange vor Nathan stand, lächelte sogar. »Alles ändert sich«, sagte sie zu Nathan. »Aber diese beiden, die kommen jeden Dienstagmittag und futtern ihre Salzheringe, da kannst die Uhr nach stellen!«

Nathan erwiderte ihr Lächeln.

Als er wieder ins Freie trat, beschloss er, den Weg über den Grindelhof zu nehmen. Die Synagoge mit ihrem runden

Kuppelbau strahlte ihm schon von weitem entgegen. Nur wenige Schritte davon entfernt stand die Talmud-Tora-Schule, die er als Knabe besucht hatte. Er konnte die Kinderstimmen schon am Bornplatz hören. Waren denn jetzt nicht Sommerferien?

Es dauerte eine geschlagene Minute, bis Nathan sich daran erinnerte, dass jüdische Schüler statt der Sommerferien die Zeit um Rosch-Haschana und Jom Kippur freibekamen. So lange hatte er am Christianeum unterrichtet, dass er diese Ferienregelung schon fast vergessen hatte. Plötzlich bemerkte er das hohe Gitter, das das Schulgebäude von der Straße trennte. Neugierig trat er näher. Auf den ersten Blick sah die Schule aus wie immer. Eine Freitreppe führte zum großen Eingangsportal mit den Säulen. Doch die Fassade sah aus, als hätte sie Einschusslöcher erhalten, und der Schriftzug über den drei Doppeltüren war beschädigt. In diesem Moment klingelte es zur Pause, und Nathan musste unwillkürlich grinsen. Der Klang erinnerte ihn an seine Kindheit wie kaum etwas anderes. Er erinnerte sich, wie er mit den Jungs die Treppen heruntergestürmt war, um im Hof Kriegen oder Fußball zu spielen. Aber was war mit den Bengeln heute los? In geschlossenen Zweierreihen betraten sie das Gelände, auf dem sie einherspazierten und sich leise unterhielten. Einige von ihnen trugen bestickte Seidenkäppchen. Niemand schien auf die Idee zu kommen, wild herumzuspringen, nicht einmal die Kleinen. Der Lehrer, der hier Aufsicht führte, hatte es auf jeden Fall leichter als zu Nathans Zeiten. Er erkannte ihn, es war Herr Cohn, sein alter Hebräischlehrer. Nathan duckte sich unwillkürlich. Nie hatte er es dem alten Cohn recht machen können. Er war der mit Abstand strengste Lehrer der ganzen Schule gewesen. Wie oft hatte Nathan vor Hebräisch Bauchschmerzen gehabt!

Hallo, schalt Nathan sich, ich bin jetzt selber Lehrer – Cohni hat keine Macht mehr über mich. Er beobachtete den Alten, wie er in Gedanken versunken den Schulhof durchmaß, das schwarze Käppi auf dem Hinterkopf, den Rauschebart im Wind. Nathan konnte sich nicht erinnern, Herrn Cohn jemals in solch gebückter Haltung gesehen zu haben. Aber noch etwas war anders als früher. Als sein Blick über das rote Backsteingebäude und den Schulhof glitt, bemerkte er drei SA-Männer, die lässig an den Zaun gelehnt standen. Das also war das Geheimnis der Ruhe. Nathan wandte sich ab. Plötzlich fühlte er, dass er es sehr eilig hatte. Beim Gehen öffnete er das Jackett, zerrte an seiner Krawatte und öffnete schließlich auch noch die oberen Hemdsknöpfe. Obwohl der Grindelhof im Schatten dichter Kastanienbäume lag, kam ihm die Hitze unerträglich vor. Als er die Wohnung am Grindelberg erreichte, war er schweißgebadet.

»Scholem Aleichem. Schön, dass du da bist.« Valeska begrüßte ihren Sohn mit einem zärtlichen Kuss auf die Wange.

»Aleichem Scholem.« Nathan erwiderte ihren Kuss und drückte ihr den in Papier eingewickelten Fisch in die Hand.

»Huch, ist das nass.« Valeska trug das Paket mit spitzen Fingern in die Küche. »Der Fisch ist dir doch wohl nicht in die Pfütze gefallen?«

Nathan stellte sich an den Spülstein, um seine Hände kräftig mit Kernseife einzureiben. »Mama, der Regen hat schon vor Stunden aufgehört. Draußen ist allerschönstes Juliwetter.« Er drehte am Wasserhahn und genoss den kühlen Strahl, der auf seine Hände schoss.

»Wird aber auch mal Zeit. Um Himmels willen, warum hast du denn Salzheringe gekauft? Hat dein Geld nicht für was Anständiges gereicht?«

Nathan trocknete sich ab. »Salzheringe machen fröhlich«, erklärte er.

Valeska schüttelte den Kopf. »Was du auch immer für Ideen hast, Junge.«

»Hallo, Nathan.« Bruder Max war aus seinem Ordinationszimmer herausgetreten. »Warst schon lange nicht mehr bei uns.«

Nathan nickte. Die Brüder nahmen sich in den Arm. Max war alt geworden im vergangenen Jahr. Tiefe Furchen zogen sich über sein Gesicht, und sein Bart war grau geworden. Ein peinliches Schweigen entstand. Früher war das der Moment gewesen, in dem Nathan fragte: »Und, wie läuft das Geschäft?« Heute wusste er nur allzu gut, wie es lief. Genauer wollte er es nicht wissen.

Später, als sie bei Tisch saßen, fragte Valeska nach Jesabel.

»Sie hat Probleme in der Schule«, gab Nathan unumwunden zu.

»Aber doch nicht, weil sie …« Valeska vollendete den Satz nicht.

»Doch, Mama, genau deshalb.« Nathan nahm einen Schluck Wasser.

Valeska räusperte sich. »Ich habe darüber nachgedacht … Wäre es nicht besser, sie an der Deutsch-Israelitischen Mädchenschule anzumelden?«

»Nein«, erklärte Nathan. »Das glaube ich nicht.«

»Aber sie könnte unter ihresgleichen sein, Nathan. Keine Lehrerin, keine Mitschülerinnen, die sie aufgrund ihrer Religion schlecht behandeln.«

Nathan legte Messer und Gabel beiseite. »Mama, ich weiß nicht, zum wievielten Mal wir diese Diskussion jetzt führen. Zum letzten Mal, Jesabel ist in keinem Tempel und wird auch nie in einem sein. Wir haben sie taufen lassen. Das war unser Kompromiss: hebräische Namen, aber christliche Taufe.« Aus den Augenwinkeln bemerkte er, wie Max ihm ein Zeichen machte, er möge sich beruhigen. Das brachte ihn erst recht auf. »Mama, ich habe mit der Religion abgeschlossen. Mit jeder Art von Religion. Und darum werde ich Jesabel auch auf keine Schule schicken, auf der Rabbiner oder Priester unterrichten!«

»Aber ich dachte doch nur ...«

Nathan schlug mit der Faust auf den Tisch. »Mama, wir haben genügend Großmütter, die für unsere Kinder mitdenken. Es reicht!«

Valeska erwiderte den Blick ihres Sohnes. Fast erwartete Nathan, sie in Tränen ausbrechen zu sehen. Stattdessen kniff sie nur die Lippen zusammen. Schließlich sagte sie: »Hättest eben nicht in eine Gojim-Familie einheiraten dürfen.«

Nathan fühlte eine Welle der Wut in sich aufsteigen. Er musste sich beherrschen, um nicht seinen Teller an die Wand zu schleudern. Einen derartigen Jähzornanfall hatte er nicht mehr gehabt, seit er ein kleiner Junge war. »Entschuldige«, hörte er seine Mutter wie aus fernen Nebelwelten zu ihm sagen. »Ich weiß nicht mehr, was ich sage. Ich weiß nur, dass ich es nicht so meine.«

Augenblicklich verrauchte seine Wut. »Ich bin es, dem etwas Leid tun sollte. Ich weiß ja, dass du es nur gut meinst.«

Valeska nickte. Dann stand sie auf. Von der Kommode neben dem Ohrensessel holte sie ihre Brille. »Wo habe ich sie nur hingelegt? Ich wollte dir die Postkarte zeigen, die Esther uns aus Palästina geschrieben hat.«

»Kusinchen geht es gut in Palästina?« Nathan lächelte. Er hatte Esther erst im Erwachsenenalter schätzen gelernt. Als Kind hatte er sie mehrmals dabei ertappt, wie sie ihm Spielsachen stahl.

»Hier.« Valeska reichte ihm eine farbige Karte, auf denen Palmen und gelbe Steinhäuser abgebildet waren. Nathan überflog den Text und studierte das Bild.

»Sieht nett aus dort.« Und dann, in einem bewusst unbekümmerten Tonfall: »Wie wär's, wenn wir sie mal besuchen würden?«

Max runzelte die Stirn. »Du weißt, dass es von da kein Zurück mehr gibt?«

Valeska kramte seufzend weiter. »Ich bin zu alt dafür, Jungs. Meine Wurzeln sind in der Heimaterde. Woanders geh ich ein. So, und hier hab ich noch einen langen Brief von Henny. Willst ihn lesen, Nathan?«

Nathan riss ihr den Bogen förmlich aus der Hand. »Warum hast du mir den nicht gleich gezeigt? Was schreibt sie über Judith?«

»Was sie über ihr eigenes Leben schreibt, interessiert dich wohl nicht.« Valeska zog die Mundwinkel herunter.

»Doch, ja, entschuldige.« Nathan überflog die eng beschriebenen Blätter. »Wie geht es Henny?«

»Du bist derjenige, der den Brief in der Hand hält.« Valeska stand auf. »Ich mach uns jetzt einen Kaffee.«

Sobald sie außer Hörweite war, beugte Max sich vor. »Nathan«, sagte er.

»Hmm.« Nathan war viel zu vertieft, um seinen Bruder richtig wahrzunehmen.

»Ich glaube, ich habe eine Lösung für eure Probleme.«

»Wie bitte?« Nathan fuhr herum.

»Ich sagte, ich habe vielleicht eine Idee, was Judith betrifft. Es würde dem Mädchen erlauben, hier unbehelligt zur Schule zu gehen. Auf eine staatliche Schule, zusammen mit Jesabel. Es ist aber vielleicht keine sehr angenehme Lösung.«

Nathan fühlte, wie sein Herz schneller schlug. »Egal«, brachte er hervor.

In diesem Moment betrat Valeska mit einem Tablett den Raum. Max stand auf, um über den Flur in sein Ordinationszimmer zu gehen. Sekunden später war er zurück. Nathan sah, wie sein großer Bruder ihm ein eilig bekritzeltes Stück Papier zuschob. Es erinnerte ihn an seine Kindheit, an verbotene Spiele.

»Lass uns beide nach dem Kaffee spazieren gehen«, stand auf dem kleinen Blatt.

Nathan nickte.

8. Kapitel

Der Regen prasselte kleine Löcher in die Elbe. Aline zog ihren Mantel fester um sich. Dieser Juli war mit Abstand der nasseste, den sie je erlebt hatte. Alles war feucht und klamm. Die Wäsche hing nun schon seit fünf Tagen im Haus und war immer noch nicht trocken.

»Von wegen frische Luft«, bemerkte sie. »Ich atme nur noch Wasser. Kannst du mir jetzt bitte erklären, warum du bei diesem Wetter mit mir spazieren gehen willst?«

Nathan blieb stehen. Er packte Aline bei den Schultern und zwang sie, ihm ins Gesicht zu sehen. »Max hat eine Patientin, die ihre Kinder für unehelich erklärt hat.«

»Ich verstehe nicht, was das …«

»Sie ist mit einem Juden verheiratet. Deswegen.«

Aline nickte. »Ich nehme an, jetzt sind die Kinder arisch. Nicht so fest, Nathan, meine Schultern sind nicht aus Gummi.«

Nathan lockerte seinen Griff. »Du verstehst nicht, Aline. Das ist die Lösung für unsere Probleme! Wir könnten Judith zurückbekommen! Madeleine könnte nicht mehr behaupten, sie zu ihrem eigenen Schutz in Frankreich festzuhalten. Und Jesabel – sie hätte es auch leichter in der Schule. Die Zwillinge wären wieder zusammen. Wir könnten sie in einer anderen Schule anmelden. Wo niemand weiß, dass ihr Vater …«

»Die Antwort lautet Nein.« Aline nahm den Marsch durch den nassen Sand wieder auf.

Nathan stöhnte auf. »Sei doch einmal in deinem Leben nicht so halsstarrig, Aline!«

»Bin ich doch gar nicht.« Aline stapfte entschlossen weiter. »Ich denk nur an die Folgen. Wie stehst du dann selber da, als Gehörnter? Und welchen Vater gebe ich an? Unbekannt? Auf das Gerede der Nachbarn freu ich mich jetzt schon!«

»Unbekannt gilt nicht«, erklärte Nathan. »Die Behörden wollen natürlich einen Nachweis.«

»Das wird ja immer besser! Und an wen dachtest du da?«

Nathan holte tief Luft. Jetzt kam der schwerste Teil. »Ich dachte zuerst an einen von Käthes Verflossenen. Bestimmt gibt es da den einen oder anderen, den die Nachricht von unehelichen Zwillingen zwar nicht sonderlich erfreuen, aber doch auch nicht weiter verwundern würde.«

Aline kniff die Lippen zusammen. »Gut, aber dann gibt es ja auch immer noch mich, die es verwundern könnte. Nathan, du warst mein Erster, und alle Welt weiß das. Ich meine, wenn es die Nachbarn wissen, dann wissen es auch die zuständigen Behörden. Die Wände haben jetzt schließlich Ohren.« Sie schlug sich auf den Mund und sah sich um. Hatte sie zu laut gesprochen? Doch da war nichts. Nichts als ein regennasser Strand mit ein paar Möwen.

»Nun ja.« Nathan hielt den Bick weiterhin starr auf sie gerichtet. »Nicht wirklich dein Erster, oder?«

»Nathan, was soll das jetzt? Du weißt genau, dass es zwischen Friedrich und mir nie zu dieser Art von körperlicher Annäherung gekommen ist!«

»Ja, aber wissen das auch die Behörden? Er war immerhin dein Verlobter!«

Aline schüttelte den Kopf. »Du meinst das jetzt nicht ernst, oder? Du willst doch nicht wirklich, dass …«

»Von *wollen* kann keine Rede sein, Aline!« Nathan wurde auf einmal sehr laut. »Aber ich sehe keine andere Möglichkeit! Du etwa? Wenn ja, dann rück endlich heraus damit!«

Aline drehte sich um. »Lass uns erst mal nach Hause gehen, Nathan. Ich bin bis auf die Haut durchnässt. Komm, wir nehmen den Weg durch den Garten.«

Bertha hörte das Weinen schon in der Küche. Sie lief über den kleinen Flur ins Wartezimmer und von dort zum Glasvorbau. Zuerst erkannte sie Jesabel überhaupt nicht. Sie sah nur die Mädchen in Jungmädeluniform, die hinten in Neumühlen wohnten und sich nun schon seit einiger Zeit einen Spaß daraus machten, die Kleineren zu demütigen. Als sie die Haustür aufriss, sah sie Jesabel, die im strömenden Regen auf dem Pflaster robbte. Die Mädchen trieben sie mit Stöcken an. Bertha war weder die Jüngste noch die Sportlichste, aber wenn sie wütend war, konnte sie ungeahnte Kräfte entwickeln. Mit einem Satz war sie bei den Mädchen.

»Ich zähl jetzt bis eins«, brüllte sie. »Und wenn ihr bis dahin nicht verschwunden seid, prügel ich euch mit meinem Kochlöffel so windelweich, dass ihr anschließend zum Medicus gehen könnt. Jesabel, steh auf!« Jesabel rappelte sich hoch. Ihr Gesicht war tränenverschmiert. Die blonde Hildegard, offensichtlich die Anführerin der Bande, stemmte die Hände in die Hüften. »Wenn Sie das tun, Frau Homann, zeige ich Sie bei der Gestapo an!«

»Lass sie, Bertha«, raunte Jesabel. »Die machen ernst!«

Doch Bertha ließ sich nicht beeindrucken. »Wird's bald! Eins!« Mit einem mächtigen Schwung holte sie aus. Hildegard duckte sich unwillkürlich. Auch die anderen wichen zurück.

»Abmarsch, Mädels«, kommandierte Hildegard. »Mit der kleinen Itzig sind wir für heute fertig. Frau Homann, Heil Hitler!«

In diesem Moment wurde die Gartenpforte auf der anderen Seite des Weges geöffnet. Aline und Nathan, beide klatschnass, traten heraus. Sie erfassten die Situation mit einem Blick. Nathan tat einen drohenden Schritt auf die Mädchen zu. Aline kniete sich auf das Pflaster und umschloss ihre Tochter mit beiden Armen. Als sie sich wieder aufrichtete, waren ihre Augen voller Tränen. Die Bande war verschwunden. Nathan stand wie versteinert, die Hände zu Fäusten geballt.

Aline konnte nur denken, nicht sprechen. »In Ordnung«, war das, was sie dachte, während sie Jesabel drückte und streichelte. »Ich tu's.«

Friedrich von Alvesloh freute sich auf die Olympischen Spiele wie ein kleiner Junge. Und damit stand er in Berlin nicht allein. Die Stadt war kaum wiederzuerkennen. Auf den Straßen plauderten Wildfremde, als wären sie alte Bekannte, und an jeder Straßenecke stieß man auf athletisch gebaute Männer und Frauen – die meisten von ihnen allerdings mit Muskeln aus Marmor oder Bronze, denn die Reichshauptstadt war zugleich Ausstellungsfläche für die olympischen Gedanken von Bildhauern aller Länder der Welt geworden. Als Beamter des Propagandaministeriums würde Friedrich viele der Olympiasportler persönlich kennen lernen – eine Ehre, die er sehr zu schätzen wusste. Besonders stolz war er auf die Kraft-durch-Freude-Stadt, die tüchtige deutsche Handwerker in nur vier Wochen am Reichssportstadion aufgestellt hatten. Hier konnten einige der Millionen Sportfreunde, die in den kommenden Wochen nach Berlin fluten würden, Speise, Unterkunft und Unterhaltung finden.

»Herr von Alvesloh, stammen Sie nicht ursprünglich aus Hamburg?« Die Stimme eines Kollegen riss Friedrich aus seiner Versunkenheit. Die Begehung der KdF-Stadt war immer noch in vollem Gang. Friedrich musste sich zusammenreißen.

»Aus Altona«, korrigierte er.

»Dann müssen Sie sich das Haus der norddeutschen Gaue ansehen«, schwärmte der Kollege. »Der Führer wollte, dass es *Waterkant* genannt werde. Ich selbst stamme übrigens aus Rendsburg, daher mein persönliches Interesse.«

Jetzt erst bemerkte Friedrich, dass der Kollege ein spitzes S sprach. »Norddeutscher – sehr sympathisch«, bemerkte er gut gelaunt und trat einen Schritt zurück. Von außen sahen sich alle Häuser ähnlich, aus groben Stämmen gezimmerte Bauwerke mit spitzen Giebeln und überlebensgroßen Strohpuppen, die vermutlich den typischen Einwohner des jeweiligen Obergaus verkörpern sollten. Friedrich schmunzelte. »Wir stehen ja direkt neben der Rheinlandhalle«, stellte er fest. »Ich hoffe, die machen bei ihren Abendveranstaltungen nicht so einen fürchterlichen Krach!«

»Die angebliche Spaßnatur der Rheinländer«, dozierte der Kollege, »ist eine durch nichts bewiesene Behauptung durch – wen wundert's – die Rheinländer selbst und gehört meiner bescheidenen Ansicht nach in den Bereich von Ammenmärchen und Spökenkiekerei.«

In diesem Augenblick stürzte ein Arbeiter aus der Rheinlandhalle auf den Vorplatz und brüllte: »Walter! Wo sind die Pappnasen?«

»Spökenkiekerei«, grinste Friedrich. »Was klingt es lieblich, das Wort aus meiner Heimat!«

Der Arbeiter drehte sich verdutzt nach ihnen um. In offensichtlicher Verkennung der Abzeichen auf ihren Uniformen brüllte er nun noch lauter. »Und ich mein nicht die zwei Pappnasen, die hier vor der Fischkopp-Halle stehen!«

Friedrich schwieg verdutzt. »Wir sollten uns vielleicht von diesen Individuen entfernen und das Innere der Halle ansehen!«, schlug der Kollege naserümpfend vor.

Während sie noch den Innenraum bewunderten mit seinen

langen, gescheuerten Holztischen und den mit Fischernetzen geschmückten Wänden, betrat Friedrichs Sekretär das Haus. Er schlug die Hacken zusammen. »Heil Hitler! Melde gehorsamst, Sie werden im Büro zu einer Besprechung erwartet.«

»Jetzt schon?« Friedrich zog seine Taschenuhr aus der Westentasche und konsultierte sie. »Aber wir stecken noch in der Begehung.«

Der Rendsburger knuffte ihn in die Seite. »Auf denn! Befehl ist Befehl.«

An der Heerstraße erwartete ihn bereits sein Chauffeur. Friedrich ließ sich aufseufzend auf das Lederpolster seines Mercedes fallen. So einiges würde er darum geben, wieder selbst am Steuer sitzen zu dürfen. Wehmütig dachte er an den alten Rolls-Royce, den ihm sein Vater – Gott hab ihn selig – anno 1911 zum Geburtstag geschenkt hatte. Andererseits: Die Straßen waren gefährlich geworden heutzutage. Kein Wunder, schließlich durfte jeder Idiot ein Automobil lenken, sogar Frauen. Es verging kaum eine Woche, in der es keine Verletzten oder Toten auf deutschen Straßen gab. Der Wagen fuhr an, und Friedrich blickte zurück. Am Eingang der hölzernen Stadt ragten zwei riesenhafte Masten empor, an denen die Hakenkreuzfahnen gehisst waren. Der ewige Regen hatte sie nass und schwer gemacht, sodass sie im Wind gegen die Stämme klatschten, aber Friedrich wurde bei ihrem Anblick trotzdem feierlich zumute.

Aline hatte zunächst keine Ahnung, wie sie Friedrich ausfindig machen sollte. Schließlich hatte sie seit neun Jahren nicht mehr mit ihm gesprochen. Sie wusste lediglich, dass ihr ehemaliger Verlobter nach Berlin gegangen war, um seine Träume von einer politischen Karriere zu verwirklichen. Zum Glück für sie gab es in Berlin nur einen einzigen Mann seines Namens, allerdings war seine Privatnummer nicht im

Auskunftsbuch der Telefonzentrale verzeichnet, weshalb sie gezwungen war, in seinem Büro anzurufen. Dazu allerdings konnte sie sich nicht durchringen. Seitdem sie auf der Polizeiwache verhört worden war, litt sie unter Angstvorstellungen, die es ihr mitunter unmöglich machten, normale Alltagshandlungen zu vollziehen. Der Griff zum Telefonhörer war eine solche Handlung. Es war Nathan, der ihr den nötigen Antrieb gab.

»Warum fährst du nicht für eine ganze Woche nach Berlin? Nimmst Käthe mit? Ihr beiden seht euch die Olympischen Spiele an, und dabei entspannst du dich! Schließlich ist es wichtig, dass du ihm in ausgeruhtem Zustand gegenübertrittst.«

»Ich würd ja schon. Aber Jesabel und Sixten! Meine Patienten!« Aline biss nervös auf ihre Fingernägel, eine Angewohnheit, die Nathan zum ersten Mal an ihr sah.

»Du musst die Praxis eben schließen in der Zeit. Und was die Kinder angeht: Ich bin ja auch noch da.«

Es war Ende Juli, als Aline endlich den Mut für das Gespräch fand.

»Friedrich von Alvesloh.« Die Stimme klang erstaunlich nah und unverzerrt. Aline hätte nicht gedacht, dass die Verbindung nach Berlin so rauschfrei hergestellt werden konnte. Sie schluckte. Alles war still um sie herum. Das ganze Haus hielt den Atem an. Nur der Regen tönte an die Scheiben.

»Friedrich. Hier spricht Aline.« Sie hätte einiges darum gegeben, jetzt sein Gesicht zu sehen. Vermutlich wand er sich vor Abscheu.

»Aline.« Seine Stimme klang heiser. »Gott, wie oft habe ich daran gedacht, dich anzurufen. Ich hab mich nie getraut. Wie geht es dir?«

»Gut.« Was sollte sie anderes sagen? »Meine Freundin und ich, wir fahren zu den Olympischen Spielen. Ich dachte, vielleicht … Friedrich … vielleicht …« Jetzt stotterte sie wie ein Backfisch. Er musste annehmen, dass sie sich in der Phase befände, in der Frauen ihre Jugend romantisieren. Dass sie ihn gern sehen wollte – und zwar nicht aus Gründen, die die Rettung ihrer Familie mit den Kindern seines ehemaligen Konkurrenten beinhalteten.

»Dass wir uns treffen?« Jetzt klang Friedrich nicht nur heiser, sondern ganz und gar atemlos. In was ritt sie sich da eigentlich gerade hinein? »Aber natürlich! Das wäre schön! Das wäre wundervoll! Famos!« Wieder wurde alles still.

»Friedrich?«, fragte sie. »Bist du noch da?«

»Aber ja, Aline. Seid ihr in der KdF-Stadt untergekommen?«

Langsam löste sich der Knoten, den sie in ihrem Hals spürte. »Nein. Wir haben uns sehr spontan für diesen Besuch entschieden. Das Quartiersamt hat uns ein Zimmer bei einem Ehepaar in Moabit zugewiesen.«

»Moabit?« Friedrich hätte genauso gut »Rattenscheiße« sagen können, so wie er das Wort aussprach. »Hör zu, ich würde dich ja gern zu uns nach Charlottenburg einladen, aber ich bin mir nicht sicher, wie Elisabeth das fände. Die Situation ist etwas prekär, du verstehst.«

»Natürlich, Friedrich. Natürlich verstehe ich das.«

»Wann kommt ihr an?«

»Am Vierten.«

»Was? Ihr seid nicht zur Eröffnung dabei? Jammerschade. Nun ja, immerhin bekommt ihr das Ringen in der Deutschlandhalle mit. Wenn du willst, treffen wir uns anschließend in der Oper oder im Theater. Wir vier, damit es kein Aufsehen erregt, einverstanden? Hör zu, ich freue mich unglaublich darauf, dich wiederzusehen! Mehr als ich vielleicht sollte.«

»Friedrich, ich …«

»Jetzt muss nur noch das Wetter besser werden, und die

Olympischen Spiele können beginnen! Regnet es bei euch auch so viel?«

»Ununterbrochen«, bestätigte Aline. »Ich hab schon Schwimmhäute.«

Das Lachen am anderen Ende der Leitung war so gewaltig, dass sie sich erschrocken den Hörer vom Ohr fern hielt. »Ach, tut das gut, dich zu hören, Aline! Auch wenn du mir wie immer kleine Lügen auftischst! Meld dich, sobald du angekommen bist! Wir sehen uns dann am Dienstag in einer Woche!«

»Bis Dienstag in einer Woche«, bestätigte Aline, jetzt schon wieder ein bisschen ängstlich geworden. Wie meinte er das mit den Lügen? Hatte er etwas geahnt? Wie auch immer, die Verabredung jedenfalls war geglückt.

»Es war in Schöneberg im Monat Mai / Ein kleines Mädelchen war auch dabei / Das hat den Buben oft und gern geküsst / Wie das in Schöneberg so üblich ist.« Käthe war in ihrer Vorfreude nicht zu bremsen, wie sie so im D-Zug saß und die vorüberflitzende Landschaft betrachtete.

Aline verdrehte die Augen. »Wir fahren nach Moabit und haben August. Und könntest du ein bisschen leiser schmettern? Die Leute vom Coupé nebenan klopfen schon.«

Käthe nahm ihr Hütchen ab, um es nach oben in die Gepäckablage zu schleudern. »Wenn die glauben, dass mich das aus dem Takt bringt, haben die sich geschnitten. Ich kann zu den unmöglichsten Rhythmen singen. Denn: Das macht die Berliner Luft, Luft, Luft / so mit ihrem holden Duft, Duft, Duft.«

»Seit wann hast du es eigentlich so mit deutschen Volksliedern?« Aline blickte gelangweilt aus dem Fenster.

»Als Künstlerin muss man eben ein breites Repertoire draufhaben. Und du guck nicht so sauertöpfisch! Nimm dir ein Herz und frischen Mut / bleib nicht am Ofen kleben / wenn einer eine Reise tut / dann kann er was erleben.«

»Könntest du mir deine Gedanken auch mitteilen, ohne jedes Mal ein Gedicht dranzuhängen? Ich bin im Moment mehr so der prosaische Typ.« Aline kramte in ihrer Handtasche nach Sir Arthur Conan Doyle, dessen Geschichten über einen englischen Detektiv sie in den vergangenen Monaten erfolgreich aufgeheitert hatten.

Käthe betrachtete die Freundin. Sie sah so unglaublich hübsch aus in ihrem eleganten Tweedkostüm, das ihren Kurven schmeichelte, dem herzförmigen Gesicht mit den braunen halblangen Locken. Doch da war ein Ausdruck in ihren Zügen, den sie nie zuvor gesehen hatte, ein Ernst, der sie schmerzte. Käthe fühlte, wie sehr dieser Mensch, der ihr wie eine Schwester geworden war, an ihrem Leben litt, aber sie wusste auch, dass sie Aline nicht mit Mitleid kommen durfte. Nun, sie würde ihr die Tage in Berlin schon irgendwie versüßen.

Der Lehrter Bahnhof glich einem menschlichen Zoo. Da war die Sportlergattung, durchtrainierte Jungs und Mädels, die ganz offensichtlich darauf brannten, ihren Artgenossen beim Wettkampf zuzusehen. Dann gab es die Gattung der Kegelbrüder, die männlichkeitstrunken über den Bahnsteig torkelten. Menschen mit dunklen Gesichtern und farbigen Turbanen mischten sich unter das aufgeregte Volk. Eine Gruppe uniformierter BDM-Mädels stand grüßend am Ausgang Spalier.

Käthe entdeckte es als Erstes: ein Pappschild, auf dem in tintenblauer Schrift sauber und deutlich die Worte »Sandstein/Lassen« geschrieben waren. »Unsere Vermieter!«, jubelte sie. »Sieh nur, sie holen uns vom Bahnhof ab!«

»Sie müssen Herr und Frau Köpcke sein«, bemerkte Aline und streckte ihre Hand aus. Die Schildträger, ein mit den Jahren einander zum Verwechseln ähnlich gewordenes Ehepaar, lächelten gleichzeitig. »Herzlich willkommen in Berlin«, sagte der Mann, und die Frau nickte dazu.

Auf einmal brach in Aline etwas auf. Sie wusste nicht, ob es die Erleichterung darüber war, dem Alltag zu Hause entkommen zu sein, oder ob tatsächlich so etwas wie die Berliner Luft eine solche Freude in ihr wecken konnte, aber sie spürte, wie sie auf einmal freier atmen konnte. »Danke schön«, lächelte sie. »Meine Freundin Käthe Lassen und ich, wir freuen uns sehr!«

Dass Moabit eine Stadt in der Stadt war, eine Insel der Industrie und des Handwerks, wurde Aline schon beim Blick über die Spree bewusst. Bei ihrem ersten Gang durch das Viertel bemerkte sie außerdem, dass es etliche jüdische Geschäfte und eine Synagoge gab. Auch fehlte auf den Bänken der Hinweis »Nur für Arier« und an den Restaurants »Juden unerwünscht«.

»Als Jude lebt man hier offensichtlich besser als in Hamburg«, bemerkte Aline. Sie sah, wie das alte Ehepaar Blicke tauschte. Sofort bereute sie ihre Bemerkung. Bestimmt dachten die beiden, sie wolle sie bespitzeln, auf ihre regierungstreue Haltung überprüfen. Es war der Mann, der vorsichtig antwortete. »Die Schilder wurden alle entfernt, damit uns das Ausland nicht für antisemitisch hält.« Er hatte einen stark berlinerischen Akzent, verriet jedoch gleichzeitig Belesenheit mit seiner Wortwahl. Aline hätte ihn am liebsten nach seinem Beruf gefragt, hielt es aber für ratsamer, den Mann nicht weiter in Bedrängnis zu bringen.

Die Mietwohnung war klein, aber sauber, mit einer Toilette im Hausflur. Frau Köpcke zeigte ihnen ihr Gästezimmer. Es hatte ein Fenster zum Hof, in dem ein Sägewerk lag. »Es kann manchmal etwas laut werden hier«, entschuldigte sie sich.

Käthe klopfte ihrer Vermieterin beruhigend auf die Schulter. »Lauter als wir? Das würde mich wundern!«

»Wenn Sie wollen, können Sie die Mittagsmahlzeiten mit

uns gemeinsam einnehmen.« Frau Köpcke hatte nicht vor, sich durch irgendetwas aus der Fassung bringen zu lassen. »Das Frühstück müssen Sie sich allein zubereiten. Mein Mann und ich arbeiten Nachtschicht. Ich zeige Ihnen jetzt die Küche, damit Sie alles finden.«

Aline nahm ihre Hand. »Ich danke Ihnen«, sagte sie. »Ich hätte nicht zu hoffen gewagt, dass wir bei so netten Menschen wie Ihnen beiden unterkommen. Das Zimmer ist allerliebst!«

»Das Zimmer ist allerliebst!«, äffte Käthe sie nach, sobald Frau Köpcke außer Hörweite war. »Du warst schon in der Schule so eine Schleimerin. Deswegen hast du auch die ganzen tollen Noten gekriegt!«

»Nur kein Neid.« Aline öffnete ihren Koffer und begann, die Sachen aufzuhängen. »Jeder bekommt das, was er verdient.«

»Dann bekomme ich jetzt Schlaf.« Käthe ließ sich hintenüber auf die weiche Matratze fallen. »Es war eine kurze Nacht mit Sixten. Und es wird hoffentlich wieder eine kurze Nacht werden – mit wem auch immer.«

»Ich geh solange raus.« Aline zog sich vor dem kleinen Wandspiegel die Lippen nach.

Käthe richtete sich augenblicklich wieder auf. »Das würdest du wirklich tun? Und könntest du dem Schönen und bislang noch Unbekannten dann deinen Mantel leihen, damit die Köpckes denken, er sei du?«

Aline drehte sich um. »Was faselst du da? Ich meinte, ich gehe *jetzt* raus. Im Dunkeln alleine ganz bestimmt nicht, da muss ich dich enttäuschen. Du wirst die Nacht Seite an Seite mit deiner alten Aline verbringen.«

»Entschuldigung, es ist ja wohl noch erlaubt, zu träumen. Was hast du vor?«

»Friedrich anrufen wegen heute Abend. Und ins Stadthotel gehen, eine Postkarte an Nathan und Jesabel tippen. Und eine an Judith.«

»Eine Postkarte *tippen?*« Käthe öffnete das Fenster und steckte sich eine Zigarette an. »Um Himmels willen. Was ist mit der guten alten handgeschriebenen Karte passiert?«

Aline versuchte spaßeshalber, sich den Hut schräg aufzusetzen. Sah gar nicht übel aus. »Ich bin Ärztin. Ich hab 'ne Scheißklaue. Mehr muss ich nicht sagen.«

»Und was machst du, wenn du Ordonnanzen schreibst?« Käthe unterdrückte ein Grinsen. Sie liebte es, wenn Aline diesen verächtlichen Ton annahm. Dann war sie wieder ganz die Alte.

»Auf die Dechiffrierkünste der Apotheker setzen. Ich finde, Geheimschriftenkunde sollte sowieso zum Pflichtprogramm all jener gehören, die für uns Mediziner arbeiten.«

»Aber du schreibst deine Rechnungen zu Hause doch auch mit der Hand!«, rief Käthe ihr hinterher. Aline hatte bereits die Tür geöffnet.

»Zu Hause gebe ich mir ja auch Mühe. Dazu habe ich heute aber keine Lust. Heute will ich bloß mein Vergnügen.« Sie sprach das Wort berlinerisch aus: Vajnüjen.

Donnerwetter, dachte Käthe, während sie den Rauch ausblies. Das ging schneller, als ich dachte.

Das Stadthotel war ganz Rot, Gold und Beflissenheit. Ein tressierter Page führte Aline von der Empfangshalle in das Schreibzimmer, das von ohrenbetäubendem Klappern erfüllt war. Sie bekam einen Platz neben einer ältlichen Sekretärin mit Schreibärmel und Schutzmanschette zugewiesen, die versunken auf ihre Tasten einhämmerte. Als sie sich setzen wollte, stieß sie mit einem älteren Herrn zusammen, der sich von seinem Platz hinter ihr erhob.

»Pardon, Madame.« Der Herr verbeugte sich.

»Mais – il n'y a pas de quoi!«

»Ah, Madame est française?«

Sie bemerkte, dass der Mann die gleiche Postkarte wie sie gewählt hatte. Das Bild zeigte eine weiße Jolle vor rotem Hintergrund, die mit ihrer Mastspitze durch die olympischen Ringe segelte. Sie hatte dieses Motiv gewählt, weil sie wusste, dass Judith Segelboote mochte. Aline hielt ihre Karte in die Höhe. »Nein«, erklärte sie auf Französisch. »Aber dafür haben wir offenbar einen ähnlichen Geschmack.« Zu ihrer Freude brach der Mann in schallendes Gelächter aus. *»Evidemment«*, lachte er.

»Und Sie sind den ganzen weiten Weg aus Frankreich gekommen, um den französischen Sportlern bei den Wettkämpfen zuzusehen?« Aline wunderte sich über sich selbst. Normalerweise gehörte sie nicht zu denen, die mit wildfremden Männern in einem Hotelschreibzimmer Konversation betrieben. Aber der Mann hatte etwas herrlich Unverkrampftes, Gelöstes, etwas, das sie bei ihren Landsleuten – oder Volksgenossen, wie es neuerdings hieß – schon lange nicht mehr gesehen hatte.

»Ich bin gekommen, ihre Wunden zu heilen«, zwinkerte ihr Gegenüber. »Ich gehöre zu dem Ärzteteam, das die französische Nationalmannschaft betreut.«

»Na, so etwas!«, rief Aline aus. »Ich bin auch Ärztin! Aber was machen Sie dann hier in diesem Hotel in Moabit?«

Der Mann lachte, wobei er ein paar scharfe Eckzähne entblößte. »Wollte mal weg von dem Affenzirkus. Habe heute Nachmittag frei. Ich wollte normalen Menschen begegnen. Aber die ganze Stadt ist ja mit Verrückten angefüllt. Mit Sportverrückten.«

»Und weil Sie Arzt sind, schreiben Sie Ihre Postkarten auch lieber mit der Maschine?« Aline musste brüllen, um das Geratter und Geklingel in dem Raum zu übertönen.

»Exact.« Der Arzt beugte sich vor. »Hören Sie, Madame, es tut ungemein gut, sich mit einer so netten deutschen Frau zu

unterhalten. Ich muss Ihnen gestehen, seit der Eröffnung der Spiele verzweifle ich an Ihrem Volk.«

»Und warum das?« Aline runzelte die Stirn. Sie musste jetzt aufpassen, was sie sagte. Dieser Mann konnte genauso gut ein Spitzel von der Gestapo sein. Ein gut getarnter. »Was ist denn an den Deutschen verkehrt?«

»Als unsere Mannschaft – die Franzosen – ins Stadion eingezogen sind, sind die deutschen Zuschauer gerast vor Begeisterung. Am nächsten Tag stand in der Zeitung zu lesen: Franzosen begrüßen den Führer mit Hitlergruß.« Er schüttelte den Kopf. »Dabei war es doch der olympische Gruß. Wie damals in der Antike. Da hebt man ebenfalls den rechten Arm. Allerdings seitlich. Ich sage Ihnen was: Das deutsche Volk ist blind. Blind und taub. Und das wird noch einmal böse enden.«

»Nun ja, wir werden es sehen.« Aline wandte sich ab. »Ich muss jetzt meine Karten schreiben. *Bonne journée, Monsieur.*« Bildete sie es sich ein, oder sah der Mann auf einmal enttäuscht aus? Seine Lippen bewegten sich, aber was er sagte, ging im Klappern der Maschinen unter.

Es gab nur eine Person, die Friedrich anrufen konnte, um sie über Aline auszufragen, und das war Gertrude Meyerdink. Seit ihrem Gespräch war er rastlos. Was wollte sie von ihm? Das war die Frage, die er sich immer wieder stellte. Und nichts, nicht einmal die bewegende Rede des Führers zur Eröffnung der Olympischen Spiele, nicht der Ärger über den Sieg dieses schwarzen Läufers gleich am ersten Tag, nicht die Freude darüber, dass es jetzt endlich aufgehört hatte zu regnen, konnte ihn wirklich von dieser Frage ablenken. Aline war seine große Liebe, ganz ohne Frage, auch wenn Elisabeth von Herkunft und Wesen her besser zu ihm passte und auch viel fügsamer war. Es hatte wohl nicht einen einzigen Tag in

Friedrichs Leben gegeben, seit ihrer allerersten Begegnung im November 1919, an dem er nicht an Aline gedacht hätte. Nach dieser peinlichen Geschichte vor dem Traualtar hatte er Rache geschworen, er hatte sie gehasst und verflucht – aber lieben tat er sie immer noch. Was, wenn sie jetzt in ihrer Ehe unglücklich war? Friedrich verschränkte die Hände hinter seinem Rücken und rannte wie gejagt sein riesiges Büro auf und ab. Es war anzunehmen, dass ihre Ehe kein Zuckerschlecken war. Ein arbeitsloser Jude verkörperte in diesen Zeiten eben nicht den Idealtypus vom deutschen Mann. Ob Aline in der Vergangenheit schwebte, sich an ihre romantischen Spazierfahrten mit dem Rolls-Royce und ihren ersten Ball mit ihm erinnerte? Friedrich seufzte und rief seinen Sekretär herein. »Leitung nach Altona herstellen«, befahl er knapp. »Gertrude Meyerdink, Övelgönne.«

Der Sekretär schoss hinaus. Eine Minute später war die Leitung hergestellt.

»Oh, Friedrich, mein Lieber, wie wunderbar, Sie zu hören!« Gertrude Meyerdink konnte, allen Erfahrungswerten ihrer Umgebung zum Trotz, durchaus liebenswürdig sein. Vor allem Menschen gegenüber, von denen sie sich etwas versprach. Friedrich als hoher Parteifunktionär in Berlin war ein solcher Mensch. »Wie ist das Befinden der werten Gattin? Und wie geht es Ihnen selbst?«

»Danke, ausgezeichnet! Berlin ist ein Hexenkessel, wie Sie sich vorstellen können. Die ganze Welt tobt hier. Und es ist eine Freude, all die jungen deutschen Sportler zu sehen, die Ehre unseres Vaterlandes. Aber … mein Anruf heute gilt einem ganz anderen Thema. Aline, meine ehemalige Verlobte …«

»Um Gottes willen, sie belästigt Sie doch nicht etwa?«

»Aber nein. Warum sollte sie mich belästigen?« Friedrich schüttelte belustigt den Kopf. Am anderen Ende war Schweigen eingetreten. Vielleicht war die Verbindung gekappt, kein Wunder, die Kabel waren seit Beginn der Spiele ständig überlastet. Während er wartete, nahm er das Tintenfass von seinem Schreibpult und hielt es gegen das Fenster. Die Flüssigkeit leuchtete preußischblau im Licht der Nachmittagssonne. Gertrude Meyerdinks Stimme war ein Crescendo, das urplötzlich forte in seinen Ohren dröhnte. »... diese ewigen Streitereien mit ihrem Nichtsnutz von jüdischem Ehemann. Ich habe meinem Bruder, der ja früher bei der Polizei gearbeitet hat, einen Tipp gegeben, ich meine, warum sollte eine Ehe zwischen einer Arierin und einem Juden künstlich am Leben gehalten werden? Daraufhin hat die Gestapo ein Verhör mit ihr angestrengt.«

Friedrich drehte lächelnd das Tintenfass zwischen den Fingern. »Aline ist von der Gestapo verhört worden? Um sie zur Scheidung zu zwingen?«

»Unter uns«, Gertrude Meyerdinks Stimme senkte sich wieder zu einem Flüstern, »ich würde sagen, das war nicht der einzige Grund. Aline ist staatsfeindlich eingestellt. Ganz Övelgönne weiß Bescheid. Eine ihrer Patientinnen erzählte mir neulich, sie sei sich ziemlich sicher, dass im Kapitänshaus BBC gehört werde. Mit Negermusik.«

»Sind Sie sich sicher über das, was Sie da behaupten, Frau Meyerdink? Das sind ja schwere Anschuldigungen!«

»Nun ja, beschwören kann man nichts. Man will ja auch niemanden belasten. Nee, nee, da ist man zu anständig für.« Frau Meyerdink lächelte förmlich in den Hörer. »Aber nun berichten Sie mir von Ihrem Anliegen, lieber Friedrich. Sie wissen doch, dass ich für Sie immer ein offenes Ohr habe.«

»Die Sache ist die.« Friedrich schluckte. Konnte er dem Urteil dieser Frau überhaupt vertrauen? Offenbar hasste sie Aline immer noch für das, was sie ihm, Friedrich, damals angetan hatte. Andererseits: Er brauchte jetzt Gewissheit. Auch wenn sie wehtat. »Aline ist in Berlin. Sie bittet mich um ein Treffen.«

»Wie bitte?« Ein bellendes Husten folgte der Frage. »Entschuldigen Sie bitte, Friedrich, da habe ich mich glatt verschluckt. Das kann nur eines bedeuten!«

»Probleme mit dem Hals?«

»Dass Sie etwas von Ihnen will! Das ist kein Treffen um der guten alten Zeiten willen, da wette ich mein Haus drauf!«

Friedrich nickte langsam. Aber es gelang ihm, so etwas wie Ungläubigkeit in seine Stimme zu bringen. »Wie kommen Sie denn nur darauf?«

»Weil Ihre ehemalige Verlobte knietief in Schwierigkeiten steckt! Sie ist unglücklich mit ihrer Ehe, sie hat kaum noch Patienten – ich meine, wer will schon zu einer Ärztin gehen, die mit einem Juden verheiratet ist –, ihre Mutter ist mit dem einen Zwilling nach Frankreich ausgereist, und sie bekommt das Kind nicht mehr zu fassen. Wenn ich Aline wäre, würde ich auch gucken, ob ich in meinem Bekanntenkreis ein hohes Tier in Berlin hätte!«

An der Tür klopfte es. Sein Sekretär betrat den Raum. Friedrich wedelte ihn wieder hinaus. »Warum ist ihre Mutter nach Frankreich?«

»Wegen ihrer politischen Ansichten, nehme ich an. Am liebsten hätte sie wohl beide Zwillinge außer Landes geschafft, aber das war ihr dann wohl doch zu anstrengend, der Dame.«

Friedrich fühlte, wie ihm langsam schwindelte.

»Wenn ich Sie wäre«, hörte er Gertrude Meyerdink weitersprechen, »würde ich mich darauf gefasst machen, dass Aline eine Bitte an Sie richtet. Und ich würde jeglichen Gefallen, den Sie Aline erweisen sollen, an die Bedingung knüpfen, dass sie gegen ihren Mann aussagt, damit er endlich verhaftet werden kann. Dieser Mann muss weg. In unser aller Interesse.«

Das war der Moment, in dem Friedrich fühlte, wie etwas

klickte in seinem Kopf. Das war es. Die Gelegenheit, auf die er seit vierzehn Jahren gewartet hatte. Es war nicht umsonst gewesen. »Vielleicht haben Sie Recht. Ich danke Ihnen für das Gespräch, Frau Meyerdink«, sagte er. »Sie waren mir eine große Hilfe.«

9. Kapitel

Aline ließ sich rückwärts auf das Bett fallen. »Alles geklärt«, seufzte sie. »Ich habe Friedrich eben im Büro angerufen. Wir treffen ihn und seine Gemahlin heute Abend an der Dietrich-Eckart-Bühne.«

»Theater, hmm. Ich könnte einem gut aussehenden Mann begegnen. Eine verlockende Vorstellung.« Käthe räkelte sich unter der Decke. »Ich sag dir eines, Aline. Wenn das nämlich so weitergeht mit meinem Liebesleben, kann ich den Papst in Sachen Zölibat beraten.«

Aline versuchte im Liegen die Knöpfe ihrer Stiefeletten zu öffnen. »So ist das nun mal«, ächzte sie. »Das Leben ist ungerecht. Wir können Beethoven hören, aber er nicht uns.«

Käthe richtete sich urplötzlich auf. »Das ist es! Meine nächste Verdienstmöglichkeit! Ich schreibe ein Traktat für junge Priester! Überschrift: *Keuschheit für Anfänger!*«

Aline kickte die Stiefeletten quer durch den Raum. Mit Käthe allein zu sein glich einer Reise in die Vergangenheit. Auf einmal fühlte sie sich wie siebzehn. Sie kicherte. »Für den Fall, dass du das Traktat mit deinem echten Namen zeichnen wolltest, würde ich es lieber Keuschheit für Fortgeschrittene nennen. Sonst wirkst du gleich unglaubwürdig. Ich meine, eine Frau in deinem Alter …« Sie brach ab, weil Käthe ihr ein Kissen auf das Gesicht drückte.

»Noch ein Wort!« Käthes Stimme kam seltsam dumpf. »Und du wirst diese Reise so was von bereuen!«

Aline wand sich vor Lachen. »Ich habe eine Idee!«, japste sie. »Nimm das Kissen weg, und ich sag sie dir!«

»Was?« Käthes Gesicht über ihrem war riesengroß.

»Mir ist ein lediger Mann für dich eingefallen. Hans Niemeyer!«

Käthe kniff misstrauisch die Augen zusammen. »Der Bronchitische?«

Dieses Mal wehrte Aline das Kopfkissen erfolgreich ab. »Er ist schon lange nicht mehr bronchitisch! Ich habe ihn geheilt!«

Käthe schnaubte. »Ich schreib jetzt doch lieber das Traktat, denn Hans Niemeyer – ha! So verzweifelt bin ich nun auch wieder nicht!«

Später, als sie nebeneinander vor dem Frisiertischchen saßen und sich puderten, räusperte sich Aline. »Du, Käthe? Ich hätte da nur noch eine winzig kleine Bitte.«

Käthe vertauschte Quaste mit Bürste und begann, sich mit kräftigen Strichen durch das Haar zu fahren. »Normalerweise lese ich dir ja jeden Wunsch von den Augen ab. Ich will aber auch die ungelesenen erfüllen. Her mit der Botschaft!«

»Wenn wir gleich Friedrich und seine Gemahlin treffen … du weißt, wie heikel meine Situation ist … wenn du dich mit deiner großen Klappe dann ein bisschen zurückhalten würdest … das wär famos.«

Käthe ließ die Bürste sinken. »Ich bin dir also peinlich?«

»Das habe ich nicht gesagt.« Ihre Blicke begegneten sich im Spiegel. Aline bemerkte, dass Käthe ehrlich empört aussah. Sofort bereute sie ihre Worte. »Hör zu, ich habe nicht gesagt, dass ich *erwarte*, dass du mich kompromittierst. Ich habe es auch nicht gedacht. Ich wollte nur sichergehen, dass niemand flucht und schmutzige Wörter verwendet und so.«

»Ach, ich wusste nicht, dass wir hier Mundfäule behandeln. Aber wenn Frau Doktor es so will.« Käthe nahm die Bürstenstriche wieder auf. Ihre Haare hatten sich durch die energischen Bewegungen aufgeladen und standen nun fast senkrecht auf dem Kopf. »Schön, wie du einem manchmal das Gefühl gibst, krank zu sein, wenn man sich gerade wohl befunden hat.«

Aline erhob sich. »Jetzt bist du beleidigt. Das wollte ich nicht. Ich wollte nur …«

»Sichergehen, dass ich dich vor Friedrich nicht bloßstelle.« In zwei Sätzen war Käthe bei ihrem Zigarettenetui, der in Silber gegossenen Bewunderung eines Verehrers für ihre Tanzkünste im Hansatheater. Sie griff nach einer Zigarette und zündete sie an. »Ich will dir eines sagen, Aline. Ich mag in deinen Augen ein oberflächliches Ding sein. Aber ich weiß sehr wohl, wie es um dich steht. Und ich bin hier, um dir beizustehen. Und wenn du das immer noch nicht begriffen hast, kann ich dir auch nicht helfen!« Sie ging zum Fenster hinüber und wandte ihr den Rücken zu.

Aline wusste nicht, was sie sagen sollte. Sie wartete eine Weile, aber Käthe machte keine Anstalten, sich wieder umzudrehen. Durch das geöffnete Fenster drang der Lärm jubelnder Stimmen. Er musste aus einer dieser Fernsehstuben kommen, die Aline auf ihrem Weg durch die Straßen gesehen hatte; öffentliche Räume, in denen diejenigen, die keine Karten für das Stadion erhalten hatten, die Spiele an einem Bildschirm verfolgen konnten. So leise sie konnte, verließ sie das Zimmer.

Die Köpckes waren bereits zur Arbeit gegangen. Aline beschloss, das kleine Bad im Treppenflur aufzusuchen. Sie hatte Glück, es war frei. Aber wie klein es war! Und wie glücklich sie sich schätzen konnte, ihr Bad daheim nicht mit anderen Familien teilen zu müssen! Sie zwängte sich hinein, und die

Tür fiel mit einem Klicken hinter ihr zu. Als sie nach dem Schloss tastete, bemerkte sie, dass der Griff abgefallen war. Es gab keine Möglichkeit, die Tür von innen zu öffnen. Sie saß in der Falle.

Käthe bemerkte zunächst überhaupt nicht, dass Aline den Raum verlassen hatte. Auch sie lauschte den begeisterten Rufen draußen. Als sie aufgeraucht hatte, bemerkte sie in die untergehende Sonne hinein: »Ich habe dich einmal enttäuscht, Aline. Einmal! Und wie viele Jahre ist das nun her? Und ist das ein Grund, mir für den Rest meines Lebens zu misstrauen? Ich verstehe dich manchmal nicht.«

Als keine Antwort kam, drehte sie sich um. Der Raum war leer. War die Freundin etwa ohne sie losgegangen? Käthe öffnete den Schrank. Alines Mantel hing ordentlich auf einem Bügel. Und ihre Handtasche stand auf dem Nachttisch mit dem Art-déco-Lämpchen. Käthe horchte in die Wohnung hinein. Alles war ruhig. Sie wanderte in die kleine Wohnstube hinüber. An der Wand über dem Sofa hingen gerahmte Fotografien in Sepia. Sie beugte sich vor, um sie genauer in Augenschein zu nehmen. Die Köpckes in jungen Jahren. Das Bild eines kleinen Jungen im Matrosenanzug. Das Bild eines jungen Mannes in einer Uniform, deren Bedeutung Käthe nicht ganz klar war. Die Standuhr tickte in ihre Gedanken, zerteilte sie in kleine Stücke ohne Bedeutung. Wo Aline nur blieb? Es wurde Zeit, loszugehen. Käthe wanderte weiter zum Bücherschrank. Die Titel fielen ihr beim ersten Blick ins Auge: Artur Köpcke, »Das Ende der Stunde«. Artur Köpcke, »Die Minuten bis zum Schuss«. Sie nahm die Bücher zur Hand, durchblätterte sie verwirrt. Wenn Artur Köpcke Schriftsteller war, was machte er jetzt in einer Fabrik? Und wo stand seine Schreibmaschine? Neugierig geworden, blickte sie in die anderen Räume hinein. Es gab nur noch zwei.

Die Küche und das Schlafzimmer. Von Schreibtisch keine Spur. Käthe kehrte in ihr Zimmer zurück, fuhr sich ein letztes Mal durch das Haar, zog sich die Lippen nach, blickte auf Alines Taschenuhr, die auf dem Bett lag. Wo zum Teufel blieb die Frau? Sie betrachtete sich ein zweites Mal im Spiegel und rückte näher heran. Das Tanzen, die Schauspielerei, die durchlachten, durchliebten Nächte – sie hatten erstaunlich wenig Spuren auf ihren Zügen hinterlassen. Niemand, dem sie nicht Einblick in ihre Geburtsurkunde gewährte, käme auf die Idee, dass sie schon sechsunddreißig war. Einen irren, kurzen Moment lang überlegte sie, ob sie vielleicht ewig jung bleiben könnte. Eine Frau auf dem Zenit ihres geistigen und körperlichen Daseins, die durch die Jahrhunderte glitt. Wie Orlando, die Romanfigur dieser englischen Schriftstellerin. Was sie da noch so alles erleben würde? Abrupt kehrte sie ins Jetzt zurück. Nein, sie konnte sich die Zukunft nicht vorstellen. Sie war ein Kind der Gegenwart. Und das wollte sie auch bleiben.

Die erste halbe Stunde so allein in dem kleinen Raum verbrachte Aline damit, sich die lateinischen Namen jedes einzelnen menschlichen Organs ins Gedächtnis zu rufen. In ihrer praktischen Arbeit benötigte sie viele dieser Begriffe gar nicht mehr. Sie erkannte ein Leiden in den meisten Fällen auf den ersten Blick, aufgrund einer erfolgreichen Mischung von Intuition und Erfahrung. Als sie mit den Namen durch war, ging sie in Verwünschungen über. Sie verwünschte ihren Streit mit Käthe, sie verwünschte die vertrottelte Idiotin, die die Klinke von innen abgerissen hatte, und sie verwünschte die Zeit, die in diesem Augenblick dahinraste und ihr Treffen mit Friedrich zunichte machte. Wie sollte sie ihm ihr Zuspätkommen erklären? Unmöglich, ihm diese Situation hier zu schildern, egal, wie gewählt sie ihre Worte setzte. Sie wollte gerade damit beginnen, Käthes solide Blase zu verwünschen, die den Besuch des Bades noch auf unbestimmte Zeit hinauszögern konnte, da hörte sie Schritte im Flur. Gleich darauf wurde die Tür aufgerissen. Käthes Gesicht spiegelte Überraschung in Reinkultur. »Hier versteckst du dich also!«

»Ja.« Aline funkelte sie grimmig an. »Leider haben die Detektive stundenlang nach der falschen Spur gefahndet. Alles Nullen, wenn du den Chef von Scotland Yard fragst.«

Käthe untersuchte die Tür. »Ist die Klinke von innen ab?«

»Ja, Watson.«

Die beiden starrten einander an. Aline bemerkte, dass Käthe mit dem Lachen kämpfte. »Ich freu mich auch, dich zu sehen.« Aline versuchte, ihr grimmiges Gesicht beizubehalten. »Aber vielleicht kann ich jetzt mal raus hier. Ich hab nämlich mein Buch nicht dabei.«

Käthe hakte sie unter, und gemeinsam schritten sie den Flur zurück. Als sie sich die Mäntel überzogen, bemerkte Aline wie nebenher: »Tut mir Leid, das vorhin. Du bist mir überhaupt nicht peinlich.«

Käthe grinste breit. »Und das von einer Frau, die sich vor dem Theaterbesuch am liebsten einen ausgedehnten Besuch auf der defekten Toilette einer Mietskaserne gönnt!«

Aline stöhnte. »Und ich sag noch. Halt endlich deine große Klappe im Zaum!«

Es war wie in einem dieser Träume, die Aline als Kind gehabt hatte. Alles war für Riesen gemacht, und sie selbst war winzig klein. Die Heerstraße war so breit, dass selbst Goliath bequem darauf hätte fahren können – hätte er den Wunsch verspürt, sich per Automobil fortzubewegen. Das Reichssportstadion sah aus der Entfernung aus wie eine kleine Stadt. Und die Dietrich-Eckart-Bühne am Westtor des Sportfelds, vor der die Taxe nun hielt, war schlichtweg grandios. Aline staunte stumm. Die ganze Anlage war in eine Endmoräne eingebettet. Im Hintergrund erhob sich ein Kiefernwald. Die Spielflächen standen in die Landschaft eingefügt, fast so, als wären sie da gewachsen, auf verschiedenen Ebenen, von schlichtem Gestein eingerahmt. In der Mitte, auf der Sohle des Talkessels, war das Orchester aufgebaut. Es war das erste Orchester ihres Lebens, das sie auf Rasen spielen sah. Das heißt, noch spielte es ja nicht, aber die Musiker hatten bereits Platz genommen. Aline überlegte gerade noch, ob der Boden nicht die Töne schluckte und wie es den Schauspielern möglich war, so laut zu sprechen, dass es auch der letzte der 20000 Theaterbesucher verstand – denn das war die Zahl der Sitzplätze, wie sie auf einer Tafel lesen konnte –, da bemerkte sie die Mikrophonstative vor dem Orchesterrasen und die riesigen Lautsprecher.

»Es verschlägt einem den Atem, nicht wahr?« Die männliche Stimme hinter ihr riss sie aus ihren Gedanken. Sie brauchte etliche Sekunden, um Friedrich von Alvesloh zu erkennen. Er war auf eine behäbige Art alt geworden, dick und ein wenig aufgedunsen. Aline zwang sich zu einem Lächeln. »Friedrich!«, brachte sie schließlich heraus. »Wie schön, dich wiederzusehen!«

»Die Freude ist ganz meinerseits«, entgegnete er und nahm ihre Hand. Täuschte sie sich, oder funkelten seine Augen? Nein, es mussten die Scheinwerfer sein, die rings um das Bühnenareal aufgestellt waren. »Darf ich dir meine Frau Elisabeth vorstellen?«

Eine blonde Frau mit aufgesteckten Haaren und ungeschminktem Gesicht trat hervor. Ihr Lächeln war perfekt, wie das einer Schauspielerin, obschon sie nicht das glamouröse Äußere hatte. Aline drückte ihre Hand. »Meine Freundin Käthe«, erklärte sie und deutete auf Käthe, die immer noch in den Anblick der riesigen Bühne versunken war. Die Freundin wirbelte herum. »Ach ja, freut mich sehr, Sie wiederzusehen! Wir kennen uns ja bereits. Wenngleich es viele Jahre her ist, dass wir uns getroffen haben!« An ihrem Tonfall konnte Aline erkennen, dass Käthe ebenfalls schauspielerte. Sie hatte ihre Deklamierstimme drauf und schien nicht nur die Worte sorgfältig zu wählen, sondern auch eine besonders geschliffene Variante des Hochdeutschen. Gott sei Dank verzichtete Käthe auf die Details der Treffen. Dass sie als Trauzeugin miterlebt hatte, wie Aline Friedrich in der Kirche ihr Neinwort gegeben hatte, musste unter den gegebenen Umständen ja wirklich nicht erwähnt werden. Käthe wandte sich nun an Elisabeth: »Sie haben da wohl einen besonders charmanten Mann geheiratet, meine Liebe!«

Elisabeths Lächeln wirkte nur eine Spur gequält. Ob ihr am Abend die Mundwinkel schmerzen?, überlegte Aline. Es musste anstrengend sein, diese Mimik dauerhaft zu erhalten. Als sie sich wenig später auf die Bar zubewegten, stieß Aline Käthe in die Seite. »Dein guter Wille in allen Ehren, aber jetzt übertreib es bitte nicht!«

»Dir kann man es aber auch überhaupt niemals recht machen«, zischte Käthe zurück.

»Wünschen die Damen einen Martini?«, fragte Friedrich. »Das ist in Berlin nämlich das neueste Modegetränk.«

»Ach, ist das so? Dann müssen wir es natürlich unbedingt probieren«, lächelte Aline. Langsam begann sie sich auch wie eine Schauspielerin zu fühlen. Fehlte nicht mehr viel, und sie konnten die Dietrich-Eckart-Bühne als Professionelle betreten. Im Quartett. Was entfernt zum Titel des heutigen Abends passte: »Das Frankenburger Würfelspiel.«

»In Hamburg trinken wir Martini doch schon seit Jahren!«, raunte Käthe ihr ins Ohr. »Was ist mit den Berlinern los? Leben die hinterm Mond? Und da sagt man immer, Berlin, Stadt von Weltrang und blabla. Aufgeblasenes Zeug, wenn du mich fragst!«

»Ich frage dich aber nicht!«, flüsterte Aline wütend zurück. »Und jetzt halt endlich die Klappe! Bis eine Mode bei irgendwelchen Behördentypen ankommt, ist sie sowieso wieder vorbei, das muss ich einer Frau mit deiner Männererfahrung ja wohl nicht erklären!«

Von der Theke her winkte Friedrich die beiden Frauen herbei. »Schon aufregend, so ein Großstadttheater, nicht wahr?«

»O ja«, lächelte Aline. »Meine Freundin und ich überlegten gerade, was allein das Scheinwerfersystem gekostet haben mag.«

»Ja, das.« Friedrich erhob sein Glas. »Für bedeutende Werke scheut die Reichskulturkammer eben keine Mühe!« Seine Gattin neben ihm lächelte unverändert breit. Ob sie auch einen anderen Gesichtsausdruck konnte? Aline fühlte allmählich Widerwillen gegen diese Frau in sich aufsteigen. Sie stieß mit Friedrich an. »Auf unser Wiedersehen!«, sagte sie.

Die Bauchschmerzen setzten ein, als das Stück bereits in vollem Gang war. Zu ihrer Linken saß Friedrich und verfolgte gebannt die Handlung. Er schien zu schwitzen, denn Aline konnte ihn nun deutlich riechen. Sofort waren längst vergessen geglaubte Bilder da. Sie sah sich mit ihm am Elbstrand spazieren gehen, er wollte sie küssen, und sie wusste nicht, wie sie sich gegen seine Zärtlichkeiten wehren sollte. Sie erinnerte sich an ihre Abneigung und spürte sie auch jetzt wieder beinahe körperlich. Was ihr aber das größte Unbehagen bereitete, war die Geschichte auf der Bühne unter ihnen. Als es zu der Stelle kam, an der der Graf jeweils zwei Bauern zwang, um ihr Leben zu würfeln, verkrampfte sich ihr Magen so sehr, dass sie um ein Haar aufgeschrien hätte. Die Galgen wurden auf die Bühne geschoben, und die siebzehn Bauern, die beim Würfelspiel verloren hatten, wurden gehenkt. Dann war Pause.

»Tolles Stück, nicht wahr?« Friedrichs Augen glitzerten schon wieder. Diesmal waren es nicht die Scheinwerfer, denn er stand mit dem Rücken zur Spielfläche. Hinter ihm ragten die Galgen auf.

»Wahnsinnig beeindruckend!«, pflichtete Käthe bei, da sie sah, dass Aline mit den Worten rang. »Was ist, Süße, ist dir nicht wohl? Du bist ja ganz blass!«

Aline wischte sich über das Gesicht. Sie fühlte, dass ihre Stirn nass war. Eine Welle der Hitze tanzte durch ihren Körper.

»Doch keine Sommergrippe?«, erkundigte sich Elisabeth. Das Lächeln war um eine halbe Stufe heruntergefahren. »Ein Wunder wäre es nicht, bei dem nassen Sommer, den wir bislang gehabt haben!«

»Soll ich dich nach Hause fahren?«, erbot sich Friedrich.

Aline schüttelte den Kopf. »Nicht nötig. Das wird schon wieder gehen.« Es war, als wühlten Messer in ihrem Bauch. Sie unterdrückte einen Schmerzenslaut.

»Komm, das hat ja keinen Sinn.« Friedrich tastete nach dem Schlüssel für sein Automobil. »Ich habe meinem Chauffeur für die Dauer des Stücks freigegeben, aber das soll uns nicht daran hindern, jetzt nach Moabit zu fahren. Käthe, hätten Sie die Freundlichkeit, meiner Frau für den Rest der Aufführung Gesellschaft zu leisten?«

Käthe blickte zu Aline hinüber. Die Freundin nickte unmerklich, weiß, mit schmerzverzerrtem Gesicht. »Mit Vergnügen«, erklärte Käthe.

»Ich möchte, dass du dich amüsierst«, raunte Aline Käthe zu, als sie Minuten später im Wagen saß. »Ich werde mir jetzt etwas verschreiben und mich dann hinlegen. Komm also nicht auf den Gedanken, du müsstest nachher Händchen haltend auf meiner Bettkante sitzen.«

»Ich werde schon eine andere Bettkante finden.« Käthes Stimme klang tröstend. Und an Friedich gewandt: »Ich freue mich, meine Freundin in sicheren Händen zu wissen. Aline hat mir schon in den zwanziger Jahren von Ihrem Fahrstil vorgeschwärmt!«

Friedrich lächelte gequält. »Mein Fahrstil also. Immerhin etwas.«

Käthe und Elisabeth winkten ihnen nach. Hinter ihnen, hell erleuchtet im gleißenden Schein der Strahler, bewegten sich die riesigen Hakenkreuzfahnen im Wind.

»Und warum bist du nun wirklich nach Berlin gekommen?« Friedrichs lederbehandschuhte Hände ruhten auf dem Lenkrad, während er den Wagen über die Heerstraße lenkte. »Du hast dich doch noch nie für Sport interessiert. Und zum Ringen in der Deutschlandhalle bist du heute auch nicht gegangen, dabei war das ein echter Höhepunkt!«

»Ich ringe schon genug mit mir selbst«, entfuhr es Aline. »Ich muss nicht auch noch anderen dabei zusehen.«

Friedrich musterte sie von der Seite. Sie war immer noch so wahnsinnig hübsch, daran hatten auch die Jahre nichts geändert. Er fühlte, wie ihm das Blut in die Lenden schoss. »Das klingt nicht gut«, sagte er.

»Aber es wird nicht mehr als eine kleine Magenverstimmung sein.« Aline öffnete ihre Handtasche, zog ihren Ordonnanzenblock hervor und begann, etwas darauf zu kritzeln.

»Ist es nur das, was dir zu schaffen macht?« Friedrich versuchte, sich auf die Straße zu konzentrieren. »Eine kleine Magenverstimmung?«

»Ich hoffe«, entgegnete Aline. »Würde es dir etwas ausmachen, an einer Apotheke zu halten? Ich habe in der Zeitung gelesen, dass einige Apotheken während der Olympischen Spiele auch nachts geöffnet haben.«

»Schon praktisch, sich seine eigenen Medikamente verschreiben zu können«, lächelte Friedrich. »War das Medizinstudium also doch nicht umsonst.«

Aline fühlte, wie sich ihr Magen von neuem verkrampfte. Der Schmerz betäubte sie so, dass sie nicht mehr die Kraft hatte, groß nach den richtigen Worten zu suchen. »Nee, in der Tat, das war nicht umsonst. Hör zu, Friedrich, du hast Recht, ich bin nicht allein wegen der Olympischen Spiele hier. Ich würde dich gerne in einer persönlichen Angelegenheit sprechen.«

Friedrich fühlte, wie sein Herz schneller schlug. »Komm übermorgen in mein Büro«, sagte er. Vor ihnen tauchte das blinkende Schild einer Apotheke auf. Friedrich fuhr an den Kantstein und hielt.

»Ich danke dir«, flüsterte Aline.

Den Rest der Fahrt verbrachten sie in schweigender Eintracht.

»Ich nehme alles zurück, was ich Verächtliches über diese Stadt geäußert habe.« Käthe stopfte sich ein Kissen in den Nacken. »Berlin hat den totalen Swing! Die Bars sind voll mit Bands, überall wird gefeiert! Nachdem ich Friedrich mit seiner langweiligen Ziege los war, ging es ab nach Mitte. Ich sag dir, ich hab mich wie in Amerika gefühlt! Na ja, oder so, wie ich mir Amerika vorstelle.«

»Wie stellst du dir denn Amerika vor?« Aline streckte sich unter der Decke aus. Sie fühlte sich herrlich erfrischt nach ihren elf Stunden Schlaf. Die Bauchschmerzen waren wie weggeblasen.

»Lauter Neger, die Lindy Hop tanzen.« Käthe kratzte sich am Kopf. »Habe übrigens einen getroffen, der mir äußerst gut gefallen hat. Aber kannst du mir mal eines verraten? Warum kehren alle wirklich begehrenswerten Männer einer Frau den Rücken, sobald sie ihr Interesse spüren?«

»Ich nehme an, da hat ein Mann das Gerücht gestreut, dass hübsche Blondinen es nie lange mit ein und demselben Mann aushalten. Ihr Desinteresse ist folglich reiner Selbstschutz.« Aline zwinkerte. »Ich kenne Beispiele, die diese Theorie bestätigen.«

Käthe fuhr auf. »Wer *ist* dieser Mann?«

Im Flur ertönten schwere Schritte. Dann klappte eine Tür. Aline grinste. »Herr Köpcke muss aufs Klo. Hoffe, das Türschloss-Schicksal ist ihm gnädiger als mir. Übrigens: Wann bist du gestern eigentlich nach Hause gekommen? Ich hab dich gar nicht mehr gehört.«

»Mir wäre wichtiger zu wissen, *wie*.« Käthe lauschte. »So, jetzt ist der Mann wieder im Bett. Komm, wir machen Frühstück!«

So leise sie konnten, schlichen sich die beiden Frauen in die Küche. Während Aline noch die Tür zumachte, öffnete Käthe einen Wandschrank nach dem anderen. »Den Kaffee habe ich schon gefunden. Aber Filter scheinen die nicht zu haben. Was sagst du dazu?«

»Mal überlegen.« Aline warf sich in Denkerpose. »Fremde Städte, fremde Sitten? Ja, das scheint mir eine passende Erklärung zu sein.« Es war ein herrliches Gefühl, im Nachthemd in einer fremden Küche zu stehen und mit Käthe herumzualbern. Aline fühlte, wie sich eine kleine Glückswoge in ihr ausbreitete. Alles würde gut werden, das spürte sie jetzt. Friedrich war so nett gewesen gestern Abend. Bestimmt würde er ihr helfen können.

Käthe begann, unter der Spüle zu kramen. »Eigentlich darf man ja dankbar sein, dass es überhaupt wieder Kaffee und Filter gibt. Während der Inflation mussten wir Getreide trinken. Und als Filter habe ich meine Unterwäsche benutzt. So, jetzt reicht es mir! Such du weiter!« Sie erhob sich, hochrot im Gesicht. »Ich geh solange ins Bad.«

Als sie Minuten später zurückkehrte, rieb sie sich freudig die Hände. »Und? Ist der Kaffee nun fertig?«

Aline musterte die Freundin von oben bis unten. »Du hast doch deine Unterwäsche noch an«, bemerkte sie.

Der Tag verging wie im Flug, wie in einem verrückten, aufregenden, selig machenden Flug. Nach dem Frühstück fuhren sie ins Reichssportstadion, um den Wettkampf im 200-Meter-Lauf zu sehen. Käthe verliebte sich in den amerikanischen Läufer Jesse Owens, in seinen federnd leichten Schritt, seine stolze Haltung, seinen gelockerten Lauf, sein Tempo. »Was für ein Mann«, seufzte sie ein ums andere Mal. »Sogar beim Laufen haben die Neger Swing!« Aline bewunderte die riesigen Kameras, Teleskopen gleich, durch die die Filmleute die neuen Stars am Sportlerhimmel betrachteten. Aline hatte noch nie eine Sternwarte betreten, aber sie kannte Abbildungen von den Röhren, mit denen ein Astronom arbeitete, und die sahen genauso aus wie die Kameras, neben denen sie nun stand.

Später entdeckten sie Owens im Pressezelt der angrenzenden Kraft-durch-Freude-Stadt. Er war umlagert von Fotografen und Fans. Durch den Eingang erkannten sie sein schwarzes, freudestrahlendes Gesicht. Er gestikulierte wild und brach dabei immer wieder in Gelächter aus.

»Er telefoniert mit seiner Frau«, klärte eine Nebenstehende mit stark sächsischem Akzent sie auf. »Es heißt, dass es jetzt Nacht ist bei ihm zu Haus.«

»In seinem Gesicht auch.« Ein Mann neben ihnen grinste höhnisch. »In seinem Gesicht ist es ja wohl immer Nacht.«

»Dafür ist es bei dir im Gehirn zappenduster.« Käthe konnte es nicht leiden, wenn jemand über Schwarze lästerte. Sie drehte sich zu der Menschentraube um, die sich hinter ihnen gebildet hatte. »Hallo?«, rief sie laut. »Hat zufällig jemand ein Streichholz? Dieser Mann hier braucht dringend 'nen Geistesblitz!«

Aline, der von dem Sekt, den sie zum ersten Mal in ihrem Leben vor Sonnenuntergang trank, ein wenig schummrig geworden war, brach in lautes Kichern aus.

Der Mann drehte sich wütend zu ihnen um. »Nu werden Sie mal nicht unverschämt, Fräulein!«, fuhr er Käthe an. »Was wissen Sie schon von diesen Untermenschen! Ich sag Ihnen eines: Ohne den Rückenwind hätte der Neger nie im Leben diese Zeit geschafft!«

Käthe schenkte dem Mann den Blick, den sie für besonders widerwärtiges Ungeziefer reserviert hatte – eine Spezies, der sie im Laufe ihrer jahrelangen Erfahrungen in drittklassigen Mietwohnungen schon öfter begegnet war.

»Mal halblang«, zischte Aline, die fand, dass es dringend einer verbalen Intervention bedurfte. »Es ist nämlich ungesund, mit so viel Abfall im Kopf rumzulaufen. Ich muss es wissen, ich bin Ärztin.«

Sie lachten noch, als sie die Stadt wieder verließen. Am Straßenrand winkten sie eine der wartenden Taxen zu sich heran.

»Irgendwohin, wo man was Leckeres zu futtern kriegt«, befahl Käthe, während sie es sich auf der lederbezogenen Rückbank gemütlich machte.

Der Fahrer, ein älterer, gut gelaunter Herr, kniff im Rückspiegel ein Auge zusammen. »Ich glaube nicht, dass meine Frau heute für so viele kocht. Aber wahrscheinlich wollen die Damen sowieso nobel tafeln, oder?«

»Vornehm geht die Welt zu Grunde«, seufzte Aline, Berthas Lieblingsspruch zitierend. »Fahren Sie uns in was Schickes.«

Zwei Flaschen Wein und drei Gänge Essen später versuchte Aline Käthe mit *Crème brûlée* zu füttern. Käthe presste die Lippen aufeinander. »Wegen Überfüllung geschlossen«, erklärte sie.

Aline kicherte immer noch. »Dieses Geschäft hat niemals zu«, erklärte sie mit erhobenem Zeigefinger und wies auf sich selbst. »Das muss bei uns Ärzten eben so sein. Ein 24-Stunden-Dienst.«

»Ein schlechter Dienst, den ich da meinem, äh … Magen erweise.« Käthe fand es zunehmend schwierig, die richtigen Worte zu finden. »Von der – wie heißt dieses Ding, das normalerweise schmal ist? – Taille. Von der Taille ganz zu schweigen.«

»Hihi«, lachte Aline. »Der war auch gut!«

Käthe öffnete die Lippen und schloss sie wieder. Dann öffnete sie sie erneut. Es sah aus wie bei einem Fisch.

»Kannst du auch mit Ton senden?«, kicherte Aline.

»Halt deine Begeisterung in Grenzen! Das war kein Witz, den ich eben gemacht habe! Wenn ich so fortfahre mit dem Trinken und Essen, muss ich meine inneren Organe examinieren lassen!«

Aline lachte immer noch. »Angst vor schlechten Noten? Haben die im Unterricht etwa nicht aufgepasst?«

»Meine Liebe!«, konstatierte Käthe, indem sie sich sehr aufrecht hinsetzte. »Es tut mir Leid, dir mitteilen zu müssen, dass du sturzbetrunken bist!«

»Oh«, machte Aline. »Dann haben wir ja endlich was gemeinsam.«

Als sie später auf die Straße traten, funkelten die Lichter der Stadt sie an. Auf der anderen Straßenseite blinkte ihnen die Lichtreklame eines Kinos in die Augen. Aline legte schützend die Hände vors Gesicht. »Muss denn alles heutzutage Scheinwerfer haben, die bis ans Ende der Milchstraße strahlen?«

Käthe zupfte sie begeistert am Ärmel. »Du, die zeigen da das ›Schönheitsfleckchen‹! Den ersten deutschen Spielfilm in Farbe! Zarah hat mir davon erzählt!«

Aline blinzelte. »Wer ist Zarah?«

»Ach, so eine Sängerin, mit der ich mich gestern Nacht lange unterhalten habe. Faszinierende Persönlichkeit.«

»Du meinst doch nicht Leander? Zarah Leander?« Aline rang nach Luft.

»Doch, genau die.«

»Ich glaub's ja nicht! Meine Freundin besäuft sich des Nachts mit Zarah Leander!« Aline brüllte so laut, dass ein paar vorübereilende Passanten sie anstarrten.

»Sie ist auch nur ein Mensch wie du und ich.« Käthe zog sie weiter.

»Du sagtest, sie sei faszinierend!« Aline konnte es nicht fassen, was für einen Unsinn Käthe manchmal redete. »Also kann sie schwerlich sein wie du und ich!«

»Egal.« Käthe zerrte am Arm der Freundin. »Nun sperr dich nicht wie so'n bockiges Pferd. Das muss ein ganz famoser Film sein! Zarah meint, er nähme ein wirklich überraschendes Ende. Es ist nämlich so, dass die Madame de Pompadour …«

»Noch eine Silbe.« Aline riss sich los. »Und du wirst diejenige sein, die ein wirklich überraschendes Ende nimmt. Und jetzt lass uns da reingehen.«

Es war die erste Nacht ihres Lebens, in der Aline nicht wusste, wie sie heimgekommen war – genau wie Käthe in der Nacht zuvor. Nach dem Film schleppte die Freundin sie in einen Club, in der eine Band aus New York spielte, und sie wusste nicht, wie, aber irgendwie tanzte sie, die mit Tanzen noch nie viel hatte anfangen können, die ganze Nacht. Der treibende Rhythmus versetzte sie in einen rauschhaften Zustand, in dem es nichts als Lachen und Bewegung gab. Käthe, die um einiges trinkfester als die Freundin war und infolgedessen mit einem alkoholisierten Gedächtnis besser klarkam, erinnerte sich, dass Aline im Morgengrauen, als sie schon wieder in ihrem Bett in Moabit lagen, etwas wie »Danke, Liebling, ich bin sehr glücklich mit dir« murmelte, ein Satz, mit dem sie Aline noch wochenlang aufzuziehen gedachte. Doch es sollte anders kommen.

10. Kapitel

Nathan hatte den Einbruch bereits einige Tage vor Alines Abfahrt nach Berlin bemerkt. Zwar war das Schloss in der Haustür nicht beschädigt, doch hatten gewisse Dinge im Haus ihren Platz gewechselt. Ohne Aline ein Wort von der Sache zu erzählen, hatte Nathan sofort das Ordinationszimmer, die Porzellanabteilung im Engelsraum und seine eigenen Schreibtischschubladen nach fehlenden Gegenständen durchsucht. Nachdem er aber feststellen konnte, dass die Einbrecher nichts mitgenommen hatten, verdrängte er die Sache. Er wollte Aline nicht mit dem Vorfall beunruhigen, und er hatte auch nicht vor, die Polizei erneut auf sich und die Familie aufmerksam zu machen. So kam es, dass er nach einiger Zeit sogar glaubte, er habe sich die Sache eingebildet.

Überhaupt hatte er jetzt manchmal Mühe, zwischen seiner Gedankenwelt und dem, was die Menschen um ihn herum als »gewöhnliche Welt« bezeichneten, zu unterscheiden. Er hatte Mühe, morgens aufzustehen, wenn er traumschwer, voll bunter Bilder, sich einen Weg in den Tag zu ertasten suchte. Es konnte geschehen, dass er Bertha bat, von dem geplanten Truthahnragout Abstand zu nehmen, da er sich in einem seiner Träume in den besagten Vogel hineinversetzt und seine Angst vor der Schlachtung hautnah miterlebt hatte. Während

Alines Abwesenheit spielte er besonders intensiv mit seiner Tochter und dem zweijährigen Sixten. Gemeinsam glitten die drei in unterschiedliche Rollen und fremde Daseinsformen, sprachen mit verstellten Stimmen und lasen Geschichten von Rittern, Königen und dunklen Mächten, in denen am Ende doch immer das Gute siegte. Alines Freundin Emilie gesellte sich an zwei Nachmittagen dazu und bat darum, mitspielen zu dürfen. Sie war ganz offensichtlich ebenso verloren wie Nathan, weshalb er sie, ohne groß darüber nachzudenken, die Rolle der Prinzessin spielen ließ, die auf die Befreiung durch ihren Ritter wartete.

Es war nicht so, dass Nathan glaubte, verrückt zu werden. Er stand lediglich im Begriff, sich eine Welt zu schaffen, deren Schicksale er allein bestimmte. Nach dem Einbruch verglich sich Nathan manchmal mit dem Haus: ein Ort, den ein Fremder betreten hatte. Und an dem die Dinge nicht mehr da waren, wo sie gestanden hatten, jahrelang.

Aline hatte den Kater ihres Lebens, als sie sich auf den Weg in Friedrichs Büro machte. Aber das Mittel gegen Kopfschmerzen, das sie nach dem Frühstück eingenommen hatte, schien allmählich seine Wirkung zu tun. Als sie vor dem imposanten Gebäude hielt, das Friedrich ihr beschrieben hatte, war in ihrem Kopf nur mehr ein leichter Druck.

Friedrich empfing sie mit ausgebreiteten Armen und einem strahlenden Lächeln. Sie hatte Zeit genug, diese freundliche Haltung zur Kenntnis zu nehmen, denn der Weg von der Tür seines Büros bis zu seinem Schreibtisch war ungefähr der, den sie von ihrem Haus in Övelgönne bis zum Krämer zurücklegte.

»Ich freue mich sehr, dass du Verständnis für meine Situation hast«, lächelte Friedrich. »Natürlich hättest du mich auch zu Hause besuchen können, aber wenn du etwas wirklich Vertrauliches mit mir besprechen möchtest, weiß ich nicht, wie Elisabeth darauf reagieren würde. Sie kann sehr leicht eifersüchtig werden. Um die Wahrheit zu sagen, sie hat mitunter auch Grund dazu.«

Aline versuchte, einen Schauer des Widerwillens zu unterdrücken. Friedrich war schon während seiner Jugend kein Adonis gewesen, aber nun, mit den Jahren, hatte er sich von der Figur eines griechischen Gottes erst recht entfernt. Sie hatte sich also nicht getäuscht: Sein unvorteilhaftes Äußeres hinderte ihn nicht daran, den Nimbus seiner Macht im Eroberungsspiel mit aufstiegswilligen jungen Weibchen zu erproben. Nun ja, wenigstens gehörte sie als Frau weder in die eine noch in die andere Kategorie.

»Ich will ganz offen zu dir sein«, erklärte sie. »Ich bin hier, weil ich deine Hilfe benötige.«

Friedrich nickte freundlich. »Du hattest vorgestern auf dem Heimweg ja schon so etwas erwähnt. Was brauchst du? Eine feste Anstellung? Verbindungen? Ich finde allerdings, und da will ich genauso offen mit dir sprechen, dass eine Mutter nach Hause gehört. In die Küche und zu ihren Kindern. Immerhin habt ihr ein Haus, ja? Wer übernimmt da eigentlich die ganze Arbeit? Oder habt ihr eine Haushälterin?«

Aline unterdrückte einen Anflug von Ärger. Was ging Friedrich das an? An ihrem Hirn pochte schon der nächste Schmerzbesuch. Bitte jetzt nicht stören, dachte Aline. Zutritt verboten. Laut sagte sie: »Bertha lebt immer noch bei uns. Du erinnerst dich doch an sie, oder? Auch Käthe lebt bei uns im Haus. Und jetzt, wo Nathan nicht mehr arbeitet, hat er auch Zeit. Wir machen das alles gemeinsam, die Hausarbeit und … Jesabel. Die Sache ist die: Meine Mutter ist mit Judith, dem anderen Zwilling, nach Frankreich gereist. Und sie weigert sich, zurückzukommen. Wir bekommen sie nicht zu fassen. Ich … ich sehne mich nach meinem Kind. Ich …« Und dann geschah das, wovor Aline sich am meisten gefürchtet hatte. Sie wusste nicht, ob es eine mögliche Nebenwirkung des Medikaments war oder ob es am Schlafmangel lag, aber plötzlich, ganz ohne Vorwarnung, brach das Weinen aus ihr heraus. Sie schlug die Hände vors Gesicht, voller Scham. »O Gott, es tut mir Leid«, schluchzte sie. »Ich wollte nicht ...«

»Na, na.« Friedrich war um den Schreibtisch herumgeeilt und legte einen Arm um sie. »Das kann doch alles nicht so furchtbar sein. Wir werden sie schon wieder zurückbekommen.«

Aline richtete ein tränennasses Gesicht zu ihm empor. »Ist das wahr?«, weinte sie. »Was können wir denn tun?«

»Einen Auslieferungsantrag stellen«, erklärte Friedrich ganz ruhig. »Deine Mutter darf doch dein Kind nicht gegen deinen Willen im Ausland festhalten. Sie ist doch gar nicht erziehungsberechtigt.«

Aline bedeckte ihr Gesicht abermals mit den Händen. »Aber da ist noch etwas. Mein Mann ist Halbjude. Jesabel hat es jetzt schon so schwer in der Schule. Wir möchten, dass die beiden nicht mit diesem Makel herumlaufen müssen. Nathan ist einverstanden, dass ... Wir möchten, dass ... Ich wollte dich fragen, ob ... du die Vaterschaft für die Zwillinge anerkennen würdest.«

Friedrich lachte schallend auf. »Meine liebe Aline, ich wünschte, ich könnte das guten Gewissens tun!«

Aline stockte das Blut. »Heißt das, du kannst es nicht tun?«

»Aber nein.« Friedrich lachte immer noch. »Natürlich kann ich das. Ich wünschte nur, ich hätte eine solche Gelegenheit mit dir wirklich einmal gehabt. Aber vielleicht kann ich ja noch hoffen.«

»Friedrich, wir sind beide verheiratet.« Aline hoffte, dass ihr Ekel nicht offensichtlich war.

»Was heißt das schon?« Friedrich begann, mit dem Tintenfass auf seinem Schreibtisch zu spielen. »Wo ein Wille ist, ist auch ein Weg.«

Aline blickte ihm fest in die Augen. »Sag mir nur, ob du mir in dieser Angelegenheit helfen wirst. Als die Zwillinge geboren wurden, warst du noch nicht verheiratet. Du würdest Elisabeth somit nicht düpieren.«

»Ich sagte es schon, ich kann dir helfen.« Friedrichs Lächeln war breit und gewinnend.

»Ist das wahr?« Aline wischte sich das Gesicht trocken. »Das würdest du wirklich für mich tun?«

»Ja«, lächelte Friedrich. »Das würde ich. Allerdings zu einer Bedingung.«

»O Friedrich, bitte. Ich fühle mich an mein Treuegelöbnis sehr gebunden.«

»Davon spricht ja keiner.« Friedrichs Lächeln war unverändert charmant. »Ich weiß ja, dass du ein tugendhaftes kleines Ding bist.«

Aline versuchte, sein Lächeln zu erwidern.

»Nein, eine andere Bedingung habe ich. Dass wir noch heute deinen Ehemann verhaften lassen können.«

»Was?«

»Wir wollten eigentlich noch damit warten. Mussten damit warten. Weil wir noch nicht genügend Beweise haben.«

Aline schüttelte den Kopf. »Friedrich, Moment, ich versteh kein Wort. Erst einmal, mein Mann hat sich nichts zuschulden kommen lassen! Und dann: Wenn ihr ihn verhaften lassen wollt, wozu braucht ihr mich?«

»Wir brauchen dich, damit du gegen ihn aussagen kannst.«

Aline erhob sich. »Tut mir Leid, Friedrich. Vergiss, was ich dir gesagt habe. Ich habe niemals um deine Hilfe gebeten. Ich war niemals hier. Können wir uns darauf einigen?«

»Können wir nicht. Setz dich wieder hin.« Friedrich nahm

ein Stück Papier aus der Schublade. »Kommt dir diese Zeichnung hier bekannt vor?«

Aline erkannte augenblicklich Nathans Strich. Sie erkannte auch die Zeichnung. Es war die Darstellung eines üppig gedeckten Tisches. Zwischen Brotkorb und Marmeladengläsern hockte ein kleiner Franzose, erkennbar an seiner Kokarde und der schwarzen Baskenmütze, ein Engländer mit Spazierstock, gestreiften Hosen und Melone und ein Hirte, von dem Nathan behauptet hatte, er solle einen Griechen darstellen. Aline erinnerte sich, wie sie über die Darstellung von Griechen gestritten hatten. Aline hatte gemeint, sie seien alle vollbärtig, während Nathan an der Schnurrbartversion festgehalten hatte. Sie schüttelte den Kopf. »Nie gesehen.«

»Dafür hast du aber ganz schön lange gezögert«, meinte Friedrich. Aline bemerkte, dass er immer noch lächelte.

»Ich wollte nur sichergehen«, antwortete sie. »Und ich *bin* sicher. Diese Zeichnung stammt nicht von Nathan. Woher hast du dieses Bild?«

»Du musst es dir nur genauer ansehen. Es ist ein Flugblatt. Das kann jeder bekommen. Das heißt, jeder, der sich für die dreckigen Lügen von Vaterlandsverrätern interessiert. Es ist das Pamphlet einer so genannten Widerstandsgruppe.«

Jetzt erkannte Aline die Bildunterschrift: *Hitler wird Europa zum Frühstück fressen.* »Wie absurd«, brachte Aline hervor.

»Ja, nicht wahr? Unser Führer wünscht sich nichts als Frieden. Im Gegensatz zu unseren Nachbarn, den Engländern und Franzosen. Oder zu diesem polnischen Hirten, der hier so talentiert verewigt wurde. Alle Welt rüstet auf. Weil sie neidisch auf unser blühendes neues Deutschland sind.«

»Ich meine, deine Anschuldigungen sind absurd. Nathan hat mit Politik nichts zu tun. Er hasst Politik. Er käme nicht im Traum auf die Idee, sich irgendwelchen Widerstandsgruppen anzuschließen!«

»Offenbar doch.« Friedrich stand auf und zündete sich eine Zigarette an.

Aline fühlte, wie die Wut einen Hitzeschub in ihr entfachte. Sie öffnete die Knöpfe ihrer Kostümjacke. »Was heißt *offenbar?*«, knirschte sie. Und ehe sie es sich versah, begann sie loszubrüllen: *»Was heißt offenbar?«*

Friedrich stieß den Rauch seiner Zigarette aus. »*Offenbar* heißt in diesem Fall: Das Bild trägt eine Signatur – jeder kann den Namen des Künstlers sehen!«

Aline starrte Friedrich sekundenlang an, bevor sie ihren Blick wieder auf das Flugblatt senkte. Nathan signierte seine Zeichnungen und Bilder nie. Dazu war er viel zu unzufrieden mit dem Ergebnis. Aber jetzt erkannte sie seine Schrift, klein, in der rechten unteren Ecke: Nathan Sandstein. »Das ist nicht möglich«, sagte sie. »Das muss eine Fälschung sein. Jemand will meinem Mann übel mitspielen. Er signiert seine Zeichnungen niemals. Und diese hier *ist* noch nicht einmal von ihm!«

Friedrich schwieg, während er die Zigarette im Aschenbecher ausdrückte. »Wir müssen hier wohl nicht über das Offensichtliche diskutieren. Ich kann mein Angebot nur wiederholen. Ich helfe dir dabei, deine Tochter aus Frankreich zurückzubekommen, und erkenne die Zwillinge als meine eigenen an. Im Gegenzug dazu bestätigst du mir, dass es sich bei dieser Signatur um keine Fälschung handelt und dass du deinem Mann dabei zugesehen hast, wie er dieses … Kunstwerk gezeichnet hat.«

Aline sah Friedrich fest in die Augen. »Wie ich eingangs sagte: Du vergisst einfach, dass ich hier war. Ich habe dich nicht um Hilfe gebeten. Ich bestätige dir nichts. Wir haben bloß zusammen ein Theater besucht. Und jetzt werde ich gehen.«

Friedrich lächelte. »Schade. Du gehst unverrichteter Dinge. Nun habe ich das Gefühl, dich enttäuscht zu haben.«

Aline ließ ihren Blick vom Porträt des Führers, das an der Wand hinter Friedrichs Schreibtisch hing, über die exakt angeordnete Sammlung von Bleistiften auf seiner Schreibplatte wandern. Sie musste sich beherrschen, um ihre Stimme ruhig zu halten. »Im Gegenteil«, sagte sie. »Du bist meinem Bild von dir einhundertprozentig gerecht geworden.« Und ohne sich zu verabschieden, ja, ohne Friedrich überhaupt noch einmal anzublicken, stand sie auf und ging.

Während die beiden Postkarten mit den Olympiaring-bekränzten Segelschiffen auf dem Weg nach Marseille zu Judith waren, freute sich das Mädchen auf die Zubereitung ihrer ersten Aprikosentorte. Madeleine schaukelte derweil im Schatten zwischen zwei Akazienbäumen und staunte über die Phantasie der Seeleute, die etwas so Wunderbares wie die Hängematte erfunden hatten. Sie betrachtete ihr Enkelkind, wie es aufgeregt zwischen dem Haus und dem Holztisch hin- und herrannte, den sie auf die Wiese mit den Obstbäumen gestellt hatten, mal einen geflochtenen Weidenkorb voller Aprikosen tragend, mal die Schüssel mit dem Mehl. Die Grillen sirrten ihr Sommerlied, ein monoton gestaltetes Chanson, das alle großen Hitzewellen in der Provence begleitete. Für den heißesten Monat des Jahres hatte sie gemeinsam mit Henny und David einen Hof fern der Stadt gemietet. Es wäre das reinste Paradies gewesen, wenn auch Jean, der Docteur, hätte dabei sein können. Stattdessen behandelte er in tausenden von Kilometern Entfernung die wunden Waden irgendwelcher Läufer und Schläger, was Madeleines Sommerfreude erheblich schmälerte.

»Madeleine, für dich auch einen Grenadinensirup?«, rief Henny aus dem geöffneten Küchenfenster.

»Ja, aber mit etwas mehr Wasser diesmal, wenn es geht, bitte!«

»Grand-Mère, wir haben dreißig Aprikosen für die *tarte*, das sind viel zu viele, kann ich bitte, bitte eine davon naschen?« Judith hüpfte auf und ab, wie einer dieser neumodischen Bälle aus Gummi, die die Kinder in Marseille jetzt alle hatten.

»Da musst du Henny fragen, ich habe keine Ahnung von *tarte à l'abricot*.« Madeleine hatte überhaupt noch niemals eine Ahnung von den Mengen und Gewichten gehabt, die für die Zubereitung von Essensgeschichten notwendig waren. Schließlich hatte sie noch nie in ihrem Leben gekocht.

»Natürlich kannst du eine Aprikose naschen«, erklärte Henny, die eben mit einem Korb voller Eier aus der Tür getreten war. »Auch zwei oder drei. Wenn wir nicht genug haben sollten, pflücken wir eben wieder neue.« Sie sah reizend aus mit ihrem gewölbten Bauch. Die Schwangerschaft stand ihr gut. Für einen kurzen Augenblick sah Madeleine nicht Henny, die dort stand, sondern Aline. Wie lang das alles her war, eine andere Zeit, ein anderer Ort. Ein anderes Leben. Madeleine blickte den Olivenhain hinab in das Tal. Die Hitze machte alles so viel intensiver, die Farben leuchteten mehr, die Gerüche waren so viel stärker. Thymianduft stieg ihr in die Nase. Wenn alles so vollkommen anders war, dachte sie, während sie sich in ihrer Matte zwischen den Bäumen wiegte, war sie dann noch derselbe Mensch? Und was sollte sie mit Erinnerungen, die ohnehin nur Schuldgefühle in ihr weckten? Sie beschloss, die Vergangenheit das sein zu lassen, was sie war: *passé*.

»Grand-Mère«, hörte sie die Stimme ihrer Enkelin. »Wann sehe ich meine Schwester und meine Eltern wieder?«

Henny erstarrte auf der Türschwelle. Die Eidechse auf der Mauer unterbrach ihren Lauf. Sogar die Grillen hörten auf mit ihrem Lied. Aber vielleicht kam es Madeleine auch nur so vor. Vielleicht hatte sie das Gefühl, die ganze Welt hörte in diesem Moment auf, sich zu drehen, und sie allein, ganz allein, musste nun weitermachen, Worte finden, die richtigen.

»Jetzt wartet erst mal wieder die Schule auf dich«, erklärte Madeleine nach einer Weile, die ihr selbst wie eine Ewigkeit erschien. »Danach sehen wir weiter.«

Judith wischte sich die Hände an ihrer kleinen Schürze ab. »Weihnachten«, stellte sie fest. »Zu Weihnachten wollen wir Jesabel wiedersehen. Und Mama und Papa. Ja, Grand-Mère?«

Madeleine schloss die Augen. »Grand-Mère ist müde, Judith«, erklärte sie und stieß sich mit ihrem Fuß so von der Mauer ab, dass die Hängematte wieder zu schaukeln begann. »Mach du schön deine Aprikosentorte fertig, dann sehen wir weiter.«

»Das kann nicht wahr sein! Du hast überhaupt nichts erreicht?« Nathan war fassungslos. Er hatte die Hände auf dem Rücken verschränkt und marschierte wütend im Salon auf und ab. Wie ein gefangenes Tier, dachte Aline, die ihn vom Kanapee aus beobachtete. »Ich meine, ihr wart vier Tage weg! Vier Tage! Was habt ihr eigentlich die ganze Zeit gemacht, wenn ich mal fragen darf?«

»Geguckt, dass wir das Treffen mit Friedrich schön vermasseln. Uns betrinken. Ich weiß nicht. Welche Bilder darf ich dir noch liefern, um deiner Vorstellung von uns zügellosen, unfähigen Frauen weiter zu entsprechen?« Aline hatte das Stadium von Wut erreicht, in dem sie nur noch zynisch war. Die Hitzewellen waren vorüber. Sie fühlte sich kalt.

»Wenn du Friedrich gegenüber einen ähnlichen Tonfall gehabt hast, wundert es mich nicht, dass er deine Bitte abschlägig beschieden hat.« Nathan erreichte das Fenster, machte auf dem Absatz kehrt und wanderte zur Tür hinüber. Dort angekommen, lief er wieder zum Fenster zurück. »Meine Güte, ich hatte so gehofft! Wie kann es denn sein, dass er dir auch noch gedroht hat?«

»Ich weiß es nicht.« Aline fühlte, wie die Kopfschmerzen erneut einsetzten. »Aber ich hätte da eine andere Frage: Wie kann es bitte sein, dass deine Zeichnungen für Flugblätter von Widerstandsgruppen verwendet werden? Und dass du so dumm bist, auch noch deinen Namen darauf zu setzen?«

»Wie bitte?« Endlich blieb er stehen. Endlich sah er sie an. »Was soll ich getan haben?«

»Du hast schon ganz richtig gehört.« Aline funkelte ihn an. »Und du brauchst jetzt auch nicht das Unschuldslamm zu spielen, Friedrich hatte so ein Flugblatt vorliegen und hat es mir gezeigt. Ich kann dir nicht sagen, wie ich mich gefühlt habe, als ich deinen Namen darauf las. Warum um Gottes willen hast du mir nie etwas von deinen politischen Aktivitäten erzählt? Ich dachte, wir vertrauen einander alles an?«

Nathan warf sich mit einem Satz nach vorn auf das Kanapee und umklammerte ihre Hand. Fast wäre Aline zurückgeschreckt, aber dann begriff sie, dass nicht Wut ihn zu dieser Bewegung trieb, sondern etwas anderes. »Du hast es ihm doch nicht geglaubt?«, stieß er hervor. »Sag, dass du mir glaubst und nicht ihm! Ich schwör dir, ich habe damit nichts zu tun! Ich habe meine Zeichnungen niemals weggegeben, geschweige denn, sie in den Dienst irgendeiner Sache gestellt! Bist du überhaupt sicher, dass es eine Zeichnung von mir war?«

Aline seufzte. »Natürlich glaube ich dir. Und natürlich habe ich dich vor Friedrich verteidigt! Aber die Zeichnung stammt wirklich aus deiner Feder, ich kenne sie ja, es ist die mit dem Frühstück und dem komischen schnurrbärtigen Griechen!«

»Aber wie soll er daran gekommen sein?« Nathan starrte sie an.

»Aua, Nathan, quetsch doch meine Hand nicht so! Ich weiß es nicht, wie er daran gekommen ist. Ich habe keine Ahnung.«

Nathan sprang auf. »Die Zeichnung muss doch noch oben in meiner Zeichenmappe liegen – warte, ich hole sie!«

Nicht nötig, wollte Aline ihm nachrufen, aber er war schon fortgeeilt in den Flur. Sie hörte seine Schritte auf der engen Treppe nach oben, immer zwei Stufen auf einmal nehmend.

Minuten später war er zurück. »Sie ist nicht mehr da!«, keuchte er. »Die Zeichnung ist weg! Und andere Zeichnungen auch! Denk mal nach, habe ich noch einen anderen Platz im Haus, an dem ich sie aufbewahre?«

Aline betrachtete ihn nachdenklich. Es geschah immer öfter in letzter Zeit, dass Nathan Dinge verlegte. Wie sehr er sich doch schon aus ihrem normalen, geordneten Alltag zurückgezogen hatte! »Vielleicht hast du sie auf den Dachboden gebracht?«, fragte sie. »Damit sie keiner findet? Eigentlich ein ideales Versteck für Dinge, die der Staatsdiener besser nicht zu sehen bekommen sollte.«

Der Dachboden war in den vergangenen Jahren zu einer Art Moloch degeneriert. Wer etwas in das dortige Gerümpel hineinwarf, konnte sicher sein, sich dieses Gegenstands für die Ewigkeit entledigt zu haben. Oder für die Zeit bis zur nächsten Entrümpelungsaktion. Was in etwa dasselbe war.

»Ich seh nach.« Nathan war schon wieder zur Tür hinaus.

»Du findest da sowieso nichts!«, schrie Aline ihm hinterher. »Komm doch wieder her! Ich habe dir noch gar nicht zu Ende erzählt!«

Aber entweder er hörte sie nicht, oder aber er wollte sie gar nicht hören. Wenn er jetzt bloß die Kinder nicht weckt, dachte sie, während sie seinen davoneilenden Schritten lauschte. Sie wartete. Nichts geschah. Sie seufzte. Nach einer Weile nahm sie ihr Buch zur Hand. Sosehr vertiefte sie sich in die Suche von Sherlock Holmes und Dr. Watson nach dem Mörder von Sir Charles Baskerville, dass sie nicht bemerkte, wie die Zeit verrann. Plötzlich fuhr sie hoch. Die Wanduhr schlug zehn!

Nathan war seit einer Stunde dort oben auf dem Dachboden! Ein eisiger Schrecken durchfuhr sie. Nathans Vater fiel ihr ein, der in der Nacht ihrer Geburt auf dem Dachboden seines eigenen Hauses erhängt worden war. Vor Angst stockte ihr der Atem. Mit klopfendem Herzen bewegte sie sich auf die Treppe zu und stieg nach oben. Ein Lichtschein drang durch die Bodentür. Sie zog sie auf. »Nathan?«, flüsterte sie.

Keine Antwort.

»Nathan, Liebling, sag doch was!«

Nathan streckte den Kopf hervor. »Ach, du bist es!«

Vor Erleichterung wurde Aline fast wieder wütend. »Meine Güte, was treibst du denn die ganze Zeit? Ich hab mir schon Sorgen gemacht!«

»Meine Zeichnungen suchen.« Resigniert ließ sich Nathan auf eine Kiste fallen. »Aber es hat keinen Zweck. Sie sind weg.«

»Nathan, lass uns jetzt wieder nach unten gehen. Wir haben noch so viel zu besprechen. Und ich habe morgen früh wieder Patienten!«

»Aline, ich muss dir etwas sagen.« Sein Tonfall ließ sie aufhorchen.

»Was ist es?«

»Ins Haus ist eingebrochen worden. Ich dachte, dass nichts gestohlen worden wäre, und ich wollte dich nicht beunruhigen, darum habe ich dir nichts davon gesagt bisher.«

Aline nieste. Es war unglaublich staubig hier. »Bist du sicher?«, fragte sie.

Nathan blickte sie eindringlich an. »Bitte, Aline, das hier ist wichtig! Ich weiß ja, dass du dich jetzt manchmal fragst, ob ich noch ganz zurechnungsfähig bin, weil ich so viel träume und ... egal. Aber du musst mir glauben! Ich *weiß*, dass hier eingebrochen wurde. Offenbar war jemand auf der Suche nach meinen Zeichnungen. Und er hat sie mitgenommen.«

Aline spürte, wie ihr das Blut aus dem Gesicht wich. »Du glaubst, dass Friedrich ganz bewusst …«

»Er selbst sicherlich nicht.«

»Dass er jemanden geschickt hat, der in das Haus eindringt, um etwas zu finden, das dich belasten könnte?« Sie starrten einander an. Nathan griff nach ihrer Hand.

»Was hat Friedrich gesagt? Hat er irgendetwas über mich gesagt?«

»Er sagte …«, Aline schluckte. »Er sagte, dass er dich verhaften lassen will. Er hat mir diesen Handel vorgeschlagen. Wenn ich aussage, dass diese Frühstückszeichnung von dir stammt, bestätigt er im Gegenzug die Vaterschaft für Judith und Jesabel.«

»Verzeih.« Mit einer Hand hielt Nathan ihre Hand fest, mit der anderen streichelte er über ihre Wange. »Verzeih meine Anschuldigungen von vorhin. Ich war dumm. Du hast getan, was du tun konntest. Ich habe vollkommen unterschätzt, unter welchem Druck du gestanden hast in Berlin.«

»Ich hab mich zwischendurch auch amüsiert.« Aline fühlte Schuldgefühle in sich aufsteigen.

Nathan drückte ihr einen Kuss auf den Mund. »Das war auch richtig. *Goldrichtig.* Ich möchte doch, dass du glücklich bist. Und ich hab dich schon so lange nicht mehr lachen gesehen.«

»Ich musste ganz schön viel lachen auf der Reise«, gestand Aline. »Vielleicht war es auch Galgenhumor.«

»Manchmal denke ich, dass du mit Käthe glücklicher bist als mit mir«, sagte Nathan.

Aline presste sich an ihn, um seinen Geruch besser atmen zu können. Eine Welle von Liebe wogte durch ihren Körper. »Das ist nicht wahr«, flüsterte sie. »Ich meine, es stimmt schon, Käthe kann mich herrlich ablenken. Aber richtig glücklich bin ich nur mit dir. Ich liebe dich, Nathan.«

»Und ich liebe dich.« Nathan legte seine Hand in ihren Nacken und küsste sie. »Lass uns schlafen gehen«, lächelte er.

11. Kapitel

Dass Emilie während ihrer Abwesenheit im Haus gewesen war, erfuhr Aline erst einige Tage später. Nicht Nathan war es, der es ihr erzählte, sondern Jesabel. Aline ließ sich von ihrer Tochter in allen Einzelheiten berichten, wie Emilie mit langer Prinzessinnenschleppe durch die Flure gewandert war und nach ihrem Ritter Nathan gerufen hatte. Wutentbrannt rannte sie in das Atelier ihres Mannes hinauf, in dem dieser gerade die letzten Pinselstriche auf ein Ölgemälde setzte.

»Kannst du mir mal verraten, was du mir noch alles verschwiegen hast, um mich zu schonen? Sind zufällig auch noch unsere Ersparnisse entwertet worden, du bist an Syphilis erkrankt, und Gertrude Meyerdink hat angekündigt, in unser Haus einzuziehen?«

»Wieso sollte ich an Syphilis erkrankt sein?«, fragte Nathan beunruhigt zurück. Die anderen genannten Möglichkeiten erschienen ihm zu wirklichkeitsnah, um ihnen nachzuspüren. Schließlich hatten er und Aline diese Vorgänge in der Vergangenheit am eigenen Leib erlebt.

»Weil Emilie sich in ihrer Liebeskrankheit vielleicht wer weiß wo herumtreibt und dich angesteckt haben könnte?« Aline fühlte den bitteren Stachel der Eifersucht.

Nathan blickte sie verstört an. »Ich weiß von nichts. Klär mich auf.«

»Ach, Nathan, bist du nun so blind, oder tust du nur so? Mir ist jedenfalls ein Licht aufgegangen, und ich kann nur sagen: nicht zu früh! Emilie ist in dich verliebt!«

»In mich?« Nathan ließ den Pinsel sinken. »Aber warum denn nur?«

Aline konnte ein Lächeln nicht unterdrücken. »Da gibt es tausend Gründe, mein Lieber. Zuerst einmal, weil du phantastisch aussiehst. Weil du klug und charmant bist. Und weil du vermutlich in ihren Augen eine interessante Künstlerpersönlichkeit darstellst, mit deren Hilfe sie aus ihrer langweiligen, lieblosen Ehe aussteigen möchte. Sie vergisst nur eines: dass auch du bereits verheiratet bist. Und zwar mit mir. Ihrer Ex-Kommilitonin und angeblich ach so lieben Busenfreundin.« Sie schlug mit der Faust gegen den Türrahmen, eine Geste, die Nathan noch nie zuvor an ihr gesehen hatte. »Käthe hat ja so Recht! Diese Schlange!«

»Ich verstehe nicht. Was hat denn Käthe von der Sache gewusst?« Nathan wischte den Pinsel in einem Baumwolltuch ab.

»Ach, vermutlich auch nicht mehr als wir. Auf jeden Fall hat sie mich vor ihr gewarnt.«

»Ich glaube, sie war selbst eifersüchtig«, grinste Nathan.

Doch zu einer Aussprache zwischen Aline und Emilie sollte es vorerst nicht kommen. Emilie stellte ihre Besuche im Kapitänshaus ein, und als Aline sie einmal anrief, ließ sie sich am Telefon verleugnen. Aline schloss daraus, dass Emilie die Unmöglichkeit ihres Verlangens eingesehen hatte und sich nun wieder vermehrt ihrer eigenen Familie widmete.

So wurde es allmählich Herbst, eine Zeit, deren Höhepunkt an Aufregung darin bestand, dass Sixten mit seinen drei Jahren endlich zu sprechen begann. Der kleine Kerl hatte eine heiße Vorliebe für die Schiffe auf der Elbe gefasst und verbrachte seine Nachmittage damit, das Leben an Bord mit seinen Övelgönner Kumpanen nachzuspielen – unter Berthas Aufsicht.

»Der arme Kleine sucht seinen Vater«, bemerkte Käthe, als sie ihn wieder einmal damit beschäftigt sah, die Segler und Dampfschiffe vom Fenster seines Zimmers aus zu beobachten. Das schwere Fernglas stützte er dabei auf dem Fensterbrett ab, um es halten zu können.

Im selben Maße, wie Sixten als dreikäsehoher Kapitän im Spiel mit den Nachbarsjungen aufblühte, wurde Jesabel immer stiller. Außer um in die Schule zu gehen, verließ sie das Haus nun so gut wie gar nicht mehr.

Es verging kaum ein Tag, an dem Aline nicht an ihr Gespräch mit Friedrich dachte. Seine Drohung, Nathan festnehmen zu lassen, hing wie ein Damoklesschwert über dem Kapitänshaus. Aber Aline behielt ihre Ängste für sich.

Weihnachten wurde ein kleines und sehr stilles Fest, zu dessen Anlass Bertha mit Hilfe von Jesabel äußerst gelungene Entenkeulen mit Rotwein und Schaumklößen auftrug, was die Stimmung allerdings auch nicht nennenswert hob.

Im Januar, neun Tage nach Alines 37. Geburtstag, geschah das Seltsame, dass die Övelgönner unversehens alle zu Hamburgern wurden. Und sie waren nicht die Einzigen, die – ohne umzuziehen – plötzlich Bewohner einer anderen Stadt wurden. Den übrigen Altonaern, den Wandsbekern und den Harburgern erging es durch die Eingemeindung ihrer Ortschaften in das neue Groß-Hamburg nicht anders. Gemeinsam schrieben Nathan und Aline eine Postkarte an ihre Tochter:

Mein Schatz,

danke für deine liebe Geburtstagskarte! Wir haben uns sehr über deine Zeichnung gefreut. Hier ist es ganz kalt, und Schneeflocken fallen. Übrigens steht unser Haus jetzt in Hamburg. Dabei ist es kein bisschen geflogen. Komisch, nicht?

Es drücken dich
deine Mami und dein Papi und natürlich Jesabel.

Die nächste Überraschung ließ nicht lange auf sich warten. Aline, die den Vormittag damit verbracht hatte, einige sehr interessante Aufsätze über neue Therapieformen bei Ischiasbeschwerden zu lesen, und von daher noch keine Nachrichten gehört hatte, erfuhr es vom alten Hansen.

»Na, nu ist das ja mit der Ruhe hier unten endgültig vorbei«, ächzte er, während er sich auf den Behandlungstisch hievte. Hansen war nicht der einzige Ischiaspatient, den Aline hatte, aber er war der mit den hartnäckigsten Schmerzen. Sie war ein bisschen aufgeregt an diesem Tag, denn sie brannte darauf, eine neue Therapie bei Hansen auszuprobieren, und zwar die der lokalen Anästhesie mit einem lang wirkenden Betäubungsmittel. Kurzerhand schob sie dem alten Mann die Hose runter.

»Ich weiß von nichts, aber ich bin ganz Ohr«, bemerkte sie, während sie drei Querfinger ab Pofalte maß, um den genauen Ort für den Einstich am rückwärtigen Oberschenkel zu finden.

»Die wollen bei Neumühlen eine Autobahnbrücke rüber zum anderen Elbufer bauen!« Hansen sprach betont lässig. Es war ein bisschen peinlich, bei heruntergezogener Hose ein politisches Gespräch mit einer zwanzig Jahre jüngeren und außerdem noch sehr hübschen Frau zu führen. »Und dann soll es bei Neumühlen eine Landungsbrücke für Ozeandampfer geben, stellen Sie sich vor! Und dann, und nu kommt der Klopper, Bürohäuser, eins neben dem anderen, von hier bis zum Fischmarkt runter, sechzig Stockwerke hoch!«

Aline füllte bedächtig ihre Spritze. Sie wusste nie genau, welchen Patienten gegenüber sie ihre Unzufriedenheit mit der Regierung ausdrücken durfte, und war deshalb irgendwann mal zu dem Entschluss gekommen, ganz allgemein ihre Klappe zu halten. Aber Hansen war offenbar selbst so empört von dem geplanten Bauvorhaben, das den Blick auf die Elbe verstellen und den Rest verschandeln würde, dass sie beschloss, sich an diesem Tag einfach mal ein Stück eigene Meinung zu erlauben.

»Wer hat denn jetzt schon wieder schlecht geschlafen, dass er uns diesen Albtraum zumuten will?«, fragte sie, die Spritze immer noch in der Hand.

Hansen wandte ihr sein Gesicht zu. Es war dunkel vor Wut. »Na, irgend so ein Bauidiot, den unser Herr Reichsstatthalter ausgesucht hat, was interessieren mich die Namen! Und von oben werden wir dann auch umzingelt! Die wollen die Flottbeker Chaussee ausweiten, und dann zischen hier die Automobile aus Hamburg vorbei, und zwar nicht vereinzelt, so viel ist mal sicher!« Hansen sagte immer noch »aus Hamburg«, als spräche er vom Nachbarort. Es würde noch eine Weile dauern, bis sie sich alle an den Gedanken gewöhnt hätten, nun selbst Hamburger zu sein, dachte Aline.

»Gibt es irgendetwas, das wir dagegen tun können?«

Hansen drehte sich wieder weg. »Nix«, knurrte er zur Wand. »Haben die da oben ja alles schon beschlossen.«

»Eine Schande«, bemerkte Aline. »Und jetzt ruhig atmen, bitte. So! Schon passiert.« Sie rieb ihm den Einstich mit einem Desinfektionsmittel ein. »Jetzt haben Sie zumindest vor den Schmerzen Ruhe!« Sie lächelte ihm aufmunternd zu. »Aber denken Sie an die Rückengymnastik! Sie müssen unbedingt Ihren Muskelapparat stärken!«

Hansen grunzte. »Muss was ganz anderes stärken. Brauch einen Schluck auf diesen Schrecken.«

Aline hob den Finger. »Wehe«, sagte sie. »Heute dürfen Sie keinen Alkohol trinken, wenn Sie wollen, dass das Medikament richtig wirkt!«

Kurz bevor Hansen hinausging, wandte er sich noch einmal um. »Sie sind eine gute Ärztin«, bemerkte er. »Egal, was man hier unten über Sie und Ihre Familie redet.«

Aline war zu verblüfft, um zu antworten. »Danke schön«, bemerkte sie nach einer Weile. Aber da war Hansen schon längst zur Tür hinaus.

Dass tatsächlich über sie geredet wurde, hatte Aline an den Blicken bemerkt, die sie manchmal beim Krämer erntete oder beim Spaziergang am Strand. Auch daran, dass sie weit weniger Patienten als noch vor drei Jahren hatte, konnte sie ermessen, wie die Leute es fanden, zu der Frau eines Juden zu gehen. Zwar hatte sie sich über die Jahre so etwas wie eine Stammkundschaft aufgebaut, aber auch von ihren treuesten Patienten begannen die ersten abzuwandern. Der Druck, den die Familie von außen spürte, schweißte sie im Inneren allerdings nur noch mehr zusammen. Für sie und Nathan war es wie ein zweiter Frühling. Aline liebte ihren Mann mit einer Inbrunst, die dem Gefühl gleichkam, das sie als Kind beim Beten verspürt hatte. Sie nutzte jede freie Minute mit ihm, lief zu ihm hinauf, sobald der letzte Patient gegangen war, und umgekehrt suchte er ihre Nähe, wann immer es möglich war. Sie hatten jetzt weniger Geld als früher, aber es reichte immer noch, um irgendwie über die Runden zu kommen, wozu Berthas gärtnerische Begabung nicht unwesentlich beitrug. Käthe, die mittlerweile eine Anstellung als Sekretärin beim »Hamburger Anzeiger« gefunden hatte, tat das ihre, um die gemeinsame Haushaltskasse aufzufüllen. Nathan revanchierte sich dafür, indem er im Wechsel mit Bertha und Jesabel auf den kleinen Sixten aufpasste. Die Abende verbrachten sie meistens gemeinsam im Salon, in dem Käthe und Aline musizierten oder sie alle zusammen spielten: »Schwarzer Peter« oder »Stadt Land Fluss«. Letzteres hatte Jesabel durch die Rubrik »Essen« erweitert, ein Gebiet, auf dem sie mit umfangreichen Kenntnissen glänzte. Es hätte ein obschon nicht ideales, so doch sehr angenehmes Leben sein können. Wenn nicht eines Tages das eingetreten wäre, wovor Aline sich seit ihrer Berlinreise fürchtete.

Bertha war für einige Tage zu ihrer Schwester ins Holsteinische gefahren. Jesabel, die an diesem Nachmittag schulfrei hatte, sollte sich um die Zubereitung der Abendmahlzeit kümmern. Aline war mit einem Patienten beschäftigt, als es an der Tür klingelte. Da Jesabel im rückwärtigen Anbau in die Zubereitung ihrer ersten eigenen Mandelklöße vertieft war, bat Aline ihren Patienten, kurz zu warten, und öffnete selbst die Tür. Ein Mann in langem schwarzem Ledermantel, den sie nie zuvor gesehen hatte, hielt ihr einen Ausweis unter die Nase. Sein Kollege, auch er in Leder gekleidet, lächelte sie an. »Wir suchen Ihren Mann«, erklärte er ohne Umschweife.

»Er ist nicht da«, antwortete Aline.

Daraufhin wandte sich der erste Mann an den zweiten. »Warum sind Männer, die auf ihre Verhaftung warten, immer gerade dann weg, wenn man sie abholen kommt?«

Der zweite zuckte mit den Achseln. »Weil sie feige Schweine sind?«

Der erste grinste. »Wann kommt Ihr Mann denn wieder?«

»Ich habe keine Ahnung«, erwiderte Aline.

»Nun, dann bleiben wir eben hier.« Mit einem Blick erfasste er den Raum hinter Aline. »Schönes Wartezimmer haben Sie da. So viel Mühe hätten Sie sich doch unseretwegen nicht machen müssen!«

Aline verzog keine Miene. »Ich muss jetzt wieder zu meinem Patienten zurück.«

Der im Mantel machte eine höfliche Verbeugung. »Lassen Sie sich durch uns nicht aufhalten, Frau Doktor.«

Aline schlenderte durch den Vorraum ins Ordinationszimmer. Sie bat ihren Patienten abermals um einen Augenblick Geduld und ging durch die Hintertür hinaus. Erst im Anbau, von dem wiederum eine Tür zur Küche führte, begann sie zu laufen.

»Lauf Papi entgegen, Jesabel«, keuchte sie. »Er ist beim Krämer! Und er darf auf keinen Fall nach Hause kommen! Sag ihm, dass sie da sind! Lauf über Hansens Hof und von da über den Weg zum Strand runter! Sie dürfen nicht sehen, dass du von hier fortläufst!«

Jesabel sagte keinen Ton. Sie riss sich die Schürze vom Hals und rannte los. Aline kehrte zu ihrem Patienten zurück. Aber ihre Hände zitterten so stark, dass sie das Blutabnehmen auf einen anderen Tag verschob.

Jesabel rannte und rannte. Als sie am Strand das Abwasserrohr erreichte, das vom Lokal oben an der Chaussee bis zur Elbe hinunterführte, prallte sie gegen etwas Weiches. Es war ein Dienstmädchen, das im Rohr nach Silberbestecken suchte. Die guten Stücke waren beim Abwasch ins Rohr gerutscht und hier unten zusammen mit dem Dreckwasser wieder ausgespült worden. »Pass doch auf, Deern«, fuhr das Mädchen sie an. Ohne zu antworten, rannte Jesabel weiter. Doch nur wenige Meter vom Abwasserrohr entfernt traf sie auf eine riesige Menschenmenge, die sich vor Willis Getränkestand staute. Jesabel lief einen Haken zu den Gärten zurück. Sie hievte sich über die Mauer und stieß ein Gebet gen Himmel aus: »Bitte, lieber Gott, mach, dass Herr Hück mich jetzt nicht sieht!« Hück war für übertriebene Humorlosigkeit im Umgang mit fremden Kindern in seinem Garten bekannt. Um den Weg abzukürzen, sprang Jesabel mit Schwung über die Rabatten. Aber zurück auf dem Fliesenweg stand schon das nächste Hindernis. Ein turmhoch mit Eimern beladener Aschwagen verstellte ihr den engen Zugang zum Krämer: Es war Mülltag in Övelgönne, der einzige Tag der Woche, an dem Fahrzeuge auf dem Weg erlaubt waren. Jesabel drehte sich zum Kapitänshaus um. War ihr Vater etwa schon vorbeigegangen? Sie spürte, wie ihr das Herz in der Brust schlug. Ganz genau hatte sie nicht verstanden, warum ihr Papi jetzt nicht nach Hause gehen konnte, aber am Blick der Mutter hatte sie ja gesehen, dass etwas Furchtbares geschehen war, etwas Wichtiges, und dass jetzt alles von ihr abhing. Da sie den Vater nirgendwo entdecken konnte, lief sie zu Paule, dem blau-weiß gekleideten Straßenreiniger, der achtern im Aschwagen saß und sich zum Spaß einen just gefundenen Lampenschirm auf den Kopf gesetzt hatte. »Heil Hitler!«, grüßte sie. »Haben Sie vielleicht meinen Vater gesehen?«

Paule kratzte sich den Kopf. Der Schirm blieb wunderbarerweise an seiner Stelle sitzen. Dann deutete Paule hinter sich. »Is he dat?«, fragte er.

Jesabel lugte um den Wagen herum. Ein elegant gekleideter Herr mit einem Einkaufskorb in der Hand schlenderte in einiger Entfernung den Weg entlang. »Papi!«, schrie Jesabel.

Sie sah ihren Vater erfreut lächeln. »Was machst du denn hier, Kleines?«, fragte er.

Sie lief auf ihn zu und warf sich ihm um den Hals. »Mami schickt mich«, weinte sie. »Du darfst nicht nach Hause kommen. Sie sind da und warten auf dich.«

Statt aller Antwort fühlte sie, wie der Vater seine Arme um sie legte und sie ganz fest drückte. Fast tat es weh, so fest drückte er sie. Als er sie wieder losließ, blickte sie ihm ins Gesicht. Zu ihrer Verwunderung lächelte er. »Nun wein doch nicht, Kleines«, tröstete er sie. »Wir kriegen das schon wieder hin. Mami und ich, wir kriegen das schon wieder hin.«

Sie gingen zum Strand hinunter. Wortlos setzten sie sich in den Sand. Jesabel fühlte, wie der Vater ihre Hand nahm. Und wie er sie drückte. Es tat schon wieder ein bisschen weh.

»Ich werde jetzt eine Weile woanders wohnen müssen, Jesa, Kleines.« Seine Stimme klang, als käme sie aus großer Ferne. Aber vielleicht hatte sie auch nur solche Mühe, ihn zu verstehen, weil die Menschen an Willis Getränkestand so laut redeten oder weil die Schiffe tuteten oder weil sie vielleicht keine Lust hatte zu hören, gerade jetzt.

»Wo denn, Papi?«, fragte sie, als sie endlich spürte, dass sie irgendetwas antworten musste.

»Es wird schwierig sein, jemanden zu finden, der so jemanden wie mich nimmt.« Jesabel war sich nicht sicher, ob der Vater wirklich mit ihr sprach. Er hatte sich so gedreht, dass er auf die Elbe blickte, und er hatte einen Ton in der Stimme, den sie noch nie zuvor an ihm gehört hatte.

»Kannst du nicht zu Oma Valeska gehen?«, fragte sie trotzdem.

Der Vater schüttelte den Kopf. »Da suchen sie mich zuallererst. Sag mal: Erinnerst du dich noch an unsere Spiele, als Mami und Käthe in Berlin waren?«

Jesabel nickte eifrig. Wenn der Vater das Thema wechseln wollte, war sie dabei. »O ja. Ich war eine Prinzessin.«

»Es gab noch eine andere Prinzessin. Erinnerst du dich? Eine erwachsene Prinzessin.«

Jesabel runzelte die Stirn. »Tante Emilie?«

»Nun ja, sie ist nicht direkt deine Tante. Aber … ja. Emilie. Sag Mami, dass ich versuche, zu Emilie zu gehen. Tust du das?«

Jesabel fühlte, wie ihr schon wieder die Tränen kamen. In ihrem Hals steckte etwas Dickes, sodass sie nicht reden konnte. Darum nickte sie bloß.

»Und jetzt lauf schnell nach Hause. Deine Mami braucht dich.« Er stand auf und klopfte sich den Sand aus der Hose. Dann beugte er sich vor. »Komm, gib Papi einen Kuss. Wir sehen uns bald wieder. Versprochen.«

Jesabel beugte sich vor. Sie schlang ihre Arme um seinen Hals. Fühlte seinen Kuss auf ihrer Wange. »Hier.« Er reichte ihr den Einkaufskorb. »Den nimmst du mit.«

»Tschüss, Papi«, brachte sie hervor. Dann hob sie den Korb hoch. Er war schwer. Ohne sich noch einmal umzudrehen, trug sie ihn nach Haus.

Aline wusste, dass sie von nun an unter Beobachtung stand. Sie merkte es daran, dass sie jetzt nie mehr allein war, wenn sie das Haus verließ. Zwar sprachen die Männer nicht mit ihr, aber dafür fühlte sie ihre Gegenwart auf Schritt und Tritt. Sie zerbrach sich den Kopf darüber, wie sie zu Nathan gelangen konnte, ohne sein Versteck aufzudecken, kam aber zu keinem Ergebnis. Dann gab es wieder Tage, an denen sie daran zweifelte, überhaupt überwacht zu werden. Vielleicht bildete sie sich die Verfolgung ja bloß ein? Vielleicht wurde sie langsam verrückt? Ihre Hände zitterten immer noch, und sie begann, Mittel dagegen zu nehmen. Doch dann setzten wieder die Kopfschmerzen ein, die sie seit Berlin regelmäßig überrollten. Sie setzte das Beruhigungsmittel ab, um sich stattdessen kleine Mengen Morphium zu spritzen. Das half, aber im Schlaf quälten sie üble Träume, und sie schwitzte stark. Tagsüber bei ihren Patienten war sie unkonzentriert und todmüde. Es war Bertha, die sie fand, als sie eines Tages ohnmächtig auf dem Boden ihres Behandlungszimmers zusammengebrochen war. Bertha hatte sich darüber gewundert, warum Aline ihren nächsten Patienten nicht hereinrief, wo sie doch den davor bereits verabschiedet hatte. Es gelang ihr, Alines Zusammenbruch zu vertuschen, indem sie etwas von einem dringenden Notfall erzählte, der soeben durch den Hinterhof gekommen sei. Der Patient wurde freundlich nach Hause geschickt, Käthe mit der Betreuung von Kindern und Essen beauftragt, während Bertha selbst versuchte, Aline mit kalten Essig-Abreibungen wieder zu Bewusstsein zu bringen. Alines Körper war glühend heiß, und als sie erwachte, weinte sie wie ein Kind.

Bertha war weder taub noch blind. Sie hatte beobachtet, wie Emilie Nathan angesehen hatte, hatte es lange vor der Berlinreise bemerkt, aber kein Wort dazu gesagt. Nicht, weil es sie nicht interessierte, sondern weil sie schlichtweg ratlos war, ein bei Bertha Homann ungewöhnlicher und seltener Zustand. Sie wusste, dass Alines Verfassung nicht nur mit der Sorge um ihre gemeinsame Zukunft zu tun hatte, sondern dass sie sich auch die Frage stellen musste, was zwischen ihrem Mann und Emilie in deren Haus geschah. Nachdem sie Aline an diesem Tag sicher zu Bett gebracht hatte und die Kinder außer Hörweite wusste, suchte sie Käthe auf.

Der Leinpfad in der Nähe der Außenalster atmete jene Art von üppigem Wohlstand, den Käthe für ein Produkt ihrer ausufernden Sehnsuchtsphantasien gehalten hatte – die sie immer dann überkamen, wenn sie zum zehnten Mal Sixtens kaputte Strümpfe stopfen musste oder wenn sie sich am Ende eines Arbeitstages den wohlverdienten Schnaps versagte. Die stuckverzierten Fassaden der Villen leuchteten weiß, zinnoberrote Rosenstöcke und grüne Rasenflächen ergänzten das Bild. Wer hier Gemüse anbaute, musste entweder Exzentriker sein, oder aber er hatte das Thema seines Stadtteils falsch verstanden. Anhänger, da war Käthe sich einigermaßen sicher, würde er in keinem Fall finden. Entschlossen drückte sie den messingnen Klingelknopf. Es surrte. Mit einem gut geölten Klicken sprang die Pforte auf.

»Käthe!« Emilie stand auf der Schwelle ihrer Haustür, die Arme ausgebreitet, im Gesicht ein Leuchten, das Käthe nie zuvor an ihr gesehen hatte. »Wie schön, dass du uns einmal besuchen kommst! Wir haben uns so sehr über deinen Anruf gefreut!«

Käthe tat, als bemerkte sie Emilies gespitzte Lippen nicht, und schüttelte ihr stattdessen die Hand. »Die Freude ist meinerseits nicht gerade übertrieben vorhanden. Du weißt, dass ich nicht lang drum herumrede. Ich muss mit Nathan sprechen und ihm einige Dinge übergeben. Ansonsten find ich es famos, dass ihr ihn hier aufgenommen habt.«

Emilies Lächeln fiel in sich zusammen wie ein misslungenes Soufflé. »Du könntest es wenigstens einmal in deinem Leben mit Freundlichkeit versuchen, Katharina.«

»Ich versuche es schon mit Ehrlichkeit, ein Unterfangen, das sich schwierig genug gestaltet.«

Emilie zuckte die Achseln. »Mir soll es egal sein. Ich erweise ja auch nicht dir den Gefallen, einen polizeilich gesuchten Halbjuden zu verstecken.«

Käthe stellte ihre Tasche ab. »Aline etwa? Dass ich nicht lache!«

»Wem sonst?« Emilie war die Unschuld selbst.

Käthe wollte gerade etwas erwidern, als sie bemerkte, dass die Tür zum Windfang geöffnet wurde. Käthe hatte Emilies Mann zuletzt fünf Jahre zuvor auf Alines und Nathans Einweihungsfest gesehen. Sie wusste nicht, warum, aber der Kerl schien seither nicht nur noch attraktiver, sondern auch noch größer geworden zu sein. Ihn als selbstbewusst zu bezeichnen, das hätten nähere Bekannte von Alexander Ziemer als lächerliche Untertreibung empfunden. »Sie sind bestimmt eine der wenigen Freundinnen meiner Frau«, dröhnte er und schüttelte Käthe kräftig die Hand. »Nennen Sie mich einfach Alexander – wir sind uns, glaube ich, schon einmal begegnet!«

Käthe fragte sich, welchen Grund dieser Hüne von einer Persönlichkeit wohl hatte, einen Verfolgten in sein Haus aufzunehmen. Die Antwort ließ nicht lange auf sich warten.

»Kommen Sie doch herein!« Er winkte Käthe und Emilie in den nächsten Raum, einen größeren Flur, in dem die Garderobe stand. Die Frauen folgten stumm. »Ich bin ja so froh, dass meine Frau endlich etwas gefunden hat, das ihre Beschäftigung mit sich selbst ein wenig einschränkt. Kinder und Haushalt haben ihr offenbar nicht gereicht. Das zickenhafte Getue ist seitdem so gut wie weg, nicht wahr, mein Engel?« Er tätschelte Emilie gönnerhaft die Wange. Emilie versuchte, ihren Kopf zur Seite zu drehen, aber zu spät. Die Hand war einfach schneller. Käthe blickte Emilie an. In dem Maße, in dem dieser Alexander gewachsen war, war Emilie geschrumpft. Käthe begann so etwas wie Mitgefühl für Alines ehemalige Kommilitonin zu empfinden.

Aus einem Zimmer im oberen Stockwerk drang lautes Kindergeschrei. »Du hast drei Jungen, richtig?«, bemerkte Käthe in dem Versuch, etwas Nettes zu sagen, nachdem Alexander wieder verschwunden war.

Emilie nickte. »Alexander ist natürlich sehr glücklich darüber. Ich wollte eigentlich immer lieber Mädchen haben. Wenn ich Alines und Nathans Töchter so sehe …« Sie brach ab. »Zuerst dachte ich, ein Junge, wie schön. Ist Alexander dann zufrieden. Jetzt bitte ein Mädchen. Wir haben es noch mal versucht. Wieder ein Junge. Danach wollte ich eigentlich nicht mehr. Aber die Sehnsucht nach so etwas süßem Kleinen, mit dem man spielen kann, die alten Puppen herausholen, zusammen Kleider nähen … O Gott, es hört sich furchtbar an, was ich da sage.«

»Aber nein.« Käthe schüttelte den Kopf. »Wir waren ja alle mal kleine Mädchen. Die sind was Feines, auf jeden Fall. Aline war was Feines. Ich selbst war auch nicht übel.« Sie lachte. »Hör mit diesen Gewissensdingern auf, Emmi. Die bringen einen um. Also, du wolltest unbedingt ein Mädchen, und herausgekommen ist noch ein Junge.«

Emilie nickte. »Ja. Aber nenn mich bitte nicht Emmi. Ich hasse Kosenamen.«

»In Ordnung. Emilie.« Käthe bemerkte, dass sie immer noch ihren Mantel über dem Arm trug. »Hör mal, ich traue mich nicht recht abzulegen, weil ich mit Nathan lieber spazieren gehen würde, statt hier im Haus mit ihm herumzusitzen. Wie gefährlich ist das, deiner Meinung nach?«

»Ich weiß es nicht. Bislang hat niemand Verdacht geschöpft. Aber ich schlage trotzdem vor, ihr nehmt das Boot und rudert auf den Alsterkanälen. Warte, ich geh Nathan eben holen.« Sie drehte sich um, und ihr Blick schien Käthe nachgerade zu durchbohren.

»Bestimmt hast du ihm eine Menge von Aline auszurichten?«

Käthe hielt ihrem Blick stand. »Ja, Emilie, das habe ich.«

Nathan wirkte seltsam linkisch, als er Käthe in dem großen, fremden Salon gegenüberstand. Immer wieder wischte er sich die Hände an seinem leinenen Taschentuch ab, obwohl gar keine Farbe mehr daran war. »Tja, da bin ich nun«, bemerkte er. »Ergo …«

Käthe betrachtete ihn amüsiert. »Ergo klingt doch schon mal gut. Obwohl mir der Name Nathan besser gefallen hat.«

Nathan lächelte verlegen. Er wusste nie genau, wie er Käthe begegnen sollte, wenn sie mit ihren Wortspielwitzen kam. Im Geiste sah er seine Frau vor sich, wie sie den Ball verbal zurückschoss, woraufhin sie und Käthe sich entweder an die Gurgel sprangen oder in wildes Gelächter ausbrachen. Er fühlte, wie sich vor Sehnsucht sein Bauch verkrampfte.

»Wisst ihr was?« Emilie schlug die Hände zusammen. »Warum macht ihr es euch nicht schön, wenn ihr schon mal einen Bootsausflug habt? Ich gebe euch ein Grammophon und eine schöne Schellackplatte mit.«

Käthe fuhr herum. »Das würdest du wirklich tun? Phantastische Idee! Was hast du denn so für Musik? Hast du Teddy Stauffer? Lil Hardin Armstrong? Ach Quatsch, den kennt ja hier sowieso kein Mensch. Cab Calloway? Oder Chick Webb?«

»Ehrlich, Katharina, diese ganzen Namen sagen mir nichts. Aber ich kann euch die Humoreske von Dvořák in gis-Moll mitgeben.«

Käthe zuckte die Achseln. »Ich werd sie einfach schneller abspielen. Das swingt auch.«

Während Nathan das Ruderboot vom Anleger der Ziemers abstieß, war Käthe auch schon über das Grammophon gebeugt. Kurz darauf ertönte eine fröhliche Melodie. Käthe hob einen Finger. »Jetzt wird es noch besser!« Sie schob den Hebel über einen kleinen Hubbel, und die Melodie galoppierte augenblicklich davon. Ein vorüberruderndes Paar winkte ihnen ausgelassen zu. Käthe winkte begeistert zurück. »Wie schnell man hier Kontakte knüpft!«, bemerkte sie. »Diese kleinen Alsterkanäle sind so niedlich, so überschaubar! Ich wünschte …«

»Wie geht es Aline?«, unterbrach Nathan Käthes Redefluss. Käthe sank augenblicklich in sich zusammen. Sie beugte sich vor, um die Musik leiser zu stellen. »Schlecht«, sagte sie. »Um die Wahrheit zu sagen, ich habe sie noch nie in einer solchen Verfassung gesehen. Sie ist halb tot vor Sehnsucht nach dir.«

»Ich bin es auch«, erwiderte Nathan. »Ich kann an nichts anderes mehr denken. Nachts wache ich auf, weil ich den Arm um sie legen will, und dann entdecke ich, dass ich allein bin im Bett.« Er stieß mit den Dollen kräftig ins Wasser.

»Du kannst froh sein, dass da niemand anderes liegt«, bemerkte Käthe spitz.

»Du meinst wegen Emilie?« Jetzt ruderte Nathan so schnell, dass das Wasser spritzte. »Keine Sorge, Emilie würde nicht einfach in mein Bett kommen. Es ist ja möglich, dass sie für mich schwärmt …«

»Dass sie für dich schwärmt?« Käthe blies die Luft durch

die Nase. »Mein lieber Scholli, schwärmen ist da reichlich gelinde ausgedrückt. Die Frau ist verrückt nach dir! Anders lässt es sich ja nicht erklären, dass sie dich aufgenommen hat!«

Nathan strich sich eine Locke aus der Stirn. »Das war jetzt nicht sehr nett – weder Emilie noch mir gegenüber. Emilie und ihr Mann haben mich aufgenommen, weil sie gute Christenmenschen sind. Und ich bin ja wohl auch mehr als ein Mann, den sich eine Frau in ihr Bett zu angeln erhofft.«

Käthe tat, als drücke sie aufwallende Stoffbahnen auf einen imaginären Tisch zurück. »Schon gut, ruhig Blut. Ich wollte nichts Ehrenrühriges andeuten. Aber nimm dich trotzdem in Acht vor ihr. Sie ist so verliebt in dich, dass ihr früher oder später der Verstand aussetzt.« Sie kramte in ihrer Handtasche nach dem Brief, den Aline ihr mitgegeben hatte. »Bitte schön. Kannst du nachher lesen, wenn ich wieder weg bin. Ich weiß nicht, ob du das Paket vorhin gesehen hast, aber ich habe dir ein paar Malutensilien mitgebracht. Die Staffelei war mir zu groß und riskant.«

»Wäre auch nicht nötig gewesen, Emilie hat mir schon eine neue besorgt.«

Käthe hob die Augenbrauen. »Meine Güte, sie kauft dich richtiggehend, oder?«

Jetzt ruderte Nathan noch schneller. »Ich würde mich freuen, wenn ihr endlich mal aufhören würdet, auf Emilie herumzuhacken. Sie hat es auch nicht leicht, und was sie tut, ist selbstlos und gut.«

Käthe schob mit dem Zeigefinger ihr linkes Unterlid herunter. »Holzauge.«

Die Krugkoppelbrücke tauchte vor ihnen auf. Dahinter öffnete sich die Außenalster, die an diesem Tag schon voller Jollen und hölzernen Ruderbooten wie das ihre war. Käthe ließ die Nadel erneut auf Dvořáks Humoreske sinken. Eine leichte Brise ließ sie erzittern. Es war kühl auf dem Wasser.

»Willst du weiter auf die Alster hinaus, oder soll ich uns über den Langen Zug zurückrudern? Wir kämen dabei am Rondeelteich vorbei. Es ist sehr hübsch dort.«

»Du kennst dich ja schon gut aus. Lass uns mal zurückrudern.«

»Ich rudere jeden Tag. Ohne die Bewegung würde ich wahnsinnig werden.« Nathan ruderte mit rechts, um das Boot zu wenden. »So kann ich auch besser nachdenken.«

Käthe betrachtete ihn. Nathan gehörte zu jenen Menschen, die die Gabe hatten, immer elegant auszusehen, egal, in welcher Lage sie sich befanden. Sein schwarzer Anzug war knitterfrei, der Kragen seines Hemdes und die Manschetten strahlten in einwandfreiem Weiß. Die Locken trug er wie immer nach hinten gekämmt, was sein ebenmäßiges, schönes Gesicht gut zur Geltung brachte. Plötzlich erinnerte Käthe sich daran, wie sie selbst mit neunzehn Jahren in ihn verliebt gewesen war. Es schien Alines Schicksal zu sein, dass alle ihre Freundinnen sich in diesen Mann verliebten, aber wahrscheinlich hatte das überhaupt nichts mit Aline zu tun. Nathan war einfach etwas Besonderes, nicht nur äußerlich. »Und worüber denkst du nach?«, fragte sie.

»Ich denke darüber nach, aus Deutschland wegzugehen. Aber ich möchte nicht ohne Aline und Jesabel gehen. Das ist es. Das Problem, über das ich Tag und Nacht nachdenke.«

»Du solltest Aline schreiben.«

»Habe ich«, sagte Nathan, den Blick in die Ferne, ans Ende des kleinen dunklen Kanals gerichtet. Die Humoreske war verstummt. »Ich gebe dir den Brief nachher mit, wenn du zurückfährst.«

Während Nathan den Brief wenig später aus dem Gästezimmer holte, das er bewohnte, betrat Alexander den Salon. »Einen Scotch für den Heimweg?«, fragte er Käthe augenzwinkernd.

Käthe nickte. »Trifft sich hervorragend, dieses Angebot. Ich hätte da nämlich noch eine Frage.«

Alexander drehte das Glas zwischen den Fingern. »Mit Scotch im Blut fragt es sich leichter. Das Gefühl kenne ich.«

»Zweimal nein. Ich gehöre nicht zur vergeistigten Sorte. Meine Fragen sind *alle* leicht. Und nein: ich glaube Ihnen nicht, dass Sie Scotch benötigen, um etwas zu fragen. Sie brauchen überhaupt nicht zu fragen. Sie nehmen sich alles, Alexander, habe ich Recht?«

Ein amüsiertes Lächeln breitete sich auf den Zügen des Mannes aus. »Sie gefallen mir. Fragen Sie!«

»Was haben Sie persönlich davon, dass Nathan bei Ihnen wohnt?«

»Ganz einfach. Ich tue Emmi damit einen Gefallen, dafür tut Emmi mir einen. Und zwar jede Nacht. Seitdem Ihr Nathan hier eingezogen ist, jede Nacht. Das war der Handel.«

Käthe stürzte den Scotch hinunter. »Sehen Sie. Das war leicht.«

Sie bemerkte, dass Nathan an der Tür stand. Sein Gesicht war kreidebleich. »Bitte«, sagte er und reichte Käthe den Umschlag. Alexander würdigte er dabei keines Blickes.

12. Kapitel

»Ich könnte Ihnen ein Toupé ins Haar setzen.« Madeleine betrachtete den mit beängstigender Schnelligkeit kahler werdenden Schädel der Bataillard. Seitdem ihre treueste Kundin in die Wechseljahre gekommen war, litt sie nicht nur am Farbverlust ihrer Haare, sondern an deren Verlust allgemein. »Ich stecke es Ihnen so fest, dass kein Mensch es bemerken wird, nicht einmal Ihr Mann. Die Methode ist absolut zuverlässig!«

»Dasselbe haben sie über diese fliegenden deutschen Wunderdinger auch gesagt. Und jetzt sehen Sie sich an, was mit dem Zeppelin in Lakehurst passiert ist!« Madame Bataillards schon von Natur aus vorhandenes Misstrauen wurde von den Ereignissen auf ihrem Kopf alles andere als beseitigt.

Madeleine seufzte. »Madame, mit Verlaub gesagt, der Vergleich zwischen dem Zeppelin Hindenburg und einem Toupé scheint mir doch ein wenig an den Haaren herbeigezogen.«

Die Ladenglocke bimmelte. Judith hüpfte fröhlich in den Salon. *»Bonjour, Grand-Mère, bonjour, Madame Bataillard!«*

»*Bonjour*, mein kleiner Engel! Wie war es in der Schule?« Madeleine beugte sich ein wenig vor, um ihrer Enkelin einen Kuss zu geben. Dabei bemerkte sie, dass Judith schon wieder gewachsen war. Für eine kaum Zehnjährige erschien sie ihr sogar ungewöhnlich groß.

»Ah, so lala. In der Kantine gab es als Vorspeise schwarze

Oliven mit Wurst und Brot und als Hauptgericht Hammelkeule mit Pommes frites.«

»Das klingt doch recht üppig. Also, Madame Bataillard, haben Sie sich entschieden?«

Madame Bataillard fixierte ihr Spiegelbild. »Ich nehme ein neues Gesicht.«

Judith ließ sich in einen der Frisiersessel fallen. »Aber Grand-Mère, wir bekommen jeden einzelnen Tag Hammelkeule mit Pommes frites! Ich kann das Zeug nicht mehr ausstehen! Monsieur Roux sagt, dass der Mensch das ist, was er isst! Wenn das stimmt, dann fang ich spätestens nächste Woche an zu blöken!«

»Ah, Madame, ich wüsste nicht, was an Ihrem Gesicht verkehrt sein sollte. Judith, bitte wasch dir die Hände, bevor du hier irgendetwas anfasst! Übrigens, andere wären froh, wenn sie jeden Tag eine warme Mahlzeit bekämen!«

»Welche anderen, Grand-Mère?«

Darauf wusste Madeleine auch keine Antwort. Seit der schrecklichen Wirtschaftskrise war der Hunger aus der Welt geschafft, zumindest aus ihrer eigenen.

Madame Bataillards Blick war starr geworden. »Ich kann es Ihnen verraten. Es ist die Ähnlichkeit mit einem Mops, die mich stört. Bei Hunden mag es niedlich aussehen, wenn ihr Gesicht in Falten verschwindet, bei uns Frauen wirkt es befremdlich.«

Judith kniete sich so auf den Sessel vor dem Waschbecken, dass sie an den Wasserstrahl heranreichte. »Wo ist eigentlich Tante Henny?«

»Tante Henny fühlt sich nicht wohl, sie liegt zu Hause und schläft. – Und Sie, Madame, machen jetzt mal einen Punkt! Ihre Haut ist so glatt, dass sogar eine Dreißigjährige Sie darum beneiden könnte!« Madeleine kam sich vor wie eine gespaltene Persönlichkeit. Mit zwei Menschen gleichzeitig zu reden, von denen die eine die andere ignorierte, war weiß Gott keine leichte Aufgabe.

»Eine dreißigjährige Möpsin vielleicht. Obwohl, so ein hohes Alter erreichen die Hunde ja überhaupt nicht. Die Glücklichen.«

»Ist das, weil Tante Henny ein Baby bekommt? Glaubst du, dass das Baby heute schon rausschlüpft, Grand-Mère?«

Madeleine holte tief Luft. »Ich gehe mal eben vor die Tür. Madame Bataillard, blättern Sie doch so lange in diesem Magazin, vielleicht sagt Ihnen ja doch die eine oder andere Coiffure daraus zu. Judith, würdest du Madame in der Zwischenzeit einen Kaffee machen?«

Judith sprang begeistert auf. Sie liebte den Raum hinter dem eigentlichen Salon, in dem seit kurzem ein kleiner Gasherd stand, auf dem man Kaffee und einfache Gerichte zubereiten konnte. Ein Blick auf die Dame vor dem Spiegel verriet ihr, wie unglücklich diese war, und sie hatte auch schon eine Idee, wie sie sie aufheitern konnte.

Während Madeleine in der brütenden Julihitze auf dem Pflaster stand, schlug Judith zwei Eier auf, verquirlte sie mit Milch und Mehl und warf ein Stück Blockschokolade in ein Wasserbad, das sie auf dem Herd erhitzte. Auf der anderen Platte setzte sie Wasser für den Kaffee auf. Als die Schokolade zu einer warmen, zerlaufenen Masse geworden war, wuchtete Judith die schwere Eisenpfanne auf das Feuer. Es brauchte kaum mehr als zwei Minuten, da war die erste Crêpe fertig. Sie goss die Schokoladenmasse hinein, faltete die Crêpe zweimal, stellte sie mit dem Kaffee auf ein Tablett und trug es zu der unglücklichen Frau hinüber. Deren Augen leuchteten bei dem Geruch des Kaffees und der heißen Schokoladenköstlichkeit augenblicklich auf. »Ich glaube, ich bin gerettet«, schmunzelte sie.

Judith fühlte, wie es vor Freude in ihr knisterte. Sie machte einen Knicks. »Danke, Madame«, sagte sie.

Madame Bataillard biss in die Crêpe hinein. Judith bemerkte, wie sie vor Lust die Augen verdrehte. *»Eh oui«*, bemerkte sie, nachdem sie den Bissen hinuntergeschluckt hatte. »Das Leben *kann* schön sein.«

Dem konnte Judith nur zustimmen. Trotz Hammelkeule mit Pommes frites.

Aline versuchte, sich stark und beherrscht zu zeigen. Das Boot schwankte gefährlich, als sie einen Fuß hineinsetzte, aber sie tat, als sähe sie Nathans Hand nicht, und hielt sich stattdessen an der hölzernen Einfassung fest. Sie wusste, dass sie nach den letzten schweren Wochen abgemagert und schlecht aussah, sie spürte Nathans prüfenden Blick auf ihrem Gesicht und ihrem Körper, aber sie hatte nicht vor, sich bemitleiden zu lassen. Nicht, wenn eine strahlende und restlos aufgeblühte Emilie hinter ihnen am Bootsanleger stand und ihnen gut gelaunt zuwinkte. »Viel Spaß!«, rief Emilie. »Und immer dran denken: Auf den Kanälen darf eine Rudergeschwindigkeit von 50 Seemeilen pro Minute nicht überschritten werden!«

Aline beobachtete, wie Nathan zu lächeln begann. Es war ein Lächeln, wie sie es noch nie zuvor an ihm gesehen hatte, eine Fröhlichkeit, die sich von den Augen über die Wangen bis zum Mund hinunter ausbreitete und sein Gesicht in ein Bild menschlichen Glücks verwandelte. Während er das Boot vom Anleger abstieß, hob er eine Hand in Richtung Emilie. Aline drehte sich um. Emilie stand am Ufer, und ja – Aline traute ihren Augen nicht –, sie hüpfte beim Winken auf und ab. Ihre langen dunkelblonden Haare wippten, und sie wirkte in diesem Moment wie ein kleines Mädchen, das das schönste aller Leben führt. Aline fühlte, wie sich ihr Herz verkrampfte. »Ihr beiden scheint euch ja prächtig zu amüsieren«, brachte sie endlich hervor.

Sofort war das Lächeln aus Nathans Zügen verschwunden.

Er nickte bedächtig. »Emilie ist ein feiner Kerl«, bemerkte er. »Dass sie mit diesem furchtbaren Mann verheiratet ist, macht mich fertig.«

Es versetzte Aline einen Schock, dass Nathan seine Konkurrenz mit Alexander so deutlich zum Ausdruck brachte. Trotzdem gelang es ihr, mit einigermaßen fester Stimme zu sprechen. »Was ist denn so verkehrt an Alex? Ist er nicht nett zu dir?«

Nathans Ruderbewegungen waren von bewundernswerter Regelmäßigkeit. Aline bemerkte, dass sein Brustkorb breiter geworden war. Nun, Käthe hatte ihr ja erzählt, dass er seine Tage entweder vor der Staffelei oder auf dem Wasser verbrachte. Vermutlich gemeinsam mit Emilie. Sie sah die beiden vor sich, mit Grammophon, Skizzenblock und Picknickkorb bewaffnet, wie sie lachend ins Boot stiegen, Emilie mit ihren langen Haaren, die im Wind der böigen Wasserkanäle wehten, Nathans Hand umklammernd, um nicht zu fallen.

»Alexander benimmt sich mir gegenüber anständig. Aber darum geht es nicht. Es geht darum, wie er Emilie behandelt. Das hat sie nämlich nicht verdient.«

»So«, machte Aline, während sie spürte, wie ihr Herz nun zu rasen begann. »Was hat sie denn verdient? Ein sensibles Künstlerherz, das sie liebt und versteht? Einen Mann, der ihre ach so großzügigen Gesten mit Zärtlichkeit belohnt?«

»Hör auf damit, Aline!« Nathans Augen waren dunkel vor Wut. »Du machst es mit deiner Eifersucht nur noch schlimmer!«

Aline richtete sich auf im Boot. »Noch schlimmer? Noch schlimmer kann es ja wohl kaum werden! Ich habe meinen Mann einer Frau überlassen, die nur darauf gewartet hat, ihn endlich vernaschen zu dürfen! Wenn sie es denn nicht schon längst getan hat!« Aus den Augenwinkeln bemerkte sie ein junges Pärchen, das sich auf der grasbewachsenen Uferanlage küsste. Das fremde Glück trieb ihr die Tränen in die Augen. So glücklich, so unbeschwert waren Nathan und sie früher auch einmal gewesen.

»Vernaschen, also wirklich.« Nathan schüttelte den Kopf. »Du tust geradewegs so, als wäre ich eine Süßigkeit, die man nach Belieben verschenken kann. Dass ich in der Sache auch noch ein Wörtchen mitzureden hätte, scheinst du mir ja nicht zuzutrauen.«

»Und – hast du?« Aline hielt die Luft an.

»Habe ich was?«

»Ein Wörtchen mitgeredet in der, äh – Sache.« Sie wusste selbst, wie absurd sie sich anhörte.

»Darauf muss ich ja wohl nicht antworten, oder?« Nathan ruderte unbeirrt weiter. Er blickte Aline nicht einmal an.

»Richtig. Du bist mir nun ja keine Rechenschaft mehr schuldig.«

»Falsch«, korrigierte er. »Ich war dir noch nie Rechenschaft schuldig. Du mir übrigens auch nicht.«

»Ach, so ist das.« Sie tat ihr Möglichstes, um nicht in Tränen auszubrechen. Ein weißes Alsterschiff, mit Hakenkreuzfahne und bunten Wimpeln beflaggt, hielt auf sie zu. Aline ließ ihre Stimme so kalt und hart wie möglich klingen. »Du musst ausweichen. Da kommt ein Motorboot.«

Nathan drehte sich kurz um und machte ein paar Ruderschläge mit dem linken Arm. »Ich wollte dich eigentlich etwas fragen. Aber ich sehe, dass du nicht in der Stimmung bist, ernsthaft mit mir zu diskutieren.«

Auf einmal hatte Aline nur noch einen Wunsch. Zu Hause sein. Mit Jesabel in ihrem Zimmer spielen und den normalen Alltag spüren. Sich von Käthes absurden Redaktionsgeschichten trösten lassen, mit ihr herumalbern. Patienten behandeln. Bei Bertha in der Küche sitzen, wie früher. Zwiebeln schneiden, auf dass niemand mitbekam, dass die Tränen echt waren, echter Traurigkeit entsprangen, einem Kummer so groß wie die Welt.

»Wer weiß, wie oft wir noch die Gelegenheit dazu haben werden. Frag einfach.«

»Hast du noch einmal über das nachgedacht, was ich dir geschrieben habe?«

Aline nickte. »Darüber, ob ich mit dir zusammen fortgehen würde? Ja. Sehr oft sogar.«

Nathan hörte auf zu rudern. Sofort begann der Alsterwind, das kleine Boot in Ufernähe zu treiben. Aline spürte seinen Blick und wagte nicht, ihn zu erwidern. »Ehrlich gesagt, ich kann es mir noch immer nicht vorstellen. Ich habe das Gefühl, dass für dich bereits ein neues Leben begonnen hat. Und ich – ich bin unserem alten verhaftet. Ich … ich kann euch nicht richtig Glück wünschen, euch beiden, dazu bin ich wohl zu verzweifelt. Aber ich … pass gut auf dich auf, Nathan. Ich geh jetzt.« Und zu ihrer eigenen Überraschung sprang sie aus dem Boot, das jetzt die Böschung streifte, und lief davon, ohne sich noch einmal umzudrehen. Was habe ich da nur getan?, fragte sie sich verzweifelt. Was um Gottes willen habe ich denn da soeben getan? Sie begann zu laufen, als ob jemand hinter ihr her wäre, aber der Einzige, der sie verfolgte, war der Gedanke an eine Zeit, in der sie sich geborgen gefühlt hatte und geliebt. Sie lief, bis es dunkel wurde. Irgendwann hielt sie eine Droschke an, dessen Fahrer sie bat, sie nach Hause zu bringen. Den Tourer hatte sie wohlweislich an der Flottbeker Chaussee stehen lassen. Sie hatte den ganzen Tag gebraucht, um nach Harvestehude zu kommen, weil sie so viele Umwege gegangen war. Und nun war sie todmüde. Sie lehnte sich im Wagen zurück. Das Rütteln versetzte sie in einen Zustand der Ruhe, es erinnerte sie an Droschkenfahrten ihrer Kindheit, eine Zeit, die gewiss nicht ruhig gewesen war, aber die sie doch mit sicherem Urteil hatte einordnen können. Wie konnte es angehen, dass ihr das nun nicht mehr möglich war? Warum zweifelte sie an allem? Warum war es manchmal so schwer, zwischen Gut und Böse, zwischen eigener Schuld und eigener Unschuld zu unterscheiden? Neugeborene Babys, erinnerte sie sich, während sie die Himmelsleiter hinunterkletterte, können noch keine Farben erkennen. Doch das Schwarz-Weiß-Sehen scheint bis ins Erwachsenenalter hineinzureichen. Und wer es endlich überwindet, treibt hilflos im Farbenmeer.

Aline schloss die Haustür auf und horchte in den Flur hinein. Alles war ruhig. Käthes Ausgehschuhe waren aus dem Flur verschwunden. Bestimmt wirbelte die Freundin zur Stunde am Arm eines im Lindy Hop versierten Galans im Altonaer Kaiserhof oder in einer der vielen neu entstandenen Swingclubs auf St. Pauli herum. Käthes heiß geliebte Tanzrhythmen hatten seit den Olympischen Spielen das Gehör der deutschen Jugend erobert. Da hieß es von der Gunst der Stunde profitieren. Und doch – wie gerne hätte Aline der Freundin nun das Herz ausgeschüttet, sie für sich gehabt!

Auf dem Treppenaufgang fand sie einen Zettel. »Kann spät werden. Ahoi, Käthe.« Aline schmunzelte gegen ihren Willen, während sie die Buchstaben betrachtete, die ausgelassen über das Blatt tanzten. Sie schlich die Treppe hinauf nach oben, um nach den Kindern zu sehen. Jesabel hatte sich in eine Kugel verwandelt, die Knie fast bis unter das Kinn gezogen, die Puppe Bonsche fest im Arm. Aline deckte sie zu und steckte das Gefieder der Daunendecke um die Kleine herum fest, sodass sie es warm und kuschelig hatte.

Sixten schlief wie ein Sieger: auf dem Rücken, die Arme wie im Jubel nach oben gereckt, ein seliges Lächeln auf den Lippen. Sie streichelte ihm über den Kopf, woraufhin der Junge etwas Unverständliches von sich gab.

Erst im Salon, vor dem Bild, das sie und Nathan als Brautpaar zeigte, brach Aline zusammen.

Das Telefonläuten schreckte sie auf. Sie brauchte etliche Sekunden, um sich daran zu erinnern, dass sie sich auf dem Kanapee in den Schlaf geweint hatte. Dann stürzte sie in den Flur nach unten. »Sandstein«, sagte sie, mit der Stimme, die sie sich angewöhnt hatte, wenn sie aus dem Schlaf gerissen wurde, hellwach im Klang, bereit, wen auch immer von seinen Leiden zu befreien oder sie zumindest zu lindern.

»Liebling, ich bin es.«

Die Erleichterung kam so stark, dass ihre Knie schwach wurden. »Nathan, Gott sei Dank. Ich hab alles vermasselt, oder?«

Sie hörte ihn atmen. »Du kannst nichts dafür.«

Aline ließ sich mit dem Rücken an der Wand hinuntergleiten. »Es tut mir alles so Leid. Mein Verhalten vorhin, meine dumme … Eifersucht.«

»Ich hätte doch genauso reagiert.«

Die Zärtlichkeit in seiner Stimme trieb ihr die Tränen in die Augen. »Hättest du?«

»Aber ja doch. Meinst du, ich würde dich mit irgendjemandem teilen wollen?«

»Muss ich das denn?« Aline stockte der Atem. »Dich mit jemandem teilen?«

»Nein. Natürlich nicht … Ja, warte doch mal, ich telefoniere jetzt!«

Aline spürte, wie ihr vor Schreck das Herz davontrommelte. Im Hintergrund war eine weibliche Stimme zu hören, eine sehr jammervolle. »Nathan, wenn du willst, sprechen wir morgen weiter«, flüsterte sie. »Wenn du willst, komme ich wieder. Und dann reden wir richtig.«

Stille. Nur sein Atem, jetzt ein wenig schneller. Zornesatem, sie erkannte das. Die weibliche Stimme im Hintergrund wurde schwächer, bis sie endlich verstummte. »Entschuldige bitte, Aline. Ich wünschte, ich wäre jetzt bei dir. Ich wünschte, wir beide wären endlich wieder zusammen.«

»Ich auch.«

»Ich weiß nicht mehr, was ich sagen soll … Ich liebe dich.«

»Ich dich auch. Gute Nacht, Nathan, bis morgen.« Sie hängte den Hörer so vorsichtig ein, als hinge Nathan persönlich daran. Das Schlafzimmer erschien ihr in dieser Nacht weniger kalt und Angst einflößend als sonst. Dankbar schlief sie ein.

Später konnte Nathan sich nicht erinnern, ob es die Männerstimmen unten im Hausflur oder die sanften Küsse auf seinem Gesicht waren, die ihn geweckt hatten. Durch die halb geöffneten Vorhänge erkannte er, dass draußen eben die Sonne aufging. Er schob Emilie von sich fort. »Was machst du hier? Was ist da unten los?«, knurrte er.

»Sie suchen dich«, flüsterte Emilie. Sie hatte sich auf den Boden vor seinem Bett gesetzt und streichelte seine Hand, als gelte es, ein krankes Kind zu beruhigen.

»Was?« Nathan schoss in die Höhe. »Verdammt, geh aus dem Zimmer, Emilie, ich muss mich anziehen!«

Alexanders Bass dröhnte durch die angelehnte Tür. »Ich soll einen Juden bei mir verstecken? Sehe ich aus, meine Herren, als ob ich lebensmüde wär?«

Emilie rührte sich nicht. Ihre blauen Augen standen voller Tränen. Ihre hündische Liebe war mehr, als Nathan ertragen konnte. Er musste sich zusammenreißen, um sie nicht zu ohrfeigen. Wütend fuhr er in seine Hose, streifte sich das Hemd über, schlang sich das Jackett um die Schultern. Auf einmal hatte er das Gefühl, ein Déjà-vu zu erleben. Sie hatten die Situation so oft geprobt, dass er jeden einzelnen Schritt im Voraus kannte. Die Hintertür in den Garten, den Sprung ins Boot, hin zur verabredeten Stelle, an der Emilie mit seinem Koffer auf ihn wartete, und darauf, das Boot wieder entgegenzunehmen. Womit er nicht gerechnet hätte, war, dass sie wie gelähmt verharrte und ihm einfach nur zusah.

Ohne sie eines weiteren Blickes zu würdigen, floh Nathan aus der Kammer, der Hintertreppe zu. Und offenbar keine Sekunde zu spät. Denn während er auf der einen Seite hinunterlief, hörte er erregte Stimmen und schwere Stiefelschritte auf der anderen. Wie im Fieber lief er durch den Garten, der noch feucht vom Morgentau war. Es war keine Zeit mehr gewesen, Strümpfe anzuziehen, die Halme kitzelten seine Knöchel. Der Knoten im Seil hatte sich mit Wasser voll gesogen. Nathan nestelte verzweifelt daran herum. Endlich – die richtige Schlinge! Er zog und zog, bis das Tau sich löste. Dann warf er sich in das Boot und ruderte los. Der Schweiß rann ihm von der Stirn in die Augen, sie brannten vor Salz, bald konnte er kaum mehr sehen. Nur noch eine Biegung, dann hatte er den winzigen Kanal erreicht, an dessen Ende er Emilie mit seinen Sachen erwartete.

Dunkel war es hier, Entenfedern und tote Blätter trieben auf der Wasserstraße einem unbekannten Ziel entgegen, aus der schwarzen, brackigen Tiefe stiegen vereinzelt Blasen auf. Kein Geräusch außer dem Glucksen und Schwappen um ihn herum. Die Sonne malte Lichtflecken auf die Brühe, da, wo sich die Strahlen einen Weg durch das Blätterdach brachen. Wo zum Teufel blieb Emilie? Sie musste längst da sein, zu Fuß betrug der Weg nur wenige Minuten. Schließlich ein Knacken im Gebüsch. Ein Vogel. Nathan klickte seine Taschenuhr auf. Zwanzig Minuten nach acht, er wartete nun seit bald einer Stunde. Irgendetwas war schief gelaufen, er spürte es. Doch als er sich eben aus dem Boot erheben wollte, und sei es nur, um sicheren Boden unter den Füßen zu spüren, knackte es abermals, und sie war da. In der Hand trug sie nicht einen Koffer, sondern zwei, und als sie sprach, sah sie ihn nicht an. »Ich habe beschlossen, mitzukommen«, sagte sie. Einer dieser Sätze, die ein Leben verändern.

»Ein Krankenhaus, wozu ein Krankenhaus?«, schimpfte Madeleine. »Zu meiner Zeit haben die Frauen ihre Kinder alle daheim geboren, und geschadet hat es nicht. Aline hat die Zwillinge auch zu Hause gekriegt!«

Ein gequältes Röcheln war die Antwort. Henny lag mit schmerzverzerrtem Gesicht auf dem Bett in ihrem Schlafzimmer, die Hände auf ihren gewaltigen Bauch gepresst. David hielt ihre Hand, während er sprach. »Wenn Henny sich wünscht, im Krankenhaus zu entbinden, müssen Sie das akzeptieren, Madeleine!« Es war das erste Mal, dass sich der blonde junge Mann – das Glas Milch, wie Madeleine ihn im Stillen nannte – gegen ihre Entscheidungen auflehnte. Aber Madeleine hatte ihr Pulver noch nicht verschossen. »Es kostet zu viel«, beschloss sie. »Eine Krankenhausgeburt ist ein Luxus *de folie*, den sich vielleicht die Präsidentengattin gönnt, aber doch nicht eine einfache, emigrierte Angestellte! In was für gesellschaftliche Sphären phantasiert ihr euch eigentlich alle hinein?«

»Vorsicht!«, warnte David. »Wer im Glashaus sitzt, sollte vielleicht besser nicht mit Steinen werfen. Wer außer Ihnen erträumt sich ein Leben als Aristokratin, wer …«

»Genug!« Hennys Zwischenruf war halb Schmerzensschrei, halb Wutausbruch. »Streitet euch gefälligst draußen, ich bekomm ein Kind! Und David, ruf mir einen Wagen ins Krankenhaus.« Und mit einem Blick auf ihre Schwiegermutter: »Das Geld dafür hab ich mir selbst verdient!«

Judith betrachtete alles mit fiebrig glänzenden Augen. Keine Regung entging ihr, kein Wort. In ihrer Aufregung presste sie Bonsche an sich. Sie brauchte keine Fragen zu stellen, sie wusste, worum es ging. Henny und David waren dabei, die Königin abzusetzen. Das war der Sturm auf die Bastille, nichts weniger, die berühmte Revolution, von der die Straßennamen und steinernen Figuren in Marseille kündeten und die die

Lehrer in der Schule nicht müde wurden hervorzuheben. Sie schwankte zwischen Mitleid für Grand-Mère und dem Drang, sich Hennys und Davids Protesten anzuschließen. Genauso fühlte sie sich, wenn von Königin Marie-Antoinette die Rede war. Als David den Raum verließ, um bei der Concierge ein Telefongespräch zu erbitten, blickte sie zwischen den beiden Frauen hin und her. Henny wand sich leise stöhnend. Grand-Mère blickte starr geradeaus.

Als David endlich wieder auftauchte, nahm er Henny stumm am Arm und führte sie fort. An der Tür drehte sie sich um. »Wünschst du mir Glück?«, fragte sie.

Das Schweigen war unerträglich. »Nun sag doch etwas, Grand-Mère!«, wisperte Judith.

Aber Grand-Mère schüttelte den Kopf.

Die Schmerzen schienen Henny von neuem zu überfallen. Sie krümmte sich und wimmerte leise. Als der Anfall nach einigen Minuten verebbte, hakte David sie unter und führte sie sanft hinaus.

Nathan ruderte einfach immer weiter. Zum einen, weil er einen ungestörten Ort brauchte, um sich von Emilie die Geschehnisse im Haus an jenem Morgen erzählen zu lassen, und das ging auf dem Wasser nun mal besser als in den Straßen der Stadt, in denen sie jeden Augenblick von Uniformierten aufgespürt werden konnten. Und zum anderen, weil er einfach nicht wusste, in welches Verkehrsmittel er wechseln sollte. Die Alternative zum Boot war ein Fußmarsch in der Mittagshitze, mit der obendrein unerfreulichen Aussicht, gänzlich ziellos zu sein. Seltsam, so viele Wochen dauerte das Versteckspiel nun an, aber nie hatte er wirklich darüber nachgedacht, wohin er im Ernstfall gehen sollte. Irgendwie hatte er immer damit gerechnet, dass sich alles aufklären würde, dass er zurück nach Övelgönne gehen könnte. Natürlich wusste er mittlerweile, dass er sich die geplante Ausreise mit Aline aus dem Kopf schlagen konnte. Sie hatte ihm ja gestern unmissverständlich zu verstehen gegeben, dass sie auf jeden Fall hier bleiben wollte, und er verstand sie sogar. Er hätte an ihrer Stelle genauso darum gekämpft. Schrecklich war, dass er auf einmal über so viele Dinge nachdenken sollte, so viele Dinge, und jedes davon schier unlösbar. Dass er nun planen musste, ernsthaft planen und dabei einen kühlen Kopf bewahren, und das war aussichtslos angesichts dessen, was Emilie ihm erzählte.

»Als sie die Treppe hochgekommen sind, hab ich mich in dein Bett gelegt und so getan, als ob ich schliefe. Sie haben mir aber nicht geglaubt, dass das mein Bett war, und haben das Zimmer durchsucht. Und als sie nichts fanden, haben sie Alexander gefragt, warum wir in getrennten Betten schlafen.« Sie machte eine Pause.

»Was hast du geantwortet?«, fragte Nathan, da Emilie offensichtlich darauf wartete.

Sie errötete, bevor sie weitersprach. »Ich habe ihnen erklärt, dass ich meinen Mann nicht mehr liebe. Du hättest Alexanders Gesicht sehen sollen! Er wäre fast hintenübergefallen!«

Nathan legte noch einen Schlag beim Rudern zu. »Ich kann daran nichts Lustiges finden, Emilie.«

Emilie setzte sich so zurecht, dass ihr Rock über beide Knie rutschte. Träumte er, oder hatte sie die obersten Knöpfe ihrer Bluse geöffnet? Sie schüttelte ihr Haar aus der Spange, die es zusammenhielt. Sofort begann es im Wind zu flattern. »Es tut mir Leid!«, lachte sie. »Ich weiß, dass wir Probleme haben. Aber ich habe mich noch nie in meinem Leben so gut gefühlt!«

»Lass das!«, herrschte Nathan sie an. »Ich habe dich bislang als eine Freundin gesehen, eine, die viel für mich getan hat. Aber wenn du so weitermachst, werde ich irgendwann anfangen, dich zu verachten. Ich liebe dich nicht, und ich werde dich niemals lieben. Dass das endlich geklärt ist!«

Emilies Lachen verpuffte. Sie musterte Nathans Züge, diese wunderschönen Züge, die sie stundenlang ansehen konnte. Meinte er das ernst? Sie passierten die Krugkoppelbrücke, und die Außenalster lag vor ihnen, riesig blau und noch fast leer zu dieser Stunde. Der Wind wurde stärker, und mit ihm die Bewegungen auf dem Wasser. Nathan warf einen unruhigen Blick auf die Koffer. Wenn sie untergingen, dann mit ihnen alles, was sie besaßen. »Kannst du eigentlich schwimmen?«, fragte er Emilie, als ob das in ihrer Lage noch von Bedeutung wäre. Sie blickte ihn verständnislos an und schüttelte den Kopf.

Es war ungefähr in der Mitte der Außenalster, das Ufer in weiter Ferne, als Nathan begriff, dass er soeben alle Brücken hinter sich abgebrochen hatte. Er spürte, wie ihm kalt wurde vor Angst. Und noch immer wusste er nicht, wohin er eigentlich ruderte. Er wusste nur eines: Er musste so schnell wie möglich Emilie loswerden. Die Frau verschlang doch tatsächlich gerade mit großen Augen das Stadtpanorama um sich herum, immer noch das dumme Lächeln im Gesicht, als wäre sie auf einer Sonntagstour.

Nathan presste die Lippen zusammen. »Ich rudere jetzt bis zur Rathausschleuse. Dort wirst du aussteigen und zu deinem Mann und deinen Söhnen zurückkehren.«

Emilie lächelte immer noch ins Blau hinein.

»Hast du mich verstanden, Emilie?«

Sie nickte. »Ich bleibe bei dir, Nathan.«

Nathan fühlte, wie er zu schwitzen begann. So ging es jetzt seit Stunden: frieren, schwitzen, kalt und heiß. »Den Teufel wirst du tun.«

Der Jungfernstieg mit seinen eleganten Fassaden rückte

in Sicht. Bis hierhin war Nathan noch nie gerudert. Doch er spürte keine Ermüdung. Im Gegenteil, ihm war nun, als vollführten seine Arme die Bewegungen von ganz allein, ohne sein Zutun, ohne eigene Kraft. Auch die Innenflächen seiner Hände, vom vielen Rudern der vergangenen Wochen hart und schwielig geworden, schmerzten ihn kaum. Er bemerkte, wie Emilie auf ihrer Holzbank in sich zusammensank. Eine Gruppe von Schwänen war an das Boot herangeschwommen und reckte neugierig die Hälse. Nathan ließ seinen Blick von den Alsterarkaden zu seiner Rechten hin zu der Szenerie auf der linken Seite wandern. Geschäftsleute in dunklen Anzügen und Hüten, die Aktentaschen unter den Arm geklemmt, schritten eilig über den Adolf-Hitler-Platz, am hakenkreuzbeflaggten Rathaus vorbei. Keine Uniformierten am Ufer zu sehen. Nathan verlangsamte seinen Schlag und atmete ruhig ein und aus. Die Rathausschleuse war zwar kein Grenzposten, aber er fürchtete sich dennoch vor dem Schleusenwärter. Ein Paar im Ruderboot mit zwei großen Koffern – das sah nicht wirklich nach Ausflug aus. Der Wärter machte ihm ein Zeichen, Nathan solle warten. Noch war die Schleuse geschlossen. Eine mit Gemüse voll beladene Schute wartete darauf, in die Binnenalster entlassen zu werden.

»Hast du was zu trinken dabei?«, fragte Nathan.

Sofort begann Emilie in ihrer Tasche zu kramen. »Ich habe eine Flasche Sekt eingesteckt«, lächelte sie. »Um mit dir anzustoßen.«

»Mach sie auf!«, befahl Nathan. »Und zieh deine Wolljacke aus!«

Emilie zögerte keinen Augenblick. Ihr Lächeln war so lieb, dass es Nathan fast schon wieder Leid tat. »Wollen wir jetzt doch feiern?«, strahlte sie. »Heißt das, ich kann bei dir bleiben?«

»Nein, es heißt lediglich, dass wir diese dummen Koffer irgendwie verstecken müssen.« Nathan nahm Emilie die Jacke ab, die sie über ihrer Bluse getragen hatte, und begann sie über die aufeinander gestapelten Koffer zu legen. Dann stellte er die Sektflasche darauf. Jetzt winkte ihnen der Schleusenwärter zu. Nathan ruderte eine leichte Wende, auf den Eingang der Schleuse zu. Schattig war es hier, und sehr viel kühler.

»Na, da hat wohl jemand was zu feiern, was?« Der Schleusenwärter war ein leutseliger Mensch. Die berufsbedingte Einsamkeit hatte ihn im Gegensatz zu vielen Kollegen nicht wortkarg, sondern extrem mitteilungsbedürftig gemacht.

Nathan nickte. »Siebter Hochzeitstag, guter Mann.«

Der Schleusenwärter gluckste. »Das verflixte siebte Jahr. Na, meinen Segen habt ihr, Kinners. Und nu schön das Tau am Poller festmachen, aber nicht verknoten, sondern fieren, wenn es runtergeht.«

Nathan deutete einen militärischen Gruß an. »Zu Befehl, Herr Leutnant.«

Der Alte kicherte und schlurfte in sein Häuschen, um die Schleusenanlage zu bedienen. Sekunden später spürte Nathan, wie das Boot unter ihnen in die Tiefe sank. Vorsichtig ließ er das Tau über den kleinen Poller ablaufen. Emilie quietschte. »Huch, das ist ja ein komisches Gefühl.«

»Hör auf zu wackeln«, brummte Nathan. »Hab keine Lust, hier auf Grund zu gehen.«

Allmählich senkte sich das Boot hinab auf das Fleetsystem der Innenstadt. Endlich öffnete sich die Schleuse auf der anderen Seite, und sie konnten hindurchrudern.

»Wollen wir jetzt die Flasche köpfen?«, griente Emilie.

»Bist du wahnsinnig? Die steckst du schön wieder ein und bringst sie deinem Mann zurück, als Willkommensgeschenk.«

»Aber du hast doch eben gesagt …«

»Gar nichts habe ich gesagt. Ich habe dem Schleusenwärter was vom Himmel erzählt, oder glaubst du ernsthaft, wir seien seit sieben Jahren miteinander verheiratet? Meine Güte, manchmal glaube ich, du bist nicht ganz richtig im Kopf!«

Ohne Vorwarnung barg Emilie das Gesicht in ihren Händen und begann loszuschluchzen. »Warum bist du so zu mir?«, weinte sie. »Was habe ich dir eigentlich getan?«

»Gar nichts hast du mir getan. Aber ich bin nicht in Feierstimmung, mein Gott, begreifst du eigentlich *irgendetwas?*« Nathan biss die Zähne zusammen. Noch eine Stunde länger mit der Verrückten, und er drohte gleichfalls gaga zu werden. Außerdem bemerkte er, dass ihre Stimmen von den Steinwänden der Kontorhäuser und Speicher widerhallten. »Lass uns leiser sprechen«, mahnte er.

Sie schwiegen. Nathan ruderte weiter, wie eine Maschine, unermüdlich. Unerbittlich. Das Eintauchen der Dollen war jetzt das einzige Geräusch im Fleet. Er blickte zu den neugotischen Backsteinfassaden auf, Kathedralen des Handels, einem kaufmännischen Imperium zu Ehren errichtet. Der Duft von Kaffee und Gewürzen umwehte sie. Nachdem sie die nächste Brücke passiert hatten, wurde es plötzlich lauter. Ein Ewer hatte sich an die Rückfront eines Speichers gestakt, mit Säcken, Ballen und Kisten an Bord. Die Ware wurde über eine Winde nach oben in die Luken eines Ladebodens gehievt, Männer brüllten sich gegenseitig Flüche und Befehle zu. Auf einmal spürte Nathan, wie sehr er seine Stadt liebte. Wie sehr sie ihm fehlen würde. Immer nur hatte er daran gedacht, dass er fortwollte, nie daran, dass er doch hierher gehörte.

»Was hast du?«, fragte Emilie, die seinem Blick gefolgt war. »Kennst du einen von den Männern? Du siehst so verstört aus!«

»Es ist nichts.« Nathan schüttelte den Kopf. Die Arme wurden ihm schwer. Er konnte auch nicht mehr sitzen. Auf einmal fühlte er sich eingesperrt. Die Schaartorschleuse tauchte vor ihnen auf. Das bedeutete eine Pause vom Rudern. Dem Himmel sei gedankt. Und dann?

Diesmal mussten sie für das Durchschleusen bezahlen. Nur einen Groschen, aber immerhin. Nathan blickte in sein Portemonnaie, dorthin, wo er die Scheine aufbewahrte. Leider hatte er davon in letzter Zeit nicht mehr allzu viele gehabt. Die einzigen Scheine, die die vergangenen Wochen überlebt hatten, waren ein Zehner und ein Zwanziger. Wie sollte er damit auf die Flucht gehen? Und vor allem, wohin?

Diesmal wurden sie auf das Tidegebiet der Elbe hinabgeschleust. Wenn Nathan sich recht an den Stadtplan erinnerte, näherten sie sich nun dem Binnenhafen. »Ich werde einfach versuchen, mit dem Boot auf die Elbe hinauszurudern«, erklärte er, in Überlegungen versunken.

Emilie fuhr auf. »Aber das ist glatter Wahnsinn, Nathan! Dieses Boot ist eine Nussschale! Weißt du, wie kabbelig das Wasser auf der Elbe sein kann? Wir werden kentern!«

»Ich kenne die Elbe. Habe immerhin die vergangenen zehn Jahre dort gelebt. Du erinnerst dich? Ich bin mit einer Övelgönnerin verheiratet – Aline. Deiner ehemaligen Kommilitonin. Und Freundin, wie ich immer angenommen hatte.«

Emilie zog einen Flunsch. »Du brauchst nicht gleich zynisch zu werden. Ich weiß, dass ich Alines Freundin bin.«

»Meiner Ansicht nach musst du hin und wieder daran erinnert werden. Also – irgendwelche Gegenvorschläge?«

»Im Binnenhafen gibt es doch eine Marina. Wir machen dort fest und gehen dann an Land.«

»*Du* gehst an Land.« Nathan versuchte, wieder schneller zu rudern, aber allmählich schwanden ihm die Kräfte. Wie spät es jetzt wohl sein mochte? Vier Uhr? Fünf? Er hatte Hunger wie ein Wolf. »Ich werde den Teufel tun. An Land schnappen die mich in null Komma nix. Dich übrigens auch, wenn du dich nicht bald mal bei deinem Mann meldest.«

Emilie blies die Luft durch die geschlossenen Lippen aus, eine Äußerung, die sie für besonders verachtenswerte Lebensumstände reservierte. Aus den Tiefen ihrer Tasche förderte sie mehrere in Papier gewickelte Stullen hervor.

»Ich fasse es nicht«, brachte Nathan hervor, während er die Ruder zwischen sich und Emilie quer über das Boot legte. »Du schmierst *Brote*, bevor du Mann und Kinder verlässt. *Das* nenne ich organisiert!«

Emilie lächelte. »Ich würde das nicht so verallgemeinern, ist schließlich mein erstes Mal. Wurst oder Käse?«

»Käse.« Nathan griff dankbar zu. Er bemerkte, wie das Boot mit der Strömung in Richtung Hafen trieb.

»Soll ich das Boot lenken?«, fragte Emilie, die seinem Blick gefolgt war.

»Um Gottes willen, nein.« Nathan verschlang die Reste seines Brotes und griff erneut nach den Rudern. »Du hast schon genug für mich getan.« Er spürte, wie das Wasser unruhig wurde. Sie näherten sich der Elbeeinmündung.

»Ich werde bei dir bleiben.« Emilies Stimme, ohnehin von einer Entschlusskraft sondergleichen getragen, klang unter der halligen Brücke wie eine dieser mikrophonverstärkten Stimmen aus dem Volksempfänger.

Nathan zuckte zusammen. »Gar nichts wirst du. Lass mich endlich in Ruhe. Wann hörst du eigentlich auf zu träumen?«

»Wieso?« Emilie erlag einem überraschenden Anflug von Aufmüpfigkeit. »Du träumst doch auch!«

Nathan ruderte verbissen weiter. »Ach ja? Na, du musst es wissen. Wovon träume ich denn, deiner Meinung nach?«

»Von einer demokratischen Welt, in der die Religionsgemeinschaften friedlich nebeneinander leben.«

»Ein legitimer Traum. Oder etwa nicht?«

Emilie zuckte die Achseln. »Nicht legitimer als meiner oder der eines anderen Menschen. Die friedliche Koexistenz von Träumen ist die logische Verlängerung deines Wunsches.«

Dass Emilie komplizierte Gedankengänge haben konnte, war Nathan nie zuvor aufgefallen. Nun, warum überraschte ihn das? Schließlich wusste er, dass sie studiert hatte und gebildet war. Doch eigentlich hatte er Emilie immer nur als Mutter und Ehefrau gesehen. Und als Alines Freundin. Und in letzter Zeit als liebeskrankes Biest, das sich nach ihm verzehrte. »Vielleicht hast du Recht«, entgegnete er schließlich. »Und trotzdem gibt es einen großen Unterschied zwischen unseren Träumen. Ich träume etwas, von dem alle profitieren können. Du träumst nur von deinen eigenen Wünschen.«

»Ich träume von dir«, murmelte Emilie. Ihre Worte gingen unter in dem Stampfen und Pfeifen eines riesigen Dampfschiffes, das sich kaum fünfzig Meter von ihnen entfernt seinen Weg in Richtung Nordsee bahnte. Augenblicke später schlugen die Wellen so hoch, dass Nathan die Ruderblätter bewegungslos ins Wasser stakte, als könne das Boot auf diese Weise vorm Untergang gerettet werden. »Mist«, knirschte er. »Das schaffen wir nie.«

»Was hast du denn vor? Du willst doch wohl nicht ernsthaft die Elbe hinunterrudern!« Emilie bemerkte entzückt, dass er zum ersten Mal das Wort *wir* verwendet hatte. Es hörte sich schön an.

»Du brauchst gar nicht zu lachen.« Nathan nahm die Bewegung wieder auf.

»Lass uns in die Marina rudern.«

»Und dann?«

»Machen wir das Boot hier fest – unter meinem Namen –, und dann …«, Emilie witterte Morgenluft, »… suchen wir uns eine Yacht aus, auf der wir die Nacht verbringen können. Wenn es dunkel wird, klettern wir einfach drauf. Hier sind haufenweise Yachten festgemacht, die die Besitzer nie benutzen. Ich weiß es, Alexander und ich sind oft hier gewesen, um uns ein Boot zu chartern.«

»Du kannst segeln?« Nathan versuchte, eine Wende hinzubekommen. Emilies Vorschlag klang verrückt, aber etwas Besseres fiel ihm jetzt auch nicht ein.

Emilie blies wieder die Luft durch die Lippen. »Jeder Hamburger kann segeln.«

Nathan grinste. »Dann sind mein Bruder und ich offenbar die große Ausnahme. Segeln – geh mir weg damit! Allein die ganzen Taue! Ich käme ohne Ende in Tüdel!«

»Was war denn deine Disziplin als Kind?« In Emilies Welt gab es nur Menschen, die Klavier spielten oder Unterricht im Fechten oder im Ballett genommen hatten oder die Polo und Tennis spielten. Emilie kannte niemanden, der kein Geld für derlei Aktivitäten gehabt hätte, nicht persönlich.

»Reiten«, erklärte Nathan.

»Oh«, machte Emilie. »Das habe ich auch eine Zeit lang gemacht. Damensattel.«

Sie erreichten die Marina. Nathan hörte schon nicht mehr zu. Er spähte unruhig über den Steg. Keine Polizei, so weit er sehen konnte. Er sprang an Land, um das Boot zu vertäuen. Ohne ein weiteres Wort tat Emilie es ihm gleich. Sie strich den Rock glatt und schritt sodann erhobenen Hauptes ins Hafenamt. Minuten später kehrte sie mit einem Schrieb zurück. Immer noch stumm wanderten sie ans Ende des langen Holzstegs, den Blick auf die backsteinernen Bauten der Speicherstadt gerichtet.

»Die da«, erklärte Emilie und deutete auf eine Yacht am benachbarten Steg. »Die sieht schön verlassen aus.«

»Und was machen wir morgen?« Nathan fühlte sich auf einmal schwer wie tausend Tonnen. Jetzt erst spürte er, wie ihn die Arme schmerzten. Müdigkeit senkte sich in seine Augen.

»Morgen haben wir ausgeschlafen«, erklärte Emilie. »Dann können wir klarer denken.«

Nathan antwortete nicht. Er dachte an Aline und dass sie ihn heute besuchen wollte. Er fühlte sich elend vor Sehnsucht. Als es endlich dunkelte, machten sie sich auf den Weg zum anderen Steg. Sie hatten Glück. Die Yacht war nicht nur verlassen, die Tür zu den Kojen war auch noch unverschlossen. Sie kletterten die enge Stiege hinab, öffneten eine Tür und fielen auf die harte, schmale Matratze. Nathan schlief augenblicklich ein.

13. Kapitel

Auf dem Weg in den Leinpfad blieb Aline bei einem Eppendorfer Juweliergeschäft stehen. Sie hatte Lust, Nathan ein kleines Geschenk mitzubringen. Es war ein Paar perlmuttschimmernder Manschettenknöpfe, das ihr sofort ins Auge sprang. Der pure Luxus in Anbetracht ihrer kränkelnden Finanzen, aber das war ihr egal. Geld floss daher und wieder davon, es kam und ging. Man tat gut daran, es gar nicht erst groß zu zählen. Auf diese Weise blieb einem so manche Enttäuschung erspart.

Am Haus der Ziemers angekommen, klingelte sie. Doch niemand antwortete. Ob Nathan allein im Haus war? Dann konnte er natürlich nicht öffnen. Aline ärgerte sich darüber, kein Geheimsignal mit ihm vereinbart zu haben. Auf einmal hörte sie Kinderstimmen. Sie klingelte erneut. Nach einer halben Ewigkeit hörte sie jemanden durch den Flur schlurfen. Ein betrunkener Alexander im Morgenmantel öffnete ihr die Tür. Arme Emilie, dachte sie. Kein Wunder, dass sie so unglücklich ist mit ihm.

»Sie ist weg«, lallte Alexander. »Er auch.«

Aline war nicht die Frau, die mit einem Betrunkenen lange debattierte. Sie kramte in ihrer Handtasche nach Kopfschmerztabletten. »Legen Sie sich auf das Sofa!«, befahl sie. Da Alexander sie nur verblüfft anstarrte, begann sie, ihn vor sich herzuscheuchen. »Na los, tun Sie, was ich Ihnen sage! Wie lange trinken Sie schon?«

»Bitte, was?« Alexander hatte ihrer Anordnung brav Folge geleistet und war auf der Chintzantiquität im Salon zusammengebrochen. Aus seinem Mund drang ein Geruch wie aus zehn Fischmarktkneipen. Erst jetzt bemerkte Aline, dass die Söhne, die wie wild durch die Räume tobten, nicht nur über beängstigende Stimmvolumina verfügten, sondern auch extrem ungewaschen aussahen. Eckart, der Älteste, trug ein Kleid, das nur Emilie gehören konnte, mit Spitzen und Falten geschmückt.

»Sind die Kinder immer in diesem Zustand, wenn sie sich in Ihrer Obhut befinden, Alexander?«, fragte sie streng.

Alexander bewegte den Kopf von links nach rechts. Die Geste schien ihm Schmerzen zu bereiten. Am Ende entschied er sich für Worte. »Sie waren ja früher nie in meiner, äh … Obhut«, murmelte er.

»Jetzt trinken Sie erst mal das hier.« Sie reichte ihm ein Glas Wasser, das auf der Anrichte neben dem Chintzbezogenen stand, und warf die zwei Tabletten hinein.

Alexander verzog angeekelt das Gesicht. Aline schenkte sofort nach. »Viel trinken!«, erklärte sie. »Sie werden jetzt die ganze Karaffe leer trinken, so wahr ich hier sitze! Und dann erzählen Sie mir bitte, wo ich meinen Mann finde!«

Alexander setzte erneut das Glas an die Lippen. »Schmeckt widerlich«, befand er.

»Um Himmels willen, es ist bloß Wasser.« Aline rollte mit den Augen. Erwachsene Männer konnten eine echte Herausforderung sein.

»Ich habe keine Ahnung, wo sich Nathan befindet«, bekannte Alexander, während er sich zwang, weiterzutrinken. »Heute Morgen kam die Polizei, um ihn abzuholen. Er ist über die Hintertreppe geflüchtet.«

Aline erstarrte.

»Meine Frau ist mit ihm gegangen«, fuhr Alexander fort, den Blick immer noch auf das Glas gerichtet. »Nicht ohne den Polizisten zuvor zu erklären, dass sie mich nicht mehr liebt.«

»Wie ist es möglich, dass die Polizei von dem Versteck erfahren konnte?«, fragte Aline. Eine große Ruhe breitete sich in ihr aus. Sie schrie nicht, sie weinte nicht, sie war einfach nur ruhig. Und wie betäubt.

Alexander rieb sich den Schädel. »Keine Ahnung. Als ich auf der Wache war …«

»Wie, Sie wurden verhört?« Immer noch Ruhe im Gemüt. Als ob sie das alles gar nichts anginge. Ein seltsames Gefühl: Sie sah eine Frau aus großer Entfernung auf einem Stuhl vor einem Sofa sitzen, auf dem ein betrunkener Mann lag und ihr eine Geschichte erzählte. Und gleichzeitig *war* sie diese Frau, sprach mit dem Mann, hörte ihm zu, überlegte sich Antworten.

»Natürlich, was glauben Sie denn? Dass die Gestapo dahinterkommt, dass ich einen Juden verstecke, aber sagt, nee, schon in Ordnung, Sie, machen Sie sich noch einen schönen Tag, oder was? Valentin, bring sofort wieder das Messer in die Küche, damit tust du dir nur weh!« Und mit einem triumphierenden Blick auf Aline: »Sehen Sie, ich kann mich sehr gut um meine Kinder kümmern! Ich brauche Emmi überhaupt nicht. Kann mir gestohlen bleiben, die alte Kuh. Verfluchte Emmi.«

»Was ist dann passiert?« Obwohl da immer noch diese Ruhe war, fühlte Aline, wie sie allmählich wieder zu zittern begann.

»Dann habe ich den Herren Polizisten glaubhaft erklärt, dass ich von meiner Frau offenbar auf das Abscheulichste hintergangen wurde, dass ich ja nicht die leiseste Ahnung gehabt hätte. Ach, wären Sie so nett, mir einen kalten Waschlappen für meinen Kopf zu bringen, Sie sind doch Ärztin!«

Aline überhörte die Bitte. »Wie ist die Polizei überhaupt dazu gekommen, hier nach meinem Mann zu suchen?«

Alexander rieb sich die Stirn. »Ich habe keine Ahnung«, stöhnte er.

Aline erhob sich abrupt. »Ich muss nach Hause«, erklärte sie. »Auf Wiedersehen, Alexander!«

»Aber ...!«

Seinen Protest hörte sie schon nicht mehr. Bestimmt wartete Nathan in der Nähe des Hauses. Selbst wenn er jetzt sofort das Land verlassen musste, er brauchte erst einmal Geld. Und sie würde ihm folgen, dessen war sie sich nun gewiss. Sie hatte ja viel zu lange gezögert. Gemeinsam würden sie einen Neuanfang wagen, in Frankreich oder wo auch immer. Jesabel und Judith würden endlich wieder zusammenkommen. Vielleicht konnten sie sogar Bertha mitnehmen. Sie würden Arbeit finden, alle beide, gute Arbeit. Noch war es ja nicht zu spät.

Nathan erwachte davon, dass das Boot heftig schaukelte. Zog da wieder ein großer Pott vorbei? Zuerst begriff er das Bild nicht, das sich ihm durch die Luke bot. Verschwunden war die Speicherstadt, deren Lichter er am Vorabend noch gesehen hatte. Verschwunden auch das Werftgelände. Der Horizont war nichts als eine Linie in weiter Ferne. Die Wellen schimmerten in bläulichem Zink. Elbwasser war das nicht, kein Zweifel. Nathan fühlte Panik in sich aufsteigen. Ohne die schlafende Emilie neben sich zu beachten, stürmte er die Treppe hinauf aufs Deck.

Er wusste nicht, wer heftiger zusammenschrak, der Mann am Steuer oder er selbst. »Warum fahren wir?«, stieß Nathan hervor.

Der Mann starrte ihn an. »Segeln, Junge«, korrigierte er. »Wir segeln.«

Nathan war seit fünfundzwanzig Jahren nicht mehr als Junge bezeichnet worden. Die Anrede machte ihn kleiner, als er erscheinen wollte. Halt suchend klammerte er sich an den Mast zu seiner Rechten.

»Weg da, wenn du nicht vom Segel erschlagen werden willst. Komm einen Schritt vor. Und nu erklär mir mal hübsch der Reihe nach, was du auf meinem Schiff zu suchen hast.« Dem Steuermann gelang das Kunststück einer deutlichen Aussprache trotz Pfeife im Mund.

Nathan streckte seine Hand aus, aber mitten in der Bewegung zweifelte er, ob der Gruß angebracht sei. Er tat, als riebe er sich das Gelenk. »Nathan Sandstein«, erklärte er. »Ein furchtbares Missverständnis, fürchte ich.«

Der Steuermann griente. Je mehr er Nathans Verlegenheit spürte, desto sicherer wurde er selbst. »Ich kenne dich. Du bist der Mann von Dr. Sandstein. Mein Freund Hansen geht zu ihr. Sie hat ihn vom Ischias befreit. Famose Frau.«

Wie auf ein Stichwort erschien Emilies blonder Schopf im Aufgang. Der Steuermann pfiff anerkennend durch die Zähne. »Aber eine scheint dir nicht zu reichen. Bist 'n Teufelskerl, oder? Wie heißt denn dieser kleine Goldschopf?«

Emilie rieb sich verwirrt die Augen. »Was ist hier los? Wieso sind wir auf See?«

Nathan stöhnte. »Ich weiß nicht, wie ich das erklären soll. Ich … habe einen Schlafplatz gebraucht.«

Der Steuermann blickte an ihm vorbei auf Emilie. »Kein Geld für die Nacht im Hotel gehabt, Kinder?«

Nathan nahm seinen Mut zusammen. »Bitte setzen Sie diese Frau im nächsten Hafen ab. Ich würde gern mit Ihnen weitersegeln. Natürlich verrichte ich dafür jede Arbeit, die hier an Bord anfällt.«

Der Steuermann war so umsichtig, seine Pfeife aus dem Mund zu nehmen, bevor er in schallendes Gelächter ausbrach. »So ein Angebot hört man gern«, erklärte er, als er sich wieder gefangen hatte. »Ich kann eine helfende Hand gebrauchen, bin nämlich dazu verdonnert worden, das Schiff alleine zu überführen. Mein Kumpel ist krank geworden, und unser Auftraggeber kennt weder Geduld noch Gnade. Aber der nächste Hafen, Junge, ist noch 'n Tacken weg. Ich kann für das Goldschöpfchen auch keine Umwege machen, enger Zeitplan, verstehst du.«

Nathan fühlte die Aufregung durch seinen Körper strömen wie tausend Volt. »Wie heißt der Hafen, den wir anlaufen?«, brachte er hervor.

Der Steuermann spuckte aus. »La Rochelle.«

Es war ein kleines Mädchen. Zumindest behaupteten das alle. Judith war sich da nicht so sicher. Das Kleine hatte kurze Haare und ballte die Fäuste, wenn sie schrie, ähnlich wie Antonio, wenn Lorenzo ihm den Fußball oder seinen Nachtisch entwendet hatte. Sie hatten das Baby auf den Namen Benedicte getauft, weil das Alines zweiter Vorname war. Henny hatte ihr das erklärt. Weil sie Judiths Mutter doch so sehr mochte. Und weil sie wollte, dass Judith öfter an ihre Mutter dachte und ihr mehr schrieb. Außerdem war Benedicte ein Name, der sowohl in Frankreich als auch in Deutschland gut klang. Für den Fall, dass sie eines Tages nach Deutschland zurückkehren könnten.

Judith sah ihnen zu, wie sie geschäftig Koffer und Kisten packten. Sie zogen aus. Auch das hatte ihr Henny erklärt. Weil sie doch jetzt eine kleine Familie waren und Platz für das Baby brauchten. Judith verstand nicht so recht, warum das Baby Platz brauchte. Es war doch so klein.

Auch Grand-Mère packte. Unterstützt von einem jungen Mädchen, das Onkel Jean ihnen geschickt hatte. In ein wunderschönes Haus würden sie ziehen, hatte Grand-Mère ihr erklärt. Ein Haus, das Onkel Jean gehörte. Sie verstünde sich doch gut mit Onkel Jean?

Judith saß auf einer Kiste, die bis oben hin mit Noten und Büchern voll gepackt war, und überlegte, ob sie Onkel Jean mochte. Eigentlich schon, obwohl sie nicht so recht verstand, warum sie ihn Onkel nennen sollte. Sie war doch überhaupt nicht mit ihm verwandt. Sie betrachtete das Baby Benedicte, das in seinem Körbchen lag. Sie hatte überhaupt nicht gewusst, dass ihre Mutter mit zweitem Namen Benedicte hieß. Die Mutter war so weit weg. Wenn sie versuchte, sich ihr Gesicht vorzustellen, sah sie immer nur die Fotografie, die Grand-Mère in einem Buch aufbewahrte und die Judith hin und wieder heimlich ansah: eine junge Frau mit kinnlangen Haaren, die fröhlich lächelte. Und der Vater? Von ihm hatte sie überhaupt kein Bild. Auf einmal fühlte sie, wie die Tränen in ihr aufstiegen. Eine namenlose Sehnsucht überwältigte sie, nach Jesabel, nach Mutter und Vater. Würde sie sie jemals wiedersehen?

Sie stand auf. »Grand-Mère, ich gehe nach unten. Hab versprochen, bei den farcierten Krebsen zu helfen.«

Grand-Mère drehte sich lächelnd um. »Ist gut, mein Schatz. Viel Spaß dabei.«

»Wünsch mir lieber Glück«, murmelte Judith. Waren schließlich eine heikle Sache, farcierte Krebse. Aber auch eine, bei der man ein paar seiner Sorgen vergessen konnte. So schnell sie konnte, rannte sie die Treppe hinunter, auf die Straße hinaus und nach nebenan in den Hoteleingang hinein. Als sie die Tür zur Küche öffnete und ihr die Essensgerüche entgegenschlugen, war sie schon wieder halbwegs getröstet.

Das Schlimmste an diesen Wochen auf See war der Hunger. Nathan hatte schon Phasen erlebt, in denen er nicht besonders wählerisch sein konnte, was die Auswahl an Gerichten anbelangte. Es war nicht das erste Mal, dass er auf Fisch, Fleisch, frische Eier und Obst verzichten musste, aber mittels Hafergrütze und Bohnen hatte er auch zu Zeiten der Inflation stets einen gewissen Grad an Sättigung erreicht. Der Steuermann, so gutmütig er sich bei Nathans und Emilies Erscheinen an Deck gezeigt hatte, war nicht gewillt, seine Lebensmittelrationen durch drei zu teilen. Da es jedoch berechtigten Anlass zur Sorge gab, dass die frisch gekürten Maate bei der Nachtwache einem Schwächeanfall erlagen, teilte er ihnen abends zwei Scheiben Pumpernickel und eine Tasse gesalzener Brühe zu. Nathan, der schon von Natur aus zu schlanker Statur neigte, magerte innerhalb der ersten Tage um etliche Pfunde ab. Was Emilie anbetraf, so schienen auch ihre Kleider jetzt ein wenig an ihr zu schlackern. Noch immer waren sie gezwungen, sich eine Koje zu teilen, aber durch die unterschiedlichen Ruderwachen lagen sie nur selten zur selben Zeit darin. Trotz des Hungers schien Emilie aufzublühen in dieser Zeit. Sie war selig, in Nathans Nähe zu sein, und sie liebte das Segeln. Nach nur drei Tagen erlaubte ihr der Steuermann sogar, einen Logbucheintrag vorzunehmen. Nathan war von Emilies Navigationskünsten beeindruckt. Er sah ihr über die Schulter, wie sie mit Zirkel und Geodreieck ihre Position auf der Seekarte bestimmte. Sie schrieb: 22. August 1937, 10.55 Uhr. Barometer: 1026, Kompasskurs 160, Großsegel, Genuasegel; 53° 26,3 N; 4°28,8 W; 2 W, was der Skipper anerkennend mit einem Schulterklopfen quittierte.

Als sie die Westfriesischen Inseln in Richtung Süden verließen, wurde der Wind stärker. Die Yacht begann so stark zu schaukeln, dass Nathan mulmig wurde. Die Übelkeit kam ganz plötzlich. Er stürzte an die Reling und erbrach sich, glücklicherweise und ohne es geplant zu haben nach Lee – er konnte ja nicht wissen, dass ein strenges Bordgesetz die Richtung reglementierte, in die der Seekranke zu kotzen hatte.

Nachdem er fertig war, holte er mit Emilie das Genuasegel ein und setzte die Fock, alles unter den Augen des genüsslich schmauchenden Steuermanns. Seinen Namen hatte er immer noch nicht genannt, und Nathan fand es peinlich, ihn nun, nach all der Zeit auf engstem Raum, danach zu fragen. Vielleicht aber hatte der Steuermann sich doch vorgestellt, und er, Nathan, hatte es nur nicht mitbekommen. Der Hunger machte ihn leicht im Kopf. So leicht, dass es ihm manchmal schien, dass die Gedanken daraus fortwehten und sich im Salz der Brise auflösten.

Zurück blieb bruchstückhaftes Chaos. Erinnerungen vermischten sich mit den Bildern, die er während seiner kurzen Schlafphasen träumte. Einmal phantasierte er von griechischen Göttern, die ihn an einen Fluss führten, aus dem er trank. Es mussten wohl Lethes Wasser gewesen sein, denn nun kamen ihm zusehends die Worte abhanden. Er wurde vergesslich. Gleichgültigkeit machte sich breit. Seine Arbeit an Deck verrichtete er mechanisch: mit Eimern voller Seewasser das Deck schrubben, Töpfe abwaschen, aus denen er sich verzweifelt die Essensreste des Steuermanns klaubte, Segel setzen, Ruderwache halten. Er hatte sich noch nie so tierhaft gefühlt, so auf seine Bedürfnisse reduziert, und vielleicht war es das, was ihm in diesen Tagen eine Angst einflößte, die ihn lähmte.

Als sie die französische Küste erreichten, umfing sie dichter Nebel. Der Steuermann befahl Nathan, sich an den Vordersteven zu stellen und in eine Muschel zu blasen, präzise alle drei Minuten einmal, da das Nebelhorn ausgefallen war. Es war ein unwirkliches Gefühl, so durch die Schwaden zu gleiten. Nathan fühlte die Tropfen auf seinem Gesicht und schrak zusammen, als ihm ein Nebelhorn in höchstens zehn Meter Entfernung antwortete. Er lauschte in den undurchdringlichen Dunst hinaus. Jetzt hörte er weitere Hörner, die sich ihren

Weg durch die Suppe tuteten. Plötzlich riss die Wand vor ihm auf, und er erkannte einen Wald von Rahen und Masten. War das etwa schon der Hafen von La Rochelle? Sofort schob sich der Nebel wieder zusammen.

»Segel einholen«, tönte die Stimme des Steuermanns hinter ihm. »Wir nähern uns dem Hafenbecken.«

Minuten später spürte Nathan das sanfte Vibrieren des Motors unter sich. Die Bewegung schien das flaue Gefühl in seinen Knien noch zu verstärken. Er riss sich zusammen, um Emilie zu Hilfe zu eilen, die bereits damit beschäftigt war, das Segel zu reffen. Er konnte ihr Gesicht im Nebel kaum erkennen. Plötzlich stoppte die Maschine wieder.

»Wir müssen Anker werfen«, erklärte der Steuermann, der irgendwo aus dem Nichts zu ihnen vorgedrungen war. »Bei diesem Nebel können wir unmöglich einlaufen.«

»Ist das nicht gefährlich?«, wandte Emilie ein. »Wenn uns jetzt jemand rammt?«

»Wir setzen die Positionslichter«, erklärte der Steuermann. »Anschließend lassen wir das Dingi zu Wasser. Vielleicht ist das die ideale Gelegenheit für euch, an Land zu gehen. Ich weiß nämlich nicht genau, wie ich der französischen Hafenbehörde die Anwesenheit von zwei Passagieren erklären soll, die ich beim Auslaufen in Hamburg nicht gemeldet habe.«

»Passagiere ist gut«, murmelte Nathan. Er spürte die Schwielen an seinen Händen, die Erschöpfung und ein Brennen im Bauch, das immer unerträglicher wurde. »Aber wie auch immer – so wird es gemacht.«

Es erforderte schon ein besonderes Augenmaß, um im dichten Nebel nicht neben das Dingi zu springen, das sie backbord hinuntergelassen hatten. Der Steuermann reichte ihnen ihre Koffer und sprang als Letzter. Wortlos nahmen er und Nathan je ein Paddel zur Hand, um Kurs auf den Hafen zu nehmen. Emilie hielt das Muschelhorn vor den Mund, um zu tuten.

So erreichten sie La Rochelle.

»O Hilfe, nein!« Aline schrak heftig zusammen. Vor ihr stand Käthe in großer Abendrobe, die Lippen rot geschminkt, und wiegte sich in den Hüften.

»Das war jetzt nicht ganz die Reaktion, die ich mir erhofft hatte!« Käthe ließ sich seufzend auf den Stuhl vor Alines Schreibtisch fallen. »Könnte ich nicht noch mal reinkommen, und du sagst dann so was wie: O Käthe, wie wunderschön du doch bist?«

Aline verzog keine Miene. »Ich hatte vergessen, dass wir heute Abend ausgehen wollten. Mir ist auch überhaupt nicht danach.«

Käthe sprang auf und wirbelte um den Tisch herum. »Nun komm schon!«, gurrte sie, während sie Aline die Arme um den Hals schlang. »Du solltest aufhören, dich so gehen zu lassen! Das nützt niemandem! Dir nicht, Nathan nicht – und am allerwenigsten mir!«

»Es ist ja nicht so, dass ich kein Herz für Spaßvögel hätte.« Aline spannte einen Bogen Papier in die Schreibmaschine, die sie sich vor kurzem geleistet hatte. »Aber es gibt Grenzen für alles. Warum fragst du nicht lieber Wie-heißt-er-noch-gleich, ob er mit dir mitgeht?« Sie begann zu tippen.

»Wie-heißt-er-noch-gleich ist eine kolossale Nervensäge, ich hab ihn abserviert.« Käthe verfolgte Alines zweifingrige Tippmethode mit zusammengekniffenen Augen. »Er hat schon von Heirat gefaselt und so. Übrigens, deine Art zu schreiben ist unter aller Kanone, wenn ich das mal so auf Deutsch sagen darf. Willst du, dass ich dir Unterricht im Zehnfingersystem gebe?«

»Ja, du darfst Deutsch mit mir reden. Und nein, ich will

nicht, dass du mir Unterricht erteilst. Ich komme sehr gut auch so zurecht.« Aline hämmerte weiter auf die Tasten.

»Nun sei doch nicht stur! Mein Gott, seit drei Wochen schließt du dich hier ein, und wenn man mal ein bisschen auf seiner Verabredung beharrt – die wir übrigens erst gestern getroffen haben –, kriegt man gleich einen vor den Bug geschossen!«

Aline blickte nicht mal auf. »Was würdest du denn tun, wenn dein Mann vom Erdboden verschluckt wäre und du jeden Tag auf Nachrichten von ihm wartest?«

Käthe räusperte sich. »Äh – hoffen, dass er gut angekommen ist in Amerika? Aline, ich darf dich daran erinnern, dass ich das alles auch mal durchgemacht habe!«

Nur das Hämmern der Tasten erfüllte den Raum. Käthe versuchte, den Klang mit ihrer Stimme zu übertönen. »Gut, vielleicht sind unsere Fälle nicht hundertprozentig vergleichbar. Vielleicht musste ich damals keine Angst haben, dass Jackson von der Polizei gefunden und verhaftet wird. Oder dass er mit meiner *Freundin* durchbrennt.« Käthe gelang es trotz ihrer Lautstärke, das Wort ironisch zu betonen. Aline schlug jetzt förmlich auf die Tasten ein. »Aber ich hab damals auch gelitten! Und eines habe ich gelernt: Auch beim Leiden muss man mal 'ne Pause machen! Und hey, was schreibst du da eigentlich? Rechnungen? Du hast doch schon seit Tagen keine Patienten mehr gehabt!«

»Ich bring Papiere in Ordnung für meine Abreise.« Noch immer sah Aline nicht auf.

»Für deine was?« Ein eisiger Schrecken durchzuckte Käthes Brust. »Heißt das, du willst … Moment mal, jetzt noch mal für Schwerhörige. Was hast du eben gesagt?«

Aline ließ die Hände sinken. »Für meine Abreise. Ich bin mir mittlerweile ziemlich sicher, dass Nathan es ins Ausland geschafft hat. Und Emilie hat keine Chance, glaube ich jedenfalls. Auch wenn sie immer noch bei ihm sein sollte. Ich vertraue Nathan. Ja – ich vertraue ihm einfach.«

»Du hast eben etwas von Abreise gesagt.« Käthes Stimme klang ungewöhnlich leise. »Du meinst Ausreise, hab ich Recht? Du willst Deutschland verlassen.«

Aline nickte. »Sobald ich von ihm höre, werde ich zu ihm fahren. Mit Jesabel. Wo auch immer das sein wird. Wir fangen noch mal neu an. Und dann holen wir Judith zu uns.«

Käthe blickte die Freundin nachdenklich an. Auf einmal kam sie sich deplatziert und albern vor mit ihrer Schminke und dem schicken Kleid. »Und du hast keine Angst?«, fragte sie schließlich.

»Nein.« Aline wandte sich wieder der Liste der Gegenstände zu, die sie zu Geld zu machen gedachte, um die Reise und die ersten Monate im Ausland zu finanzieren. Einen Teil der Dinge, wie Schmuck, konnte sie ins Pfandhaus bringen. Einen anderen Teil verkaufen. Den letzten Teil konnte und musste sie behalten. Das war in erster Linie ihre medizinische Ausrüstung. »Ich bin jetzt nur noch ungeduldig. Das ist alles.«

Käthe stand auf und ging zur Glastür hinüber, die in den Innenhof führte. Aline schien es ernst zu meinen. Wirklich ernst. Wie weh das tat! Konnte die Freundin wirklich vorhaben, sie im Stich zu lassen? Käthe schüttelte den Kopf. Nun, allein würde sie gewiss nicht hier bleiben! Was sollte sie hier alleine tun? Die Fragen sprangen ihr wie Funken durch den Kopf, eine entzündete sich an der anderen. Ein Feuerwerk von Fragen war es, das da vor Käthes geistigem Auge knisterte. An deren Ende wie immer die eine Frage, die große, die letzte stand. Wie in aller Welt war es möglich gewesen, dass die Gestapo Nathans Versteck gefunden hatte? Sie hatten so aufgepasst! Nie war ihnen jemand nach Harvestehude gefolgt! Und wenn doch – sie hätten es doch gemerkt! Oder nicht? Irgendetwas, da war Käthe sicher, war da nicht mit rechten Dingen zugegangen. Nun ja, sie würde es vielleicht eines Tages herausbekommen. In der Zwischenzeit waren die Gedanken über die Ausreise vielleicht wichtiger.

Nathan hätte nie gedacht, dass ihn der Hunger so vollständig verändern würde. Er konnte buchstäblich an nichts anderes mehr denken. All seine Überlegungen kreisten nunmehr darum, wie er sich etwas Essbares beschaffen würde, er malte sich aus, wie er es zwischen den Zähnen zermahlte, er erinnerte sich an den Unterschied zwischen süß und salzig, warm und kalt, fest und weich gekocht, und die Erinnerung daran ließ sein Herz vor Aufregung schneller schlagen. Er ertappte sich dabei, wie er am Hafen von La Rochelle vor einem Fischrestaurant stehen blieb und die Speisekarte streichelte. Die Düfte hüllten ihn in trügerische Empfindungen von Sicherheit und Wohlbehagen, er sank zusammen und blieb einfach liegen, bis er sich brutal am Arm gepackt fühlte. Eine schnelle, unverständliche Schimpftirade regnete auf ihn herab, aber am Anzug des Mannes, der ihn zwingen wollte, sich vom Eingang des Lokals zu entfernen, haftete der Geruch von Meeresfrüchten, und darum fasste Nathan Mut. »Hunger«, sagte er. Aber entweder der Mann verstand ihn nicht, oder aber er hatte einfach keine Lust, sich mit einem stinkenden Ausländer abzugeben. Er schleifte Nathan ein paar Meter weiter zu einem dunklen Hofeingang, auf dessen gepflasterter Fläche sich maulende Katzen balgten. Nathan versuchte aufzustehen, aber das Schwindelgefühl, das ihm im Kopf wirbelte, war so stark, dass er taumelte und aufs Neue fiel. Er versuchte sich daran zu erinnern, wo er Emilie und die Koffer gelassen hatte, aber sein Gedächtnis spielte ihm schon wieder Streiche, gaukelte ihm vor, dass Emilie am Ende der Straße auf ihn wartete, mit einer Platte voll kross gebratener Enten in Orangensoße, mit Rotkohl und Schaumklößen, so wie Bertha sie immer bereitet hatte. Und wenn sie wirklich am Ende der Straße auf ihn wartete? Er versuchte aufzustehen. Als er mit dem Gesicht auf seinen Handrücken fiel, schrak er zusammen. Er, der sich seit seiner Verlobung mit Aline jeden Tag penibel rasiert hatte, um nicht ihr Gesicht zu zerkratzen, war in den Wochen auf See zu einem Vollbärtigen geworden. Aus all dem Hungernebel, umringt von raufenden Hafenkatzen, dämmerte ihm eine Erkenntnis. Er würde Aline nie wiedersehen. Sie hatte ihm unmissverständlich zu verstehen gegeben, dass sie in Övelgönne bleiben würde. Wie viele Jahre sollte er denn noch auf sie warten? Gar keine mehr. So viel Haltung musste sein. Er sah an sich herab. Sein Anzug war zerschlissen und dreckig, die Manschetten abgerissen, der rechte Schuh vom Seewasser löchrig zersetzt. Wenn einem die äußere Würde abhanden kam, musste man zusehen, wie man seinen inneren Anstand bewahrte.

Er richtete sich auf. Es musste doch hier vom Hof aus einen Hintereingang zum Restaurant geben? Jetzt, wo er sich darauf konzentrierte, bemerkte er Geruchsschwaden, die zu ihm herüberwehten. Ohne groß darüber nachzudenken, was er tat, folgte er ihnen.

Er hatte Recht. Der Hof grenzte an die Restaurantküche. Aber die Tür dazu war verschlossen, und das Fenster war selbst für seinen abgemagerten Körper zu schmal, um hindurchzuklettern. Ein paar Kisten mit gurkenähnlichem Gemüse, dessen Namen er nicht kannte, waren vor der Tür gestapelt. Er stopfte sich die Taschen voll mit den grünen Dingern. Noch im Davonlaufen biss er hinein. Es schmeckte weit weniger saftig als Gurke, leicht mehlig, und es war weniger fest, aber es sättigte. Nachdem er drei dieser eigenartigen Früchte gegessen hatte, musste er sich wieder setzen. Ein kleines Glücksgefühl strömte durch seine Adern, und mit der Sattheit kamen die vernünftigen Gedanken wieder. Natürlich, Emilie wartete in einem Park, in dem sie die Nacht verbingen wollten. Er würde ihr das Gemüse zu essen geben. Danach würde er sich eine Fontäne suchen und sich waschen und rasieren. Die Stadt war voll mit kleinen Fontänen und Springbrunnen, er musste eben nur aufpassen, sich von keinem Polizisten erwischen zu lassen. Und wenn er in etwas Frisches gewechselt hatte, würde er sich einen Brief für Aline überlegen. Ja, das war es. Er musste ihr schreiben, sie von ihren Pflichten entbinden, die sie an ihn fesselten. An ihn, den Mann, der ihr immer nur Unglück gebracht hatte. Es musste endlich Schluss sein damit.

14. Kapitel

Von der St.-Michaelis-Kirche schlug es acht. Dunkelheit hatte sich über die Stadt gesenkt, doch in der Ferne flackerte ein rötlicher Schein wie von einem Brand. Eine seltsame Erregung lag in der Luft, obwohl Feiertag war. Käthe beugte sich über die Brüstung der Ellerntorsbrücke. Zwei Ewer stakten sich ihren Weg in die Neustadt hinauf. Es war wohl Flut, denn Käthes Spucke brauchte nur vier Sekunden, um im Wasser zu landen. Am Himmel waren die Wolken aufgerissen, nun spiegelte sich der Mond im Gekräusel des Kanals, vermischte sich mit den gelben Tupfern der Gaslaternen, die Lichter tanzten, und Käthe beschloss, es ihnen gleichzutun. Nicht weit von hier, im Ebräergang, hatte sie vor kurzem eine Kneipe entdeckt, in der das Bier billig war und die Musik phantastisch – was in erster Linie abgerissenen amerikanischen Seeleuten zu verdanken war, die zur Begleichung ihrer Zeche interessante Schellacks zu hinterlassen pflegten. Die Wirtin, deren ausufernde Körperformen mit einem beachtlichen Maß an Geschäftstüchtigkeit korrelierten, spielte die musikalischen Raritäten abends auf einem Grammophon ab und zog sich damit eine völlig neue Klientel an Land: die junge Hamburger Swingszene, zu der sich, offizielles Alter hin oder her, ja auch Käthe zählte.

Sie tauchte in das Gewirr der Gassen im Gängeviertel ein. Es roch nach Wäsche, die schlaff und halb gefroren von den

Hauswänden hing. Käthe wunderte sich, dass jetzt im November überhaupt noch Menschen ihre Wäsche draußen aufhängten, aber vermutlich waren die Zimmer in den schmalen, hochgiebeligen Häusern zu klein für nasse Bettlaken. Die Sache mit der Wäsche lieferte den Bewohnern außerdem einen guten Grund, keine Hakenkreuzfahnen aufhängen zu können – wie sie es an diesem Tag eigentlich hätten tun müssen. Käthe kam sich ein wenig wie auf einer Zeitreise vor: Keine Fahnen, keine NS-Uniformierten – hier herrschten augenscheinlich noch die guten alten Zwanziger. Die Wirtin hatte ihr feixend erzählt, dass das Quartier unter Gestapo-Leuten als extrem ungemütlich galt, wegen seiner verschachtelten Höfe und seiner labyrinthischen Querverbindungen. Noch vor fünfzig Jahren war das Gängeviertel eine Stadt in der Stadt gewesen, mit etwa 30 000 Bewohnern, die auf allerengstem Raum lebten, undurchschaubar, dunkel, verdreckt. Ihr Vater hatte ihr von seinen Botengängen erzählt, die er als kleiner Junge hier gemacht hatte. Seine Begegnungen mit Zwergen und Frauen mit zwei Köpfen, Akkordeon spielenden Negern und barbrüstigen Nymphen bildeten den Stoff, aus dem ihre Gute-Nacht-Geschichten waren, jahrelang, die Zeit einer Kindheit. Heute wusste Käthe, dass ihr Vater sich das meiste davon ausgedacht hatte und dass das Viertel seit dem Bau des Freihafens wesentlich kleiner und überschaubarer geworden war, doch noch immer erschauerte sie, wenn sie hindurchspazierte. Ihre hochhackigen Schuhe klapperten auf den Platten des Weges. Käthe gab Acht, nicht auf das Kopfsteinpflaster zu treten, das links und rechts der Platten lag, aus Angst, sich mit einem Absatz darin zu verfangen.

Die Kneipe »Zum Kugelsort« war von weitem hörbar. Melodiefetzen eines Swingtanzorchesters verquirlten sich mit lautem Gelächter und Gläserklirren. Die Fenster im Erdgeschoss waren hell erleuchtet, ihr Schein malte gelbe Vierecke auf die Steine. Schatten bewegten sich darin. Käthe trat ein. Sofort schwallte ihr der Dunst von Zigaretten, Bier und abgestandener Luft entgegen. Käthe spürte ihre Erleichterung fast körperlich. Es war wie ein Nachhausekommen. Fast gelang es ihr sogar, ihren Kummer und ihre Sorge um Aline zu vergessen. Es gab Momente, da hielt sie es nicht mehr aus im Kapitänshaus. Seit Nathan vor über einem Jahr aus Frankreich geschrieben hatte, dass er die Scheidung wünschte, war Aline ein anderer Mensch geworden.

»Hello, goody goody!« Neben Käthe am Tresen lehnten zwei Jungs, einer blond, der andere rothaarig, die sie vor einigen Tagen bei den Vorspielkabinen im Musikhaus Rose am Großneumarkt kennen gelernt hatte. Ihre Namen hatte sie vergessen, nicht aber die komödiantische Art der beiden.

»Hello, boys! So sieht man sich wieder.« Käthe schnippte mit den Fingern in Richtung des Mannes, der an diesem Abend an der Theke bediente. »Kalle, kannst du mal drei Frischgezapfte in unsere Richtung wachsen lassen?« Und an die Jungs gewandt: »Welch süße Töne dringen da gerade an mein Ohr?«

Der Blonde schlug zackig die Hacken zusammen. »Heil Käthe! Melde gehorsamst: Name des Interpreten unbekannt!«

Käthe grinste. »Wusste gar nicht, dass ich mich neulich bei Rose vorgestellt hatte.«

Der Rothaarige holte sein Zigarettenetui hervor. Er war ganz auf Brite zurechtgemacht, mit Regenschirm und kariertem Tweedanzug unterm Trenchcoat. »Das musstest du auch nicht. Jeder in der Szene kennt dich. Du bist die Queen of Swing.«

Käthe nahm die Zigarette dankend an. Sie beugte sich vor, ließ sich Feuer geben und inhalierte tief, bevor sie antwortete. »Fein. Wie komme ich zu der Ehre?«

Die Bierhumpen wurden ihnen vor die Nase geknallt. Der

Rothaarige nahm sein Glas zur Hand. »Über dich sind tausend Gerüchte im Umlauf. Sag nur, du weißt nichts davon!«

»Swing high!« Käthe hob ihr Glas.

Die Jungs stießen mit ihr an. »Swing low!« Sie tranken mit in den Nacken gelegten Köpfen, wischten sich hernach die Münder ab. Der Blonde grinste. »Bestimmt wirst du uns jetzt sagen können, welche der Gerüchte stimmen und welche nicht!«

Käthe warf sich in Boxerpositur. »Denn mal los!«

»Stimmt es, dass du schon in den Zwanzigern Jazzplatten gesammelt hast?«

Ein kleines Stolzgefühl schlich sich Käthe in die Brust. Es war also nicht nur schlecht, älter zu sein als alle, mit denen man dieselben Interessen teilte. Man wurde bewundert für seine Erfahrung. Sie lächelte. »Ja, das stimmt.«

Der Rothaarige machte weiter. »Und ist es wahr, dass du eine kleine Tochter mit einem schwarzen Amerikaner hast?«

»Einen kleinen Sohn, ja.«

»Und dass du als Tänzerin und Schauspielerin sagenhafte Erfolge gefeiert hast?«

»Treffer, das mit dem Tanzen und Schauspielern. Erfolge: Fehlanzeige.«

»Aber es ist doch wahr, dass du schon mit Zarah Leander zusammen vor der Kamera gestanden hast?«

Käthe lachte schallend. »*Wow*, mein Biograph hat Phantasie! Nein, dieses Gerücht ist leider wirklich nur Gerücht!«

Der Rothaarige legte seine Zigarette beiseite. »Meinetwegen kannst du selbst Heinz Rühmann geküsst haben, ich würde trotzdem mit dir tanzen!« Er streckte beide Arme in ihre Richtung aus.

Käthe ergriff sie. »Heinz Rühmann – der ist doch viel zu jung für mich!«, lachte sie.

Sie drehten sich ein paar Takte inmitten der Menge aus

Matrosen und anderen Swingbegeisterten. Käthe fühlte, wie ihr der Platzmangel an die gute Laune ging. Es war viel zu eng, um vernünftig zu tanzen. Jetzt beugte sich ihr Partner so dicht vor, dass sie seinen Atem roch. »Und ich?«, fragte er. »Bin ich dir auch zu jung?«

»Auf jeden Fall!« Käthe nickte bekräftigend. »Aber dir gereicht zum Vorteil, dass du die Grundschritte beim Swing beherrschst. Soweit ich das auf drei Quadratzentimetern Tanzfläche beurteilen kann.«

Ihr Gegenüber lachte. »Wenn du glaubst, mich mit deinen Redensarten überraschen zu können, hast du dich geschnitten. Dass die Queen of Swing ein freches Mundwerk hat, weiß nämlich auch jeder in Hamburg.«

»Ach.« Käthe fühlte sich auf einmal durch den Raum gewirbelt. Sie reagierte, indem sie eine elegante Drehung vollführte. »Wissen tut man so was also. Ich denk, das sind alles bloß Gerüchte!« Sie bemerkte, wie die Menge ein wenig vor ihnen zurückwich. Umso besser.

»Nun ja, ich konnte in den vergangenen Minuten einige dieser Gerüchte verifizieren.« Der Rothaarige tanzte ein wenig dichter in die Enge der Umstehenden hinein. »Und ich bin also wirklich nicht dein Typ, Käthe? Warte mal, das Augenrollen hab ich jetzt aber gesehen!«

Käthe schnaubte. »Das solltest du auch! Meinst du, ich mach das umsonst?«

Der Junge verzog gespielt dramatisch die Mundwinkel nach unten und ließ die Arme sinken. »Jetzt bin ich untröstlich. Ich werde gehen. Falls du mich suchen solltest – ich bin draußen. Der mit der Gewehrmündung an der Stirn.«

»Draußen ist vielleicht gar keine schlechte Idee.« Käthe fächelte sich verzweifelt Luft zu. »Wo ist dein Kumpel geblieben? Wir könnten ja noch Richtung Jungfernstieg wandern, mal sehen, was im Alsterpavillon oder im Trocadero los ist.«

Der Rothaarige grinste. »Du bist eine echte Wanderin zwischen den Welten, nicht? Zwischen Bierkneipe und Luxustempel – wie machst du das mit den Klamotten? Ziehst du dich zwischendurch um? Ach, sieh mal, da steht ja mein Kumpel. Oskar, komm, wir gehen flanieren, zum Jungfernstieg.«

Käthe musterte Oskar und den Roten von Kopf bis Fuß. »Mit den Klamotten? Ich stell mir einfach vor, ich wär 'n Hamburger Jung, der sich als Dandy verkleidet. Da kommt man überall mit rein.«

Der Rote seufzte. »Die Frau macht mich fertig, Oskar. Aber ich muss zugeben, dass sie unterhaltsam ist.«

Käthe ließ sich vom Blonden in den Mantel helfen. »Unterhaltung ist das halbe Leben.«

Oskar streifte seine Handschuhe über. »Das ganze. Wenn man mal den Idealfall nimmt.«

Den Aufruhr bemerkten sie erst, als sie vom Gängeviertel heraus auf die Wexstraße traten. Jetzt bestand kein Zweifel mehr: Der rötliche Schein am Himmel stammte tatsächlich von einem Feuer. Aufgeregte Gruppen liefen an ihnen vorbei. In der Ferne ertönte rhythmisches Schlagen. Es war nicht genau auszumachen, ob es von einem Musikinstrument herrührte oder gefährlich war. Käthe packte den nächstbesten Passanten am Arm. »Was ist los in der Stadt?«, fragte sie.

Der Mann lachte. »Sie zünden die Synagogen und die jüdischen Geschäfte an. Haha, und die Itzigs stehen davor und kriegen den Mund nicht mehr zu!«

»Um Gottes willen!« Käthe drehte sich zu ihren Begleitern um. Der Rothaarige war kreidebleich. »Ich muss nach Hause!«, erklärte er. »Wenn das stimmt, muss ich sofort nach Hause!« Und damit wandte er sich um und rannte los. Oskar nahm Käthe an die Hand. »Komm, wir laufen!«, erklärte er. »Zum nächsten Münzfernsprecher. Wir müssen die Feuerwehr rufen! Die Idioten aufhalten!«

»Ich muss auch telefonieren!«, keuchte Käthe, während sie versuchte, mit Oskar Schritt zu halten. Die dummen Absätze! Sie blieb stehen, um sich die Schuhe auszuziehen. Auf Strümpfen lief es sich zwar nicht eben warm um diese Jahreszeit, aber alles war besser, als zu spät zu kommen. Sie musste Aline anrufen, Aline musste Valeska warnen. Wenn es einen solchen Tumult denn auch im Grindelviertel gab.

In diesem Moment zog ein Trupp SA-Leute an ihnen vorbei. Ihr Anführer schwenkte die Hakenkreuzfahne, hinter ihm marschierte einer, der die Trommel schlug. Einige der Männer hielten brennende Fackeln in den Händen. Käthe stutzte. Seit dem Röhm-Putsch war die SA aus dem Straßenbild nahezu verschwunden, wieso tauchten die Kerle plötzlich wieder auf?

»Hast du eine Ahnung, worum es hier geht?«, fragte sie den Blonden an ihrer Seite. Der hatte sich unwillkürlich gebückt. Käthe verstand, warum. Mit seinen halblangen Haaren und dem Trenchcoat war er die Fleisch gewordene Provokation.

»Es muss was mit diesem Attentat zu tun haben«, flüsterte er. »Der deutsche Botschaftssekretär in Paris, von Rath, ist heute an den Folgen eines Attentats gestorben. Der Attentäter heißt Grynszpan oder so ähnlich. Er ist Jude. Hast du nicht die Goebbels-Rede im Volksempfänger gehört?«

»Au, verflixt, nein!« Käthe war in eine Glasscherbe getreten. Jetzt bemerkte sie, dass die Straße voll von gesplittertem Glas war. Sie blickte auf. Die Frontscheibe einer Apotheke war eingeschlagen. *Rosenberg* stand in großen Lettern über dem Geschäft. Eine Gruppe Männer und Frauen in Zivil langte johlend nach innen, fischte wahllos nach Salben und Tinkturen, stopfte sich die Sachen in die Taschen, verschwand wieder. Neue kamen. Ein Mann, der eine Axt in der Hand hielt, brüllte: »Achtung!« Er schlug die Scheibe so zurecht, dass die Umstehenden bequem in den Laden einsteigen konnten. Die

Plünderung nahm nun in organisierter Form ihren Lauf. Die Leute standen Schlange, um zu plündern.

Käthe fühlte, wie ihr die Tränen in die Augen stiegen. Schnell, damit der Blonde ihr Gesicht nicht sehen konnte, griff sie nach ihren Schuhen und schlüpfte wieder hinein. Sie rannten weiter. Dabei gerieten sie in eine Menschenmenge, die sie nach rechts in Richtung Stadthausbrücke trieb. Hier war das Gestapo-Hauptquartier.

»Es hat keinen Sinn, die Feuerwehr zu rufen«, raunte der Blonde neben ihr. »Das hier ist organisiert worden. Das ist gewollt.«

»Ich muss trotzdem telefonieren!«, keuchte sie.

Sie schafften es, sich aus dem stärksten Gedränge zu befreien, und bogen in den Neuen Wall ab. Auch hier waren in Anbetracht der späten Stunde ungewohnt viele Fußgänger unterwegs, die meisten von ihnen entweder alkoholselig oder trunken vor Tatendrang. Eine Gruppe Jugendlicher grölte das Horst-Wessel-Lied. Nur wenige Meter vor ihnen, in Höhe der Schleusenbrücke, knallte erneut das Geräusch von splitterndem Glas durch die Nacht. Ohne hinzusehen, wusste Käthe, dass es sich um die jüdischen Modehäuser Hirschfeld und Robinson handelte. Schreie wurden laut. Neben ihnen hielt ein Polizeiwagen. Beamte sprangen heraus. Noch während Käthe sich nach einem Münzsprecher umsah, kamen die Männer zurück. Sie führten einen Mann in Handschellen ab. Der Mann sah blass aus und seltsam gefasst. Vereinzelt klangen Rufe an, die sich schnell zu einem Sprechchor ausweiteten: »Wer mit dem Juden kämpft, ringt mit dem Teufel!«

»Wer mit dem Juden kämpft, ringt mit dem Teufel!«

Da, endlich! Ein Münzsprecher. Mit fliegenden Fingern wählte Käthe die Nummer. Keine Antwort. Offenbar schlief Aline schon. Auch Bertha musste nun zu Bett gegangen sein, dessen war Käthe sich gewiss, immerhin stand sie morgens als Erste auf. Nach dem fünften Klingeln gab sie auf, aus Angst, die Kinder zu wecken.

»Ich muss gehen, jemanden warnen«, erklärte sie, an ihren Begleiter gewandt. Sie musste schreien, um die Rufe und Schläge um sich herum zu übertönen.

»Ich komme mit«, bot Oskar an, aber seine Stimme wirkte verängstigt und er selbst nicht allzu überzeugt.

Käthe schüttelte den Kopf. »Du bleibst schön hier, Kleiner. Ich ruf mir ein Taxi.« Und damit machte sie sich auf in Richtung Alsterpavillon, vor dem um diese Uhrzeit immer Wagen standen, wie sie aus Erfahrung wusste.

Wenig später war sie auf dem Weg ins Grindelviertel. Sie vermied den Blick nach draußen und rieb sich erleichtert die Füße. Dabei bemerkte sie, dass da immer noch ein Stück Glas drinsteckte. In der sicheren Dunkelheit des Wagens öffnete sie den rechten Knopf an ihrem Strumpfhalter. Sie wollte gerade die Seide hinabrollen, um den Splitter besser entfernen zu können, als sie den Blick des Taxichauffeurs im Rückspiegel auffing.

»Soll ich anhalten?«, fragte der Mann. Er hatte ein Lächeln im Gesicht, das Käthe nicht gefiel.

»Nicht nötig«, entgegnete sie. »Ich kann mich auch mobil operieren. Meine beste Freundin ist Ärztin, da lernt man so Tricks.«

»Ich würde aber gern anhalten, Puppe«, feixte der Mann. »Vielleicht kann ich ja beim Ausziehen behilflich sein?«

»Meine Güte, Sie haben Nerven! Benutzen Sie den Rückspiegel manchmal, um sich selbst anzusehen? Falls nicht, lassen Sie's sich gesagt sein: Zwischen uns liegen Welten, Mann!« Käthe lachte verächtlich. »Sie glauben doch wohl nicht im Ernst, ich würde mich von hässlichen Männern anfassen lassen?«

Der Chauffeur hüllte sich in konsterniertes Schweigen.

Käthe schob sich ihren Fuß so dicht vor die Augen, dass sie den Glassplitter erkennen konnte. Gottlob war sie fast noch so gelenkig wie zu Zeiten ihrer Tanzauftritte. Und doch hätte sie schreien können vor Wut. Sie wusste nicht, was schlimmer war: der Umstand, dass sie mit der Pinzette jetzt schon zum dritten Mal ihr Ziel verfehlte, der verfluchte Mob da draußen, der verdorbene Abend oder diese Missgeburt von Taxifahrer. »Sie müssen jetzt auch nicht die beleidigte Leberwurst spielen«, schimpfte sie, während sie mit der Pinzette einen erneuten Angriff startete. Wieder daneben. »Scheißdreck!«, fluchte sie. »Halten Sie sofort den Wagen an!«

Der Chauffeur drehte sich um. »Warum?«

»Weil Sie mir auf die Nerven gehen, Sie Armleuchter! Verstehen Sie das, oder muss ich 'ne Zeichnung machen?« Käthe warf ein paar Münzen auf den Vordersitz, riss Schuh und Handtasche an sich und sprang hinaus. Sie musste sich zusammenreißen, um nicht von außen gegen die Taxentür zu treten. Gut, wo war sie jetzt? Richtig, in der Schlüterstraße. Das bedeutete einen Fußweg von etwa fünfzehn Minuten bis zum Grindelberg, Bremsfaktoren wie hochhackige Schuhe und Splitter im Fuß nicht mit einberechnet. Käthe zog sich in einen der beleuchteten Hauseingänge zurück, um einen erneuten Operationsversuch zu starten. Augenblicklich wurde über ihr ein Fenster geöffnet. Die Stimme eines Blockwarts schreckte sie wieder auf: »Wer ist da unten?«

»Eine Fußkranke!«, brüllte Käthe zurück und schwenkte wie zum Beweis ihre Pinzette.

»Verschwinden Sie augenblicklich aus unserem Hauseingang, oder ich rufe die Polizei!«

Die Polizei schien nicht weit weg zu sein. Käthe beobachtete einen Trupp Uniformierter, der weiter vorne in eine Straße einbog. Sie drehte sich in Richtung des Mannes, dessen Gesicht sie im Halbdunkel nicht ausmachen konnte. »Wusste gar nicht, dass die Jungs von der Streife auch Ärzte dabeihaben, aber danke trotzdem!«

Das Fenster wurde krachend zugeschlagen. Käthe, die den Splitter im Fuß immer noch deutlich spürte, nahm ihren Weg humpelnd wieder auf. Später, als die Ereignisse der Nacht schon lange hinter ihr lagen, fiel ihr auf, dass sie nicht ein einziges Mal überlegt hatte, warum sie überhaupt zu Valeska gehen wollte. Was genau hatte sie denn mit Alines Schwiegermutter zu schaffen? Ehemaliger Schwiegermutter, um genau zu sein. Und doch ... Nathan hätte es so gewollt. Und Nathan, Aline, Käthe – sie waren wie Perlen auf einer Schnur, immer noch, Glieder einer Kette, die ohneeinander in die Brüche ging. Was Nathan bewegte, bewegte Aline, bewegte Käthe. In dieser Reihenfolge, aus Gründen, die ein anderer finden mochte.

Erst in der Binderstraße hörte sie den Tumult. Schreie, Trommelschläge, ein Krachen und dumpfes Aufschlagen. Ein Stimmengewirr, das anschwoll wie ein Schwarm Bienen im Anflug. Am Ende der Straße, zum Bornplatz hin, standen an die hundert Menschen. Einige von ihnen trugen Pappschilder um den Hals. Als Käthe näher trat, erkannte sie die Worte darauf: *Der feige Mord an unserem Volksgenossen von Rath fordert Sühne*. Eine Gruppe Jungen in der Uniform der Hitlerjugend hatte einen Halbkreis um die Synagoge gebildet. Die Fenster und Türen des großen Kuppelbaus standen offen, drinnen brannte Licht. Käthe konnte die Leute erkennen, die in der Synagoge umherliefen, mit Äxten in der Hand. Sie sah, wie einer von ihnen etwas von der Wand abhackte und es durch eines der Fenster nach draußen warf. Das Fenster zerbrach. Ein zweiter Gegenstand folgte. Ein dritter, vierter. Jeder Wurf wurde von Trommelwirbel und lauten, begeisterten Rufen begleitet. Zwei junge SS-Leute standen breitbeinig mit aufgeknöpften Hosen vor einem Haufen von Schriftrollen, um darauf Wasser zu lassen. Käthe war wie gelähmt. Sie fühlte sich eingeschlossen in der jubelnden Menge, fühlte, wie die Erregung auf sie überging. Es war wie ein Rausch, ein kollektives Trunkensein, ein gemeinsamer Schrei, in den man einstimmen wollte, ohne zu fragen, warum. Verzweiflung stieg in ihr auf. Was machte sie hier? Sie drehte sich um, versuchte sich freizukämpfen aus der Menge, und dann rannte sie, ohne ein einziges Mal anzuhalten, bis zum Grindelberg.

Valeska öffnete ihr die Tür, tränenüberströmt. »Sie haben ihn verhaftet«, weinte sie.

»Wen?«, fragte Käthe, dabei wusste sie die Antwort doch.

Valeska schlug die Hände vor das Gesicht. Sie bebte vor Weinen, aber gab keinen Ton mehr von sich. Käthe nahm sie in den Arm. Ganz fest drückte sie die alte Frau, die da vor ihr stand und so heftig zitterte, dass Käthe Mühe hatte, sie zu halten. »Max«, schluchzte Valeska. »Meinen Sohn.«

Erst nach Weihnachten erfuhren sie, dass Max in dieser Nacht zusammen mit achthundertachtzig anderen jüdischen Hamburgern in das Gefängnis Fuhlsbüttel gebracht worden war. Von dort aus sollten sie ins Konzentrationslager Sachsenhausen überführt werden. Es war Marcus, der jüngste Sohn des Meyerdink-Clans, der ihnen die Todesnachricht überbrachte. Dr. Max Sandstein war während des Transports nach Sachsenhausen an den Folgen von Verletzungen gestorben. Woher diese Verletzungen stammten, wusste aber auch Marcus Meyerdink nicht.

15. Kapitel

Das Werftgelände von Blohm und Voss war schwarz vor Menschen. Jesabel nestelte aufgeregt an ihrer neuen Uniformbluse. Es war kalt, und vom Himmel fiel ein leichter Nieselregen, aber ihr war innerlich ganz heiß. Es war der erste große Aufmarsch, den die Elfjährige mit den Jungmädeln erlebte, und seit Wochen konnte sie an nichts anderes denken als daran, dass die »Bismarck«, das größte Schlachtschiff der Welt, vor ihren Augen vom Stapel laufen würde. Und dass sie an diesem Tag vor dem Führer aufmarschieren würden und vor allen anderen, die sie aus dem Volksempfänger und den Bildern aus der Wochenschau kannten. Ihre neue Freundin Frida knuffte sie in die Seite. Jesabel drehte sich kurz zu ihr um, so kurz, dass ihre Mädelgruppenführerin es nicht bemerken konnte, und kniff Frida zurück. Es war herrlich, eine Freundin zu haben.

»Stramm gestanden, Jesabel Jacoby!« Die Führerin, ein hoch aufgeschossenes BDM-Mädel, hatte offenbar auch im Hinterkopf Augen. Jesabel gehorchte, ohne mit der Wimper zu zucken. Seitdem sich die Eltern hatten scheiden lassen, hatte die Mutter wieder ihren Mädchennamen angenommen. Und das war es, was Jesabels neues Leben komplett machte. Eine neue Schule, in der sie als Arierin galt, eine neue Freundin, die lang ersehnte Aufnahme bei den Jungmädeln – ohne den neuen Nachnamen wäre das ja nur der halbe Identitätswechsel gewesen. Alles war anders jetzt. Sogar die Mädchen in Övelgönne und Neumühlen hatten aufgehört, sie zu ärgern. Ja, sie gehörte nun dazu. Was zählte, war ja nicht die Sehnsucht nach dem Vater und nach Judith, die sie nachts in schlechten Träumen heimsuchte, auch nicht die angespannte Atmosphäre daheim. Nein. Dass sie dazugehörte, endlich, nach all den sehnsüchtigen Jahren, das war es. Und es war ein Glücksgefühl, das sie mit Worten nicht beschreiben konnte.

Es gab Tage, an denen war Aline davon überzeugt, in der merkwürdigsten Familiengemeinschaft Deutschlands zu leben. Wenn man denn das Zusammenleben ohne Mann, mit nur einer von zwei Töchtern, mit Freundin und Sohn der Freundin, einer Köchin und der Ex-Schwiegermutter als Familie bezeichnen *wollte*. Aline wusste, dass Gertrude Meyerdink hinter ihrem Rücken die Nase rümpfte über die bunte Frauengesellschaft im Kapitänshaus und gewiss allerlei Geschichten über sie verbreitete, aber Aline konnte ja nun einmal nichts daran ändern, dass sie mit nur einer ihrer Hausgenossinnen blutsverwandt war. Hätte sie etwas daran ändern *können*, bei Gott, sie hätte es getan. Aber Nathan war ja verloren für sie, unwiederbringlich verloren, denn nichts konnte man machen, gar nichts, wenn der Mann eine andere Frau kennen lernte, sich nur darein fügen, sich nicht die Blöße geben zu kämpfen, die Liebe zu zeigen, die man empfand, ja immer noch empfand, sich nicht erniedrigen. Hätte es jedoch einen Weg gegeben, Judith endlich wieder zurückzubekommen, sie wäre ihn gegangen, alles hätte sie dafür getan. Aber nun musste sie eben zusehen, wie sie weiterlebte, ohne das, was sie für lebenswert hielt.

Das waren Alines Gedanken an den guten Tagen. An den

schlechten hatte sie keine. Weil sie das Denken schlichtweg vermied. Weil jegliche Bewegung von einem Gedanken zum nächsten wehtat. Das waren die Tage, an denen sie in einem tiefen schwarzen Loch saß. Tage, an denen sie nicht aß und nicht sprach. Tage und Nächte, an denen sie sich nicht dazu überwinden konnte, aufzustehen. Wozu auch? Um eitrige Furunkel zu betasten, den Fieberatem fremder Menschen zu riechen, sich Körperstellen zeigen zu lassen, deren Anblick sie hernach in ihren Träumen verfolgte, Träume, die niemals mehr zu enden schienen, weil sie nicht mehr aufhören konnte zu schlafen?

Und sosehr sie sich auch bemühte, sie konnte sich trotz allem nicht vorstellen, dass ihr Mann so einfach aus ihrem Leben verschwunden sein sollte. Zumal Valeska sie durch ihre Anwesenheit immerzu an Nathan erinnerte. Käthe hatte die alte Dame in jener Novembernacht einfach mit heimgenommen, und natürlich war es das Einzige gewesen, was sie hatte tun können. Aber es half eben überhaupt nicht, mit jemand Trauerndem zu leben, wenn man es selbst nicht mehr schaffte zu funktionieren.

Auch an den schwarzen Tagen wusste Aline, in einem weit entfernten Winkel ihres Gehirns, dass sich das Geld für die sechs Hausbewohner nicht von allein verdiente und dass Käthes Sekretärinnengehalt, zusammen mit dem, was der Garten hergab, die Katastrophe nur noch für eine kleine Weile hinauszögern konnte. Aber sie fühlte sich nicht in der Lage, daran etwas zu ändern.

Das Erste, was Nathan in Marseille auffiel, war die Abwesenheit jeglicher Verkehrsordnung. Hatte der Fahrer eines Wagens die unglückselige Eingebung gehabt, vor einer roten Ampel anzuhalten – es handelte sich hierbei natürlich nur um Wagen mit ausländischen Kennzeichen –, wurde er gnadenlos weggehupt. Menschen, die todesmutig genug waren, sich ihren Weg durch die Stadt als Fußgänger bahnen zu wollen, hüpften wie irr gewordene Hasen zwischen den rasenden Fahrzeugen einher, wenn sie eine Straße überqueren wollten. Überhaupt hatte es jeder eilig. Merkwürdig fand Nathan aber, dass sogar die Trambahnfahrer hupten, dabei fuhren sie mit ihren elektrischen Gefährten doch auf Schienen. Nach Monaten im Armenspital von Lyon, in dem er wegen einer Lungenentzündung gelandet war, und weiteren Wochen als Schildermaler im provenzalischen Orange, einem Posten, der ihm das nötige Geld für das Ansinnen eingebracht hatte, seiner Tochter nicht komplett abgerissen gegenübertreten zu müssen, kam Nathan sich vor wie auf einem anderen Stern. War eine solche Geschwindigkeit und Lautstärke normal in Städten? Hatte er in Hamburg genauso gelebt? Er konnte sich nicht mehr erinnern. Hamburg war Lichtjahre entfernt.

Er brauchte nicht lang, um den »Salon de Beauté« im Hafenviertel zu finden. So zeitgedrückt die Bewohner Marseilles auch schienen, so bereitwillig gaben sie Auskunft. Er öffnete ganz einfach die Tür. Die Ladenglocke bimmelte. Und da stand sie. Seine Judith. Über sechs Jahre hatte er sie nicht mehr gesehen, aber er erkannte sie beim ersten Wimpernschlag, sie war genau wie Jesabel, exakt gleiches Gesicht, gleiches Haar, gleiche Arme und Beine, die gleichen Bewegungen, die gleiche Stimme, als sie nun auf ihn losstürmte und »Papa!« schrie, und er schloss sie in die Arme und machte ihre langen Haare nass mit seinen Tränen, und dann drückte er sie und wollte sie nicht mehr loslassen, und auch sie ließ ihn nicht mehr los, ganz fest drückte sie ihre Arme um seinen Hals, und er spürte, wie sie zitterte am ganzen Leib. Er wusste nicht, wie lange sie so standen, er und sein kleines vermisstes Mädchen, aber auf einmal stand Madeleine vor ihm. »Bist du also gekommen«, sagte sie, und an ihrer rauen Stimme hörte er, dass auch sie mit den Tränen kämpfte, und an ihrem Akzent, dass sie kaum mehr Deutsch sprach.

»Ja«, antwortete er, ohne Judith loszulassen. »Und ich will mit dir reden, Madeleine.«

Vielleicht war es die Wut, die Aline half, aus ihrer Lethargie aufzuwachen. Es begann damit, dass Jesabel ihr eines Tages mitteilte, sie werde mit ihrer Ortsgruppe von Jungmädeln das Wochenende über wandern gehen.

»Du meinst marschieren«, schoss Aline daraufhin zurück. »In geschlossenen Zweierreihen. Lieder über deutsche Helden schmetternd. Nur, warum? Ich denke, der Führer wünscht sich Mütter und keine Soldatinnen?«

»Aber Mama!« Jesabel war völlig entgeistert. »So darfst du doch nicht reden! Wenn dich jetzt jemand hören würde!«

Aline warf einen prüfenden Blick auf Jesabels Beine. Durch die Kniestrümpfe zeichneten sich breite, muskulöse Waden ab. Nicht gerade hübsch, wie sie fand. Ein weiteres Jahr wie dieses, in dem Jesabel nichts als endlose Märsche mit schweren Rucksäcken und andere »Übungen für den Notfall« absolviert hatte, und sie würde aussehen wie eine Hammerwerferin. Der weibliche Karl Hein sozusagen, der bei den Olympischen Spielen damals vor drei Jahren Gold für Deutschland geholt hatte. Aber noch viel weniger gefiel ihr, dass sie sich in Jesabels Gedanken nicht mehr auskannte. Wenn sie sich mit ihr unterhalten wollte, über die Schule und ihre Kameradinnen, darüber, dass Papa und Judith fort waren, gebrauchte Jesabel Worte, die sie ihr so schrecklich fremd machten, Worte wie Blut und Ehre, Rassenschande, aufnorden, hart wie Kruppstahl, Muttertum. Aline schüttelte den Kopf. »Und seit wann teilst du mir deine Termine nur noch so mit? Du hast mich immer noch zu fragen, ob ich dir die Erlaubnis dazu erteile! Immerhin bist du erst elf!«

Jesabel gelang es, einen verächtlichen Blick aufzusetzen. »Erstens werde ich bald zwölf, und zweitens brauche ich dein Einverständnis nicht. Das Wanderwochenende ist Pflicht. Wenn ich fehle, wirst du vor meine Mädelringführerin zitiert. Das willst du doch wohl nicht, oder?«

Käthe, die ein paar Mal Zeugin dieser Auseinandersetzungen wurde, besaß die Unvorsichtigkeit, für Jesabel Partei zu ergreifen. »Lass ihr doch die Freude an diesen Ausflügen, *sweetie*«, sagte sie. »Wir waren doch früher auch immer mit dem Wandervogel unterwegs. Erinnere dich, wie romantisch das war! Klampfe spielen unterm Sternenhimmel, das prasselnde Lagerfeuer …«

Aline hätte speien können vor Ohnmacht und Zorn. Käthe war von einer Ahnungslosigkeit, die ihresgleichen suchte! Außerdem verging nun kaum ein Tag, ohne dass sie nach Feierabend ausging, um zu »hotten«, wie sie es nannte, oder sich mit Gleichgesinnten zu treffen. Aline, die als leidliche Pianistin melodiösen Klängen gegenüber durchaus nicht abgeneigt war, fühlte sich von Käthes Swing-Leidenschaft zunehmend belästigt, und das aus zwei Gründen. Zum einen, weil sie keine Lust hatte, *jeden* Abend auf Sixten aufzupassen, zum anderen, weil sie von Fällen gehört hatte, in denen Swingtanzabende von der Polizei verboten worden waren. Sie verstand ja sehr gut, dass das von der Reichskulturkammer verordnete Hören deutscher Schlager und Kampflieder nicht gerade Begeisterung bei jenen hervorrufen konnte, die mit einem guten Gehör ausgestattet waren. Sie selbst war gewiss auch alles andere als angetan vom Musikprogramm im Radio. Aber sie hatte es schlichtweg satt, die Aufmerksamkeit der Behörden auf sich und ihre Hausbewohner zu ziehen. Schlimm genug, dass sie bis zu ihrer Scheidung Vorladungen ins Gestapo-Hauptquartier an der Stadthausbrücke erhalten hatte, um Fragen über Nathans Verbleib gestellt zu bekommen – die sie im Übrigen stets mit der Feststellung beantwortete, dass sie, wenn sie Hellseherin wäre, ihr Geld sicherlich damit statt mit dem Verarzten von Warzen und Furunkeln verdienen würde. Nun musste Käthe sich auch noch in Övelgönne so lautstark als Swing-Anhängerin präsentieren, bis es selbst der dusseligste Nachbar kapierte.

Ihre Geduld riss genau an dem Tag, an dem Käthe zwei Jungs ins Haus schleppte, die ungefähr zwanzig Jahre jünger waren als sie, einer blond, einer rot, und die obendrein so anglophil aussahen, dass Aline nicht erstaunt gewesen wäre, hätten sie sich gegenseitig mit Mylord angeredet. Da das Wetter gut war, setzten sich die drei mitsamt Käthes Grammophon in den Garten – einem nagelneuen Telefunken-Musikkoffer mit Schneckenfederwerk, Nadelbehälter und Plattenfach, Käthes ganzer Stolz – und drehten so laut auf, dass Aline das Schlagzeug noch in ihrem Ordinationszimmer hören konnte. Nachbar Hansen war an diesem Tag zu ihr gekommen, um sich seine Hühneraugen entfernen zu lassen. Er machte Aline darauf aufmerksam, dass Gertrude Meyerdink gerade dabei war, Unterschriften von Övelgönnern zu sammeln, die wie sie der Meinung waren, dass dem Laster im Kapitänshaus endlich Einhalt geboten werden müsse. Aline bat Hansen daraufhin, kurz zu warten, und stampfte hinaus. Sie erreichte die Pforte just in dem Moment, als die drei die Frage erörterten, wem das größere musikalische Verdienst gebührte, Lil Hardin oder ihrem angetrauten Gatten Louis Armstrong? Käthe, die sich für die erste der beiden Möglichkeiten aussprach, lieferte in diesem Augenblick so überzeugende Argumente für ihre These, dass die beiden Jungs recht eingeschüchtert wirkten, doch Käthes angehender Gewinnerstatus ließ Aline kalt.

»Dreh die Musik ab!«, herrschte sie die Freundin an.

»Bitte was?« Es geschah nicht oft, dass Käthe aus der Fassung gebracht aussah, aber jetzt war es so weit.

»Du hast gehört, was ich dir sage. Tu's einfach. Das hier ist immer noch *mein* Haus und *mein* Garten.«

Käthe war die Röte ins Gesicht gestiegen. Noch nie im Leben war sie von Aline in einer solchen Weise abgekanzelt worden. »Dann wohn doch auch allein darin!«, schlug sie vor. Ihre Stimme war eigenartig ruhig. »Könnte aber sein, dass dein Leben dann noch bedeutungsloser wäre, als es ohnehin schon ist!«

Aline musste sich zurückhalten, um ihr nicht ins Gesicht zu schlagen. »Das nimmst du auf der Stelle zurück!«, keuchte sie.

Käthe zuckte mit den Achsen. »Warum sollte ich? Du ziehst ja auch nicht gerade Samthandschuhe an.«

Mit einem Satz war Aline bei dem Grammophon. Sie riss den Tonhebel in die Höhe, griff nach der Platte, die darauf lag, schleuderte sie zu Boden und drückte ihren Absatz darauf. Mit einem Knacks brach die Schellack entzwei. Sowohl Käthe als auch die beiden Englandfans standen wie vom Donner gerührt. »Da magst du ausnahmsweise einmal Recht haben, Katharina«, stieß Aline hervor und drehte sich um.

An den folgenden Tagen sprachen die beiden Frauen kein Wort mehr miteinander. Daran, dass Käthe packte, konnte Aline aber erkennen, dass sie mit dem Auszug Ernst zu machen gedachte. Da das Telefon im Flur vor dem Ordinationszimmer angebracht war, wurde sie unfreiwillig Zeugin eines Gesprächs, in dem es um Käthes Ausreiseantrag und ein Visum für die Vereinigten Staaten ging. Die Tafel im Speisezimmer wurde von nun an im Schichtwechsel besetzt: Aline aß mit Jesabel, Sixten, Bertha und Valeska, wenn Käthe im Büro war, und Käthe nahm die gemeinsamen Mahlzeiten abends mit den anderen ein, wenn Aline im Ordinationszimmer saß und arbeitete. Dann brachte Bertha ihr das Essen an den Schreibtisch, so wie früher, als sie an ihrer Doktorarbeit gesessen hatte. Aline genoss ihre stillen Mahlzeiten, und wenn sie ganz ehrlich war, genoss sie sie sogar wesentlich mehr als die mittäglichen Atzungen im Kreis der Angehörigen. Es hatte so etwas Beruhigendes, über Heilmethoden zu lesen und zu überlegen, wie sie sie anwenden konnte. Es war auch so viel besser, als immer nur Trübsal blasend im Bett zu liegen, es brachte wieder Geld in die Kasse, und vor allem brachte es etwas, womit Aline nun nicht mehr gerechnet hätte: Anerkennung. Sie hatte damit begonnen, den Tourer für Hausbesuche zu nutzen, und sich damit eine völlig neue Klientel erschlossen, die bis nach St. Pauli reichte. Jesabel war jetzt groß genug, Aline musste ja nicht mehr den Tag über in ihrer Nähe sein, und davon abgesehen war das Leben ihrer Tochter ohnehin mit Wachen, Wanderungen und Treffen aller Art angefüllt.

Es war ein Freitag, als sie und Käthe sich zufällig im Flur des Kapitänshauses begegneten. Aline kam gerade von einer Visite aus St. Pauli zurück und war in Gedanken noch ganz bei dem jungen Mädchen, das sie behandelt hatte. Die Patientin war siebzehn Jahre alt und hatte im vergangenen Jahr ihr Kind verloren. Aline wunderte sich im Stillen darüber, wie jung die Mütter heutzutage waren und wie viele Unverheiratete es darunter gab. Aber der Staat unterstützte die vielen Geburten, so weit es ging, immerhin waren im Mai gerade zehntausend Frauen mit dem Ehrenkreuz der deutschen Mutter ausgezeichnet worden, weil sie mehr als vier Kinder zur Welt gebracht hatten, und kein Hahn hatte nach Alter und Familienstand gekräht. Das Mädchen aus St. Pauli hatte über Müdigkeit, Kopfschmerzen und eine ständig wiederkehrende Halsentzündung geklagt. Aline hatte sie an einen Zahnarzt weiterverwiesen, denn das junge Mädchen hatte den Mund voller Amalgam – seit 1933 der Zahnfüller Nummer eins in den deutschen Gauen. Sie hatte die Ausführungen von Professor Stock zu diesem Thema gelesen und der Patientin geraten, sich den Füllstoff entfernen zu lassen. Es war die Lektüre der Romane ihres Arztkollegen Sir Arthur Conan Doyle, die sie dazu antrieb, medizinische Diagnosen mithilfe der kriminalistischen Ursachenforschung zu stellen, auch wenn manchmal etwas komisch anmutende Schlussfolgerungen dabei herauskamen. Nun ja, sie war gespannt, was der Kollege Zahnarzt zu ihrer Diagnose sagen würde.

Schwungvoll warf sie, zu Hause angekommen, ihren Arztkoffer zu Boden und drehte sich um, wobei sie mit Käthe fast zusammenprallte. Sie erschrak so sehr, dass ihr ein kleiner Aufschrei entfuhr.

»Na, mal wieder schlechte Laune?«, fragte Käthe.

Aline war zu verdutzt, um gleich eine Antwort zu finden. »Nein, wieso?«, fragte sie schließlich. Ein feindseliges Schweigen trat ein. Zum Glück kam just in diesem Moment Jesabel die Treppe heruntergepoltert. »Hallo, Bella!«, rief Aline ihr entgegen. »Sag mal, sehe ich aus, als ob ich schlechte Laune hätte?«

Jesabel bremste scharf. »Meinst du heute oder im Allgemeinen? Na egal, die Antwort lautet sowieso Ja.«

Wenn es etwas gab, das Aline hasste, dann waren es Leute, die ihr vorwarfen, schlechte Laune zu haben, wenn sie doch gar keine schlechte Laune hatte! Wo sie doch eben sogar – im Gegenteil! – in Gedanken bei der jungen Frau gewesen war, deren Problem nun vielleicht gelöst war! Wo sie im Sonnenschein, bei halb geöffnetem Fenster, durch die Straßen zurückgefahren war, vor sich hin gesummt hatte, am Horizont gedanklich den Silberstreif im Blick! »Was habe ich euch eigentlich getan?«, fuhr sie Jesabel und Käthe an.

»Ich muss los, Mama!«, rief Jesabel statt aller Antwort. »Wir haben heute Abend Fahnenweihe. Heil Hitler!« Und damit stürmte sie aus dem Haus.

Käthe reckte ihr das Kinn entgegen. »Wenn jeder in meiner

Umgebung Schwierigkeiten mit mir hätte, würde ich ja mal die Ursache dafür bei mir selbst suchen. Und jetzt lass mich bitte vorbei, ich muss auch nach draußen.«

»Ach ja?« Nun stellte sich Aline ihr ganz bewusst in den Weg. »Deinen Ausreiseantrag abholen, ja? Abhauen, ja, so wie es Feiglinge eben tun?«

»Ach, und woher weißt du das nun, bitte schön?« Käthe konnte genauso verächtlich reden. »Bei meinen Telefonaten gelauscht, wie?«

»Nur zu deiner Information: Ich sitze eine Wand dahinter. Selbst wenn ich schwerhörig wäre, käme ich nicht umhin, jedes Wort mit anzuhören! Leider habe ich aber nicht verstanden, was deinen Stimmungsumschwung in Gang gesetzt hat. Als ich vor anderthalb Jahren erwog, gemeinsam mit meinem verfolgten Mann auszureisen, hast du noch geradewegs getan, als wäre dies die erstaunlichste Sache der Welt! Und jetzt? Amerika! Ich bitte dich, Käthe! Du hast doch überhaupt keinen Grund, auszureisen! Oder – halt mal! – habe ich dich vielleicht unterschätzt, und du bist seit Jahren im Untergrund organisiert? Bist vielleicht eine tapfere Intellektuelle geworden, die die mühsame Arbeit ihrer grauen Zellen in den Dienst der guten Sache stellt?«

»Ich muss mir das hier nicht anhören«, presste Käthe zwischen den Zähnen hervor, während sie abermals versuchte, an Aline vorbeizukommen.

»O doch, das musst du!« Aline hatte jetzt den Siedepunkt erreicht. »Ich habe dich nämlich satt, Käthe, und zwar bis hierhin!« Sie fuhr sich mit dem Zeigefinger über die Oberlippe.

Käthe lachte höhnisch. »Dann haben wir ja doch noch etwas gemeinsam. Ich hab dich nämlich auch satt!«

»Ach, du.« Aline machte eine wegwerfende Handbewegung. »Du hast doch alles satt, was nicht den ganzen Tag swingt und lacht und Englisch spricht.«

»Sag mal, wofür hältst du mich eigentlich? Hältst du mich wirklich für so oberflächlich?« Käthes Augen schimmerten verdächtig.

»Ich halte dich für ein dummes Huhn, das seinen hervorragenden Anlagen nach ein tolles Leben führen könnte! Wenn du nicht so ...«

»Für ein dummes Huhn?«, fiel Käthe ihr ins Wort.

Aline räusperte sich. »Das mit den ... ähem, hervorragenden Anlagen, äh, war der wichtigere Teil des Satzes.«

Sie blickten sich in die Augen. Käthe war die Erste, die ihr Lachen nicht verstecken konnte. Sekunden später konnte auch Aline sich nicht mehr beherrschen. Als sie sah, wie Käthe sich vor Gelächter schüttelte, fiel sie ihr um den Hals. In dem Moment spürte sie Käthes Griff. Es war, als wollte die Freundin sie überhaupt nicht mehr loslassen. Und mit einem Mal bemerkte sie, dass Käthe nicht mehr lachte, sondern weinte. »Du hast mir so gefehlt, Kleines«, hörte sie sie in ihr Ohr schluchzen. »Ich ertrag es einfach nicht, wenn wir uns streiten!«

»Meinst du denn, ich?«, weinte Aline.

Und dann hielten sie sich nur noch fest. Aline sprach als Erste. »Tu mir einen Gefallen, Käthchen, und pack die doofen Koffer wieder aus. Bleib hier. Bleib einfach hier. Hast du heute Abend schon was vor?«

Käthe nickte mit tränennassem Gesicht. »Mich mit dir besaufen, altes Haus. Irgendwo, wo man gute Musik hören kann.«

Aline streichelte ihr über die Wange. »Ein guter Plan.«

»Möchtest du einen Kaffee, Nathan?« Madeleine hantierte mit einer Porzellankanne. »Er ist wahrscheinlich nicht sehr gut geworden. Ich konnte die Kaffeefilter nicht finden, und außerdem habe ich keine Ahnung von den Mengen.«

»Vielen Dank, ich habe schon bedeutend Schlechteres zu

mir genommen in den vergangenen Monaten.« Er nahm die Tasse entgegen und wartete, bis sich auch Madeleine gesetzt hatte, um einen Schluck zu trinken. Er musste sich zurückhalten, um den Kaffee nicht gleich wieder auszuspucken. »Öh, nun ja, vielleicht auch nicht. Du hältst dich nach wie vor von der Küche fern?«

Madeleine zuckte mit den Schultern. »Ich weiß nicht, warum, aber ich bin stets von hervorragenden Köchen umgeben. Jean bereitet die Abendspeisen zu, weil er vorgibt, dass ihn das entspannt. Und Judith hat ebenfalls ein großes Talent auf dem Gebiet entwickelt.«

Sie waren allein im Salon des Hauses. Judith saß oben und machte ihre Hausaufgaben. Sie hatte ein eigenes Zimmer bekommen, wie Nathan festgestellt hatte. Durch das geöffnete Fenster drang das Zirpen von Grillen, vermischt mit Kindergeschrei. »Und jetzt wüsste ich gern mehr über deine Gründe für die Entführung unseres Kindes.« Nathan stellte die Kaffeetasse ab und lehnte sich scheinbar entspannt zurück.

Madeleine hingegen fuhr in die Höhe wie von einer Nadel gestochen. »Was heißt denn hier Entführung?«, brach es aus ihr heraus.

»Wie würdest du es denn sonst nennen?« Nathan zwang sich zu einem Lächeln. Es war entweder das oder eine Wut, vor deren Ausbruch er sich selbst fürchtete. »Du wolltest zwei Wochen später wiederkommen. Es sind mehr als sechs Jahre vergangen.« Er beugte sich vor. »Mehr als sechs Jahre, Madeleine. Und du bist immer noch nicht zurück mit Judith. Ich bin es, der die Reise zu meinem Kind angetreten hat.«

Sie zuckte zurück. »Du hättest sie ja schon vorher holen können.«

»Nein.« Nathan schüttelte den Kopf. »Ganz falsche Antwort. Überleg mal, warum. Wir haben es dir ganz genau beschrieben in unseren Briefen.« Er spürte, wie Madeleine zu zittern begann. Sicherlich, er war ein anderer Mann geworden. Äußerlich gab er sich zwar seit einiger Zeit wieder Mühe, dem alten Nathan zu ähneln. Er hatte wieder begonnen, sich zu rasieren. Er trug, soweit es möglich war, saubere, anständige Kleidung. Er war auch nicht mehr so abgemagert. Aber innen drin – was war er jetzt eigentlich innen drin? Er wusste es nicht. Und er hatte bisher weder die Zeit noch das Interesse gehabt, dieser Frage nachzugehen.

»Gut, gut. Ich weiß. Ich hätte sie euch zurückbringen können. Bringen müssen. Aber ich …« Nathan bemerkte, wie sich Madeleines Augen mit Tränen füllten. »Aber ich … ich lieb sie einfach so! Ich wollt doch nicht mehr sein ohne sie!«

»Und deine Tochter?« Nathan stand auf und durchmaß den Raum mit großen, eiligen Schritten. Er konnte es nicht mehr ertragen, lange an einem Platz zu sitzen. Es machte ihn wahnsinnig, wenn er sich nicht bewegen konnte. Es erinnerte ihn an seine Festnahme in – wo war das noch gleich gewesen? Die Namen der Orte stiegen in seinem Gedächtnis wie Blasen auf, zerplatzten wieder, ließen sich nicht mehr festhalten, lösten sich im Gedankenmeer. Nur dass Emilie damals noch dabei gewesen war, wusste er, auch sie war festgenommen worden, sie hatten ja keine Ausweise, hatten vielleicht einen Diebstahl begangen, wer weiß? Etwas zu essen mitgenommen. Er war von Emilie getrennt worden. Wo sie wohl war? Wahrscheinlich am Ende nach Hamburg zurückgekehrt. Hoffentlich. Was wollte er noch sagen? Das Weinen unterbrach seinen Gedankengang. Da weinte eine Frau, die einmal seine Schwiegermutter gewesen war. »Aline hat dir sicher geschrieben, dass wir uns voneinander haben scheiden lassen?«, fragte er mehr den Flügel als Madeleine.

Wieder zuckte sie zusammen. »Nein. Davon wusste ich nichts. Aline schreibt mir nicht mehr. Judith hat sie es auch nicht gesagt.«

»Willst du wissen, seit wann? Warum?« Nathan fühlte sich ungeduldig werden. Und nervös. Er wollte zu Judith hoch. Sie endlich sehen. Endlich mit ihr reden. Aber vorher musste er das hier hinter sich bringen.

»Ja.« Madeleine nahm erneut die Kaffeetasse zur Hand. »Natürlich. Ich möchte nur … Nathan, ich weiß nicht, wie ich das wieder gutmachen kann, was ich getan habe. Ich habe total eigennützig gehandelt. Ich habe gedacht, ich …«

»Madeleine, dein Interesse für andere ist überwältigend. Es gibt nur eine Möglichkeit, den Schaden zu begrenzen. Du bereitest noch heute deine Abreise nach Hamburg vor.«

Madeleine öffnete den Mund, um etwas zu erwidern, aber Nathan hob die Hand. »Lass mich ausreden! Niemand verlangt von dir, dass du wieder in Deutschland leben musst! Ich glaube ohnehin, dass da kein Platz mehr für dich ist. Aber hab den Anstand und bring Aline ihr Kind zurück. Ich weiß, dass es einige Wochen dauern wird, bis alles geregelt ist. Und in der Zwischenzeit werde ich mit Judith zusammen sein. Los! Ich will, dass du Aline schreibst, heute noch! Du wirst ihr versprechen, dass du ihr Judith zurückbringst. Sonst kann ich für nichts mehr garantieren! Haben wir uns verstanden?«

Madeleine starrte ihn an. »Warum tust du das alles für Aline? Ich denke, ihr seid geschieden?«

Nathan schnaubte. »Das kannst du nicht verstehen. Ich gehe jetzt zu Judith hinauf. Und in deinem Brief«, er drehte sich im Davongehen noch einmal zu ihr um, »erwähnst du mit keinem Wort, dass ich hier gewesen bin! Darauf kann ich mich verlassen, ja?«

»Ja«, erwiderte Madeleine. »Das kannst du, Nathan.«

»Krankenhaus oder Friedhof – das ist hier die Frage!« Käthe packte sich selbst am Hals und rollte dramatisch mit den Augen.

Aline lächelte müde. »Bislang mussten die Patienten, die mich wegen einer Halsentzündung aufgesucht haben, weder die eine noch die andere Möglichkeit in Betracht ziehen. Öffne bitte mal den Mund, ich mache jetzt einen Abstrich.«

Käthe warf den Kopf in den Nacken und stieß ein durchdringendes »Aaaah« aus.

Aline, die sich bereits vorgebeugt hatte, um den mutmaßlichen Entzündungsherd in Augenschein zu nehmen, lehnte sich wieder zurück. »Du musst nicht *aaaah* sagen. Ich kann deine Rachenwand auch so erkennen.«

Käthe verengte die Augen zu bösen kleinen Schlitzen. Wenn es etwas gab, das sie verabscheute, dann waren es Schmerzen, Arztbesuche und, das Schlimmste von allem, anderer Leute Krankengeschichten. Ersteres hatte sie glücklicherweise erst einmal erlebt – ein Bänderriss infolge eines allzu gewagten Sprunges bei einer Tanzvorführung –, Letzteres stand im Kapitänshaus leider auf der Tagesordnung. Halsschmerzen waren bis dato etwas gewesen, das immer nur die anderen befiel, und jetzt, da Käthe sie am eigenen Leib spürte, litt sie wie ein Hund. Sie räusperte sich. »Ich bevorzuge es, schabende Geräusche, die ein Außenstehender in meinem Körperinneren vornimmt …«

»Hör auf zu quasseln und mach den Schnabel wieder auf! Ich bin noch längst nicht fertig mit dir!« Aline verlor allmählich die Geduld.

»… stimmlich zu übertönen, darf ich bitte einmal ausreden? Und hör endlich auf, mit deinem Folterwerkzeug vor meiner Nase herumzufuchteln, davon entspanne ich mich erst recht nicht!«

»Nun gut.« Aline setzte das Lächeln auf, das sie für besonders schwere Fälle von Uneinsichtigkeit reservierte. »Wir machen das jetzt so: Du stellst dir einfach etwas Schönes vor, während ich den Abstrich mache. Was ist eigentlich mit dem jungen Mann, der dich die ganzen letzten Monate begleitet hat, Oskar oder wie der heißt? Denk mal an den! Übrigens habe ich ihn schon eine Weile nicht mehr gesehen. Du versteckst ihn doch nicht irgendwo?«

Käthe schloss die Augen und seufzte. »Grab den Garten um. Ich kann mich einfach nicht mehr erinnern, wo ich ihn verscharrt habe.«

»Was?« Aline ließ vor Schreck ihr Stäbchen fallen.

»Reg dich nicht auf. Ich habe den Garten *nicht* mit seiner Leiche besudelt. Aber ich hätte es gern getan. Das Rattengesicht hat mich wegen einer Jüngeren sitzen lassen.«

»Och, Käthchen.« Aline streichelte der Freundin übers Gesicht. Seit ihrer großen Aussprache stand ihr Käthe näher denn je. Es war schrecklich, sie so traurig zu sehen.

Käthe schluckte schwer. »Außerdem sind neuerdings *alle* Frauen jünger als wir. Manchmal frage ich mich, ob es nicht verboten gehört, so ein biblisches Alter wie wir zu erreichen!«

Aline schüttelte bedächtig den Kopf. »Du siehst das alles viel zu negativ. Es gibt sie, die Frauen über neununddreißig.«

In diesem Moment klopfte Bertha an die Tür. Sie trug einen Zettel in der Hand und runzelte die Stirn. »Ich störe ja nur ungern. Aber erstens verlangt der Lütte nach dir, Käthe, und zweitens habe ich hier eine Warnung vor Luftangriffen bekommen. Habe ich was nicht mitbekommen? Gibt es jemanden, der uns von oben beschießen will?«

Aline gab es endgültig auf, bei Käthe den Abstrich vorzunehmen. Für heute würde sie sie mit Salz gurgeln lassen. Käthe hatte ein hervorragendes Abwehrsystem, den Hals lediglich zu desinfizieren würde vielleicht schon ausreichen. »Du hast Recht, da geht was vor«, bemerkte sie grimmig in Berthas Richtung. »Zuerst bekommen wir Lebensmittelkarten ausgehändigt, und jetzt das.« Sie betrachtete das Papier und begann, laut daraus vorzulesen. »29. August 1939. An alle Haushalte in Ottensen und Umgebung. Merkblatt über das Verhalten bei Luftalarm.«

»Maamiiiii!« Sixten hatte als Einziger im Haus die Gabe, sich über zwei Stockwerke hinweg bemerkbar zu machen. »Wann kommst duuuuu?«

Käthe rappelte sich hoch. »Ich bin bei Sixten für eine Karriere beim Sprechtheater. Zumindest kann er garantieren, dass ihn auch die Leute auf den billigen Plätzen verstehen.«

Aline verrührte zwei Esslöffel Salz in einem Glas Wasser und reichte es der Freundin. »Damit gurgelst du. Bis es alle ist. Und nicht schummeln!«

Käthe schlug die Hacken zusammen. »Stets zu Diensten, Chef! War mir ein Vergnügen!«

»Na, bitte«, murmelte Aline, als sie Käthes schnellen Schritt auf der Treppe hörte. »Ist doch schon wieder gesund, die Kleine!«

Sie sollte sich irren. Als drei Tage später die deutschen Truppen in Polen einfielen, hatte sich Käthes Erkältung so verschlimmert, dass sie mit hohem Fieber das Bett hüten musste und am Ende auch noch Sixten ansteckte. Aline machte sich heftige Vorwürfe, dass sie sich derart hatte einwickeln lassen, und schwor sich, in Zukunft viel strenger mit der Freundin zu sein. Aber ihr Ärger verblasste vor dem Wissen, dass sie nun endlich, endlich Judith wiederbekommen würde. Seit sie Madeleines Brief erhalten hatte, war es ja nur noch eine Frage der Zeit.

16. Kapitel

Judith umklammerte die Hand ihres Vaters. Auf diese Weise konnte sie sicher sein, dass er nicht so einfach wieder verschwand. Zum Glück schien er nicht so auszusehen, als wollte er wieder verschwinden. Er saß gemütlich in dem großen Ohrensessel, auf dessen Lehne sie hockte, und hielt seinerseits ihre Hand fest. Es war ein seltsames Gefühl zu wissen, dass das hier bald alles vorbei sein würde: Grand-Mère am Flügel, Onkel Jean mit seinen Bratspießen vor dem offenen Kaminfeuer und vor allem: die Schule. Ob sie sich wohl in der deutschen Schule genauso schnell eingewöhnen würde wie hier am Collège? Und wie da wohl die Mittagspausen aussahen?

»Papa?«, fragte sie. »Was gibt es zu essen in der deutschen Schule? Ich hoffe, die machen nicht jeden Tag Hammelfleisch! Ich kann Hammelfleisch allmählich nicht mehr riechen!« Sie gab sich große Mühe, Deutsch zu sprechen, aber es war nicht so leicht. Einige Wörter waren ihr gänzlich aus dem Kopf geflogen, und sie musste erst Ausschau halten nach ihnen. Seitdem sie nicht mehr mit Henny und David und der kleinen Benedicte zusammenlebten und Henny sich aus dem Salon zurückgezogen hatte, sprach sie fast gar kein Deutsch mehr, und mit Grand-Mère gab es nur Mischmasch-Sprache. Sie sah, wie ihr Vater lächelte.

»Du kannst ganz beruhigt sein, meine Kleine. Hammelfleisch gibt es auf keinen Fall. Es gibt gar kein Essen. Du kannst mittags wieder heimgehen.«

Jetzt hatte Grand-Mère aufgehört zu spielen. Judith sah, wie sie zu Onkel Jean hinüberging und ihm ihre Hände auf die Schultern legte. Er drehte sich um und lächelte ihr zu. Das war der sicherste Moment, wollte man unbeobachtet bleiben, Judith kannte das schon. »Du, Papa?«, flüsterte sie. »Warum kannst du nicht mitkommen nach Deutschland?«

Sie sah, wie der Vater nach einer Antwort suchte. Er öffnete den Mund, um sie auszusprechen, entschied sich aber wieder anders. Wahrscheinlich war es nicht die richtige Antwort. Er suchte erneut. »Weil deine Mutter und ich nicht mehr zusammenleben können. Es hat etwas damit zu tun, dass meine Mutter, deine Großmutter Valeska, Jüdin ist. In Deutschland mag man keine Juden. Deshalb sind ja auch Tante Henny und Onkel David hier. Seitdem deine Mutter und ich geschieden sind, hat es deine Mutter viel leichter. Viel, viel leichter.«

»Warum können wir beide nicht in Frankreich bleiben, Papi?«, fragte sie.

»Weil ich möchte, dass du zusammen mit deiner Schwester aufwächst. Ihr seid doch Zwillinge, Liebling. Und außerdem: Vermisst du denn deine Mutter gar nicht?«

»Doch«, flüsterte Judith. »Sehr.«

»Willst du wissen, wie sie jetzt aussieht?«, flüsterte Nathan zurück.

Judith nickte.

Aus der alten abgetragenen Ledertasche, die ihr Vater ständig mit sich herumtrug, förderte er nun einen Zeichenblock zutage. »Hier.« Er öffnete den Block. »Ich habe sie gezeichnet.«

»Bei euch … bei uns zu Hause?«, fragte sie.

Nathan schüttelte den Kopf. »Unterwegs. Auf meiner Reise. Ich zeichne sie jeden Tag, damit ich sie nicht vergesse. Hier.«

Er reichte ihr den Block. Hunderte von Gesichtern schauten Judith entgegen. Es war immer dieselbe Frau, und sie ähnelte der Fotografie, die Madeleine in dem Buch mit sich herumtrug. Und doch sah die Frau darauf immer anders aus. Konzentriert, mit einer steilen Falte über der Nase, an einem Schreibtisch, auf dem Flaschen und Geräte standen. Schlafend, im Bett, die Haare wirr über das Kopfkissen gebreitet. Aufrecht im Garten stehend, im Hintergrund ein Fluss, über den ein Schiff fuhr. Nathan deutete auf ein Bild, auf dem er sie lachend gezeichnet hatte. »Hier lacht sie mit Käthe«, erklärte er. »Du kannst dich doch noch an Tante Käthe erinnern, oder? Deine Mami liebt es, mit ihr zu lachen. Eigentlich lachen sie die ganze Zeit, wenn sie zusammen sind.«

»Lachst du dann auch?«, wollte Judith wissen.

»Ich verstehe manchmal nicht, worum sich der Witz dreht«, gab Nathan zu.

»So, meine Lieben.« Onkel Jeans Stimme riss sie aus ihrem Gespräch. »Das Fleisch ist fertig. Wir können uns zu Tisch begeben. Ich hole nur noch eben den Reis aus der Küche.«

Ein kleines Schweigen trat ein, während Onkel Jean nebenan hantierte. Der Vater hatte Judiths Hand losgelassen und stand im Raum, unschlüssig, was er tun sollte. Auch Grand-Mère sah irgendwie merkwürdig aus. Doch dann kam Onkel Jean wieder herein mit den dampfenden Platten und einer Flasche Rotwein, und das Essen wurde doch noch sehr nett. Judith bekam einen winzig kleinen Schluck Rotwein ab und musste danach schrecklich kichern, bis sie sich mit einem Schlag todmüde fühlte. »Bringst du mich ins Bett, Papi?«, fragte sie.

»Natürlich, mein Schatz«, antwortete er und trug sie ins Badezimmer.

»O nein, nicht schon wieder das schreckliche Waschen«, murrte Judith, aber Nathan war unerbittlich.

»Ein anständiger Mensch ist sauber, auch auf der Haut«, erklärte er. »Sei froh, dass du dich waschen kannst.«

»Bin ich aber nicht«, gähnte Judith, während sie einen Lappen unter den Wasserstrahl hielt. »Und Papi, könntest du bitte solange rausgehen, ich bin schon zwölf!«

»Verzeihung, junge Dame«, lächelte Nathan.

»Erzählst du mir eine Geschichte?«, bat Judith, als sie wenig später in ihrem Bett lag, die Puppe Bonsche im Arm.

»Bonsche ist unverwüstlich, was?«, staunte Nathan. »Dass du sie immer noch hast!«

»Klar hab ich sie noch, und ich werd sie auch immer behalten.« Judith sprach mit geschlossenen Augen. Ein leichtes Schnarchen Sekunden später verriet Nathan, dass sie eingeschlafen war. Er streichelte ihr über die Haare und wollte sich gerade leise erheben, als er sie im Schlaf etwas auf Französisch murmeln hörte, das so klang wie: *Son con les Bosch*.

»Sont cons les Boches?« Jeans Gelächter dröhnte durch den Raum. »Das hat sie gesagt? Diese Judith, ah – macht mich fertig, die Kleine!«

»Was heißt denn das?«, wollte Nathan wissen, der wieder im Ohrensessel Platz genommen hatte. Madeleine war in die Küche gegangen, auf der Suche nach Plätzchen und um einen Espresso zu kochen.

»Das heißt: Die sind bescheuert, die Deutschen!«

»Aber warum sagt sie so was?«

Jean erhob sich, um ihnen beiden einen Cognac einzuschenken. »Wird sie in der Schule aufgeschnappt haben. Wundert Sie das? Wir führen jetzt Krieg gegen die Deutschen.« Seine Miene verfinsterte sich. »Judith wird es schwer haben in Nazideutschland.«

Nathan nahm sein Glas entgegen. »Glauben Sie nicht, ich hätte meine Entscheidung einfach so aus blauem Himmel getroffen. Ich weiß sehr wohl, was das für meine Tochter bedeutet. Aus diesem Grund hatten meine Frau und ich uns zeitweilig sogar damit abgefunden, Judith in Frankreich zu wissen. Damit wenigstens eines unserer Mädchen unbeschadet heranwachsen kann.«

Jean prostete seinem Gegenüber zu. »Und warum haben Sie nun Ihre Meinung geändert?«

»Aus zwei Gründen. Erstens, dieser Zustand hat lange genug angedauert. Judith braucht ihre Mutter, und sie braucht auch ihre Schwester. Jesabel ist ihr Zwilling. Ich halte nichts davon, Zwillinge voneinander zu trennen, um zu sehen, wer wo besser gedeiht. Die beiden sind keine Versuchskaninchen, verdammt noch mal, sie sind unsere Töchter!« Nathan spürte, wie Wut in ihm aufstieg. Er atmete tief durch und trank einen Schluck. »Entschuldigen Sie bitte, dies ist ein sehr emotionales Thema …«

Jean nickte. »Sie brauchen sich nicht bei mir zu entschuldigen. Ich glaube, ich verstehe Sie sehr gut. Welches ist der andere Grund?«

»Der andere Grund ist meine Frau. Sie leidet. Ich weiß, dass sie stark ist, aber es muss alles seine Grenzen haben. Sie sehnt sich nach Judith.« Er zögerte. »Ich habe manchmal Angst um sie.«

»Sie sagen immer noch: meine Frau«, bemerkte Jean.

»Weil ich sie immer noch liebe«, erklärte Nathan schlicht.

Sie schwiegen, während Madeleine nun klappernd die Tassen hereinbrachte. »Nathan, du weißt, dass in Deutschland die Mädchengymnasien geschlossen werden sollen?«, brach es plötzlich aus ihr heraus.

Nathan schüttelte den Kopf. »Ein Gerücht, Madeleine, weiter nichts. Es gibt Gymnasien für Mädchen, ich habe sie mit eigenen Augen gesehen.«

Madeleine schien ihn nicht zu hören. »Du weißt auch, dass

Frauen nur noch in Sonderfällen an den deutschen Universitäten zugelassen werden? Nämlich nur dann, wenn sie Abitur haben, was sie ja demnächst nicht mehr machen können?«

»Nein, Madeleine, nein!« Nathan umklammerte sein Glas so heftig, dass die Knöchel weiß hervortraten. »Zwing mich doch nicht dazu, die Pläne der deutschen Regierung zu verteidigen! Frauen sind nach wie vor an den Unis zugelassen! Sie werden es vielleicht schwerer haben, eine akademische Laufbahn einzuschlagen als vor 33, aber es ist möglich!«

Madeleine war unerbittlich. »Judith ist sehr gut in der Schule. Ich wollte sie nächstes Jahr auf das *Lycée* schicken. Sie möchte studieren, hat sie mir gesagt.«

Jean legte ihr eine Hand auf den Arm. »Madeleine, nun mäßige dich. Wir wissen ja gar nicht, wo uns dieser Krieg noch hinführen wird. Vielleicht gibt es ja überhaupt keine Universitäten mehr, wenn Judith so weit ist.« Und mit einem Blick auf Nathan: »Dein Schwiegersohn hat Recht. Du kannst deine Enkelin nicht länger behalten. Aber ich stimme dir zu, dass da oben der Wahnsinn tobt. *Vraiment*, ich glaube, die Deutschen haben keine Ahnung von dem, was sie da angezettelt haben. Ihr beiden seid nicht die Einzigen, die Angst haben.«

Sie schwiegen, während sie ihren Espresso tranken. Madeleine reichte das Gebäck herum. Als nur mehr Krümel übrig waren, schenkte Jean ihnen noch einen Cognac ein und bot Nathan eine Zigarre an, die dieser mit Hinweis auf seinen Husten ablehnte. Nathan staunte, wie die Franzosen es immer wieder hinbekamen, ihre Mahlzeiten ins Unendliche auszuweiten. Aber es hatte auch etwas Beruhigendes. Das Gespräch kam langsam wieder in Gang. Diesmal ging es um etwas Unverfängliches wie Nachbarschaftsfehden und Fußballergebnisse. Als sie sich schließlich gähnend erhoben, war es weit nach Mitternacht, und der Frieden war, zumindest im Hause Meyer-Jacoby, wieder hergestellt.

»Eigentlich ist das hier die perfekte Verkleidung, falls man mal eine Bank zu überfallen gedenkt.« Käthe betrachtete ihre Gasmaske von allen Seiten. Aline, Jesabel und Bertha hatten sich ihre Masken schon im Vorjahr geholt, als ein entsprechender Erlass herausgekommen war, aber Käthe war immer zu faul dazu gewesen. Sie versuchte sich das Teil aufzusetzen, was nicht ganz einfach war mit den beiden Gummibändern, die man einmal oben herum und um den Hinterkopf trug. »Hände hoch, oder ich schieße!«, brachte sie schließlich unter der Abdichtung heraus.

»Mensch, Käthe, damit macht man keine Scherze!« Aline hob nur flüchtig den Kopf von ihren Notizen. »Und wenn du glaubst, dass du mit dem Ding da schießen kannst, muss ich dich leider enttäuschen. Es ist ein Fieberthermometer!«

»Ich weiß, dass das ein Fieberthermometer ist!« Käthes Stimme war kaum hörbar unter der Maske. »Ich wollte es bloß zu Demonstrationszwecken verwenden!«

Aline lehnte sich ein Stück zurück, um das Geschriebene besser erkennen zu können. Wurde sie vielleicht weitsichtig? Die Buchstaben sahen so merkwürdig verschwommen aus. »Ich versteh kein Wort, Käthe. Außerdem erkennt dich sowieso jeder.«

»Woran?«, fragte Käthe dumpf.

»An deiner komischen Gangart. Und an deinen weißblonden Haaren. Oder sind die schon grau?«

»Holla!« Käthe drohte ihr mit dem Finger. »*Dein* Gehör mag vielleicht an Altersschwäche kränkeln. Aber ich höre immer noch *sehr gut*, was du mir für Beleidigungen an den Kopf wirfst!«

»Hat da irgendwo eine Maus geraschelt?«, fragte Aline, wieder in ihre Aufzeichnungen vertieft.

»Warte mal«, nuschelte Käthe und verließ das Zimmer. Einen Augenblick später war sie wieder da, diesmal mit einem ihrer Ausgehhüte auf dem Kopf. »Erkennt man jetzt immer noch, dass ich es bin?«, fragte sie laut.

»Ich an deiner Stelle würde ein Megaphon mitnehmen«, entgegnete Aline. »Sonst denken die Leute einfach nur, du bist verrückt, wenn du so durch die Bank spazierst und dabei Zeugs murmelst. Oder du schreibst deine Wünsche auf ein großes Blatt Papier: *Guten Tag, wären Sie bitte so nett, das Geld rauszurücken, ich bin bewaffnet.* Muss ja keiner wissen, dass es ein Fieberthermometer ist.«

Käthe stampfte auf. »Ich werde mir eine richtige Waffe beschaffen! Für was für eine Dilettantin hältst du mich?«

»Außerdem«, fuhr Aline ungerührt fort, »weiß ich nicht, was uns das Geld bringen soll, wenn ohnehin alles rationiert ist.«

»Ich sage JA zu Geld.« Käthe riss Hut und Maske wieder ab.

»Warum?«

»Ich erinnere mich nicht mehr. Aber ich weiß, dass ich einen guten Grund dafür habe.«

Aline lächelte spöttisch. »Ich kann nicht behaupten, dass dieses Argument einen *wahnsinnig* großen Eindruck bei mir hinterlässt.«

»Ich muss mich ja nicht mehr an alle Gründe erinnern, aus denen heraus ich irgendwann mal irgendwas beschlossen habe.« Käthe betrachtete die Regale mit den Lösungen und Essenzen hinter dem Schreibtisch. »Du zum Beispiel wählst beim Großhändler ja auch Medikamente gegen Übelkeit, ohne dass gerade jemand am Kotzen ist. Und ich wähle eben Geld. In beiden Fällen geht es darum, das große Elend zu vermeiden!«

»Das mit dem Erinnern ist eine heikle Sache, wie?« Aline konnte es sich nicht verkneifen, zu frotzeln, vor allem, wenn Käthe so zufrieden mit sich selbst aussah. »Ich glaube, du wirst einfach vergesslich, Käthchen!«

Käthe fuhr auf. »Wie? Seit wann denn das?«

»Siehst du, das ist der Beweis!«, kicherte Aline.

Jesabel riss die Tür zum Ordinationszimmer auf. »Essen kommen!«, brüllte sie und schlug die Tür wieder zu.

»O weh«, murmelte Aline. »Sie ist immer noch beleidigt, weil ich ihr verboten habe, an den Übungen heute teilzunehmen. Ich weiß gar nicht, woher sie das hat, diese Sportbegeisterung. Von mir kann es nicht kommen.«

Käthe musterte Alines weibliche Rundungen, während sie hinter ihr zur Tür ging. »Weiß Gott nicht, nein. Und so wie ich dich einschätze, bist du auch noch stolz darauf.«

Aline fuhr herum. »Ich mach jetzt mal keine Witze, Käthe! Ich habe festgestellt, dass Jesabel einen Spreizfuß hat! Dieses ewige Marschieren in den schweren Schuhen – ich kann dir nicht sagen, wie leid ich es bin! Warum lassen sie die Mädchen nicht wenigstens in leichten Schuhen wandern? Und soll ich dir noch was erzählen, was ich kürzlich in einem orthopädischen Aufsatz gelesen habe?«

Käthe seufzte. »Wenn es sich partout nicht vermeiden lässt. Aber ich fürchte, das Essen wird kalt, und du weißt selbst, wie Bertha dann wütend werden kann.«

Aline schnaubte. »Siebenunddreißig Prozent aller deutschen Mädchen und Jungen haben Spreiz- oder Plattfüße! Ich bitte dich: Plattfüße! Neben Riesennase und Negerlippen das vermeintliche Merkmal eines Juden – jetzt ziert es die ach so gesunde arische Jugend! Und warum? Wegen dieser ganzen vermaledeiten Gewaltmärsche! Ich hab eine Wut auf diese Staatsjugendführer, das kann ich dir mit Worten nicht beschreiben!«

Käthe hängte Hut und Gasmaske zurück an den Garderobenständer. »Lass uns heute Abend mit Jesabel und Sixten zusammen Musik machen. Das wird uns alle auf andere Gedanken bringen!«

Es war am Nachmittag des folgenden Tages, dass Aline Besuch bekam. Bertha öffnete die Tür. Ein etwa fünfzehnjähriges, hoch gewachsenes Mädchen in Uniform stand ihr gegenüber. »Ich möchte bitte Frau Dr. Jacoby sprechen.«

»Hast du einen Termin?« Bertha bemühte sich, ihre Ungeduld nicht zu zeigen. Sie hasste es, die Empfangsdame zu spielen. Als ob sie nicht schon genug zu tun hätte! Noch bis vor wenigen Monaten war die Haustür zur Sprechstundenzeit offen geblieben, aber seitdem die Lebensmittel rationiert waren, hatte es in Övelgönne ein paar Diebstähle gegeben.

»Ich suche die Frau Doktor nicht auf, weil ich einen Termin mit ihr benötige.« Das Mädchen reckte die Nase empor. »Ich muss sie dringend um eine Unterredung bitten.«

»Also brauchst du *doch* einen Termin.« Bertha machte auf dem Absatz kehrt. »Ich frage die Frau Doktor mal eben, wann sie dich heute reinnehmen kann.«

Das Mädchen hielt Bertha am Ärmel fest. »Es ist dringend. Jetzt sofort.«

In diesem Moment kam Jesabel die Treppe heruntergepoltert. Als sie das Mädchen bemerkte, wurde sie bleich. »Klara!«, staunte sie. »Was machst du denn hier?«

»Mit deiner Mutter sprechen«, erklärte das Mädchen streng.

»Ist es wegen gestern?«, fragte Jesabel kleinlaut.

In diesem Moment riss Aline die Tür auf. »Hier kann sich ja kein Mensch konzentrieren!«, rief sie. »Könnt ihr nicht leiser spielen, Kinder? Ich stecke mitten in einer Behandlung!«

»Heil Hitler!«, rief das Mädchen. »Ich muss mit Ihnen sprechen, Frau Doktor!«

»Heil Hitler. Das muss aber eine halbe Stunde warten«, erklärte Aline. »Wie ich gerade sagte, ich …«

»Bitte, Mama, du musst Klara anhören!« Jesabels Gesicht war voller Angst.

»Danke, Bertha.« Aline wischte sich die Hände ab. »Ich kümmere mich schon um das Mädchen. Also, was gibt's?«

»Ihre Tochter hat an unserer gestrigen Übung nicht teilgenommen.«

»Sie hat Probleme mit den Füßen«, warf Aline ein.

»Ich weiß.« Das Mädchen verzog keine Miene. »Ich bin ihre Hauptmädelführerin. Sie haben mir da einen Entschuldigungswisch zukommen lassen, in dem es heißt, dass Jesabel wegen ihres *Spreizfußes*«, sie betonte das Wort ironisch, »zu Hause bleiben muss.«

»Ein Spreizfuß ist kein Grund zum Witzereißen. Meine Tochter hat Schmerzen. Wenn ich nicht aufpasse, wird sie ...«

»Ich hatte gar nicht so große Schmerzen!«, unterbrach Jesabel pflichteifrig. »Ich wollte kommen, Klara, unbedingt sogar, aber meine Mutter hat es mir verboten!«

Aline öffnete den Mund, aber es kam kein Ton heraus.

»Sie können sich denken«, hob das Mädchen wieder an, »dass es nicht nur mein Recht, sondern auch meine Pflicht ist, jegliches Fernbleiben zu melden. Ich hoffe, Sie sind sich darüber im Klaren, was das bedeutet, Frau Doktor! Stellen Sie sich doch einmal unsere deutschen Soldaten an der Front vor. Eine absurde Idee, ihnen eine Entschuldigung wegen *Spreizfüßen* schreiben zu wollen, habe ich Recht?«

»O bitte, Mama, das wird nie wieder vorkommen, das mit der Entschuldigung!«, rief Jesabel aus. »Sag Klara, dass das nie wieder vorkommen wird! Ich werde den Übungen nie wieder fernbleiben, sag Klara das!«

Aline blickte von einer zur anderen. Sekunden verstrichen, Minuten, eine halbe Ewigkeit. Schwärme von Gedanken zogen ihr durch den Kopf, Myriaden von Antwortmöglichkeiten. »Nein«, entgegnete sie schließlich, an die Führerin gewandt. »Es wird nicht wieder vorkommen, das verspreche ich.«

Aus den Augenwinkeln sah sie, dass Jesabel erleichtert

lächelte. Aline deutete mit dem Kopf ein Abschiedsnicken an und kehrte zu ihrem Patienten zurück.

»Ich kann nicht glauben, dass mir so etwas passiert!« Der Patient hatte sich schon längst verabschiedet, aber Aline war immer noch fassungslos. Sie beobachtete Bertha, wie sie ein rundes Stück Butterbrotpapier ausschnitt und es durch einen Teller mit Rum zog. »Ich schwöre dir, Bertha, noch nie in meinem Leben bin ich mir so belämmert vorgekommen! Ich habe mir von einer Fünfzehnjährigen die Leviten lesen lassen! Ich! Die ich in drei Monaten vierzig werde!«

»Blieb dir ja nix anderes übrig, Deern.« Bertha legte das rumgetränkte Papier so auf das Eingemachte, dass es perfekt abgedeckt war. »Wenn du dich gewehrt hättest, ohauaha! Die arme Jesabel, *die* hätt dann alles ausbaden müssen. Und die hat ja nu schon genug geschluckt, nä?«

Aline nahm das Schleifmesser zur Hand. Mehr denn je achtete sie darauf, die Äpfel so dünn wie möglich zu schälen, da hatten die Klingen sensenscharf zu sein. »Ruh dich doch mal aus, Bertha«, rief sie über das metallische Reiben hinweg. »Ich mach hier weiter mit dem Einkochen. Du hast doch schon den ganzen Tag hier gestanden.«

Bertha schüttelte den Kopf. »Wer rastet, der rostet. Außerdem: zwanzig Pfund Äpfel. Wenn du die alleine schälst, stehst du heute Nacht noch da.«

»Käthe kann mir helfen«, wandte Aline ein.

»Ach, Käthe.« Berthas Gabe, Namen wie Schimpfwörter auszusprechen, war mitunter beeindruckend.

»Ja, Käthe.« Aline wusste, dass es nicht leicht war, Käthes haushälterische Fähigkeiten zu verteidigen, aber als Freundin musste sie zumindest den Versuch machen. »Wenn ich Käthe bitten würde, uns beim Einmachen zu helfen, würde sie sofort Ja sagen!«

»Wer's glaubt, wird selig. Vom Backen wird man mehlig.«

»Du, Bertha, wir haben gar keine zwanzig Pfund Äpfel.« Aline drehte sich schnell um, damit die Köchin ihr Grinsen nicht sah.

»Nich?«

»Wir haben bloß zehn Kilo.«

»Ach, geh mir doch weg damit.« Bertha streckte sich, um einen zweiten Topf für den Zucker herunterzuholen.

»Warte, ich helfe dir!« Aline eilte an ihre Seite.

»Nein, nicht den verzinnten!« Bertha schüttelte ärgerlich den Kopf. »Darin wird der Zucker blau.«

»Der Zucker – blau?« Aline staunte. Sie hatte sich eingebildet, an der Uni alles über Metalle gelernt zu haben, aber offenbar ging nichts über die gute, praktische Küchenerfahrung. Sie griff nach dem Nachbartopf.

»Nein, auch nicht den aus Kupfer!«, hörte sie Bertha hinter sich schimpfen. »Der ist schlecht für die Gesundheit!«

Aline drehte sich um. »Schlecht für die Gesundheit?«, grinste sie.

»Deern, bist du 'n Papagei geworden, oder warum sprichst du mir alles nach? Gib mir den aus Messing und lass gut sein.«

Aline reichte Bertha das Gewünschte und kehrte an ihren Platz zurück. Sie seufzte, wenn sie an die Arbeit der kommenden Wochen dachte. Der Winter stand vor der Tür, und niemand konnte ihnen sagen, mit welchen Lebensmitteln sie rechnen durften. Bis auf Brot und Kartoffeln war alles rationiert. Und das, was sie für die Lebensmittelmarken erhielten, war ziemlich genau die Hälfte dessen, was sie benötigten. Hinzu kam, dass Jesabel angefangen hatte zu essen, als müsste sie die Statur eines Riesen erreichen. Eines Riesen in Höhe *und* in Breite. Also hatten sie und Bertha beschlossen, alles einzumachen, was sich nur irgendwie konservieren ließ: die Äpfel und den Mangold aus dem Garten, und das Gemüse, das sie im Moment noch auf die Marken bekamen.

»Hilf mir, Bertha«, brach es aus Aline heraus.

Bertha ließ ihr Messer sinken. »Was ist los, Kleine?«

»Judith.«

Bertha nickte. »Ich weiß, was du denkst. Du fragst dich, ob es richtig ist, sie zurückkommen zu lassen.«

»Ich muss verrückt sein.« Aline strich sich eine Strähne aus der Stirn. »Ich sehne mich jetzt schon so lange nach Judith. In diesen sechseinhalb Jahren gab es für mich nur ein Ziel: meine Kinder zusammen zu sehen, sie glücklich zu machen, ihnen das Beste zu bieten. Und auf einmal weiß ich nicht mehr, was das Beste ist.«

Bertha nahm den siedenden Zucker vom Feuer und leerte ihn über dem Topf mit den Äpfeln aus. Süße Schwaden breiteten sich in der Küche aus. Vom Hof her drang das Gegacker der Henne. Sie hatten sie Wilhelmine die Zweite genannt, und in der Tat sah sie königlich aus, wie sie so über die Pflastersteine stolzierte. Wie friedlich das alles wirkte, das Leben hier unten – und wie falsch es in Wahrheit war! Aline war elend zumute. »Ich meine, ich hole mein Kind in ein Land, das einen Krieg führt. In dem sie in irgendwelche Organisationen eingegliedert wird. Mit Führern, auf die wir Erwachsene keinen Einfluss mehr haben! Die auf uns herabblicken, die uns befehligen! Ich sag dir, diese neue Generation ist uns komplett entglitten, Bertha! Und davon soll jetzt auch meine zweite Tochter ein Teil werden?«

»Unsinn, das mit dem Entgleiten.« Bertha begann, die Apfelmasse in zehn weitere Einmachgläser zu füllen. »Ja, vielleicht für einige Zeit. Da müssen die Kinners wohl eigene Wege gehen. Aber doch nich auf Dauer. Nee, Judith gehört hierher zurück, zu uns ins Haus, zu ihrer Schwester, zu ihren Eltern, na gut, von denen der eine nich mehr hier is, und natürlich zu Bertha, da mach dir man keine Gedanken!« Bertha grinste. »Übrigens, was glaubst du wohl, wie sich *deine* Mutter gefühlt hat, als du jung warst? Die hat auch gedacht, du wärst ihr entglitten.«

Aline hielt das Messer kampflustig in die Luft gereckt. »Ich war ein ganz braves Mädchen!«, protestierte sie. »Strebsam, fleißig, ich wollte studieren …«

»Ja, und eben das war der Skandal. Ich erinner mich an ein Gespräch zwischen uns beiden, genau hier in der Küche, nur ist das nu man schon zwanzig Jahre her, und du warst eine richtige Rebellin, das glaub mir man mal!«

Aline lächelte zärtlich. »Warst du denn damals auch schon so weise, Bertha?«

Die Köchin stellte eines der Einmachgläser auf ein Stück Butterbrotpapier, um einen Kreis darum zu zeichnen. »Da weiß ich nichts von«, brummte sie, während sie zur Schere griff. »Hab mich aber nich groß verändert mit den Jahren. Keine Zeit gehabt für so Sperenzien.« Sie legte den fertig ausgeschnittenen Kreis auf ein volles Einmachglas und band das Papier drum herum zu.

Aline legte den Arm um sie. »Du passt immer gut auf dich auf, versprichst du mir das?«

Bertha wischte sich die Hände an der Schürze ab, bevor sie Aline über die Wange strich. »Keine Bange, Kleines. Unkraut vergeht nich.«

17. Kapitel

Valeska erlebte die Tage und Nächte wie durch einen Schleier, der alles, was sie sah, verzerrte und unwirklich aussehen ließ. Diese Sicht der Dinge war mittlerweile Teil ihres Lebens geworden. Sie begleitete sie überallhin, in die verschiedenen Zimmer des Hauses, das sie auch jetzt noch, ein Jahr nach der Novembernacht, nicht als ihr Zuhause betrachten konnte. Zu ihrer Schwester Hanna. In die Geschäfte, oben in Ottensen. In den Garten, der jetzt von winterlicher Kargheit war. Sie hätte auch die Synagoge mit diesen neuen, veränderten Augen ansehen können, aber die Synagoge gab es nicht mehr. Sie war im Juli abgerissen worden. Die Kosten für den Abriss hatte die jüdische Gemeinde tragen müssen. Aline war für Valeskas Anteil aufgekommen.

Selbst das Zimmer, das sie bewohnte, nahm sie nur durch diesen Schleier wahr. Nathans altes Arbeitszimmer, ein Ort der Erinnerung, war angefüllt mit seinen Zeichnungen und Gemälden, seinen mathematischen Büchern, die sie manchmal durchblätterte auf der Suche nach einem Zeichen, irgendeinem, aber alles, was sie fand, waren Formeln, geheimnisvoll und fremd. Die Weihnachtsvorbereitungen in diesem Jahr erschienen ihr fremder denn je. Weil Heiligabend mit dem Vorabend von Chanukka zusammenfiel, beschloss sie, diesen und die darauf folgenden Tage mit Hanna zu verbringen, die ja ebenfalls ohne ihre Kinder lebte. Es war schade, dachte sie, während sie ihren allabendlichen Spaziergang am Strand von Övelgönne machte, dass sich Jesabel so wenig für ihren Glauben interessierte. Valeska hätte ihr gern von Chanukka erzählt, von dem Sieg der Makkabäer und davon, warum sie nun tagelang in Öl gebackene Speisen essen würde, aber es war zwecklos. Was auch immer sie sagte, sie erreichte Jesabel nicht mehr. Alles, wonach Valeska sich sehnte, war hinter dem Schleier verborgen, in unerreichbare Ferne gerückt.

Nathans Französischkenntnisse waren in den zwei Jahren Landesaufenthalt nicht wirklich über das Rudimentäre hinausgewachsen, aber sie reichten aus, um aus dem Schleier von unverständlicher Zeitungssprache ein paar Kriegsnachrichten herauszufiltern. Was er nicht verstand, ließ er sich von Jean erklären. Vor Judith blendeten die beiden Männer das Thema aus, doch abends, wenn das Mädchen im Bett lag und es Zeit für einen Cognac und Jeans Zigarre wurde, erörterten sie die weltpolitische Lage in epischer Breite. Manchmal wunderte Nathan sich, was es war, das ihn immer wieder zu Medizinern zog. Hatte es etwas damit zu tun, dass sein Vater und sein Bruder Ärzte gewesen waren? Dass Aline als Ärztin arbeitete? Vermutlich. Das Milieu war ihm einfach vertraut.

Jean legte ein Holzscheit ins Kaminfeuer. »Ich verstehe nicht, warum sie nicht einfach angreifen. Alles ist besser als dieser verdammte Sitzkrieg.«

Nathan nahm sein Glas zur Hand. »Sie warten auf die Unterstützung der Engländer, wenn ich den Zeitungsartikel heute richtig entziffert habe. Offenbar fürchtet Frankreich, den deutschen Truppen unterlegen zu sein.«

Jean atmete hörbar aus, wobei er die Brauen gen Stirnansatz hob, ein Ausdruck, in dem sich so etwas wie Ungläubigkeit, gepaart mit Verachtung spiegelte und den Nathan nicht zum ersten Mal bei einem Franzosen beobachtete. »*Mais pour l'amour de Dieu!* Dem französischen Heer stehen neunzig schlagkräftige Divisionen mit über zweitausendsiebenhundert Panzern zur Verfügung! *C'est pas que ce soit rien!*« Jean hatte es sich angewöhnt, in einem Kauderwelsch aus Deutsch und Französisch mit Nathan zu sprechen, eine Gepflogenheit, der auch der Rest des Hauses huldigte. In diesem Augenblick betrat Madeleine den Raum.

»Ach, hier liegt sie!«, stieß sie hervor, während sie auf die Zeitung zusteuerte, die vor Nathan und Jean ausgebreitet auf dem Kaffeetischchen lag.

»Ich denke, dass Frankreich auf einen Abnutzungskrieg setzt.« Nathan kniff sich in die rechte Hand. Diesen Kneif-Tick hatte er seit seiner Flucht entwickelt. An manchen Tagen war es so schlimm, dass er sich alle fünf Minuten kniff, aber es gab nun mal nichts, was er dagegen tun konnte. »Wenn die Franzosen gemeinsam mit den Engländern eine Seeblockade errichten, wird Deutschland, das ja nun ohnehin nicht reich an Rohstoffen ist, irgendwann von allein am Ende sein.«

Madeleine studierte weiterhin die Zeitung, das Gesicht in Falten gelegt.

»Suchst du gerade nach Argumenten, um Nathans These zu widersprechen, oder warum versenkst du dich so angestrengt in unser Käseblatt?« Jean nahm einen langen, genießerischen Zug von seiner Zigarre.

»Ich suche Personal für meinen *salon de beauté*. Ich habe einfach zu viele Kundinnen mittlerweile.« Madeleine hob nicht einmal den Blick. »Seitdem Henny nicht mehr bei mir arbeitet …«

Henny! Nathans Herz machte einen Sprung. Nun war er schon einen Monat in Marseille und hatte noch nicht einmal seine Schwester, die kleine Nichte und den Schwager in Toulon aufgesucht! Nun ja, das Thema wurde im Hause auch peinlich beschwiegen. Was da wohl vorgefallen war?

»Warum probierst du nicht mal Mademoiselle Yvonnes Fähigkeiten aus?« Jean wusste, dass die junge Dame auf Arbeitssuche war, seitdem ihr Verlobter als Soldat an der Maginot-Linie stationiert war.

»Ich bitte dich.« Madeleine atmete hörbar aus. »Ich kann Leute nicht allein deshalb beschäftigen, weil sie über einen Puls und Anzeichen von Gehirntätigkeit verfügen.«

Jean lachte, wobei er seine vorstehenden Eckzähne entblößte. »Wie gemein du sein kannst, *chérie*. Und wie sehr du mein medizinisches Vokabular missbrauchst! Soweit ich weiß, hat Yvonne die Höhere Schule besucht.«

»Höhere Schule für Klatsch und Tratsch.« Madeleine hatte sich wieder in die Zeitung vertieft.

Nathan schüttelte den Kopf. Wenn Madeleine bissig wurde, wurde die Familienähnlichkeit mit ihrer Tochter unverkennbar. Er kniff sich noch einmal in die Hand. Dann lehnte er sich zurück und trank einen Schluck aus seinem Cognacglas. Von der Straße draußen wehten Gesangsfetzen einer nordafrikanischen Weise durch das Fenster. Nathan dachte an die schlafende Judith oben in ihrem Kinderzimmer. Wie nah sie der arabischen Welt hier in Marseille doch war! Ob es ihr sehr schwer fallen würde, sich in Deutschland wieder einzuleben? Er seufzte und nahm noch einen Schluck. Die arabische Melodie verwandelte sich plötzlich in lautes Rufen und Lachen und Pfeifen, unterbrochen von einer Frauenstimme, die ärgerlich klang. Kurz darauf klingelte es an der Haustür.

Madeleine blickte überrascht von den Annoncen auf. »Erwartest du jemanden, Jean?«, fragte sie.

»Nicht, dass ich wüsste.« Er erhob sich, um öffnen zu gehen. Kurz darauf war die Frauenstimme im Flur zu hören. Sie kam Nathan seltsam bekannt vor. Er beugte sich vor, um sein Glas abzustellen, immer noch in Gedanken versunken.

Eine weibliche Silhouette tauchte in der Türöffnung zum Wohnzimmer auf, drängte sich an Jean vorbei und war in wenigen Schritten zu Nathan vorgedrungen. Er erkannte die Frau erst, als sie direkt vor ihm stand. »Hallo, Nathan«, flüsterte sie. »Ich dachte, nun steht ja bald Weihnachten vor der Tür.«

Emilie hatte sich keinen Deut verändert.

Bertha hatte beschlossen, sich von der allgemeinen Lebensmittelknappheit nicht irritieren zu lassen. Heiligabend war immer noch das Fest der Liebe und der vollen Teller, zwei Dinge, die nach Berthas Ansicht untrennbar miteinander zusammenhingen. Sie kramte die Rezepte hervor, die sie während des letzten Krieges und der Inflationszeit verwendet hatte, in der Hoffnung, auf ein paar zündende Ideen zu stoßen, und wurde nicht enttäuscht. Es gelang ihr, Jesabel als zweite Küchenchefin in ihre Menüplanung mit einzubeziehen.

»Als Vorspeise gibt das Aalsuppe«, verfügte Bertha, über einen Küchenzettel gebeugt. »Das heißt, wir brauchen Weinessig, Salbei, Thymian, Majoran und Petersilie, das Rindfleisch lassen wir eben weg …«

Jesabel schüttelte sich. »Aale – sind das nicht diese Wassergeier, die sich an Aas heranmachen? So was will ich aber nicht zu Weihnachten essen!«

Mit Widerstand hatte Bertha nicht gerechnet. Ihr Stift erstarrte. »Ne Hamburger Deern, die keinen Aal isst? Was is das nu wieder für 'n Unfug? Wenn ich sage, dass es Aalsuppe gibt, dann …« Sie bemerkte Jesabels Gesichtsausdruck. »Na gut, wir wollen uns nicht die Stimmung vermiesen mit Essen, das unsere Lütte nich mag.« Sie seufzte. »Ich könnte auch der alten Maikäfersuppe 'ne neue Chance geben. Schmeckt wie Hummersuppe, wenn man das richtig abschmeckt. Oder ich mach ’n schönes Krähenragout, wenn wir kein anderes Fleisch bekommen, wo wir jetz ma von ausgehen müssen. Oder ’ne Eichelblutwurst.«

Jesabel rollte mit den Augen. »Hör mal, Bertha, ich will mich gerne darin trainieren, Abartigkeiten zu essen, wenn uns der Krieg diese Opfer abverlangt, aber muss es unbedingt zu Weihnachten sein? Wir machen eben was Leckeres ohne Fleisch. Ich meine, der Führer ist schließlich auch Vegetarier!«

Bertha knallte den Stift auf den Küchentisch. »Was Leckeres ohne Fleisch, ich glaub, jetz brennt der Michel!«

Aline steckte den Kopf zur Tür hinein. »Wie ist die Stimmung, Kinder?«

»Deine Tochter will an Weihnachten kein Fleisch essen!« Bertha sah ernstlich erzürnt aus.

»Muss sie ja auch nicht«, erklärte Aline.

Jesabel riss den Kopf herum. Seitdem feststand, dass Judith zu ihnen zurückkehren würde, war die Mutter von einer unerschütterlichen Ruhe und Gelassenheit. Richtig fröhlich war sie sogar an manchen Tagen. Jesabel fühlte Eifersucht in sich aufsteigen. In den kommenden Monaten, da war sie gewiss, würde sich alles um ihre Zwillingsschwester drehen.

»Guck mich doch nicht so böse an, Jesabel«, lächelte Aline. »Ich hab dich gerade verteidigt.«

»Das is ja nu alles schön und gut, aber hilft uns hier auch nich weiter.« Bertha knurrte wie ein Hund.

»Was würdest du denn am liebsten essen, Bertha?« Aline ließ sich auf einem Schemel nieder.

»Ne schöne Gänsekeule. Das wär das Allerfeinste. Mit Schaumklößen und Rotkohl.«

Aline überlegte. »Ich habe einen Patienten, der draußen in Rissen einen kleinen Hof bewirtschaftet. Vielleicht hat er ja Lust auf ein kleines Tauschgeschäft. Ich müsste allerdings mit dem Tourer hinfahren. Und das Benzin ist rationiert. Na ja, ich seh zu, was sich machen lässt. Und Jesabel kriegt dann eben eine doppelte Portion Klöße mit Rotkohl. Wären dann alle zufrieden?«

»Wir schon, was, Jesabel?« Bertha kniff ein Auge zusammen. »Dann müssen wir uns bloß noch was für die Nachspeise überlegen.«

»Valeska ist Heiligabend bei ihrer Schwester. Was Käthe anbelangt …«, sinnierte Aline.

»Die isst, was auf den Tisch kommt«, erklärte Bertha. »Fertig ist die Laube.«

Aline lächelte. »Eine rasche, handwerkliche Lösung. Ich bin sicher, dass sie das zu schätzen weiß.«

In Toulon gab es genau zwei untrügliche Anzeichen dafür, dass sich Frankreich im Kriegszustand befand. Zum einen sahen die Stände auf dem Markt in der Rue Lafayette schon am frühen Morgen seltsam leer geräumt aus. Zum anderen waren dem Stadtbild die roten Quasten der Matrosenmützen abhanden gekommen. Die jungen Marineschüler waren auf ihre Kriegsschiffe abkommandiert worden, von denen einige zwar noch vor Toulon ankerten, aber jeden Tag mit einem Einsatz im Ärmelkanal rechnen mussten. Henny schlenderte mit einem Korb über dem Arm an einer der leeren Bars vorbei, aus denen es noch vor wenigen Monaten herausgesungen hatte, Lieder vom Krieg, vom Meer und von der Liebe. Sie blieb stehen, um auf Benedicte zu warten. Die Kleine konnte mit ihren zweieinhalb Jahren zwar schon gut laufen, brauchte aber immer wieder kleine Verschnaufpausen.

»Psst!« Das Geräusch eines gebückt gehenden Männleins mit uralter Runzelhaut ließ Henny zusammenzucken. »Möchte Madame wohl Trüffel kaufen? Schwarze Trüffel, das Feinste vom Feinen!«

Henny lächelte. »Dafür habe ich leider kein Geld, Monsieur.«

Das Männlein zog sie in einen Hauseingang neben der Bar. »Niemand hat Geld für Trüffel in diesen Tagen. Darum mache ich Ihnen einen ganz besonderen Preis!«

»Maman?« Benedicte deutete auf die Masten der Schiffe am Quai. *»Regarde bateaux, maman!«*

Henny überlegte. Chanukka stand vor der Tür. Nicht, dass Trüffel besonders zu Chanukka passen würden, aber sie waren unbestreitbar festlich, schon allein wegen des exorbitanten Preises, den man für sie zahlen musste. Außerdem hatte Nathan sein Kommen angekündigt. Nathan – wie viele Jahre hatte sie ihren Bruder jetzt nicht mehr gesehen? *»Combien?«*, fragte sie.

Das Männlein öffnete seine Faust. Ein kleines braunes Klümpchen lag darin. *»Trois mille balles.«*

Henny sog die Luft ein. »Sie müssen verrückt sein, Monsieur.« Sie bückte sich, um sich Benedicte auf den Arm zu hieven.

»Deux mille cinq cent!«

Henny überlegte. In den vergangenen Wochen hatte sie für die Kriegsmarineschule oben in der Rue d'Arsenal hunderte von Uniformen ausgebessert, außerdem hatte David jetzt sein festes Einkommen als Mechaniker, wozu also knickerig sein? *»Deux mille«*, sagte sie.

Der Alte machte ein Gesicht, als hätte er in eine saure Zitrone gebissen. »Sie treiben mich in den Ruin, Madame«, erklärte er. »Wirklich, das ist mein Ende. *Mais bon.* Weil Sie es sind!«

Henny lächelte. Damit war das Problem des Küchenzettels fast gelöst. Fehlten nur noch die Eier für das Trüffelsoufflé, Milch für die süßen Milchspeisen, ein kleiner Wein, *et voilà!* Sowohl Nathan als auch Chanukka konnten kommen!

Heiligabend ohne einen fulminant von der Kanzel herunterbrüllenden Pastor Weidemann war für Aline immer noch bloß die halbe Freude. Der gedankliche Nebel des jungen Pastors Kröger hatte sich in den drei Jahren seiner Amtszeit nicht wirklich gelichtet. Ein Umstand, der Alines Ansicht nach nicht eben dazu beitrug, den Verlust des alten Weidemann zu verschmerzen. Sie blickte die Reihe hinab. Da saß sie nun, zum letzten Mal ohne Judith, ihre ganze kleine Wahlfamilie: Jesabel, mit durchgedrücktem Rücken, die langen Haare zu zwei festen Zöpfen geflochten, blickte starr geradeaus. Bertha neben ihr runzelte die Stirn. Käthe hatte offensichtlich Mühe, ein Kichern zu unterdrücken, während Pastor Kröger schwitzenden Hauptes Weihnachten mit Ostern verglich.

»Beides Feste der … äh, Fruchtbarkeit, das heißt, Geburt. In jedem Fall Tage, die wir in ihrem ursprünglichen, traditionellen Sinne feiern sollten, das heißt, im Kreise unserer Liebes… unserer Liebsten …«

»Nicht, Sixten!«, zischte Aline durch die Bank, als sie bemerkte, dass der Kleine damit beschäftigt war, sein linkes Schuhband mit dem rechten seiner Mutter zusammenzuknoten.

Gertrude Meyerdink, die wie in jedem Jahr in der Reihe vor ihnen saß, blickte sich missbilligend um. Aline versuchte, ebenso missbilligend zurückzustarren. Es war ein stummer Kampf der Blicke, und er dauerte lang genug, um Sixten die Möglichkeit zu geben, sein Werk zu vollenden.

»Drum möchte ich Sie jetzt bitten, sich zu erheben und mit mir einzustimmen …«

Käthe, die schneller als Sixten aufgestanden war, kippte, von der ungewohnten Fesselung ihres Fußes irritiert, vornüber in die Schar der Nachkommen, die Kleopatra Meyerdink in den vergangenen Jahren produziert hatte, und ein heftiges

Geschrei hub an. »Mami, die Frau da hinter uns hat mich geschlagen!« – »Aua, und mir hat sie die Haare ausgerissen!« – »Mami, mein Ohr ist ab!«

Pastor Kröger vorne auf seiner Kanzel wischte sich den Schweiß von der Stirn. »Ich bitte um Ruhe!«, rief er.

»Käthe, dein linkes Schuhband ist fest!« Alines Versuch, sich bemerkbar zu machen, war endlich von Erfolg gekrönt.

»Wenn die Damen ihre Bekleidungsprobleme vielleicht beim nächsten Mal *vor* dem Besuch in einem Gotteshaus lösen würden!« Gertrude Meyerdink spuckte Gift und Galle.

Aline kniff die Augen zusammen. »Ich glaube, das Wort hat hier der Pfarrer.«

Eine halbe Stunde später strömte die Gemeinde ins Freie. Aline nahm Jesabel an die Hand. Zu ihrer Überraschung ließ es Jesabel geschehen. Aline lächelte sie an. »Kommst du mit zu Großvaters Grab?«, fragte sie.

Jesabel nickte.

Der Schnee knirschte unter ihren Schritten, während sie sich auf den kleinen Friedhof in der Nähe der Kirche zubewegten. Kältewölkchen bildeten sich vor ihren Mündern. Jesabel kicherte. »Das war wieder typisch Tante Käthe eben!«

Aline drückte ihre Hand. »Aber zumindest hat es die Enkel von der blöden Meyerdink-Ziege getroffen. Haben die jetzt eigentlich tatsächlich was abbekommen?«

Jesabel schüttelte den Kopf. »Die haben nur so getan. Ich kenn die Masche.«

»Aha.« Aline lachte. »Aus eigener Erfahrung, wie?«

»Aber nein.« Jesabel setzte ihr Braves-Mädchen-Gesicht auf. »So etwas würde *ich* doch nicht machen! Oh, sieh mal, die ganzen Blumen! Ist das Großvaters Grab?«

»Nein, das da gehört Friedrich Gottlieb Klopstock. Er war ein großer Dichter.« Der unbekannte Blumenspender und Klopstock-Freund musste seine Gabe erst vor kurzem auf der Grabstätte abgelegt haben, denn die Blumen waren noch kaum eingeschneit.

Jesabel nickte gewichtig. »Deutsche Dichter sind die größten Dichter der Welt, oder, Mami?«

Aline wusste nicht, was sie hierauf antworten sollte. Nach einigem Überlegen sagte sie: »Das kann man nur mit Sicherheit wissen, wenn man alle Dichter und ihre Werke in der gesamten Welt kennt.«

»Und da liegt Großvater neben einem berühmten deutschen Dichter?« Jesabel hüpfte ein bisschen auf und ab, ob vor Aufregung oder Kälte, hätte sie selbst nicht sagen können.

Aline schwieg und faltete die Hände, während sie vor das Grab ihres Vaters trat. Jesabel beugte sich vor, um den Schnee von der Inschrift zu wischen.

Christian Jacoby
1877–1920
Wir werden dich immer lieben
Madeleine und Aline

Ohne sich nach ihrer Mutter umzusehen, wusste sie, dass sie weinte. »Hast du Großvater eigentlich gut gekannt?«, fragte sie scheu.

Es dauerte eine Weile, bis Aline antworten konnte. »Ich war zwanzig, als er starb. Ich habe ihn viel zu kurz in meinem Leben gehabt.«

»Willst du deswegen, dass es keinen Krieg mehr gibt?«

Aline nickte und griff erneut nach Jesabels Hand. »Das ist einer der Gründe. Einer von vielen.«

Jesabel nickte. »Du bist auch dagegen, weil wir dann gegen Frankreich Krieg führen würden. Und weil Grand-Mère in Frankreich lebt, nicht? Und weil du dann gegen deine eigene Mutter Krieg führen würdest.« Sie fühlte, wie Alines Hand plötzlich starr wurde in ihrer Hand. »Was ist, Mami? Habe ich was Falsches gesagt?«

Aline fuhr sich mit der Hand über die nassen Wangen und schüttelte den Kopf. »Ich wünschte, du hättest deinen Großvater kennen lernen können.«

»Ich auch«, entgegnete Jesabel. »Komm, Mami, wir gehen zu den anderen.« Sie hüpfte wieder auf und ab. »Und außerdem bin ich so auf mein Geschenk gespannt. Und darauf, wie dir die Schaumklöße schmecken. Die darf ich ganz allein machen, hat Bertha gesagt!«

Aline drückte ihrer Tochter einen Kuss auf die Wange. »Ich hab dich lieb, mein Schatz. Was auch immer geschieht. Das darfst du nie vergessen, versprichst du mir das?«

Sie sah, wie Jesabels Augen aufleuchteten. Als sie eben den Mund zu einer Antwort öffnen wollte, kam Käthe an ihre Seite gehumpelt, einen zerknirscht aussehenden Sixten an der Hand.

»Ich kann euch sagen, Deerns«, verkündete sie mit einer für Friedhofsverhältnisse ungewöhnlich kräftigen Deklamierstimme. »Das war das letzte Mal, dass ich in eine Kirche gegangen bin! Ich habe schon immer gesagt, dass die Protestanten nichts als Anhänger einer besonders erfolgreichen Sekte sind, und skrupellose dazu, wenn es um Mitgliederfang geht. Aber dass sie jetzt diese halsbrecherischen Bänke zum Einsatz bringen, ist wirklich ein bisschen stark. Na ja, mich haben sie auch damit nicht überzeugt.«

Aline wischte sich die Tränen aus dem Gesicht. »Danke, Käthe. Ich begann gerade, rührselig zu werden. Eine fehl am Platz wirkende Gefühlsregung angesichts der Tatsache, dass wir Weihnachten haben, ich weiß.«

Käthe richtete sich kerzengerade auf. »Gern geschehen, *darling*. Dafür sind Freunde schließlich da.«

Judith taten die Arme weh. Seit einer halben Stunde schlug sie nun schon das Eiweiß, ohne dass es nennenswert fester wurde. Dabei hatte sie Henny bei ihrer Ankunft in Toulon, als sie erfuhr, dass es Trüffelsoufflé geben würde, förmlich angebettelt, ihr die Arbeit zu überlassen. Monsieur Roux, der Hotelkoch in ihrer ersten Pension in Marseille, hatte ihr einmal gesagt, dass ein Trüffelsoufflé so etwas wie die Krönung kulinarischen Schaffens darstellte, und sie darauf hingewiesen, dass sie sich, sollte ihr dieses Meisterwerk der Kochkunst schon in zartem Alter gelingen, ohne jeden Zweifel in die Riege der Talentierten einreihen dürfte, ein Ansporn, der seine Wirkung bei Judith nicht verfehlt hatte.

»Soll ich dir helfen, Kleine?« Henny bewunderte die Ausdauer ihrer Nichte. Judith war geradezu ein Ausbund an Energie. Außerdem war sie riesengroß geworden im vergangenen Jahr.

»Nein, bloß nicht.« Judith schüttelte den Kopf, dass der geflochtene Zopf hin und her flog. »Ich will das alleine schaffen.«

Henny wanderte zum Herd hinüber. Die Bechamelsauce mit den Trüffeln, die Judith angerührt hatte, sah köstlich aus. »Erinnerst du dich noch an unsere alten Nachbarn in Marseille, die Italiener?«

»Antonio und Lorenzo?« Judith klang zunehmend atemlos. »Natürlich. Sie leben immer noch in der alten Pension.«

»Einmal stand ich in der Küche, um ein Tiramisu zu machen, das ist so ein italienisches Dessert. Ich glaube, einer der Jungen hatte Geburtstag, und da hab ich auch so das Eiweiß geschlagen wie du jetzt, und es ist nichts geworden. Und da hat mich Laura, so heißt die Mutter, gefragt, ob ich …« Henny senkte die Stimme zu einem bedeutsamen Flüstern. »Ob ich meine besonderen Tage hätte.«

Judith schlug weiter wie eine Besessene mit dem Schneebesen auf das Eiweiß ein. Sie wusste nicht, was das sein sollte, besondere Tage. Tage, an denen einem das Essen misslang? Hennys verschwörerischem Ton nach zu schließen, musste es damit noch etwas anderes auf sich haben. »Und?«, fragte sie. »Hattest du?«

Henny schüttelte den Kopf. »Hatte ich nicht. Das ist nur so ein Aberglaube in Italien. Wenn eine Frau ihre besonderen Tage hat, kriegt sie kein Eiweiß steif.«

Judith verstand nur Bahnhof. »Ein komisches Land, dieses Italien«, antwortete sie, weil Henny offenbar irgendetwas in dieser Richtung erwartete. »Meine Grand-Mère sagt das auch immer. Oh, guck mal, ich glaube, jetzt geht es langsam los!«

In der Tat wurde der Eischnee allmählich fest. Judith rührte weiter, und ab dann ging alles ganz schnell. Innerhalb von wenigen Minuten war die Masse so fest, dass sie sie auf den Kopf stellen konnte, ohne dass etwas herauslief. Sie hob den Eischnee unter die Sauce und füllte das Ganze dann in eine mit Butter bestrichene Form. »Wir müssen den Ofen leicht geöffnet lassen, während das *soufflé* gebacken wird«, erklärte sie, während sie die Form in die Röhre schob.

»Donnerwetter.« Henny nickte anerkennend. »Du weißt wirklich eine Menge über Zubereitungen und all das, oder?«

Judith wischte sich die Hände an der Schürze ab, die Henny ihr gegeben hatte und die ihr viel zu groß war. »Ich interessiere mich dafür, wie die Elemente zusammenwirken«, erklärte sie. »Wenn ich groß bin, möchte ich Chemie studieren. Obwohl – jetzt, wo ich wieder nach Deutschland zurückgehe, wird das wohl nicht möglich sein, hat mir meine Grand-Mère erklärt.«

»Soso.« Henny biss die Zähne zusammen. »Hat sie das getan, deine Grand-Mère?«

»Ja. Bin ich sehr mehlig im Gesicht, Tante Henny?«

Henny lachte. »Du siehst süß aus. Wie die … was sagen die

Franzosen immer? Eine Schutzpatronin! Die Schutzpatronin der Soufflé-Bäcker!«

Im Wohnzimmer war Onkel David eben im Begriff, die Chanukka-Leuchter mit den acht Kerzen und dem neunten Licht hervorzuholen, für jedes Familienmitglied einen. Der Vater stand vor dem Fenster und blickte hinaus. Als er ihre Schritte vernahm, drehte er sich um und kniff ein Auge zu. Aber er konnte sie nicht täuschen, sie wusste, dass er geweint hatte. Tante Henny hatte dem Vater erzählt, was mit Onkel Max passiert war. Judith versuchte, sich an Onkel Max zu erinnern, aber ihr fiel einfach kein Gesicht zu dem Namen ein, keine Stimme, kein Gefühl. Dann fiel ihr Blick auf Emilie. Emilie saß in einer Ecke und fror. Seit ihrer Ankunft hatte Judith sie niemals anders als frierend erlebt. Sie hatte sich in einen großen Wollpullover eingehüllt, der dem Vater gehörte, und rieb sich die Schultern. Die Ärmel des Pullovers waren so lang, dass ihre Hände darin verschwanden. Sie lächelte ein wenig, als sie Judith bemerkte. »Hast du etwa schon fertig gekocht, Judith?«, flüsterte sie. »Was für eine Energie du doch hast!«

Judith bemerkte, dass Emilie so blass war, dass man die Adern an ihrer Stirn erkennen konnte. Sie wirkte zerbrechlich wie eine kostbare Porzellanpuppe mit dieser weißen Haut und den blonden Haaren. Geheimnisvoll war sie, und sehr schön. Ob der Vater sie wohl auch schön fand? Er war oft in ihrer Nähe, um mit ihr zu sprechen, leise natürlich. Alle mussten leise mit Emilie sprechen, weil sie immer Kopfweh hatte. Zuerst hatten sie Angst gehabt, dass Emilie krank sein könnte, aber Onkel Jean hatte sie untersucht und nichts gefunden.

David stellte die vier Chanukka-Leuchter auf die Fensterbank, weshalb der Vater zur Seite wich und sich wieder den Menschen im Raum zuwandte. Dann winkte er Henny zu sich, die die kleine Benedicte immer noch auf dem Arm trug. »Komm, ich werde ihr helfen, das Licht anzumachen.« Er nahm ihre kleine Hand so in seine, dass sie gemeinsam ein Streichholz entflammen konnten. Damit brachten sie den Schamasch zum Brennen, das Licht in der Mitte, das dazu diente, die anderen Lichter anzuzünden. David half Benedicte damit, den Schamasch so zu nehmen, dass dessen Flamme auf die Kerze, die links im Leuchter stand, überging. Als sie fertig war, blickte sie sich strahlend um. Alle lachten die Kleine an, sogar der Vater lachte jetzt, lediglich Emilie runzelte ein bisschen die Stirn.

Als alle mit Anzünden fertig waren, stand Henny auf, um das Chanukka-Geld für die Kleinen zu holen. Nachdem die Kerzen eine halbe Stunde lang geleuchtet hatten, wurden sie gelöscht, und Judith fand, dass es Zeit war, nach ihrem Werk zu sehen.

Der Engelsraum strahlte im Glanz der kleinen Kerzen, die Jesabel gemeinsam mit Sixten im Weihnachtsbaum angebracht hatte. Die Kerzen waren Sixtens ganzer Stolz. Weil die Kerzenmarken bereits Mitte Dezember ausgegangen waren, hatte Bertha dem Jungen kurzerhand gezeigt, wie man aus alten Resten selber welche goss. Es waren die schiefsten und knubbeligsten Kerzen, die Aline in ihrem ganzen Leben gesehen hatte, und sie waren von einem undefinierbaren Farbgemisch, weiß mit zerlaufenen roten und blauen Streifen.

»Wenn man genau hinsieht, erkennt man die Farben von Frankreich darin«, bemerkte Aline, während sie sich ein Glas Wein aus den alten Beständen im Keller einschenkte.

»Wenn man genau hinsieht, erkennt man Menschen und phantastische Dinge«, korrigierte Käthe, die bereits ihr drittes Glas genoss. »Man kann sagen, was man will über Sixten, er ist laut und frech, aber er ist auch begabt! Vielleicht wird einmal ein Bildhauer aus ihm. Ich sehe die Skulpturen schon vor mir, ausgestellt in den florentinischen Uffizien und anderen Kunsthallen mit einigem Geschmack.«

»Achtung, heiß!«, rief Jesabel, die in ebendiesem Moment die Tür mit dem Ellenbogen aufstieß. Zwischen zwei Topflappen trug sie die Tonschüssel mit den dampfenden Gänsekeulen. Ihr dicht auf den Fersen folgte der sechsjährige Sixten mit einem Stapel Leinenservietten. »Die kann er runterschmeißen, so oft er will«, erklärte Jesabel zufrieden. »Er hat in der Küche wieder Hammerwerfer gespielt.«

»Um Gottes willen!« Käthe leerte auf den Schreck das ganze Glas Wein in einem Zug. »Mein Mund ist staubtrocken«, kommentierte sie.

Aline wedelte mit der Wasserkaraffe. »Versuch's mal mit dem hier.«

»Ich mag es nicht, wie du versuchst, mir Weihnachten zu verderben.« Käthe schüttelte nachdenklich die leere Flasche Wein. »Die Dinger werden auch immer kleiner heutzutage.«

Jesabel schoss zum zweiten Mal herein, diesmal mit Bertha im Gefolge. »Alle aufpassen, jetzt kommen meine Schaumklöße!«, strahlte sie.

Unter geräuschvollem Stühlerücken nahmen alle Platz. Käthe entkorkte rasch die neue Flasche. Aline wartete, bis sie allen eingegossen hatte, dann faltete sie die Hände und sprach das Tischgebet. »Der Herr sei gesegnet für dieses reiche Essen«, sagte sie. »Frohe Weihnachten, ihr Lieben!«

Bertha, Käthe, Jesabel und sogar Sixten hoben ihre Gläser. »Frohe Weihnachten, Aline!«

Nathan wischte sich den Mund. »Ich schwöre, dass ich noch nie in meinem Leben etwas Köstlicheres gegessen habe!«, lächelte er. »Und das hast du wirklich ganz alleine gemacht, mein Schatz?«

Judith fühlte, wie es ihr kribbelte im Bauch. »Ja«, strahlte sie. »Hast du wirklich noch nichts Besseres gegessen in deinem Leben, Papi?«

»So wahr ich hier sitze!«

»Wenn man so etwas doch nur alle Tage bekäme«, seufzte auch Henny. »Das einzige Problem bei deinem Essen, Judith, ist nur: Man bekommt Hunger auf mehr!«

»Ich könnte ja noch …«

»Nein!« Nathan hob die Hände. »Ich habe eine bessere Idee! Was haltet ihr davon, wenn wir einen kleinen Spaziergang machen würden?«

»Einen Spaziergang?«, wiederholte David. »Wohin treibt es dich, lieber Schwager? Wollen wir an den Quai? Eine frische Brise atmen?«

Nathan griff nach Judiths Hand. »Mir schwebte eher der Gang zu einem Telefon vor. Wo im Ort kann man ein Ferngespräch anmelden?«

»Ich denke, das wird im Grand-Hotel möglich sein. Aber was genau …?«

Nathan blickte in die Runde. Alle sahen sie satt und zufrieden aus, das heißt, bis auf Emilie, die ihn blass und leidend anlächelte. »Ich möchte, dass Judith ihre Mutter anruft.«

»Meine Mutter?« Judith riss die Augen auf.

»Ja, mein Schatz, du wirst ihr bald gegenübertreten, und ich möchte, dass ihr vorher mal ein paar Worte miteinander wechselt.«

Judith fühlte, wie sie vor Aufregung zu zittern begann. »Aber Papi, Grand-Mère hat doch gesagt, dass es Probleme mit der Ausreisegenehmigung gibt. Wollen wir nicht lieber warten, bis wir ganz sicher sind, dass alles klappt?«

»Genau darüber möchte dann *ich* sprechen«, erklärte Nathan. »Du gibst mir den Hörer einfach weiter, wenn du fertig bist.«

Eine halbe Stunde später trat die kleine Gruppe vor die

Tür. Es musste geregnet haben in den vergangenen Stunden, denn die Lichterketten spiegelten sich auf dem nassen Kopfsteinpflaster. *»Joyeuses fêtes«* funkelte es zwischen den Platanen freundlich auf sie herab. Von der alten Kirche schlug die Turmglocke, und ihre Schritte hallten, sonst war alles ruhig. Die Messe hatte begonnen.

Der Rezeptionist des Grand-Hotels war gerade dabei, letzte Hand an den Christbaum im Foyer anzulegen.

»*Bonsoir.* Wir möchten gern ein Telefongespräch nach Deutschland anmelden«, erklärte Nathan.

»Nach Deutschland?« Der Rezeptionist klang, als hätte Nathan einen Draht in die Hölle verlangt.

»Ja, nach Deutschland«, wiederholte er fest.

»Einen Moment bitte. Ich werde unseren Telefonisten bitten, die Verbindung für Sie zu stöpseln.«

»De Klönkasten bimmelt«, bemerkte Bertha, als sie das Schrillen des Telefons im Erdgeschoss vernahm.

»O nein, nicht jetzt schon«, stöhnte Aline.

»Wollen wir Wetten abschließen, um welche Fälle es sich handeln könnte?«, lachte Käthe. »Verbrennungen durch unbotmäßigen Umgang mit dem Tannenbaum oder aber Speisevergiftung lautet mein Votum.«

Aline winkte ab. »Ich entschuldige deine Phantasielosigkeit. Du arbeitest für eine Zeitungsredaktion. Jesabel, bist du so lieb und nimmst das Gespräch für mich an? Ich gönne mir noch eine Minute.«

Jesabel sprang auf.

»Eine Axtwunde vielleicht? Zugefügt in einem Ehestreit? Oder im Liebesrausch aufgerissene und nun stark eiternde Lippen?« Käthe hatte nicht vor, den Vorwurf der Ideenlosigkeit auf sich sitzen zu lassen.

»Lass mich mal eben horchen, ob es dramatisch klingt!«

Aline beugte den Kopf in Richtung der geöffneten Tür. Dabei bemerkte sie, dass Sixten auf seinem Platz eingeschlafen war. »Ach so«, bemerkte sie. »Und ich hatte mich schon gewundert, warum hier alles so friedlich ist.«

»Mami!«, rief Jesabel von unten herauf. »Komm schnell! Judith ist am Telefon!«

18. Kapitel

Der D-Zug schnaufte zwischen einer Ansammlung von Fachwerkhäusern empor. Aline ließ ihr Buch sinken und blickte zum Fenster hinaus. Eine junge Frau, bekleidet mit langem Rock und Kopftuch, hängte Wäsche im Garten auf – Aline konnte jedes Detail erkennen. Die Frau drehte sich um, und für einen flüchtigen Moment kreuzten sich ihre Blicke. Kurz darauf hatte der Zug den höchsten Punkt erreicht, und es ging bergab. Seitdem Aline in Köln umgestiegen war, hatte sie das Coupé für sich allein.

Drei Monate war es nun her, dass sie mit Nathan am Telefon gesprochen hatte. Drei Monate voller Zweifel, Hoffnungen und Sehnsucht. Als feststand, dass Madeleine die Ausreise aus Frankreich nicht riskieren wollte – aus Angst, nicht wieder einreisen zu können –, hatte Nathan ihr das Treffen in der Schweiz vorgeschlagen. Und da war sie nun. Nur mehr wenige hundert Herzschläge von der Schweizer Grenze entfernt, Raum genug für tausenderlei Gefühle, gedankenleere Zeit.

Mit einem lang gezogenen Quietschen kam die Bahn zum Stehen. Schritte im Flur, dann wurde die Tür aufgerissen. »Ihr Reisepass, bitte.«

Aline kramte in ihrer Handtasche herum. Da war ihr Pass, nagelneu, extra für diese Fahrt angefertigt.

Der Beamte warf einen langen, prüfenden Blick darauf, blätterte in den Seiten auf der Suche nach fremden Stempeln, Reisevermerken, Bewegungsanzeichen jeglicher Art. »Ihre erste Auslandsreise, Doktor Jacoby?«, fragte er.

Aline nickte. Ruhig, wie sie hoffte.

»Sie können passieren.«

Aline lächelte. Rasender Pulsschlag, noch immer. Noch über zwei Stunden bis Lausanne. Lesen konnte sie nicht mehr. Der Zug setzte sich in Bewegung, und einen winzigen Wimpernschlag lang glaubte sie, wieder rückwärts nach Deutschland hineinzufahren: die gleichen Fachwerkhäuser, eine Frau, die mit Wäsche hantierte, Berge. Dann bemerkte sie, dass die Schilder draußen in einer anderen Schrift abgefasst waren. Sie hatte Deutschland verlassen.

Nathan schritt in dem kleinen Zimmer des Lausanner Hotels, in dem er das Treffen vereinbart hatte, unruhig auf und ab. Judith hatte aufgehört zu weinen, nun war sie eingeschlafen, eingerollt auf ihrem Bett, die Puppe Bonsche im Arm. Wieder einmal fragte er sich, ob seine Entscheidung die richtige gewesen war. Noch mehr als vor den Folgen fürchtete er sich allerdings vor dem Wiedersehen mit Aline. Wenn er ihr nur einen Augenblick lang zeigte, wie er wirklich für sie empfand, wie er nicht aufhören konnte für sie zu empfinden, zu keinem Zeitpunkt, nirgendwo, war alles vorbei, alles, was er zu ihrem Schutz über die vergangenen Jahre hinweg aufgebaut hatte.

Zumindest war er Emilie entkommen, wenn auch nur vorübergehend. Er nährte den Verdacht, dass ihr geheimnisvolles Leiden und diese scheinbare Zerbrechlichkeit Mittel waren, um seine Aufmerksamkeit zu erregen, wenn schon nichts anderes. Beweisen konnte er allerdings nichts. Und so lange musste er ausharren, sie bei Madeleine und Jean beherbergen, ihr den Schutz angedeihen lassen, den er ihr damals in dem Polizeirevier von Bordeaux oder wo auch immer das gewesen war, nicht hatte geben können.

Er blickte aus dem Fenster. Ein freundliches Städtchen, dieses Lausanne, ordentlich und kampfunlustig wie wohl nur wenige Orte in Europa, jetzt, wo alles den Atem anhielt.

Sachte ließ er sich neben dem Bett seiner Tochter nieder, streckte die Hand aus, um ihr über das Haar zu fahren, zögerte, tat es dann doch nicht, aus Furcht, sie zu wecken. All die Wochen und Monate hatte sie gesagt, dass sie heimkehren wolle zu Mutter und Schwester, nun war ihr der Abschied doch so schrecklich schwer gefallen. Wenigstens würde sie Hamburg im Frühling wiedersehen, nicht im schneematschigen und nieselgrauen Einerlei, sie, die die Sonne so sehr liebte. Zu lieben gelernt hatte, im Süden.

Eine Welle von Traurigkeit spülte seine letzten Gedanken fort. In wenigen Stunden war dies hier vorbei. Seine Aufgabe wäre gelöst, der Grund, weshalb er so lange ziellos durch Frankreich geirrt war, immer auf der Suche nach, ja, nach was eigentlich? Dem Überleben zunächst, dann: nach einer Möglichkeit zurechtzurücken, was noch zurechtzurücken war. Danach würde es keinen Grund mehr geben, weiterzumachen. Er dachte an seinen Vater. An Max. Daran, wie ihm alles, was er schätzte, aus dem Leben starb. Aline, Judith, Jesabel. Alles, was er liebte. Diese Sache hier noch. Und dann sollte Schluss sein.

Er stellte sich vor den Spiegel, um den Sitz seines Anzugs zu überprüfen. Wenigstens würdevoll wollte er ihr gegenübertreten, und gepflegt. Vielleicht wollte er ihr aber auch einfach nur gefallen. Ein letztes Mal.

Aline wanderte durch die kopfsteingepflasterten Gassen der Innenstadt, in der Rechten den kleinen Reisekoffer, den sie auch in Berlin dabeigehabt hatte. Das Geld für die Taxe sparte sie sich, so wie sie sich neuerdings alles sparte, was sich irgendwie sparen ließ. Sparsamkeit, Geiz, Berechnung waren zum neuen Volkssport geworden. Ekelhaft. Als sie das Klappern von Hufen auf dem Pflaster hörte und eine freie Droschke erkannte, hob sie instinktiv die Hand. Zum Teufel mit dem Sparzwang.

Das »Chez Mathilde« war eine Pension, deren kupferne Anzeigetafel so an der Hausmauer angebracht war, dass man sie von weitem für eine große Laterne hätte halten können. Aline zahlte und stieg aus. Wieder fühlte sie, wie ihr Herz wild klopfte. Ob Judith sehr traurig war, ihr bisheriges Leben hinter sich zu lassen? Ob sie sich trotzdem vielleicht ein kleines bisschen auf sie freute? Judith, mein Schatz, dachte sie, während sie die Dame unten am Empfang – Mathilde *en personne*, wie ihr der Hausdiener zuflüsterte – nach Nathan und Judith Sandstein fragte. Und dann fühlte sie, wie es raste in ihren Adern, denn in diesem Moment kam ihr Nathan schon auf der Treppe entgegengelaufen, und er sah aus wie immer, wunderschön, ein bisschen wie ein Filmstar mit seinen zurückgekämmten Locken und diesem Lächeln, und obwohl sie es nicht für möglich gehalten hätte, es sich ja nicht einmal gewünscht hatte, rannte sie auf seine ausgebreiteten Arme zu, warf ihren Reisekoffer zu Boden und umschlang ihn, so fest sie konnte.

Frida hüpfte beim Gehen so heftig auf und ab, dass die Stifte im Schulranzen klapperten. Es war einer dieser ersten Frühlingstage, in denen die Amseln durch die Gärten zwitscherten und eine Wolljacke über der Bluse zum Hinausgehen reichte.

»Du machst deine Stifte kaputt, wenn du so hüpfst«, warnte Jesabel neben ihr.

»Das kann dir doch egal sein.« Frida blickte sie beim Hüpfen nicht mal an.

»Wieso kann mir das egal sein?«

In diesem Moment kamen ihnen Luise und die anderen von der Ortsgruppe der Jungmädel entgegen. Jesabel und Frida rissen die Arme empor. »Heil Hitler!«

»Heil Hitler!«

Als sie außer Hörweite waren, nahm Frida das Gespräch wieder auf. »Weil du bald deine Zwillingsschwester wiederhaben wirst. Dann kann dir doch egal sein, was mit meinen Stiften passiert!«

Jesabel blieb stehen. »Bist du etwa eifersüchtig?«

»Hör zu. Du hast doch selbst gesagt, dass du an nichts anderes mehr denken kannst als daran, dass sie jetzt zurückkommt!«

»Aber das hat doch nichts mit dir zu tun! Wir bleiben doch weiterhin befreundet! Wir werden dann halt zu dritt befreundet sein, Judith, du und ich!« Sie hakte Frida unter. »Sieh mal, dann hast du zwei Freundinnen statt einer! Freust du dich denn gar nicht darüber?«

Frida schüttelte entschlossen den Kopf. »Ich will nur eine Freundin haben! Eine reicht mir vollkommen! Was ist, wenn wir in Zweierreihen marschieren? Dann wirst du immer mit Judith marschieren wollen!«

Jesabel überlegte. »Wir könnten uns abwechseln. Mal marschierst du mit Judith, mal ich. Dann wieder wir beide zusammen.«

Frida schüttelte den Kopf und machte sich frei. »So wird das nicht gehen! Du wirst dich entscheiden müssen. Ich oder deine Zwillingsschwester!«

»Das ist nicht dein Ernst!«

»O doch! Ich habe schon Hilda gefragt, ob sie meine beste Freundin sein will, wenn du es nicht mehr bist!«

»Und?« Jesabel fühlte sich kalt werden vor Schreck. »Was hat sie gesagt?«

»Hilda hat Ja gesagt.«

Sie waren vor der Haustür angelangt. »Ich geh jetzt rein«, erklärte Jesabel, in dem Versuch, das Gespräch in eine erfreulichere Richtung zu lenken. »Komm doch mit! Bertha könnte uns Apfelpfannkuchen machen! Und bis zu unserem Dienst spielen wir im Garten.«

Frida schüttelte den Kopf. »Heute nicht.« Und damit drehte sie sich um und ging.

Jesabel blickte ihr lange hinterher. Warum war eigentlich alles so kompliziert in ihrem Leben? Warum war es in ihrer Familie nicht möglich, ohne Schwierigkeiten zu leben? Nun ja, eigentlich kannte sie die Antwort. Es lag an der Rasse. Es war das jüdische und das französische Blut. Und daran würde sie, Jesabel, niemals etwas ändern können. Keine Freundschaft mit arischen Mädchen, keine Zugehörigkeit zu den Jungmädeln, keine noch so großen Anstrengungen in der Schule würden diesen Umstand verdecken: dass sie immer und überall minderwertig sein würde. Dass sie ihr Leben lang Probleme anziehen würde. Und es gab niemanden, mit dem sie darüber hätte reden können. Mit Bertha nicht, und mit der Mutter schon gar nicht.

Nur Judith, die unbekannte Schwester, die würde sie verstehen. Judith war ja ihr Ebenbild, wie alle immer sagten.

Die Freude auf das Wiedersehen machte sie atemlos.

Judith roch den fremden Duft im Schlaf. Eine Mischung aus Seife und Lysoform war es, die ihr in die Nase stieg. Dann spürte sie die Hand auf ihrem Haar. Eine flüchtige Hand, wie ein Hauch, sanft und schnell. Sie öffnete die Augen. Das Gesicht ihrer Mutter war nicht wie auf einer der Zeichnungen, die sie gesehen hatte. Es war alle Zeichnungen zugleich. Das Lachen hatte sich darin eingegraben, das Weinen, die konzentrierte Ruhe, mit der sie arbeitete. Sie hatte Tränen in den Augen.

»Mama«, sagte Judith und schlang die Arme um ihren Hals. Lange hielt sie sie so fest, so lange, bis sie glaubte, keine Kraft mehr in den Armen zu haben. Als sie wieder aufblickte, war das Gesicht der Mutter nass, und der Vater hatte sich abgewandt, mit dem Blick nach draußen zur Straße.

»Sprichst du noch Deutsch?«, lächelte die Mutter.

Judith nickte.

»Verstehst du, wenn ich dir sage, dass du mir unendlich gefehlt hast?«

Wieder nickte Judith.

»Ich glaube«, die Stimme der Mutter hatte sich zu einem Flüstern gesenkt, »dass ich dich auch verstehe. Auch wenn du gerade nicht sprechen magst. Du bist traurig, weil dir der Abschied von Grand-Mère schwer gefallen ist.«

»Und von der Schule und meinen Freunden«, erklärte Judith.

Jetzt war es an Aline zu nicken. »Das verstehe ich auch.«

Sie schwiegen und sahen sich an. Jetzt erst bemerkte Judith, dass die Mutter sich zu ihr auf das Bett gelegt hatte, so dass sie nicht mehr zu ihr aufblicken musste. Sie bemerkte, wie schön die Mutter war.

»Ich hab ein bisschen Angst«, flüsterte Judith. »Aber ich freu mich auch.« Sie spürte, wie ihr plötzlich das Weinen die Kehle hochstieg. »Ich hab mich so nach dir gesehnt, Mama«, weinte sie.

Es war ein warmer Abend in Lausanne. Ungewöhnlich warm für April, dachte Aline, die für einen Moment vergaß, dass sie ja in der Schweiz waren. Nathan und sie waren übereingekommen, ein paar Tage zusammenzubleiben, um Judith den Abschied leichter zu machen. Sie hatte beschlossen, sich ruhig und gelassen zu geben in seiner Gegenwart. Keine Vorwürfe wegen dieser anderen Frau, wegen der er die

Scheidung erbeten hatte – und von der sie immer noch nicht wusste, ob es nun Emilie war oder nicht –, keine Versuche, sich ihm anzunähern. Und doch, mit jedem Schritt, den sie taten auf dem Kopfsteinpflaster, in Richtung des Wirtshauses, das Mathilde *en personne* ihnen empfohlen hatte, spürte sie zunehmend die Sehnsucht nach ihm. Sie hatten Judith in ihre Mitte genommen und hörten ihr zu, wie sie von Claudine erzählte und den italienischen Brüdern, von Madeleines Salon de Beauté mit seinen merkwürdigen Klientinnen, von dem schrecklichen Essen in der Schulkantine und dem ersten Trüffelsoufflé. »Nicht wahr, es war köstlich, Papa?«, unterbrach sie sich plötzlich.

Nathan blickte lächelnd auf. »Was war köstlich, mein Schatz?«, fragte er.

»Ach, du hast mir ja gar nicht zugehört!«, schimpfte Judith. »Woran hast du denn gedacht?«

Aline traute ihren Augen nicht. Nathan wurde tatsächlich rot!

»An nichts Besonderes«, stotterte er.

»Jesabel kocht auch so schrecklich gern«, unterbrach Aline, in dem Versuch, die peinliche Situation zu überbrücken. Nathan hatte doch wohl nicht an seine neue Geliebte gedacht, nicht hier, während sie mit ihrer Tochter durch die Straßen schlenderten? Sie fühlte, wie sie plötzlich sehr wütend wurde. Konnte er sich denn nicht zusammenreißen?

»Ist das wahr?« Judith fuhr herum. »Was kocht sie denn so?«

»Also, vor dem Krieg, als wir noch alle möglichen Lebensmittel hatten, hat sie verschiedene Saucen gemacht, Pasteten, Eiscreme …«

»Hat sie auch schon mal ein Soufflé gebacken?«, fragte Judith. »Oder eine Bouillabaisse gekocht?«

Aline lachte. Die Wut verflog. »So etwas kennen wir gar

nicht in Hamburg! Aber frag sie am besten selbst! Ich kenne mich da ja nicht so aus.«

»Ich glaube, hier ist das *p'tit restau,* von dem diese Mathilde gesprochen hat.« Nathan legte den Kopf in den Nacken. »Chez Claude. Hier in Lausanne ist man die ganze Zeit *chez quelqu'un,* ist euch das mal aufgefallen? Die Stadt scheint ein einziges Wohnzimmer zu sein.«

»Du hast dich schon komplett der Gallomanie ergeben, stimmt's?« Aline grinste verschmitzt. Nathan drehte sich zu ihr um, und als ihre Blicke sich trafen, fühlte sie, wie es sie durchfuhr. »Gut«, räusperte sie sich. »Gehen wir rein. Oder, wie man bei uns in der Heimat sagt: Man to – un rin inne gute S-tube!«

Nathan betrachtete Aline über den Rand seines Weißweinglases hinweg. Sie runzelte die Stirn, während sie Judith zuhörte, lächelte plötzlich, nickte und brach in lautes Lachen aus. Dieses Lachen war es gewesen, in das er sich damals verliebt hatte. Fast zwanzig Jahre war das nun her. Es hatte dann noch mal sieben Jahre gedauert, bis sie ihn endlich geheiratet hatte. Sie war die Frau, mit der er immer hatte zusammen sein wollen. Und die er letztendlich unglücklich gemacht hatte. Wie sie nun kämpfen musste, um die Familie über Wasser zu halten! Er trank sein Glas in einem hastigen Zug leer und schenkte sich augenblicklich nach.

»Was für einen Durst du hast, Nathan! Und wir haben gar kein Wasser mehr! *Eh, garçon! Encore une caraffe d'eau s'il vous plaît!*«

»Du hast so einen lustigen Akzent, Mama!«, lachte Judith.

»Wieso?« Aline sah ein bisschen beleidigt aus. »Was ist denn los mit meinem Akzent?«

Judith lachte noch mehr.

Nathan wedelte mit der leeren Weinflasche. »Hiervon bitte auch noch mehr!«, rief er in Richtung des Kellners.

»Papas Französisch erst!« Judith bekam sich überhaupt nicht mehr ein.

»Also, nun hör mal zu, Judith!«, erklärten Nathan und Aline im Chor. Sie blickten sich an. Schwiegen verdutzt.

»Was wolltest du gerade …?« Wieder sprachen sie gleichzeitig.

»Voilà, Madame, M'sieur.« Der Kellner brachte die Getränke. *»Il est à point le steak?«*

Beide bejahten gleichzeitig.

»Man möchte meinen, *ihr* seid die Zwillinge«, bemerkte Judith kichernd. »Obwohl – ähnlich seht ihr euch kein Stück.«

Es war spät, als Judith endlich in ihrem Bett lag. »Das war ein wunderschöner Tag«, gähnte sie. »Am liebsten mochte ich unseren Tierparkbesuch heute Morgen. Und das Picknick in diesem Park heute Mittag. Oder vielleicht, dass wir in einem richtigen Restaurant essen waren heute Abend.«

»Also eigentlich mochtest du alles, wenn ich richtig verstanden habe?«, fragte Nathan.

Judith lächelte und kuschelte sich tiefer in die Decken. »So soll das Leben immer sein«, murmelte sie.

Das tiefe, entspannte Atmen nur wenige Minuten später zeigte Nathan, dass sie eingeschlafen war. Als er aufsah, bemerkte er, dass Alines Blick auf ihm ruhte. »Du liebst die Kleine, nicht?«, flüsterte sie.

»Ja«, entgegnete er schlicht. Er fühlte sich schwindelig von dem Wein. »Und Jesabel. Und dich, Aline.«

Sekunden verstrichen, bevor sie antwortete. »Wen noch?«, fragte sie. »Wen liebst du noch?«

Er schüttelte den Kopf. Wie sollte er ihr sagen, dass die Geschichte mit der anderen Frau, die er angeblich kennen gelernt hatte, nur eine Finte gewesen war, um sie vor ihm zu schützen?

Aline stand auf. »Ich verstehe, dass du es mir nicht sagen möchtest.«

Sie standen sich gegenüber in dem halbdunklen Hotelzimmer. Das Licht der Gaslaterne draußen drang durch die geschlossenen Vorhänge. Es war hell genug, dass er ihren Mund erkennen konnte, der sich leicht öffnete. Er beugte sich vor und küsste diesen Mund. Aline schlang die Arme um ihn. Lange standen sie so da in diesem Zimmer, das nur von Atmen erfüllt war, dem leichten des Mädchens und ihrem eigenen. Knopf für Knopf öffnete Nathan ihr Kleid, und am Ende glitt es einfach über ihre Schultern. Erst da hörte er auf, sie zu küssen, und wich einen Schritt zurück. Er sah sie an, lange. Sie ließ es geschehen. Er schüttelte den Kopf: Sie war so schön, dass er hätte weinen mögen. Eine Ewigkeit verstrich. Er schloss die Augen. Fühlte, wie sie sein Hemd öffnete. Fühlte sich am Ende selbst nackt dastehen. Hob sie auf und trug sie zu ihrem Bett. Ließ sie nicht mehr los, die ganze Nacht nicht mehr.

Am nächsten Morgen bestieg Aline mit Judith den Zug nach Deutschland.

Alles wollte er ihr noch erzählen am Bahnsteig, ihr sagen, dass er ohne sie nicht leben wollte, ihr danken, weil sie Valeska bei sich aufgenommen hatte, sie bitten, nach Frankreich zu kommen. Er war wie gelähmt vor Trauer, als er sich von Judith verabschiedete.

»Danke«, sagte Aline, als sie schon auf dem Trittbrett stand. Sie beugte sich zu ihm hinunter und küsste ihn. »Danke für alles.«

Es war der 30. April 1940. Fünf Wochen später erreichten die Panzerverbände der deutschen Heeresgruppe B die untere Seine bei Rouen. Die deutsch-französische Grenze wurde geschlossen, und der Einmarsch nach Paris begann.

19. Kapitel

Käthe war nicht in ihrem Element. Zum einen hatte sie zu wenig geschlafen, was mit dem Spaß zusammenhing, den einem das Tanzlokal Cap Norte in der Großen Freiheit nun einmal nächtens bot. Zum anderen verursachte ihr die Stimme des an diesem Tag Dienst habenden Redakteurs üble Kopfschmerzen.

»Französischer Regierungschef Pétain bettelt um Frieden! Drei Fünftel Frankreichs mit den wichtigsten Industriestädten stehen unter deutscher Besatzung! Haben Sie das, Fräulein Lassen?« Der Redakteur hatte die Hände auf dem Rücken gefaltet und marschierte entschlossen durch sein Büro. Von der Tür zum Fenster ging es, und vom Fenster zur Tür.

»Ja«, presste Käthe hervor. »Natürlich hab ich das. Aber ich wäre Ihnen sehr verbunden, wenn Sie beim Diktieren stehen bleiben würden!«

Der Redakteur fuhr herum. »Warum?«, bellte er.

Käthe rieb sich die Schläfen. »Jedes Mal, wenn ich hochgucke, stehen Sie woanders! Ihre Schallwellen bringen mich völlig aus dem Gleichgewicht!«

»Sie sollen sich nicht um meine Schallwellen kümmern, sondern schreiben! Wo war ich stehen geblieben?«

»Drei Fünftel Frankreichs …«

»Ah ja.« Der Redakteur nahm seinen wilden Marsch wieder auf. »Neun Tage nach dem glorreichen Einzug der deutschen Wehrmachtsverbände in Paris unterzeichnet der französische Staatschef den Waffenstillstandsvertrag im Wald von Compiègne. Unterdessen sind tausende von Einwohnern aus Paris in Richtung Süden geflüchtet. – Hier, bringen Sie das Foto vom Führer vor dem Eiffelturm in die Druckerei und tippen Sie den Text ab. Und das hier muss auch noch in die Morgenausgabe. Das hat Ihre Kollegin stenografiert.« Der Redakteur wedelte mit einem von unleserlichen Zeichen und Tintenklecksen bedeckten Blatt.

»Was?«, keuchte Käthe ungläubig. »Das alles? Redaktionsschluss ist doch schon in einer Viertelstunde!«

Der Redakteur zündete sich eine Zigarre an und ließ sich auf seinen Drehstuhl fallen. »Sie können die Uhr lesen, Fräulein«, bemerkte er. »Das dürfte bei dieser Aufgabe hilfreich sein.«

Als Käthe endlich Dienstschluss hatte, klingelte das Telefon. Es war Aline. »Könntest du bitte noch zum Gemüsemann?«, bat sie statt Begrüßung. »Ich hab heute schon beim Fleischer angestanden, und draußen warten noch zwei Patienten, und ich mag einfach nicht mehr.«

»Wird erledigt!«, brüllte Käthe in den Hörer. »Kommt aber in die Abendausgabe!« Sie wusste, dass ihr Chef es hasste, wenn sie Privatgespräche in der Redaktion führte, und versuchte diese mit diversen Tricks zu verschleiern.

»Seit wann haben Sie Entscheidungsbefugnisse?«, fragte der Redakteur, der natürlich jedes Wort mit angehört hatte.

Käthe winkte ab. »Seit niemals. Ist nur ein Scherz zwischen dem Setzer und mir.« Lächelnd fügte sie hinzu: »Schließlich gibt es hier nur ein Gehirn im Raum, nicht wahr?«

Und das gehört mir, dachte sie, als sie endlich auf der Straße stand. Sie sog die warme Juniluft ein und betrachtete die Frauen, die an ihr vorüberliefen, Körbe unter dem Arm, gehetzte Gesichter. Dann hastete auch sie weiter, zum Gemüsemann.

Bis zum Mittsommerfest war es zwar noch eine Woche hin, aber die Vorbereitungen liefen schon auf Hochtouren. Jesabel hätte sich jetzt gern im Spiegel angesehen, aber Spiegel waren eitler Tand und nicht erlaubt. Bislang sprach jedoch alles dafür, dass sie gut aussah. Die Zöpfe waren straff geflochten, das Halstuch saß ordentlich, und ihr Rock war nicht aus so einem billigen Leinenmaterial, wie ihn die Ärmeren aus der Mädelschar hatten, sondern ein richtiger Uniformrock, den sie der Mutter nach langen Kämpfen abgerungen hatte.

»Stillgestanden!« Mädelgruppenführerin Lore bemühte sich nach Kräften, ihrem Stimmchen mehr Volumen zu verleihen. Aus der würde nie was werden, das sah man jetzt schon. Klara, die neben ihr stand, um ihren Führungsstil zu prüfen, runzelte die Stirn. Die Mädchen gehorchten, trotz des Stimmchens.

»Ihr verteilt euch so auf dem Rasen, wie wir es gestern geprobt haben. Selbe Aufstellung, selbes Tempo. Ab, marsch!«

Jesabel blickte über die große grüne Fläche im Fischers Park. Früher hatte sie hier gern gespielt. Doch seitdem sie wusste, dass die ehemalige Ausstellungshalle am Ende des Parks einem Lager für Kriegsgefangene gewichen war, schauderte es ihr ein bisschen an diesem Ort. Sie wusste, dass es böse Männer waren, die dort eingesperrt waren, bärtige, finstere Gestalten, dunkel gelockt und gebückt wie Kobolde. Sie versuchte, den Gedanken an diese unheimlichen Wesen zu vertreiben, während sie an Fridas Seite zur vorgesehenen Stelle marschierte. Ihnen beiden war es beschieden, am äußeren Ende zu tanzen, gut sichtbar für die Augen der Zuschauer.

Als die gesamte Jungmädelschar Aufstellung bezogen hatte, stellte Lore das Koffergrammophon auf den Boden. Zum

Mittsommerfest würde natürlich eine richtige Kapelle aufspielen. In der Zwischenzeit mussten sie mit einer Schellack vorlieb nehmen. Aus den Augenwinkeln sah Jesabel die langen Balken, die die Mädchen durch ihre Aufstellung auf dem Rasen bildeten. Hinter ihnen, hinter dem abgeknickten Ende des Balkens, standen Marie und Irmtraud und sahen genauso aufgeregt aus, wie sie selbst sich fühlte. Sobald die ersten Trommelschläge an ihr Ohr tackten, war die Aufregung aber fort, und an ihrer Stelle war nichts als Konzentration, die reine Versunkenheit, Hingabe – an das Lied, an ihre Bewegung und an das Bewusstsein, dass sie jetzt, in diesem einen, unwiderbringlichen Augenblick, ein Hakenkreuz tanzte und dass niemand in der Welt ihr die Erinnerung an diesen Moment rauben konnte, Mama nicht, Judith nicht und selbst Lore nicht mit ihrem dünnen, dummen Stimmchen, das einem Mädel im Nebenbalken zubrüllte, nicht aus der Reihe zu tanzen. Jesabel fühlte ein Glücksgefühl durch ihren Körper wogen. In ihrem Nacken prickelte die Haut, als sie in den glockenhellen Chor einstimmte. Das Lied, von fünfzig Mädchenkehlen gesungen, schien weit über die Grenzen des Parks hinauszuschallen, über den Elbhang hinweg, zum Fluss hinunter.

Braun Heer voran! Heil Hitler dir!
Treu willst den Frieden du halten
Gegen der Feinde Gewalten
Folgen wir dir!

Später, als es schon Zeit war, nach Haus zu gehen, setzte sie sich mit Frida an ihre Lieblingssteinmauer unten an der Elbe. Sie redeten nicht, hielten sich bloß an den Händen fest und summten das Lied vor sich hin, während sich draußen auf dem Wasser ein Dampfschiff seinen Weg freitutete.

Aline wusch sich die Hände und ging in den Garten hinaus, um nach den Kirschen zu sehen. Sie waren fast reif. Noch eine Woche, dann würden sie mit dem Einkochen beginnen können. Bertha und die Kinder würden ihre kulinarische Phantasie unter Beweis stellen können. Die würden sie brauchen, um aus der Eintönigkeit des jeweils zur Verfügung stehenden Gewächses Gerichte zu zaubern, die sich *nicht* jeden Tag ähnelten. Ein Geräusch ließ sie herumfahren. Auf den ersten Blick wusste sie nicht, ob es Judith oder Jesabel war, die an der Pforte zum Strand lehnte. Dann blickte sie auf die bestrumpften Waden: Judith.

»Was machst du hier, mein Schatz?« Aline legte den Arm um ihre Tochter. »Wo ist deine Schwester? Warum seid ihr nicht zusammen?«

Judith sah zu ihr auf, Tränen im Blick.

»Habt ihr euch gestritten?«

»Nein.«

»Was ist es denn? Warum bist du denn so unglücklich, Judith?« Aline ließ sich in das Gras fallen, das dringend wieder geschnitten werden musste, und klopfte die Stelle neben sich platt. »Komm her, Liebling. Was ist los? Erzähl es mir.«

Judith ließ sich zögernd neben ihr nieder. »Da gibt es nicht viel zu erzählen, Mama. Jesabel und ich verstehen uns nicht. Und ich hab … ich hab schrecklich Sehnsucht nach zu Hause.«

Aline fühlte, wie sich ihr Herz zusammenzog. Ein Kälteschauer durchfuhr sie, von Kopf bis Fuß. Hierauf gab es keine Antwort, oder? Nichts, was sie sagen konnte.

Die Minuten verstrichen. Schuldgefühle stiegen in ihr auf, wie jeden Tag. Lähmten sie. Machten sie hilflos. Sie hätte Judith nicht nach Deutschland holen dürfen. Sie hätte nicht so egoistisch sein dürfen. Sie hätte sich denken können, dass es so ablaufen würde zwischen den beiden. Sie hätte die beiden voreinander schützen müssen. Und doch hoffte sie immer von neuem … ja, was eigentlich? Dass eine, die die Nazis hasste, sich mit einem Jungmädel aus der Hitlerjugend anfreundete?

»Aber ihr seid doch Zwillinge!« Wie ein Gebet sagte Aline diesen Satz auf, täglich aufs Neue, und wie beim Gebet ging sie davon aus, dass sich Sätze schon nicht abnutzten. Dass sie ewige Gültigkeit bekamen.

Judith funkelte sie wütend an. »Jesabel ist mit ihrer Jungmädelschar unterwegs, wenn du es genau wissen willst! Und ich will verdammt sein, wenn ich da mitmache!«

Aline versuchte die Hand nach ihr auszustrecken, doch Judith drehte sich so, dass sie der Berührung entkam. Mit einem Satz war sie über die Gartenmauer zum Strand hinunter.

»In einer Stunde gibt es Essen!«, rief Aline ihr hinterher. »Bist du dann wieder da?«

Doch entweder tat Judith so, als wäre sie außer Hörweite, oder sie war es tatsächlich.

Judith lief in westlicher Richtung den Strand entlang bis zum großen Brückenfundament. Hier sollten demnächst die Bauarbeiten zur größten Brücke der Welt beginnen. Sie rümpfte verächtlich die Nase, während sie das Band musterte, das die Baustelle umgab. Die Deutschen und ihre Superlative! Alles war immer das Größte, das Beste, das Schlimmste. Wie sie sie hasste, alle miteinander! Selbstverliebt und arrogant waren sie. Und hatten doch keine Ahnung, wie es wirklich aussah in der Welt. In Marseille. Toulon. Lausanne. Wieder einmal fühlte sie, wie die Tränen in ihr aufstiegen. Aber sie zwang sich, dem Weinen nicht nachzugeben. Sie hatte genug geweint in den vergangenen Monaten seit ihrer Ankunft. Es war höchste Zeit, sich anderen Dingen zuzuwenden. Sich etwas auszudenken. Einen Plan, gleich welcher Art. Sie kauerte sich neben den Betonklotz auf die Erde. Zunächst einmal musste sie sich darüber klar werden, was sie eigentlich wollte.

Nach Marseille zurück, das stand schon mal fest. Aber ohne die Mutter? Eigentlich auch nicht. Und die Mutter würde niemals ohne Jesabel gehen. Sie fühlte, wie sie wieder mit den Zähnen knirschte. Wohin auch immer sie ging, gedanklich, es gab stets ein Hindernis, und das war ihre verflixte Schwester. Dabei hatte sie sich so sehr auf sie gefreut! Fast mehr als auf die Mutter, wenn sie ehrlich war. Ihr Zwilling, ihr Ebenbild, ihre zweite Hälfte – so hatte sie gedacht. Sie waren sich um den Hals gefallen bei ihrer Ankunft am Bahnhof, sie hatten sich angesehen und es nicht fassen können, wie ähnlich sie sich sahen!

Zu Hause angekommen war sie überwältigt gewesen von dem Empfangskomitee, das sie vor der Haustür erwartete. Tante Käthe mit ihrem kleinen Sohn, Großmutter Valeska und Bertha, die sie all die Jahre in Marseille in so lebhafter Erinnerung behalten hatte! Die Mutter hatte ihr dann ihr gemeinsames Kinderzimmer gezeigt, das mit Jesabels Sachen voll gestellt war, nun gut, immerhin hatte Jesabel dieses Zimmer die letzten sechs Jahre für sich gehabt, das war ja noch zu verstehen gewesen. Im Kleiderschrank hatte sie dann die Uniform gefunden, die Jesabel trug, und sie hatte sie gefragt, wozu sie eine Uniform bräuchte, und damit war der Streit losgegangen, und es hatte keinen Tag Ruhe gegeben seither, keinen Tag, an dem sie ihre Schwester hatte ansehen können, ohne zu denken, du auch, du gehörst also auch zu denen …

Ein lautes Schluchzen hinter ihr riss sie aus ihren Gedanken. Halb hinter einem Baum verborgen hockte ein Mädchen, das Gesicht zwischen den Händen verborgen. Ihr Körper vibrierte vor Weinen, hohe, unheimliche Töne drangen dem Mädchen aus der Kehle. Judith überlegte nicht lange. In zwei Schritten war sie bei ihr, legte ihr den Arm um die Schultern. »Kann ich dir helfen?«, fragte sie.

Sofort zuckte die andere zusammen, blickte sie aus rot geränderten, völlig verquollenen Augen an. Schüttelte den Kopf. Ihre Lippen waren zerbissen.

»Möchtest du lieber, dass ich dich allein lasse?«, fragte Judith.

Wieder schüttelte das Mädchen den Kopf.

»Was ist denn passiert?«

Das Mädchen legte den Kopf auf die Arme, und Judith fühlte, wie das Weinen erneut aus ihr herausbrach. »Mein Vati ist tot«, weinte das Mädchen.

Sofort fühlte Judith, wie ihr selbst die Tränen in die Augen stiegen. »Wie ist das passiert?«, flüsterte sie.

»Er ist an der Marne-Linie gefallen, als sie Frankreich erobert haben. Vor drei Wochen. Meine Mutti und ich haben es jetzt erst erfahren.« Sie stieß einen Laut aus, der Judith das Blut gefrieren ließ.

»Und wo ist deine Mutti jetzt?« Sie begann, das fremde Mädchen zu streicheln, so, wie sie Bonsche früher gestreichelt hatte, wenn sie gespielt hatte, dass Bonsche krank war.

»Sie ist weg.« Das Mädchen wischte sich den Rotz von der Nase. »Sie ist weggelaufen, als sie es erfahren hat.«

Judith wusste nicht, was sie sagen sollte. Sie streichelte das Mädchen einfach nur weiter, mechanisch, ohne nachzudenken. Plötzlich fühlte sie eine Hand auf ihrem Arm. »Ich dank dir für deinen Trost«, hörte sie das Mädchen sagen. »Ich weiß, dass ich früher biestig zu dir war. Durch mich bist du von allen Mädels in Övelgönne geschnitten worden. Und jetzt bist du einfach da und hörst mir zu. Das werd ich dir nie vergessen.«

Judith fühlte, wie sich etwas in ihr verkrampfte. Sie zog ihre Hand zurück. »Wann früher?«, fragte sie.

»Na, in der Volksschule.«

»Wie heißt du?«, fragte Judith.

Das Mädchen blickte verdutzt. »Luise«, sagte sie. Dann schlug sie die Hand vor den Mund. »Ach, du bist …«

»Ich bin Jesabels Zwillingsschwester. Judith.«

Luise streckte ihr die Hand hin. Ihr Gesicht war immer noch verheult. »Tut mir Leid. Schön, dich kennen zu lernen, Judith.«

Judith zögerte. »Du bist das Mädchen, wegen dem meine Schwester jahrelang keine Freunde hatte in Övelgönne?«

Luise ließ die Hand langsam sinken. »Ich weiß nicht, was das jetzt ...«

»Das mit deinem Vater tut mir sehr Leid«, erklärte Judith und stand auf. »Aber unter diesen Umständen können wir nicht befreundet sein.« Und damit drehte sie sich um und ging.

Seitdem deutsche Juden keine Volksempfänger mehr besitzen durften, gehörte Valeska, die durch Aline ja unter arischem Schutze stand, zu den meistbesuchten alten Frauen Övelgönnes. Die größte Besucherleidenschaft legte Schwester Hanna an den Tag. Deren plötzlich aufkeimendes Interesse empfand Valeska zunächst als schmeichelhaft, später als unumgänglich. Hannas Aufwartung hatte sich zu einem festen Ritual etabliert, das mit dem Anhören von Kriegsberichten im Wohnzimmer des Kapitänshauses begann und immer öfter mit einer gemeinsamen Mahlzeit endete. Dazwischen gab es den Auftritt diverser Sinfonieorchester oder vortragender Professoren, um sich daran zu delektieren – was auch immer das Radioprogramm eben hergab. Da es Juden verboten war, nach acht Uhr auf der Straße zu sein, machte sich Hanna spätestens um halb acht wieder auf den Weg nach Hause – bis zum nächsten Mal.

Judith traf genau zu dem Zeitpunkt vor der Haustür ein, als die beiden Schwestern sich voneinander verabschiedeten. Sie sah, wie sie sich umarmten, kurz miteinander sprachen und sich dann noch einmal umarmten.

»Da ist ja unsere kleine Judith«, bemerkte Großtante Hanna, als sie sich endlich zum Gehen wandte. »Wo hast du denn Jesabel gelassen?«

Judith knickste. Hanna und Valeska gehörten zu den wenigen Personen, die die Zwillinge voneinander unterscheiden konnten. »Geht es dir gut, Großtante?«, fragte sie, deren Frage geschickt umgehend.

»Ach nö, nich so gut, muscha man jetz wieder nach Hause, dabei fangt ihr gleich zu essen an. Eine Schande, dieses Gesetz.« Hanna schüttelte den Kopf. »So, tüüs, ihr Süßen.«

»Geh vorsichtig!«, rief Valeska ihrer Schwester hinterher. »Und pass auf die Automobile auf, wenn du auf der Flottbeker bist! Die rasen neuerdings so!«

Hanna winkte, und Judith und Valeska winkten zurück.

Jesabel kochte vor Wut, während sie den Tisch deckte. Wieder einmal durfte sie diese Aufgabe allein übernehmen, während Mademoiselle sich draußen irgendwo amüsierte, wo niemand sie wegen ihrer Pflichten belangen konnte. Überhaupt wurde Judith wie eine Prinzessin behandelt, überlegte Jesabel, während sie die Teller auf den Tisch knallte. Ständig hieß es Nachsicht üben, weil sich Judith erst noch eingewöhnen müsse, sie nicht überfordern. In der Schule hätte sie von Rechts wegen eine Klasse unter die ihre gehört – schließlich hatte Judith noch nie eine deutsche Schule besucht, ein Wunder, dass sie überhaupt zugelassen wurde. Stattdessen war Judith probehalber in ihre Klasse versetzt worden, neben Jesabel, damit die ihr helfen konnte, und was geschah? Judith wusste alles besser als sie und besaß sogar die Unverschämtheit, ihr vorzusagen – ohne Zweifel, um zu beweisen, wer von ihnen beiden die Klügere war. In diesem Moment hörte sie, wie die Schwester unten mit Großmutter Valeska und Großtante Hanna sprach. Wollte sie sich jetzt auch noch bei denen Liebkind machen? Jesabel spuckte verächtlich in Judiths Glas. Dann bekam sie doch ein schlechtes Gewissen und rieb das Glas wieder sauber. Gerade rechtzeitig, denn in diesem Augenblick ging die Tür auf.

»Kann ich dir helfen mit dem Tisch, Jesabel?«

»Nein, danke, jetzt ist schon alles getan«, entgegnete Jesabel spitz. Sie bemerkte, dass Judith unschlüssig im Raum herumstand. Irgendetwas an ihrer Haltung war anders heute, aber sie hätte nicht sagen können, was es war. Sie blickte auf und zuckte zusammen. Würde sie sich eigentlich jemals an den Gedanken gewöhnen, dass sie eine Doppelgängerin hatte?

»Du kannst Bescheid sagen, dass hier oben alles klar ist«, murmelte Jesabel und wandte sich rasch um.

Aline zog das Verdunkelungsrollo herunter und rückte die Stühle im Ordinationszimmer zurecht. Manchmal hatte sie das Gefühl, dass sie aus diesem Raum überhaupt nicht mehr herauskam, außer zu den Mahlzeiten vielleicht, und auch zu denen nicht immer. Oder um irgendetwas im Garten zu tun. Oder Schlange zu stehen in den Geschäften. Sie seufzte. Es war doch immer derselbe Trott, jahraus, jahrein. Aber zumindest hielt es sie davon ab, über Nathan nachzudenken. Über die Nacht in Lausanne, als sie Judith dort vor über zwei Monaten abgeholt hatte. Seine Blicke, seinen Körper. Ihre Sehnsucht nach ihm. Nun ja, manchmal zumindest hielt es sie davon ab.

»Ich brauche eure Hilfe«, begann sie unumwunden. »Käthe, tu dir keinen Zwang an. Du kannst aus diesem Reagenzglas ruhig Absinth trinken, ich benutze es eigentlich immer zum Giftmischen. Ach, und lass das Oberlicht aus, Bertha, dieses Rollo schließt nicht so gut ab. Wir müssen uns mit der kleinen Schreibtischlampe begnügen.«

»Wozu brauchst du Gift, Deern?« Bertha ließ sich auf ihren Stuhl fallen.

»Zu vielerlei Zwecken. Letzte Woche habe ich damit die Schnecken auf unserem Salatbeet ins Jenseits befördert. Gestern habe ich damit jemanden betäubt. Und wenn das so weitergeht, braue ich das Gift in großen Mengen und benutze es für mich selbst. Ehrlich, Kinders, ich kann nicht mehr. Ich weiß auch nicht mehr, was ich tun soll. Ich stehe kurz davor, Judith wieder zurückzubringen. Nur dass auch das schwierig sein wird. Um nach Südfrankreich, in die unbesetzte Zone, hineinzukommen, braucht man zehntausend Visa und Bescheinigungen und was weiß ich nicht alles.«

»Hast du dich etwa schon erkundigt?« Käthe zündete den Zucker auf ihrem Löffel von unten mit einem Sturmfeuerzeug an.

»Ja.« Aline betrachtete ihre Fingernägel. »Das habe ich.«

»Man muss die Deerns ma richtig alleine lassen«, erklärte Bertha. Sie fühlte sich ein bisschen unbehaglich auf ihrem Stuhl, so beschäftigungslos in diesem Raum. Es war kurz nach neun, das Abendbrot gerade erst beendet. Ihre Hände waren nicht daran gewöhnt, um diese Uhrzeit nichts zu tun.

»Ich fürchte, dann hauen sie sich die Köpfe ein«, sagte Aline.

»Bertha hat Recht«, bemerkte Käthe nachdenklich. Es war nicht ganz einfach, den geschmolzenen Zucker im Reagenzglas zu verrühren.

»Schütteln, Käthe. Dafür sind Reagenzgläser da. Wieso, meinst du, hat Bertha Recht?«

Käthe leerte das Gemisch in einem Zug, bevor sie antwortete. »Wir beschützen die beiden ständig voreinander. Die müssen sich endlich mal aneinander abarbeiten! Dass du Judith jetzt dein Bett überlassen hast, nur damit die beiden sich nachts nicht an die Kehle gehen, macht die Sache auch nicht besser. Ich war froh, dass Sixten jetzt nicht mehr bei mir schläft. Ich hatte mir gewünscht, nachts mal wieder jemand

Ausgewachsenen neben mir zu haben. Und dabei hatte ich nicht wirklich an meine beste Freundin gedacht.«

Aline winkte ab. »Nur ein paar Wochen, dann bin ich aus deinem Bett wieder verschwunden. Die beiden *müssen* sich doch irgendwann aneinander gewöhnen.«

»Ein paar Wochen mit einer Frau im Bett?« Käthe steckte den Finger ins Glas, um die Zuckerreste herauszuschlecken. »Nichts gegen deine Figur, aber ich hoffe, das ist ein Scherz!«

»Schluss jetzt, Deerns!« Bertha wusste, wann sich einer dieser endlosen Käthe-Aline-Wortwechsel anbahnte. »Die beiden müssen sich jetzt zusammenraufen, und wenn dabei die Fetzen fliegen! Sie brauchen eine gemeinsame Aufgabe! So ist das!«

»Und was für eine Aufgabe soll das sein?«, fragte Aline.

Bertha konnte einfach nicht mehr so untätig herumsitzen. Sie nahm das Flickzeug zur Hand, das sie sich mitgebracht hatte. »Das lass ma meine Sorge sein«, sagte sie. »Kannst dich auf Bertha Homann verlassen! Nächsten Monat feiern die beiden Geburtstag. Und dann sieht die Sache schon ganz anders aus.«

Madeleine konnte es nicht fassen, wie sich die Stadt in den vergangenen Wochen verändert hatte. Täglich trafen neue Schwärme von Flüchtlingen ein. Die Straßen waren voll mit abgezehrt aussehenden Personen, die ihre Bündel und Koffer so auf dem Trottoir abstellten, dass man darüber hinwegsteigen und nicht selten befürchten musste, zu fallen oder ausgeraubt zu werden. Da die meisten dieser Leute sich ausgerechnet die Straßen um den Vieux Port zu ihrem neuen Lebensmittelpunkt auserkoren hatten, war Madeleines ältere Kundschaft voll Besorgnis, was die Sicherheit auf ihrem Weg in den Salon de Beauté anbelangte. Doch es gab auch neue Kundinnen, ein bislang im Salon unbekannter Menschenschlag eigentlich: Frauen, die nur rasch einen Haarschnitt oder eine Wasserwelle verlangten, weil sie für ein Visum in die Vereinigten Staaten oder nach Mexiko vorsprechen würden oder bei einer der Schiffsagenturen für eine Passage nach Portugal. Beides, sowohl Visa als auch Schiffspassagen, schien in der Stadt Mangelware geworden zu sein, und die Kundinnen waren zumeist Pariserinnen, aber auch Deutsche, die in den vergangenen Jahren ihr Exil in Nordfrankreich gehabt hatten. Um dieser Frauen willen beschloss Madeleine endlich, die vakante Stelle im Salon mit Emilie zu besetzen. Auf diese Weise bekamen die deutschen Exilantinnen eine Ansprechpartnerin, die in ihrer zugegebenermaßen übertrieben scheuen und verletzlichen Art den Vorteil bot, mehr zuzuhören als zu sprechen. In der Gemeinschaft der Ausreisewilligen von Marseille hatte die Kunde von einer deutschen Ärztin, die als Coiffeuse arbeitete, bald die Runde gemacht, und der Salon brummte wie nie zuvor. Natürlich hatte es da dieses kleine Problem gegeben, Emilie das Haarefrisieren beizubringen, aber das hartnäckige nächtliche Üben an langhaarigen Perücken zahlte sich am Ende aus, und Emilie gehörte schließlich zu den wenigen Glücklichen unter den Gestrandeten, die sich in Lohn und Brot wussten. Sie bezog ein kleines Zimmer bei einer Wirtin, die im Gängeviertel des Hafens vermietete, und verbrachte dort nach eigener Aussage ihre Abende allein, ohne Nathan oder andere deutsche Bekannte. An einem Tag, den Emilie freigenommen hatte, meinte Madeleine sie auf der Schwelle einer Negerkneipe sitzen zu sehen, lachend, auf dem Schoß eines tätowierten Muskelpakets, die Hand des Kerls steckte in ihrem Ausschnitt, doch der Anblick verstörte Madeleine so, dass sie sich schnell abwandte und Emilie niemals nach dieser Begebenheit zu fragen wagte. Ohnehin wurde sie nicht ganz schlau aus ihrer Angestellten. Spielte Emilie das zarte

Vögelchen nur, um sich Nathans Aufmerksamkeit zu sichern? In unbeobachteten Momenten erschien sie ihr bisweilen ausgesprochen robust.

Es war eine aufregende Zeit, mit Sorgen, die in aller Ausführlichkeit im Salon besprochen werden konnten und endlich auch gehaltvoller waren als die ewigen Jammertiraden einer Madame Bataillard über den unaufhaltsamen Alterungsprozess von Haut und Haar. Und es half Madeleine ein wenig, sich abzulenken von der Einsamkeit, die sie seit Judiths Abreise spürte und die niemand auszufüllen vermochte, nicht einmal Jean. Manchmal, aber nur selten, gab es Nächte, in denen sie sich in ihr altes Leben nach Övelgönne träumte, mit Aline, den Zwillingen, an das Grab ihres Mannes. Dann sah sie sich selbst, nutzlos, trauernd und von den Einkünften ihrer Tochter abhängig, und schauderte. Nichts, nicht einmal die Sehnsucht nach nieselgrauen Morgen an der Elbe mit schweigsamen Menschen in Wollmützen und salzig eisigem Wind konnte sie dazu bringen, in dieses Leben zurückzukehren.

Nun war es nur noch ein Tag bis zum großen Tag: der erste gemeinsam gefeierte Zwillingsgeburtstag seit sieben Jahren! Jesabel hatte darauf bestanden, dass sie Bertha abwechselnd in der Küche helfen sollten, mit der Begründung, dass die Küche zu klein war für drei. Da sie an diesem Morgen ihren Dienst bei den Jungmädeln bereits versehen hatte – mit den klappernden Büchsen von Haus zu Haus gehen und Spenden erbitten und im Anschluss daran für die Ortsgruppe der NS-Frauenschaft Flickbeutel mit der auszubessernden Wäsche abholen und nummerieren –, wollte sie die Nachmittagszeit bei Bertha in der Küche verbringen. Darauf hatte sie sich schon den ganzen Tag gefreut. Je knapper die Lebensmittel wurden, umso erfinderischer mussten sie ja sein, und das war genau das, was Jesabel an der Kochaufgabe reizte. Die Menüplanung wurde zunächst durch die Frage erschwert, inwieweit der Bestandteil Fleisch für etwaige Rezepte in Betracht gezogen werden sollte. Jesabel, seit nunmehr einem Jahr Vegetarierin, stimmte für den Verzicht von Fleisch, der Rest der Hausbewohnerinnen dagegen. Es war die aktuelle Wirtschaftslage, die weitere Diskussionen überflüssig machte. Fleisch war derzeit nur als Wurst oder Paste zu bekommen, bei der aber niemand bezeugen mochte, dass es sich bei den Basiszutaten tatsächlich um traditionell essbare Tiere handelte. Das Risiko, dass den zum Verkauf angebotenen Produkten Ratten oder Würmer beigemengt wurden, war am Ende sogar Bertha mit ihrem Faible für das Ungewöhnliche zu groß. Also fiel die Wahl auf Fisch. Und Fisch lediglich als Beilage, sodass Jesabel ihr Essen bedenkenfrei genießen konnte. Sie beobachtete Bertha, wie sie den Stockfisch im Elbwasser wendete. Bertha hatte darauf bestanden, dass es, um einen Stockfisch einzuweichen, echten Flusswassers bedurfte und nicht etwa des gewöhnlichen aus dem Wasserhahn. Es war heiß an diesem Tag im August, und Bertha standen Schweißtropfen auf der Stirn, was Jesabel ungewöhnlich fand, denn Bertha schwitzte so gut wie nie.

»Ist dir nicht wohl, Bertha?«, fragte sie, als Bertha sich zum wiederholten Mal in die Seite griff und aufstöhnte.

»Nee, Deern, is nix. Muss die Hitze sein. Hilf mir lieber, das Gelbe vom Fisch zu putzen. Hier – auch die Haut und die Gräten müssen weg.«

Jesabel erschauerte. »Bertha, ich bin Vegetarierin!«

»Na und?« Bertha ließ sich auf den Küchenschemel fallen. »Ich hab nich gesagt, dass du das Tierchen essen sollst. Nur'n büschen sauber machen.«

»Kann Judith das nicht übernehmen nachher? Bertha, du machst mir Sorgen! Guck mal, dein Hals ist ganz dunkel. Was hast du da gemacht? Dich mit den Kirschen gewaschen?«

Bertha stöhnte und griff sich abermals in die Seite.

»Soll ich Mama rufen? Vielleicht kann sie dich untersuchen!«

»Deine Mutter hat genug Patienten heute.« Bertha zählte sie an den Fingern auf. »Hämorrhoiden, Ischias, Sommergrippe und den Hypochonder.«

»Den was?« Jesabel beäugte den Fisch. Nein, sie konnte sich nicht dazu überwinden, ihn anzufassen. Auf gar keinen Fall.

»Ein Hypochonder ist ein Mensch, der nur *glaubt*, dass er krank is. Und zu so einer Sorte Mensch gehört Bertha Homann nich!« Sie rappelte sich mühsam wieder auf.

»Nein, bleib sitzen, Bertha! Ich mach das schon. Du sollst dich ausruhen!«

»Aber du schaffst das nich alleine! Schon für den Apfelkuchen und das alles brauchst du Stunden! Und dann noch die Rhabarbersuppe, die wir geplant haben!«

Jesabel fühlte so etwas wie Beschützerwillen in sich aufsteigen. So musste man sich wohl fühlen, wenn man erwachsen war. Nun ja, immerhin war morgen ihr dreizehnter Geburtstag. »Ich hole Judith«, erklärte sie. »Und du gehst zu Mama und legst dich danach hin.«

»Aber ich …« Bertha sah verzweifelt aus. »Was kann ich denn groß haben? Ich war noch nie krank in meinem Leben, ich …«

»Keine Widerrede«, bestimmte Jesabel. »Wir machen das so, wie ich sage! Ich kümmer mich hier schon um alles.«

Aline wischte mit einem Bausch die Öltropfen fort, die sie Bertha zwei Stunden früher sorgfältig auf die Stirn getupft hatte. »Und sie hat es wirklich geschluckt?«, kicherte sie. Aufgeregt fühlte sie sich auf einmal, wie vor einem Abenteuer.

Auch Bertha grinste. »Die blaue Farbe am Hals, die hat ihr

wirklich Sorgen gemacht. Aber fast wär sie mir auf die Schliche gekommen, die kleine Neunmalkluge. Hat die Kirschen auf der Anrichte gesehen. Einen Moment lang dachte ich, der Schwindel wär enttarnt.«

»Dein hervorragendes Spiel wird es gerettet haben«, lächelte Aline. »Was, wenn Käthe uns fragt, natürlich nur am Schauspielunterricht gelegen hat. Wir dürfen sie nicht um ihren Anteil an der Farce betrügen.«

Bertha nickte. »Käthe war gar nicht übel als Lehrerin. Obwohl ich diese Atemübungen affig fand.«

Aline tunkte einen Waschlappen in die Schale mit Seife, die vor ihr auf dem Tisch mit den Gläsern und Tinkturen stand, und begann, Bertha den Hals abzureiben. »Meine Liebe«, erklärte sie. »Und wenn ich dich heute dabei erwische, wie du heimlich irgendwelche Sachen flickst oder putzt, bitte ich Käthe, für den Rest deiner Tage Atemübungen mit dir zu machen. Ab ins Bett und ausruhen! So schnell kommt so ein Tag nicht wieder!«

Bertha stöhnte, und diesmal war es echt. »Was soll ich denn machen, den ganzen Tag im Bett?«

Aline beugte sich über den Spülstein, um den Lappen wieder auszuwaschen. »Ich glaube, Käthe hat dir eine Überraschung hingestellt. Hoffe, dass dich das bei Laune hält.«

Der Volksempfänger vom Typ VE 301 hielt Bertha nicht nur bei Laune, er zauberte auch ein Lächeln in ihr Gesicht. Aufatmend ließ sie sich in die Kissen fallen. Die kommenden Stunden würden schon irgendwie annehmbar werden, das spürte sie jetzt. Aber kaum hatte sie dem Programm eine halbe Stunde lang gelauscht, schlief sie auch schon, tief und fest.

Judith saß im Garten, über eine deutsche Grammatik gebeugt. Dies war der Bereich, in dem sie eindeutig Schwächen aufwies, alles andere ging in Ordnung. In Frankreich waren sie mit dem Stoff bereits viel weiter. Sie hätte sich gelangweilt in der neuen deutschen Schule, wenn ihr nicht die Sprache trotz allem ein bisschen fremd gewesen wäre. Das sollte nach den Sommerferien nun kein Problem mehr sein. Judith war fest entschlossen, Klassenerste zu werden und den ganzen blöden Jungmädeln die Harke zu zeigen, die sie von oben herab behandelten, Jesabel inbegriffen. In diesem Moment hörte sie deren Stimme. Sekunden später stand die Schwester vor ihr. »Du musst reinkommen, kochen helfen, Bertha geht es schlecht, wir müssen das jetzt zusammen erledigen.«

Judith klappte das Buch zu. Ihr Herz klopfte. Allein in der Küche mit Jesabel – das war der Augenblick, vor dem sie sich immer gefürchtet hatte. Bestimmt würde die Schwester sie ja nur herumkommandieren wollen und nicht zulassen, dass Judith eine eigene Meinung hatte von dem, was schmackhaft war und was sich vertrug. Nun kam es darauf an, Haltung an den Tag zu legen. Betont langsam stand sie auf.

Jesabel war indes wieder im Haus verschwunden. Natürlich, sie hielt es nicht für nötig, auf sie zu warten.

»Du kannst dich um den Fisch kümmern, während ich den Blätterteig für den Apfelkuchen mache«, erklärte Jesabel, kaum dass Judith die Küche betreten hatte.

Judith warf einen Blick auf das weißliche Tier, das in der Schale mit Wasser schwamm. »Ah ja, Stockfisch«, sagte sie und begann, die Haut und die Gräten zu entfernen. Das war ruckzuck erledigt. »Wo finde ich noch mal die Messer?«, fragte sie. Jesabel deutete stumm auf einen Klotz in der Ecke.

Judith prüfte die Klinge mit dem Finger. »Und den Schleifer?«, fragte sie.

»Mein Gott, du kennst dich hier ja überhaupt nicht aus«, schimpfte Jesabel, während sie Judith aus einer Schublade den Schleifer reichte. »Ich dachte, du hilfst Bertha manchmal!«

Judith beschloss, sich nicht provozieren zu lassen. »Wie machst du den Blätterteig?«, fragte sie stattdessen ruhig.

»Blätterteig«, hob Jesabel an. »Also, Blätterteig macht man so: Man nimmt ein Pfund weißes Mehl, drückt ein Loch hinein, in das man …«

»Ich habe dich nicht gefragt, wie Blätterteig geht«, unterbrach Judith, »sondern wie *du* Blätterteig *machst.«*

»Ach.« Jesabel fuhr herum. »Weil du mich vielleicht belehren möchtest, ja? Macht man das in Frankreich vielleicht besser als hier?«

»Weiß ich noch nicht«, entgegnete Judith. »Ich weiß ja noch nicht, wie man hier Blätterteig macht. Das kann ich dir erst sagen, wenn du mir das Rezept irgendwann zu Ende erzählst.«

»Ja, dann unterbrich mich auch nicht ständig!«, blaffte Jesabel.

»Ich habe nur einmal gesagt …«

»Ach, halt die Klappe.« Jesabel begann, das Mehl auf eine Waage zu schütten. Dann sah sie sich nach dem Ersatzfett um. Aber der Gedanke an das französische Rezept ließ sie nicht los. »Wir macht ihr denn Blätterteig?«, fragte sie, so beiläufig wie möglich.

Keine Antwort. Als Jesabel sich umdrehte, sah sie, wie Judith den Stockfisch in kleine Stücke schnitt. Ob sie sie nicht gehört hatte? »Wie ihr den Blätterteig macht, würde mich interessieren«, wiederholte sie, diesmal ein bisschen lauter.

»Ich soll doch die Klappe halten«, kam es von Judith.

Jesabel fühlte, wie die Wut in ihr aufwallte. »Ach, sei still!«, zischte sie.

»Siehst du.« Judith funkelte sie an. Jesabel funkelte zurück. Und dann passierte etwas Seltsames. Judith hatte auf einmal Lust, laut aufzulachen. Nicht Jesabel auszulachen, nein. Einfach nur so zu lachen. Es war alles so absurd. Doch statt zu lachen, sagte sie: »Auf ein Pfund Mehl nehmen wir ein Viertelpfund Butter, drücken ein Loch in das Mehl, tun die Butter und kochendes Wasser in das Loch und verkneten alles zu einem festen Teig.«

Jesabel runzelte die Brauen. »Genauso machen wir es auch.«

Jetzt musste Judith doch lachen. »Nachmacher seid ihr also!« Sie konnte sich gerade noch rechtzeitig ducken. Jesabel warf mit dem Geschirrhandtuch nach ihr. Da griff Judith nach dem erstbesten Gegenstand in ihrer Reichweite und warf ihn zurück. Es war der Schleifer, und er traf Jesabel am Arm.

»Sag mal, bist du verrückt, du … du Froschfresser?« Jesabel brüllte, dass die Scheiben klirrten.

Judith konnte nicht anders, sie musste immer noch lachen. »Ich – was? O weh, das tut mir Leid mit dem Schleifer, ich …« Weiter kam sie nicht, denn Jesabel hatte sich auf sie geworfen und mit dem Rücken an den Herd gepresst. Jesabel war stärker als sie, viel, viel stärker, was auch mit dem Umstand zusammenhing, dass Judith sich immer noch vor Lachen schüttelte. Jesabels Gesicht sah so riesengroß aus, so dicht, wie sie sich an sie herandrückte. Judith konnte direkt in ihre Nasenlöcher gucken. Hilfe – sah sie selbst etwa auch so aus, wenn sie wütend war? Das war ja Furcht erregend!

»Ja, Froschfresser, du hast ganz richtig gehört! So was esst ihr doch den ganzen Tag, ihr unterentwickelten Unter… äh …«

»Unterkiefer?«, schlug Judith vor, die jetzt Jesabels Gebiss vor Augen hatte.

»Was?« Vor Überraschung ließ Jesabel sie kurz los. Das nutzte Judith, um sich frei zu winden. Im Nu war sie aus der Küche geflohen. Im Flur prallte sie mit Aline zusammen, die gerade ihren nächsten Patienten, den alten Hansen, hereinrufen wollte. Aline packte Judith am Arm. »Hoppla, meine Süße, nicht so hastig! Was ist hier los?«

»Jesabel hat mich Froschfresser genannt, und dann hab ich sie aus Versehen …«

»Nicht aus Versehen!« Jesabel tauchte hinter ihnen auf, den Schleifer in der Hand. »Hiermit hat sie mich geschlagen! Stell dir vor, Mama, mit einem Messerschleifer!«

»Ich hab gesagt, dass es mir Leid tut!«, brüllte Judith zurück. »Außerdem hast du angefangen! Du hast das Geschirrhandtuch genommen und wolltest mich damit erwürgen!«

»Ich wollte was?« Jesabel blieb vor Entrüstung die Luft weg. Augenblicklich warf sie sich wieder auf ihre Schwester. Judith, die nicht wusste, wie sie sich anders wehren sollte, fing an, Jesabel zu kitzeln. Jesabel kreischte und kitzelte zurück.

»Na, bei Ihnen ist ja ganz schön Leben in der Bude«, bemerkte der alte Hansen.

Oben in ihrem Bett war Bertha aufgewacht und lauschte. Genauso hatte sie sich das gemeinsame Geburtstagskochen der Zwillinge vorgestellt: laut, voller Streit, Gekreisch und Gelächter – wie früher eben, als die Mädchen klein gewesen waren. Sie wusste, dass es nicht der ideale Geschwisterzustand war, aber sie war sich sicher: Das hier war ein Anfang.

20. Kapitel

Die Zeit verging im Taumel der Eroberungen. Käthe eroberte das Herz eines sehr jungen Mannes, an dessen Seite sie beeindruckende Auftritte in den Tanzclubs der Stadt absolvierte. Aline – deren alter Tourer als ziviles Fahrzeug ausrangiert zu werden drohte – eroberte die Erlaubnis, bei Krankenbesuchen den roten Kriegseinsatz-Wimpel am Heckflügel anbringen zu dürfen. Und Deutschland eroberte, wie Käthe unablässig zu stenografieren hatte, die Welt. Judith und Jesabel teilten sich wieder ihr Kinderzimmer, Käthe hatte ihr Bett endlich für sich und ihren Schatz allein, und Aline war froh, wenn sie ihr Bett überhaupt länger als fünf Stunden am Stück genießen konnte. Aufgrund der prekären Versorgungslage hatten die Fachgeschäfte ihre Öffnungszeiten eingeschränkt – wenn sie denn überhaupt etwas anzubieten hatten. Um eine komplette Mahlzeit zusammenzubekommen, mussten sie nun an unterschiedlichen Tagen anstehen. Der Gemüsehöker oben in Ottensen hatte sich irgendwann dazu durchgerungen, nur noch am Montag zu öffnen, während der Fleischer sich den Dienstag ausgesucht hatte, der Bäcker wiederum den Mittwoch, der Drogist sogar nur jeden zweiten Donnerstag, was die Versorgung mit Seife und anderen Haushaltsgegenständen nicht gerade verbesserte, während der Großhandel für Ärzte wechselweise Freitag und Montag aufmachte. Bei der Altonaer Bezugsstelle für Lebensmittelkarten trat ein neuer Stellenleiter auf den Plan, der Aline die Lebensmittelkarten für einen der Zwillinge verweigern wollte, mit der Begründung, sie wolle sich das Essen wohl erschleichen und hätte ihre Tochter doppelt eingetragen. Aline deutete auf die Stelle im Formular, in dem neben dem Namen des Vaters, dem Geburtsdatum und der Adresse der Kindesvorname eingetragen war, und erkundigte sich, ob der Stellenleiter schon mal etwas von Zwillingen gehört hätte. Auf die Bemerkung des Stellenleiters, die Vornamen seien viel zu ähnlich und ob Aline nicht eine Umtaufung vornehmen lassen könnte, entgegnete sie, dass das jetzt nach dreizehn Jahren wohl schwer möglich war.

Die Lebensmittelkarten für jeden im Haushalt glücklich in der Hand zu halten war eine Sache – tatsächlich etwas dafür zu bekommen eine andere. Für diese Aufgabe brauchte man ja nicht nur Glück, sondern auch viel Ausdauer und die Bereitschaft, seinen Schlaf zu unterbrechen, um sich bei Morgengrauen in die Schlange der vor den Läden Wartenden einzureihen. Bertha, Käthe und Aline wechselten sich ab bei dieser leidvollen Angelegenheit, jede auf ihre Weise. Bertha hatte sich angewöhnt, einen Klappstuhl mitzunehmen, um ihre Krampfadern zu schonen, Käthe übte Tanzschritte beim Warten, und Aline unterhielt sich mit den Frauen in der Schlange über deren Krankheiten, immer auf der Suche nach neuen Patienten, denn seitdem die Männer eingezogen waren, hatte sich ihr bisheriger Patientenbestand um die Hälfte verringert, und das Geld war mehr als knapp.

Zu Ostern war Sixten eingeschult worden. Käthe bläute ihm ein, in der Klasse niemals zu erwähnen, dass er einen schwarzen Vater habe, und kämmte ihm das albinoweiße Kraushaar mit einem Gemisch aus Zuckerrübenwasser und Ersatzfett glatt.

Seitdem die deutsche Luftwaffe Warschau, Rotterdam und

Coventry zerbombt hatte, gab es auch in Hamburg regelmäßig Fliegeralarm. Auf der anderen Seite der Elbe wurden ein paar Fabrikanlagen und Wohnhäuser bombardiert, und es gab auch Opfer, aber niemand machte sich wirklich Sorgen. Die deutsche Luftabwehr galt schließlich als die beste der Welt, und außerdem wurde abends ohnehin verdunkelt. Ärgerlich war, dass alle Haushalte den Befehl erhalten hatten, ihre Dachböden auszuräumen, damit das Gebäude im Fall eines Brandes schneller gerettet werden konnte. Tagelang hatten Aline und Käthe die Sachen heruntergeschleppt und aussortiert – eine mühselige, entnervende Aktion, bei der sie sich mehr als einmal in die Haare geraten waren, nicht zuletzt über die Frage, was sie mit der Tonne von Gemälden und Zeichnungen anfangen sollten, die Nathan hinterlassen hatte. Käthe war für sofortige und komplikationsfreie Zerstörung (»dieser Ramsch bringt dir den Mann auch nicht mehr zurück, *darling!«)*, während Aline deren Erhalt durchsetzte.

Das Entspannung verheißende Gegenprogramm zu den vielen leidigen Haushaltsaufgaben bildeten für Käthe die nächtlichen Verfolgungsjagden durch die Polizei. Seitdem irgendein Volksmusik liebender Gebietsinspektor auf seinem Streifendienst entdeckt hatte, dass es männliche Jugendliche mit halblangen Haaren gab, die sich nicht zu Schlagerklängen bewegten und obendrein der englischen Sprache mächtig waren, wurden die Swingtanzabende in der Stadt immer häufiger von Gestapobeamten und Mitgliedern der Reichsmusikkammer beobachtet. Es war erheiternd zu sehen, wie die Typen glaubten, sich unauffällig unters Volk mischen zu können: Jeder Idiot konnte sich schließlich denken, dass die mit langen Ledermänteln und schweren Stiefeln bekleideten Herren wohl kaum das Ziel verfolgten, eine flotte Sohle aufs Parkett zu legen. Als die Ledermäntel eines Abends das Cap Norte betraten, wechselte Fiete, dem in jener Woche die richtige

Auswahl von Swingschellacks oblag, augenblicklich auf Zarah Leander, und der Saal brüllte: »Kann denn Liebe Sünde sein?«, und fasste sich paarweise im braven Wiegeschritt am Arm.

Käthe unterließ es, Aline von diesen Vorgängen in Kenntnis zu setzen. Es hatte bereits die ersten Verhaftungen gegeben; die Lehrlinge und Schüler, denen dies geschah, waren zu Hause abgeholt und je nach Anzahl von Swingplatten in ihrem Besitz zu mehr oder minder hohen Strafen verurteilt worden, die bis zum Abtransport in das Fuhlsbütteler Gefängnis reichten. Aline hatte ja bereits genug Sorgen, die sie launisch werden ließen.

Kurz vor dem vierzehnten Geburtstag der Zwillinge, als es darum ging, Jesabel für den BDM anzumelden, trat wieder Hauptmädelführerin Klara auf den Plan.

»Ich wünsche eine Erklärung dafür, warum Jesabels Zwillingsschwester sich nicht an der Unterstützung unserer Helden an der Front und daheim beteiligt«, erklärte sie, als sie Aline eines Tages im Ordinationszimmer gegenübersaß.

»Ach – wusstest du gar nicht, dass Judith auf dem rechten Auge blind ist?«, fragte Aline. Ihr war klar, dass sie die Führerin eigentlich zu siezen hatte, doch das Bedürfnis, diese kleine Tyrannin von oben herab zu behandeln, war einfach stärker. »Sie ist völlig nutzlos bei euren Übungen.«

»Ach ja?« Klara kniff die Augen zusammen. »War sie das schon immer, oder ist das eine Behinderung, die erst in jüngerer Zeit aufgetreten ist?«

»Die Blindheit bestand von Geburt an.«

»Dafür brauchen wir ein Attest.«

»Nichts leichter als das.« Aline kritzelte ein paar Worte auf einen Block, riss den Zettel ab und reichte ihn dem Mädchen.

Klara warf nur einen Blick darauf. »Das kann kein Mensch lesen«, konstatierte sie.

»Bitte schön. Dann schreibe ich auf der Maschine.« Aline spannte einen Bogen ein, hämmerte in die Tasten, riss das Papier wieder heraus und las vor: »Attest: Hiermit bestätige ich, dass meine Tochter Judith Jacoby auf dem rechten Auge blind ist und zu keinerlei sportlichen Aktivitäten taugt. Gez.: Dr. Aline Jacoby.«

»Sie wissen, dass ich Ihr Attest durch einen höher gestellten Arzt aus der Reichsärztekammer überprüfen lassen kann?«, bemerkte Klara.

Du Kröte, dachte Aline. Du elendiges, wichtigtuerisches Biest. Laut sagte sie: »Selbstverständlich. Ich stehe den Höhergestellten unseres Reiches natürlich jederzeit zur Verfügung.«

Das Mädchen erhob sich. »Im Übrigen soll ich Sie schön von meiner Mutter grüßen.«

»Ach ja? Habe ich die Ehre, die Frau Mutter zu kennen?« Aline wandte sich schon wieder der nächsten Patientenakte zu.

»Hannelore Marquardt. Sie hat Jesabel in der Volksschule unterrichtet. Meine Großtante, Gertrude Meyerdink, kennt die Zwillinge übrigens auch recht gut. Von Geburt an, wenn ich mich recht entsinne. Heil Hitler!«

»Heil Hitler«, antwortete Aline. Furchtlos, wie sie hoffte.

»Jahrelang habe ich darauf gewartet.« Käthe zündete sich eine Zigarette an, während sie am Salonkamin lehnte. »Und nun darf ich euch schon zum zweiten Mal Unterricht geben.«

»Ich wette, du hattest dabei stets diese Pose vor Augen«, grinste Aline, während sie die Freundin betrachtete. »Ich muss zugeben, die macht was her. Hans Albers könnte es nicht besser!«

»Hans Albers ist bei mir in die Lehre gegangen!« Käthe stieß den Rauch in Kringeln durch die Nase.

»Tante Käthe«, meldete sich Judith schüchtern zu Wort.

Jesabel, die neben Judith auf dem Sofa saß, hielt sich die Hände vor den Mund, um ihr Lachen zu verbergen.

»Tja«, fuhr Käthe fort. »Da habt ihr immer gedacht, diese alte Käthe, was will die bloß mit ihrer Schauspielerei, ha, und jetzt ist sie euch doch noch nützlich, diese alte Käthe, die.«

»Tante Käthe«, wiederholte Judith, jetzt schon ein bisschen lauter. »Worauf muss ich denn nun achten, wenn ich so tue, als wär ich blind?«

»Also, zunächst einmal machen wir Atemübungen«, bestimmte Käthe.

»Nein, Käthe, nein und noch mal nein!« Aline stampfte mit dem Fuß auf den Boden. »Ich habe nicht vor, Judith bei der Ufa unterzubringen! Ich will lediglich, dass sie einen Amtsarzt täuscht! Und ich glaube kaum, dass sie dafür stöhnen muss!«

Jetzt konnte Jesabel nicht mehr an sich halten. Sie wälzte sich auf dem Sofa, die Hände noch immer vor dem Mund.

»Na gut.« Käthe drückte ihre Zigarette aus. »Komm her.«

Judith stellte sich vor sie hin.

»Mach das Auge zu, das angeblich gesund sein soll.«

Judith protestierte. »Es *ist* gesund!«

Käthe tat, als verscheuche sie eine Mücke. »Ja, ja. Mach es zu.«

Judith gehorchte. Ein schrilles Geräusch vom Sofa her ließ sie zusammenfahren. »Wie du aussiehst!«, kreischte Jesabel. »Wie ein Pirat! Hihi, guck mal, Mama, Judith sieht aus wie ein Pirat!«

Judith riss das Auge wieder auf. »Piraten haben eine Augenklappe! Die zwinkern doch nicht, Mann!«

Jesabel wälzte sich von Neuem.

»O Gott«, seufzte Aline. »Womit hab ich das verdient? Kann ich euch jetzt wenigstens allein lassen? Ich hab noch andere Dinge zu tun, als Käthe bei ihren Faxen zuzugucken.«

»Ich kann es auch lassen.« Käthe wandte sich beleidigt zum Fenster und senkte die Stimme. »Viel Spaß dann bei Hans Albers oder bei welch anderem renommierten Schauspieler ihr euer Glück versuchen wollt.«

»Ich versteh dich so schlecht, Tante Käthe«, jammerte Judith.

»Um Himmels willen, Käthe, nun spann das Kind nicht länger auf die Folter!« Aline riss die Tür auf. »In einer halben Stunde komm ich nachgucken, wie weit ihr seid! Sonst tausch ich deine Zigarettenmarken gegen Brot ein, ich schwör's!«

Käthe zuckte mit den Achseln. »Das liebe ich an eurer Mutter. Diese Impulsivität. Wo waren wir stehen geblieben? Auge zu. Wenn ich jetzt vor dir herumfuchtel, darfst du mit dem anderen Auge – dem so genannten blinden – nicht folgen, verstehst du?« Sie vollführte eine paar wilde Bewegungen mit dem Zeigefinger.

Jesabel hielt sich den Bauch. Sie war hochrot im Gesicht und hatte Tränen in den Augen. »Ich kann nicht mehr«, ächzte sie.

Judith versuchte, einen Punkt in der Ferne zu fixieren. Als Käthe vor ihr auf und ab zu springen begann, ließ sie sich auch davon nicht beeindrucken, sondern blickte starr geradeaus.

»Famos«, lobte Käthe. »Ich hoffe, du hast zugesehen, Jesabel. Denn das übt ihr von jetzt an jeden Tag!«

Am Abend, als die Zwillinge im Bett lagen, fiel Judith etwas ein. »Wieso hat Tante Käthe eigentlich gesagt, dass das heute die *zweite* Gelegenheit war, jemandem aus unserer Familie Schauspielunterricht zu geben?«

»Absolut keine Ahnung«, gähnte Jesabel in die Dunkelheit hinein. Judith grübelte noch eine Weile nach. Doch am Ende fielen auch ihr die Augen zu.

Valeska packte mit zitternden Händen ihren Koffer. Viel war es ja nicht, was sie seinerzeit aus ihrer Wohnung am Grindelberg mit nach Övelgönne genommen hatte. Sie hatte die Räume möbliert untervermietet, um für ihren Unterhalt im Kapitänshaus zahlen zu können. Nun war auch das vorbei. Seitdem der Kontakt zwischen Juden und Ariern verboten war, hatte sie hin und her überlegt. Natürlich würde Aline sie auch weiterhin in ihrem Haus wohnen lassen, doch dieses Risiko wollte Valeska ihrer Schwiegertochter – sie sah sie immer noch als solche, egal, welches Zerwürfnis zwischen den Eheleuten stattgefunden haben mochte – nicht aufbürden. Hanna hatte sich bereit erklärt, sie bei sich aufzunehmen. Valeska war zunächst skeptisch gewesen. Dass Hanna sich nach dem vermeintlichen Selbstmord von Valeskas Mann vor einundvierzig Jahren für so lange Zeit zurückgezogen hatte, nahm sie ihrer Schwester manchmal noch übel. Doch die Not hatte die beiden in den vergangenen Monaten enger zusammenrücken lassen. Und wer weiß, vielleicht konnten sie sich gegenseitig Trost und Stütze sein: die Kinder weit fort im Ausland, die Ehemänner tot. Max tot. Doch wie sollte es werden, wenn sie beide zu alt waren, um sich selbst zu versorgen? Schon jetzt fiel Valeska das Treppensteigen schwer. Vielleicht sollten sie sich in einem Heim einkaufen. Wie auch immer, zu zweit waren sie am Ende besser dran als viele andere alte Leute.

Ein Klopfen unterbrach ihre Gedanken. Aline steckte den Kopf zur Tür herein. »Fertig für den großen Marsch?«, lächelte sie.

Valeska nickte.

»Jetzt geht es aufwärts«, bemerkte Aline, während sie nach dem Koffer griff. »Heute Abend schon kannst du die Elbe von oben betrachten. Huch, weiter hast du nichts?«

»Diese Handtasche noch«, bemerkte Valeska, während sie in ihre Strickjacke mit dem aufgenähten Judenstern schlüpfte.

»Aber die kann ich selber tragen.« Sie sah sich um in dem kleinen Zimmer, das ihr nun drei Jahre lang eine Heimat gewesen war. Es war ihr richtig ans Herz gewachsen: die dunklen Möbel, noch von Madeleine ausgesucht, an der Wand das Familienporträt mit Alines Vater, den sie nie kennen gelernt hatte, Madeleine mit Aline als Baby. Sie hatte ihre eigenen Bilder danebenhängen dürfen: ein Bild von Max, Nathan und Henny als Kinder, ein anderes von Wilhelm, ihrem Mann. Nur sich selbst hatte sie nicht sehen wollen. »Gehen wir«, sagte sie.

Unten im Hausflur standen Judith und Jesabel bereit. Auch sie hatten beschlossen, die Großmutter in ihr neues Zuhause zu begleiten. Jesabel war in BDM-Uniform, weil sie direkt danach zum Heimabend musste. Es dauerte eine kleine Ewigkeit, bis sie die Himmelsleiter nach oben zur Straße bewältigt hatten. Immer wieder mussten sie stehen bleiben, denn Valeska kam nur mühsam voran. Als sie endlich auf der Flottbeker Chaussee angekommen waren, liefen sie direkt zwei SS-Männern in die Arme.

»Holla, was ist das denn?«, brüllte einer der Männer. »Ein schönes deutsches BDM-Mädel mit einem Mädel, das keine Uniform tragen will?«

Sofort legte Aline den Arm um Judith. »Meine eine Tochter ist auf dem rechten Auge blind. Sie kann nicht teilnehmen an den BDM-Aktivitäten, sosehr sie es bedauert.«

»Ein Krüppel also.« Der SS-Mann nickte. »Und was machen ein Krüppel und zwei gesunde Arierinnen mit einer Jüdin?« Er stieß mit seinem Peitschenschaft Valeska vor die Brust, dort, wo der Stern saß.

»Wir bringen die Dame nur nach Hause. Sie kann kaum laufen, das sehen Sie doch.«

Der SS-Mann rückte so dicht an Aline heran, dass sie seinen Atem roch. »Sie wissen, welche Strafe darauf steht, oder?«

Aline schüttelte den Kopf.

»Dann will ich Sie gerne aufklären.« Er ließ seinen Blick über Alines Brust wandern. »Sofortige Schutzhaft steht darauf. Und wenn ich Sie noch einmal dabei erwische, wie Sie sich mit Juden abgeben, lasse ich Sie für drei Monate in ein Konzentrationslager, Stufe 1, einweisen. Die Jüdin da könnte ich sofort mitnehmen.«

»Bitte«, sagte Valeska mit zitternder Stimme. »Meine Schwie... diese Frau hier ... Sie hat nicht gewusst, dass sie ...«

Der SS-Mann ließ seine Peitsche knallen. »Halt's Maul, du Sau!« Er blickte Jesabel an. »Des schönen Mädchens willen will ich noch einmal Gnade vor Recht ergehen lassen. Abhauen von hier, aber schnell!«

Als Aline Valeska, die wie versteinert stehen geblieben war, am Arm nahm, schrie der SS-Mann aus vollem Halse: »Haben wir uns schlecht verstanden, Krüppelmutter? Die Jüdin geht in diese Richtung, ihr in die andere!«

Aline erstarrte. Es war Jesabel, die den Mund aufmachte: »Wir bringen unsere Großmutter jetzt nach Hause«, erklärte sie, »weil wir es versprochen haben. Und weil es sich so gehört!«

Die SS-Männer wollten sich ausschütten vor Lachen. »Eure Großmutter, ja! Eure Großmutter, die Jüdin!« Der Mann mit der Peitsche beugte sich vor: »Ich will dir mal was sagen, meine Schöne. Wenn diese Frau hier wirklich deine Großmutter wäre, dürftest du gar kein BDM-Mädel sein.« Er erhob seine Stimme. »Also scher dich! Verstanden? Heil Hitler!«

Jesabel antwortete nicht. Stattdessen nahm sie Valeskas Hand, dem SS-Mann herausfordernd in die Augen blickend.

Der Peitschenknall ließ sie alle gleichzeitig zusammenzucken. Eine rote Strieme bildete sich auf Jesabels Hals und Unterarm, schwoll innerhalb von Sekunden zu einem Wulst an, der sich die Haut hinabschlängelte.

»Nicht!«, schrie Judith, die sah, wie Aline sich auf die beiden Männer zu stürzen versuchte. Sie griff nach den Armen der Mutter und versuchte mit aller Kraft, sie festzuhalten.

Die Männer lachten. »Noch einmal, und auch du kannst dein blaues Wunder erleben, Krüppelmutter!«, rief der mit der Peitsche und drehte sich um.

Sie warteten, bis die Männer fort waren. Valeska weinte. Sie hatte die Hände vors Gesicht geschlagen, damit sie es nicht sahen. Aline legte ihr einen Arm um die Schulter. Aus den Augenwinkeln sah sie, wie Judith ihre Schwester umarmte. Und wie Jesabel sich mit dem heilen Arm an Judith festklammerte. »Lasst mich hier stehen. Bitte.« Valeska konnte kaum sprechen vor Schluchzen.

»Das kommt überhaupt nicht in Frage«, erklärte Aline. »Wir bringen dich nach Hause. Komm. Es sind ja nur noch ein paar Schritte.« Sie nahm den Koffer wieder auf.

»Bitte.« Valeska hatte die Hände heruntergenommen und sah sie an.

»Nein«, antwortete Aline und setzte sich in Bewegung.

Es dauerte noch fast eine halbe Stunde, bis sie endlich bei Hanna angekommen waren. Valeska zitterte so stark, dass sie kaum gehen konnte.

»Mach ihr einen Lindenblütentee mit Honig, wenn du hast«, sagte Aline zu Hanna, als Valeska im Bad verschwunden war. »Sonst nimm Rübensaft. Sie soll gleich schlafen. Morgen kann sie dir alles erzählen. Hast du Rum im Haus? Dann gieß ihr davon einen ordentlichen Schluck hinein. Ach, du hast Baldriantropfen, das ist gut. Die sollte sie auch nehmen.«

»Was um Himmels willen …?« Hanna bemerkte Jesabels Arm.

»Ein anderes Mal«, erklärte Aline. »Wir müssen jetzt zurück.«

Zu Hause angekommen, riss Jesabel sich die Uniform vom

Leib. »Ich geh nicht mehr hin«, erklärte sie. »Jetzt nicht, morgen nicht und überhaupt nie mehr. Mama, ich fürchte, du musst dir nun auch etwas für mich ausdenken.«

Nathan erkannte Emilie auf den ersten Blick. Sie hatte sich direkt an die Glasveranda des Café Rotonde gesetzt, sodass sie auf die Straße hinausblicken konnte. Sie musste aber ins Nichts gestarrt haben, denn als Nathan sie von draußen grüßte, nahm sie ihn nicht wahr.

»Also – worum geht es?« Nathan hatte die Reise von Toulon nach Marseille nicht gemacht, um sich mit Gesprächen über Wohlergehen und Wetter aufhalten zu lassen.

Emilie senkte den Blick auf ihre Kaffeetasse. »Du könntest ruhig etwas freundlicher zu mir sein«, entgegnete sie. »Es zumindest versuchen.«

Nathan winkte dem vorbeieilenden Kellner und deutete mit einer Bewegung auf Emilies Tasse an, dass er ebenfalls einen Kaffee wünschte. »Emilie, du hast mich damals in deinem Haus aufgenommen, und dafür bin ich dir dankbar. Sehr sogar. Aber ich weiß jetzt auch, dass du es nicht aus Selbstlosigkeit getan hast. Und dass du in Marseille aufgetaucht bist, finde ich nicht besonders angenehm. Verfolgung ist etwas, das ich seit einiger Zeit nicht mehr leiden kann. So gar nicht mehr – wenn du verstehst, was ich meine?«

Emilie blickte auf. Zu Nathans Schrecken schwammen ihre Augen in Tränen. »Nathan …«, flüsterte sie.

Mit einem lauten Scheppern knallte der Kellner ihm den Kaffee vor die Nase. Unwillkürlich ergriff Nathan Emilies Hand. »Was ist?«, fragte er. »Hast du dich mit Madeleine gestritten? Hat dir hier jemand was getan?«

Emilie schüttelte den Kopf. »Ich habe so schreckliche Gewissensbisse wegen Aline«, schluchzte sie plötzlich. »Ich … ich konnte nur nichts tun gegen meine Gefühle damals. Ich weiß, dass sie meine Freundin ist und alles. Du hast sie doch gesehen, oder? Geht es ihr gut?«

Nathan nickte. »Hör auf, dir ihretwegen Gedanken zu machen. Wenn sich jemand um sie sorgen muss, dann bin ich es.« Er ließ ihre Hand wieder los. Was war eigentlich geschehen in dem Jahr, in dem er Emilie aus den Augen verloren hatte? Ob ihr etwas zugestoßen war in der Zwischenzeit? Etwas, über das sie nicht sprechen mochte? Sie war so verwundbar geworden. Aber nein, er wollte nicht in sie dringen. Gar nicht erst diese Vertraulichkeit entstehen lassen.

Emilie rührte in ihrer Kaffeetasse. »Sie ist immer noch in diesem schrecklichen Land. Mit den Zwillingen.«

»Dein Mann und deine Kinder leben auch noch in dem schrecklichen Land.« Nathan konnte sich eines leicht abfälligen Untertons nicht erwehren.

»Wie geht es ihr?« Emilie schien seine Bemerkung nicht gehört zu haben.

»Den Umständen entsprechend«, erklärte Nathan.

»Ich wünsche ihr so sehr, dass es ihr gelingt, sich gegen dieses Unrechtsregime zu wehren!« Emilies Wangen hatten sich gerötet. Richtig aufgeregt sah sie nun aus. »Weißt du, ob sie sich in irgendwelchen Widerstandsgruppen engagiert, Nathan? Oder nimmt sie das alles nur so hin? Sie ist doch kein Mitläufertyp!«

Nathan zuckte mit den Achseln. »Wir haben nicht darüber gesprochen. Aber nein. Ich glaube nicht, dass sie politisch aktiv ist. Sie ist mit ihrem Beruf und den Kindern beschäftigt. Und ich verbitte mir diesen Ton, Emilie!«

Emilie riss die Augen auf. »Welchen Ton?«

Nathan stürzte den Kaffee in einem Zug herunter. »Du scheinst mir mal wieder sagen zu wollen, dass du besser bist als Aline. Du, die Exilantin! Die es geschafft hat, aus Deutschland rauszukommen, aus eigener Kraft, als Matrosin, als

Abenteurerin, während Aline bloß brav in Deutschland sitzt! Das ist es doch, oder?«

Wieder füllten sich Emilies Augen mit Tränen. »Das ist überhaupt nicht wahr, Nathan! Warum nur nimmst du immer das Schlimmste von mir an?«

Nathan schüttelte den Kopf. »Ist ja auch egal. Also – was willst du von mir? Warum dieses Treffen?«

Emilie schluckte. »Es gibt da diese Verordnung. Alleinstehende Frauen mit unzulänglichen Papieren werden eingewiesen. Einer Nachbarin von mir ist es passiert.«

»Eingewiesen? Wo? Und was hab ich damit zu tun?« Himmel, was ging ihm Emilie auf den Geist mittlerweile! Wenn sie sich doch wenigstens vernünftig ausdrücken würde!

»In den Bompard«, flüsterte Emilie. »Das neue Frauenlager.«

»Was für ein Frauenlager?« Nathan versuchte zu begreifen.

»Es ist ein Konzentrationslager. Nur für Frauen. Du weißt, was das ist, ein Konzentrationslager?«

»Ja. Natürlich weiß ich das. Das, woran ich niemals zu denken versuche. Das, wovor ich Angst habe, wenn ich an meine Mutter denke.«

»Meine Nachbarin«, erklärte Emilie, immer noch leise. Angst vor Mithörern, ohne Zweifel. Heutzutage musste man ja überall Angst haben. Sogar in Marseille. »Ihr Mann wurde abgeholt, weil er kein Einreisevisum hatte. Er war damals über die Grenze geflüchtet. Rheinländer. Also irgendwie auch Franzose.«

Nathan trommelte mit den Fingern auf den Tisch. »Komm zum Punkt, Emilie. Ich hab Henny versprochen, rechtzeitig wieder zurück zu sein.«

Emilies Lippen zitterten. »Es ist diese ganze Ungerechtigkeit. Seine Frau – meine Nachbarin – stammt aus Paris. Am nächsten Tag wurde sie abgeholt. Weil sie ohne männlichen Schutz in Marseille lebt.«

Die Ungeheuerlichkeit dessen, was Emilie jetzt im Begriff stand zu sagen, traf Nathan wie eine Keule. »Das ist jetzt nicht dein Ernst!«, keuchte er. »Das kannst du nicht von mir verlangen! Wir haben hunderttausend Mal darüber gesprochen! Die Antwort lautet NEIN!«

»Bitte.« Emilie war jetzt in Tränen ausgebrochen. »Du musst mich ja nicht heiraten. Nur mit mir zusammenziehen. Nathan, du weißt nicht …« Sie schlug die Hände vors Gesicht.

»Was weiß ich nicht?« Jetzt kommt es, dachte Nathan. Das, was ich nicht wissen will. Nie wissen wollte, in der ganzen Zeit, bis zu unserem Wiedersehen und danach. Bis jetzt.

»Damals in dem Polizeirevier«, schluchzte Emilie. »Sie waren zu viert.« Sie weinte, immer noch mit den Händen vorm Gesicht. »Du bist ihnen entkommen, Nathan. An mir«, er sah, wie sie sich im Weinkrampf schüttelte, »haben sie sich dafür gerächt.«

»Ist ja gut.« Nathan legte ihr eine Hand auf den Arm. Dann streichelte er ihr Haar. »Ganz ruhig, Kleines.« Er stand auf, ging um den Tisch herum und nahm sie in die Arme. »Es ist ja vorbei. Jetzt ist ja alles vorbei.«

Emilie hob ihr tränennasses Gesicht. »Heißt das, du wirst mir helfen?«

Nathan zögerte, aber nur eine Sekunde. »Ja«, sagte er. »Das heißt es dann wohl.«

21. Kapitel

Friedrich von Alvesloh hatte das Gefühl, rückwärts zu gehen. Mit jedem Schritt, den er tat, drang er weiter in seine eigene Vergangenheit vor. Hier – hier war er entlanggegangen, nachdem er seinen Rolls-Royce oben an der Chaussee geparkt hatte, hier war der Weg zu Alines Haus verlaufen. Verlief hier immer noch. Da – links der Blick über die Gärten zur Elbe hinüber. Rechts die hübschen kleinen Häuschen. Menschen, die auf den Bänken vor ihrer Tür saßen, wie sie es vermutlich schon im vergangenen Jahrhundert getan hatten. Und hier – ja, hier wohnten sie, die Meyerdinks. Die Tür flog auf. Gertrude Meyerdink öffnete die Arme. »Friedrich!«, rief sie. »So früh hätten wir nicht mit Ihnen gerechnet! Kommen Sie schnell rein, es soll gleich zu regnen anfangen!«

Friedrich schmunzelte und schüttelte die ausgestreckte Hand. Frau Meyerdink hatte sich keinen Deut verändert. Immer noch dieselbe resolute Person, deren Anordnungen sich niemand widersetzen konnte.

Das Wohnzimmer war angefüllt mit Menschen, die Friedrich nicht alle einordnen konnte. »Meine Familie ist ein bisschen angewachsen«, erklärte Gerturde Meyerdink nicht ohne Besitzerstolz. »Otto, nun steh schon auf und schieb unserem Freund einen Sessel an den Kamin! Siehst du denn nicht, dass der arme Mann friert!« Sie rollte die Augen in Friedrichs Richtung. »Mein Mann. Immer noch schwer von Begriff – wird im Alter auch nicht besser.« Friedrich unterdrückte ein Grinsen. »Feldwebelin« war Gertrude Meyerdink von Aline stets genannt worden. Er begrüßte den alten Otto mit einem kräftigen Händedruck, den dieser lasch erwiderte.

Gertrude räusperte sich. »So, jetzt muss ich Ihnen meine angeheiratete Nichte vorstellen, Hannelore Marquardt, Volksschullehrerin und Vorstandsmitglied im NS-Frauenbund.«

Friedrich schüttelte einer Frau die Hand, die aussah wie Gertrude in Jung: dasselbe runde Gesicht mit dem vorstehenden Kinn, dasselbe selbstbewusste, leicht boshafte Lächeln.

»Und hier«, fuhr Gertrude fort. »Ihre Tochter Klara. Hauptmädelführerin bei den Jungmädeln. Wir sind sehr stolz auf sie. Sie hat es innerhalb kürzester Zeit von der Mädelschaftsführerin zur Mädelscharführerin, von da zur Mädelgruppenführerin, zur Mädelringführerin und jetzt eben zur Hauptmädelführerin geschafft.«

»Respekt.« Friedrich lächelte. »Dann sind Sie ja schon ganz oben angekommen!«

Klara schüttelte den Kopf. »Wenn Sie diesen Einwand gestatten, Herr von Alvesloh. Ich möchte es gern bis zur Gebietsführerin schaffen. Nur so steht mir der Weg zur BDM-Reichsreferentin frei.«

Friedrich nickte. »Ihr Eifer ehrt Sie sehr. Aber denken Sie bitte auch daran, dass Ihre vorrangige Aufgabe darin besteht, dem Führer Kinder zu schenken.«

Klara schluckte. War das eine Rüge? Das konnte doch nicht sein! Wo sie doch stets ihr Bestes gegeben hatte!

Gertrude Meyerdink beeilte sich, mit der Vorstellung fortzufahren. »Und das hier ist meine Tochter Kleopatra. Sie *hat* dem Führer bereits Kinder geboren, bitte schön. Vier Stück. Kleo hat vor zwei Jahren das Ehrenkreuz der deutschen Mutter erhalten.«

»Allesamt sehr tüchtig in Ihrer Familie«, schmunzelte Friedrich, während er der blassen, etwas verwirrt aussehenden Frau, die sich nun erhob, die Hand gab. »Ich muss schon sagen!«

»Meine Söhne sind ja nun beide an der Front«, erklärte Gertrude. »Auch sie natürlich eine wahre Freude. Julius ist bei der Waffen-SS. Otto, machst du das eigentlich, um mich zu ärgern? Ich habe gesagt, an den Kamin und nicht ans Fenster!«

Friedrich winkte ab. »Lassen Sie, ich mach das selbst.«

»Susanne, setz noch einen Kaffee auf!«, brüllte Gertrude in die Küche. »Unser neues Hausmädchen«, erklärte sie in Friedrichs Richtung. »Ich glaube, sie ist schwerhörig. Jedenfalls muss ich immer schreien, damit sie mich versteht. Jetzt machen Sie es sich bequem, legen Sie die Füße hoch, ja, genau, das hier ist das Möbel dafür, und erzählen Sie mir von sich! Ihrer Frau geht es also nicht so gut?«

»Sie ist in der Nervenheilanstalt. Eine Krise nach der anderen, da habe ich es für richtig gehalten …«

Gertrude klatschte in die Hände. »Richtig so! Wenn jemand Probleme mit den Nerven hat, müssen die kuriert werden, klarer Fall! Und jetzt wollen Sie gleich Ihrer ehemaligen Verlobten einen kleinen Besuch abstatten?«

Friedrich schmunzelte. »Sie weiß noch nichts von ihrem Glück. Ich dachte, ich melde mich einfach als Patient bei ihr an.«

Wäre Gertrude der Typ Frau gewesen, der spontan in Gelächter ausbrechen würde – hier wäre der Moment dafür gewesen. Stattdessen lächelte sie. »Sehr komisch, mein Guter. Sehr, sehr komisch! Nun, wenn wir schon von dieser äh … Familie sprechen: Nathan Sandstein weilt immer noch in Marseille, sagten Sie?«

Friedrich nickte. »Dort scheint er für den Moment auch bleiben zu wollen.«

Wieder probierte Getrude Meyerdink ein Lächeln. »Und Ihr Informant in Marseille? Fast wollte ich sagen, unser Informant. Manchmal ist mir geradewegs so, als wäre ich bei allem dabei gewesen!«

»Gut, sehr gut sogar!« Friedrich nahm dankbar die gefüllte Kaffeetasse entgegen, die ihm das Hausmädchen reichte. Hmm, das roch nach echtem Bohnenkaffee! Nun ja, die Leute hier schienen die richtigen Verbindungen zu haben. War eben alles nur eine Frage der richtigen Verbindungen, das Leben, schon immer gewesen. »Wir haben jede Menge Namen. Juden, Kommunisten, Intellektuelle, leider vor allem Frauen, die ja in der Regel nicht so interessant sind, aber wir hoffen, über die Frauen an die Männer heranzukommen, also an die richtigen Drahtzieher. Natürlich wird nur ein geringer Teil von ihnen aus Frankreich herauskommen. Sobald wir im Süden einmarschiert sind, haben wir sie.«

Gertrude nippte genüsslich an ihrer Tasse. »Und wann wird das sein? Was schätzen Sie?«

Friedrich wiegte den Kopf hin und her. »Kann nicht mehr lange dauern. Wir haben Truppen an der Demarkationslinie stehen. Ich sag mal so: Südfrankreich ist keine Festung. Jedenfalls keine, die für die deutsche Wehrmacht ein Hindernis darstellt. Im Übrigen kommen wir mit Vichy ganz gut zurecht. Die französische Regierung scheint durchaus geneigt zu sein, mit uns zuammenzuarbeiten.«

»Sehr gut.« Gertrude stellte die Kaffeetasse ab, um sich die Hände zu reiben. »Hab ja meinen Marcus in Frankreich. Je eher wir mit den Froschfressern fertig sind, umso besser, oder was meinst du, Otto?«

Otto rieb sich verschlafen die Augen. »Hast du mich etwas gefragt, Liebling?«

»Ach, vergiss es!« Gertrude rollte mit den Augen. »Männer!«, stellte sie in Richtung ihres Gastes abfällig fest.

Diesmal konnte Friedrich sein Grinsen nicht länger unterdrücken. Er beugte sich vor und kniff die Augen zusammen. »Nur für den Fall, dass hier ein Missverständnis vorgelegen haben sollte, Frau Meyerdink. Ich bin auch einer.«

»Um Gottes willen!« Gertrude Meyerdink schlug die Hände über dem Kopf zusammen. »Natürlich sind Sie einer, ich … ach so, ja, ich sehe, das war ein Witz, den Sie gerade gemacht haben! Haha, ein sehr guter sogar! Ein sehr komischer!«

Friedrich lachte. Er mochte Gertrude Meyerdink. Sie war laut, selbstfixiert und leicht zu durchschauen. Dafür konnte aber nichts und niemand sie umhauen. Eine Kämpfernatur, deutsch bis in die ehemals blonden Haarwurzeln. Ja, er mochte sie. Und jetzt würde er ins Kapitänshaus gehen.

Es war heiß. Vom asphaltenen Cours Belsunce flirrte die Hitze, umwaberte Knöchel und Waden, lähmte den Schritt. Sosehr Nathan es auch versuchte, er konnte den Blick von dem Judenstern auf Hennys Brust nicht abwenden. Niemals hätte er geglaubt, dass dieses Gesetz in Frankreich durchkommen würde. Henny, die seit ihrer Ehe mit David als Volljüdin galt und von daher der *Union Générale des Israélites de France* hatte beitreten müssen, war jetzt eine Gezeichnete. Alles war mit diesem Stern auf der Jacke anders geworden: In einigen Geschäften wurde sie nicht mehr bedient. Wenn sie, wie soeben im Café geschehen, etwas bestellte, taten die Leute mitunter so, als würden sie sie nicht verstehen, dabei war Hennys Französisch makellos, nahezu akzentfrei. Zumindest, soweit Nathan das beurteilen konnte. Andere – und das war fast noch schlimmer – zeigten sich mitleidig und übertrieben vorsichtig, so als wäre Henny behindert. Nathan hoffte von ganzem Herzen für seine Schwester, dass ihr das Ausreisevisum in die USA bewilligt wurde. Seufzend hievte er sich Benedicte auf die andere Hüfte. Die Kleine war schwer und schläfrig geworden von der Hitze und dem Gerenne.

»Soll ich sie nehmen?«, fragte Henny. »Oder wollen wir sie wecken? Sie könnte auch mal wieder laufen!«

»Nein, lass sie«, sagte Nathan. »Sie ist so müde. Außerdem hab ich sie gern bei mir.« Er versenkte seine Nase in ihre Haare. Wenn er die Augen schloss, konnte er sich vorstellen, dass es Judith oder Jesabel waren, die sich so an ihn schmiegten.

»Wollen wir weiter?«, fragte Henny. »Mein Termin beginnt gleich.«

Nathan schüttelte den Kopf. Er musste endlich aufhören mit diesen Tagträumereien. »Ja«, murmelte er. »Natürlich.«

Das Mittelmeer glitzerte vor ihnen. Es war so klar, dass sie die Inseln erkennen konnten, die am Horizont aufragten.

»Wie oft ich diesen Weg gegangen bin«, sann Henny. »Diese Zeit kommt mir so fremd vor. So weit weg.«

Jetzt tauchte der Salon de Beauté vor ihnen auf. Eine Frau öffnete die Tür von innen, lächelnd und winkend, die Haare frisch gewellt in die Stirn gedrückt. »Bis nächste Woche dann!«, rief sie auf Deutsch.

»Eines muss man Madeleine wirklich lassen«, erklärte Nathan. »Sie gibt den Frauen ein gutes Gefühl in ihrem Salon. Sieh mal, diese Exilantin! Wie sie lacht!«

»Sie trägt auch einen Stern«, bemerkte Henny.

In diesem Moment wachte Benedicte auf. »Lass mich runter, Onkel Nathan!«, forderte sie auf Französisch.

Henny musste nicht lange warten. Emilie war mit ihrer Kundin gerade fertig geworden. Nathan setzte sich mit der Kleinen in eine Ecke und sah zu, wie die beiden Frauen sich miteinander berieten. Mit einer sanften Geste löste Emilie Hennys Haarklammern und fuhr ihr durch das Haar. »Ich würde es kürzer tragen«, erklärte sie. Mit der Hand deutete sie Kinnhöhe an. »Und es offen tragen. Ich stecke dir vorne Wellenreiter rein und mach dir den Hinterkopf lockig.«

Henny wiegte den Kopf. »Sehr altmodisch, finde ich. Zu garçonnehaft.«

Emilie nickte. »Aber es würde dir stehen. Dich jünger machen.«

Nathan, den diese Frauengespräche nicht sonderlich interessierten, trat zu Madeleine in den hinteren Teil des Ladens. Seine Schwiegermutter war mit einer deutschen Kundin beschäftigt. Die beiden unterhielten sich so angeregt, dass Madeleine ihn gar nicht bemerkte. »Ach nein«, hörte er sie sagen. »Und Sie kennen Leute, die Pakete dort hinbringen können? Ich muss sagen, ich wäre so überaus dankbar! Ich möchte meiner Enkelin so gern ihr Geburtstagsgeschenk schicken, aber – was soll man sagen – im Krieg ist die Postverbindung nicht eben die beste.«

Die Kundin wirkte nachdenklich. »Ich muss mich darauf verlassen, dass nichts Gefährliches in dem Paket ist.« Sie senkte ihre Stimme zu einem Flüstern. »Wir haben Flugblätter dabei, deren Inhalt schon explosiv genug ist, falls Sie verstehen, was ich meine.«

Madeleine nickte. »Selbstverständlich verstehe ich. Ich würde mich auch sehr erkenntlich zeigen. Drei Wochen Gratisbehandlungen, was sagen Sie dazu?«

Die Frau lächelte. »Ein überaus großzügiges Angebot. Wo wir doch im Moment sowieso kein Geld für Frisörbesuche haben.«

»Und das Paket geht an eine Gruppe in Hamburg?«, fragte Madeleine, während sie die Farbe im Haar der Frau mit kräftigen Pinselstrichen auftrug.

»Guten Tag, Madeleine!«, sagte Nathan. Täuschte er sich, oder zuckte sie zusammen? Ihr verwirrter Blick dauerte nur eine Sekunde. Dann lächelte sie.

»Geht es dir gut?«, fragte sie. »Begleitest du Henny zu ihrem Termin?«

Nathan ging nicht darauf ein. »Du hast *zwei* Enkeltöchter«, erklärte er. Damit drehte er sich um und ging zu seinem Besucherplatz zurück. Benedicte blickte ihm freudig entgegen, mit ihrer Puppe in der Hand. »Guck mal, Onkel Nathan«, lächelte sie. »Ich hab ihr Zöpfe gemacht. Damit sie hübsch ist. Für die weite Reise über das große Meer.«

Nathan schluckte. Wieder würde ihn bald ein Teil der Familie verlassen. Und er würde dableiben. In Marseille. Dieser Stadt, mit der er sich mittlerweile fast schicksalhaft verbunden fühlte. Mit Emilie, deren Anblick ihn zusehends abstieß. Und warum auch nicht? Was auch immer ihm noch geschah – es war ja ohnehin egal.

Judith saß im Schneidersitz auf dem Zwillingsbett und blätterte im Fotoalbum. Viele Schnappschüsse waren nicht darin, aber die wenigen, die sie von sich und Jesabel und den Eltern hatte, faszinierten sie ständig aufs Neue. »Wenn ich daran denke, dass wir beim letzten Fliegeralarm das Album nicht im Notkoffer hatten, könnte ich würgen!«

»Kotzen, meinst du.« Jesabel, die noch immer über ihren Rechenaufgaben saß, bevorzugte es drastisch. »Ich weiß gar nicht, wie Mama so verantwortungslos sein konnte! An alles hatte sie gedacht, nur nicht an unser Familienalbum.«

»Sie sagt, Fotos seien nicht überlebenswichtig.« Judith studierte eine Aufnahme, auf der sie und Jesabel etwa drei Jahre alt sein mochten. »Weißt du, was mich ärgert, Jesa? Auf manchen Bildern erkenne ich keinen Unterschied zwischen uns!«

»Lass sehen!« Jesabel war jeder Vorwand recht, um sich nicht mit binomischen Formeln beschäftigen zu müssen. Mit Schwung warf sie sich aufs Bett. »Ach, ich erinnere mich an dieses Bild! Das ist am Strand! Da war ein Fotograf, und wir mussten ganz still stehen. Ich stand rechts.«

Judith furchte die Stirn. »Wie kannst du dich daran erinnern, wir waren höchstens drei! Außerdem … ja, jetzt seh ich es! Ich bin diejenige, die rechts stand! Ich erkenne mein Kleid wieder!«

Jesabel entriss ihr das Album. »Zeig her! Ach Quatsch, dieses Kleid haben wir abwechselnd getragen! Es war unser Lieblingskleid. Und an dem Tag hatte ich es an!«

»Du sagst das nur, weil diejenige, die das hübsche Kleid trägt, viel besser aussieht als die andere!« Judith war nicht bereit, sich schon wieder Geschichten auftischen zu lassen. Sie sah auf, direkt in Jesabels Gesicht, und zuckte zusammen. Ob sie sich wohl jemals daran gewöhnen würde, mit jemandem zusammenzuleben, der exakt wie sie selbst aussah? Dann bemerkte sie Jesabels Grinsen und musste selbst lachen. Sie spürte, dass nun der Moment nahte, in dem Jesa wieder ihre verrückten Gedanken sponn. Und richtig.

Jesabel spreizte Daumen und Zeigefinger an der Wange, wie immer, wenn sie nachdachte. »Wenn unsere Gesichter so komplett gleich sind, unsere Körper …«

»Du hast kräftigere Beine«, unterbrach Judith.

Jesabel tat den Einwand ab. »Aber nicht von Natur aus. Das kommt doch bloß vom Marschieren. Im Übrigen sehen deine Beine mittlerweile auch ganz schön stark aus.«

Judith seufzte. Seitdem sie sich mit Jesabel den verhassten BDM-Dienst teilte, entwickelte sie sich in der Tat zum kleinen Muskelprotz. Sie hasste das an sich. Schmal und zart hatte sie sich besser gefallen.

»Wie auch immer«, fuhr Jesabel fort. »Glaubst du, dass es dann auch in unseren Köpfen gleich aussieht? Ich denke das manchmal. Na gut, du bist besser in der Schule.«

»Aber auch nur, weil ich durch die französische Schulbildung einen Vorteil habe.« Für Judith gab es keinen Grund, auf ihre Noten stolz zu sein. Sie hatte den Stoff in Marseille schon vor zwei Jahren durchgenommen. »Wärst *du* in Frankreich zur Schule gegangen, dann wärst du jetzt die Bessere.«

Jesabel blinzelte. Judith wusste, was das zu bedeuten hatte. Es war eigenartig. Als sie klein waren, hatten sie sich häufig nur mit den Augen verständigt. Oder mit Wörtern, die sie sich ausgedacht hatten und die kein anderer verstehen konnte, Mama und Papa und selbst Bertha nicht, die sonst fast alles verstand. Und diese geheime Verständigung, die kam langsam wieder. In solchen Augenblicken liebte sie es, ein Zwilling zu sein.

»Ich weiß, was du gerade denkst, Jesa«, lächelte sie. »Du denkst wieder darüber nach, wie unser Leben wäre, wenn du statt meiner mit Grand-Mère mitgegangen wärst.«

»Es wäre genauso gewesen.« Jesabel blinzelte wieder. »Nur umgekehrt. Aber am Leben hätte es nichts geändert. Alles wäre genauso gewesen. Ich hätte mich dort amüsiert, Freunde gewonnen, diese Claudine oder wie sie hieß …« Jesabel konnte nicht anders, sie mochte diese Claudine nun einmal nicht. »Und dann wäre ich heimgekommen und hätte dich komplett bescheuert gefunden, weil du im BDM gewesen wärst.«

Judith nickte. »Manchmal«, sagte sie und klappte das Fotoalbum zu, »denke ich, dass du ich bist, und ich bin du.«

Jesabel ließ sich nach hinten auf die Matratze fallen. Die Aufgaben konnten warten, oder? »Vielleicht ist es ja auch so«, lächelte sie.

Zwei Stockwerke tiefer öffnete Aline die Tür ihres Ordinationszimmers, um ihren nächsten Patienten hereinzurufen. Als sie Friedrich von Alvesloh erkannte, erstarrte sie.

»Überrascht?«, lachte Friedrich und breitete die Arme zur Begrüßung aus.

Aline wich einen Schritt zurück. »Wie kannst du es wagen?«

»Ich nehme an, das ist eine rhetorische Frage.« Friedrich offenbarte die alte Gewohnheit, sich vom Abscheu seines Gegenübers nicht groß stören zu lassen. »Ich bin gekommen, um Frieden zu schließen, Aline.«

»Scher dich«, zischte Aline. »Wo die Tür ist, weißt du ja. Na los! Worauf wartest du?« Sie wollte kehrtmachen, aber Friedrich hielt sie am Ärmel fest.

»Mach mir nichts vor, Aline«, lächelte er. »Du musst jetzt nicht arbeiten, du hast nämlich keine Patienten mehr.«

Aline fuhr herum. »Ich hab genug andere Dinge zu tun!«

»Wie du willst.« Friedrich ließ sie los. »Dann richte ich dir eben nur die Nachrichten aus, die ich über deinen feinen Exgatten bekommen habe, und dann gehe ich wieder.«

Aline kniff die Augen zusammen. »Was weißt du über Nathan?«

»Nur dass er jetzt mit deiner ehemaligen Studienkollegin zusammenlebt. Emilie. Ich glaube, du warst mal mit ihr befreundet, richtig?«

Aline verschränkte die Arme vor der Brust. »Das ist nicht wahr! Ich glaube dir kein Wort!«

Friedrich lachte leise in sich hinein. »Süß! So temperamentvoll wie eh und je, nicht wahr? Und so höflich. Ja, danke, Aline, mir geht es auch sehr gut, und ich freu mich auch, dich zu sehen.«

»Spar dir deinen Sarkasmus!« Aline funkelte ihn an. Immerhin versuchte sie nun nicht mehr, ihm die Tür vor der Nase zuzuschlagen, das war doch schon mal etwas. Er ließ den Blick an ihr herabwandern. Sie war älter geworden, das schon, aber sie war immer noch so schön! Mein Gott, was hatte er sie geliebt! Und was hatte er für Dummheiten ihretwegen angestellt! »Sag mir lieber, woher du Nachrichten aus Marseille haben willst! Hm?« Sie reckte ihr Kinn empor. »Da fallen die Antworten nicht mehr so leicht, oder?«

Friedrich lächelte. »Ich habe einen Freund in Südfrankreich. Er unterrichtet mich über vielerlei Dinge. Und dass dein werter Exmann jetzt mit dieser Emilie zusammenlebt, wissen dort alle Leute. Sogar deine Mutter.«

»Was weißt du über meine Mutter?« Aline schien zu kochen. Gut so.

»Nur, dass es ihr gut geht. Ihr Schönheitssalon erfreut sich allergrößter Beliebtheit. Was man von deiner Arztpraxis …«, Friedrich blickte sich in dem leeren Wartezimmer um, »wahrscheinlich nicht behaupten kann.«

»Mit meiner Praxis ist alles in Ordnung«, fauchte Aline.

Friedrich ließ sich auf einen der Wartestühle fallen. »Hast du jemals daran gedacht, in die Forschung zu gehen?«

Aline stand immer noch im Türrahmen. »Was soll das werden, Friedrich? Ein Beratungsgespräch in Sachen Berufswahl? Ich glaube nicht, dass ich das mit zweiundvierzig Jahren noch nötig habe.«

Friedrich warf einen Blick in Richtung Zimmerdecke, von der lautes Mädchengelächter schallte. »Ich kann mir vorstellen, dass du dich für Zwillinge interessierst.«

»Ich fasse es nicht!« Aline schüttelte den Kopf. »Habe ich irgendwas verpasst in der letzten Viertelstunde? Darfst du plötzlich alles? Mir Lügengeschichten an den Kopf knallen und dich anschließend über mich und meine Familie lustig machen, ja? Friedrich, ich sag's dir zum letzten Mal, verschwinde von hier, oder es wird nicht witzig!«

Friedrich schmunzelte. »Langsam gefällt es mir hier aber. Alinchen, es gibt da diesen Arzt, Dr. Weitz, der sucht noch Mitarbeiter. Er hat in den vergangenen Jahren eine Abteilung für Zwillingsforschung im Universitätskrankenhaus aufgebaut, das mit großen Fördermitteln unterstützt wird. Famoses

Gehalt und ein Renommé innerhalb der rassenhygienischen Forschung wären dir sicher, aber wer nicht will, der hat schon, oder?« Er wuchtete sich aus dem Stuhl empor. »Tschüss, Kleine, war schön, dich mal wiedergesehen zu haben. Wenn du was brauchst oder mich sehen willst, ruf mich an. Um der guten alten Zeiten willen.« Er machte keinen Versuch, auf Aline zuzugehen und sie auf die Wange zu küssen, so wie er es jetzt am liebsten getan hätte. Ohnehin war Aline schneller. Sie knallte ihm die Tür vor der Nase zu und kehrte in ihr Ordinationszimmer zurück. Ohne Abschied.

Hannas Wohnzimmer wirkte merkwürdig kahl. »Wir haben ja alles abgeben müssen«, entschuldigte sie sich bei Aline. »Wir haben auch nicht genügend Besteck für euch, deshalb …«

»Wir haben uns unser eigenes mitgebracht«, erklärte Jesabel.

Valeska betrat den Raum mit einer Kanne Kaffee in der Hand. »Zichorienkaffee«, erklärte sie. »Ich wünschte, wir hätten richtigen Bohnenkaffee zum Abschied.«

Judith stellte einen erdverkrusteten Korb mit Äpfeln auf den Tisch, vorsichtig, um die weiße Bluse nicht zu beschmutzen. Sie war es, die heute dran war mit dem BDM-Dienst. Es hatte sich herausgestellt, dass Jesabel die Organisation nicht verlassen konnte, nicht ohne gefährliche Konsequenzen für die ganze Familie. Also war sie mit ihrer Zwillingsschwester übereingekommen, dass sie sich abwechselten im BDM. Geteiltes Leid war schließlich halbes Leid, oder? Seit einem Jahr hielten sie es nun schon so, und bisher hatte keiner Verdacht geschöpft. Ohnehin konnte niemand aus der Ortsgruppe sie voneinander unterscheiden. »Wir haben euch ein Andenken aus dem Garten mitgebracht«, lächelte sie. »Schmecken sehr knackig. Falls ihr Apfelpfannkuchen daraus machen wollt: nur ganz kurz anbraten, dann behalten sie ihr Aroma.«

»Was ist das jetzt für ein Altersheim, in das ihr euch eingekauft habt?« Aline stellte die Frage, die ihnen allen auf der Zunge lag.

Valeska schenkte das schwarze Gebräu aus. »Es liegt in Theresienstadt.«

»Aha.« Aline runzelte die Stirn. »Noch nie davon gehört. Wo liegt denn das?«

»In Böhmen«, erklärte Hanna. »Südlich des böhmischen Mittelgebirges.«

»Im Osten?« Aline spürte, wie sie ein seltsames Gefühl überkam. »Theresienstadt liegt an der Elbe«, erklärte Valeska. »Wir können dann an euch denken, während wir auf den Fluss gucken.«

Ein Schweigen breitete sich aus, während sie ihren Ersatzkaffee schlürften.

»Ich habe von diesen Zügen für jüdischgläubige Menschen gehört, die vom Dammtor-Bahnhof aus in den Osten fahren.« Aline wusste nicht, wie sie es sagen sollte. »Ich habe gehört, dass die Reise sehr unbequem sein soll.« Wie sollte sie den beiden sagen, dass es Gerüchte gab; Gerüchte, dass diese Menschen in die Züge gepfercht wurden wie Vieh. Dass nicht sicher war, dass sie gesund ankamen. Dass niemand wusste, was sie im Osten erwartete. »Warum zieht ihr in den Osten?«, fragte sie. »Warum nicht in ein nettes kleines Heim hier in Hamburg?«

Valeska und Hanna sahen sich an. Auf einmal bemerkte Aline, wie ähnlich sie sich sahen. Täuschte sie sich, oder waren sie sich noch ähnlicher geworden, seitdem sie zusammenlebten?

»Wir haben kein Geld dafür«, erklärte Hanna schließlich. »Es reicht ja so schon kaum zum Leben.«

»Hanna hat ein Angebot von einer arischen Familie für das Haus hier bekommen«, erklärte Valeska. »Also hat sie verkauft. Von dem Erlös haben wir uns den Heimplatz in Theresienstadt gesichert. Es war ein sehr günstiges Angebot. Und wie gesagt, wir sind dann ja immer noch an der Elbe …«

Aline stellte ihre Tasse ab. »Aber habt ihr euch das Heim überhaupt angesehen? Ich meine, habt ihr Bilder gesehen oder so etwas? Wer sagt denn, dass ihr dort wirklich gut versorgt seid?«

»Die Bilder sahen sehr schön aus, nicht wahr, Hanna?« Valeska hatte sich zu ihrer Schwester gedreht.

»Sehr sauber«, nickte Hanna. »Im Übrigen brauchen wir jetzt nicht weiter drüber zu reden. Der Heimkaufvertrag ist bereits unterzeichnet.«

Aline nickte. »Wenn es so ist. Wann fahrt ihr?«

»Am 23. Tischri. Erntedankfest. Was ist das noch mal, Valeska?«

»Der 19. Oktober.«

»Aber das ist ja schon in drei Tagen, Großmutter!« Jesabel ergriff zum ersten Mal das Wort.

Valeska lächelte. »Deshalb feiern wir ja auch heute Abschied, mein Schatz.«

Nathan betrachtete die Explosionen mit einer Art innerer Genugtuung. Es machte ihm Freude zu sehen, wie etwas kaputtging, das ausnahmsweise einmal nichts mit seiner Familie zu tun hatte. Es gefiel ihm nicht, dass er diese Schadenfreude entwickelt hatte, aber es war nun mal so. Emilie presste sich im Januarwind fröstelnd an ihn. Er ließ sie gewähren. Ob sie nun da war oder nicht, es war einerlei. Alles war einerlei. Das Leben als solches hatte sich als ein zwar mit Katastrophen gespicktes und doch eintöniges Einerlei herausgestellt. Krawumm! Die Wucht der Sprengung ließ Emilie neben ihm zusammenzucken. Als er sich umdrehte, bemerkte er, dass sie weinte.

»Es war doch mein Viertel.« Mit dem Ärmel seiner Strickjacke, die sie nun ständig trug, wischte sie sich die Tränen fort. »Der Ort, an dem ich gearbeitet, gegessen und geschlafen habe.«

Nathan schnaubte. »Es war eine vorübergehende Station deines Lebens.« Er dachte flüchtig an Madeleine. Sie war nicht mehr ansprechbar, seit sie von der Sprengung des Hafenviertels erfahren hatte. Madeleine konnte er diese Sentimentalität sogar zugestehen. Sie hatte acht Jahre ihres Lebens in dieses Geschäft gesteckt. Der Schönheitssalon war aber auch mehr als das. Er war eine Art Lebenswerk. Das Einzige, was sich Madeleine jemals allein erarbeitet hatte. Natürlich würde sie von der Stadt eine Entschädigung erhalten. Aber so etwas reichte eben nicht.

Eine Staubwolke lag über dem Gängeviertel. Von ihrem Platz am Fort St. Nicolas aus gesehen ähnelte der Ort einer dieser bombardierten Städte, die man nun fast täglich in der Zeitung sah. Es war alles so schnell gegangen. Seitdem die ersten deutschen Panzer vor drei Monaten in Marseille eingerückt waren, hatten sich die Ereignisse überschlagen. Ganz plötzlich hatten Henny und David ihr Visum für die Vereinigten Staaten bewilligt bekommen. Ein merkwürdiger Zufall wollte es – denn diese Dinge geschahen selten –, dass sie fast zeitgleich eine der wenigen begehrten Passagen auf einem Schiff nach Portugal erhielten und das Transitvisum für die Fahrt. Kurze Zeit später hatten die neuen deutschen Machthaber angekündigt, das Hafenviertel sprengen zu wollen, weil in den engen Gassen angeblich Unzucht und widerständiges Gedankengut herrschte, eine Annahme, die Nathan bestätigen konnte, obschon es ihm widerstrebte, den Nazis in irgendeinem Punkt Recht zu geben. Nun musste er selbst zusehen, dass er aus der Stadt kam. Aber er hatte es nicht eilig damit. Letztendlich war es ihm egal, was mit ihm geschah. Sollten sie ihn doch verhaften. Schlimmer konnte es ohnehin nicht werden. Er hatte ja schon alles verloren, alles, was ihm jemals wichtig gewesen war.

»Nathan?«, hörte er Emilies Stimme neben sich. Erst jetzt schrak er zusammen. Die Explosionen auf der anderen Seite des Hafenbeckens hatten ihn nicht erschreckt. Nur diese Stimme, die ihn jetzt schon seit Jahren verfolgte und mit deren Klang er eine ganze unglückselige Odyssee verband.

»Was ist?«, fragte er.

»Ich liebe dich.« Wieder waren Emilies Augen voller Tränen.

»Mach dir keine Sorgen.« Er streichelte ihr leicht über den Kopf. »Das vergeht schon noch.«

22. Kapitel

Die Hitze senkte sich über die Stadt wie Feueratem. Das Övelgönner Pflaster war so heiß, dass Bertha es ohne Probleme zum Spiegeleierbraten hätte verwenden können – wenn sie denn Eier gehabt hätte. Wilhelmine die Zweite war vor wenigen Monaten ihrer Vorgängerin ins himmlische Hühnerreich gefolgt, eine Thronfolgerin war so weit nicht in Sicht. Auch Eier waren nicht in Sicht, was in diesem Kriegssommer für die meisten Lebensmittel galt. Überhaupt war nichts mehr, wie es war. Die famose deutsche Luftabwehr hatte sich in Rauch aufgelöst, im Rauch der Brandbomben, die eine Stadt wie Lübeck in Schutt und Asche gelegt hatten. Der Fliegeralarm weckte sie mitten in der Nacht, immer häufiger nun. Zum Glück war Ottensen bisher verschont geblieben. Bertha taten alle Leid, deren Häuser von Bomben getroffen worden waren, aber wenn sie ehrlich war, war sie einfach nur froh, dass Aline, die Zwillinge und sie selbst überlebt hatten. Zum zwanzigsten Mal an diesem Tag hielt Bertha die Arme unter den kalten Wasserstrahl am Küchenbecken. Sie musste überlegen, was sie am Abend kochen konnte, wenn es doch nichts außer schrumpeligen Kartoffeln mit violetten Keimlingen und Brennnesseln aus dem Garten gab. Und für diese Überlegungen brauchte Bertha einen kühlen Kopf. Einen sehr kühlen.

Zwei Stockwerke höher stieg Judith murrend in die BDM-

Uniform, die sie sich mit Jesabel teilte. »Flakhelferübungen, ha!«, murrte sie. »Diese BDM-Leute haben wirklich komische Vorstellungen von den Vergnügungen eines Sonnabendnachmittags.« Ohne es zu merken, hatte sie den Tonfall und die Ausdrucksweise ihrer Mutter angenommen.

Jesabel lag auf dem Bett, alle viere von sich gestreckt. Unter dem Dach war die Hitze kaum auszuhalten. »Es geht jetzt nicht mehr um Freizeitspaß bei den Mädels«, hauchte sie. Bei Gott, sogar die Stimmbänder machten schlapp bei den Temperaturen. »Dazu ist die Lage viel zu ernst.«

»Ging es *jemals* um Spaß?« Judith schlang sich das Tuch um den Hals und rückte vor dem Spiegel den Knoten zurecht. Dann musterte sie sich. Sie und Jesabel waren im vergangenen Jahr sehr weiblich geworden, mit Rundungen und allem Drum und Dran. Eigentlich sah es gar nicht so übel aus. Im Gegenteil. Judith drehte sich so, dass sie sich von der Seite betrachten konnte.

»Ich weiß nicht, ob es darum ging«, flüsterte Jesabel. »Ich kann darüber auch nicht nachdenken. Mein Gehirn ist am Verdunsten.«

»Faules Stück!« Judith klatschte in die Hände. »Ich geh jetzt! Muss ich noch irgendetwas wissen, was ihr gestern besprochen habt?«

Jesabel wälzte den Kopf mühsam von einer Seite zur anderen.

»Ich nehme an, das soll Nein bedeuten.« Judith tupfte sich mit einem Taschentuch die Stirn trocken. »Na, denn tschüss. Bis heute Abend.«

Jesabel zwinkerte. Minuten später war sie eingeschlafen. Gar nicht schlecht, diese Sitte, um die Mittagszeit ein Nickerchen zu machen. Judith hatte ihr erzählt, dass die Mittelmeerbewohner quasi ein verbrieftes Recht auf *siesta* hatten, wie dieser Schlaf wohl in Fachkreisen hieß. In den Traumbildern, die

Jesabel während der Einschlafphase durch den Kopf zuckten, sah sie von blauen Wellen gesäumte Straßen, mit Menschen darauf, die sich scharenweise dem Tiefschlaf widmeten, während eine gleißende, unbarmherzige Sonne das Pflaster schmelzen ließ. Es war das Türklingeln, das sie weckte. Da sie annahm, dass es sich um einen von Mamas Patienten handelte, rührte sie sich nicht. Sie stand gerade im Begriff, in einen neuen Traum zu versinken, als Berthas Stimme zu ihr emportönte: »Judith, kommst du bitte mal runter?«

»Judith ist schon weg«, murmelte sie und drehte sich auf die andere Seite. Dann hörte sie die Schritte auf der Treppe. Kurz darauf wurde die Tür geöffnet. Es war Mama.

»Jesabel«, hörte sie die Mutter flüstern. »Bitte steh auf! Es ist so weit! Der Amtsarzt ist da!«

Zuerst glaubte sie zu träumen. Doch dann wurde sie blitzwach. Das war es! Der Augenblick, auf den sich Judith schon so lange vorbereitete! Das Blindentheater! Jesabel versteckte den Kopf unter dem Kissen. »Ich kann das nicht, Mama«, stöhnte sie.

»Du musst!« Aline packte sie am Kinn und schüttelte sie. »Wach auf, Herrgott. Jetzt hängt alles von dir ab! Reiß dich zusammen!«

Jesabel setzte sich auf. »Worauf muss ich achten?«, fragte sie.

»Denk an alles, was Käthe euch beigebracht hat! Nicht auf Bewegungen reagieren. Einen Punkt in der Ferne fixieren!«

»Und immer schön durchatmen«, grinste Jesabel.

»Jetzt ist keine Zeit für Späße! Los, steh auf! Der Mann wartet unten auf dich!«

Der Amtsarzt stand im Ordinationszimmer und war dabei, seine Geräte auszupacken.

Jesabel hob den rechten Arm. »Heil Hitler, Herr Doktor«, sagte sie.

»Heil Hitler«, entgegnete der Mann. »Setzen Sie sich dort auf die Liege. Normalerweise hätte ich Sie mitgenommen, aber da Ihre Frau Mutter mir freundlicherweise ihren Raum zur Verfügung gestellt hat, können wir auch hier zur Sache kommen. Frau Kollegin, ich wäre Ihnen dankbar, wenn Sie solange hinausgingen. Ich möchte mit der Patientin alleine bleiben.«

Jesabel sah, wie ihre Mutter den Mund öffnete. »Es ist gut, Mama«, sagte sie leise. »Du kannst uns ruhig allein lassen.« Es war nett, zur Abwechslung mal wie eine Erwachsene behandelt zu werden. Judith und sie wurden erst seit kurzem gesiezt.

»Welches ist das blinde Auge?«, fragte der Amtsarzt.

Jesabel zwinkerte. »Das rechte.«

»Dann bitte das linke einmal schließen.«

Jesabel gehorchte. Der Arzt nahm einen Bleistift zur Hand und führte ihn vor ihrem Auge langsam hin und her. Jesabel bemühte sich krampfhaft, der Bewegung nicht zu folgen.

»Merkwürdig«, murmelte er Arzt. Er nahm eine Taschenlampe zur Hand. »Bitte einmal nach oben sehen«, forderte er sie auf.

Jesabel blickte starr geradeaus. Auf diesen billigen Trick würde sie natürlich nicht hereinfallen.

»Können Sie nicht, oder wollen Sie nicht?« Der Amtsarzt klang ungeduldig. »Nach oben sollen Sie sehen! Ich muss die Umgebung der Iris prüfen!«

Verflixt! Das hatte Käthe ihnen nicht beigebracht! Oder doch? Jesabel hatte ja immer nur zugesehen. Und oft auch nicht aufgepasst, weil sie so damit beschäftigt gewesen war, sich über Judiths Gesichtsausdruck totzulachen. Wie war das bei Blinden? War ihr Augapfel gelähmt? Jesabel beschloss, dass gelähmt gelähmt war und blind eben blind. Folgsam sah sie zur Decke empor.

»Na bitte, geht doch!« Der Amtsarzt leuchtete ihr hinein. Dann trat er einen Schritt zurück. »Das war es auch schon. Holen Sie jetzt bitte Ihre Mutter herein.«

Jesabel stand auf. Aber Aline musste direkt hinter der Tür gestanden haben, denn sie betrat augenblicklich den Raum.

»Ihre Tochter hat Ihnen einen Bären aufgebunden, Frau Kollegin«, bemerkte der Arzt. »Sie sieht perfekt.«

»Aber … aber das kann doch nicht sein!« Aline presste die Handflächen aufeinander. Jesabel bemerkte, dass ihr der Schweiß auf der Stirn stand.

»Es gibt aber noch eine andere Möglichkeit.« Der Arzt sprach, ohne eine von ihnen anzusehen, während er seine Sachen zusammenpackte. »Und die lautet, dass Sie die ganze Zeit von der falschen Blindheit gewusst und mitgespielt haben. Schließlich sind Sie selbst Ärztin.«

»Mein Fachgebiet sind Tropenkrankheiten«, protestierte Aline. »Das heißt, praktizieren tue ich eigentlich nur als Allgemeinmedizinerin! Von Augen habe ich keine Ahnung!«

Jetzt blickte ihr der Arzt voll ins Gesicht. »Damit mögen Sie Recht haben. Vielleicht haben Sie ja wirklich keine Ahnung. Oder aber Sie wissen mehr, als Sie wissen sollten. In beiden Fällen könnte Sie das Ihre Zulassung kosten. Ich werde jetzt jedenfalls die Polizei rufen, damit das geprüft werden kann. Sie bleiben im Haus, bis Sie abgeholt werden, Frau *Doktor*. Heil Hitler!« Und damit rauschte er hinaus.

Etwa eine halbe Stunde später klingelte es abermals an der Tür. Es waren die Gestapobeamten, die Aline zum Verhör ins Hauptquartier an der Stadthausbrücke abholten.

Judith schleuderte Tuch, Bluse und Rock auf den Stuhl neben dem Bett. »Was für eine Scheiße, dieser Verein!«, wütete sie. »Ich kann es nicht fassen, dass du diesen Kram jahrelang zu deinem Vergnügen mitgemacht hast!«

Jesabel lag regungslos auf dem Bett. »Mama ist weg«, erklärte sie.

»Wie? Wohin ist sie denn? Wollten wir nicht heute Abend alle zusammen im Garten essen?« Judith hielt mitten in der Bewegung inne.

»Der Amtsarzt war da. Er hat herausgefunden, dass das mit dem blinden Auge 'ne Finte war. Mama wird jetzt verhört.«

»Diese Schweine.« Judith ließ sich auf das Bett neben ihre Schwester fallen. »An einem Sonnabend! Wer soll denn an einem Sonnabend damit rechnen, dass die diesen verfluchten Arzt schicken?«

Jesabel rollte sich auf den Bauch. »Hör mit diesem Gefluche auf. Das ist so was von geisttötend.«

»Ach ja?« Judith war jetzt in Fahrt geraten. »Und soll ich dir mal sagen, was ich an dir geisttötend finde? Dass du es nicht einmal hinbekommst, so einen beschissenen kleinen Amtsarzt hinters Licht zu führen! Mein Gott, wir proben diese Sache doch nun schon seit zwei Jahren!«

Jesabels Stimme klang dumpf unter dem Kissen. »Besser machen, kann ich nur sagen!«

»Ich *hätte* es gerne besser gemacht! Und ich hätte es bestimmt auch *geschafft!* Aber nein, ich musste ja für Madame zum BDM. Weil Madame den BDM immer so toll fand. Da musste sie unbedingt Mitglied werden!«

Jesabel fuhr herum. »Hör endlich mit deinem Gesabbel auf! Die Mitgliedschaft im BDM ist Pflicht, das weißt du ganz genau!«

Judith stützte die Hände in die Hüften. »Ich weiß zufällig genau, dass du lügst! Früher war es überhaupt keine Pflicht! Du wolltest nur so gern dahin! Hat Mama mir alles erklärt!«

»Mama, ja?« Jesabel tobte. »Hat Mama ihrem Lieblingskindlein alles erklärt! Aber ich will dir mal was sagen, Lieblingskind! Du hast gut reden – du warst ja nicht da, als alle

Mädels hier aus Övelgönne und Neumühlen plötzlich mitgemacht haben, und nur ich durfte nicht! Du warst ja schön in Frankreich und hast deine Hände in Unschuld gewaschen! Für dich ist das alles schön einfach gewesen!«

»Schön einfach, ja?« Judith brüllte jetzt. »Schön einfach ohne Mama und Papa. In einem Land, in dem ich die Sprache nicht verstand. Mama hat gesagt …«

»Ich hör immer nur Mama, Mama.« Jesabel fühlte, wie ihr im Kopf die Sicherung durchbrannte. Das war der Moment, vor dem sie sich fürchtete. Der Augenblick, in dem sie Angst vor sich selbst bekam. Angst vor ihrer eigenen Gewalt. Ein unumkehrbarer Augenblick, in dem sie nur für den Hass atmete. »Ich will dir mal was sagen, Judith«, keuchte sie. »Mama war froh, dass du nicht mehr da warst. Sie hätte sich auch gar nicht um zwei Kinder kümmern können, bei den ganzen Problemen hier. Sie hat Grand-Mère darum angefleht, dich länger in Frankreich zu behalten. So, jetzt weißt du es.«

Sekundenlang starrte Judith sie an. Dann drehte sie sich um und rannte blitzschnell hinaus. Jesabel hörte ihre Schritte auf der Treppe. Dann Berthas beschwichtigende Stimme unten. Judiths erregte dazwischen. Sekunden später fiel die Haustür ins Schloss.

»Na, da haben wir Sie ja wieder, Frau Sandstein.« Aline erkannte den Mann mit der Schäferhundschnauze augenblicklich wieder. Wo war der Raucher geblieben? Hatte das eingespielte Paar sich in der Zwischenzeit getrennt? Der Schäferhund starrte sie an. »Wollen Sie mich gar nicht korrigieren? Ich erinnere mich, dass Sie mich damals …«, er warf einen Blick in die Akte, die vor ihm lag, »… 1936 war das, richtig. Das Jahr der Olympischen Spiele. Also, ich erinnere mich, dass Sie mich damals immer so gern korrigiert haben. Frau *Doktor* sollte ich Sie damals nennen. War es nicht so?«

Aline nickte müde. Ihr war flau vor Hunger. »Kann schon sein.«

»Also – wo bleibt die Korrektur?«

»Bitte sehr. Ich heiße jetzt Jacoby.«

»Sieh einer an.« Der Schäferhund nahm seinen Fußmarsch auf. Quer durch den Raum ging es jetzt. Zur Tür. Und wieder zurück.

O Gott, dachte Aline. Das kenne ich doch schon alles. Ich will das nicht mehr. »Bitte«, sagte sie. »Sagen Sie mir lieber gleich, was Sie möchten. Mir meine Zulassung wegnehmen? Worum geht es eigentlich?«

Der Schäferhund blieb vor ihr stehen. Sie musste zu ihm aufblicken, als er jetzt sprach. »Noch genauso unverschämt wie damals«, lächelte er. »Dabei hatten Sie auch schon da keinen Grund für ein solches Verhalten gehabt. Wir haben Ihnen ja nur einen kleinen Ratschlag gegeben. Die Scheidung, Sie erinnern sich? Wie ich sehe, haben Sie diesen kleinen Ratschlag befolgt.«

Aline nickte. »Aber bestimmt nicht, weil Sie ihn mir gegeben haben.«

»So.« Der Schäferhund nahm seine Wanderung wieder auf. »Ich glaube, Sie benötigen dringend eine Behandlung, die Sie zur Vernunft bringt. Ich werde veranlassen, Sie in eine Zelle einzusperren.«

»Aber ich habe doch gar nichts getan!«, protestierte Aline.

»Darüber können Sie in Ihrer Zelle nachdenken.«

Die Sonne senkte sich leuchtend orange über den Fluss. Jesabel stand am Fenster und blickte auf das Wasser, in dem die gesunkenen Schiffe steckten, Wracks in jedem erdenklichen Verfallsstadium. Hier, gut sichtbar für die Övelgönner, türmten sich die Verluste der deutschen Marine auf. Für Sixten war es der größte Spaß überhaupt. Jesabel konnte ihn sehen, wie er seiner Kinderbande jauchzend den Befehl erteilte, von einer Barkasse aus, deren Bug geborsten war, einen tief im Wasser liegenden Zerstörer zu entern. Die Masten einer Bark ragten schief dahinter auf. Sie kreuzten sich mit dem Schornstein eines ebenfalls schräg liegenden Dampfschiffes. Jesabel fühlte, wie sie unruhig wurde. Judith müsste längst wieder zu Hause sein. Wenn sie doch nur wieder da wäre! Jesabel würde sich bei ihr entschuldigen, ihr alles erklären, sagen, wie es wirklich gewesen war: die ganze Sehnsucht, das Warten der Mutter. Das eigene Warten, über Jahre. Sechs Jahre, zwei Monate. Fünf Tage. Sie hatten ja nicht aufgehört zu zählen, niemals.

Sie fuhr herum und prallte dabei gegen etwas Weiches. Sie hatte Bertha nicht hereinkommen gehört.

»Ich geh die Deern jetzt suchen.« Bertha klang grimmig und bestimmt.

»Ich komme mit!«

»Nein, Jesabel. Du musst hier bleiben. Deine Mutter könnte jeden Augenblick zu Hause sein. Ich will nicht, dass sie dann alleine ist.«

»Käthe kann doch auf Mama warten!« Jesabel ertrug den Gedanken nicht, untätig im Haus bleiben zu müssen.

»Käthe ist nicht da. Keine Widerrede, Deern, du bleibst hier. Und ich geh die Lütte suchen.« Damit drehte Bertha sich um und verschwand. Augenblicke später konnte Jesabel sie auf die kleine Straße zwischen Häusern und Gärten treten sehen, den Ausgehmantel über den Arm gelegt, denn es war immer noch heiß, trotz der Dämmerung, die nun heraufzog, langsam und Angst einflößend.

Bertha eilte mit raschen Schritten den Weg entlang in Richtung Neumühlen. Als sie an dem Haus der Meyerdinks vorüberkam, sah sie die Familie mit Koffern und Kartons heraustreten. Die Stimme der Feldwebelin übertönte das aufgeregte Stimmengewirr der anderen. »Nein, Otto, nicht die Stehlampe! Wie oft habe ich dir schon gesagt, dass wir uns damit nicht auch noch abschleppen können!«

Was der gute Otto darauf erwiderte, konnte sie nicht verstehen, aber sie sah sein verdattertes Gesicht, als er mit dem sperrigen Stück wieder ins Innere des Hauses wankte. Bertha schüttelte den Kopf und ging weiter. Wie war das mit den Ratten und dem sinkenden Schiff? Wenn die Meyerdinks sich aus dem Staub machten, konnte das nichts Gutes für die Stadt bedeuten. Obschon Bertha froh war, diesem Clan vorerst nicht mehr begegnen zu müssen. Sie stieg die Treppe zu Müllers Milchhalle hinab, nur für den Fall, dass Judith noch irgendwo am Strand sitzen sollte. Eine Gruppe Jungen und Mädchen mit Augenklappen und Kopftüchern stürmte ihr entgegen. Ein weißhaariger kleiner Knirps schwenkte beim Laufen sein Pappschwert über den Kopf.

»Sixten, es wird dunkel, geh nach Hause!«, befahl Bertha, als sie Käthes Sohn erkannte.

»Och Mann«, maulte Sixten, »wir spielen doch gerade so schön, Bertha!«

»In einer Stunde ist das stockduster, dann musst du zu Hause sein.« Bertha berührte den Jungen am Arm. »Hör man to, min Jong, Bertha meint das ernst. Nachher gibt das vielleicht Fliegeralarm!«

Sixten verzog das Gesicht. »Blöder, beknackter Fliegeralarm«, murrte er und drehte sich zum Rest der Bande um. »Na ja, bis morgen, Leute. Dann wird aber besser gekämpft!«

»Ja, Käpt'n«, kam es im Chor von den Kindern zurück.

Bertha schmunzelte. »Hast du zufällig Judith gesehen?«, fragte sie.

Sixten überlegte. »Sie ist den Elbhang hoch. Ist aber schon ein paar Stunden her!«

»Danke, Jung.« Bertha setzte sich wieder in Bewegung. Was machte Judith oben in der Stadt? Die Einsicht überfiel sie Minuten später, siedend heiß. Der Bahnhof! Judith war zum Bahnhof gegangen!

Es war fast dunkel, als Bertha die Große Brunnenstraße erreichte. Die Straßen waren ruhig und leer. Hauptsache, die Schupos erwischten sie jetzt nicht. Schließlich war ja Ausgangssperre. Bertha versuchte, schneller zu gehen. Wie heiß es war! Jahrhundertsommer, sagten die Zeitungen. Nun ja, das Jahrhundert war noch nicht zu Ende. Noch war alles drin. Bertha fühlte sich leicht werden im Kopf, während sie weiter ausschritt und ihre Gedanken hin und her schießen fühlte. Diese Leichtigkeit hatte sie oft in letzter Zeit. Kam wahrscheinlich vom Hunger.

Der Bahnhofsvorplatz sah dunkel und verlassen aus. Abgesehen vom leisen Plätschern des Stuhlmannbrunnens war alles ruhig. Bertha betrat die Abfahrtshalle. Frauen, Kinder und alte Männer hatten sich in einer Ecke zusammengedrängt. Einige von ihnen schliefen auf ihren Koffern. Bertha trat dicht an sie heran, um ihre Gesichter zu erkennen. Keine Judith. Sie ging zur nächsten Gruppe von Menschen. Und plötzlich sah sie sie. Sie war die Einzige, die kein Gepäck bei sich trug. Sie saß auf einer Bank am Gleis und hielt das Gesicht in den Händen vergraben. Bertha tippte ihr leicht auf die Schulter. »Komm nach Hause, Deern«, flüsterte sie.

Judith blickte auf, das Gesicht verquollen vom Weinen. »Hat dich Mama geschickt?«, fragte sie.

»Wir alle wollen, dass du bei uns bist.«

Judith zögerte. »Auch Jesabel?«

»Jesabel ganz besonders. Und nu lass uns gehen.«

Aline hörte den Voralarm, als sie den Stadtteil St. Pauli erreichte. Schäferhundschnauze hatte von der Schikane irgendwann genug gehabt und sie nach Hause geschickt. Nun hatte sie ihre Zulassung als Ärztin verloren. Die Anordnung ließ sie seltsam kalt. Der Teil in ihr, mit dem sie Schmerz und Trauer empfand, schien allmählich abzusterben. Zu Hause würde sie den Schrieb einfach zu den anderen Papieren im Notfallkoffer legen, in die Ledermappe, die schon die Scheidungsurkunde enthielt, den Totenschein von Max und Valeskas Abschiedsworte, auf blütenverziertem Briefpapier geschrieben: *Meine liebe Schwiegertochter, meine geliebten Enkelkinder. Ich werde euch vermissen. Macht euch keine Sorgen um mich. Hanna und ich freuen uns auf die Reise. Morgen in einer Woche sind wir in Theresienstadt*. Warum hatte sie seit der Abreise ihrer Schwiegermutter nichts mehr von ihr gehört? Ein Gedanke stieg in ihr auf, den sie schnell wieder beiseite schob.

Kein Licht erhellte das Pflaster. Vor den Fenstern waren die Verdunkelungsrollos heruntergezogen. Die Straßenlaternen ragten hoch und nachtfarben auf. Es war so finster, dass Aline die Menschen, die ein paar Meter weiter vor ihr rannten, nicht sehen konnte, nur hören, in den Sekunden, in denen der Alarm zu einem leichten Brummen abschwoll. Sie beeilte sich, der Gruppe zu folgen. In diesem Teil der Stadt wusste sie nicht, wo die Bunker lagen. Wieder hob die Alarmsirene an, breitete sich nun zu einem Dröhnen aus, das ihre Ohren betäubte und sie vorwärts trieb, dem Laufschritt der anderen hinterher. Plötzlich wurde eine Tür aufgerissen, und eine Mutter mit zwei Kindern stürzte heraus. Judith und Jesabel, dachte Aline, während sie weiterrannte. Das Herz hämmerte ihr im Brustkasten, sie war das Laufen nicht gewöhnt, und Angst stieg in ihr auf, presste ihr den Hals zusammen und ließ ihren Mund trocken werden. Zum ersten Mal war sie während des Fliegeralarms von den Mädchen getrennt. Sie flüsterte ihre Namen, während sie weiterhastete, umringt von Frauen plötzlich, die alle in dieselbe Richtung rannten. Noch eine Straße, und sie waren da. Ein Röhrenbunker, dessen Tür so gerade offen stand. Aline wurde von hinten geschoben, doch als sie mit einem Fuß bereits halb drinnen stand, stellte sich ihr ein Mann in SA-Uniform in den Weg.

»Ihren Namen«, bellte er.

»Aline Jacoby«, antwortete sie.

Der SA-Mann fuhr mit dem Zeigefinger prüfend über die Liste von Namen, die er in der Hand hielt. »Nicht vermerkt.«

Ein Baby brüllte. »Um Gottes willen, nun lassen Sie die Frau schon rein, Herr Wartenburg«, fuhr die Frau mit den beiden Mädchen an der Hand den Mann an. »Eine mehr oder weniger ist jetzt auch egal!«

»Warum sind Sie nicht in Ihrem eigenen Bunker?« Der SA-Mann runzelte die Stirn. »Die Ausgangssperre hat doch längst begonnen!«

»Ein medizinischer Notfall«, log Aline. »Ich bin Ärztin.«

»Ariernachweis dabei?« So pflichtversessen der Mann auch war, er schien nicht zu bemerken, dass Aline keinen Arztkoffer bei sich trug.

»Aber natürlich!« Aline musste schreien, um gegen das erneut aufheulende Sirenensignal anzukommen, und wühlte in ihrer Handtasche nach der blauen Kennkarte.

»Kinners, nu mokt doch mal de Dör to!«, schimpfte eine andere Frau. Der Mann warf einen prüfenden Blick auf die Karte und ließ Aline passieren, die daraufhin in den schlauchartigen Raum gedrängt wurde. In Övelgönne waren sie immer in den Keller gegangen, in einem Bunker war sie noch nie gewesen. Sie sah sich um. Eine einzelne nackte Glühbirne pendelte von der Decke, an den längsseitigen Wänden standen Holzpritschen. Auch hier drinnen war der Alarm noch gut hörbar. Am anderen Ende des Bunkers, nahe der Gasschleuse, standen ein paar Männer und rauchten. Einer von ihnen trug die Uniform eines Offiziers. Aline musterte ihn überrascht. Der Offizier bemerkte ihren Blick und lächelte. »Bin nicht desertiert. Bloß Fronturlaub.«

»Da ist ein großes Geschwader unterwegs«, bemerkte eine ältere Dame, die Aline auf der Holzpritsche gegenübersaß. »Haben die eben im Reichssender Hamburg gesagt. Haben Sie das auch gehört?«

Aline schüttelte den Kopf.

»Unsere Flak wird den Schaden schon abwenden.« Der Offizier trat seine Kippe aus und kniff in Alines Richtung ein Auge zu. Sie wandte den Blick ab.

Die Frau mit dem Baby im Arm begann zu singen. »Maikäfer, flieg, dein Vater ist im Krieg.« Sie musste ziemlich laut singen, um den Alarm zu übertönen, was nicht schlimm war, weil sie eine hübsche Singstimme hatte. Auf einmal fühlte Aline, wie ihr die Tränen in die Augen traten. Es war einfach alles zu viel. Sie wollte jetzt nach Hause. Sie sah sich mit Käthe am Klavier sitzen und ebenfalls singen. Die Zwillinge standen daneben und sangen mit. Und dann würde Bertha hereinkommen und ankündigen, dass das Essen fertig war. Aline tat etwas, das sie außerhalb der Kirche seit Jahren nicht mehr getan hatte. Sie begann zu beten. »Bitte, lieber Gott«, betete sie. »Mach, dass die Zwillinge und Käthe und Sixten und Bertha beschützt sind. Dass sie jetzt in den Keller gegangen sind. Dass sie auch diesen Angriff überleben. Wenn es dich gibt, lieber Gott, dann mach, dass wir alle überleben.«

Der Hochbunker am Judenfriedhof war nur wenige Schritte vom Bahnhof entfernt. Judith und Bertha liefen Hand in Hand darauf zu, als der Alarm aufheulte. »Auch das noch«, schimpfte Bertha. »Als ob das nich schon genug Ärger gibt.«

»Die können uns nichts, die Tommys.« Judith hatte sich die Tränen vom Gesicht gewischt. »Ich war vorhin bei den Luftschutzübungen. Unsere Abwehr ist hervorragend.«

Bertha schüttelte den Kopf. »Du redest schon genau wie Jesabel.«

Judith grinste. »Jetzt bitte keine Beleidigungen, Bertha.«

Eine Gruppe von Menschen mit Koffern in der Hand drängelte sich bereits am Eingang. Judith konnte nicht erkennen, ob es Leute waren, die sie eben noch am Bahnhof gesehen hatte, oder Menschen, die aus ihren Wohnungen flüchteten. Jeder schien dieser Tage einen Koffer in den Händen zu halten. Bis auf sie. »Wir haben überhaupt nichts dabei«, flüsterte sie Bertha zu.

»Den Notfallkoffer nehmen Käthe und Jesabel schon mit in den Keller. Keine Bange. Du denkst an das Fotoalbum, nich?«

Judith schüttelte den Kopf. »Wir sollen doch auch immer Decken und Wasser mitnehmen. Wir haben überhaupt nichts, Bertha!«

Bertha winkte ab. »Wird schon nich so schlimm werden, Deern! Wir haben doch schon ganz andere Sachen überlebt.«

Das Innere des Bunkers schien taghell erleuchtet im Gegensatz zu draußen. Dabei waren es nur ein paar Glühbirnen, die brannten. Bertha nickte in alle Richtungen. »Tag, Frau Müller. Ach, Herr Bruhns, Sie auch hier? Nee, Frau Ehrhardt, das ist aber eine Überraschung!«

»Woher kennst du denn die ganzen Leute?«, flüsterte Judith, als sie sich auf einer der Bänke niedergelassen hatten.

»Sprich lauter, Deern, ich kann bei diesem Gedudel doch nix hören.«

Judith kicherte. »Das ist kein Gedudel, das sind die Sirenen vom Alarm!«

»Was du nich sagst.« Bertha kreuzte die Arme vor der Brust.

»Ich sagte bloß, dass du ganz schön viele Leute kennst!«, brüllte Judith.

»Die ganzen Geschäftsleute hier oben.« Bertha nickte. »Natürlich kenn ich die alle. Jeden Einzelnen.«

Judith bemerkte, dass Bertha irgendwie stolz wirkte. Dann sah sie ein paar Jungen ihres Alters, die Wassereimer in den Bunker schleppten. Sofort sprang sie auf. »Sind draußen noch mehr?«, fragte sie. »Soll ich tragen helfen?«

Einer der Jungen wehrte ab. »Das ist keine Mädchenarbeit. Die Eimer sind schwer.«

Judith war schon halb draußen. »Kein Problem für mich.« Sie fühlte, wie sie an ihrer Bluse zurückgezogen wurde.

»Wenn ich dich noch einmal dabei erwische, wie du bei Fliegeralarm vor die Tür gehst, kriegst du den Ärger deines Lebens.« Bertha war hochrot im Gesicht. »Dagegen sind die Tommys gar nichts. Hast du verstanden, Deern?«

Judith setzte sich wieder hin. Die spöttischen Blicke der Jungen versuchte sie zu ignorieren. Wie peinlich Bertha manchmal sein konnte! Nun ja, alle Erwachsenen waren peinlich, wenn man es genau bedachte. Ganz egal, was geschah, Judith würde als Erwachsene nicht so sein. Dessen war sie gewiss.

»Du, Mama?« Sixten hüpfte wie ein wild gewordener Kobold durch den engen Kellerraum.

»Ja, mein Engel?«

»Ich kenne einen Witz.«

»Freut mich.« Käthe war ein wenig abgelenkt. Hatten sie alles? Den Notkoffer, Wolldecken, Wasserflaschen, eine Taschenlampe, ein paar Scheiben Knäckebrot aus Eichelmehl, falls die Nacht lang werden sollte, den Volksempfänger. Sie versuchte, sich keine Gedanken um die anderen zu machen. Bertha war sicherlich so klug gewesen, den nächstbesten Bunker aufzusuchen. Hoffentlich hatte sie Judith gefunden! Und hoffentlich war auch Aline in Sicherheit!

»Warum darf man beim Hitlergruß den Arm nur bis Augenhöhe heben?«, fragte Sixten.

Jesabel rollte mit den Augen. »Weiß ich nicht«, antwortete Käthe.

Sixten kreischte vor Lachen. »Weil darüber die alliierte Lufthoheit beginnt!«

»Hör mal, Söhnchen.« Käthe faltete die Decke so zusammen, dass sie bequem darauf sitzen konnte. »Wenn man einen Witz erzählt, muss man ernst gucken. Das ist für die anderen dann viel witziger.«

»Gar nicht!« Sixten versetzte dem Koffer einen Stoß. »Man *muss* sogar lachen! Sonst verstehen die anderen ja nicht, dass es ein Witz war!«

»Nur der gute Ratschlag einer Frau mit Bühnenerfahrung.« Käthe beugte sich vor, um am Volksempfänger zu drehen. Die BBC-Erkennungsmelodie ertönte, Beethovens 5. Symphonie in Basstönen.

»Bist du wahnsinnig, Tante Käthe?«, schimpfte Jesabel. »Den Bass können Hansens doch durch die Mauer hören! Mann, die sitzen doch jetzt direkt im Keller nebenan!«

»Hansens interessiert es bestimmt auch, was die Engländer heute Nacht vorhaben.«

»Wenn ich Mama erzähle, dass du mit uns BBC hören wolltest, wird sie zur Furie!«, warnte Jesabel.

»Musst es ihr ja nicht erzählen.« Käthe legte ihr Ohr an den Lautsprecher. »Und jetzt psst, ich versteh sonst kein Wort!«

Jesabel sprang auf, um am Knopf zu drehen. »Tut mit Leid, aber das kann ich nicht zulassen. Ich weiß von einem Jungen, der enthauptet worden ist, weil er BBC gehört hat!«

Sixten blieb der Mund offen stehen. »Enthauptet …!«

»Ist ja gut!« Käthe hob abwehrend die Hände. »Ich wollt mich ja bloß informieren! Aber wenn ihr wollt, hören wir halt Onkel Baldrian.«

Onkel Baldrian war die beschwichtigende Stimme eines Hamburger Radiosprechers. Es knisterte und knackte, als Käthe am Sender drehte, dann hatte sie die Station gefunden. Eine wohltuende männliche Stimme erklang. »… die sich Hamburg nähern. Aber keine Sorge, liebe Volksgenossen, wir werden auch diesen Angriff überstehen. Stehen Sie einander bei in der Not, und denken Sie daran: Am Ende wird alles gut.« Wieder Knacken. Dann nichts mehr. Der Volksempfänger war still.

Käthe kniff die Augen zusammen. »Das Radioprogramm ist ja auch nicht mehr das, was es einmal war. Aber zum Glück war ich so klug, ein paar Platten mitzubringen.« Sie begann, den Koffer zu öffnen. »Was Flottes zum Tanzen, dachte ich. Da wir zu dritt sind, müssen wir uns halt immer abwechseln. Wo hab ich denn jetzt den Calloway? Na bitte, das ist er ja. So, jetzt schön auf den Teller legen. Ah, ich liebe diese modernen Geräte.« Sie streckte die Hände in Richtung Jesabel aus. »Du musst entschuldigen, Sixten. *Ladies first.*«

Die Motorengeräusche kamen plötzlich und ohne weitere Vorwarnung. Zuerst schienen es nur einige wenige Flugzeuge zu sein, die sich ihnen da näherten. Dann plötzlich brach es los. Ein Lärm wie von hunderten oder tausenden Bombern dröhnte über ihnen. Die alte Dame, die Aline gegenübersaß, duckte sich beim ersten Aufheulen der Bomben. Sekunden später kam der Einschlag. Die Detonation ließ die Wände erzittern. Schon brüllte die nächste Bombe, dann noch eine und noch eine. Die Einschläge folgten einander in rasender Geschwindigkeit. Das Letzte, was Aline von den Menschen im Bunker sah, bevor die Glühbirne verlosch, waren die aufgerissenen Augen und die Münder, aus denen wohl Schreie drangen, die sie im Gewitter der Explosionen aber nicht hören konnte. Es folgten ein paar Sekunden der Stille, in denen Aline nichts als raschen, panischen Atem vernahm, dazwischen Kinderweinen. Dann kam das Pfeifen wieder. Sie schloss die Augen. Krachend schlug es über ihnen ein. Jetzt folgten die Bomben einander ohne Unterlass. Das Aufheulen, wenn sie aus dem Flieger geschossen wurden, vermischte sich mit den Einschlägen und dem Ballern der Flak, es ging alles ineinander über. Aline versuchte, sich in sich selbst zurückzuziehen, sich irgendwo in ihrem Kopf einen Gedanken zu suchen, der sie beruhigte, sie ablenken konnte, aber da war keiner. Da war nichts als Angst.

Judith spürte, wie die Hitze im Bunker ins Unerträgliche stieg. Auch die Geräusche waren unerträglich, die näher pfeifenden Bomben und das Donnern und Wettern, wenn sie einschlugen. Sie spürte, wie Bertha nach ihrer Hand griff. Sie schüttelte sie ab, in dem Glauben, dass die alte Frau sie zu beruhigen suchte. Dabei musste sie doch gar nicht beruhigt werden. Sie wollte einfach nur raus hier, Jesabel sehen, diesen Streit aus der Welt schaffen. Der Streit … Sie spürte, wie sie wegnickte. Bilder, Gedanken und Gefühle wirbelten in ihr empor. Farben. Die letzte war ein flammendes Rot. Wut. Ja. Sie war wütend. Auf Jesabel. Und darüber, dass Bertha sie mit ihren streichelnden Händen und sorgenvollen Blicken immer noch wie ein Kind behandelte. Warum eigentlich? Wann würden Bertha, Mama, alle Erwachsenen eigentlich, begreifen, dass sie kein Kind mehr war? Im Schlaf hörte sie die Detonationen weiter. Die Wut löste sich auf. Und als sie aufwachte, war es still, bis auf ein Geräusch, das dem Sprühen von Wasser ähnelte. Verwirrt blickte sie um sich. »Was ist los?«, fragte sie.

Bertha lächelte. »Es ist vorbei, Deern. Gott, was ein Sturm!«

Judith hustete. »Warum ist hier alles voller Rauch?«

»Irgendwo da draußen muss es ein Haus erwischt haben.

Vermutlich brennt es jetzt, und das ist der Qualm.« Die Stimme des Mannes, der die Erklärungen von sich gab, klang rau und erstickt. In diesem Moment wurde die Tür zum Bunker aufgerissen, und mit dem Luftzug wehte ein Gluthauch herein. Flammen prasselten da draußen.

»Feuer«, murmelte Bertha.

Ein paar Männer in Uniform stürmten in den Bunker. »Machen Sie Decken und Tücher nass!«, brüllte einer. »Wickeln Sie sich darin ein! Draußen fliegen Funken!«

»Wir haben keine Decken, die Kleine und ich.« Berthas Stimme war fest und durchdringend wie immer.

»Hier.« Einer der Rettungshelfer reichte ihnen ein schmales Tuch. »Das hier ist über.«

»Nimm du es«, forderte Bertha sie auf.

Judith fühlte, wie erneut Ärger in ihr aufstieg. Hatte Bertha sie eben schon wieder »Kleine« genannt? So aufrecht sie konnte, schlang sie sich das Tuch um den Kopf und machte einen Schritt zum Ausgang. Augenblicklich quoll ihr der Rauch in die Augen. Sie hätte nicht sagen können, ob es Tag oder Nacht war draußen. Das lodernde Feuer erhellte die Straße, glimmende Pünktchen tanzten durch die Luft. Nur – da war gar keine Straße mehr. Da, wo die Häuser gestanden hatten, war nichts als nacktes schwarzes Gerippe. Fenster, die, krumm gebrannt, aus den Angeln hingen, an einem Rest von Mauer. Wie im Traum machte sie einen Schritt nach vorn. Da, wo noch vor wenigen Stunden das Pflaster gewesen war, lagen riesige Haufen von Schutt. Sie fuhr zusammen, als sie in etwas schwarz Verkohltes trat und zu spät bemerkte, dass es eine Hand war. Knochen einer Hand, die sich um den Griff eines Koffers klammerten. Judith schrie auf, und ihr Schrei mischte sich mit einem Laut hinter ihr, der so fürchterlich war, dass sie herumfuhr. Es war Bertha, die von einem brennenden Balken getroffen worden war. Bertha hob die Hände an den Kopf, wie um das Feuer abzuwehren, das sich bereits in ihre Haare gefressen hatte, sich hinunterarbeitete, Berthas Rücken hinunter, über ihre Arme. Judith riss sich das nasse Tuch vom Gesicht und begann damit auf Bertha einzuschlagen, auf ihren Kopf, ihr Gesicht, überall dort, wo sie brannte. Sie spürte nicht, wie sie weinte, wie sie schrie, während sie so schlug, aber sie sah, wie die Flammen auf Berthas Gesicht übergingen und wie Bertha stürzte und aufflammte sekundenlang, und wie sie immer schmaler zu werden schien und schwarz, ganz schwarz, und dann klein, und dann hörte sie sich selbst, hörte, wie sie in ein Geheul ausbrach, bis Menschen, die sie nicht kannten, sie von Bertha fortzogen, und auch dann schrie sie noch, bis sie keine Luft mehr bekam, schrie wieder und wieder, und plötzlich wurde alles schwarz, und sie versank.

23. Kapitel

Die Ratten waren überall. Sie huschten zwischen den verkohlten Trümmern umher, blieben bisweilen stehen, um zu nagen oder sich zu paaren, und liefen weiter. Waren die Tiere nach dem ersten großen Bombenangriff noch leise umherscharwenzelt, mit offenkundiger Scheu vor den großen flüchtenden Menschenströmen, so traten sie nun mit der Autorität neuer Machthaber auf. In Rudeln schwärmten sie aus, glitten zwischen Beine, rieben sich an den Händen, die sie fortstoßen wollten, unbeirrbar neuem Futter entgegen, das sie lautstark gegen die Schwärme von grün schillernden Schmeißfliegen verteidigten. Aline hatte einen Stock auf ihrer Wanderung durch die Stadt mitgenommen, und sie hatte einen guten Teil des Tages damit verbracht, nach den Nagern zu schlagen, bis sie endlich erschöpft aufgegeben hatte, um sich nur noch den Verletzten und Verstörten zu widmen, die an Trümmerteile gelehnt vor sich hin wimmerten. Einen alten Mann, der sich vor ihr wand in Schmerzen, starrte sie bloß an, unfähig, eine einzige Frage zu stellen, bis sie bemerkte, dass ihr Gesicht nass war und sie die ganze Zeit geweint hatte. Ein anderes Mal redete sie sanft und tröstend auf ein vielleicht zehnjähriges Mädchen ein, dessen rechtes Bein vom Knie an abgerissen war, bis sie die aufgerissenen Augen des Mädchens bemerkte und ihre Hand nahm und feststellte, dass sie kalt war und hart. Sie kannte sich nicht mehr aus in der Stadt. Ruinenstaub färbte die Luft, filterte das Licht der heißen Sonnenstrahlen in tanzendes Gelb, ohne das Ausmaß der Zerstörung zu verhüllen. Die meisten Häuser waren bis auf ihre Grundfesten niedergebrannt. Etliche Schutthalden schwelten noch, hier und da loderte es auf, zuckte in Stichflammen empor, um in einem Rauch zu verenden, der sich mit dem ewigen schwirrenden Trümmerschmutz vermischte. Straßenzüge endeten plötzlich, weil die Steine der eingestürzten Häuser sie versperrten. Als Aline sich, den Arztkoffer in der einen Hand, den Stock in der anderen, der Innenstadt näherte, bemerkte sie, dass das Stadthaus, in dem das Gestapo-Hauptquartier untergebracht gewesen war, nicht mehr stand. Es war kein Trost. Nichts war mehr Trost. Trost war etwas, das vollständig verschwunden war, das niemals mehr wiederkehren würde. Trost würde nicht einmal das Kriegsende bringen. Wenn die, nach denen sie sich sehnte, endlich heimkehren konnten. Denn nichts auf der Welt würde ihr Bertha wiederbringen, die Frau, die sie ihr Leben lang begleitet hatte und von der sie sich nicht hatte verabschieden können. Die sie nicht einmal hatte bestatten können. Die zu ihr gehört hatte wie ein Arm oder eine Hand.

In diesem Augenblick sah sie einen SA-Mann aus dem zerstörten Stadthaus treten. Sie wollte sich auf ihn stürzen, auf ihn einschlagen, und sie wollte es so sehr, dass ihr heiß und rot vor Augen wurde. Eine Stimme brüllte: »Wann lasst ihr uns endlich in Ruhe, ihr Schweine? Wann hört ihr damit auf? Wenn nichts mehr steht? Wenn wir alle tot sind? Seid ihr dann zufrieden? Seid ihr dann endlich zufrieden?« Und der Stock, mit dem sie eben noch auf die Ratten eingeschlagen hatte, wurde in die Luft gerissen, und der Mann hob nun ebenfalls seine Hände, bedeckte damit sein Gesicht, und da bemerkte Aline, dass sie selber diejenige war, die so schrie, und dass sie dabei weinte. Der Mann stürzte davon, und sie sank in sich zusammen, hier, vor dem kaputten Stadthaus, inmitten der schwelenden Trümmer, und sie weinte weiter, bis sie leer geweint war und eine fremde Frau sie aufhob und tröstete und ihr Fragen stellte, die sie nicht verstand, und sie machte sich los und ging, weil die Sonne am Himmel verglühte, riesig und rot. Schön sah es aus, wie die Sonne so versank.

Jesabel lief immer wieder auf den Gehsteig vor das Haus, um nach ihrer Mutter Ausschau zu halten. Nach oben in die Stadt lief sie nicht, weil Käthe es ihr verboten hatte. »Du wirst nichts mehr wiedererkennen«, hatte Käthe gesagt, und zum ersten Mal, seit Jesabel sie kannte, und das war ihr ganzes Leben gewesen, hatte Käthe etwas Ernstes gesagt, ohne eine Spur von Ironie oder Lächeln darin. Sie kehrte ins Haus zurück.

»Immer noch nichts?« Käthe durchmaß den Vorraum in riesigen Schritten. Sie waren übereingekommen, Judith nicht aus den Augen zu lassen. Judith weigerte sich, das Wartezimmer zu verlassen. Sie sprach nicht mehr. Sie hatten Judith gezwungen zu trinken, von dem Wasser, das Jesabel in Eimern von der Pumpstelle herbeigeschleppt hatte, weil die Wasserleitungen zerstört waren. Seit einer Woche saß Judith so da.

»Ich gehe ihr entgegen«, entschied Käthe endlich.

»Aber du weißt doch gar nicht, welchen Weg sie nimmt!«, protestierte Jesabel.

»Ich finde sie.« Käthes Stimme war ungewohnt leise. »Deine Mutter und ich … Wir finden uns immer.«

Jesabel ließ die Arme hängen. Zum hundertsten Mal fühlte sie, wie sich ihre Augen mit Tränen füllten. »Tante Käthe, ich …« Sie schlug die Hände vors Gesicht. Fühlte die Arme um ihre Schultern. Streichelnde Hände auf ihrem Rücken.

»Sprich mit ihr«, flüsterte Käthe. »Hör einfach nicht auf damit.«

Aline erreichte die Kaistraße, als es bereits dunkel war. Noch immer glühte die Stadt von schwelenden Bränden und Sommerhitze, aber Aline war es eiskalt. Sie fühlte ihre Zähne aufeinander klappern, als sie sich in der Dunkelheit vorantastete, vorsichtig, um nicht stecken zu bleiben im Asphalt, der an einigen Stellen flüssig war. Sie fühlte die Bewegung bleischwer in den Beinen. Unmöglich, die Füße so anzuheben, dass sie vernünftige Schritte taten. Sie blickte sich nach einem Stein um, auf den sie sich setzen konnte, tastete vorsichtig mit zitternden Fingern umher, bemüht, in keinen Brandherd zu geraten, und ließ sich endlich auf der Straße nieder. In der Ferne heulte Alarm. Es würde also weitergehen. Was aber konnte noch bombardiert werden? War denn nicht schon alles zerstört? Aline schlang die Arme um ihren Oberkörper und wartete, dass das Zittern und die Kälte aufhörten. Der Boden war warm. Die Steine auf diesem Boden waren warm. Sie fühlte, wie sie vornüber kippte, mit dieser Wärme eins werden wollte. Ein kleiner Schmerz schoss durch ihren rechten Ellbogen, als sie aufprallte. Jetzt im Boden versinken, im Mutterschoß der Erde, aufhören zu beben, nichts mehr wissen. Bertha … Sie fühlte, wie sich erneut Töne aus ihrer Kehle wühlten, aber sie konnte sie nicht hören. Lauter als alles Weinen sangen ihr die Sirenen in den Ohren.

Es waren starke Arme, die nach ihr griffen. Sie protestierte schwach, als sie sich in die Luft gewirbelt fühlte und auf einem Rücken landete, der ihr seltsam bekannt vorkam. Blitze hexten über den Himmel. Ein fernes Dröhnen schwang in der Luft. Die Bomber. Noch nie hatte sie sie unter freiem Himmel gehört. Als die ersten Wassertropfen auf sie herunterprasselten, stöhnte sie auf. Es war kalt, winterlich kalt plötzlich. Die Tropfen stachen frostklirrend in ihre Haut, tunkten alles in eisige Nässe. Es tat weh. Die Innenseiten ihrer Oberschenkel rieben sich an großen, gemeinen Hüftknochen. Wer war es eigentlich, der sie da trug? Jemand, der schlechte Laune haben musste, denn nun vermeinte sie durch das Dröhnen und Prasseln und Heulen hindurch Verwünschungen zu hören, raue Flüche, auch einen Schrei, wenn sie in der Dunkelheit stolperten. Dann waren sie unten angelangt. Wie durch einen Schleier hindurch registrierte Aline, dass sie in Neumühlen waren. Das zuckende Gewitterlicht erhellte die unversehrten Häuserzeilen. Das war es also, was noch unzerstört war. Neumühlen, Övelgönne, heile Welt. Sie schaukelte weiter auf diesem Rücken, atmete den Geruch des Körpers, auf dem sie saß. Wie lange noch sollte sie so getragen werden? Da wurde eine Tür aufgerissen, und Judith stand im Rahmen, oder war es Jesabel, und Aline erkannte endlich, wer sie da getragen hatte. Ganz klar wurde ihr in diesem Moment der Kopf, und sie hörte, wie Käthe einen Fluch ausstieß. »Mann«, hörte sie Käthe sagen, »und ich hab dir schon vor zehn Jahren gesagt, du sollst dich mäßigen beim Essen, du schwere Frau.« Aline lächelte, wie konnte das gehen, solche Schmerzen und dennoch lächeln, und dann fühlte sie, wie noch mehr Arme nach ihr griffen, und sie hörte Käthe gegen das Tosen draußen anwispern, nicht für ihre Ohren bestimmt: »Wir tragen sie nach oben, Jesa, bring kaltes Wasser für die Wickel und ein Thermometer, schnell!«

Der Anfall kam ganz plötzlich, als sie den Quai du Port entlangschritt. Madeleine blieb stehen und presste beide Hände auf ihr Herz. Ein rasender Schmerz breitete sich über ihre linke Brust aus und wanderte den Arm hinunter. Der Bürgersteig schien sich vor ihren Augen zu drehen. Sie ließ ihre Tasche zu Boden fallen und versuchte, ruhig zu atmen. In diesem Moment sah sie Emilie aus dem Rathaus treten. Die junge Frau war in wenigen Schritten bei ihr angelangt.

»Geht es Ihnen nicht gut?«, fragte sie.

Madeleine wedelte mit der rechten Hand, während sie um Worte rang. »Ich habe bloß schlecht geschlafen«, sagte sie. »Es wird gleich wieder.«

Langsam beruhigte sich ihr Puls, und auch die Schmerzen in der Brust ließen nach. »Da habe ich Sie aber eben eiskalt erwischt, oder?«, lächelte sie.

Emilie blinzelte schuldbewusst. »Ich weiß nicht, was Sie meinen, Madame Jacoby.«

»Ich habe Sie doch aus dem Rathaus treten sehen. Machen Sie mir dort etwa meine Kundinnen streitig?«

»Ach was, nein.« Emilie pustete sich eine Strähne aus der Stirn. »Ich bin doch immer noch hinter meinen Papieren her. Eine Aufenthaltsgenehmigung bräuchte ich, aber die wollen sie mir nicht erteilen, also versuche ich jetzt ein Visum zu beantragen, und dafür wollte ich jemanden im Rathaus sprechen, den ich kenne, weil ich absolut keine Ahnung habe, welches Land heutzutage noch Visa ausstellt. Wissen Sie etwas darüber, Madame?«

»Keine Ahnung, leider. Ich gehe bloß ins Rathaus, um Madame Bataillard auf Vordermann zu bringen. Sie kennen sie ja sicher noch, sie war fast jede Woche bei uns im *salon de beauté*.«

Emilie bückte sich, um Madeleine ihre Tasche aufzuheben. »Natürlich kenne ich die arme Frau.«

»So arm ist sie gar nicht. Sie hat ein gutes Auskommen als Sekretärin im Rathaus gefunden. Leider hat sie nur noch eine Stunde Mittagspause. Verrückte Zeiten! Die Leute hetzen und hetzen. Bis sie tot umfallen. Also, ich muss jetzt zu ihr. Und danke für die Hilfe, Emilie.«

»Keine Ursache.«

Madeleine setzte sich in Bewegung, schnell diesmal, um die verlorene Zeit wieder aufzuholen. Doch obwohl ihr nun nichts mehr wehtat, war ein Rest von Angst geblieben. Der

Albtraum der vergangenen Nacht stand ihr wieder vor Augen. Sie musste dringend nach Hamburg telegrafieren. Und hoffen, dass sie so bald wie möglich Antwort bekam. Sonst würde sie auch in den kommenden Nächten keine Ruhe finden.

Es war Tag, als Aline die Augen aufschlug. Die Zwillinge saßen an ihrem Bett, bleich wie die Wand, aber mit Freude im Blick. »Es ist vorbei«, erklärte Jesabel. »Sie bombardieren nicht mehr.«

»Woher willst du das wissen?« Aline erkannte ihre eigene Stimme nicht. Fremd klang sie, ausgedörrt, das Lebendige, Frische war daraus verschwunden.

»Sie haben es im Radio gesagt.« Auch Judiths Stimme war anders als sonst. Leiser. »Die Nacht, in der Käthe dich heimgetragen hat, sollte unser Viertel bombardiert werden. Aber dann hat es dieses Gewitter gegeben.«

»Und die Engländer haben ihre Bomben über Wedel abgeworfen«, ergänzte Jesabel.

Aline versuchte sich aufzurichten, aber ihre Arme gaben nach. »Warum lieg ich im Bett?«, fragte sie.

»Du hattest hohes Fieber, Mama.« Jesabel warf Judith einen Blick zu. »Fast 43 Grad. Wir wussten nicht, was wir tun sollten. Käthe hat dir die ganze Nacht und gestern den Tag über Wickel gemacht. Sie schläft jetzt. Wir übernehmen.«

Aline schüttelte den Kopf. »Ich bin gesund. Soll ich uns was kochen? Ich bin am Verhungern.«

Wieder Blickwechsel. »Wir haben nur Kirschen, Mama. Es gibt zwar neue Lebensmittelkarten, aber dafür bekommen wir noch nichts. In der Stadt wird Suppe ausgegeben. Wir konnten dir nichts mitbringen. Die Leute prügeln auf einen ein, wenn man versucht, Essen mitzunehmen.«

Aline probierte ein kleines Lächeln. »Kirschen sind sowieso meine Lieblingsspeise. Na, dann geh ich mal in den Garten.«

Jesabel hielt ihre Hand fest. »Sie hängen nicht mehr, die Kirschen. Durch die Explosionen ist alles von den Bäumen gefallen.«

»Wie bitte?«

»Die Brandbomben«, erläuterte Judith, »haben solch einen Luftdruck verursacht, dass das Obst von den Bäumen geschleudert wurde.« Sie beugte sich vor, um die Schale vom Nachttisch zu nehmen, die sie am Morgen dort hingestellt hatten. »Bedien dich, Mama.«

Der Anblick der Kirschen trieb Aline die Tränen in die Augen. Bertha fiel ihr ein und ihre Pläne für das Kirscheneinmachen. Sie blickte zur Seite, weil sie nicht wollte, dass die Mädchen ihr Gesicht sahen. Aber es war zu spät. Judith schluchzte auf.

»Du kannst nichts dafür.« Aline hörte selbst, wie ihre Stimme zitterte. Sie streckte den Arm aus, sodass sie Judiths Wange berühren konnte. »Komm her zu mir, Liebling.« Mit der anderen Hand drückte sie Jesabels Hand. Sie fühlte, wie Judith zu ihr heranrückte und den Kopf auf ihre Schulter senkte. Aline wusste nicht, was sie sagen sollte. Zum ersten Mal, seit sie zurückdenken konnte, gab sie ihre Suche nach Worten auf.

Nathan beugte sich aus dem Fenster und atmete die heiße, salzige Luft in tiefen Zügen ein. Von ihrem Zimmer auf der Rue Longue des Capucins konnte er die deutsche Marschmusik hören, die ihnen von der Canebière her entgegenschallte. Nachdem er von den Bombardierungen gehört hatte, die Hamburg dem Erdboden gleichgemacht hatten, war er verzweifelt gewesen. Vor ein paar Tagen endlich hatte er durch Madeleine erfahren, dass Aline und die Kinder unversehrt waren. Wenn die deutschen Städte aber dermaßen bombardiert worden waren, konnte der Krieg nicht mehr lange dauern. Und damit würde auch die deutsche Besatzung in Marseille ein Ende haben. Er drehte sich zu Emilie um, die auf dem Bett kauerte und sich die langen blonden Haare bürstete. »Kommst du mit?«, fragte er. »Ich gehe raus.«

»Mir ist nicht wohl«, entgegnete Emilie. »Ich bleibe lieber drinnen.«

Nathan musterte die Frau, mit der er nun schon seit zwei Jahren zusammenwohnte. Emilie hatte es aufgegeben, um ihn zu kämpfen, und ihr gemeinsames Leben hatte sich seither bedeutend entkrampft. Leise Zärtlichkeit durchflutete sein Herz. Immer war sie an seiner Seite geblieben, hatte ihm geholfen, ihm ihre Liebe geschenkt, alles aufgegeben hatte sie für ihn, aber er hatte sie abgewehrt. Plötzlich fühlte er das Bedürfnis, lieb zu ihr zu sein. »Hübsch siehst du aus«, lächelte er.

Emilie erwiderte sein Lächeln schief. »Gar nicht«, sagte sie. »Ich bin alt geworden. Guck mal.« Sie trat zu ihm ans Fenster, dass das Licht auf ihr Gesicht fiel. Feine Linien zogen sich über ihre Stirn, umkränzten ihre Augen, bahnten sich ihren Weg von der Nase zu den Mundwinkeln.

Nathan schüttelte den Kopf. »Das gehört doch dazu. Sieh mich mal an.«

Emilie rückte näher an ihn heran, so dicht, dass er ihr Parfum atmen konnte. »Ich sehe einen Mann, der auf geheimnisvolle Weise jung geblieben ist. Und der so schön ist, dass es mir immer noch den Atem verschlägt.« Sie senkte den Blick auf seine Lippen.

Nathan fühlte sein Herz ein bisschen schneller schlagen. Es tat so gut, sich begehrt zu fühlen. Aber es war nicht Emilie, deren Lust er wollte, immer noch nicht. Er rückte von ihr ab. »Also, wollen wir nun rausgehen, oder nicht? Ich brauche dringend frische Luft.«

In Emilies Augen war ein Ausdruck, den er nicht recht deuten konnte. »Wir Deutschen werden bald aus der Stadt vertrieben«, murmelte sie zusammenhanglos.

»Aber nein.« Nathan schüttelte den Kopf. »Die Nazis werden irgendwann vertrieben, nicht wir.« Er streckte eine Hand aus, um ihr über die Wange zu streicheln. »Was ist eigentlich los mit dir? Warum bist du so mutlos?«

Emilie riss den Kopf herum. »Lass das«, machte sie. »Hör auf, mit mir zu spielen.« Sie wanderte wieder zum Bett zurück.

»Aber ich spiel nicht mit dir.« Nathan wandte sich jetzt ab vom Fenster. »Ich bin einfach nur froh heute. Magst du es auf einmal nicht mehr, wenn ich froh bin?«

Emilie schoss ihm einen Blick zu, der ihn erschreckte. »Du hast einfach keine Ahnung«, wütete sie. »Du bist so was von ahnungslos, dass du mir Leid tust, Junge.«

Junge. Da war es wieder. Er war jetzt siebenundvierzig Jahre alt, aber würde er sich jemals ernst genommen fühlen? Würde es jemals wieder, seit Aline, einen Menschen geben, der sich nicht von seiner jungenhaften Art blenden ließ? »Gibt es etwas, das du mir zu sagen hast?«, fragte er düster.

Emilie nickte. »O ja. Aber du wirst mich verlassen, wenn ich es dir sage. Also werde ich es für mich behalten.«

Mit einem Schritt war Nathan bei ihr. Er packte sie am Arm. »Du wirst es mir jetzt sagen«, keuchte er. »Jetzt, verstehst du?«

Emilie starrte ihn an, und jetzt erkannte er das Gefühl in ihren Augen. »Ich hasse dich, Nathan Sandstein«, stieß sie hervor. »Ja, nach all den Jahren kann ich es endlich sagen. Ich will dich überhaupt nicht mehr. Gott, ist das eine Erleichterung!«

»Du lügst!« Nathan lockerte seinen Griff um keinen Millimeter. »Du willst mich immer noch! Das ist nur eine Masche, um mich an dich zu binden. Du willst, dass ich neugierig werde, und dann lässt du mich zappeln. Endlich willst *du* einmal *mich* zappeln lassen, ist es nicht so?«

»Na, und wenn schon!« Emilie machte sich los. Sie stierten

einander an. Es war Nathan, der den Augenkampf gewann. Emilie senkte ihren Blick. »Na gut«, flüsterte sie endlich. »Ich hab ohnehin nichts mehr zu verlieren. Setz dich zu mir aufs Bett. Die Geschichte wird eine Weile dauern.«

Der Schmerz kam in Wellen. Es gab Augenblicke, da Judith davon überzeugt war, dass sie weiterleben konnte, dass sie eines Tages die Sekunden vor dem Bunker vergessen würde, dass sie ihr ganzes Leben ja noch vor sich hatte; ein Leben, in dem es irgendwann keinen Krieg mehr geben würde, vielleicht ein Leben, in dem sie einen Beruf ergreifen, sich verlieben würde, Kinder bekommen, neue Tage anlächeln. Und dann flutete die Schuld wieder über sie hinweg, riss sie mit in einen Strudel der Verzweiflung, und die Fragen kamen: Was wäre gewesen, wenn Bertha das Tuch genommen hätte? Was, wenn sie ihr den Vortritt gelassen hätte, nicht einfach so davonmarschiert wäre, erhobenen Hauptes, beleidigt?

Es dämmerte. Dunkelbunt wurde es im Garten. Von der Stadt oben wehte der Geruch, an den sie sich mittlerweile fast gewöhnt hatten, diese Mischung aus Verkohltem, Fäulnis und Verwesung. In der Luft brummten die Fliegen. Judith schlug die Hände vors Gesicht. Ja, sie war schuld. Wäre sie nicht davongelaufen, dann wäre Bertha noch am Leben. Ach, hätte sie ihr doch das Tuch überlassen …!

Es war nicht nur die äußere Welt, die eingestürzt war. Es war auch ihre Gedankenwelt. Immer hatte sie geglaubt, was auch geschehe in Deutschland, sie sei unschuldig, denn sie war in Frankreich gewesen. Sie hatte ja nicht mitgemacht bei der Kriegstreiberei, der Hetzjagd auf das Undeutsche. Und nun begriff sie, dass es jenseits der kollektiven Schuld auch die persönliche gab. Ihre.

Schritte raschelten hinter ihr durch das versengte Gras. Ohne sich umzudrehen, wusste sie, dass es Jesabel war.

Stumm ließ sich die Schwester neben ihr nieder. Griff nach ihrer Hand, führte sie an ihr Gesicht, das nass von Tränen war. »Ich bin schuld«, sagte sie. »Ich allein.«

»Das stimmt nicht.« Judith schüttelte den Kopf.

»Ich hab alles kaputtgemacht mit meiner blöden Eifersucht auf dich«, weinte Jesabel. »Ohne mich würde ....«

»Scht.« Judith legte ihr die Hand vor den Mund. »Das ist nicht wahr.« Sie fühlte, wie Jesabel die Arme um sie schlang, sie an sich presste, so eng, dass ihr die Luft wegblieb. Sie erwiderte die Umarmung. So hielten sie sich, bis das Zittern aufhörte in ihren Körpern und sich die Rahen und Masten draußen auf dem Fluss in schwarzes Gehölz verwandelten. Als alles um sie herum in Finsternis versank, standen sie auf und wanderten ins Haus zurück, Hand in Hand.

Das Mondlicht erhellte eine bizarre Felsenlandschaft mit Höhlen. Irgendwo musste es einen Fluss geben. Nathan konnte ihn nicht sehen, aber er konnte ihn hören. Das war gut. Dann hatte er zumindest etwas zu trinken. Die Erleichterung ließ ihn fast euphorisch werden. Er hatte Marseille verlassen, und er war Emilie losgeworden. Wenn es stimmte, was Jean Meyer ihm über die Gegend hier erzählt hatte, würde er es einige Wochen aushalten können, bis er entschieden hatte, wie es weitergehen sollte mit der Reise nach Hamburg. Dornengestrüpp zerkratzte seine Waden, während er sich einen Weg in Richtung Felsen bahnte. Seltsamerweise fühlte er den Schmerz nicht mehr. Auch der Hunger machte ihm nichts mehr aus, und die Ermattung spürte er kaum. In ihm war nur Freude, darüber, dass er nun wusste, was er zu tun hatte. Dass er sich nun nicht mehr teilnahmslos fühlte und gleichgültig. Dass er wieder ein Ziel hatte, eines, worum es sich zu kämpfen lohnte, mit allen Mitteln. Ja, er würde Aline wiedersehen und die Kinder. Er wusste nicht, wann, aber er wusste, *dass* er sie wiedersehen würde. So mussten sich die erleuchteten Eremiten gefühlt haben, dachte er, als sie sich in diese Gegend zurückgezogen hatten. Leicht vor Hunger, mit einer göttlichen Vision vor Augen. Jean Meyer hatte ihm erzählt, dass tausende von Pilgern auf dem Weg nach Rom hier im Lubéron hängen geblieben waren, wie magisch angezogen von Schwingungen, die normal Sterbliche nicht spüren konnten. Wie diese Pilger darauf verzichtet hatten, ihren Weg fortzusetzen, nur um hier bleiben zu können. Nein, so würde es ihm, Nathan, nicht gehen. Er hatte der Religion ja abgeschworen. Er musste vielleicht aufpassen, dass er nicht langsam durchdrehte. Aber hier bleiben, für den Rest seines Lebens – nein, sicher nicht.

In Gedanken verloren und ohne auf den Weg zu achten, war er auf der Spitze des Felsens angelangt. Mit seiner Stabtaschenlampe beleuchtete er das Innere der Höhle. Trockene Thymianzweige knirschten unter seinen Schritten. Ihr Aroma mischte sich mit dem leichten Aschegeruch eines vergangenen Feuers. Keine Feuchtigkeit. Ein guter Schlafplatz. Er trat in die Felsöffnung hinaus, und der Anblick verschlug ihm den Atem: Unter ihm silberte der kleine Fluss im Mondlicht, Baumwipfel rauschten, und in der Ferne ragten die zackigen Umrisse des Gebirgszuges auf. Gute Nacht, Aline, murmelte er, während er seine Zeichenmappe mit den Stiften auf den steinigen Boden legte. Bald bin ich da.

24. Kapitel

Käthe legte sich sorgfältig ihren Kragen aus Rippenpikee über das geblümte Kleid. Die Lippen betupfte sie sich mit einem Rest von Karmesinrot, das sie hütete wie einen Schatz. Wenn draußen alles den Bach runterging, war es wichtig, zumindest die äußere Erscheinung in Ordnung zu halten. Es war sieben Uhr morgens. Seitdem Sixtens Schule in ein Lazarett verwandelt worden war, musste der Junge zu Hause bleiben. Alles war still im Haus. Alles schlief. Kein Wunder, nach dem Fliegeralarm, den es letzte Nacht wieder gegeben hatte. Diesmal mussten ein paar Bomben ganz in der Nähe heruntergegangen sein. Sie hatten das Krachen gehört, während sie unten im Keller gesessen hatten. Und sich gefragt, was in Gottes Namen es jetzt eigentlich noch kaputtzumachen gab.

Käthe fuhr sich ein letztes Mal mit der Haarbürste durch die halblangen Locken und drehte sich im Kreis. Ihre Figur war immer noch makellos, gar keine Frage. Knabenhaft schlank war sie und, der katastrophalen Ernährungslage sei Dank, mit einer Wespentaille gesegnet, um die sie so manch ein amerikanischer Filmstar beneiden würde. Aber das Gesicht! Käthe kniff die Augen zusammen, während sie sich im Spiegel musterte. Der Unscharfeffekt schmeichelte ihr, verwischte die Linien um Mund und Augen, zeichnete ihr die Müdigkeit weich. Zwei Jahre dauerte das nun schon an, der nächtliche Alarm, die unendlichen Kellerstunden, die sie schlafend im Sitzen verbracht hatten, immer in der Furcht, die nächste Bombe könnte das Haus über ihnen zum Einstürzen bringen. Das Haus des Kapitäns. Alines und ihr Leben, das ihrer Kinder. Sieben Uhr fünfzehn. Käthe griff nach ihrer Handtasche. Es war Zeit, in die Redaktion zu gehen. Neue Falschmeldungen tippen, verlogenen Optimismus verbreiten. Das alles musste doch irgendwann ein Ende haben, oder?

So nah sich Judith ihrer Zwillingsschwester jetzt auch fühlte, es gab doch einen großen Unterschied zwischen ihnen beiden, und der betraf das Lernen. Seitdem sie nicht mehr in die Schule gingen, blühte Jesabel regelrecht auf. Sie hatte das Klassenzimmer von jeher gehasst, erst die Gemeinheiten der anderen Mädchen, später das Stillsitzen und dumpfe Nachbeten dessen, was ihnen da tagtäglich vorgesetzt wurde. Judith hingegen liebte es, sich in Bücher zu vertiefen, Dinge zu begreifen und zu erforschen. Immer öfter ertappte sie sich dabei, wie ihre Gedanken abschweiften, während sie Steine schleppte oder Brandblättchen von den Straßen aufsammelte. Es war nicht so sehr der Umstand, dass ihr die körperliche Arbeit auf die Nerven ging, sondern es war dieses geistige Vakuum, in dem sie sich seit einiger Zeit befand, das sie mürbe machte.

»Du, Jesa«, fragte sie, während sie in einer langen Reihe mit anderen Frauen standen und sich die Steine weiterreichten, die einmal zu der zerbombten Christianskirche gehört hatten. »Was willst du eigentlich machen, wenn das hier vorbei ist?«

»Ins Bett gehen und eine Runde schlafen.« Jesabel gähnte herzzerreißend.

»Nein, ich meine, wenn der Krieg vorbei ist.« Judith blickte zum zerstörten Dachstuhl empor. Trauer stieg in ihr auf. Das war die Kirche, auf dessen Friedhof ihr Großvater begraben lag. Hier hatten Mama und Papa geheiratet. Hier waren sie und Jesabel getauft worden. Konnte das denn nicht irgendwann ein Ende haben, das Zerstören und Wiederaufbauen, das Hungern, Warten und Hoffen?

»Ich weiß es nicht«, entgegnete Jesabel ernst. »Ich kann mir gar nicht vorstellen, wie das ist, kein Krieg.«

»Aufgepasst!«, erscholl eine Stimme am anderen Ende der Reihe. »Wir wollen noch einmal unser Lied singen!«

Und schon schmetterte es aus zwanzig Kehlen:

»Und liegt vom Kampf in Trümmern
die ganze Welt zuhauf,
das soll uns den Teufel nicht kümmern,
wir pfeifen drauf.
Wir werden weitermarschieren,
wenn alles in Scherben fällt,
denn heute hört uns Deutschland
und morgen die ganze Welt.«

Judith beobachtete ihre Schwester, die zum Lied bloß die Lippen bewegte. Jesabel reichte ihr den nächsten Stein, und dann noch einen und noch einen, fast schon im Sekundentakt. Beim Singen arbeiteten die Frauen schneller, das hatte Judith schon öfter bemerkt.

»Ich glaube«, flüsterte Jesabel, während die anderen weitersangen, »ich möchte gern Köchin werden.«

Judith nickte. »Ich auch. Aber ich möchte auch gern studieren.«

»Vielleicht kannst du ja beides machen«, entgegnete Jesabel.

»He da, Zwillinge!« Der Aufseher baute sich drohend vor ihnen auf. »Hier wird nicht geschwatzt beim Singen! Sonst melde ich euch eurer Scharführerin!«

»Schon gut.« Jesabel reichte die Steine jetzt in rasendem Tempo weiter. Und Judith nahm sie an. Immer weiter ging es so, bis die Glocke zur Mittagspause geläutet wurde. Nahe dem Friedhof stellte jemand eine Suppenkanone auf. Das war das Beste an dem Knochenjob. Dass man manchmal etwas Warmes zwischen die Zähne bekam.

»Ich weiß«, sagte Judith, während sie sich in die Schlange der Frauen einreihten. »Wir zwei machen eine Gaststätte auf.«

Sie sah, wie Jesabels Züge aufleuchteten. »Das ist es«, sagte sie. »Genauso machen wir es!«

Und dann waren sie an der Reihe. Sie warteten, bis sie beide eine dampfende Schüssel in der Hand hielten, dann zogen sie sich ein Stück von den anderen zurück.

»Man braucht ein Ziel, um weitermachen zu können«, bemerkte Judith nachdenklich, während sie genüsslich, Schluck für Schluck, ihre Suppe löffelten.

»Nicht stören.« Jesabel lächelte, während sie schluckte. »Ich denke mir gerade unser erstes Menü aus.«

Judith rückte dichter an ihre Schwester heran. Ein eigenartiges Wohlgefühl durchströmte ihren Körper, eine Mischung aus Geborgenheit und Vorfreude. Ja, es würde weitergehen. Sie spürte es in ihren Knochen. Das hier konnte ja nicht alles sein.

»Die haben ein Attentat auf Adolf Hitler verübt!« Käthe riss die Tür zu Alines Ordinationszimmer auf und warf sich auf den nächstbesten Stuhl.

»Und? Ist er tot?« Aline hob nicht einmal den Blick von den Papieren, die vor ihr ausgebreitet lagen.

»Er ist gesund und munter.« Käthe zündete sich eine Zigarette an. »Hat alles überlebt.«

Aline schnaubte. »Dieser Mann ist unzerstörbar. Manchmal

frage ich mich, ob er überhaupt ein Mensch ist. Wenn ich ihn nur aufschneiden dürfte! Meine Neugierde diesbezüglich ist grenzenlos.« Sie begann, die vor ihr liegenden Papiere mit dem Füllfederhalter zu bearbeiten.

»Was machst du da eigentlich?« Käthe stand auf, um der Freundin über die Schulter zu schauen.

»Ich versuche, mich in die Geheimlehre der Automechanik einzuarbeiten. Hansen hat mir netterweise diese Gebrauchsanweisung überlassen.«

Käthe blies den Rauch in Kringeln aus. »Ich muss schon sagen, du gibst nicht auf! In deinem Alter noch einmal eine Karriere als Automechanikerin zu planen – das nenne ich unternehmungslustig!«

»Halt deine Begeisterung im Zaum. Ich versuche bloß, meinen Tourer zu begreifen. Es gibt kein Benzin mehr, nicht? Und ohne Benzin kann man nicht fahren, stimmt's? Hab ich jedenfalls immer gedacht. Aber jetzt gibt es eine Methode, Autos so umzurüsten, dass sie mit Holzgas fahren können. Und wenn mein Auto fährt, mach ich damit Krankenbesuche auf dem Land. Und vielleicht bekomme ich dafür mal einen Sack Kartoffeln oder ein Stück Fleisch. Und wir können mal wieder was Schönes kochen.«

»Wenn dir das alles gelingt, werde ich meine Begeisterung ganz sicher *nicht* im Zaum halten können.« Käthe sog den Rauch in tiefen, gierigen Zügen ein.

Aline hustete. »Könntest du noch ein bisschen hier rüberrauchen? Mein anderes Auge ist noch nicht völlig rot.«

»Verzeihung.« Käthe trat einen Schritt zurück. »Ich bin ein schlechter Mensch, zu nichts nutze außer Tanzen.«

Aline kniff die Augen zusammen. »Soll das heißen, dass du mir *nicht* helfen wirst, den Vergaser auszubauen?«

»Den was bitte?« Käthe mimte die Unschuldige. »Du weißt, dass ich für viele Späße zu haben bin. Aber das da ...« Sie deutete auf Alines bekritzelte Unterlagen und die verwirrenden Zeichnungen darauf, »sieht nach etwas aus, das mein Fassungsvermögen übersteigt.«

Aline schob ihren Stuhl zurück. »Darauf kann ich heute leider keine Rücksicht nehmen. Zieh dein Kleid aus, Käthe. Jetzt wird es ernst.«

»Wie unerotisch«, Käthe drückte ihre Kippe aus, »so ein Satz aus dem Mund einer Frau klingen kann.«

Aline lächelte. »Hansen hat mir einen zweiten Blaumann geliehen. Pass auf, wie unerotisch *der* erst mal ist!«

Jesabel wollte ihren Augen nicht trauen. »Kneif mich«, sagte sie zu Judith. Und zehn Sekunden später: »In Ordnung, ich bin *wirklich* wach. Und ich träume *nicht*, dass Mama und Tante Käthe sich als Männer verkleidet haben.«

Die zwei Frauen, die ihnen entgegenkamen, schienen in einen heftigen Wortwechsel vertieft. Aus der Ferne war nicht ganz ersichtlich, ob sie miteinander stritten oder sich gegenseitig Witze erzählten. Eines jedoch war klar: Sie trugen beide einen dieser blauen Ganzkörperanzüge mit Hosenbeinen. Käthe hatte einen Werkzeugkasten in der Hand, während die Mutter etwas schleppte, das einem Kanonenofen ähnelte.

»Hallo, Zwillinge!«, brüllte Aline.

»Mama, bist du betrunken?« Judith nahm die Kuh bei den Hörnern.

»Unsinn, Käthe und ich bauen diesen Holzbrenner im Tourer ein. Dann gibt es bald wieder was zu futtern!« Aline strahlte übers ganze Gesicht.

Jesabel sah ihre Schwester von der Seite an. Die schüttelte den Kopf. Hab auch kein Wort verstanden, hieß das.

»Na, dann noch viel Spaß dabei. Wir haben für heute Feierabend«, erklärte Jesabel.

»Was habt ihr denn gemacht?«, fragte Aline.

»Och«, warf Judith schnell ein. »Erzählen wir dir später.«

»Na, denn tschüss.« Die Mutter hatte es offenbar eilig.

Als sie außer Hörweite waren, sagte Jesabel: »Wir hätten es ihr sagen sollen, das mit der Christianskirche. Wer weiß, auf welche Weise sie es sonst erfährt.«

»Aber sie sah gerade so glücklich aus!« Judith beschleunigte ihre Schritte. »Wir bringen es ihr schonend bei, heute Abend. Und jetzt komm, ich will endlich die Speisekarte entwerfen.«

Die Abendsonne tauchte die Berge in orangeroten Glanz. Nathan warf einen letzten Blick auf den Ort, der ihm vier Jahreszeiten lang eine Heimat gewesen war. Die Zeit war wie im Flug vergangen. Die Hitze war Kälte gewichen, und nun war die Hitze zurückgekehrt. Der Krieg musste mittlerweile vorüber sein. Wie er wohl ausgegangen war? Er kletterte langsam den Felsen hinab auf den Sandweg zu, der zum Fort de Buoux führte, vorsichtig, um nicht auf die Eidechse zu treten, die in diesem Moment über die heißen Steine flitzte. Als er das Dorf passierte, bemerkte er eine schwarz gekleidete Alte, die sich bei seinem Anblick bekreuzigte. Nathan sah an sich hinab. Der Bart wallte ihm bis zur Brust, die Haare fielen ihm über die Schultern. Sein Anzug bestand nur noch aus Fetzen. Dafür war er sauber. Darauf hatte Nathan weiterhin Acht gegeben. Dass er sauber war. Hatte sich und seine Kleider, die von Monat zu Monat zerschlissener aussahen, regelmäßig im Fluss gewaschen. Zuerst hatte er sich auch rasiert, doch mit der Zeit war die Klinge seines Rasiermessers stumpf geworden, und er hatte es aufgegeben.

Er hob eine Hand, um die Alte anzuhalten. *»Excusez-moi, Madame«,* krächzte er. *»Elle est finie, la guerre?«*

Die Alte schüttelte den Kopf und verschwand ins Innere ihres Häuschens. Was hatte das zu bedeuten? Nein, wie: Der

Krieg ist nicht vorbei. Oder nein, wie: Ich habe keine Lust, religiösen Fanatikern, deutschen Flüchtlingen, Obdachlosen oder anderen Vertretern des menschlichen Abschaums zu antworten? Nun ja, er würde es herausfinden. Im Schutz der Dunkelheit würde er das nächste Dorf erreichen. Für den Fall, dass Südfrankreich sich in der Zwischenzeit dauerhaft in deutsches Territorium verwandelt haben sollte, konnte er sich dann erneut verstecken.

Doch dazu sollte es nicht mehr kommen. Als er drei Stunden später das Tal erreichte, kam ihm ein Transporter entgegen. Zwei Männer sprangen heraus, das Gewehr im Anschlag. Sie sprachen Amerikanisch, was Nathan nicht verstand. Als er den Kopf schüttelte, wurde er kurzerhand auf die Ladefläche des Wagens gestoßen und in ein Haus gebracht, in dem sich außer ihm noch etwa zwanzig andere Männer befanden, die meisten von ihnen in verschmutzten und zerschlissenen Uniformen. Keiner von ihnen sprach. Erst als die Dorfkirche draußen Mitternacht läutete, bemerkte Nathan, dass ihm die Uniformen der Gefangenen merkwürdig bekannt vorkamen, die Schultertressen mit den metallenen Knöpfen und über der rechten Brusttasche der aufgenähte Reichsadler.

Ein Mann mit einem Notizblock stellte sich vor ihm auf. »German?«, fragte er. »Deutsch?«

Nathan überlegte. In Sekundenschnelle zuckte es an ihm vorbei, dieses letzte Lebensjahrzehnt. Wie er immer nur hatte deutsch sein wollen, egal welchen Glaubens, und wie er das Wort in den Formularen verabscheut hatte, das seine Person in eine Religionsgemeinschaft zwängte, zu der er sich längst nicht mehr zählen konnte.

»Ich bin Jude«, erklärte er schließlich. Und seine Stimme klang tief und fest.

Aline hatte alles für die Totenfeier vorbereitet. Es war nicht viel. Ein einfacher kleiner Grabstein, der irgendwann einmal in einem Haus gesteckt haben musste. In der Wand einer Küche vielleicht. Ein Kranz Blumen, den sie gemeinsam mit den Zwillingen geflochten hatte. Es war so erbärmlich, verglichen mit dem Schmerz, den sie immer noch empfand, wenn sie an Bertha dachte. Sie starrte den Gedenkstein an, den sie so vor dem Kirschbaum eingegraben hatten, dass er vom Haus aus zu sehen war. Die Worte verschwammen vor ihren Augen.

Für Bertha Homann
In ewiger Dankbarkeit und Liebe
Aline, Judith, Jesabel, Käthe und Sixten

Selbst Sixten sah ernst aus, wie er so neben Käthe stand in seinem dunklen Anzug. Aline blickte in den Himmel. Ein paar Wolken zogen über sie hinweg. War Bertha jetzt da oben? Konnte sie ihre kleine Versammlung sehen? Aline begann zu sprechen, erst leise, dann immer lauter.

»Bertha, es ist jetzt auf den Tag genau ein Jahr her, dass du von uns gegangen bist. Ich weiß, dass du jetzt an einem besseren Ort bist, denn alle Orte sind besser als dieser hier. Du fehlst uns. Wir vermissen deine Güte, deine Großzügigkeit im Denken und Handeln, deine Stimme und dein Lachen.« Sie fühlte, wie Judith einen Arm um ihre Schulter legte und sie an sich presste. Und sie fühlte Jesabels Hand in ihrer. Einen Moment lang konnte sie nicht weitersprechen. Dann riss sie sich zusammen. »Bertha, du hast mich vor langer Zeit einmal mit einem Psalm getröstet, den ich dir heute wieder sagen will, wenn auch nicht so, wie ich ihn gelernt habe.« Sie zögerte kurz. »Gutes und Barmherzigkeit sind dir gefolgt ein Leben lang. Und du wirst bleiben im Hause des Herrn immerdar.«

Sie trat vor, um den Kranz vor den Stein zu legen. Ein Geräusch ließ sie zusammenfahren. Sie drehte sich um. Judith weinte mit aufgerissenen Augen. Da stand sie, ihre große schöne Tochter, stand einfach nur da, mit hängenden Armen, den Blick auf den Gedenkstein gerichtet, während ihr die Tränen über die Wangen strömten. Sie wusste nicht, wer schneller war, sie oder Jesabel oder Käthe, aber innerhalb von Sekunden hatten sie Judith umringt, hielten sie, drückten sie, küssten sie, während Sixten sich verlegen abseits hielt. Lange standen sie so da, und erst als Judiths Schluchzen allmählich verebbte, gingen sie ins Haus zurück.

Madeleine legte noch ein Scheit Holz nach. Stand der Winter schon vor der Tür, oder lag es an ihr selbst, dass ihr immer so kalt war? Sie ließ sich zurück auf ihren Sessel fallen und blickte in das knisternde Feuer. Eine große Sehnsucht erfüllte ihr Herz. Sie sah sie alle vor sich in den Flammen, die kleine Judith, Jesabel und Aline. Aline in allen Wachstumsphasen, als kleines Mädchen über ihre Bücher gebeugt. Als Studentin über ihre Bücher gebeugt. Als Ärztin über … Madeleine runzelte die Stirn. Nein, das konnte ja nicht alles sein. Aline las schon sehr viel, das sicherlich, aber sie war doch auch Mutter, Ehefrau und hatte Freunde, allen voran natürlich diese Sirene von Käthe. Warum also wollte ihr nur dieses einzige Bild gelingen? Warum schaffte sie es nicht mehr, ihre Tochter als Ganzes zu sehen?

»Was grübelst du so, *chérie*?« Jean Meyer hatte den Wohnraum betreten, ohne dass sie es bemerkt hatte, in der Rechten einen Korb voller Holz, den er neben dem Kamin abstellte.

»Ich werde nach Deutschland fahren.« Madeleine erschrak selbst, wie das so plötzlich aus ihr herausschoss.

»Aber das kannst du nicht.« Jean blieb gelassen. »In Deutschland herrscht immer noch Krieg.«

Madeleine schüttelte den Kopf. »Ich muss, Jean. Ich muss

meine Tochter wiedersehen. Ich weiß nicht, wie lange ich zu leben habe. Ich möchte nicht sterben, ohne sie vorher noch einmal gesehen zu haben.«

»Was redest du denn?« Jean ließ sich auf der Armlehne ihres Sessels nieder und ergriff ihre Hand. »Du hast doch noch so viel Zeit vor dir. Dass du deine Tochter sehen willst, verstehe ich. Aber hör auf, über den Tod zu reden. Das kann ich nicht leiden.«

»Ich bin 63, Jean. Ich bin keine junge Frau mehr.«

Jean streichelte ihr über die Wange. »Aber du bist auch nicht alt. Du bist so etwas dazwischen. Die Mitte.«

Madeleine lachte hell auf. »Dann bitte ich dich, dir etwas Schönes für meinen 126. Geburtstag auszudenken. Es soll ein ganz besonderer Tag werden!« Sie blickten sich in die Augen. So viel Liebe war in dem Blick, dass Madeleine einen Augenblick lang wieder warm wurde. Dass sie diesen Mann gefunden hatte, auf ihre alten Tage! Ein Wunder war das. »Ich meine es ganz ernst«, wisperte sie. »Ich muss Aline wiedersehen. Mich mit ihr aussöhnen. Ich muss auch meine Enkelinnen wiedersehen.«

Jean nickte. »Du sagst: meine Enkelinnen. Und nicht mehr: Judith.«

Madeleine senkte den Blick. »Weil ich jetzt ein paar wichtige Dinge begriffen habe.«

Ein durchgeglühtes Scheit brach vor ihnen im Kamin. Funken sprühten. Jean stand auf, um das Holz näher zusammenzuschieben. Schon leckten die Flammen über einen trockenen Zweig. Das Feuer loderte neu auf. »Nathan hat es auch geschafft«, flüsterte Madeleine.

»Woher willst du das wissen?« Es war auf einmal so dunkel geworden in dem Raum, dass Madeleine Jeans Gesicht nicht mehr richtig erkennen konnte. »Er ist vor anderthalb Jahren aufgebrochen. Seitdem haben wir nichts mehr von ihm gehört. Wir haben keine Ahnung, ob er es bis Deutschland geschafft hat.«

»Glaubst du, dass …«

»Ich glaube gar nichts. Ich sage nur, ich halte es für eine *folie*, jetzt nach Deutschland reisen zu wollen. Warte doch nur. Der Krieg kann nicht mehr ewig dauern. Seitdem die Alliierten in der Normandie gelandet sind, ist es mit Hitlers Westfront vorbei. Und im Osten rücken die Sowjets vor, täglich ein Stück mehr. Glaub mir, es ist bald vorbei.«

»Ich weiß ja!«, nickte Madeleine. »Darum will ich ja jetzt fahren! Ich bin ungeduldig, Jean! Ich kann nicht mehr warten!«

»Schreib ihr«, kam es aus der Dunkelheit. »Und schick ihr Lebensmittel, sobald die Post wieder in Betrieb ist. Das ist die größte Hilfe, die du ihr erweisen kannst. Alles andere kommt von selbst.«

Madeleine seufzte. Schreiben, von allen Dingen! Womit sollte sie denn anfangen? Und würde Aline ihre Briefe überhaupt lesen wollen? »Ich bin nicht gut in diesen Dingen«, murmelte Madeleine. Gleichzeitig aber spürte sie: Sie würde anfangen müssen, es zu sein.

Aline stellte den Tourer an der Flottbeker Chaussee ab. Als sie den Schlüssel herumdrehte, schien der alte Motor noch einmal schwer aufzuseufzen, bevor er in Schweigen versank. »Gutes Auto«, murmelte Aline, während sie über sein Armaturenbrett strich. Dass das alte Gefährt den Einbau eines Holzvergasers verkraftet hatte, erfüllte sie jeden Tag aufs Neue mit Dankbarkeit. Und ihr Plan war aufgegangen. Jeden Tag machte sie ihre Tour aufs Land hinaus, bot ihre Dienste als Ärztin unentgeltlich an und bekam dafür Gemüse, einen Laib Brot, ein paar Eier. Nicht immer freilich, denn auch die Bauern hatten häufig nichts mehr. Und im Winter hatte sie die Wege zu Fuß machen müssen, denn im Winter war alles Holz dafür draufgegangen, das Kapitänshaus zu heizen. Seit den großen Bombenangriffen vor knapp zwei Jahren war die Gas- und Stromversorgung in der Stadt zusammengebrochen. Aline sang leise vor sich hin, während sie die Himmelsleiter hinabkletterte. An diesem Tag war die Ausbeute besonders reichlich ausgefallen. Sie war über die Elbbrücken auf die gegenüberliegende Seite der Elbe ins große Obstanbaugebiet gefahren. Sie liebte dieses Gewicht an ihrem Arm, wenn der Korb voller Lebensmittel war. Judith und Jesabel würden Augen machen! Wenn sie abends vom Steineschleppen und Trümmerbeseitigen nach Hause kamen, hatten sie immer einen Bärenhunger.

Eine Gestalt vor ihrer Haustür ließ ihr Herz für einen Moment schneller schlagen. Der Mann hatte ihr den Rücken zugewandt. Sie konnte ihn nicht erkennen, weil sie aus dieser Entfernung nicht so gut sehen konnte. Sie kniff die Augen zusammen. Eine Hoffnung stieg in ihr auf, so gewaltig, dass sie zu laufen begann. Jung und stark fühlte sie sich auf einmal, wie sie so lief, mit klopfendem Herzen und einem Klumpen im Hals. Sie wollte rufen, aber es kam kein Ton aus ihrer Kehle. Sie begann zu winken, aber noch immer blickte der Mann in die andere Richtung, als ob er sie von der anderen Seite her erwartete, auf dem Weg, den sie normalerweise nahm, vom Schulberg her. Der Mann kannte sie also, kannte ihre Gewohnheiten, aber es konnte keiner der Nachbarn sein, denn es war etwas an dem Rücken dieses Mannes, das ihr unbekannt und doch seltsam vertraut war. »Nathan!«, rief sie, denn jetzt kam doch etwas aus ihren Stimmbändern, rau und leise zwar, aber es kam.

Der Mann drehte sich um, und im selben Moment fühlte Aline, wie ihr Tränen der Enttäuschung in die Augen stiegen. Nicht Nathan war es, der da stand, sondern Friedrich von Alvesloh.

»Was hat er gewollt?« Käthe zündete sich eine Zigarette an und ließ sich auf den Sessel fallen, der dem Klavier am nächsten stand.

»Das ist ja das Rätselhafte.« Aline stimmte ein paar Akkorde an. Es klang fürchterlich. Das Klavier hatte sich durch den langen feuchten Winter komplett verzogen. Ob es irgendwo einen kranken Klavierstimmer gab, mit dem sie Dienstleistungen tauschen konnte? »Ich weiß es nicht. Er war einfach nur nett. Seine ehemals arrogante Art war völlig verschwunden. Er wirkte wie jemand, der todunglücklich ist und sich mal aussprechen wollte.«

Käthe zog ihr linkes Augenlid herunter. »Wer's glaubt, wird selig. Der hatte doch was vor! Erzähl mir, was du willst, aber Friedrich ist doch nicht der Typ, der mal auf einen Plausch hereinschneit! Und wenn er krepiert vor Einsamkeit!«

Aline zuckte mit den Schultern. »Kennst du einen Klavierstimmer?«, fragte sie zusammenhanglos.

»Sweetheart.« Käthe blies den Rauch in einem kurzen, wütenden Atemzug aus. »Kennst du mich oder kennst du mich nicht? Wenn es einen Klavierstimmer in meinem Bekanntenkreis gäbe, hätte er den Weg durch mein Bett an dieses edle Instrument schon vor Monaten gefunden!«

Aline grinste. Von der Küche unten wehten Wohlgerüche herauf. Die Zwillinge hatten versprochen, aus den mitgebrachten Lebensmitteln ein Festmahl zu kochen. »Friedrich hat sich scheiden lassen«, erklärte sie.

»Vom Lächelgesicht?« Käthe stand auf. »Mach mal Platz da. Wir spielen vierhändig. Ausnahmsweise kann ich Friedrich verstehen. Ich würde mich auch scheiden lassen von jemandem, der nur einen Gesichtsausdruck kann.«

»Als er da so stand«, erklärte Aline, während sie über die Tasten strich, »und ich ihn erst nicht erkannt hab, da habe ich geglaubt …«

Käthe starrte auf das Klavier hinab. »Hör auf damit, Aline. Das macht dich fertig, dieses ewige Hoffen und Warten. Komm, lass uns spielen.«

»Käthe?« Aline fuhr herum. »Wenn Friedrich zu mir gekommen ist, kann das nur eines bedeuten!«

»Du meinst ...?« Käthe starrte sie an.

»Ja.« Aline fühlte, wie ihr die Stimme zitterte. »Es muss vorbei sein, Käthe! Anders kann ich es mir nicht erklären!«

Käthe biss sich auf die Lippen. Täuschte sich Aline, oder waren da Tränen in den Augen der Freundin? Plötzlich brach das Strahlen durch in ihrem Gesicht, und ehe es sich Aline versehen konnte, hatte Käthe sie gepackt und hielt sie fest.

Die Meldung kam am nächsten Tag über den Volksempfänger. Die ersten Fahrzeuge der siebten britischen Panzerarmee rollten über die Elbbrücken. Deutschland hatte kapituliert. Der Krieg war zu Ende.

25. Kapitel

»If it's a man's world – well then I'm glad I'm a girl! If it's a man's world, well then I'm gla-a-a-ad … well I'm glad I'm a girl!«

Aline kicherte in ihrer ersten Reihe im Hansatheater. Wie ein Mädchen sah Käthe nun weiß Gott nicht mehr aus, und die britischen Soldaten und Offiziere, vor denen sie an diesem Abend sang, lauschten dem Song mit versteinerter Miene. Käthe sah hochnäsig aus, wie immer, eine Diva im Abendkleid mit Federboa, so stand sie lässig ans Klavier ihres Pianisten gelehnt und schmetterte ihre Zugabe. Doch der Applaus war berauschend. Käthe hatte eine tolle Show geliefert, mit Tanzeinlagen und allem Drum und Dran. Aline hätte nie gedacht, dass sie im Kapitänshaus einmal von dem Honorar einer Sängerin würden leben müssen, aber so war es nun mal. Die Briten hatten sich in der Hansestadt festgesetzt und hungerten nach Unterhaltung. Käthe mit ihren Englischkenntnissen, ihrem Verständnis von Swing und Lindy Hop und ihrer Stimme hatte schon bald nach Kriegsende ein Engagement an ihrer ehemaligen Bühne, dem Hansatheater, gefunden, und sie ließ sich ihr Talent zur Entertainerin fürstlich entlohnen.

Käthes Schminktisch vor dem Spiegel war von einem riesigen Blumenstrauß verstellt. Aline studierte die Karte darauf. »Ich fasse es nicht«, brachte sie hervor. »Erst lässt du dich von diesem Offizier beschenken, und dann beleidigst du mit deinem Lied seine schöne geordnete Männerwelt!«

»Ja, das war die Reihenfolge der Ereignisse.« Käthe blickte sich prüfend im Spiegel an. »Träume ich, oder braucht dieses Gesicht etwas zu trinken? Ich sehe ja wie ein vertrockneter Brunnen aus! Schnell, reich mir den Sektkübel da drüben. Ich mach selber auf. Du hast keine Erfahrung in diesen Dingen.«

Aline erhob sich. »Nur so, von Ärztin zu Patientin. Alkohol trocknet die Haut erst richtig aus.«

Käthe drehte den Korken mit geübtem Griff aus dem Flaschenhals. Der Sekt schoss in einer kleinen Fontäne zur Decke. Käthe presste rasch ihren Mund darauf. »Nur nichts verschwenden«, erklärte sie, nachdem sie hinuntergeschluckt hatte. »Das ist die Lehre, die ICH aus diesem Weltkrieg gezogen habe. Bitte schön, nimm du auch mal einen Schluck. Damit du mal wieder locker wirst.«

Aline lehnte sich entspannt in ihrem Stuhl zurück, die Arme über die Lehnen gehängt. »Ich bin so locker, dass ich gleich auseinander falle«, erklärte sie. »Aber ein Glas kann ich schon noch halten.«

Käthe erhob sich, um in dem Hängeschrank über der Kommode zu wühlen. »Alles hat sich geändert, nur die Einrichtung im Hansatheater nicht«, erklärte sie. »Bitte, ich wusste doch, dass die Gläser immer noch hier stehen. Prost, *darling!* Auf dass es ein paar Dinge gibt, die sich niemals ändern!«

»Prost«, lächelte Aline.

Jesabel war zu ihrem Liebsten gegangen, einem Maurergesellen namens Richard, den sie bei ihren Arbeitseinsätzen in der Stadt kennen gelernt hatte, und darum war Judith allein im Haus, als es klingelte. Sie erkannte den Mann nicht, der da an der Schwelle ihrer Haustür stand. »Meine Mutter ist nicht da«, erklärte sie. »Sie können im Wartezimmer Platz nehmen, wenn Sie wollen, aber wenn es sich um einen Notfall handelt, sollten Sie sich an den Arzt oben in Ottensen wenden. Die Adresse lautet …«

»Judith«, entgegnete der Mann zittrig. »Meine Judith!«

Judith riss die Augen auf. Sie hätte ihren Vater im Leben nicht wiedererkannt. Aber die Stimme war dieselbe geblieben. Und noch ehe sie begriff, was sie da tat, hatte sie sich auf ihn geworfen und drückte ihn, und der Vater drückte sie zurück, so fest er konnte, was wohl nicht mehr sehr fest war, und dann zog sie ihn ins Haus hinein und begann zu weinen, und der Vater weinte mit.

Eine Stunde später war er aus dem Bad gekommen, gewaschen und rasiert, sodass sie sein Gesicht richtig erkennen konnte. »Wir haben nicht mehr viel Zeit«, erklärte sie, während sie einen Blick auf die Wanduhr im Salon warf. »Ich habe dir deine alten Sachen herausgelegt, sieh mal, dein guter Anzug und das weiße Hemd, und jetzt schneid ich dir die Haare und, o Gott, Mama kann jeden Augenblick nach Hause kommen!«

Auch Nathan fühlte sich plötzlich wie ein Kind. Er hatte nicht wirklich gewusst, was ihn erwartete, als er an der Haustür geklingelt hatte, und es gab so viel zu erklären und zu fragen und nachzuholen, aber Judith hatte ja Recht, er musste gut aussehen, er musste Aline doch wieder von sich überzeugen, für sie attraktiv sein! »Judith, bist du denn sicher, dass Mama mich überhaupt sehen will?«, fragte er.

»Natürlich.« Judith fuchtelte mit der Schere. »Setz dich da jetzt hin, Papa, schnell! Mama hat einen Suchantrag beim Roten Kreuz aufgegeben. Sie sucht dich, hörst du?«

»Hat es …« Nathan rang nach Worten. »Gibt es … aua, Schatz, du ziepst ganz fürchterlich!«

»Nein, es gibt keinen anderen Mann, und es hat auch keinen anderen gegeben. Und jetzt sitz endlich still!«

»Judith?« Nathan fühlte die Finger seiner Tochter durch

sein Haar streichen und schloss genüsslich die Augen. Wieder musste er mit den Tränen kämpfen. »Du wirst Mama nicht sagen, wie ich ausgesehen habe, oder?«

»Kein Sterbenswort. Hier.« Judith reichte ihm einen kleinen Tiegel Creme. »Habe ich von Tante Käthe. Schmier dir dein Gesicht damit ein, damit es glänzt und frisch aussieht.«

Nathan lachte. Es war ein seltsames Gefühl zu lachen, er hatte ja gar nicht mehr gewusst, wie das ging. »Schatz«, lachte er. »Meine Schönheit in allen Ehren. Aber so weit wollen wir dann doch nicht gehen, oder?«

»Es *gibt* Männer, die sich ihr Gesicht eincremen!«, protestierte Judith.

»Ja«, erklärte Nathan, während er fühlte, dass die letzten verfilzten Strähnen fielen. »Aber die lieben keine Frau.«

»Ich glaube, ich bin berauscht«, erklärte Aline, während sie das nachtdunkle Övelgönne durchwanderten. »Ach, sieh mal, bei uns brennt noch Licht! Ob die Zwillinge etwa noch auf sind?«

»Die korrekte Frage müsste lauten: Haben sie noch etwas zu trinken für uns?« Käthe klammerte sich am Arm ihrer Freundin fest. Die Pumps waren alles andere als dazu angetan, über diese alten Steine zu schreiten, aber irgendein Schwachkopf hatte ihr die Halbschuhe aus der Garderobe geklaut. Alles wurde einem entwendet dieser Tage, man musste nur mal kurz zur Seite blinzeln. »Und – schwups – ist das Mieder weg!«, beendete Käthe ihren Gedankengang laut.

»Kannst du bitte einmal an etwas anderes denken?« Aline stemmte sich gegen den Körper der Freundin. Käthe hatte beim Beschwipstsein die Tendenz entwickelt, immer links zu gehen. An der Haustür machte sie sich frei. »Ist ja verrückt«, murmelte sie, während sie das Türschloss in Augenschein nahm.

»Was denn?« Käthe kramte vorsorglich schon mal nach ihren Glimmstengeln. Rauchen war zum allerobersten Luxus geworden, seitdem Zigaretten als Währungseinheit an die Stelle der Reichsmark getreten waren, und Käthe liebte Luxus.

»Wie verkratzt unser Türschloss ist! In den Sherlock-Holmes-Romanen steht, dass zerkratzte Türschlösser ein Indiz dafür sind, dass Alkoholiker im Haus wohnen.« Sie verengte die Augen zu schmalen Schlitzen. »Käthe, jetzt sag mir einmal ganz ehrlich …«

Käthe formte mit den Fingern einen dreieckigen Wimpel, in den sie ein C malte. »Ja, ich kapituliere! Hiermit gebe ich zu, dass ich gerne mal ein Glas Sekt trinke. Können wir jetzt reingehen, oder muss ich mir die Gardinenpredigt auf der Fußmatte anhören?«

Auf der anderen Seite standen Nathan und Judith und hörten zu.

»Die beiden haben sich ja überhaupt nicht verändert!« Ein glückliches Strahlen flog über Nathans Gesicht.

»Komm, Papa, wir machen ihnen auf!« Judith trat von einem Fuß auf den anderen. Der Vater sah gut aus jetzt, in seinem Anzug mit den kurzen Haaren und dem seligen Ausdruck im Gesicht. Sie konnte es vor Spannung kaum mehr aushalten!

»Ich habe so viele Jahre gewartet«, flüsterte Nathan. »Diese zwei Minuten werde ich dann wohl auch noch ertragen.«

In diesem Augenblick knackte das Schloss. Die Tür ging auf. Und da stand sie. Älter und dünner geworden, ohne Zweifel, aber immer noch seine Aline, unverkennbar seine über alles geliebte Aline. Er streckte die Arme nach ihr aus. Und sah, wie sie erstarrte.

»Weißt du über deine Mutter Bescheid?« Sie standen sich jetzt im Salon gegenüber. Aline traute sich immer noch nicht recht, ihn anzusehen.

Nathan nickte. »Henny hat es mir geschrieben.«

»Ich weiß nicht, was ich sagen soll.« Aline fühlte, wie sie zu zittern begann. Alles stieg wieder in ihr auf, die ganze Verzweiflung, alles, was sie über die Jahre zu verdrängen versucht hatte. Es war so unfassbar. Alles, was sie darüber gehört hatte, war unfassbar. Täglich kamen neue Dinge über Theresienstadt und die anderen Konzentrationslager ans Licht. Es war so, dass Aline sie nicht mehr an sich herankommen lassen wollte, diese Dinge. Sie hatte damals nicht darüber sprechen wollen, und sie konnte jetzt nicht darüber sprechen.

Es war einfach zu viel. Und auf einmal schlug sie die Hände vors Gesicht und begann zu weinen. »Nathan, ich wusste nicht ...«

In zwei Schritten war Nathan bei ihr. »Ist ja schon gut, Kleines, ist schon gut. Natürlich konntest du das nicht wissen. Du hast sie bei dir aufgenommen, dich um sie gekümmert. Du hast es ihr schön gemacht, bis zum Schluss. Ich weiß es aus den Briefen, die sie an Henny geschrieben hat. Henny hat sie mir gezeigt.« Er hielt sie an sich gepresst, ließ sie weinen, sagte kein Wort mehr. Streichelte ihr einfach nur über den Kopf. »Bertha ist auch tot«, weinte Aline. Nathan schwieg, streichelte einfach nur immer weiter. Eine Ewigkeit verging.

»Erzähl mir von den Menschen hier.« Nathan flüsterte fast.

»Ich weiß nicht, wo ich anfangen soll.« Aline durchwanderte den Salon. Alles in ihr war in Aufruhr geraten. Da war er also, älter geworden, das ja, aber so schön und gepflegt und ein bisschen unnahbar wie eh und je. Ob er spürte, wie verzweifelt sie ihn immer noch liebte? Er hatte ja bestimmt noch seine Emilie. Sie durfte sich ihre Gefühle nicht anmerken lassen, all dieses Warten und Hoffen und Sehnen, jahrelang.

»Oder vielleicht möchtest du mir lieber Fragen stellen.« Nathans Stimme klang immer noch so leise, dass sie ihn kaum verstand.

»Was ist mit Emilie?«, platzte es aus ihr heraus. Gleich darauf hätte sie sich dafür ohrfeigen können. Es gab tausend Dinge, die gesagt werden konnten, warum musste sie dann ausgerechnet die alte Eifersuchtsgeschichte zuerst hervorkramen?

Nathan seufzte. »Kannst du mich nicht erst etwas anderes fragen? Diese Geschichte ist so lang, ich wüsste jetzt gar nicht, wo ich anfangen und aufhören sollte.«

Aline fühlte einen Stich. Also doch. Sie nahm ihre Wanderung zum Fenster wieder auf. Dort blieb sie stehen und blickte hinaus. »Ich möchte es wissen. Jetzt. Nicht später.«

»Emilie«, brachte Nathan heraus. »Sie … Ich hätte sie beinahe umgebracht. Aber ich habe es nicht getan. Gott sei Dank. Keinen Menschen habe ich getötet in diesem Krieg. Das schwöre ich. Aber bei Emilie … Ich war kurz davor.«

Aline ließ sich auf dem Sessel neben dem Sofa nieder, auf dem Nathan saß. Noch traute sie sich nicht, neben ihm Platz zu nehmen. Geschweige denn, ihn zu berühren. »Was ist passiert?«, fragte sie. »Verzeihung, möchtest du etwas trinken? Ich habe hier sogar einen französischen Rotwein. Maman hat ihn mir geschickt. Maman schickt uns jede Woche etwas. Ich weiß nicht, ob wir ohne ihre Pakete den letzten Winter überlebt hätten.« Sie brach ab, weil sie fühlte, wie sie sich verzettelte. Die Gedanken tobten einen Sturm in ihr. Unmöglich, geradeaus zu sprechen.

Nathan schüttelte den Kopf. »Nein, danke. Judith hat mir schon zu trinken und zu essen gegeben. Sie ist so ein phantastisches Mädchen. Ist Jesabel genauso?«

Aline nickte. Sie fühlte Stolz in sich aufsteigen. »Ja. Die beiden ähneln sich sehr, immer noch.«

»Streiten sie noch viel?«

»Gar nicht mehr. Jesabel ist übrigens bei ihrem Verlobten heute Nacht.«

»Ich weiß. Judith hat es mir erzählt. Komisches Gefühl, dass sie einen Verlobten hat. Wir könnten bald Großeltern werden.«

Aline schüttelte den Kopf. »Ich bitte dich. Die Mädchen sind zwanzig.«

»Deine Mutter war neunzehn, als sie dich bekommen hat.« In Nathans Augen spielte ein kleiner Schalk. Aline musste sich schon sehr beherrschen, um ihn jetzt nicht zu küssen. Sie liebte dieses Lächeln.

»Emilie«, hob Nathan an, und Aline wurde sofort wieder ernst. »Sie und ihr Mann Alexander haben uns ausspioniert.«

»Wie bitte?« Aline beugte sich vor.

»Und nicht nur uns. Die beiden haben zahlreiche Familien und Einzelpersonen bespitzelt, allesamt aus der Widerstandsbewegung, oder was die Gestapo dafür gehalten hat.«

»Aber wieso denn uns, Nathan? Wir sind doch niemals politisch gewesen!«

»Friedrich hat ihnen den Auftrag dazu erteilt.«

»Was?« Aline schüttelte den Kopf. »Emilie und Friedrich kannten sich doch überhaupt nicht!«

»Wie es scheint, kannten sich die beiden sogar sehr gut. Emilie hatte eine Affäre mit ihm, zu Beginn der dreißiger Jahre. Schon bevor du mit Friedrich in Kontakt getreten bist wegen der Vaterschaftsgeschichte, hat er Emilie beauftragt, uns genauer unter die Lupe zu nehmen. Und das konnte sie ohne Schwierigkeiten tun – schließlich ist sie ja auch vorher schon ständig bei uns ein und aus gegangen.«

»O ja, ich erinnere mich.« Aline runzelte die Brauen. »Ich

hatte mich damals darüber gewundert. Bis mir irgendwann klar geworden ist, dass sie in dich verliebt war.« Sie hörte selbst die Bitterkeit in ihrer Stimme.

»Auch das war etwas, das Friedrich ihr befohlen hatte zu tun. Sie sollte mich verführen und uns auseinander bringen. Das war sein Auftrag.«

Aline nickte. »Verstehe. Die späte Rache.«

»Aus dem Auftrag ist dann aber bitterer Ernst geworden.« Nathan holte tief Luft. »Emilie hatte sich ja wirklich in mich verliebt.«

»Und dann hat sich die Geschichte verselbständigt.« Aline erhob sich und nahm die Wanderung wieder auf.

»Nun bleib doch einmal hier sitzen, Aline!«, hörte sie Nathan hinter sich rufen. »Du machst mich noch wahnsinnig mit deinem Gerenne!«

Aline drehte sich um. Nahm wieder Platz. Versuchte, sich zusammenzureißen. Aber ihre Finger verknoteten sich ineinander. »Was ist dann passiert?«, fragte sie leise.

»Dann hat sie unsere Wohnung durchsucht.«

»Wann war das?«

»Als du in Berlin warst. Und offenbar auch schon vorher. Erinnerst du dich daran, wie Friedrich diese Zeichnung von mir in die Finger bekommen hat? Und wie wir uns gewundert haben, wie er daran gekommen ist? Ich hatte bemerkt, dass jemand in meinen Sachen gewühlt hat. Aber es gab keine Anzeichen von Einbruch.«

Aline nickte langsam. »Ich erinnere mich wieder.«

»Emilie hatte ja zu allem Zugang. Die Mädchen haben sie als liebe Tante akzeptiert. Hat ja keiner was geahnt.«

»Hat sie dir das erzählt, oder reimst du dir das im Nachhinein zusammen?« Noch immer hielt Aline ihre Finger ineinander verkrampft.

»Oh, sie hat es mir erzählt.« Nathan schnaufte. »Sie hat mir alles erzählt, was ich wissen wollte, und noch viel mehr. Jedenfalls hat sie irgendwann mit ihrem Doppelspiel angefangen. Friedrich hat sie angeboten, nach Frankreich zu gehen, um deutsche Exilanten zu bespitzeln. Damals war schon absehbar, dass Frankreich von den Deutschen besetzt werden sollte. Ihrem Mann gegenüber hat sie ihren Plan verheimlicht. Dafür hat sie mich ins Haus geholt. Sie wollte mir zur Flucht nach Frankreich verhelfen. Gleichzeitig wollte sie ihren Mann verlassen und ihre neuen Aufgaben westlich des Rheins wahrnehmen. Ich weiß nicht, ob ich dir erzählt habe, wie wir nach Frankreich gekommen sind.«

»Mit einem Segelboot.« Aline blickte den Mann vor ihr unverwandt an. War das immer noch ihr Mann? Auf dem Papier natürlich nicht. Da waren sie geschiedene Leute. Aber im Gefühl? Er war so anders geworden. Geschichten, von denen sie nicht einmal einen Bruchteil ahnte, standen ihm ins Gesicht geschrieben, und sie versuchte sie zu entziffern. Was war mit ihr selbst? Was sah er, wenn er in *ihr* Gesicht blickte? Sah er ihr die Jahre an, in denen sie geweint hatte, gehungert, gefroren, gezweifelt, in denen sie sich nach ihm gesehnt hatte, und sah er die Momente, in denen sie Mut gefasst hatte, immer wieder, Momente, in denen sie gelacht hatte, sich gefreut, über Kleinigkeiten, die irgendwann riesig groß geworden waren? Ein Laib Brot. Eine weitere Nacht, in der ihr Haus unversehrt geblieben war. Eine Ladung Holz, erstanden im Tausch gegen eine erfolgreiche Behandlung. Das Glück, dass die Zwillinge unverletzt geblieben waren, bis zum Schluss. Dass sie Käthe hatte. Nathan erwiderte ihren Blick, saugte sich fest an ihren Augen, versenkte seinen Blick in ihrem, dass ihr schwindelte. Einen Moment lang erschien es ihr, dass er sich vorbeugen wollte, die Hand nach ihr ausstrecken, aber dann blieb er doch so sitzen, und auch sie selbst blieb in ihrem Sessel.

»Dieses Segelboot«, erklärte er, und der magische Moment

verflog, wie er gekommen war, »hatte Emilie selbst gechartert. Und zwar für den Tag meiner geplanten Verhaftung – die sie persönlich in die Wege geleitet hatte, um mit mir nach Frankreich gehen zu können. In La Rochelle angekommen, hat sie eine Weile die Hungernde und Leidende gespielt. Irgendwann in der Nähe von Bordeaux sind wir verhaftet worden. Emilie hat mir später erzählt, dass sie festgehalten und misshandelt wurde. Aber die Geschichte war ausgedacht. In Wahrheit ist es ihr gut ergangen. Die Polizei hat sie ohne Probleme laufen lassen. Schließlich hatte sie ja ihre Kontakte.«

»Wie das?« Aline versuchte immer noch, diese unglaubliche Geschichte zu verdauen. »Die französischen Behörden haben damals doch noch gar nicht mit den deutschen zusammengearbeitet.«

»Sie ist auf Kaution freigekommen. Das Geld dafür hat ihr Friedrich geschickt. Sie hat Geld gehabt, die ganze Zeit über. Und ich hatte immer versucht, sie zu unterstützen mit meinen Gelegenheitsjobs! Weil ich ihr dankbar für die Fluchthilfe war und all das, was sie für mich getan hatte.«

Aline lag eine Frage auf der Zunge, aber die verkniff sie sich. Es ging sie ja nichts an. Sie waren zu dem Zeitpunkt schon geschieden gewesen.

»Später kam das schlechte Gewissen dazu«, fuhr Nathan fort. »Wir hatten einander aus den Augen verloren nach unserer Verhaftung. Sie hat mich dann in Marseille wiedergefunden und schien total verändert. Als sie von ihren Misshandlungen auf der Wache sprach … Na ja, Madeleine hat sie jedenfalls bei sich aufgenommen.«

»Maman hat …!« Aline stockte der Atem. Davon wusste sie ja gar nichts!

»Nicht lange natürlich. Nur, bis sie ein eigenes Zimmer gefunden hatte. Und dann hat sie in Madeleines Schönheitssalon gearbeitet. Die perfekte Tarnung. Als Nordfrankreich von den Deutschen besetzt wurde, sind tausende von Flüchtlingen nach Marseille gekommen. Viele von ihnen auch in den Schönheitssalon, weil dort Deutsch gesprochen wurde und weil es nett da war.«

Aline blinzelte. »Emilie hat sie alle verraten, oder?«

»Sie hat ihre Berichte über die Exilantinnen und ihre Männer geschrieben und diese Berichte nach Berlin geschickt. Später, als auch Marseille unter Besatzung stand, wurden diejenigen Exilanten festgenommen, die es nicht zu einem Visum und Transit und einer Schiffspassage gebracht hatten. Die Vichy-Regierung hatte ja auch Konzentrationslager für Oppositionelle. Apropos, ist Emilie und Alexander eigentlich der Prozess gemacht worden? Die wollen doch jetzt die ganzen ehemaligen Nazis aus den Ämtern entfernen, habe ich gehört.«

»Emilie ist nicht in Hamburg«, erklärte Aline. »Das würde ich wissen. Und Alexander ist immer noch Staatsanwalt. Soviel ich weiß, macht er anderen den Prozess. Oder eben auch nicht.«

»Das gibt's doch gar nicht!« Nathan schluckte. Dann schwieg er. Mit einem Schlag schien er müde zu werden. Aline bemerkte, wie seine Lider schwer wurden.

»Willst du dich hinlegen?«, fragte sie, und sie hörte selbst, wie zärtlich sie auf einmal klang. Nathan musste es auch gehört haben, denn er schlug die Augen wieder auf und lächelte. »Nein, entschuldige. Ich bin so lange gereist. Ich bin ein bisschen müde. Aber ich will hier weiter sitzen und mit dir reden.«

Aline zuckte es in der Hand, ihm über das Haar zu streicheln, das grau geworden war. »Was hast du in diesen letzten zwei Jahren seit Kriegsende gemacht?«, fragte sie leise.

»Ich bin ein Jahr vor Kriegsende in französische Gefangenschaft geraten.« Nathan schloss die Augen wieder. »Nicht erschrecken, ich habe es für die Verhältnisse gut getroffen. Habe als Knecht auf einem Hof im Lubéron gearbeitet. Der Bauer war in Ordnung. Auf meinem Weg nach Hamburg habe ich ganz andere Geschichten gehört.« Und dann, zusammenhanglos: »Sie sieht schrecklich aus, die Stadt. Ich habe überhaupt nichts wiedererkannt.«

»Wir versuchen, sie wieder aufzubauen«, lächelte Aline. »Wir schleppen Steine bis zum Umfallen. Vor allem die Mädchen. Sie sind furchtbar tapfer.«

»Arbeitest du gar nicht mehr als Ärztin?«

»Ich kümmere mich um Kranke, wenn es das ist, was du meinst. Aber ich werde nur selten dafür bezahlt. Weil niemand mehr Geld hat. Kurz vor Kriegsende haben sie mir meine Zulassung weggenommen. Ich hab sie auch immer noch nicht wieder. Kein Mensch schert sich drum. Nichts ist mehr geregelt hier, weißt du. Man macht, was anfällt. Häuser aufbauen. In Suppenküchen anstehen. Auf dem Schwarzmarkt Dinge tauschen. Es muss sich erst wieder alles finden.«

»Wovon lebt ihr?« Nathan richtete sich mühsam wieder auf. Jetzt erst hörte Aline, dass sein Atem rasselte.

»Bist du krank?«, fragte sie.

»Halb so schlimm. Erzähl du erst zu Ende«, lächelte Nathan.

»Wir leben von dem, was Maman uns schickt, und von Käthes Zigaretten. Sie arbeitet wieder für das Hansatheater, stell dir vor. Und da wird sie in amerikanischen Zigaretten bezahlt. Die tauschen wir um gegen Lebensmittel, und wir hätten schon ein richtiges kleines Vermögen, wenn sie nicht die meisten von den Dingern selbst rauchen würde.«

Nathan lächelte. »Sie ist unverbesserlich.«

»Absolut«, lächelte Aline zurück. »Und jetzt du.«

»Ich hatte eine Lungenentzündung. Die ist geheilt. Aber manchmal hab ich eben Schwierigkeiten beim Atmen.«

»Komm runter ins Ordinationszimmer. Ich werde dich untersuchen.« Aline stand bereits.

»O nein.« Nathan wehrte ab. »Bitte nicht. Es wäre mir unangenehm. Schließlich bin ich dein … Mann gewesen.«

Aline sank zurück auf den Stuhl. »Du möchtest nicht mehr, dass ich dich berühre, ist es das?«

»Nicht so. Ich möchte nicht, dass du mich so berührst.«

Aline stand auf. Ging zum Fenster hinüber. Diesmal versuchte Nathan nicht, sie zurückzuhalten. Sie blickte auf den schwarzen Fluss hinaus, auf die gegenüberliegende Seite des Flusses. Kein Licht brannte, nirgends. Die Stromversorgung funktionierte noch immer nicht. Im Haus war es still. Nur die Wanduhr tickte. Sie fühlte Nathans Gegenwart in ihrem Rücken, fühlte seine Nähe wie ein Kribbeln in ihrer Haut. Fühlte ihr Herz schlagen, schneller als sonst, und stärker.

»Wollen wir in den Garten gehen?«, fragte Nathan.

Aline nickte. »Und jetzt nehmen wir den Rotwein mit«, lächelte sie unter Tränen.

Ein heller Streif leuchtete am Himmel. Die Luft roch frisch, als sie aus der Tür traten, nach taufeuchten Blättern und Gras, und die ersten Vögel zwitscherten.

»So spät ist es schon«, staunte Aline.

»Oder so früh«, lächelte Nathan. Er sah ein bisschen wie ein englischer Lord aus in seinem Tweedanzug mit dem weißen Stehkragen, wie ein grauhaariger, unvernünftiger Lord, der einen Korkenzieher und zwei Weingläser über die Straße trug. Aline öffnete das kleine Gatter.

»Wir wollen uns unter die Linde setzen«, beschloss sie und breitete die Decke aus. Sie rückten aneinander, ganz dicht, und Aline fühlte Nathans Ellbogen sacht in ihrer Seite, während er den Korkenzieher in die Flasche drehte.

»Was ist eigentlich aus den netten Meyerdinks geworden?«, fragte Nathan.

»Die sind vor den großen Bombardierungen nach Sylt gezogen. Die haben überhaupt nichts abbekommen. Otto Meyerdink ist friedlich entschlafen, bestimmt während seine Frau ihm die Leviten gelesen hat, er möge doch bitte nicht immer so träge herumliegen.« Sie lachte. »Nach dem Kriegsende ist Gertrude bei mir aufgetaucht und hat mir einen vorgejammert, von wegen, ich möge doch ein gutes Wort bei den britischen Behörden für sie einlegen, sie wären doch auch niemals überzeugte Nazis gewesen, und ihr Otto hätte das Parteibuch für seine Stellung als Schulleiter gebraucht.«

»Und? Hast du ihr diesen Gefallen erwiesen, als guter Christenmensch?«

»Als guter Christenmensch habe ich der Menschheit den Gefallen erwiesen und es nicht getan. Gertrudchen scheint aber auch ohne mich gut über die Runden zu kommen. Die hat halt überallhin Beziehungen, wie eh und je.«

»Ich muss dich noch so viele Dinge fragen«, bemerkte Nathan. »Wir beide müssen uns ganz neu wieder kennen lernen. Das heißt, wenn du das willst.«

Aline nickte. »Ja, das will ich.« Wieder fühlte sie seinen Blick.

»Es wird vielleicht nicht immer einfach sein.«

»Das ist mir egal.«

Nathan ließ seinen Blick über ihr Gesicht wandern, ihre Haare, ihren ganzen Körper. »Wie wunderschön du immer noch bist«, flüsterte er.

Aline schüttelte den Kopf. »Ich hab mich doch so verändert.«

»Du bist ein Stück Weg ohne mich gegangen, Liebling. Das ist alles.« Er schenkte die Gläser voll und reichte ihr eins. Sie stießen miteinander an. »Aber du bist du selbst geblieben. Ich seh dir in die Augen, und ich seh immer noch das Mädchen, das mich in der Tanzschule verzaubert hat. Mit dem ich eines

Nachts in diesen Fluss gestiegen bin. Wo ich es dann geküsst habe.«

»Unter Wasser«, lachte Aline.

Dann sagten sie eine Weile gar nichts mehr. Der Himmel breitete sein Licht über die gesunkenen Schiffe.

»Ich frage mich manchmal, warum ausgerechnet wir am Leben geblieben sind«, sagte Aline.

»Auf jeden Fall ist es ein Geschenk. Was auch immer geschehen ist, es ist ein Geschenk, dass wir leben dürfen.«

Aline nahm seine Hand. »Komm, lass uns ins Bett gehen, Nathan.«